Als sich die Schwestern Johanna, Heike und Britta seit langem wieder zu Hause treffen, ist es sofort wieder so, wie es früher, in Kinder- und Jugendtagen, immer schon gewesen ist. Johanna, die Schöne und Starke, steht distanziert über allem, die harmoniebedürftige Heike versucht mehr oder weniger erfolgreich, es allen recht zu machen, und dann ist da Britta, das Nesthäkchen, die immer zu ihren Schwestern aufgeblickt und ihren Platz in der Familie noch nicht so recht gefunden hat. Über alldem schwebt der Geist von Hermine, der vierten Schwester, die schon vor Jahren tragisch ums Leben gekommen ist – sie fehlt. So richtig hat die Familie nie darüber gesprochen, was mit Hermine passiert ist, so wie sie überhaupt wenig über alles sprachen, so war eben die Zeit, so war die Elterngeneration – ist jetzt die Zeit gekommen, das Schweigen endlich zu brechen?
Das alte Haus mit seinem großen Garten lag an der Bahnlinie wie eine grüne Insel zwischen den kahlen Äckern und Feldern. Hier war ich groß geworden; ich kannte jeden Winkel und Strauch. Ich liebte es, hier zu sein. Zu Hause. Aber dennoch … dieses Mal war es anders.

Schon als Kind erzählte Christiane Wünsche ihren Schwestern selbst erdachte Geschichten, und so entspringt auch die Idee für diesen Roman ihrer engen Familienverbundenheit und dem großen Interesse an ihrer Heimat. Sie wurde 1966 in Lengerich in Westfalen geboren, aber schon kurze Zeit später zog die Familie nach Kaarst am Niederrhein. Dort wuchs sie als älteste von drei Schwestern auf. Mit 20 begann Christiane Wünsche ihr Studium in der Großstadt, dennoch blieb sie der Heimat eng verbunden. Seit 1991 wohnt sie wieder in Kaarst, wo sie auch heute lebt und arbeitet. Sie hat eine erwachsene Tochter, der Familie genauso wichtig ist wie ihr.

Weitere Informationen finden Sie unter www.fischerverlage.de

Christiane Wünsche

Aber Töchter sind wir für immer

Roman

FISCHER Taschenbuch

4. Auflage, 2026

Erschienen bei FISCHER Taschenbuch
Frankfurt am Main, Oktober 2020

Satz: Fotosatz Amann, Memmingen
Druck und Bindung: CPI books GmbH, Leck
ISBN 978-3-596-70509-2

Kontaktadresse nach EU-Produktsicherheitsverordnung:
produktsicherheit@fischerverlage.de

Für meine Familie

meine Eltern,
meine beiden Schwestern
und meine Tochter.

Ihr seid die Basis meines Lebens.
Das macht mich dankbar und froh.

Prolog

Der Herbst ist da. Ich gehe oft in den Garten, stehe unter der Kastanie und schaue hoch in ihre bunte Baumkrone. Zu beobachten, wie die ersten gelben Blätter vom Wind davongetragen werden, ist, wie jemandem beim Sterben zuzuschauen. Immer mehr Laub wird fortgeweht; bald wird der Baum ein Skelett sein und sich dem Winter hingeben.

Manchmal stehe ich auch hinten im Garten dicht bei den Gleisen und warte auf den nächsten Zug. Die D-Züge rasen schnell vorbei, aber die Güterzüge sind ewig lang und machen einen Höllenlärm. Bis ihr braunes Band in der Ferne verschwunden ist, braucht es mehrere Minuten.

Die Schienen … Mir kommt es so vor, als verlaufe unser aller Leben auf Schienen, nach einem geheimen Fahrplan, für den die Weichen schon vor unserer Geburt gestellt werden. Mama würde ihn den göttlichen Plan nennen. Ich sage Schicksal dazu. Ab und zu gibt es Verzögerungen, weil eine Bahn Verspätung hat, aber im Grunde klappt die Fahrt reibungslos. Der Zug selber weiß leider nicht, wo es hingeht und wann die Endstation erreicht ist, und darum kenne auch ich meinen Weg nicht.

Doch ich ahne, dass die Fahrt nicht lange dauern wird. Das macht mir keine Angst, aber traurig bin ich schon.

I

Donnerstagnachmittag

Dunst füllte das kleine Blockhaus aus. Wie ein Weichzeichner verwischte er die Konturen der Wände, des Beckens mit den glühenden Steinen darin und der stufenförmig angelegten Holzbänke, so dass wir im Nichts zu schweben schienen. Von ganz realen Frauen, die mitten im Leben stehen, waren wir zu schemenhaften Traumgestalten geworden.

Nach dem Aufguss mit Orangenöl wurde die feuchte Hitze fast unerträglich. Ich holte flach durch den Mund Luft, um meine Atemwege zu schonen. Bald war die Temperatur besser auszuhalten. Mein Organismus reagierte; der Schweiß rann mir aus allen Poren und kühlte wohltuend die Haut. Ich lehnte den Kopf an die Holzwand der Sauna, die meine Eltern vor etlichen Jahren an die Stelle des alten Ziegenstalls hatten bauen lassen, und betrachtete die geröteten Gesichter meiner beiden Schwestern.

Heike saß mir gegenüber auf der obersten Ebene. Ihre kurzgeschnittenen, grauen Haare standen verschwitzt vom Kopf ab. Die wasserblauen Augen ließen sich nur erahnen, ebenso die Lachfalten in ihrem runden Gesicht. Sie hatte ihr Handtuch fest um Hüfte und Brust geschlungen. Sich uns in dieser räumlichen Enge hüllenlos zu präsentieren wäre ihr unangenehm gewesen.

Johanna war viel hemmungsloser und saß nackt im Schneidersitz eine Etage tiefer auf ihrem Badelaken. Mit ihren sechsundfünfzig Jahren war sie drei Jahre älter als Heike, und es ließ sie immer noch kalt, was andere von ihr hielten. Sie hatte ihr kastanienrot gefärbtes Haar aus der Stirn gestrichen; in einer dichten, welligen Masse floss es ihr den Rücken hinunter. Die Augen hatte sie geschlossen, so dass ich ihre Gesichtszüge ungeniert mustern konnte: die gefurchte Stirn, die dunklen, geschwungenen Augenbrauen, die Adlernase und die vollen Lippen. Mit den Jahren war Johanna etwas weicher um Bauch, Hüften und Oberschenkel geworden, aber sie hatte nach wie vor eine schlanke Figur, und weder die kleinen Dellen noch die Besenreiser an den Oberschenkeln schienen sie zu kümmern.

Ich fand sie wunderschön. In meinen Augen war sie die Attraktivste von uns dreien, sogar von uns vieren, wie ich von alten Fotoalben her wusste. Mein Blick wanderte wieder zu Heike, die ihn lächelnd erwiderte. Auch sie war eine hübsche Frau, deren Natürlichkeit und Wärme von innen heraus strahlten, und ihr Lachen war hinreißend.

Dass ich als Achtundzwanzigjährige und Nachkömmling der Familie einen jugendlicheren Körper als meine älteren Schwestern hatte, lag auf der Hand, aber schöner fühlte ich mich deshalb nicht. Ich war weder schlank wie Johanna noch mollig wie Heike, sondern irgendetwas dazwischen. Mein hellbraunes, halblanges Haar war bei weitem nicht so spektakulär wie Johannas volle Mähne, aber auch nicht fein und fedrig wie das von Heike. Mein Gesicht hatte sanftere Linien als Johannas und war doch herber als Heikes. Manchmal erschien es mir, als wäre ich allein dazu geboren worden, einen Ausgleich zwischen den beiden zu schaffen – und um eine Lücke zu schließen. Ersteres war geglückt, Letzteres unmöglich.

Ich ertappte mich dabei, wie ich ständig Vergleiche zwischen uns Schwestern zog, ein untrügliches Zeichen dafür, dass ich mich bereits den alten Familienmustern ergab. Ich war zu Hause angekommen.

»Na, springen wir noch in den Teich?«, unterbrach Heike meine Gedankengänge, und ich nickte.

»Klar.« Johanna stand auf. »Los, raus in die Winterluft!«

Und schon schlüpften wir in die Badelatschen und rannten über die Streuobstwiese hinter unserem Elternhaus. Es war ein kalter Spätnachmittag im Januar; der Frost knisterte unter den Füßen.

Schnell wurden die bleichen Gestalten meiner Schwestern von der Dunkelheit verschluckt. Heike sprang als Erste in den Teich, dicht gefolgt von Johanna. Ich durchbrach zuletzt die Wasseroberfläche. Bald strampelten wir quietschend und prustend zwischen Schilf und Entengrütze umher, mit hochroten Köpfen und wild pochenden Herzen. Lange hielten wir die Eiseskälte aber nicht aus. Doch während Johanna und Heike schleunigst zwischen den Gerippen der Bäume zu dem kleinen Blockhaus zurückliefen, um sich unter der Dusche im Vorraum aufzuwärmen und erneut in die Hitze der Sauna zu flüchten, hielt ich einen Moment inne und ließ den Blick über den Garten schweifen.

Allzu viel konnte ich im Zwielicht nicht erkennen, aber es genügte mir zu wissen, dass hinter der Wiese mit den knorrigen Obstbäumen auch die mächtige Rotbuche, die Kastanie, die Fichten und die Blumenrabatten mit den Rhododendren und dem Hibiskus da waren. Auf der rückwärtigen Seite der Sauna machte ich weiter hinten die Umrisse des ehemaligen Bahnwärterhauses aus, in dem wir aufgewachsen waren und meine Eltern noch heute lebten. Direkt links neben dem gepflasterten Vorhof stand der uralte Apfelbaum, der inzwischen kaum noch trug und in dessen Rinde die Initialen HF eingeritzt waren. Auf der anderen Seite des Gebäudes grenzten Brombeerbüsche und ein windschiefer Lattenzaun den Garten von den Bahngleisen ab, die keine zehn Meter entfernt an unserem Wohnzimmer vorbeiführten.

Die Strecke war inzwischen sehr befahren. In meiner Kindheit hatten nur wenige Personen- und Güterzüge am Tag die ländliche Ruhe gestört. Heute sauste hier tagsüber alle zwanzig Minuten die S-Bahn entlang, von Düsseldorf bis Mönchengladbach und umgekehrt, nachts immer noch in stündlichen Abständen. An den regelmäßig wiederkehrenden Lärm war ich seit vielen Jahren gewöhnt. Ich hörte ihn kaum noch.

Das alte Backsteinhaus mit seinem großen Garten lag wie eine grüne fruchtbare Insel zwischen den zurzeit winterlich kahlen Äckern und Feldern, die sich auf der einen Seite nach Büttgen hin, zur anderen bis zu den Ortschaften Vorst und Kleinenbroich ausdehnten.

Hier war ich groß geworden; ich kannte jeden Winkel und Strauch. Diese Gewissheit ließ ein Gefühl des Wohlbehagens und der Geborgenheit in mir aufsteigen. Schon lange vor meiner Geburt hatte meine Familie in dem Haus an den Schienen gelebt. Das flache weite Land, durchzogen von geteerten Feldwegen und der Bahnlinie, war mir ebenso vertraut wie die einsame Lage des Häuschens.

Als Jugendliche hatte ich seine Abgeschiedenheit verflucht und mit fünfzehn so schnell wie möglich den Mofaführerschein gemacht, um mich mit meinen Freunden in Büttgen auf dem Rathausplatz treffen zu können.

Inzwischen wusste ich die Idylle zu schätzen und kam hierher, sooft es die Arbeit erlaubte. Von Düsseldorf aus war es nicht weit, knapp zwanzig Minuten Fahrt über Autobahn und Landstraße. Heike hatte es sogar noch näher. Sie wohnte nur ein paar Kilometer weiter in Kleinenbroich. Johanna dagegen musste von Berlin aus etliche Stunden bis nach Hause auf sich nehmen. Sie besuchte meine Eltern dementsprechend selten, aber wohl auch aus anderen Gründen. Ihr Verhältnis zu unserer Mutter war mir immer etwas kühl vorgekommen.

Als ich merkte, dass ich mittlerweile mit den Zähnen klapperte, eilte ich den beiden schnell in die Sauna nach. Der Kälteschock hatte uns belebt. Jetzt schwiegen wir nicht mehr wohlig wie beim ersten Saunagang, sondern tauschten uns über alles Mögliche aus: über unsere Männer, den Arbeitsalltag, Johanna und Heike über ihre inzwischen schon erwachsenen Kinder. Heikes Zwillinge Katharina und Fabian waren sehr mit ihrem BWL-Studium in Düsseldorf beschäftigt, und Johannas zweiter Sohn Christopher steckte mitten in den Chemie-Masterprüfungen. Sein großer Bruder Bastian war genauso alt wie ich und gerade mit seiner Freundin zusammengezogen.

Es war ungefähr zwei Jahre her, dass wir drei das letzte Mal beisammen gewesen waren, bei Tante Claras fünfundsiebzigstem Geburtstag. Damals hatten wir unsere Männer und Heike und Johanna auch ihre Kinder dabeigehabt, und wir konnten uns nicht in dem Maße aufeinander konzentrieren wie heute. Es war schön, endlich mal wieder in aller Ruhe miteinander zu plaudern.

»Sollten wir uns nicht langsam anziehen und reingehen?«, überlegte Heike auf einmal mit gerunzelter Stirn. »Mama und Papa fragen sich bestimmt schon, wo wir bleiben.«

»Ach was.« Johanna winkte ab. »Sauna dauert eben. Das wissen sie doch.«

Ich nickte und schaute aus dem Fenster, von dessen Scheibe das Kondenswasser rann, hinaus in den dunklen Garten. Zufrieden seufzte ich auf. Ich fand es wunderbar, dass wir fünf – unsere Eltern und wir drei Töchter – endlich wieder vereint waren. Anlass war der bevorstehende achtzigste Geburtstag unseres Vaters. Er hatte sich eine Feier im kleinen Kreis gewünscht, außer uns dreien würden noch mein Onkel Wolfgang und Tante Clara mit meinen beiden Cousins kommen. Dabei wollte Papa es eigentlich bewenden lassen, aber Mama hatte ihn dazu gedrängt, zusätzlich noch seine zwei ehemaligen Geschäftspartner mit ihren Gattinnen einzuladen, bei deren letzten runden Geburtstagen sie selber Gäste gewesen waren. Die Feier würde am Sonntag stattfinden. Zwei Tage lang hatten wir unsere Eltern ganz für uns.

»Also, ich geh jetzt rüber«, wieder war es Heike, die keine Ruhe mehr hatte, »um Mama beim Tischdecken zu helfen.« Wie so oft siegte ihr Pflichtbewusstsein über den Genuss. Das Handtuch über der Brust festhaltend, kletterte sie hinunter auf den Fliesenboden und verließ die kleine Sauna. Kurz darauf hörte ich die Dusche rauschen.

»Sie hat Hummeln im Hintern, wie immer.« Johanna grinste und lehnte sich mit dem Rücken an die Wand. »Ich hab es nicht so eilig. Und du, Britta?«

»Ich bleibe auch noch ein bisschen.« Ich machte mich auf der Holzbank lang und ließ die Wärme durch die Haut in die Knochen dringen. Gerade wollte ich die Augen schließen, als Johanna leise sagte: »Ich weiß nicht, ob ich ein ganzes Wochenende heile Familie aushalte.«

Ihr bitterer Tonfall ging mir durch und durch, viel tiefer, als die Saunahitze es vermocht hätte. Mir fiel keine passende Antwort ein. Stattdessen kam mir wieder die vernarbte Stelle in der Rinde des Apfelbaums in den Sinn, dort, wo die Initialen eingeritzt waren. HF. An meiner Stelle müsste eine andere Frau hier liegen, schoss es mir durch den Kopf, eine, die lange vor meiner Geburt Teil der Familie gewesen war. Wie hätte sie auf Johannas Worte reagiert?

Die Küche empfing uns mit der bulligen Wärme des Kachelofens. Die Hängelampe mit dem Makrameeschirm, den meine Mutter Anfang der achtziger Jahre geknüpft hatte, spendete warmes Licht.

Mama und Heike richteten Platten mit Aufschnitt und Käse

auf der zerkratzten Kunststoffarbeitsplatte an, schnitten Brot und Tomaten und hatten bereits Tee aufgegossen. Der fruchtige Duft von Hagebutte und Hibiskus schwebte im Raum. Meine Mutter drehte sich lächelnd zu uns um. Liebevoll betrachtete ich ihr zerfurchtes und mit den Jahrzehnten weicher gewordenes Gesicht, das von einer Wolke weißen Haares umrahmt wurde.

»Da seid ihr ja, ihr beiden«, sagte sie. »Wie schön. Heike hat drüben im Esszimmer gedeckt. Wenn jeder von euch auch etwas trägt, können wir gleich anfangen. Nur Papa müssen wir noch vom Fernseher loseisen. Eigentlich wollte er nur die Nachrichten schauen, ist aber wie üblich hängengeblieben.« Sie seufzte und verdrehte die Augen.

»Na, die Aussicht auf frisches Mett mit Zwiebeln wird ihn schon weglocken.« Heike grinste und schwenkte demonstrativ eine randvoll gefüllte Schale mit rosafarbenem Hack. Mir lief das Wasser im Mund zusammen, während Johanna ihren verzog. Seit vielen Jahren war sie Vegetarierin.

Wenige Minuten später saßen wir fünf einträchtig beisammen an dem ovalen Tisch im Esszimmer. Wie von jeher hatte Papa sich am Kopfende platziert, das Fenster, das zu den Schienen hin lag, im Rücken. Mir fiel auf, wie sehr er in den letzten Jahren gealtert war. Von dem einst hünenhaften Mann war nicht viel übrig geblieben. In sich zusammengesunken schien er, der Rücken gekrümmt, die Hände von der Gicht verformt, das Gesicht gegerbt von der Zeit, vom Wetter und von den Sorgen. Nur seine blauen Augen schauten wach und zugleich träumerisch wie eh und je in die Welt.

Mein Vater war mir immer wie ein Visionär erschienen. Als Architekt hatte er es zu seiner Zeit zu einiger Bekanntheit gebracht. Gemeinnützige Einrichtungen zu konzipieren, in denen Menschen sich geborgen fühlten, war seine Spezialität gewesen. Er hatte Gebäude geschaffen, die Pragmatismus und Ästhetik in sich vereinten.

Ich erinnerte mich noch gut daran, wie ich ihn als Zwölfjährige einmal danach gefragt hatte, was ihm an seiner Arbeit Spaß mache, als er gerade über einem Bauplan brütete.

Er erklärte mir, dass das Kulturzentrum, das er zurzeit plante, fremde Menschen zusammenbringen solle und sich das in der baulichen Atmosphäre widerspiegeln müsse. Mit einem versonnenen Lächeln sprach er von der Seele des Gebäudes, die er ihm einhauchen wolle, und dass das jedes Mal eine besondere Herausforderung für ihn sei.

»Ein guter Architekt schafft das«, sagte er. »Und diese Begegnungsstätte im sozialen Brennpunkt …«, er tippte mit dem Zeigefinger auf die Zeichnung, »… braucht eine friedliche Seele, eine, die beflügelt, anstatt Grenzen zu verhärten.«

Inzwischen war mein Vater seit vielen Jahren in Rente; seine kurzsichtigen Augen und die versteiften Fingerknöchel hätten es auch gar nicht mehr hergegeben, die metergroßen Baupläne auszuarbeiten, geschweige denn, mit komplizierten Graphikprogrammen zurechtzukommen.

Nun sah er uns der Reihe nach zufrieden an.

»Wie schön, dass ihr drei euch freinehmen konntet. Es ist wunderbar, euch endlich wieder bei uns zu haben. Dieses Haus ist schrecklich leer in den letzten Jahren.« Er nickte und nahm einen Schluck Tee.

»O ja, ihr seid viel zu selten hier«, bekräftigte Mama. Ein vorwurfsvoller Tonfall hatte sich in ihre Stimme geschlichen. »Bis auf Heike natürlich.«

»Kunststück, bei der unglaublichen Anreise von Kleinenbroich«, erwiderte Johanna schnippisch.

Papa nickte Johanna und mir begütigend zu.

»Dass ihr zwei uns nicht öfter besucht, ist ja verständlich.«

Neben der Entfernung nach Berlin meinte er vor allem Johannas zeitraubende Arbeit als Staatsanwältin. Und ich war als Reiseleiterin oft wochenlang und in kurzen Abständen irgendwo im Ausland unterwegs. »Ich freue mich einfach, dass ihr da seid und am Sonntag mit mir diesen äußerst zweifelhaften runden Geburtstag feiert.«

Ich wusste, dass Papa das Älterwerden gar nicht behagte, und schmunzelte. Seine Geburtstage feierlich zu begehen war noch nie sein Ding gewesen.

»Achtzig wird man eben nur einmal im Leben«, sagte meine Mutter mahnend, die nur ein Jahr jünger war. »Es wäre einfach nicht in Ordnung gewesen, diesen Jubeltag sang- und klanglos verstreichen zu lassen. Ich finde ja immer noch, dass du auch deine Schwiegersöhne und Enkelkinder hättest einladen sollen, die Nachbarn und die Freunde aus der Gemeinde …«

»Mir ist es so schon Trubel genug!«, fiel mein Vater ihr ins Wort. Es war erstaunlich, wie er es inzwischen schaffte, ihr Paroli zu bieten. In meinen Kindheitserinnerungen beugte er sich fast immer dem Willen seiner Frau. »Ein kleines Fest und vorher ein paar schöne Tage mit unseren Töchtern, darauf hatten wir uns geeinigt. Lass es gut sein, Christa.«

Energisch griff er nach dem Brotkorb. Mama sah ihn konsterniert an, klappte jedoch wortlos den Mund zu.

Eine Weile aßen wir schweigend. Dann fragte ich Johanna nach ihren neuesten Fällen und Heike nach der Situation in der Kindertagesstätte, die sie leitete. Die Ankunft der vielen Flüchtlingsfamilien aus Syrien und Afghanistan in den letzten Jahren hatten ihr Aufgabenfeld verändert, doch sie empfand es als Bereicherung und Herausforderung. Wir plauderten und griffen beherzt zu. Landluft und Sauna hatten uns hungrig gemacht.

Nach dem Abendessen räumten wir Töchter mit unserer Mutter den Tisch ab und die Küche auf, während Papa in seinem geliebten Sessel Platz nahm und schon wieder nach der Fernbedienung griff.

Später spielten wir alle zusammen Rommee, wie wir es früher oft getan hatten. Wie immer gewann Johanna, und wie immer ärgerte sich Heike darüber. Danach gingen die beiden auf die Terrasse, Johanna, um zu rauchen, und Heike, um sie zu begleiten. Ich hörte ihre Stimmen und ihr Gelächter durch das gekippte Fenster. Es versetzte mir einen Stich. Trotz ihrer Unterschiede bildeten die beiden eine Einheit, von der ich aufgrund meiner Jugend ausgeschlossen war. Sie hatten eine andere Kindheit als ich gehabt und teilten andere Erinnerungen.

Während meine Mutter in den Keller ging, um eine Flasche Wein heraufzuholen, erreichten mich einige Fetzen des Gesprächs von draußen.

»... weiß ich, dass es schwer für die beiden ist. Zu solchen Anlässen vermissen sie Hermine besonders«, hörte ich Heike sagen. »Sie waren gestern noch am Grab und haben einen Blumenstrauß hingebracht, hat Mama mir vorhin erzählt.«

»Ich vermisse sie auch.« Johannas Stimme klang ungewöhnlich weich. »Achtundvierzig wäre sie heute, nicht wahr? Vorhin am Esstisch dachte ich, sie säße dort ... auf dem Stuhl, der an der Wand steht, weißt du? Das hätte zu ihr gepasst ... Das volle Licht zu meiden, meine ich, und sich geheimnisvoll zu geben.«

»Ja, stimmt. Mensch, gerade mal zweiundzwanzig ist sie geworden. Meine Zwillinge sind jetzt schon älter. Kaum zu glauben, oder? Komm, lass uns reingehen. Mir ist kalt.«

Mir lief ein Schauer über den Rücken. Hermine starb, als ich zwei Jahre alt war. Obwohl ich ihr unendlich viel verdankte, konnte ich mich natürlich nicht an sie erinnern. Bloß die vielen Fotos, die ich von ihr gesehen hatte, und die Erzählungen meiner Familie und meines Mannes gaukelten mir vor, sie gekannt zu haben.

Ich dachte an das besondere Geschenk meines Mannes Marcel für meinen Vater, das in meiner Handtasche schlummerte: Hermines Tagebuch. Marcel war Hermines bester Freund gewesen; sie hatte ihm das Buch vermacht. Niemand sonst wusste von dessen Existenz, auch ich bis vor kurzem nicht. Am Sonntag sollte ich es Papa zum Geburtstag überreichen. Stand es mir zu, vorher selbst darin zu lesen, um den Wissensvorsprung zwischen meinen Schwestern und mir in Bezug auf Hermine endlich zu verringern? Bereits heute Mittag, nachdem ich mein Gepäck nach oben ins Zimmer getragen hatte, hatte ich einfach nicht widerstehen können, zumindest einen kurzen Blick hineinzuwerfen.

Die Einträge begannen im Winter 1976 in ungelenker Schreibschrift. Hermine war zu dem Zeitpunkt gerade mal acht Jahre alt gewesen.

WEIHNACHTEN 1976

Mama und Papa haben mir dieses Tagebuch geschenkt. In rotes Papier war es eingewickelt. Johanna hat ganz neidisch geguckt, als ich es ausgepackt habe, denn es ist wirklich schön, auch für jemanden, der viel älter ist als ich. Ich weiß noch gar nicht, was ich reinschreiben soll. Ich erlebe Sachen, die keiner versteht und für die es keine Worte gibt. Ob ich es trotzdem versuchen soll?

Plötzlich war ich mir wie ein Eindringling in Hermines Welt vorgekommen, hatte das Buch hastig zugeschlagen und es in meine Tasche zurückgestopft.

Nun schob ich den Gedanken daran beiseite. Wie ich aus unseren Familienalben wusste, war Hermine optisch jedenfalls ein ganz anderer Typ als meine anderen Schwestern gewesen: zart, blass, mit tiefschwarzem Haar. Ein Schneewittchen. Nur dass Schneewittchen aus seinem gläsernen Sarg wieder auferstanden war.

Als Johanna und Heike nun hereinkamen, begrüßte ich sie mit einem Lächeln. Ich wusste, dass Johanna sich bis heute nicht verzieh, Hermine lange Zeit abgelehnt zu haben. Heike dagegen war Hermine immer nahe gewesen. Außerdem wusste ich, dass sie sich von Kindheit an gern um Jüngere gekümmert hatte. Kein Wunder, dass sie Erzieherin geworden war.

Mama rief uns an den Tisch zurück. Sie hatte uns allen ein Glas Wein eingeschenkt.

»Lasst uns anstoßen«, sagte sie und hob ihr Glas. »Auf die Familie.«

Wir prosteten uns zu, aber Johannas nachdenklicher Blick ließ mich nicht los, und ich musste an ihre ironische Bemerkung über die »heile Familie« in der Sauna zurückdenken.

Johanna

Johanna war kein Wunschkind. Als sie sich im Frühjahr 1960 ankündigte, hatten ihre Eltern sich gerade erst verlobt.

Die beiden mussten schleunigst heiraten, damit ihr erstes Kind nicht unehelich auf die Welt kommen würde. Schon vor ihrer Geburt schien Johanna zeigen zu wollen, dass sie ihren eigenen Kopf hatte; eines kalten Dezembertages setzten die Wehen bei Christa einige Tage zu früh sehr plötzlich ein, so dass sie und Hans es nicht mehr rechtzeitig ins Krankenhaus schafften.

Johanna wurde zu Hause geboren, im Schlafzimmer der engen kohlebeheizten Dreizimmerwohnung in der Neusser Innenstadt, die Hans nach der Hochzeit angemietet hatte. Es war eine schwere Geburt, bei der Johanna zehn Stunden im Geburtskanal feststeckte. Als sie sich endlich in die Welt gekämpft hatte, schaute sie in das Gesicht ihrer Mutter, die alles andere als erfreut über ihren Anblick zu sein schien.

So zumindest reimte Johanna sich später die Szene zusammen, nachdem ihrer Mutter einmal herausgerutscht war, dass sie als Neugeborene Else Franzen, ihrer verhassten Schwiegermutter, wie aus dem Gesicht geschnitten gewesen sei. Von Hans' Seite erlebte Johanna von Beginn an bedingungslose Liebe. Sanfter und weicher als Christa, schenkte er seiner Erstgeborenen Aufmerksamkeit und Zärtlichkeit im Überfluss, sooft sich die Gelegenheit dafür bot. Das war selten genug, denn er studierte in Düsseldorf Architektur und arbeitete nachts und am Wochenende für ein Taxiunternehmen, um die kleine Familie über Wasser zu halten. Johanna liebte ihn heiß und innig.

Immer, wenn sie ihren Vater mit einem breiten Lächeln bedachte oder sich ihm zur Begrüßung in die Arme warf, schien Christa das nicht zu passen. Johanna spürte das Missfallen ihrer Mutter, wusste nur nicht, was es zu bedeuten hatte. Es verunsicherte sie und brachte sie dazu, sich ihrerseits mürrisch und abweisend ihr gegenüber zu verhalten.

Während Christa von zu Hause aus diverse Näharbeiten verrichtete, blieb Johanna sich selbst überlassen und spielte mit ihrer Puppe und großen alten Knöpfen, die ihre Mutter aussortiert hatte. Schon als Kleinkind war sie ein ernstes, selbständiges Mädchen mit klaren Augen und wachem Gesichtsausdruck. Früh lernte sie Sprechen und Laufen.

Im Juni 1963, Johanna war inzwischen zweieinhalb Jahre alt, kam ihre Schwester Heike zur Welt: hellhäutig, rotgesichtig, pummelig. Ein wahrer Sonnenschein! Mit fünf Wochen begann sie zu lächeln. Bald lachte sie über das ganze pausbäckige Gesicht. Ihr Strahlen galt nicht nur Mutter und Vater, sondern auch Johanna. Die wiederum war begeistert von ihrer kleinen Schwester. Sie genoss es, ihr das Fläschchen zu geben oder sie mit Brei zu füttern.

Johanna liebte Heike vom ersten Moment an, und diese Liebe wurde bedingungslos erwidert. Bald bildeten die Schwestern eine Einheit. Ihren Eltern schien das zu gefallen. Die kleine Familie war dank Heike wesentlich harmonischer geworden; dieses Gefühl konnte Johanna fast mit Fingern greifen. Christa hatte Spaß daran, Heike und Johanna dieselben Kleidchen zu nähen und sie hübsch auszustaffieren. Sie freute sich, wenn die zwei sich stundenlang miteinander beschäftigten, so dass sie in Ruhe den Haushalt versorgen oder an der Nähmaschine sitzen konnte.

Wenn sie den nahegelegenen Waschsalon aufsuchte, präsentierte sie den anderen Frauen der Nachbarschaft stolz ihre beiden adretten Mädchen. Aus ihrem Kundenstamm, den sie sich mit ihren Näharbeiten allmählich aufgebaut hatte, wurden einige Mütter sogar zu Freundinnen. Man traf sich auf dem kleinen Spielplatz an der Ecke, um die Kinder von den Bänken aus beim Spielen zu beobachten und sich in Ruhe zu unterhalten. Johanna liebte es, mit Heike zu rutschen, zu schaukeln oder Sandkuchen zu backen.

Als Johanna fünf Jahre alt war, starben ganz unvermittelt ihre Großeltern. Sie verstand nicht so recht, was geschehen war, denn Mama und Papa erzählten Heike und ihr nur Bruchstücke, um sie zu schonen. Johanna begriff lediglich, dass die beiden urplötzlich aus dem Leben gerissen worden waren.

Nach der Beerdigung zog die Familie in Hans' Elternhaus am Bahndamm. Mama war zwar dagegen gewesen, aus der Neusser Innenstadt aufs einsame Land umzusiedeln, konnte sich aber nicht gegen Papa durchsetzen.

»Warum sollen wir die teure Miete zahlen, wenn wir in unseren eigenen vier Wänden leben können?«, argumentierte er, als sie einmal beim Sonntagsbraten am Küchentisch zusammensaßen. »Mein Bruder will das Haus ja nicht, und ich würde es nicht übers Herz bringen, es zu verscherbeln. Das Haus mit dem großen Grundstück war Vater lieb und teuer. Natürlich ziehen wir dort ein. Und denk doch nur daran, wie viel Platz unsere Mädchen haben werden. Allein der Garten …«

»Au ja, ein Garten«, freute sich Johanna und klatschte in die Hände. »Das wäre ja wie ein Spielplatz nur für Heike und mich! Ohne andere Kinder!«

Heike nickte mit vollem Mund.

»Du weißt, dass ich keine guten Erinnerungen mit deinem Elternhaus verbinde«, hielt Mama dagegen, ohne Johannas Einwurf zu beachten.

Aber Papa blieb hartnäckig.

»Es geht um unsere Zukunft, nicht um das, was vergangen ist«, sagte er und strich Johanna über den Kopf.

Schließlich gab Mama zähneknirschend nach, und im August 1966 zogen sie um. Johanna und Heike blühten im neuen Heim auf. Vor allem Johanna liebte das alte Haus und den weitläufigen Garten. Es gab unzählige Ecken, in denen man sich verstecken konnte, den Schuppen beispielsweise oder die große Astgabel im Apfelbaum neben dem gepflasterten Hof. Stundenlang konnte sie selbst im kalten Herbst dort oben hocken, die Fingerchen fast steifgefroren, einen Apfel nach dem anderen essen, und sich fühlen wie eine Königin in ihrem Reich. Von hier aus beobachtete sie die Züge, die vorbeifuhren, stellte sich Lokführer, Schaffner und Passagiere vor und dachte sich Geschichten über sie aus.

Außerdem hatte sie ihren geliebten Garten im Blick: die Wiese, die Bäume, die Blumenrabatten, die Kartoffel- und Gemüsebeete am Ende des Grundstücks und die Kaninchen, die herumtollten. Und sie erspähte lange im Voraus, wer den Franzens einen Besuch abstatten wollte: der Postbote auf seinem Fahrrad oder die alte Bäuerin, deren Hof sich nur einen halben Kilometer weiter befand und die gern mal auf ein Schwätzchen hereinschneite. Von ihrer Astgabel aus konnte Johanna den schnurgeraden Feldweg bis zum Horizont überblicken.

In solchen Momenten vergaß sie Heikes Dasein völlig und versank in einen Zustand der Selbstgenügsamkeit, genau wie vor der Geburt ihrer kleinen Schwester. Da Heike noch viel zu ungelenk war, um mit ihr in den Apfelbaum zu steigen, gehörten diese Auszeiten Johanna ganz allein.

Sobald sie herabkletterte, hatte die Realität sie wieder. Heike und sie tobten im Garten umher, bauten im Kinderzimmer Türme aus Bauklötzen oder spielten mit ihren fast identisch aussehenden Teddybären. Oder sie halfen Mama in der Küche.

Nach dem Abendbrot schlüpften die Schwestern zusammen in Johannas Bett. Oben unter der Dachschräge teilten sie sich ein kleines Zimmer, in dem ihre Kinderbetten standen: ein größeres für Johanna, ein Gitterbettchen für Heike, das aber nahezu unbenutzt blieb. Die Schwestern fanden es viel schöner, sich vor dem Einschlafen in Johannas Bett aneinanderzukuscheln und gemeinsam in den Schlaf hinüberzugleiten.

Ihren Eltern blieb letztendlich nichts anderes übrig, als das zu akzeptieren. Denn sogar wenn sie ihren Töchtern abends in ihren eigenen Betten Gute Nacht sagten und die Decken um die kleinen Leiber feststopften, fanden sie sie später, bevor sie selbst schlafen gingen, eng umschlungen in Johannas Bett vor.

Der erste Frühling, den die kleine Familie im Bahnwärterhaus erlebte, war kühl, aber sonnig. Früh schossen gelbe und violette Krokusse und weiße Schneeglöckchen aus der Erde; bald blühten die ersten Narzissen im Garten. An den Haselnusssträuchern sprossen Knospen, die Obstbäume schlugen aus, das Gras und Moos auf der Wiese wurden saftig grün und bildeten einen frischen Kontrast zum tiefen Dunkel der Erde in den Beeten.

Johanna und Heike spielten nun fast immer draußen auf der Terrasse oder im Garten. Johanna hatte sich zu einem schmalen hübschen Mädchen entwickelt, dessen dickes brünettes Haar in zwei feste Zöpfe geflochten ihr bis zu den Hüften reichte.

Die pummelige Heike war einen Kopf kleiner als ihre ältere Schwester. Ihr blondes Haar war fein, ihr Gesichtsausdruck spitzbübisch. Zusammen heckten sie alles Mögliche aus, bewarfen, hinter die Hecke geduckt, den Postboten kichernd mit

Moosbröckchen oder versuchten, die Kaninchen auf dem Gelände zu fangen, die vor kurzem zahlreiche Junge bekommen hatten. Stundenlang positionierten sie sich vor ihren Erdlöchern am Rande der Wiese und hofften, eines der niedlichen Fellbündel erwischen zu können. Natürlich gelang es ihnen nicht, dennoch verloren sie nie die Hoffnung.

Die Mädchen wünschten sich sehnlichst ein Haustier, und da ihre Mutter strikt dagegen war, glaubten sie, wenn sie eins der Kaninchen fangen würden, es behalten zu dürfen.

»Die Häschen leben doch sowieso hier bei uns«, argumentierte Johanna messerscharf. »Ob wir für eins davon einen Stall bauen, ist fast das Gleiche, wie wenn sie im Garten wohnen. Dagegen kann Mama doch nichts haben.«

Als die Temperaturen im Frühjahr 1967 endlich anstiegen, zog es Johanna immer häufiger und länger in den Apfelbaum. Heike passte das gar nicht. Sie nörgelte und schimpfte unten am Stamm, aber es half nichts.

Oft nutzte Johanna die Mittagspause, wenn Heike schlafen sollte, um sich in den Garten zu schleichen. Eilig erklomm sie den Stamm, machte es sich in der Gabelung bequem und hing dort ihren Gedanken nach. Wenn Heike nach eineinhalb Stunden wach wurde, lief sie hinaus und rief Johanna zu, sie solle sofort herunterkommen. Die jedoch reagierte mit Ignoranz und antwortete nicht, bis ihre kleine Schwester aufgab. Das brauchte in der Regel eine Viertelstunde. Heike lief dann oft zu Mama und ging ihr bei der Hausarbeit zur Hand.

So etwas wäre Johanna von selbst nie eingefallen. Sie hasste es, zu putzen, zu spülen oder Wäsche zu falten. Lieber saß sie hoch oben zwischen grünen Blättern und weißrosa Knospen und ließ sich von den Strahlen der Frühlingssonne streicheln.

Im April kaufte ihr Vater Mama ein Fahrrad. Vorn am Lenker war ein geflochtener Kindersitz befestigt, in den Heikes Po gerade noch hineinpasste. Johanna musste auf dem Gepäckträger Platz nehmen, und dann ging es los. Ihre Mutter radelte mit den beiden nach Büttgen oder Vorst zum Einkaufen. Bis dahin hatte immer ihr Vater die Sachen unterwegs besorgt und sie mit seinem Taxi nach Hause gebracht. Das war stets eine etwas heikle Angelegenheit gewesen, denn den Firmenwagen für private Zwecke zu nutzen war den Fahrern eigentlich nicht erlaubt.

Mit der Anschaffung des Fahrrads war diese Zeit nun vorbei. Johannas Mutter genoss es offensichtlich sehr, mit ihren Töchtern über die Felder zu radeln. Während sie in die Pedale trat, sang oder summte sie fröhlich die Melodie von Elvis' brandneuem Hit »It's now or never« oder Heintjes »Mama« vor sich hin, und manchmal stimmten Heike, Johanna und sie gemeinsam ein Kinderlied wie »Fuchs, du hast die Gans gestohlen« an.

Wenn der Fahrtwind Johanna das Haar aus dem Gesicht blies und sie über die frisch bepflanzten Futterrüben- und Kartoffeläcker bis zum Horizont schaute, über sich den weiten blauen Himmel, unter sich den dahinfliegenden Feldweg, empfand sie ein tiefes Glück. Obwohl sich die eisernen Streben des Gepäckträgers bei jeder Unebenheit des Bodens schmerzhaft in ihren Po drückten und sie sich gut am Sattel festhalten musste, um nicht vom Rad zu rutschen, liebte sie die Einkaufstouren mit Mama und Heike. Sie drei bildeten eine Einheit, und gleichzeitig stand es Johanna frei, ihren Gedanken nachzuhängen.

Jedes Mal, wenn sie an der Bahnstraße in Büttgen absteigen mussten, wurde sie ein wenig traurig. Dann hing Heike wie eine Klette an ihr und fragte ihr Löcher in den Bauch. Und sie begegneten unweigerlich anderen Menschen, zum Beispiel beim Metzger oder beim Bäcker. Dort war Höflichkeit gefordert. Man hatte Leute zu begrüßen, Auf Wiedersehen zu sagen oder sich zu bedanken.

Johanna war kein geselliges Kind. Fremde störten sie in ihrer Selbstgenügsamkeit, egal wie freundlich sie sich ihr gegenüber verhielten. Um sie auf Abstand zu halten, setzte Johanna bei Begegnungen stets eine abweisende Miene auf, doch meist nützte es ihr nichts. Die Bäckersfrau kniff ihr trotzdem liebevoll in die Wangen, bevor sie ihr einen der kleinen Kirschlutscher überreichte, die auf der Ladentheke stets für die Kinder bereitlagen, und der Besitzer des Schreibwarengeschäftes strich ihr mit seiner großen Pranke über den Kopf.

Am schlimmsten war für Johanna aber das Aufeinandertreffen mit fremden Kindern. Während Heike sich dann unbändig freute und ganz wild darauf war, mit jedem ungefähr gleichaltrigen Jungen oder Mädchen zu spielen, stand Johanna stocksteif daneben und zog ein besonders mürrisches Gesicht. Sie konnte mit anderen Kindern einfach nichts anfangen.

Als ihre Mutter mit Heike einmal an der Kasse des Büttger Haushaltswarengeschäfts anstand, streunte Johanna durch das Ladenlokal. Interessiert betrachtete sie einige Frühstücksteller und Kaffeetassen, die mit einem Muster aus Blumen und Ranken verziert waren. Gerade fuhr sie mit dem Finger den Schwung des Henkels einer filigranen Tasse nach, als neben ihr die Besitzerin des Ladens auftauchte.

Frau Müller war eine zarte Person mit blauschwarz gefärbtem Haar, das sie hochtoupiert trug, und einer dicken Hornbrille auf der Nase. Mit rauchiger Stimme raunte sie Johanna zu: »Du weißt ja, Vorsicht ist die Mutter der Porzellankiste.« Dabei lächelte sie zaghaft mit ihrem erdbeerrot geschminkten Mund, in dessen Winkeln sich Farbpartikel abgesetzt hatten, drehte sich auf dem Absatz um und ging, um die Waren in den Regalen geradezurücken.

Johanna blieb wie vom Donner gerührt stehen, ließ den Finger sinken und dachte über das nach, was die Frau gesagt hatte.

Geheimnisvoll hatte es geklungen, wie eine versteckte Botschaft.

Vorsicht ist die Mutter der Porzellankiste. Was sollte das bedeuten? Johanna überlegte lange. Sie stellte sich eine winzige Frau vor, die mit ihren Kindern in einem Karton voller Geschirr lebte. Die Teller benutzte die kleine Familie als Betten, die sie mit Stoffservietten auskleidete, umgedrehte Tassen wurden zu Stühlen. Die Butterdose fungierte als Tisch. Johanna glitt in eine Phantasiewelt ab, während sie regungslos dastand und weiterhin das Geschirr im Regal vor ihr fixierte. In dem Moment riss Heike sie unsanft aus ihren Tagträumen.

»Komm Johanna, Mama hat gesagt, wir kriegen beim Bäcker ein Puddingteilchen!«

Johanna folgte Heike und ihrer Mutter gehorsam, aber benommen. Vor dem Verlassen des Ladens schaute sie sich noch einmal um und blickte direkt in Frau Müllers Augen, die durch die Brille riesig wie die eines Insekts wirkten.

»Sehr gut, kleines Fräulein«, sagte sie lächelnd. »Kinder wie du sind mir immer willkommen.«

Johanna rätselte noch lange über die Worte der Frau. Erstaunlicherweise fühlte sie sich zu der seltsamen Ladenbesitzerin hingezogen. Sie war freundlich, zurückhaltend und bedachtsam gewesen, und sie hatte nicht versucht, Johanna anzufassen. Stattdessen hatte sie gesagt, dass sie ihr willkommen sei. Aber warum?

Johanna überlegte, ob Frau Müller vielleicht ihre Gedanken lesen konnte. Meine Geschichten haben ihr gefallen, dachte sie, sie versteht mich. Diese Vermutung machte sie glücklich. Sie freute sich auf die nächste Begegnung. Leider benötigte Mama wochenlang nichts aus Müllers Haushaltswarengeschäft, und bald dachte Johanna nicht mehr daran. Das schöne Wetter trieb Heike und sie nach draußen. Die Schwestern genossen es, auf dem Grundstück Fangen oder Verstecken zu spielen. Ein paarmal fuhren sie auch mit Mama mit dem Zug nach Neuss zum Einkaufen. Es war jedes Mal ein Abenteuer, über die Gitterstufen in den Waggon zu klettern, sich mit anderen Menschen den Weg ins Abteil zu bahnen und beim ruckartigen Anfahren der Lok an Mama festzuklammern.

Im Frühsommer war es allerdings mit Spielen im Garten oder Ausflügen erst einmal vorbei. Johanna und Heike lagen krank mit Windpocken im Bett. Besonders Johanna hatte es schlimm erwischt. Ihr dünner Körper war übersät mit den nässenden Bläschen. Es war bereits der vierte Tag, an dem es den Schwestern so schlechtging. Johanna konnte nicht schlafen, weil der Juckreiz übermächtig wurde. Mama war mit dem Rad zur Apotheke nach Büttgen gefahren.

»Seid schön brav, ich bin bald zurück«, hatte sie zum Abschied auf der Bettkante sitzend gesagt und die Mädchen gut zugedeckt. »Und bloß nicht kratzen, ja? Ich kaufe eine Salbe, die wird helfen.«

Johanna fragte sich nun, ob sie auch brav sei, wenn sie aufstand, denn unter den dicken, schweren Daunen hielt sie es einfach nicht mehr aus. Sie beantwortete sich selbst die Frage mit Ja, schlüpfte leise aus dem Bett, warf einen prüfenden Blick auf Heike, die mit hochrotem Gesicht tief schlummerte, und schlich aus dem Zimmer.

Unten in der Küche, wo Johanna ein Glas Milch trank, schien die Sonne verheißungsvoll durchs Fenster. Der Himmel strahlte blau und wolkenlos. Die Verlockung war einfach zu groß.

Barfuß und nur mit ihrem baumwollenen geblümten Nachthemdchen bekleidet, lief Johanna über den weichen Grasteppich hin zum Apfelbaum. Die Morgenluft kühlte ihre gepeinigte Haut. Im Nu saß sie oben in ihrer geliebten Astgabel, umhüllt von dichtem grünen Blattwerk, verborgen vor der Welt. Sie war zufrieden, aber sehr erschöpft; schon bald dämmerte sie weg. Sie wachte erst wieder auf, als sie Stimmen hörte: die ihrer Mutter und eine andere, männliche. Sie äugte nach unten und sah einen Mann mit schwarzen Haaren, der ihr vage bekannt vorkam, vor einem mintgrünen Lieferwagen stehen.

Ihr Herz klopfte bis zum Hals. Auf keinen Fall durfte Mama sie hier entdecken. Sie würde fürchterlich schimpfen.

»Kranke Kinder gehören ins Bett!«, hatte sie den Mädchen vorhin noch eingetrichtert.

Johanna drückte ihren Körper an den Ast des Apfelbaums und hoffte inständig, dass das Blätterdach sie ganz vor den Blicken der Erwachsenen verbergen würde.

»Danke, dass du mich und mein Fahrrad heimgefahren hast«, sagte Mama gerade zu dem Fremden. »Ich hätte nicht gewusst, wie ich so schnell mit dem Platten zu meinen kranken Töchtern gekommen wäre.«

»Ja, gut, dass ich gerade vorbeikam. Schicksal, würde ich sagen.«

»O ja, das war es.« Christa seufzte. »Und was für ein Glück!«

Johanna fand das überhaupt nicht. Der blöde Mann und sein Lieferwagen trugen die Schuld daran, dass Mama zurückgekommen war, bevor sie vom Apfelbaum klettern und wieder ins Haus zurücklaufen konnte. Jetzt hieß es auszuharren, aber wie lange bloß?

»Es ist schön, dass wir uns endlich wiedersehen«, sagte der Mann jetzt, und seine Stimme wurde weich. »Seit wir uns damals in Neuss begegnet sind, muss ich pausenlos an dich denken.«

Jetzt erinnerte Johanna sich, wo sie ihn schon einmal gesehen hatte: auf dem Spielplatz in der Nähe ihrer alten Wohnung. Papa hatte ihn gar nicht gemocht. Johanna presste die Lippen aufeinander. Sie beschloss, den Mann auch nicht leiden zu können. Wann ging der endlich wieder?

»Aber das ist doch schon Jahre her. Die Mädchen waren noch so klein.«

Johanna sah, wie Mama zu dem Lieferwagen hinüberging, der in der Auffahrt stand. Auf der Ladefläche lag ihr Fahrrad. Doch weder ihre Mutter noch der Fremde machten Anstalten, es herunterzuheben; stattdessen lehnten sie sich an die Karosserie und schauten einander unverwandt an.

»Weißt du noch, wie wir als Kinder immer zusammen die Hühner gefüttert haben?«, fragte der Mann.

»Natürlich. Oder wie wir auf dem Hof Fangen gespielt haben? Oder wie du mich gerettet hast, als mich euer blöder Köter angefallen hat und du mir danach die schönsten Birnen gepflückt hast?«

»Es kommt mir vor, als wäre das alles gestern gewesen.« Der Mann stand mit hängenden Armen da. Sein Blick ging ins Leere. »Die alte Heimat werden wir nie wiedersehen, was?«

Johanna konnte hören, dass er traurig war.

Ihre Mutter schien ihn trösten zu wollen.

»Es nützt nichts, dem nachzuweinen«, sagte sie leise. Johanna konnte sie kaum verstehen und spitzte die Ohren. »Schlesien ist verloren. Außerdem ist dort bestimmt schon nichts mehr so, wie es war. Die Polen lassen alles verkommen, sagt man.« Es klang bitter und nüchtern zugleich. »Aber auch das sollte uns nicht mehr kümmern, Hermann.«

»Das sagst du so leicht. Du hast es ja offensichtlich geschafft. Bist verheiratet, zweifache Mutter und lebst in einem schönen Haus. Der Niederrhein ist zu deiner Heimat geworden. Bei uns ist das anders. Vater ist nie über den Verlust und die Schmach hinweggekommen, und Mutter leidet unter seiner Schwermütigkeit. Bloß Inge, die zu jung ist, um sich an Schönefeld zu erinnern, führt ein glückliches Leben. Mein Fahrradladen gibt mir Kraft, aber ich würde sofort zurück nach Schlesien gehen, wenn es möglich wäre. Auf den Weyrichhof.«

»Na, der war ja auch eine Klasse für sich, groß und mit all den Ländereien. Natürlich kann dein Vater den Verlust schwer verschmerzen. Aber du? Du warst ein Kind wie ich, als wir fliehen mussten. Du bist doch immer noch jung. Du kannst viel erreichen, aus eigener Hand. Und du hast was im Kopf. Mehr als die meisten von uns.« Mama machte eine Pause. »Du bist was ganz Besonderes. Vergiss das nicht …«

Johanna fing an, sich zu langweilen. Der Mann war überhaupt nichts Besonderes, sondern höchstens ein Störenfried! Sie kniff fest die Augen zusammen und versuchte, nicht mehr hinzuhören. Sie bekam noch mit, dass der Fremde »Ja, bin ich das?« säuselte, dann sprach keiner mehr. Johanna atmete auf. Bestimmt würde der Mann jetzt gehen. Aber das tat er nicht.

Mucksmäuschenstill blieb Johanna im Baum sitzen und umklammerte den Ast oberhalb der Gabelung mit festem Griff. Die Rinde drückte sich schmerzhaft in ihre Handflächen. Irgendwann hörte sie das Schaben von Metall auf Metall. Sie öffnete die Augen einen Spaltbreit und beobachtete, wie der Mann das Fahrrad vom Lieferwagen hob. Mama nahm es ihm ab und schob es bis zur Ecke des Hauses, um es dort abzustellen. Der Fremde ging dicht neben ihr her.

Sobald beide dem Garten den Rücken zugekehrt hatten, stieg Johanna, so schnell es ging, vom Baum hinunter. In Windeseile lief sie durch die Terrassentür ins Haus, rannte die Treppe hoch und schlüpfte unter die Bettdecke. Mit wild pochendem Herzen lag sie da. Sie schloss die Augen wie vorhin auf dem Apfelbaum. Mama sollte glauben, dass sie tief und fest schlief.

Wenige Minuten später hörte sie unten erst den Schlüssel im

Schloss, dann das Zuklappen der Haustür und schließlich Schritte auf der Holztreppe.

Die Zimmertür öffnete sich leise. Johanna fühlte den Blick ihrer Mutter auf sich und auf Heike ruhen, sie hörte, wie sie die Luft anhielt, um zu lauschen. Angestrengt bemühte Johanna sich, gleichmäßig zu atmen, so wie Heike im Schlaf die Luft rhythmisch einsog und ausstieß. Mama schien zufrieden. Sie schloss die Tür und ging.

Als Johanna wieder gesund war, fiel ihr eine merkwürdige Veränderung an ihrer Mutter auf. Sie wirkte unglaublich glücklich seit dem Beisammensein mit dem fremden Mann. Es schien, als hätte er es geschafft, alle Sorgen, die ihr sonst die Stirn furchten und sie so ernst und angespannt erscheinen ließen, von ihr zu nehmen. Und noch etwas wurde Johanna bewusst: dass Mama mit Papa niemals so unbeschwert war und im Umgang mit ihr, Johanna, erst recht nicht. Höchstens Heike schaffte es mit ihrer ansteckend offenen und fröhlichen Art ab und zu, Mamas Panzer zu durchbrechen wie jetzt der schwarzhaarige Fremde.

»Du bist was ganz Besonderes«, hatte Mama zu dem Mann gesagt. Auch das fand Johanna in höchstem Maße beunruhigend. Zu ihr, ihrem eigenen Kind, hatte ihre Mutter so etwas noch nie gesagt, und die skeptische Art, mit der sie sie oft ansah, sprach eine ganz andere Sprache. Johanna hatte das Gefühl, ihrer eigenen Mutter fremder als dieser Fremde zu sein — und schon gar nichts Besonderes.

Sie schloss aus alledem, dass ihre Mutter sie nicht liebte, genauso wenig wie sie Papa liebte. Sie glaubte, dass Heike und Mama zusammengehörten. Und sie und Papa blieben übrig.

Ab diesem Zeitpunkt zog sie sich noch mehr in sich selbst zurück. Selbst vor Heike verschloss sie sich zunehmend.

Beim nächsten Besuch im Haushaltswarengeschäft kam es

zu einer weiteren denkwürdigen Begegnung mit Frau Müller. Es war ein wolkenverhangener, schwüler Tag im Juli. Mama und Heike kauften an der Ladentheke Glühbirnen und ein Paket Schrauben, während Johanna wieder zwischen den Regalen umherwanderte.

Ob noch andere Familien in den Kisten und Kartons lebten, die sich hier im hinteren dunklen Teil des Geschäfts stapelten? Sie stellte sich vor, dass all die Pappkartons Häuser einer Straßenzeile wären, und erdachte neben der Familie Vorsicht noch die Familie Ungeschickt, deren Kinder ständig aus Versehen Geschirr zerdepperten, so dass die Eltern schließlich in ein Haus mit Kunststofftellern und -tassen umziehen mussten. Johanna gefiel diese Vorstellung. Sie lächelte und strich mit der Handfläche sanft über einen verstaubten Karton. Plötzlich tauchte ein bebrilltes Gesicht zwischen zwei Regalböden auf. Die Geschäftsinhaberin blickte hindurch, aber Johanna erschien es, als schwebte ihr Kopf körperlos zwischen den dort abgestellten Waren.

»Da ist ja unsere verträumte junge Dame wieder«, nuschelte Frau Müller, und ihr Atem roch scharf wie der von Papa, wenn er lange aufgeblieben war und aus winzig kleinen Gläsern etwas getrunken hatte, das aussah wie Wasser. »Ein Gott ist der Mensch, wenn er träumt, ein Bettler, wenn er nachdenkt«, deklamierte sie und nickte gewichtig. Mit einem langen spitzen Zeigefinger rückte sie die Brille auf ihrer Nase gerade, lächelte freundlich mit diesmal pfirsichfarbenen Lippen, räusperte sich und verschwand.

Johanna blieb verblüfft stehen. Was hatte das zu nun wieder zu bedeuten? Natürlich konnte sie nicht wissen, dass Frau Müller, die Germanistik und Philosophie studiert hatte, bevor sie geheiratet hatte, Friedrich Hölderlin zitierte. Sehr wohl aber dämmerte ihr der Sinn des Zitats. Frau Müller hatte sie mit

Gott verglichen. Sie beherrschte offenbar die Kunst des Gedankenlesens und hatte erkannt, dass Johanna nicht nachgedacht, sondern in Träumereien versunken gewesen war.

»Kaiser, König, Edelmann, Bürger, Bauer, Bettelmann«, flüsterte Johanna vor sich hin. Diesen Spruch hatte sie von ihrer Mutter. In der Reihe kam zwar am unteren Ende der Bettelmann vor, aber Gott wurde nicht aufgezählt. »Gott ist höher als jeder Mensch«, überlegte Johanna. »Aber ich bin doch nur ein Kind.« Dann schüttelte sie heftig den Kopf. Nein, Frau Müller konnte nicht gemeint haben, dass sie, eine Sechsjährige, wie Gott war.

Grübelnd schlenderte Johanna zur Ladentheke zurück. Sie stellte sich neben Mama, die sich gerade mit Herrn Müller, einem dicken Mann mit Stirnglatze und bläulich schimmernder Knollennase, unterhielt. Seine Frau war nirgends mehr zu sehen.

»Ja, unsere Große kommt im September in die Schule«, sagte Mama gerade und legte Johanna eine Hand aufs Haar. »Es wird auch Zeit, nicht wahr?« Dabei sah sie ihr in die Augen.

Johanna wurde von Grauen gepackt. Nein, sie wollte nicht in die Schule. Nicht ohne Heike. Es machte ihr Angst, sich vorzustellen, auf Gedeih und Verderb einer ganzen Masse fremder Kinder ausgesetzt zu sein.

»Unser Peter freut sich gar nicht.« Herr Müller lachte bellend auf. »Der Ernst des Lebens fängt an, das schmeckt ihm natürlich nicht. Aber was hilft es? Nun, immerhin werden unsere Kinder bald gemeinsam die Schulbank drücken.« Er drehte sich um und rief laut in das Dunkel zwischen den deckenhohen Regalen hinter ihm, dorthin, wo der Aufgang zur Wohnung der Müllers sein musste: »Peter, komm runter!«

Das Poltern auf einer unsichtbaren Treppe kündigte an, dass der Sohn dem Befehl seines Vaters Folge leistete. Johanna hatte gar nicht gewusst, dass die Müllers Kinder hatten. Gleichermaßen neugierig wie skeptisch fixierte sie die Stelle, wo der Junge gleich auftauchen musste, der, wie sie vermutete, bestimmt ein wilder, lauter, kräftiger Bengel war. Wie alle Jungs eben.

Doch er entsprach überhaupt nicht ihren Erwartungen. Johanna sperrte vor Erstaunen Mund und Augen weit auf. Peter sah haargenau so aus wie seine Mutter, natürlich nur jünger und kleiner. Spindeldürr war er, sein Haar lockte sich dunkel über schneeweißer Haut, seine zarten Lippen schimmerten rosa, und die Hornbrille wirkte riesig in dem schmalen empfindsamen Gesicht. Seine großen braunen Augen schauten erschreckt drein wie die eines Rehs, das sich unvermittelt einem Jäger gegenübersah.

Johanna stieß erleichtert den Atem aus. Dieser Junge hatte mehr Angst vor anderen Menschen als sie selbst, das war ihr sofort klar. Sogar vor ihr. Von ihm ging keinerlei Gefahr aus.

»Nun komm schon«, herrschte sein Vater ihn ungeduldig an. »Trödel nicht so. Ich will dir jemanden vorstellen.«

Peter zuckte zusammen und trat mit hängenden Schultern vor. Er blieb eine Armlänge entfernt von seinem Vater stehen. »Peter, reiß dich zusammen und begrüß das kleine Fräulein, wie es sich gehört. Ihr werdet euch bald täglich in der Schule sehen.«

Peter murmelte etwas Unverständliches und hielt Johanna eine bleiche schlaffe Hand hin. Sie ergriff sie zögernd.

In diesem Moment geschah etwas höchst Seltsames. Johanna konnte es sich auch später nicht erklären, aber als sich ihre Finger berührten, rastete etwas ein, das zusammenzugehören schien. Wie zwei Puzzleteile, die man nach langem Kramen zwischen Tausenden von anderen Teilen endlich findet und zusammenfügt. Johanna spürte die Verbundenheit mit Peter so deutlich und unmissverständlich, als hätte sie ihn schon immer gekannt. Obwohl sie ihn doch noch nie zuvor getroffen hatte, empfand sie tiefe Freude und gleichzeitig Erleichterung. Endlich vollständig, sagte ihr ihr Gefühl. Was für ein Blödsinn, sagte der Verstand.

Peter schien es genauso zu gehen. Obwohl das eigentlich kaum möglich schien, riss er seine riesigen Augen noch weiter auf. Und ein sanftes Lächeln stahl sich in seine Züge. Nur zögernd lösten sich ihre Hände voneinander. Johannas Angst vor der Schule verflog genau in diesem Augenblick. Ihr Herz wurde leicht; Wärme breitete sich in ihrem Bauch aus.

Aus den Augenwinkeln nahm sie wahr, wie sich Heikes eben noch heitere Miene verdunkelte.

Im September wurde Johanna eingeschult. Sie konnte in der Nacht vor ihrem ersten Schultag kaum schlafen, so aufgeregt war sie. Außerdem hielt Heike sie noch zusätzlich mit Fragen und wilden Mutmaßungen über ihre bevorstehende Zeit als i-Dötzchen, wie man die Erstklässler im Rheinland nannte, wach.

»Bestimmt sind die Lehrer alle so streng wie Herr Beyer«, phantasierte sie drauflos und zog sich die Bettdecke bis zum Hals, so dass ihr rundes weißes Gesicht im Dunkel des Zimmers wie der Vollmond am Nachthimmel aussah.

»Warum denn wie Herr Beyer?«, fragte Johanna entsetzt.

Herr Beyer war der Metzger im Dorf und ein bulliger, muskelbepackter Mann mit grimmigem Gesichtsausdruck, dessen Stimme wie ein tiefes Grollen klang und der Kinder in seinem Geschäft hasste. »Nichts anfassen!«, bellte er, sobald eines nur zur Tür hereinkam. Gott sei Dank verkaufte meist seine Frau die Fleisch- und Wurstwaren, während er im Hinterhaus offenbar blutigen Tätigkeiten nachging. Danach sah jedenfalls seine Schürze aus.

»Na, weil ...« Heike schien selbst kein plausibler Grund einzufallen. »Weil viele Erwachsene streng sind und Lehrer eben auch. Es macht ihnen Spaß, Kinder auszuschimpfen«, schloss sie dann.

Auf den Gedanken war Johanna noch gar nicht gekommen.

»Aber Lehrer müssen Kinder doch liebhaben, oder?«, stotterte sie mit mulmigem Gefühl im Bauch. »Sonst wären sie doch keine Lehrer geworden.«

»Der Bademeister im Hallenbad mag auch keine Kinder«, stellte Heike resolut fest. »Und er hasst es zu schwimmen.« Plötzlich kicherte sie los. »Weißt du noch, wie er mit mir geschimpft hat, weil ich mit meinen Schwimmflügeln von der Seite ins tiefe Becken gesprungen bin, und er dann ausgerutscht und hingefallen ist? Es sah so lustig aus!«

Unwillkürlich musste auch Johanna lachen. Der Mann hatte wirklich eine komische Figur abgegeben, wie er rücklings auf den nassen Fliesen gelegen und mit den Beinen gestrampelt hatte, als wäre er ein dicker Käfer.

»Sein Gesicht war knallrot mit weißen Pünktchen wie eine Erdbeere«, gluckste sie. Dann wurde sie schlagartig ernst. »Aber du hast recht. Er kann Kinder nicht leiden, geht ungern ins Wasser und ist trotzdem Bademeister geworden. Hoffentlich sind die Lehrer in der Schuler netter. Hoffentlich krieg ich eine Klassenlehrerin und keinen Lehrer.«

»Ich weiß nicht.« Heike wurde nachdenklich. »Denk mal an Frau Gruber. So eine als Klassenlehrerin … uuuh.«

Johanna schluckte. Frau Gruber, die Sprechstundenhilfe bei Dr. Fink, dem Zahnarzt in Büttgen, war eine ältere Frau mit breiten Schultern, sehnigen Armen und einem grauen Dutt, der so fest zusammengezurrt war, dass er ihr alle Falten aus dem Gesicht zog. Nie lächelte sie, wenn man in die Praxis kam. Ihre Bewegungen und ihre Mimik waren sparsam, energisch und effektiv. Allein mit strengem Blick dirigierte sie den jeweiligen kleinen Patienten in den Behandlungsraum, wo er auf einer unbequemen Liege aus dunkelgrünem Kunstleder Platz nehmen musste. Hatte man gehorcht – und etwas anderes hätte Frau Gruber nie geduldet –, richtete sie den Gelenkarm eines Lampenungetüms so aus, dass sein gleißendes, grelles Licht einem voll ins Gesicht schien. Dermaßen geblendet, musste man auf das Erscheinen des Arztes und das unangenehme Prozedere warten, das zweifellos bevorstand – das Aufbohren eines Zahnes oder das Erstellen eines Gebissabdrucks, bei dem man in eine fürchterlich nach Kaugummi stinkende Masse beißen musste, bis sie steinhart und der Brechreiz fast unerträglich wurde.

Frau Gruber fungierte auch als Herrn Dr. Finks Assistentin; unsanft rammte sie einem ein hakenförmiges Absaugröhrchen in den Mundwinkel und stopfte einem die Wangen mit trockenen Wattewülsten aus, so dass man sich fühlte wie ein Hamster.

»Mensch, Heike! Warum sollte meine neue Klassenlehrerin so fies wie Frau Gruber sein!«, begehrte Johanna jetzt auf und setzte sich. »Warum kann sie nicht nett wie … wie Frau Müller sein?«

»Hmpf«, machte Heike nur.

»Heike!« Plötzlich dämmerte Johanna, was hier los war. »Du willst mir nur Angst machen, stimmt's?«

Heike sah sie mit kläglicher Miene an.

»Ich will auch in die Schule«, gab sie kleinlaut zu. »Ich will nicht allein zu Hause bleiben!«

»Aber du bist doch noch nicht mal fünf. Du kommst übernächstes Jahr in die Schule.«

»Na und, ich bin fast so groß wie du. Ich finde es gemein, dass du hingehen darfst und ich nicht. Mit Peter.«

Johanna schwieg überrascht. Heike war also eifersüchtig. Offensichtlich hatte sie gespürt, dass Johanna und Peter eine besondere Nähe zueinander empfanden. Auch Johanna ging ihre erste und bislang einzige Begegnung nicht aus dem Kopf, und dass Peter morgen mit ihr gemeinsam eingeschult werden würde, nahm ihr etwas von ihrer Angst vor dem morgigen Tag.

»Peter ist doof«, quengelte Heike.

Johanna hörte zwischen den Worten ihrer kleinen Schwester heraus, wie traurig sie war. Heike besaß nicht wie sie die Gabe, auch für sich allein zufrieden zu sein. Sie brauchte Johanna viel mehr als Johanna sie. Die Vorstellung, von nun an sechs Vormittage die Woche ohne sie verbringen zu müssen und gleichzeitig zu wissen, dass Johanna dabei mit Peter zusammen war, musste fast unerträglich für Heike sein.

Später erinnerte Johanna sich kaum an die Einzelheiten ihres ersten Schultags. Zwar spürte sie noch das Gewicht der bunten Schultüte in den Armen und das Unbehagen, als sie von den anderen Kindern neugierig gemustert wurde. Und sie entsann sich an Mamas vergeblichen Versuch, ihr mitten auf dem Schulhof die widerspenstige dicke Mähne wieder zu ordentlichen, festen Zöpfen zu flechten.

Doch was sie vor allem im Gedächtnis behielt, war, dass Peter fehlte. Ausgerechnet kurz vor der Einschulung war er an Mumps erkrankt, berichtete die neue Klassenlehrerin, die der garstigen Frau Gruber Gott sei Dank nicht im mindesten ähnelte.

Erst zwei Wochen später tauchte Peter morgens auf dem Schulhof auf: blass, durchscheinend und vor Nervosität zitternd. Auf dem Rücken trug er einen braunen Schultornister, bei dem eine der Schnallen offen stand. In den verkrampften Händen hielt er seine Schiefertafel, über deren Fläche ein langer Riss verlief: Er hatte sie auf dem Schulweg durchs Dorf versehentlich fallen lassen. Er war den Tränen nahe und wirkte völlig orientierungslos, als Johanna freudig auf ihn zulief, um ihn zu begrüßen.

»Papa wird mich hauen, weil ich die Tafel kaputtgemacht habe«, wimmerte er. »Ich werde schlimme Prügel kriegen.«

»Meinst du wirklich?« Johannas Freude über das Wiedersehen mit Peter schlug in Erschrecken um. Ihr Vater erhob nie die Hand gegen seine Töchter. Er war lieb und nachsichtig. Und auch von Mama kassierten Heike und sie höchstens mal einen leichten Klaps auf den Po, wenn sie besonders frech und ungehorsam gewesen waren. Sie schaute den verängstigten Jungen prüfend an, sah die blauen Flecken an seinen nackten Oberarmen, die aus seinem kurzärmeligen Hemd herausschauten, und hatte keinen Zweifel mehr, dass er die Wahrheit sprach. Kurz überlegte sie.

»Dann sagst du es ihm einfach gar nicht«, schlug sie pragmatisch vor.

Peter schüttelte den Kopf.

»Er merkt es sowieso. Papa bekommt alles mit. Und er kann es nicht leiden, wenn man unachtsam mit Dingen umgeht. Auch Mama kriegt Haue, wenn ...« Er stockte und klappte den Mund zu.

Johanna ließ sich nicht anmerken, wie sehr sie Peters Worte schockierten. Stattdessen nahm sie ihm die Tafel aus der Hand und betrachtete sie genau. Sie hatte einen hellen Holzrahmen; die Schieferfläche, die grünlich-schwarz schimmerte, war auf einer Seite gelb liniert, auf der anderen ohne Markierung.

»Mensch, die sieht haargenau so aus wie meine«, stellte sie fest und lächelte Peter aufmunternd an. »Wir tauschen einfach. Meine Eltern werden nicht groß schimpfen und mir einfach eine neue kaufen.« Und schon setzte sie ihren Schultornister ab, kramte darin herum und fischte ihre eigene Tafel heraus.

Bevor Peter etwas einwenden konnte, stopfte Johanna die gesprungene Tafel in ihren Tornister und übergab ihm ihre.

»Aber, aber …«, stotterte Peter verlegen. »Ich kann doch nicht …«

»Doch, du kannst!«, unterbrach ihn Johanna resolut. »Und jetzt komm. Hast du die Klingel gerade gehört? Das bedeutet, dass wir uns klassenweise in Zweierreihen aufstellen müssen. Und da vorn wartet auch schon Frau Ludwig, unsere Klassenlehrerin. Die ist sehr nett. Du wirst sie mögen.«

Johanna hatte keine Probleme mit dem Schulstoff. Sie lernte schnell und gern. Innerhalb kürzester Zeit kannte sie alle Buchstaben, deren Schwung und Linienführung sie mit einem Kreidestift auf ihrer neuen Tafel übte, die ihre Eltern sofort anstandslos ersetzt hatten, auswendig. Außerdem las sie bereits kurze Texte. Das Rechnen ging ihr nicht ganz so leicht von der Hand, dafür liebte sie Fächer wie Malen, Musik und Sachkunde. Allerdings tat sie sich mit dem Kontakt zu anderen Kindern schwer und war heilfroh, Peter bei sich zu wissen.

Die beiden teilten sich einen Tisch in der zweiten Reihe. Bald stellte sich heraus, dass Peters Begabung hinter ihrer zurückfiel. Mit dem Schreiben und Einprägen von Buchstaben hatte er große Schwierigkeiten. Immer wieder verwechselte er das b mit dem d oder das g mit dem q. Und als die anderen Kinder der Klasse bereits flüssig kurze Passagen in der Fibel lesen konnten, buchstabierte er noch stockend jedes Wort. Um sich zu helfen, versuchte er, den Text zu erraten, und erntete dafür das Gelächter der anderen Kinder. Johanna ging ihm, so gut sie konnte, zur Hand, fragte sich jedoch, warum Peter in Deutsch so schwer von Begriff war, im Kopfrechnen dagegen glänzte.

Je weiter das Schuljahr voranschritt, desto kleinlauter und in sich gekehrter wurde Peter. Manchmal konnte er sich kaum bewegen, so sehr schmerzten die Striemen vom Gürtel seines Vaters auf Rücken und Po.

Seine Leistungen verbesserten sich indes kaum. Gute Noten bekam er nur in Rechnen, Malen und im Singen. Peter hatte eine wunderbar klare Stimme. Er traf jeden Ton, egal wie schwierig die Melodie auch sein mochte. Und mit Pinsel oder Bleistift konnte er umgehen wie kein Zweiter. Johanna bewunderte Peters Kunstfertigkeit und seine Phantasie, aber sie machte sich auch große Sorgen um ihn. Die beiden verbrachten jede Pause miteinander. Zwischen den Büschen am Rande des Schulhofs spielten sie Rollenspiele und dachten sich Geschichten aus. In diesen Momenten blühte Peter auf; sein Lachen war ansteckend, seine Ideen waren überschäumend.

Sobald er jedoch das Klassenzimmer betrat, sank er regelrecht in sich zusammen und war nur noch ein Schatten seiner selbst. Man merkte ihm an, dass er sich am liebsten unter seinem Tisch verkriechen würde, damit Lehrer und Schüler seine Anwesenheit vergaßen. Sobald er aufgerufen wurde, begann er, zu stottern und zu erröten. Sein Selbstvertrauen, das noch nie besonders groß gewesen war, schrumpfte zu einem Nichts zusammen.

Natürlich lachten ihn die anderen Kinder aus. Es sah ja auch zu komisch aus, wie er mit hochrotem Kopf und riesigen erschreckten Augen hinter der Hornbrille, die viel zu groß für sein kleines Gesicht war, dastand und den Mund bewegte, aus dem die Laute nicht so herauskamen, wie er wollte, während er die mageren Hände knetete.

»Reiß dich zusammen, Peter«, herrschte Frau Ludwig ihn dann an. »Was steht nun an der Tafel? Lies es uns bitte laut vor.«

Und Peter krümmte sich vor Qual, während er von der Klasse kollektiv ausgelacht wurde. Johanna ertappte sich dabei, dass sie ab und zu sogar mitlachte. Zwar leise und verschämt, dennoch tat sie es. Zu groß war in solchen Augenblicken ihre Angst, die Verachtung der Mitschüler könnte sich auch auf sie übertragen.

Doch seltsamerweise blieb das aus. Johanna mauserte sich bald zur Klassenbesten, trotzdem nahm sie niemand als streberhaft oder überheblich wahr. Von den Mädchen und Jungen der Klasse wurde sie respektiert. Wie Peter war sie ein Exot, aber im Gegensatz zu ihm einer, den man widerwillig bewunderte und letztendlich akzeptierte. Als Johanna begriff, dass keiner ihr die Freundschaft mit Peter ankreidete und auch niemand auf die Idee kam, die beiden in einen Topf zu werfen, stand sie uneingeschränkt hinter ihm.

Nach der Schule kam Peter oft mit zu Johanna nach Hause. Johannas Mutter kochte, und sie aßen mit ihr und Heike in der Küche. Dann zog Mama sich für ein Mittagsschläfchen ins Schlafzimmer zurück, denn seit sie wieder schwanger war, ermüdete sie schnell. Johanna und Peter erledigten am Esszimmertisch ihre Hausaufgaben. Oft setzte auch Heike sich dazu und tat so, als machte sie mit. Es fuchste sie immer noch, dass sie nicht zur Schule gehen durfte wie die ältere Schwester.

»Ich kann auch schon ganz gut lesen!«, betonte sie Mal um Mal. »Und guckt mal: Das hab ich aus der Fibel abgeschrieben.«

Johanna hatte Heike die kaputte Tafel überlassen, auf der diese eifrig und mit großem Erfolg Schreibübungen machte.

Auch Heike merkte bald, dass mit Peter etwas nicht stimmte. Wenn die Schwestern zusammen im Bett lagen und längst das Licht gelöscht war, redeten sie lange miteinander und ließen den Tag Revue passieren.

»Peter ist lieb«, sagte Heike eines Nachts, nachdem sie über dies und das gesprochen hatten und Johanna gerade dabei war wegzudämmern. »Ich mag ihn. Und er kann schön malen. Aber warum schreibt er die Buchstaben oft falsch herum? Und beim Lesen denkt er sich Sachen aus, die gar nicht dastehen. Ist er irgendwie … behindert?«

Johanna schrak auf und wollte im ersten Moment automatisch widersprechen. Ihr bester Freund, behindert? Wie diese Contergankinder, von denen Mama erzählt hatte, oder wie die armen Kinder mit Kinderlähmung, die krank geworden waren, als es noch keine Schluckimpfung gab? Behindert wie die Kriegsveteranen mit ihren Bein- oder Armstümpfen und den leeren Gesichtern? Doch dann schluckte sie ihre Verteidigungsrede herunter. Vielleicht hatte Heike ja recht. Vielleicht war das, was Peter am Lesen- und Schreibenlernen hinderte, ja wirklich so etwas wie eine *Be-hinderung*.

»Guck mal«, fuhr Heike leise fort. »Onkel Wolfgang ist farbenblind, nicht wahr? Er kann rote Äpfel nicht von grünen unterscheiden und zieht manchmal ein grünes Hemd zu einer blauen Hose an, und Tante Clara meckert deshalb mit ihm. Aber nützen tut es nichts. Vielleicht ist es bei Peter genauso. Er sieht oder hört die Wörter anders. Und deshalb kann er sie nicht richtig schreiben oder lesen.«

Für Johanna kam Heikes Überlegung einem Aha-Erlebnis gleich. Sie war erleichtert. Schon oft hatte sie sich heimlich gefragt, ob ihr Freund möglicherweise ein bisschen dumm war und ob das im Umkehrschluss bedeutete, dass auch sie es war. Gleich und gleich gesellt sich gern, so sagte man doch. Dennoch brachte sie ausnahmslos gute Noten nach Hause. Aber wenn seine Schwäche mit so etwas wie Farbenblindheit vergleichbar war, dann hatte sie nichts mit mangelnder Intelligenz, sondern nur mit einer anderen Sicht zu tun. Damit erklärte sich auch Peters herausragende Begabung in Mathematik. Wer so messerscharf logisch dachte und in Windeseile kopfrechnete, der konnte eigentlich nicht blöd sein. Nein, Peter war nicht dumm.

Er litt an einer Art Behinderung. Heike hatte den Nagel auf den Kopf getroffen.

Johanna erzählte Peter von ihrem Verdacht, als sie beide zusammen im Apfelbaum saßen. Peter starrte sie mit großen Augen an. Es war an einem sonnigen Frühlingstag 1968, die beiden waren umrahmt von einer rosaweißen Blütenpracht und summenden Bienen und Hummeln.

»Papa sagt, ich bin ein Idiot«, antwortete er schließlich. »Ich hab schon drei blaue Briefe bekommen. Frau Ludwig meint, ich bleibe sitzen. Sie glaubt nicht, dass ich mich noch verbessern kann. Und sie rät meinen Eltern, dass ich auf die Sonderschule gehen soll.« Seine Augen füllten sich mit Tränen.

Johanna war entsetzt.

»Davon hast du mir noch gar nichts erzählt!«, rief sie vorwurfsvoll.

»Ich hab mich nicht getraut. Ich will nicht von dir getrennt werden und auf eine Idiotenschule gehen. Aber wenn du recht hast und ich gar kein Idiot bin, dann ... dann ...« Er rutschte unruhig in seiner Astgabel hin und her.

»Ich rede mit Frau Ludwig«, sagte Johanna resolut. »Nein, zuerst mit Mama. Vielleicht geht die dann ja zu Frau Ludwig oder zu deinen Eltern. Das ist doch ungerecht! Du kannst doch nichts dafür, wenn du die Wörter anders hörst oder siehst als wir.«

Peter sah sie verzagt an.

»Papa sagt, der Suff ist schuld. Dass Mama, als sie mich im Bauch hatte, zu viel getrunken hat. Deshalb sei ich blöd im Kopf.«

»Der spinnt doch! Du bist nicht blöd im Kopf. Guck mal, beim Eckenrechnen bist du jedes Mal der Beste.«

»Deine Mama soll lieber nicht mit Papa sprechen«, sagte Peter jetzt unruhig. »Der kann sie gar nicht leiden. ›Die eingebildete Kuh von diesem Möchtegernstudierten, dabei ist der nur ein effer Taxifahrer …‹ So redet er über sie. Und dass sie mit ihrem Bauch wie ein fettes Nilpferd aussieht.«

Johanna war empört.

»Mama bekommt ein Baby! Jede Frau kriegt dann einen dicken Bauch. Warum sagt er so was hinter unserem Rücken? Wenn wir bei euch im Laden sind, ist er immer ganz freundlich zu Mama.«

»Na, weil sie eine Kundin ist. Er ist zu allen Kunden höflich, aber nach Feierabend lässt er kein gutes Haar an ihnen.«

Nachdenklich pflückte Johanna eine Apfelblüte und hielt sie sich unter die Nase. Sie duftete nach Frühling, Sonne und Wind. Der Geruch vertrieb ihren aufkeimenden Groll auf den verlogenen Herrn Müller.

»Das Baby wird bald kommen, sagt Mama. Ich werde ihr noch heute erzählen, was mit dir los ist. Sie muss mit Frau Ludwig sprechen.«

Aber leider kam alles ganz anders. Am selben Nachmittag platzte Christas Fruchtblase, und die Wehen setzten ein. Johannas Vater brachte seine Frau in seinem Taxi zum Büttger Krankenhaus, dann fuhr er zurück und kümmerte sich um die beiden Mädchen. Heike war völlig verstört.

»Warum hat Mama gestöhnt und geweint?«, wollte sie wissen. »Und warum war ihr Kleid nass?«

Ihr Vater erklärte alles auf seine ruhige und geduldige Art. Sie sollten sich keine Sorgen machen, sagte er. Das Baby wolle raus aus Mamas Bauch. Es könne nicht länger warten.

»Aber warum tut es Mama weh, das doofe Baby?«, bohrte Heike nach. »Sie hat geweint!«

»Das macht es nicht absichtlich. Eine Geburt ist immer mit Schmerzen verbunden. Aber Mama kriegt das schon hin. Wartet nur ab. Morgen ist euer kleiner Bruder da.«

»Oder unsere kleine Schwester«, beharrte Heike. »Ich will kein Brüderchen. Ich will eine kleine Schwester. Bestimmt wird es ein Mädchen.«

Heike sollte recht behalten. Das Neugeborene war ein zartes Mädchen mit pechschwarzen Haaren und einem winzigen rosafarbenen Mund, der an eine Apfelknospe erinnerte. Johanna und Heike staunten, als sie zusammen mit ihrem Vater auf die Station kamen und Mama vorfanden, wie sie im Bett saß und das Baby im Arm hielt.

»Sie ist so klein«, hauchte Johanna ehrfürchtig.

»Ja, winzig. Die kann bestimmt nicht mal Bauklötze hochheben«, überlegte Heike stirnrunzelnd. »Ob sie schnell wächst? Ich will doch mit ihr spielen.«

Alle lachten, auch Mama, die zwar erschöpft aussah, aber rundum glücklich wirkte.

»Du wirst schon noch größer werden, nicht wahr, kleine Hermine?«

Johanna fand, dass Hermine ein merkwürdiger und ziemlich altmodischer Name war; was sie jedoch noch mehr verwunderte, war Papas entgeisterter Gesichtsausdruck bei Mamas zärtlich hingesagtem Satz. Hatten sie den Namen etwa gar nicht zusammen ausgesucht? Sie kuschelte sich in Papas Arm, hörte sein Herz klopfen und seinen Atem stoßweise gehen.

Trotz der Aufregung um ihre neue kleine Schwester hatte Johanna Peters Probleme nicht vergessen. Eines Tages fasste sie sich nach einer Sachunterrichtsstunde ein Herz und blieb im Klassenzimmer, während alle anderen Kinder auf den Pausenhof strömten.

Frau Ludwig saß an ihrem Pult und sortierte die Hefte der Klassenarbeit, die sie gerade geschrieben hatten. Peter war wie immer bis zum Schrillen der Pausenglocke nicht fertig geworden und hatte seine Arbeit erst auf Drängen von Frau Ludwig abgegeben. Dann war er mit hängendem Kopf hinausgeschlichen.

»Na, bist du stolz auf deine kleine Schwester?«, fragte Frau Ludwig freundlich lächelnd, während sie die Hefte in ihrer Mappe verstaute. »Eine Woche ist sie jetzt alt, nicht wahr? Mama kommt sicher bald nach Hause, oder?«

»Ist sie schon«, sagte Johanna. »Papa hat sie und das Baby gestern aus dem Krankenhaus abgeholt. Und ich durfte der Kleinen sogar das Fläschchen geben«, ergänzte sie stolz. Dann besann sie sich. »Aber … aber, ich komme zu Ihnen wegen Peter, nicht wegen Minchen.«

Frau Ludwig seufzte und schlug die Beine übereinander. Dabei strich sie mit ihren langen Fingern den hellblauen Faltenrock glatt, den sie zu einer zart geblümten Bluse trug, und blickte Johanna aus ernsten, klugen Augen an.

»Ja, der Peter, unser Sorgenkind«, meinte sie nur.

»Ich wollte Ihnen etwas sagen, was meine Schwester über Peter …«, hub Johanna an und wurde puterrot. Wie sollte sie es anfangen? Wie ärgerlich, dass sie Mama nicht mit ins Boot hatte holen können. Frau Ludwig würde einer erwachsenen Frau viel mehr Gehör schenken als ihr, einer Siebenjährigen.

»Peter geht nach den Sommerferien auf eine andere Schule«, stellte Frau Ludwig mit fester Stimme klar. »Er ist für die Regelschule nicht geeignet. Das wird sicher nicht leicht für dich, ihr beiden hängt ja sehr aneinander, aber …« Sie legte eine Hand auf ihre Mappe. »Sieh mal, ich weiß, ohne einen Blick in Peters Heft geworfen zu haben, dass seine Arbeit ungenügend sein wird. Peter gehört auf eine Sonderschule, und je eher er dorthin wechselt, umso besser.«

»Aber …« Johannas Augen füllten sich mit Tränen. »Peter ist nicht dumm, er kann nur nicht richtig schreiben und lesen. Er hört und sieht die Wörter anders als wir, und nur darum …«

»Es ist wirklich lieb von dir, wie du dich für deinen Freund einsetzt. Aber lass es gut sein, ja? Peter hat eine Lernbehinderung, so ist es nun mal. Er würde mit der Zeit immer weiter hinter den Leistungen der anderen Kinder zurückfallen, wenn er hierbliebe. In der Sonderschule ist er unter seinesgleichen. Dort herrscht ein viel gemäßigteres Lerntempo. Und dir, Johanna, täte es auch gut, wenn du nicht ständig auf ihn Rücksicht nehmen müsstest. Ich sehe doch, wie sehr du dich um ihn bemühst, und merke sofort, wann du für ihn die Hausaufgaben erledigt hast, weil er sie nicht begriffen hat. Ich habe unlängst auch mit deiner Mutter darüber gesprochen. Sie hält eure Freundschaft für ebenso ungesund wie ich.«

Johanna starrte Frau Ludwig entsetzt an. Das sollte Mama gesagt haben? Sie spürte, wie ihre Hände und Füße kalt wurden. Ihr Herz pochte heftig.

»Peter ist dir ein Klotz am Bein, Johanna. Darin sind deine Mutter und ich uns einig. Der arme Junge kann natürlich nichts dafür. Aber es ist auch für ihn fatal, sich ständig mit dir und deinen Leistungen vergleichen zu müssen. Das hemmt und verunsichert ihn noch mehr.«

Johanna schüttelte den Kopf und öffnete wieder den Mund, doch es kam kein Ton heraus. Mamas Verrat schockierte sie, gleichzeitig fragte sie sich aber, ob Frau Ludwig vielleicht doch richtig mit ihrer Einschätzung lag. Sie war Lehrerin; sie kannte sich mit Kindern und ihren Fähigkeiten aus. Gerade wollte Johanna sich umdrehen und gehen, als ihr noch etwas einfiel: »Aber, aber … Wieso kann Peter dann so gut rechnen?«, stotterte sie.

Frau Ludwig kniff die Augen zusammen.

»Das ist wirklich seltsam, da gebe ich dir recht«, räumte sie ein. »Allerdings darfst du nicht vergessen, dass sein Vater Kaufmann ist. Peter hat bestimmt schon früh geübt, kleine Summen zu addieren. Das wird es sein.« Sie nickte, wie um ihre Aussage für sich selbst zu bekräftigen. »Schau mal: Übung macht eben den Meister. Peter braucht einfach wesentlich mehr Zeit zum Lernen als andere Kinder seines Alters. Die bekommt er auf der Sonderschule.« Sie stand auf und nahm ihre Tasche. »So, kleines Fräulein. Jetzt aber mal raus in die Pause«, sagte sie, legte eine Hand auf Johannas Rücken und dirigierte sie aus dem Klassenzimmer.

Johanna fand Peter hinter einer Heckenrose am Zaun hockend. Er zeichnete mit einem Stöckchen Figuren in die Erde.

»Da bist du ja endlich«, murmelte er, ohne aufzuschauen. »Wo warst du so lange?«

»Bei Frau Ludwig.«

»Ah so. Weshalb?«

»Wegen dir.«

Peter wandte sich ihr zu.

»Es hat nichts genützt, was?«

Johanna presste die Lippen zusammen. Sein resignierter Gesichtsausdruck zerriss ihr fast das Herz.

»Stimmt«, sagte sie schließlich leise. »Es ist beschlossene Sache, dass du die Schule wechselst.«

»Ich bin eben doch ein Idiot.« Peter stand auf. »Papa hat recht.« Er zuckte mit den mageren Schultern.

»Nein, bist du nicht!«, erwiderte Johanna trotzig und schüttelte heftig den Kopf.

Die beiden standen einander mit hängenden Armen gegenüber, bis sie gleichzeitig einen Schritt nach vorn traten und ihren Kopf an die Schulter des anderen legten. Erst jetzt kamen Johanna die Tränen. Sie spürte, wie sich mit jedem Atemzug Peters Brust hob und senkte. Wortlos nahmen sie sich in die Arme. Das hatten sie noch nie zuvor getan, aber es fühlte sich gut an.

Lange blieben sie so stehen, sich ihrer besonderen Nähe und Zuneigung mehr denn je bewusst. Als die Pausenglocke ertönte, gingen sie schweigend miteinander zum Aufstellplatz ihrer Klasse.

Johannas Wut auf ihre Mutter und ihre Enttäuschung waren so groß, dass sie sich niemandem anvertrauen konnte, weder Heike noch Papa. Unentwegt ging ihr Frau Ludwigs Satz durch den Kopf: »Peter ist dir ein Klotz am Bein. Darin sind deine Mutter und ich uns einig.«

Ihren besten und einzigen Freund mit einem leb- und gefühllosen Stück Beton zu vergleichen, der einen wegen seines Gewichts in den Abgrund zog, das fand Johanna nicht nur gemein, sondern auch grausam und kaltherzig. Sie begriff nicht, warum ihre Mutter nicht sah, was Peter ihr bedeutete und dass er sie ganz und gar nicht bremste. Sie redete nur noch das Nötigste mit ihr. Ihr mürrischer Gesichtsausdruck, den sie als Kleinkind stets aufgesetzt hatte, kehrte zurück.

Christa konnte sich das seltsame Verhalten ihrer Ältesten nicht erklären und glaubte, dass es mit Hermines Geburt zu tun haben musste. Wahrscheinlich, so dachte sie, fühlte Johanna sich schlichtweg zurückgesetzt, da die Pflege des Babys ihr als Mutter viel Zeit abverlangte, Zeit, die sie für ihre älteren Töchter nun nicht mehr hatte. Bestätigt fühlte sie sich dadurch, dass Johanna sich zunehmend von der kleinen Hermine fernhielt. Hatte sie ihr anfangs noch gern das Fläschchen gegeben oder den Kinderwagen im Garten hin- und hergeschoben, um die Kleine zum Einschlafen zu bringen, so ließ dieser Eifer mehr und mehr nach, bis er schließlich ganz erstarb. Während Heike großen Spaß daran hatte, bei der Pflege und Betreuung des Babys zu helfen, hockte Johanna im Apfelbaum oder oben im Kinderzimmer und erging sich in Tagträumen.

Peter kam nun kaum noch zu Besuch ins Bahnwärterhäuschen, denn Johanna glaubte, ihn vor der Herzlosigkeit ihrer Mutter schützen zu müssen. Sie spielten weiterhin in den Pausen miteinander, oder Johanna begleitete Peter nach der Schule zu ihm nach Hause.

In der Enge der kleinen Wohnung über dem Laden erledigten die beiden ihre Schulaufgaben und spielten im Anschluss »Mensch ärgere dich nicht« oder »Spitz, pass auf«.

Peters Mutter kochte ihnen einfache Gerichte wie »Himmel und Äd« oder Apfelpfannkuchen, um sich anschließend zum Ausruhen in ihr Schlafzimmer oder nach unten ins Geschäft zurückzuziehen, wo sie die Waren sortierte. Ganz selten gesellte sie sich zu den beiden Kindern und verwirrte sie durch kryptische Zitate berühmter Schriftsteller und Sprichwörter oder eine Mixtur aus beidem.

»Müßiggang ist aller Laster Anfang«, hauchte sie eines Mittags, als sie mit zerzaustem Haar und zerknittertem Kleid aus dem Schlafzimmer auftauchte und durch die Küche Richtung Treppenabgang huschte. Vor der ersten Stufe blieb sie kurz stehen und wandte sich flüchtig Peter und Johanna zu, wobei ihr verschwommener Blick geradewegs durch sie hindurchglitt. »Andererseits sagt Schlegel: ›Müßiggang, du heiliges Kleinod, einziges Fragment der Gottähnlichkeit, das uns noch aus dem Paradiese blieb!‹, nicht wahr?« Sprach's und verschwand, eine Dunstwolke aus Schnapsgeruch hinter sich herziehend.

Peter und Johanna schauten einander an, schüttelten unisono den Kopf und runzelten die Stirn.

»Was denn für ein Laster?«, fragte Peter. »Meint sie den Lastwagen, der uns mittwochs die Elektrogeräte bringt? Aber es ist doch erst Dienstag.«

Johanna zuckte mit den Schultern.

»Und was soll ein Müßiggang sein? Was ist daran gottähnlich?«

Zu Hause schaute sie im zwanzigbändigen Brockhaus nach, der ein ganzes Regalbrett in der Schrankwand des Wohnzimmers einnahm. Es dauerte eine Weile, bis sie den Begriff in Band acht fand. Was sie las, erstaunte und berührte sie: »Müßiggang ist das Aufsuchen der Muße, das entspannte und von Pflichten freie Ausleben, nicht die Erholung von besonderen Stresssituationen oder körperlichen Belastungen.« Hatte Frau Müller etwa auf Johannas Auszeiten im Apfelbaum angespielt? Woher wusste sie davon? Dann kam ihr noch ein Gedanke, einer, der sie in seiner Ungeheuerlichkeit traf wie ein Faustschlag. Sie dachte daran zurück, als sie im Apfelbaum gesessen hatte und der fremde Mann Mama und ihr Fahrrad nach Hause gefahren hatte.

»Müßiggang ist aller Laster Anfang«, murmelte sie vor sich hin.

Wenn Müßiggang aller Laster Anfang war, hatte sie, Johanna, etwa durch ihren »Müßiggang« bewirkt, dass der Störenfried mit dem mintfarbenen Laster gekommen und Mama auf einmal ganz verändert war?

Johanna grübelte lange darüber nach. Waren ihre Tagträumereien im Apfelbaum etwa gefährlich? Sie war ratlos.

Dem Apfelbaum fernzubleiben gelang ihr nicht. Zu kostbar waren ihr die Stunden, die sie dort oben, entrückt vom Rest der Welt, verbrachte. Aber seit Frau Müllers mysteriöser Bemerkung maß sie diesen Zeiten eine weit größere Bedeutung bei als zuvor. Müßiggang war gottähnlich, konnte aber gefährlich werden. Schon immer hatte sie den Zauber verspürt, der in ihr wirkte, wenn sie in der Astgabel hockte, doch jetzt war ihr seine Kraft deutlich bewusst.

Als einige Wochen später ihre Mutter sie entnervt fragte, was Johanna denn wieder mal getrieben habe, als sie sie suchte, antwortete diese schnippisch: »Na was wohl? Müßiggang im Apfelbaum. Gott spielen.«

Sie ließ Mama mit offenem Mund und in der Bewegung erstarrt zurück. Wasser tropfte aus dem nassen Spültuch in ihren Händen auf den Fliesenboden der Küche.

Als das neue Schuljahr begann, blieb Johannas Nachbarplatz im Klassenzimmer leer. Peter hatte auf die Kaarster Sonderschule jenseits des Nordkanals gewechselt. Johanna war kreuzunglücklich. Um sich von ihrem Trennungsschmerz abzulenken, konzentrierte sie sich voll aufs Lernen und erzielte bald noch bessere Ergebnisse als zuvor. Frau Ludwig schlug ihren Eltern vor, Johanna sofort in die dritte Klasse zu versetzen.

»Ihre Tochter ist außergewöhnlich intelligent«, erläuterte sie ihnen nach einem Elternabend, als alle anderen schon gegangen waren. »Sie saugt Wissen auf wie ein Schwamm. Man sollte das fördern. Vor allem sollte verhindert werden, dass sie sich im Unterricht langweilt. Ich bin dafür, Johanna eine Klasse überspringen zu lassen.«

Dieser Vorschlag war nicht ganz uneigennützig. Seit Frau Ludwig Peters Versetzung auf die Sonderschule veranlasst hatte, war ihr Johanna unheimlich. Das Mädchen fixierte sie mit bösen Blicken, wenn es glaubte, sie sehe es nicht, verdrehte die Augen, wenn ihr ein Fehler unterlief, oder stellte spitzfindige Fragen, die sie verunsicherten. Im Grunde ihres Herzens war Frau Ludwig froh, Johanna loszuwerden, auch wenn sie das als gute Pädagogin, für die sie sich hielt, nicht einmal vor sich selbst zugegeben hätte.

Johanna war es herzlich egal, ob sie ein Schuljahr übersprang oder nicht. Seit Peter nicht mehr da war, spielte es für sie keine Rolle, neben wem sie saß. Die anderen Kinder interessierten sie einfach nicht. So blieb sie auch in ihrer neuen Klasse eine Außenseiterin. Zwar schrieb sie weiterhin gute Noten und beteiligte sich rege am Unterricht, kapselte sich aber ansonsten ab. Die Pausen verbrachte sie allein. Sie machte weder beim Gummitwist noch beim Fangen oder Verstecken mit. Stattdessen saß sie auf einem Mäuerchen und ließ die Gedanken treiben.

Zweimal in der Woche besuchte Johanna Peter. Er war kreuzunglücklich in der neuen Schule und schämte sich dafür, dass er dorthin musste. Die Kinder, die die Kaarster Sonderschule besuchten, galten allgemein als dumm, »Panneköppe«, wie Herr Müller abfällig sagte. Von anderen Kindern wurden sie gehänselt, von den Erwachsenen verachtet. Bald war Peters kläglicher Rest an Selbstvertrauen dahin.

Das wirkte sich auch auf die Freundschaft mit Johanna aus. Neben einer solchen Überfliegerin konnte er einfach nicht bestehen. Er fühlte sich winzig klein und unbedeutend. Zwar freute er sich jedes Mal, wenn sie kam, um sich dann aber schweigsam und unzugänglich zu gebärden.

Johanna wiederum verstand ihn immer weniger. Sie glaubte, er interessiere sich nicht mehr für sie, vor allem, als er ihr erzählte, dass er sich mit zwei Mitschülern angefreundet hatte.

Norbert und Axel waren genauso unsicher wie Peter und lebten in einem ebenso lieblosen Zuhause. Mit ihnen verbrachte er die Pausen, möglichst in entlegenen Ecken des Schulhofs. Ungesehen von Lehrern und Schülern verzehrten sie dort Süßigkeiten, die Norbert im Büdchen geklaut hatte, zündelten mit Streichhölzern oder quälten Insekten.

Im Laufe der folgenden Monate bekam Johanna immer häufiger mit, dass Peter manches Mal in die Ladenkasse seines Vaters griff, um Geld für seine Freunde abzuzweigen, und sie registrierte, wie aus seiner schüchternen Art eine gewisse Verschlagenheit wurde. Es befremdete sie, wenn er seine Eltern mit unschuldigem Augenaufschlag anlog, und sie vermutete, dass er auch ihr gegenüber nicht mehr ehrlich war. Und es widerte sie an, wenn er erzählte, dass Axel, Norbert und er Fliegen die Flügel ausrissen oder Nester von Singvögeln zerstörten.

Johanna war tief enttäuscht von ihrem Freund und entfernte sich nach und nach immer mehr von ihm, bis sie ihn irgendwann gar nicht mehr besuchte. Gleichzeitig trug sie es ihrer Mutter immer noch nach, dass sie Peters Schulwechsel unterstützt hatte. Johanna hatte instinktiv begriffen, dass Peters Veränderung zum Negativen mit seinem neuen Umfeld zusammenhing. Sie zog ihre Lehre daraus.

Menschen waren nicht, wie sie waren, sondern wurden durch ihre Umgebung geformt. Und man durfte sich der Zuneigung und Treue eines Menschen nie sicher sein. Jeder konnte sich jederzeit verändern und wegdriften. Freundschaft war nichts wert. Was zählte, war das, was man in sich selbst fand.

In den frühen Morgenstunden des 21. Juli 1969 saß die ganze Familie Franzen, bis auf die kleine Hermine, die selig schlief, gebannt vor dem Schwarzweißfernseher und verfolgte die Mondlandung von Apollo 11. Johannas Eltern hatten sie und Heike extra gegen halb fünf geweckt, damit auch sie Zeuginnen des historischen Ereignisses wurden.

Die Bilder der Fernsehübertragung aus den USA waren grobkörnig und dunkel. Als man mühsam den Umriss von Neil Armstrong ausmachen konnte, wie er als erster Mensch den Mond betrat, hielten Heike und Johanna unwillkürlich den Atem an.

»Ich will auch auf dem Mond spazieren gehen!«, platzte Heike schließlich heraus. »Das sieht toll aus, so leicht und frei.«

»Das liegt an der geringen Anziehungskraft des Mondes.« Johanna kannte sich aus. Das Thema war vor einigen Wochen im Sachunterricht behandelt worden. Ihre neue Klassenlehrerin Frau Frühling hatte sich vom allgemeinen Raumfahrtfieber anstecken lassen und eine Unterrichtsstunde über die besonderen Bedingungen auf dem Mond im Vergleich zum Leben auf der Erde abgehalten.

»Schlaues Mädchen.« Hans lächelte stolz und klopfte die Asche seiner Zigarette im Aschenbecher ab. »Möchtest du denn auch einmal als Astronautin durchs Weltall reisen und den Mond oder sogar andere Planeten betreten?«

Johanna rümpfte die Nase.

»Nee, bestimmt nicht! Keiner weiß, ob Armstrong, Aldrin und Collins jemals wieder heil zurückkommen.« Und altklug setzte sie hinzu: »Warum wollen wir alle Geheimnisse da oben lösen? Auf der Erde gibt es doch genug. Von hier unten sehen Mond und Sterne schön aus, das reicht mir. Guckt doch, wie kahl es dort ist, wo der Armstrong rumläuft. Da will ich nicht hin. Lieber sitz ich im Apfelbaum und schau mir den Himmel mit den blinkenden Lichtern an.«

»Du und dein Apfelbaum«, murmelte Mama. »Ich hoffe nicht, dass du auch noch als Erwachsene da oben hockst und unnützen Träumereien nachgehst.«

In Johannas Ohren klang es verächtlich.

»Wer weiß?«, antwortete sie und trank den letzten Schluck warme Milch, die ihre Mutter ihnen zubereitet hatte. »Wenigstens habe ich Träume und meinen Müßiggang. Anders als du. Du kannst nur putzen, kochen und nähen und Freundschaften kaputtmachen.«

»Johanna!«, rief Papa erschrocken. »Wie redest du denn mit deiner Mutter?«

Sie sah ihn bockig an.

»Ich hab nicht angefangen«, erwiderte sie trotzig, knallte die leere Tasse auf den Couchtisch und stapfte rauf ins Kinderzimmer. Ihr war es egal, ob die drei Astronauten es schafften, auf die Erde zurückzukommen. Wenn es nach ihr ging, konnten sie ewig auf dem Mond zwischen Steinen und Geröll herumtappen.

»Raumfahrt ist doof«, grummelte sie noch, bevor sie sich unter die Decke verkroch.

Auch als Johanna im folgenden Sommer aufs Gymnasium wechselte, blieb sie Klassenbeste. Aufgrund ihrer unabhängigen und selbstbewussten Art erregte sie bald das Interesse der Jungen.

Mit vierzehn Jahren war sie hochgewachsen, schlank und mit ihrem dicken langen Haar, dem wachen Gesichtsausdruck und den vollen Lippen auf eine wilde Art hübsch. Zudem entwickelte sie einen eigenwilligen Kleidungsstil, mit dem sie – ohne es zu beabsichtigen – aus der Menge der Mädchen herausstach. Zwar trug sie die üblichen hautengen Jeansschlaghosen, kombinierte sie aber nicht mit Blusen oder T-Shirts wie ihre Klassenkameradinnen, sondern mit weiten Männeroberhemden, die sie ihrem Vater aus dem Schrank stibitzt hatte und in der Hüfte zusammenknotete. Auf klimpernde Armreife, Ketten oder sonstigen Schmuck verzichtete sie komplett. An den Füßen trug sie flache Segeltuchschuhe. Die zur damaligen Zeit modischen Plateauschuhe fand sie albern und unter ihrer Würde, weil sie anderen eine Größe vorgaukelten, die man nicht hatte. Sie kleidete sich so geradlinig und unverstellt, wie sie war.

Im Unterricht hielt sie mit ihrer Meinung nie hinterm Berg. Sie diskutierte stets engagiert und vehement, so dass mancher Lehrer seufzend aufgab. Ihre Aufsätze in Deutsch, Religion oder Politik erreichten ausnahmslos Bestnoten. Mit weniger hätte sie sich auch nicht zufriedengegeben.

Mit fünfzehn Jahren verliebte sie sich. Jörg besuchte die Parallelklasse, schrieb Gedichte und bezeichnete sich selbst als Pazifist. Er trug die dunkelblonden Haare lang, so dass sie sein schmales, sensibles Gesicht fast verdeckten. Er war ein sanfter, intelligenter Junge.

Schnell wurden die beiden ein Paar. Gemeinsam gründeten sie die Schülerzeitung »New Generation«, ließen sich in die Schülervertretung wählen und besuchten die Philosophie-AG der Schule. Auch außerhalb der Schulzeit erlebte man sie selten getrennt. Nach dem Unterricht radelten sie entweder auf ihren klapprigen Hollandrädern nach Vorst zu Jörgs Familie oder über die Felder zum Haus der Franzens an den Schienen.

Längst war Johanna aus dem gemeinsamen Kinderzimmer mit Heike in den Keller umgezogen. Die Wände des ehemaligen Lagerraums hatte sie bunt angestrichen, unter die Decke gebatikte Tücher gespannt, Matratzen und einen Nierentisch vom Dachboden hineingeschleppt, aus alten Obstkisten ein Regal gebaut und auf den Boden einen Flokatiteppich gelegt. Überall im Raum standen leere Glasflaschen, in deren Hälsen Kerzen steckten, in den Ecken stapelten sich Bücher. Hierher zog Johanna sich mit Jörg zurück. Niemand anderes hatte Einlass, auch Heike nicht.

Eine Zeitlang waren Johanna und Jörg einander selbst genug. Sie diskutierten miteinander, oder sie schrieben auf Christas alter Schreibmaschine Texte für die Schülerzeitung. Viele davon waren sehr politisch. Die beiden hatten sich der Friedensbewegung verschrieben.

Dass sie irgendwann auch miteinander schliefen, konnte Johannas Eltern eigentlich nicht verborgen bleiben. Dennoch schwiegen sie dazu. Johanna erklärte sich das bei ihrem Vater mit seiner typischen Toleranz und bei ihrer Mutter damit, dass sie zu prüde war, um sich dem Gedanken an die Geschlechtsreife ihrer Tochter zu stellen. Mama hatte schon immer ein eigenartiges Verhältnis zur Sexualität gehabt. Nie würde sie ein Aufklärungsbuch aufschlagen oder im Fernsehen eine noch so brave Szene anschauen, in der Frau und Mann sich körperlich nahekamen.

An einem verregneten Novemberabend 1976 lagen Johanna und Jörg gerade auf ihrem Bett und hörten bei Kerzenschein eine Supertramp-Platte, als plötzlich Heike hereinplatzte.

»Mensch, kannst du nicht anklopfen?«, beschwerte Johanna sich.

»Peter ist tot!« Heikes rundes Gesicht war käseweiß.

Johanna setzte sich auf; sie hatte das Gefühl, die Szene wie in Zeitlupe zu erleben. Wie Heike verstört durch das Zimmer tappte, wie Jörg zum Schallplattenspieler ging, um die Nadel von der Scheibe zu heben, wie sie selbst sich das wirre Haar ordnete und den Pulli über die Hüften zog.

»Was soll das heißen, tot?«, fragte sie, um im selben Moment zu merken, wie dümmlich ihre Frage klang.

»Er hat sich umgebracht.« Heike sank auf die Ecke der Matratze. Ihre Augen füllten sich mit Tränen. Sie war inzwischen dreizehn Jahre alt und zu einem hübschen Teenager herangewachsen.

Johanna konnte es einfach nicht glauben.

»Bist du sicher?«

»Natürlich! Vor die Bahn hat er sich geworfen, kurz vorm Ortseingang von Büttgen. Heute Mittag. Man hat seine Füße gefunden; sie steckten noch in den Schuhen«, erklärte sie und schluchzte.

Johanna schluckte. Peter hatte schmale Füße gehabt, genauso zart wie seine Hände.

Sie hatte ihn in letzter Zeit per Zufall zweimal im Dorf getroffen. Einmal, als sie mit Jörg zum Schreibwarengeschäft geradelt war, und einmal im Sommer vor der Eisdiele. Beide Male hatte sie ihn nur kurz gegrüßt, um sich sofort wieder abzuwenden. Ihre Verbindung war gekappt worden, schon vor langer Zeit.

Dennoch hatte Johanna sich bei Peters Anblick erschrocken. Er war zu einem langen, schlaksigen Jugendlichen herangewachsen, dessen gelbliche Gesichtsfarbe und tief eingesunkene Augen von einem ungesunden Lebenswandel sprachen. Das lockige Haar hing ihm fettig in die Stirn.

Johanna hatte den Eindruck gehabt, ihr ehemals bester Freund sei high oder betrunken. Bei seinem hingenuschelten »Hallo« vor der Eisdiele war eine Schnapsfahne zu ihr herübergeweht. Er war in Begleitung von mehreren gleichaltrigen Jugendlichen gewesen, die sich großspurig und aggressiv gaben.

Und nun war er tot.

»War es denn überhaupt wirklich Selbstmord?« Die Frage kam von Jörg. »Ich meine, der Typ kann doch auch vom Zug erfasst worden sein, als er versucht hat, die Gleise zu überqueren.«

»Und warum sollte er dann sein Fahrrad, seinen Rucksack und eine leere Flasche Apfelkorn ordentlich nebeneinandergestellt hinter einem Busch zurücklassen?« Heike schüttelte den Kopf. »Nein, das war kein Unfall. Außerdem war es abzusehen. Peter war unglücklich.« Sie warf Johanna einen vorwurfsvollen Blick zu. »Er hatte die falschen Freunde. Ich weiß das, weil ich ihn ein paarmal auf dem Rathausplatz getroffen habe. Im Sommer ist er mit einem schlechten Hauptschulabschluss von der Schule abgegangen und hat keine Lehrstelle bekommen. Er half dann seinem Vater im Laden aus. Seit seine Mutter in der Irrenanstalt ist, war er diesem Tyrannen zu Hause auf Gedeih und Verderb ausgeliefert. Wie gesagt, ich habe mit ihm gesprochen. Er tat mir so leid, aber ich kam nicht an ihn ran. Mir gegenüber hatte er nur flapsige Sprüche parat. Dir hätte er sich vielleicht geöffnet, Johanna.«

Die Anklage traf Johanna mit voller Wucht. Ihr blieb die Luft weg.

»Aber wir hatten seit Jahren nichts mehr miteinander zu tun«, verteidigte sie sich halbherzig.

»Und das zu Recht!«, pflichtete Jörg ihr bei. »Der Typ hatte sie nicht mehr alle. Und die Clique, mit der er rumhing, ist nicht ohne. Pöbeleien und Prügeleien sind bei denen an der Tagesordnung. Und krumme Dinger. Dass Johanna sich von dem Pack fernhielt, war genau die richtige Entscheidung.«

»Du kanntest ihn doch gar nicht!«, fuhr Johanna dazwischen, die es nicht ertragen konnte, dass Jörg sich schlecht über Peter äußerte. »Er war ein lieber Kerl. Von klein auf ist er von seinem Vater misshandelt worden und wegen seiner Legasthenie auf der falschen Schule gelandet! Außerdem ist seine Mutter psychisch krank und konnte ihm nie wirklich eine Stütze sein. Nein, Heike hat schon recht. Ich hätte mich um ihn kümmern müssen!« Ihr kamen die Tränen; ihre Hand zitterte, als sie versuchte, sie fortzuwischen. »Ich bin schuld!«, rief sie und lief aus dem Zimmer.

Erst als sie im dunklen Garten stand, begriff sie das Ausmaß der schrecklichen Neuigkeit. Der Seelengefährte ihrer Kindheit war gestorben, von eigener Hand. Ihr liebster und einziger Freund damals. Es gab ihn nicht mehr.

Fast automatisch fanden ihre Füße den Weg über die Wiese zum Apfelbaum. Mit wenigen Handgriffen und sicheren Tritten erreichte sie die Astgabel. Dort hockte sie stundenlang, die Arme um die raue Rinde des Stammes geschlungen. Weder die Kälte noch Heikes Rufe oder Jörgs Bitten konnten sie dazu bewegen hinunterzusteigen. Auch als ihre Mutter später mit Hermine an der Hand kam und sie bat, ins Haus zurückzukehren, weigerte sie sich.

»Und du bist auch schuld«, schleuderte sie ihr entgegen. »Du hast unsere Freundschaft zerstört. Und Peters Zukunft. Ich hasse dich!«

Worauf Mama sie nur schockiert ansah und Hermine bitterlich zu weinen begann. Johanna war es egal. Teilnahmslos sah sie zu, wie ihre Mutter die Kleine auf den Arm nahm und wieder mit ihr ins Haus ging. Noch lange saß sie in der Astgabel, unfähig, sich zu rühren.

Von jeher war der Apfelbaum ihre Zuflucht und feste Burg gewesen. Als Kind hatte sie dort stets neue Kraft tanken können, indem sie sich weitab von der Welt wähnte und ungestört ihre Gedanken treiben ließ. Dieser Effekt stellte sich heute nicht ein, auch nicht nach Stunden. Verzweiflung und Schuldgefühle blieben, und es gelang Johanna nicht, sich abzulenken, was sie zusätzlich verunsicherte. Irgendwann – ihre Arme und Beine kribbelten bereits schmerzhaft vor Kälte, Fingerspitzen, Zehen und Nase waren taub und gefühllos – musste sie einsehen, dass sich etwas unwiederbringlich verändert hatte.

Der Zauber des Apfelbaums war endgültig dahin und sie selbst eine andere.

Desillusioniert und todtraurig kletterte sie mit steifen Gliedern hinunter und ging in ihr Zimmer. Jörg war längst nach Hause gefahren; bestimmt war er sauer auf sie, weil sie auch auf seine Rufe nicht reagiert hatte. Schnell schlüpfte sie unter die Decke und igelte sich dort ein. Sollte er doch schmollen!

Sie fühlte sich so allein wie nie zuvor in ihrem Leben.

Tags darauf bat Heike ganz zerknirscht bei ihrer großen Schwester um Entschuldigung.

»Es tut mir leid, Jo. Ich war total durcheinander wegen Peter und habe wohl einfach einen Schuldigen gesucht. Du hättest ihn ganz bestimmt nicht retten können. Ich weiß doch, wie sehr du dich damals nach Peters Schulwechsel darum bemüht hast, eure Freundschaft aufrechtzuerhalten. Natürlich bist du nicht verantwortlich …«

Die beiden Mädchen saßen zusammen in der Küche. Ihre Mutter war mit Hermine zur Musikschule gefahren, sie bekam seit ein paar Wochen Flötenunterricht. Ihr Vater war noch bei der Arbeit.

»Doch«, widersprach Johanna vehement, während sie an der blau-gelb-orangenen Prilblume knibbelte, die seit Jahren auf der hölzernen Eckbank klebte. »Ich hätte damals irgendwie verhindern müssen, dass Peter auf die Sonderschule wechselt. Er war verloren dort. Und er schämte sich so.« Ihr kamen die Tränen. »Warum bin ich nicht hartnäckig geblieben und habe Frau Ludwig bekniet, ihn bei uns zu lassen? Und Mama! Wieso hab ich sie nicht überredet, sich für Peter einzusetzen? In seiner Familie tat es doch keiner. Sein Vater ist ein grober Klotz und seine Mutter total durch den Wind, das war sie auch damals schon.«

Heike legte ihre Hand sanft auf Johannas.

»Wir waren Kinder«, sagte sie leise. »Die Erwachsenen glaubten sich im Recht. Weder Frau Ludwig noch Mama haben ernstgenommen, was wir sagten. Außerdem kam Hermine auf die Welt. Erinnerst du dich? Alles kreiste nur um das Baby. Sogar Papa war ganz anders als sonst.«

»Stimmt.« Johanna schaute ihre Schwester nachdenklich an. »Wir waren plötzlich alle in einer Art Ausnahmezustand. Aber wieso eigentlich? Hermine war Mamas und Papas drittes Kind, es konnte doch nichts Neues für sie sein, noch mal eine Tochter zu kriegen.«

Heike ging zum Küchenschrank und nahm das Kakaopulver heraus. Während sie Johanna den Rücken zuwandte, zwei Becher mit Milch füllte und Kakao hineinrührte, sagte sie wie zu sich selbst: »Das habe ich mich auch schon öfter gefragt. Hermine ist irgendwie besonders, keine Ahnung, warum. Und das war sie schon bei ihrer Geburt.« Sie drehte sich um, stellte die Becher auf den Küchentisch und setzte sich wieder.

»Danke.« Johanna nahm einen Schluck und leckte sich die Lippen. »Weißt du was? Mir ist Hermine irgendwie fremd. Ich mag sie nicht mal besonders. Und es ärgert mich, dass sie Mamas Lieblingskind ist. Wenn sie nicht gewesen wäre, hätte Mama uns vielleicht zugehört und dafür gesorgt, dass Peter auf unserer Schule bleiben darf.«

»Das glaube ich nicht.« Heike schüttelte vehement den Kopf. »Mama fand Peter einfach seltsam. Sie hielt es für richtig, ihn von dir zu trennen, weil sie dachte, er hindere dich am Lernen. Hermine kann nichts dafür, ehrlich nicht. Sie ist eine liebe kleine Maus. Es ist nicht in Ordnung von dir, sie so abzuweisen. Das ist echt gemein und hat mit Peter gar nichts zu tun.«

Johanna runzelte die Stirn.

»Aber jetzt ist Peter tot!«, sagte sie aufgebracht. »Auch wenn wir uns aus den Augen verloren hatten, hab ich ihn doch lieb gehabt. Nur das Beste habe ich ihm gewünscht und nicht so ein schreckliches Ende. Wie verzweifelt er gewesen sein muss!« Sie rührte heftig in ihrer Tasse. »Mir vorzustellen, dass sein Körper von der Lok zerrissen und von den Rädern der Waggons zerfetzt worden ist …« Ihr wurde übel; sie schob den Kakao weg. »Und ich fühle mich so schuldig. Er war mein Freund. So eine Freundschaft endet nicht.«

»Dann komm mit mir zur Beerdigung«, bat Heike leise. »Schuldgefühle bringen dich nicht weiter, und es war seine freie Entscheidung zu gehen. Sein fester Wille, sonst hätte er es nicht auf diese Art und Weise getan.«

Johanna sah ihre Schwester lange an.

»Ja, da hast du vielleicht recht. Und natürlich gehe ich mit. Wo denkst du denn hin?«

Wegen Peters Beerdigung stritten Johanna und Jörg das erste Mal ernsthaft miteinander. Bisher waren sie nur über politische oder soziale Themen aneinandergeraten, zuletzt wieder über Ulrike Meinhofs Selbstmord im Mai in der JVA Stuttgart Stammheim, den Johanna als Skandal bezeichnete. »Unsere Gefängnisse müssen dringend modernisiert und die Gefangenen psychologisch betreut werden«, forderte sie vehement. In solchen Debatten, in denen Johanna generell radikalere Ansichten als der harmoniebedürftige, friedliebende Jörg vertrat, hatten sie es im Lauf der Zeit zu einiger Übung gebracht.

Der Streit um Peters Beerdigung jedoch hatte eine ganz andere Qualität, er wurde persönlich verletzend. Alles begann damit, dass Jörg bekundete, Johanna zu der Bestattung auf dem Büttger Friedhof begleiten zu wollen.

»Ich schwänze am Dienstag einfach auch Religion und Sport, so wie du«, schlug er vor, als sie am Schulkiosk zusammenstanden und ein eben gekauftes sogenanntes Fortunabrötchen mit dem zwischen beide Hälften geklemmten Schokokuss vertilgten. »Dann radeln wir gemeinsam nach Büttgen.«

Johanna zog die Stirn kraus.

»Ich will nicht, dass du mitkommst«, stellte sie auf ihre direkte Art klar. »Peter war mein Freund, nicht deiner.«

»Aber ich möchte dich trösten können, falls es zu schrecklich für dich wird«, hielt Jörg tapfer dagegen. »Ich meine es gut.«

»Das weiß ich.« Johanna seufzte. »Aber ich komme schon klar. Ich weiß, dass es schlimm werden wird, aber da muss ich durch. Und ich bin es Peter schuldig, wenigstens das.«

»Ich finde nicht, dass du ihm irgendwas schuldig bist. Ihr hattet in den letzten Jahren doch gar keinen Kontakt mehr miteinander.«

»Eben drum. Das war ein schlimmer Fehler von mir. Ich habe Peter allein gelassen. Er ist mein Seelengefährte gewesen; es war etwas ganz Besonderes zwischen uns.«

»Das ist doch Quatsch«, erwiderte Jörg sauer, und Johanna begriff erstaunt, dass er schlicht und einfach eifersüchtig war. Das machte sie wütend. Wie kleinlich von ihm! Wie konnte er in dieser traurigen Angelegenheit eine derart profane Regung zulassen?

»Was weißt du schon von Peter und mir?«, fauchte sie. »Und von dem, was uns verbunden hat? Aber es geht dich auch gar nichts an! Nur weil wir ein Paar sind, hast du keine Exklusivrechte auf mein Leben. Ich gehe mit Heike zur Beerdigung und mit sonst niemandem. Basta! Und da es dir offenbar ein Dorn im Auge ist, was Peter und ich mal füreinander waren, frag mal meine Mutter, wie man es effektiv schafft, eine Freundschaft zu zerstören. Sie könnte dir in der Hinsicht bestimmt ein paar wertvolle Tipps geben!«

Zornig drehte sie sich um und stiefelte ins Gebäude zurück. Dabei wischte sie sich ungeduldig die Tränen aus den Augenwinkeln.

Es stand Jörg nicht zu, ihre Beziehung zu Peter zu bewerten, fand sie. Dennoch verspürte sie ein schlechtes Gewissen. Warum war sie ihn dermaßen hart angegangen? Sie musste einsehen, dass ihre Schuldgefühle gegenüber Peter sie so kratzbürstig gemacht hatten sowie das Bedürfnis, sich selbst und Jörg dafür zu strafen.

Verdiente sie es überhaupt, in einer glücklichen Beziehung zu leben, während Peter nie mehr irgendein Glück empfinden würde und sein zerstückelter Körper im Sarg verweste?

Die Beerdigung war furchtbar und trostlos, genau wie das Wetter an jenem Tag. Es hatte die ganze Nacht durchgeregnet, und am Morgen, als Heike und Johanna mit den Fahrrädern am Büttger Friedhof eintrafen, schüttete es immer noch wie aus Eimern.

Der Boden auf dem Hauptweg des Geländes war schlammig und mit Pfützen übersät, die Mädchen zogen die Kapuzen ihrer Parkas weit ins Gesicht und waren dennoch bald bis auf die Haut durchnässt, als sie sich zwischen den Trauernden und ihren Schirmen hin zur Kapelle drängten.

Es waren unglaublich viele Menschen, die Peter das letzte Geleit geben wollten. Johanna sah etliche Jugendliche, wahrscheinlich seine ehemaligen Mitschüler, aber auch Erwachsene, von denen sie nicht wusste, ob es sich um Verwandte, Lehrer oder nur Schaulustige handelte. Peters Eltern hatte sie noch nicht entdeckt; die waren wahrscheinlich schon in der Kapelle.

Die Menschen, die sich vor und hinter ihnen drängten, sprachen alle entweder gedämpft oder gar nicht. Auch Johanna und Heike wurden ganz still.

Und dann traten sie endlich über die Türschwelle. Alle Stühle waren bereits besetzt, so dass sie sich hinten in eine Ecke stellen mussten. Irgendjemand drückte Johanna ein Liedblatt in die Hand. Die Luft in dem Raum war durchsetzt von Feuchtigkeit, und es zog. Johanna begann sofort, am ganzen Leib zu zittern. Auch Heike fröstelte und schmiegte sich an ihre Schwester.

»Schau mal, der Sarg.« Heike deutete nach vorn, aber natürlich hatte Johanna ihn längst entdeckt. Schlicht war er, aus dunkelbraunem Holz und mit einem kleinen Blumenbouquet in Herbstfarben geschmückt. Automatisch stellte Johanna sich vor, dass Peters zusammengesammelte Gliedmaßen darin lagen, sortiert wie bei einem Puzzle.

Ihr schauderte, und sie versuchte, die makabren Bilder aus ihrem Kopf zu verbannen, indem sie sich umschaute. Schließlich entdeckte sie Herrn Müllers Halbglatze und daneben den toupierten und unnatürlich blauschwarz gefärbten Haarschopf seiner Frau. Sie erhaschte einen Blick auf ihr Halbprofil und war erschrocken über die eingefallenen Wangen und die gelbe Gesichtshaut. Ihr Brillengestell wirkte übergroß und schwer; die dünne lange Nase schien es kaum tragen zu können. Peters Vater sah neben ihr aus wie das blühende Leben: feist, rotwangig, mit kräftigem Stiernacken. Den Blick richtete er stur und trotzig geradeaus, haarscharf am Sarg seines Sohnes vorbei.

Orgelspiel unterbrach Johannas Betrachtungen. Die Trauergemeinde sang das erste Lied. Später konnte Johanna sich nicht mehr daran erinnern, welches es gewesen war. Überhaupt verschmolz für sie die ganze Beerdigung im Nachhinein zu zwei Ereignissen, die ihr umso tiefer im Gedächtnis haften blieben.

Was der Pfarrer über Peters viel zu kurzes Leben sagte, waren Phrasen, die wenig Persönliches beinhalteten. Sie rauschten an Johanna vorbei. Unruhig trat sie von einem Bein auf das andere. Die nasse Kleidung klebte an ihrem Körper, ihre Füße waren zu Eisklumpen geworden. Dann aber kam vorne Bewegung in die Szene.

Johanna reckte den Hals und sah, wie Frau Müller aufstand und ein paar Schritte machte. Ihr Mann versuchte, sie zurückzuhalten, aber sie schüttelte seine Hand wie eine lästige Fliege ab und stolperte zum Rednerpult. Verdattert räumte der Pfarrer den Platz und ließ sie ans Mikrophon treten. Ein Raunen ging durch die Trauergemeinde, als Frau Müller sich schwankend an dem Holzpult festhielt und tief Luft holte. War sie etwa betrunken?

»Liebe Anwesende«, hauchte sie, bevor sie mit festerer, leicht schriller Stimme fortfuhr. »Sie wissen, dass mein geliebter Sohn entschieden hat, aus dem Leben zu treten. Er war mein Augenstern, mein Ein und Alles, und doch musste ich mitansehen, wie unglücklich er war. Zu zart für diese Welt, ja, das beschreibt meinen Peter recht gut.« Ihre Stimme brach, und sie schniefte, bevor sie weitersprechen konnte. »Zu zart für das Leben, in das er hineingeboren wurde. Wissen Sie, er hatte schreckliche Angst vor seinem Vater, von klein auf.« Ihre Augen wurden durch die Brillengläser extrem vergrößert, und ihr Blick geisterte durch die Reihen. Niemand konnte sich ihm entziehen. Totenstille herrschte jetzt in der Kapelle. Kein Hüsteln, kein Kleiderrascheln, kein Räuspern wie noch vor wenigen Minuten waren mehr zu hören. Die Leute hielten buchstäblich den Atem an. »Und ich kann das verstehen. Mir ging es viele Jahre ebenso. Furcht bestimmte unser Leben, doch Peter war viel tapferer als ich. Ich bewundere ihn für seinen Mut und betrauere doch, dass es ihn nun nicht mehr gibt. Alle Hoffnung, die ich noch hatte, ist dahin.« An dieser Stelle kramte Frau Müller in der Tasche ihres dunklen Lodenmantels herum und holte schließlich einen zerknitterten Zettel hervor. »Lassen Sie mich Tolstoi zitieren«, sagte sie. »›Nur die Widerwärtigkeiten des Lebens können uns von der Eitelkeit des Lebens überzeugen und so die uns angeborene Liebe zum Tod oder zur Wiedergeburt zu einem neuen Leben verstärken.‹« Sie nickte, stopfte das Papier zurück in ihre Tasche und ging mit gestrafften Schultern durch den Mittelgang hinaus aus der Kapelle.

Sie hinterließ fassungsloses Schweigen. Erst als die Tür mit lautem Krachen zuschlug, erwachten die Leute aus ihrer Starre und begannen, aufgeregt miteinander zu tuscheln. Herr Müller saß wie versteinert auf seinem Platz. Stumm stierte er auf den Sarg seines Sohnes.

Johanna stand mit wild klopfendem Herzen da. Sie empfand Frau Müllers Rede als ungeheuer mutig, nicht zuletzt deshalb, weil sie um die Zerbrechlichkeit von Peters Mutter wusste. Sie wunderte sich, dass nicht einer von all den Leuten in der Kapelle nach draußen ging, um nach Frau Müller zu schauen.

Das zweite Ereignis, das Johanna für alle Zeiten in Erinnerung bleiben sollte, war das Verhalten der Trauergemeinde an Peters Grab. Nachdem die vier Träger den Sarg hinabgesenkt und der Pfarrer ein Gebet gesprochen hatte, stellte Peters Vater sich neben der Grube auf, in dem sich nun die sterblichen Überreste seines Sohnes befanden, und nahm Beileidsbekundungen entgegen. Johanna und Heike warteten weit hinten in der Schlange, die nur langsam vorrückte. Inzwischen hatte es aufgehört zu regnen. Der Himmel riss auf; winterlich weiße Sonnenstrahlen ergossen sich auf den Friedhof und ließen nasses Laub, nasse Schirme und Mäntel glänzen.

Endlich kamen die Schwestern in die Nähe des Grabes. Johanna reckte den Hals, um besser sehen zu können, was sich dort abspielte. Sie sah, wie die Menschen Herrn Müllers Hand drückten, und hörte gemurmelte Worte des Beileids. Alle benahmen sich ausnahmslos so, als wäre vorhin in der Kapelle nichts Besonderes vorgefallen. Johanna hatte das Gefühl, sich mitten in einer schlechten Theateraufführung zu befinden. Ihr wurde die Kehle eng. Dann bemerkte sie etwas noch Unglaublicheres, etwas, das die Ignoranz der Kondolierenden ad absurdum steigerte.

Zwei Reihen hinter Peters offenem Grab, unübersehbar für alle in der Nähe Stehenden, saß seine Mutter auf einem Grabstein und baumelte mit den Beinen. Jeden, der zur letzten Ruhestätte ihres Sohnes trat, beobachtete sie genau. Mal nickte sie, mal lächelte sie, und ab und zu schüttelte sie grimmig den Kopf. Auf Johanna wirkte sie wie ein kleiner Kobold, der Schabernack trieb und für menschliche Augen unsichtbar war, denn niemand nahm Notiz von ihr, selbst ihr Ehemann und der Pfarrer nicht. Alle taten so, als wäre sie nicht da.

»Heike.« Johanna stieß ihrer Schwester in die Rippen. »Siehst du sie?«

»Ja klar. Verrückt, oder?«

»Nicht so verrückt wie die Leute hier. Komm, lass uns verschwinden. Peter würde es uns bestimmt nicht übelnehmen, dass wir seinem Vater kein Beileid aussprechen.«

»Stimmt.« Heike nickte, und die zwei bahnten sich ihren Weg zurück durch die Schlange, die ihnen nur widerwillig Platz machte.

Erst zu Hause wurde Johanna bewusst, dass sie sich nicht von Peter verabschiedet hatte. An seinem Grab wäre die Chance dafür gewesen, dachte sie im Nachhinein. Aber auch, als sie Tage später wieder den Friedhof aufsuchte und vor dem schlichten

Holzkreuz und dem Berg an Kränzen stand, gelang es ihr nicht. Sie konnte immer noch nicht akzeptieren, dass Peter nicht mehr da war. Schließlich radelte sie mit einer unbändigen Wut im Bauch über die Felder zurück. Ihr Groll richtete sich abwechselnd gegen Peters Vater, gegen Peter, gegen sich selbst und sogar gegen die Deutsche Bundesbahn, deren D-Zug Peter getötet hatte. Warum waren die Schienen frei zugänglich für jedermann und nicht besser abgeriegelt?

Die Wut nistete sich in ihr ein, bis sie schließlich zu einem festen Teil von ihr wurde, zu ihrem Motor, der ihr auch später immer wieder gute Dienste leistete.

2

Donnerstagabend

Wir blieben an diesem Abend noch lange zusammen sitzen. Der Rotwein hatte uns gesprächig gemacht. Heike und Johanna erzählten Anekdoten aus ihrer Kindheit, und meine Eltern betonten immer wieder, wie unterschiedlich die beiden von klein auf gewesen seien.

»Trotzdem hieltet ihr meist zusammen wie Pech und Schwefel«, sagte unsere Mutter schmunzelnd. »Wenn eine von euch etwas ausgefressen hatte, schwieg die andere beharrlich. Gegen dieses Bollwerk war schwer anzukommen.«

»Na, das Glück hatte ich nicht«, stöhnte ich theatralisch. »Ich musste mich ganz allein gegen eine elterliche Übermacht wehren.«

Unser Vater schnaubte amüsiert.

»Du warst unser härtester Brocken«, behauptete er und schenkte uns allen Wein nach. »Willensstark und gleichzeitig mit einem Charme ausgestattet, gegen den wir nicht ankamen.«

Mama nickte bestätigend, während Johanna und Heike mich interessiert ansahen.

Ich zuckte mit den Achseln.

»Ich habe mich halt so durchlaviert«, bekannte ich und musste grinsen. »Wenn ich etwas unbedingt wollte, zum Beispiel mitten in der Woche bei einer Freundin übernachten, habe ich Mama und Papa vorab von ganz allein meine Hausaufgaben gezeigt, die ich natürlich besonders sorgfältig gemacht hatte. Erst Stunden später kam ich mit meinem Wunsch um die Ecke. Ihnen fehlten dann die Argumente, mir das Außerhausschlafen zu verbieten, und schon hatte ich meinen Willen … Das hat recht gut funktioniert.«

»Wir waren ja froh, dass du Freundinnen hattest«, gab Mama zu. »Seit Hermine wussten wir, dass das nicht selbstverständlich ist.«

Johanna und Heike schauten einander vielsagend an, und schon wieder fühlte ich mich ausgeschlossen.

»Das ist wohl wahr«, sagte Heike. Sie stand auf, verschwand in der Küche und kam mit einer Tüte Chips und einer Porzellanschüssel zurück. »Hermine tat mir manchmal richtig leid, aber mit ihrer schroffen Art kamen gleichaltrige Mädchen einfach nicht zurecht.« Sie riss die Packung auf, füllte die Schale mit Chips und stellte sie auf den Esstisch.

»Na, und wegen ihrer ständigen Andeutungen«, ergänzte Johanna ungnädig und griff in die Schale. »Irgendwann ließ sie das zwar, aber da war es schon zu spät. Sie hatte ihren Ruf weg.«

»Was denn für Andeutungen? Und welchen Ruf hatte sie?«, fragte ich. Ich dachte an Hermines erste Tagebucheintragung zurück, in der sie festgestellt hatte, dass sie Dinge erlebte, für die sie keine Worte fand. Mich beschlich ein mulmiges Gefühl.

»Ach, nichts«. Das kam von Mama. Sie warf Johanna einen strafenden Blick zu. »Du weißt, wie krank Hermine war. Bitte lasst uns heute Abend von etwas anderem reden. Ich werde sonst traurig.«

»Ja, das finde ich auch.« Unser Vater nahm sich ein paar Chips, kaute bedächtig und sagte dann: »Heike hat sich immer sehr lieb um Hermine gekümmert, auch noch als Johanna schon in Hamburg studiert hat. Wir waren sehr froh darüber. Es hat Hermine über ihre Einsamkeit hinweggetröstet, bis … na ja, bis ihre Krankheit ausbrach und sie ins Wohnheim kam. Du hingegen, Britta, bist mir nie einsam vorgekommen.«

»Nö, war ich auch nicht. Außer meinen Freundinnen und Freunden hatte ich ja meine große Familie. Es kann auch ein Vorteil sein, als Nesthäkchen zur Welt zu kommen.«

Heike lachte.

»Du warst so süß als Baby!«

»Und das bin ich jetzt nicht mehr?«, fragte ich gespielt empört, und alle prusteten los.

Als wir schließlich weinselig zu Bett gingen, fragte ich mich, wie ich es hinkriegen sollte, unbeobachtet wenigstens noch ein paar Seiten im Tagebuch zu lesen. Im Laufe des Abends war ich immer begieriger darauf geworden, mehr von meiner verstorbenen Schwester zu erfahren. Aber ich teilte mein Zimmer mit Heike, was es mir unmöglich machte, dort zu lesen. Schließlich schmuggelte ich das Tagebuch, als alle anderen Zähne geputzt hatten und in ihren Betten lagen, in meinem Handtuch ins Bad.

Ich setzte mich auf den Badewannenrand und schlug das orangefarbene Buch mit dem goldenen Schnitt an der Stelle auf, an der ich gestern aufgehört hatte zu lesen.

Weihnachten 1976

Ständig sehe ich diese Dinge, die sonst niemand sieht. Warum ist das so? Wie dieser Bauernhof, über dem immer die Sonne scheint. Es ist so friedlich dort, aber trotzdem bin ich jedes Mal ganz traurig, wenn ich ihn sehe. Ich kapiere das nicht! Einmal habe ich versucht, Heike das Bild in meinem Kopf zu beschreiben, aber sie hat nur gelacht und gemeint, dass Träume einem manchmal sehr echt vorkommen könnten. Aber das ist kein Traum! Heike ist so lieb, die beste Schwester von allen, aber auch sie versteht mich nicht.

Die beste Schwester von allen … Ich klappte das Tagebuch zu und fragte mich, ob ich derselben Meinung wie Hermine war. Nein, entschied ich, wusch mir Hände und Gesicht und putzte mir die Zähne. Ich hatte Johanna und Heike gleich lieb, jede auf ihre Weise, gerade weil sie vollkommen verschieden waren und ich sie nicht miteinander vergleichen konnte. Sowieso war mein Verhältnis zu ihnen von Beginn an durch unseren immensen Altersunterschied geprägt worden. Als meine großen Schwestern waren sie Vorbilder und zugleich natürliche Korrektive in meinem Leben.

Würde ich einmal so viel erreichen wie Johanna? War es mir möglich, ein freier Geist wie sie zu werden? Würde ich irgendwann in mir ruhen wie Heike? Trug ich ebenso viel Liebe und Empathie in mir wie sie? Das waren die Fragen, die ich mir immer wieder stellte.

Ich seufzte, löschte das Licht im Bad und tappte auf Socken zu meinem Zimmer. Leise öffnete ich die Tür. Der Lichtschein aus dem Flur fiel auf Heikes entspanntes Gesicht. Sie schlief. Hastig zog ich die Tür hinter mir zu und kroch unter die Bettdecke.

Als ich die Augen schloss, hörte ich sie im Schlaf murmeln.

»Alles gut, Mama«, glaubte ich zu verstehen. »Ich bin ja da.«

Heike

Heike kam im Sommer 1963 als pausbäckiges, kräftiges Baby mit feinem Haarflaum am ganzen Körper auf die Welt. Nahezu mühelos flutschte sie ins Leben und stieß nach einem nur leichten Klaps auf den Po einen durchdringenden Schrei aus.

»Es klang siegesgewiss«, erzählte Christa später jedem, der es hören wollte. »Es war ein Triumphschrei voller Lebenslust.«

Anschließend schaute Heike sich wachen Blickes um, ließ sich geduldig wickeln, waschen und ankleiden und trank gierig ihr erstes Fläschchen. Als sie es geleert hatte, schlummerte sie selig im Arm ihrer Mutter ein.

Heikes erste Wahrnehmungen waren das sanfte Streicheln von Händen und die Wärme eines weichen großen Körpers. Mama war da; bei ihr fühlte sie sich geborgen und sicher. Auch später im Leben hatten Berührungen eine besondere Bedeutung für Heike. Sie stellte ungeheuer gern Körperkontakt mit ihren Mitmenschen her.

Die pulsierende Wärme des anderen am eigenen Leib zu spüren war für ihr Wohlbehagen elementar wichtig. Dabei genügte manchmal das flüchtige Streicheln einer Hand oder das Berühren einer Schulter, um eine erste Verbindung zum anderen herzustellen. Distanz hielt sie Zeit ihres Lebens schwer aus.

Heike wurde in eine Atmosphäre aus Liebe und Wärme hineingeboren. Ihre Eltern und Johanna liebten sie von ganzem

Herzen, dessen konnte sie gewiss sein, und Heike war zufrieden. Auch die Enge der Dreizimmerwohnung in der Neusser Innenstadt vermittelte ihr Geborgenheit. Hier waren alle nahe beieinander, auf einer Etage, entweder im gleichen Raum oder Tür an Tür mit ihr.

Als Heikes Großeltern plötzlich starben und sie als Dreijährige mit ihrer Familie in das Bahnwärterhaus mitten aufs Feld zwischen Kleinenbroich und Büttgen zog, brauchte sie trotz der spannenden Spielmöglichkeiten im großen Garten eine ganze Weile, um sich einzugewöhnen. Ein schreckliches Gefühl bemächtigte sich ihrer, das sie bislang nicht gekannt hatte. Es äußerte sich als Ziehen im Magen und Herzen und trieb ihr die Tränen in die Augen. Manchmal schaute sie von dem mit Waschbeton plattierten Hof bis zum weiten Horizont und bekam furchtbare Angst. Dann weinte sie bitterlich und wünschte sich in die kleine Wohnung nach Neuss zurück.

Diese Traurigkeit verunsicherte sie sehr, so dass sie noch mehr Mamas, Papas oder Johannas Nähe suchte. Nachts kroch sie zu ihrer Schwester ins Bett; allein und einsam dazuliegen wäre einfach zu schrecklich gewesen.

Dass Heike an Heimweh litt, wusste sie damals noch nicht; sie kannte ja nicht einmal das Wort.

Im Laufe der Wochen und Monate ging es ihr langsam besser, der Schmerz ließ nach. Stattdessen suchte sie das Abenteuer. Heike trug eine kaum zu bändigende Lebensfreude in sich, die sich wie von selbst ihren Weg bahnte.

Da sie sich aber ganz allein fürchtete, brauchte sie zwingend eine Verbündete, um loszuziehen. Das konnte natürlich nur die zweieinhalb Jahre ältere Johanna sein. Mit dem ihr eigenen Charme schaffte Heike es immer wieder, die bisweilen verträumte und mürrische Schwester zu Streifzügen durch das alte Haus und den Garten anzustiften.

Eines Tages im September – ihre Mutter war gerade im Keller des Hauses mit der Wäsche beschäftigt – hatten sich die Mädchen vorgenommen, den verstaubten Dachboden zu erforschen, der voller geheimnisvollem Gerümpel war und bestimmt den ein oder anderen Schatz barg.

Um hinaufzugelangen, musste man im winzigen Flur des ersten Stocks mit einem eisernen Haken in der Decke eine Luke öffnen, so dass sich eine daran befestigte Klappleiter herabziehen ließ. Johanna gelang es erst im fünften Anlauf, die Klappe herunterschwenken zu lassen und den Rahmen der Leiter zu greifen. Mit einem durchdringenden Quietschen und lautem Krach sausten die Metallbeine nach unten und schlugen mit Wucht auf dem Dielenboden auf.

Heike und Johanna konnten gerade noch beiseitespringen; ihre Herzen pochten wild. Bestimmt hatte Mama den Lärm bis in den Keller gehört. Aber von unten rührte sich nichts. Gespannt schauten sie nach oben. In dem hellen Viereck, das plötzlich in der Decke erschienen war, tanzten Staubflocken.

»Komm«, flüsterte Heike aufgeregt. »Wir klettern schnell rauf.«

»Moment.« Johanna runzelte die Stirn. »Die Leiter ist sehr steil, ich glaube, es ist zu gefährlich, vor allem für dich.« Nachdenklich betrachtete sie die Jüngere von oben bis unten. »Du bist zu klein. Du schaffst das nicht.«

»Gar nicht wahr!«, widersprach Heike sofort heftig. »Ich bin zwar nicht so groß wie du, aber viel stärker!« Demonstrativ reckte sie Johanna ihre rundliche Faust entgegen. »Du traust dich nur nicht!«

»Stimmt überhaupt nicht!« Johanna schüttelte den Kopf. »Na gut. Du kletterst vorne weg, damit ich dich auffangen kann, falls du fällst.«

Oben empfing sie eine schweigende, geheimnisvolle Welt.

Kisten und Koffer stapelten sich auf den uralten Holzdielen bis in die Winkel der Dachschrägen hinein. Je ein Fenster an den Giebelseiten des Raumes spendete genügend Licht, um sich zurechtzufinden. Spinnweben zogen sich wie Girlanden von Dachbalken zu Dachbalken. Heike und Johanna gingen sofort auf Entdeckungstour und öffneten Kartons und Truhen. Sie fanden alte Briefe, fest zu Päckchen verschnürt, Wäschestücke aus steifem Stoff und vergilbter Spitze, die aus einer längst vergangenen Zeit stammten, ausrangierte Vasen und Töpfe sowie Schwarzweißfotos in Hülle und Fülle.

»Die Männer haben ja alle ganz lange Bärte«, kicherte Heike, »und wie grimmig sie gucken!«

»Und die Frauen schauen so ernst und traurig drein. Ob das alles Papas Verwandte sind?« Johanna betrachtete die Bilder nachdenklich. »Bestimmt, oder? Mama kommt ja aus Schlesien, und auf der Flucht konnten sie nichts mitnehmen …«

»Nur das, was sie am Leib trugen«, zitierte Heike aus den spärlichen Erzählungen ihrer Mutter. »Das sind gruselige Bilder.« Sie warf einen ganzen Haufen zurück in die Kiste und schauderte. »So viele tote Leute …«

»Ich finde es spannend.« Widerstrebend legte Johanna die Fotos, die sie noch in der Hand hielt, weg. Gerade steuerte sie einige Kartons an, in denen der Bebilderung nach Teile einer Modelleisenbahn stecken mussten, als Heike sie zu sich rief.

»Komm, wir verkleiden uns mit den Sachen hier!«

Schon kramte sie in einem Koffer voller alter Kleidungsstücke. Johanna tat es ihr nach. Bald standen sie wild ausstaffiert voreinander und lachten sich kaputt über ihr Aussehen. Viel zu große Korsetts hatten sie lose umgebunden, klobige Riesenschuhe an den Füßen, Federhüte auf dem Kopf und Handschuhe an, die die ganzen Arme hinaufreichten. Entzückt betrachteten sie sich in einem halbblinden Standspiegel, den sie hinter einem Kistenstapel entdeckt hatten. Johanna hatte als Erste genug, riss sich die Klamotten wieder vom Leib und stopfte sie zurück in den Koffer. Dann trat sie an eines der Fenster, wischte den Schmutz von der Scheibe und schaute hinaus.

»Komm schnell, Heike«, stieß sie staunend aus. Und dann sah auch Heike es: die Schienen! Nach einer langen Linkskurve hinter ihrem Garten endeten sie am Horizont. Die Kartoffel- und Rübenfelder zu beiden Seiten wirkten endlos. Nur wenige Büsche und Bäume bildeten Begrenzungen für das Auge. Über allem wölbte sich ein weiter Himmel, das Blau durchsetzt mit grauen Wolkenfetzen. Ein Schwarm Vögel zog vorbei.

»Toll, oder?«

Heike nickte beklommen und griff hilfesuchend nach der Hand der großen Schwester. Sie kam sich auf einmal winzig klein und verloren vor.

»Schau mal, kommt dort nicht die Eisenbahn?«, fragte sie.

Und tatsächlich, schon ratterte ein D-Zug heran. Heike kriegte es mit der Angst zu tun, denn es sah so aus, als würde die Lok mit ihren grün-elfenbeinweißen Waggons geradewegs ins Haus hineinrasen. Panisch kniff sie die Augen zusammen. Ihre Angst steigerte sich ins Bodenlose. Der Lärm schwoll an, der Boden vibrierte. Sie hielt den Atem an und erwartete das Schlimmste. Doch nichts geschah. Langsam ebbte der Krach ab. Heike atmete stoßweise ein und aus und traute sich endlich, wieder hinauszuschauen. Nur noch die Rückseite des letzten Abteils blitzte in der Sonne auf, dann war der Spuk vorbei.

»Johanna! Heike! Was fällt euch ein, hier oben alles durcheinanderzubringen!«

Erschrocken fuhren die beiden herum und erblickten in der Öffnung der Luke Mamas Gesicht mit zornig blitzenden Augen.

»Und überhaupt! Ihr hättet von der Leiter fallen und euch das

Genick brechen können! Kaum guckt man einmal nicht hin, habt ihr nur Unfug im Kopf. Also, Johanna, wirklich! Von dir hätte ich mir mehr Vernunft erwartet!«

Worauf die einen Schmollmund zog.

Sobald die Kinder wieder sicher im ersten Stock des Hauses angekommen waren und Mama ihre Kleider abgeklopft hatte, polterte Johanna beleidigt die Stufen hinab.

»Es war nicht meine Idee!«, rief sie noch, rannte in den Garten und verzog sich in den Apfelbaum.

Heike jedoch hatte ein schlechtes Gewissen, begleitete Mama in die Küche und half ihr beim Kochen.

»Es war sooo aufregend da oben«, plapperte sie, während sie auf einem hölzernen Schemel stehend Kartoffeln wusch. »Ulkige Anziehsachen gibt es da und Fotos mit ulkigen Leuten … und all die Kisten!«

»Es wird allerhöchste Zeit, den Dachboden zu entrümpeln.« Heikes Mutter seufzte. »Aber wann soll ich dazu die Zeit finden? Und eigentlich ist es auch Papas Sache. Es ist der Kram seiner Eltern, der dort oben vor sich hin staubt.«

»Ach, lass es doch so, wie es ist«, bettelte Heike. »Wir können da so schön spielen! Verstecken und Verkleiden.«

Christa lachte und zauste ihr das feine Haar, in dem sie noch eine Spinnwebe entdeckt hatte. »Das hättest du wohl gern! Habt ihr zwei nicht genug Spielzeug? Eure Puppen, die Teddys, das Kasperletheater, die Bauklötze …«

»Das schon, aber …« Mit glänzenden Augen schaute Heike zu Mama auf. »Auf dem Dachboden ist es spannender. Nur wenn die Eisenbahn kommt, ist es schrecklich!« Sie schauderte. »Ich dachte, sie fährt das ganze Haus um, und … bums … sind wir alle tot.«

»Na, so ein Blödsinn!« Mama lächelte zärtlich. »Die Schienen führen doch am Grundstück vorbei. Nichts kann passieren. Na ja, laut ist es schon, das Getöse der Züge, das stimmt wohl, aber hier unten doch auch. Ich habe eine ganze Weile gebraucht, um mich daran zu gewöhnen und mich nicht jedes Mal zu erschrecken, wenn ein Güterzug vorbeirattert! Weißt du, da, wo ich aufgewachsen bin, gab es keine Gleise und noch nicht mal eine große Straße in der Nähe. Nur weite Hügel mit Feldern und kleinen Wäldchen dazwischen. Und ein paar Hühner, Schweine, Kühe und Pferde, aber die machen ja nicht so einen Lärm. Nicht mal der Traktor.« Sie schaute verträumt zum Fenster hinaus und wischte geistesabwesend die Hände an ihrer Schürze ab.

»Das muss schön gewesen sein, mit all den Tieren.« Heike seufzte. »Warum können wir denn nicht dort wohnen?«

Ihre Mutter sah sie an.

»Du weißt doch, es gab einen schlimmen Krieg … Nicht nur wir, sondern alle Leute, die auf dem Hof wohnten, mussten ihn verlassen und weit weg fliehen. Und so ging es allen Familien dort. Das Land gehört ihnen nicht mehr, und es gehört auch nicht mehr zu Deutschland, sondern zu Polen.«

»Krieg ist doof«, stellte Heike fest. Christa nickte ernst. Ihr Gesicht verschloss sich. Sie sah auf einmal tieftraurig aus.

»Mein Vater, dein Großvater, kam während der Flucht um. Die Russen haben ihn getötet. Und meine Mutti starb, als ich gerade erwachsen war.«

»Hast du denn keine Schwester wie ich?«, fragte Heike, die sich das nicht vorstellen konnte und die plötzlich unendliches Mitleid mit ihrer Mutter empfand.

»Leider nicht, nein. Ich rede nicht gern darüber, aber ich hatte mal einen kleinen Bruder. Der ist mit nur zwei Jahren gestorben, weil er sehr krank war. Damals in Schlesien …«

Sie klang so wehmütig, dass es Heike fast das Herz zerriss.

»Das ist schlimm«, sagte sie leise, kletterte vom Hocker und umschlang Mamas Hüften mit ihren vom Kartoffelwasser triefenden Armen. »Aber du hast ja uns, Johanna, Papa und mich. Alles ist gut.«

»Kind, du machst mich ganz nass und schmutzig«, sagte Mama lachend. »Alles ist gut, du hast recht.« So war Heike eben. Sie konnte es nicht leiden, wenn jemand traurig war, und es nahm sie selbst furchtbar mit. Anders als Johanna war sie besonders empfänglich dafür, wie andere sich fühlten.

So sah sie schon daran, in welcher Geschwindigkeit Papa nach der Arbeit oder den Vorlesungen aus dem Auto stieg und mit welcher Körperhaltung er auf das Haus zulief, in welcher Stimmung er war. Erkannte sie, dass er sich abgeschlagen und ausgelaugt fühlte, ging sie behutsam mit ihm um. Sie lief ihm zwar entgegen wie immer, bombardierte ihn aber nicht mit all den neugierigen Fragen, die ihr auf der Zunge brannten, sondern ergriff einfach seine Hand und ging schweigend mit ihm hinein. Sie ließ ihm Zeit, sich zu erholen.

Leider war Mama nicht so rücksichtsvoll. Hatte sie sich tagsüber etwa über den Kohlenmann oder die Bäuerin, bei der sie immer Eier kaufte, geärgert, berichtete sie Papa sofort davon.

»Was sagst du dazu?«, wollte sie wissen und sah ihm forschend ins müde Gesicht. »Unmöglich, oder? Hans, so geht das nicht weiter …« Und schon fuhr sie fort mit ihrer Litanei, während er erschöpft dasaß und man ihm den Überdruss förmlich ansah.

Heike konnte solche Situationen kaum ertragen. Schnell brachte sie Papa dann ein Bonbon, ein Blümchen oder ein selbstgemaltes Bild.

Später, im Wohnzimmer, kuschelte sie sich in Papas Arme und ließ sich erzählen, wie sein Tag gewesen war. Hatte er lange Taxifahrten hinter sich, lauschte sie voller Begeisterung seinen Berichten von reichen und verrückten Fahrgästen, die Papa ihre halbe Lebensgeschichte erzählten, mit Trinkgeld geizten oder sich über die Maßen großzügig zeigten. Kam er von der Uni, lachte sie mit ihm über die Schrullen seiner Professoren oder ließ sich seine Zeichnungen zeigen. In solchen Momenten war sie glücklich.

Was sie weniger gut ertragen konnte, war Johannas zeitweilige Unnahbarkeit. Es regte sie wahnsinnig auf, wenn die große Schwester ihre abweisende Miene aufzog oder gar in den Apfelbaum stieg, von dem sie eine Ewigkeit lang nicht mehr herunterkam. Heike schaffte es dann einfach nicht, Johannas Mauern zu durchbrechen. Stattdessen fühlte sie sich zutiefst einsam und verlassen. Was war sie selig, wenn abends wieder alles gut war und sie zusammen mit Johanna im Bett lag. Dann wärmte sie sich am Körper der Älteren, hörte ihr Herz schlagen und ihren Atem gehen und war zufrieden.

Als Johanna ein Jahr nach dem Einzug der Familie ins Bahnwärterhaus in die Schule kam, war Heike der Verzweiflung nahe. Was sollte sie den lieben langen Tag ohne ihre Schwester anfangen? Dass Johanna außerdem in Peter einen Freund gefunden hatte, der sie auch nach der Schule vereinnahmte, versetzte ihr einen weiteren Stich. Sie klammerte sich noch mehr an Mamas Rockschöße und half im Haushalt, so gut sie konnte.

Und sie wünschte sich sehnlichst ein Haustier, am liebsten einen Hund. Immer wieder versuchte sie, ihre Mutter dazu zu überreden. Doch in der Hinsicht blieb diese hart.

»Mir kommt kein Köter ins Haus«, sagte sie fest.

»Aber vielleicht wenigstens eine Katze«, quengelte Heike.

»Nein! Denk nur an all die Haare und die Pfotenabdrücke auf den Fliesen. Und außerdem: Katzen fangen Mäuse und schleppen sie halbtot ins Haus.«

»Aber …«

»Ein für alle Mal, Heike: Nein! Schlag dir diesen Quatsch aus dem Kopf!« Aber Heike konnte und wollte ihren Wunsch nicht aufgeben. Nachdem sie zunächst wochenlang vergeblich versucht hatte, zusammen mit Johanna eines der Kaninchen auf dem Grundstück zu fangen, spielte ihr eines Tages der Zufall in die Hände. Johanna war in der Schule, es war ein warmer Tag Ende Mai 1968, und Heike spielte im Garten.

All ihre Puppen und Teddys hatte sie nach draußen geschleppt und nebst Puppengeschirr auf einer Wolldecke drapiert. Gerade fütterte sie ihre Lieblingspuppe mit Klee, als plötzlich ein großer grauer, zotteliger Hund über den Rasen lief und am Apfelbaum sein Bein hob. Dann entdeckte er das kleine Mädchen auf der Decke, kam angelaufen und beschnüffelte es aufgeregt. Heike war entzückt! Der Hund war zutraulich und so niedlich. Erst streichelte sie ihn noch etwas zurückhaltend, dann kraulte sie ausgiebig sein Fell, umarmte ihn stürmisch und begann schließlich, auf der Wiese mit ihm herumzutollen. Sie warf Stöckchen und rannte mit dem Hund um die Wette, bis sie schließlich völlig außer Atem ins Gras sank. Der Hund kam sofort angerannt und schleckte ihr Gesicht. Heike kicherte.

»Du dummer Kerl«, stieß sie aus. »Ich bin doch nicht schmutzig.«

In dem Moment kam Mama mit Hermine im Kinderwagen zurück; sie hatte einen kleinen Spaziergang zum Nachbarhof unternommen, um dort Eier zu kaufen. Sie erschrak, als sie ihre Tochter halb unter einem zotteligen Ungetüm begraben sah, und schrie panisch auf.

»Um Himmels willen!« Sie ließ den Kinderwagen stehen und rannte zu Heike. Der Beutel mit dem Eierkarton rutschte ihr vom Handgelenk, etliche Eier kollerten über den Hof, viele zerbrachen.

»Sch, sch!«, rief sie. »Hau ab, du Bestie!«

Heike blickte erstaunt auf; der Hund bellte, wich aber nicht einen Zentimeter zurück. Mit gesträubtem Fell und erhobenem Schwanz stand er da und beäugte wachsam die fremde Frau.

»Schau mal, das ist mein neuer Freund!«, rief Heike und umarmte den Hund, der seine Starre aufgab, um sie erneut abzuschlecken.

Ihre Mutter schrie auf.

»Heike! Das ist gefährlich! Komm schnell zu mir!« Sie klatschte ein paarmal in die Hände, aber der Hund ließ sich nicht vertreiben, sondern hechelte und wedelte freundlich. Dann trabte er in aller Seelenruhe zu dem Stoffbeutel und schleckte die ausgelaufenen Eier von den Waschbetonplatten. Heikes Mutter stürzte panisch zum Kinderwagen mit der kleinen Hermine und zog ihn ein Stück von dem Hund fort. Misstrauisch beobachtete sie das große Tier, das mit der Nase über den Boden schnüffelte und sich weiterhin den Eidotter einverleibte.

»Ach Quatsch! Der ist ganz lieb!«, verteidigte Heike den Hund vehement. »Wir haben so schön gespielt, bevor du kamst. Mama, darf ich ihn behalten? Ich hab mir auch schon einen Namen für ihn ausgedacht: Strubbel. Das passt doch gut zu ihm, oder?« Flehend sah sie ihre Mutter an, ordnete ihr Kleid, zog die Kniestrümpfe hoch, lief zu ihr und ergriff ihre Hand. »Bitte, Mama. Darf ich ihn behalten? Streichle ihn doch auch mal! Er ist ganz weich und warm!«

Aber Christa schob Heike von sich und schüttelte vehement den Kopf.

»Auf keinen Fall! Bestimmt hat er Flöhe! Außerdem gehört er uns nicht. Nein, dieses Viech will ich nicht hier haben.« Wieder klatschte sie mehrmals in die Hände und lief, als der Hund keinerlei Reaktion zeigte, zum Hauseingang, neben dem ein Besen an der Wand lehnte. Damit ging sie auf Strubbel los.

»Verschwinde hier!«, brüllte sie. »Weg, sag ich! Weg, du blöder Köter!«

Der Hund schaute auf, leckte sich noch einmal die Schnauze

und trabte dann gemächlich Richtung Gartenzaun. Mit geschmeidigen Bewegungen schlängelte er sich durch das halbgeöffnete Tor und lief über das Feld davon.

»Mama! Was hast du getan? Du hast Strubbel vertrieben! Er war doch mein Freund!«

Heike brach in Tränen aus. In Strömen liefen sie ihr über die geröteten Wangen. Sie war fassungslos.

»Du bist so gemein!«

Weinend lief sie die Treppe hoch ins Kinderzimmer. Dort verkroch sie sich unter der Bettdecke und schluchzte lange vor sich hin. Als Johanna von der Schule nach Hause kam, steckte Heike immer noch unter den Daunen.

»Heike, du kriegst da drunter doch gar keine Luft«, sagte Johanna sanft. Sie setzte sich auf die Bettkante und lupfte die Decke an einer Ecke.

»Lass das!«, protestierte Heike und bebte vor Empörung. »Ich komm nie wieder raus!«

Johanna lachte.

»Tust du doch, wetten?«, rief sie und zog mit einem Ruck das Bettzeug fort. »Aha! Da bist du ja schon!«

Heike kreischte vor Schreck, dann verzog sich ihr verheultes Gesicht zu einem zaghaften Lächeln. Sie beugte sich vor und versuchte, die Decke zurückzuerobern. Bald entbrannte ein heißer Kampf zwischen den Mädchen, in dem sie sich gegenseitig ihre Kopfkissen und Nachthemden an den Kopf warfen. Schließlich waren sie so außer Atem, dass sie sich nebeneinander lang auf dem Laken ausstreckten.

»Jetzt erzähl mal«, bat Johanna, als sie wieder Luft kriegte. »Was ist denn überhaupt los?«

»Mama war vorhin richtig gemein!«, rief Heike aufgebracht. Und dann erzählte sie, was passiert war. »Ich will doch nur einen Freund«, schloss sie kläglich.

Johanna hörte mit ernster Miene zu und strich Heike das zerzauste Haar aus dem Gesicht.

»Strubbel gehört bestimmt einer anderen Familie«, sagte sie. »Zu denen ist er zurückgelaufen, und sie waren ganz erleichtert, dass er endlich wieder zu Hause war. Wie müssen sie ihn vermisst haben! Heike, man kann nicht einfach ein Tier behalten, nur weil es einem zuläuft.«

Heike sah ihre Schwester mit großen Augen an, bevor sie langsam nickte.

»Darüber hab ich gar nicht nachgedacht. Aber trotzdem, ich hab ihn lieb gehabt, und er mich auch. Das weiß ich genau.«

Johanna lächelte.

»Das glaube ich dir. Ganz sicher sogar. Aber du siehst ein, dass du ihn nicht behalten konntest?«

»Ja. Aber ich will einen Hund!«

Johanna schüttelte den Kopf.

»Das geht nicht, denn Mama hat große Angst vor Hunden. Sie ist als Kleinkind mal von einem gebissen worden.«

»Das hätte Strubbel nie gemacht!«, begehrte Heike auf. »Und für Hermine hat er sich auch nicht interessiert!«

»Sagt ja auch keiner!« Langsam wurde Johanna ungeduldig.

»Wenigstens irgendein Haustier will ich!«, quengelte die Jüngere. »Irgendeins, damit ich nicht so allein bin, wenn du in der Schule bist.«

»Ich spreche mit Mama und Papa darüber, ja?« Johanna ergriff Heikes Hand. »Und jetzt komm runter zum Essen. Mama hat deine Leibspeise gemacht: Reibekuchen mit Apfelmus. Es tut ihr doch auch leid, dass du traurig bist.«

»Na gut.« Heike setzte sich auf. »Wer zuerst in der Küche ist!« Und schon war sie im Flur, schwang sich auf das Holzgeländer der Treppe und rutschte wie der Blitz nach unten.

Heikes Herzenswunsch und ihre Verzweiflung ließen ihren Vater nicht kalt. Eines Nachmittags sah Heike vom Kinderzimmerfenster aus, wie er mit dem Wagen in die Einfahrt fuhr und einen großen eckigen Gegenstand, über den ein Handtuch gebreitet war, von der Rückbank hob. Es nieselte ein wenig, daher beeilte er sich, ins Haus zu kommen. Eilig lief Heike nach unten und auf den Hof.

»Was hast du da, Papa?«

»Sei nicht so neugierig, kleines Fräulein, und mach mir Platz. Am besten packst du es im Wohnzimmer aus«, sagte er schmunzelnd.

»Das große Ding ist für mich?« Heike staunte und hüpfte aufgeregt um ihren Vater herum.

»Ja, ist es. Schau, ich stelle es jetzt vorsichtig auf dem Couchtisch ab. Dann darfst du die Decke herunterziehen. Aber mach langsam, ja, sonst erschreckst du ihn noch!«

»Ihn? Oh, Papa, ist da ein Haustier drin?«

Inzwischen waren ihre Mutter mit dem Baby im Arm und Johanna ebenfalls ins Wohnzimmer gekommen. Mama lächelte Heike aufmunternd an.

»Ach, ich weiß schon, was das ist«, erklärte Johanna betont gelangweilt. Sie hockte sich auf eine Sessellehne und verschränkte die Arme vor der Brust.

Heike war so aufgeregt, dass ihr das Herz bis zum Hals schlug. Stück für Stück zog sie die Decke von dem Kasten herunter. Zum Vorschein kam ein Käfig, in dem auf einer Stange ein Vogel saß.

»Och, ist der süß!«, stieß Heike begeistert aus. »Was für einer ist das?« Sie betrachtete das blauweiße Gefieder, die dünnen Krallen, den gebogenen Schnabel und die schwarzen Knopfäuglein, die sie skeptisch fixierten. Dann gab der Vogel einen leisen, schnarrenden Laut von sich. Heike lachte entzückt und steckte einen Finger durch das Gitter. Der Vogel legte den Kopf zur Seite und schnarrte wieder.

»Ein Wellensittich natürlich«, erklärte Johanna altklug.

»Genau.« Papa nickte. »Und er ist noch ganz jung. Was meinst du, Heike? Kann das dein neuer Freund sein?«

»Na klar! Danke, Papa, danke!« Stürmisch umarmte sie ihn. Der Wellensichtlich flatterte aufgeregt durch den Käfig.

»Jetzt hast du ihn erschreckt«, mahnte ihre Mutter.

»Oh.« Heike blieb auf der Stelle still stehen und guckte zerknirscht. »Das wollte ich nicht, kleiner Bubi.«

»Soll er etwa so heißen? Bubi?«, erkundigte Johanna sich ein wenig von oben herab.

»Ja, genau.« Heike lachte. »Ist doch ein schöner Name, oder?«

Heike liebte Bubi, und sie sorgte gut für ihn. Jeden Tag fütterte sie ihn, ließ ihn im Wohnzimmer fliegen, wechselte regelmäßig den Sand und das Trinkwasser in seinem Käfig, sammelte draußen im Garten Vogelmiere oder kaufte Hirsestangen im Büttger Zoogeschäft.

Bubi wurde bald sehr zutraulich, und Heike durfte mit dem Finger seine Brust kraulen. Immer öfter ließ er sich auf ihrer Schulter nieder, um zärtlich an ihrem Haar oder Ohr zu knabbern. Trotzdem gab der Vogel ihr nicht das, was ihr ein Hund, eine Katze oder ein Kaninchen hätten geben können. Ihr fehlte es, mit dem Tier zu kuscheln und es fest in den Arm nehmen zu können.

Außerdem begriff sie schnell, dass Bubi einsam war.

»Er sitzt so allein auf seiner Stange, ich glaube, er braucht eine Vogelfreundin«, sagte Heike mitleidig zu Johanna. »Aber Mama erlaubt mir nicht, einen zweiten Wellensittich zu haben.«

»Stimmt, das kannst du vergessen. Bei Bubi hat sie schon beide Augen zugedrückt.«

»Der arme Bubi«, sagte Heike traurig. »Ich will nicht, dass er leidet.«

Als Bubi eines Tages fort war, war die Aufregung groß.

Es geschah an einem heißen Sonntag im August, mitten in den Sommerferien. Ihr Vater hatte ihnen ein Planschbecken auf den Hof gestellt und mit Wasser aus dem Gartenschlauch gefüllt. Dann war überraschend Peter auf seinem wackeligen Klappfahrrad zu Besuch gekommen.

Nun tollten die drei Kinder, Johanna und Heike in Badeanzügen, Peter in seiner Unterhose, um das Planschbecken herum, füllten Eimer und Flaschen mit Wasser und spritzten einander gegenseitig nass. Sie kreischten und lachten in der Sonne, freuten sich über die Abkühlung und genossen den Tag.

Weit hinten auf der Wiese, im Schatten der Rotbuche, halb vom Rhododendron verborgen, stand der Kinderwagen mit der schlafenden Hermine. Ihre Mutter lag daneben auf einem Liegestuhl und las in einem Buch. Nur Papa war im Haus. In dem klitzekleinen Arbeitszimmer neben der Speisekammer widmete er sich seinem Studium, das kurz vor dem Abschluss stand.

Völlig außer Atem und klitschnass warfen sich die Kinder auf ihre Handtücher, die sie im trockenen Gras im Halbschatten des Apfelbaumes ausgebreitet hatten. Johanna legte sich auf den Rücken, um zwischen den im Sonnenlicht leuchtenden Blättern in den endlosen blauen Himmel zu schauen. Die beiden anderen taten es ihr nach.

»Hört ihr die Vögel zwitschern?«, fragte sie träumerisch. »Es klingt, als würden sie miteinander reden. Bestimmt tauschen sie Neuigkeiten aus und freuen sich über das schöne Wetter. So wie wir.«

»O ja«. Peter aalte sich auf seinem Handtuch. »Und gleich machen wir mit der Wasserschlacht weiter.«

Heike sagte nichts, denn sie ließ sich Johannas Sätze durch

den Kopf gehen und lauschte nun selber dem Zwitschern der Spatzen, Amseln und Finken, das sie zuvor gar nicht wahrgenommen hatte.

Sie stand auf und erklärte: »Ich hole Bubi. Er soll auch ein wenig frische Luft kriegen und sich mit den Vögeln hier draußen unterhalten können. Drinnen ist es todlangweilig für ihn.«

Wenige Minuten später trat sie mit dem Käfig in Händen auf den Hof und stellte ihn vorsichtig neben dem Stamm des Apfelbaumes ab. Bubi schnarrte und tschilpte leise.

»Hier geht's dir gut, kleiner Mann«, sagte Heike und steckte einen Finger in den Käfig. Sofort kam der Vogel auf seiner Stange näher und knabberte zärtlich daran. Dann legte er seinen Kopf zur Seite und gab gurrende Laute von sich. Heike lächelte weich und kraulte ihm das Gefieder.

»Komm, Johanna«, quengelte Peter und sprang auf. »Auf zur nächsten Runde!« Die beiden rannten zum Planschbecken, tauchten ihre Arme bis zu den Ellbogen ins Wasser und füllten ihre Gefäße neu.

Heike blieb auf ihrem Handtuch sitzen. Nachdenklich schaute sie zwischen den Vögeln, die in der Baumkrone hockten und zwitscherten, und Bubi in seinem Käfig hin und her.

Als Johanna und Peter zu den Handtüchern zurückkehrten, saß Heike immer noch da. Nur sah sie hoch in den Himmel, und die Käfigtür war weitgeöffnet.

Johanna blieb wie vom Donner gerührt stehen.

»Wo ist Bubi?«

»Bei seinen Freunden.« Heike zeigte vage nach oben. Sie hatte Tränen in den Augen. »Jetzt ist er frei und nicht mehr allein.«

Mama schimpfte sehr mit ihr.

»Was hast du dir bloß dabei gedacht?« Die beiden saßen zusammen mit Papa am Küchentisch, Johanna und Peter spielten weiter im Garten. »Ich dachte, du wünschst dir nichts sehnlicher als ein Haustier. Ein anderes wirst du nicht bekommen.«

»Mir egal! Bubi war unglücklich.« Heikes Gesicht nahm einen trotzigen Ausdruck an. Ihre Augen waren verquollen vom Weinen.

»Und du meinst, da draußen wird er glücklicher?« Ihre Mutter zeigte zum Fenster hinaus.

»Ja, denn nun ist er mit anderen Vögeln zusammen«, erwiderte Heike. »Es muss schlimm für ihn gewesen sein, immer allein in seinem Käfig zu hocken wie in einem Gefängnis. Ich konnte das nicht mehr ertragen!«

Ihr Vater betrachtete seine zweite Tochter liebevoll.

»Aber es bricht dir dennoch das Herz, dass er fort ist, was?«

»Ja, klar! Ich hab ihn doch so lieb und vermisse ihn ganz doll.« Heike schluchzte auf und bedeckte das Gesicht mit den Händen. »Aber das ist egal, Hauptsache, Bubi geht es gut.« Sie betete es sich wie eine Litanei vor.

»Aber Heike«, warf ihre Mutter ein, »spätestens im Win…«

Hans warf seiner Frau warnende Blicke zu. Dass der kleine Wellensittich im nächsten Winter erfrieren würde, wenn er dann nicht schon verhungert war, sollte sie bloß nicht aussprechen. Es wäre zu schrecklich für Heike gewesen.

Heike redete nie mehr davon, ein Haustier haben zu wollen. Stattdessen ging sie ganz in der Fürsorge für die kleine Hermine auf. Trotzdem fühlte sie sich oft allein. Vor allem die Tatsache, dass Johanna sich dauernd mit Peter traf, setzte ihr zu. Die beiden waren so vertraut miteinander, dass sie sich ausgeschlossen fühlte.

Mit ihrer eigenen Einschulung im September 1969 änderte sich vieles. Heike war von Anfang an sehr beliebt in ihrer Klasse. Sie fand sofort Freundinnen, mit denen sie spielte und sich austauschte. Auch die Jungen mochten Heike. Mit ihr konnte man Pferde stehlen und die lustigsten Streiche aushecken, so die einhellige Meinung.

Und es gab immer etwas zu lachen, wie zum Beispiel bei der Sache mit dem Tafelschwamm.

Heikes Klassenlehrerin war noch recht jung und unerfahren. Ihre Unsicherheit versuchte sie, durch übertriebene Strenge auszugleichen. Das reizte und provozierte die Kinder. So war es in Frau Neumeyers Unterricht streng verboten, die Toilette aufzusuchen. Der kleine Thomas war sogar schon einmal in Tränen ausgebrochen, weil er es kaum noch ausgehalten hatte und er kurz davor gewesen war, sich in die Hose zu pinkeln. Beim ersten Ton des Klingelns zur Fünfminutenpause hatte er den Weg zum stillen Örtchen gerade noch rechtzeitig geschafft, aber natürlich war ihm die Angelegenheit furchtbar peinlich gewesen.

Die restlichen Kinder reagierten empört. Frau Neumeyer war blöd und gemein! Das schrie nach Rache.

Einige Tage später meldete sich Heike fingerschnipsend mitten in Frau Neumeyers Rechenunterricht.

»Was ist denn, Heike?«, fragte die Lehrerin unwirsch, die gerade eine Additionsaufgabe an die Tafel schreiben wollte.

»Ich muss mal«, sagte Heike, stand auf und ging nach vorn. »Ganz dringend!«

»Setz dich, Heike. Du kennst die Regeln.« Frau Neumeyer wollte sich schon abwenden.

»Das … geht nicht«, flehte Heike und hielt die Hand auf ihren Unterbauch. »Ich kann es nicht mehr zurückhalten.«

Einige Kinder begannen zu kichern und senkten schleunigst die Köpfe. Alle waren eingeweiht und sehr gespannt, was nun passieren würde.

»Ich sagte: Setzen!«, donnerte die Lehrerin. »Es sind nur noch zwanzig Minuten bis zur Pause!«

»Bitte, Frau Neumeyer!« Heikes Gesicht wurde puterrot.

Die Mitschüler drückten ihr später für ihre schauspielerische Glanzleistung ihre Bewunderung aus, dabei versuchte sie doch nur krampfhaft, ein Lachen zu unterdrücken.

Die Lehrerin holte tief Luft.

»Nein, und dabei bleibt es!«

In dem Moment drückte Heike heimlich auf den nassen Tafelschwamm, den sie sich in die Hose gesteckt hatte. Sofort bildete sich auf dem Stoff ein großer dunkler Fleck.

»Mist, jetzt ist mir ein Malheur passiert!«, stieß sie aus und tat so, als müsste sie weinen. »Was werden meine Eltern dazu sagen?«

Frau Neumeyer starrte entgeistert auf Heikes nasse Hose. Was ihr durch den Kopf ging, ließ sich nur erahnen. Ihr schwante wohl, dass sie zu weit gegangen war und dass das »Malheur« wahrscheinlich auf sie zurückfallen würde. Die Schulleiterin würde nicht begeistert sein, wenn die Eltern sich wegen ihres rigiden Verhaltens über sie beschwerten.

»Geh sofort zur Toilette«, formulierte sie mühsam und mit bebenden Lippen. »Nun mach schon!«

»Aber jetzt ist es doch schon zu spät«, sagte Heike mit unschuldigem Augenaufschlag, und durch die Klasse ging eine Welle des Prustens und Gackerns. »Aber na gut, wie Sie meinen.«

Eilig lief sie zum Ausgang und drehte sich im Türrahmen noch einmal zu ihrer Klasse um. Nur die Kinder konnten ihr Augenzwinkern sehen, bevor sie zum Mädchenklo auf dem Pausenhof rannte, um dort den Schwamm aus der Hose zu entfernen.

Heike erzählte ihren Eltern nichts von der Angelegenheit, obwohl ihr einige Mitschüler dazu rieten.

»Ist doch gut, wenn deine Eltern zur Schulleitung gehen und die Neumeyer einen Rüffel kriegt!«, meinten sie.

Heike lehnte das vehement ab.

»Kommt nicht in Frage, das ist gemein«, sagte sie, und dabei blieb es.

So kam Frau Neumeyer noch einmal glimpflich davon. Dennoch trug Heikes Streich Früchte. Ab sofort durften Kinder, die nötig mussten, auch im Unterricht die Toilette aufsuchen.

Die Geschichte mit dem Tafelschwamm machte unter den Schülern natürlich die Runde. Frau Neumeyers hochrotes Gesicht und Heikes Schauspielkünste waren so lustig anzuschauen gewesen, dass man es einfach weitererzählen musste. Heikes Ansehen unter den Kindern stieg. Selbst die Älteren waren beeindruckt vom Wagemut des i-Dötzchens. Einige Tage später erfuhr auch Johanna, die bereits im vierten Schuljahr war, von dem Streich.

»Und dann bist du den ganzen Vormittag mit nasser Hose herumgelaufen?«, wollte sie nachmittags verwundert von Heike wissen.

»Nö, ich hatte natürlich Wechselkleidung dabei. In meinem Turnbeutel.« Heike grinste, ihre blauen Augen blitzten schalkhaft. »Eine Unterhose und eine Hose, die fast genauso aussieht wie die, die ich zuerst anhatte. Es sollte ja keinem auffallen.«

Johanna lächelte.

»Gut gemacht«, sagte sie voller Respekt. »Der Neumeyer einen Denkzettel zu verpassen war wirklich eine tolle Idee. Ich hoffe, sie hat daraus gelernt, dass Streng- und Fiessein nicht das Gleiche sind.«

»Bestimmt!« Heikes Gesicht wurde ernst. »Weißt du, manchmal ist sie echt nett. Ich mag sie eigentlich.«

Heike mochte im Grunde genommen alle Menschen. Diese Einstellung war für sie Fluch und Segen zugleich. Niemandem konnte sie lange böse sein, denn immer verstand sie auch die

Beweggründe desjenigen, der sie verletzte oder vor den Kopf stieß. Schon kam es ihr gar nicht mehr so schlimm vor, und sie war entwaffnet.

Da es für Heike nach wie vor nichts Furchtbareres gab, als allein zu sein, suchte sie ständig Gesellschaft, egal wie schwierig oder konfliktbehaftet es auch sein mochte. In der Hinsicht war sie völlig anders als Johanna, die lieber allein im Apfelbaum hockte und »Müßiggang« betrieb – was auch immer das sein mochte –, als sich mit anderen auseinanderzusetzen.

Schon im Grundschulalter entdeckte Heike, dass Sport zu treiben meist gleichzeitig bedeutete, Menschen um sich herum zu versammeln. Sowohl ihr Bewegungsdrang als auch ihr Bedürfnis nach Gesellschaft wurden dabei befriedigt.

Mit neun Jahren trat sie zusammen mit einer Klassenkameradin dem Schwimmverein bei, der im gerade frisch erbauten Hallenbad in Büttgen trainierte. Mit dem Fahrrad war sie in knapp zehn Minuten dort.

Sie stieg schnell vom Anfänger- in den Aufbaukurs auf und absolvierte die Abzeichen »Freischwimmer« und »Frei Fahrten« kurz hintereinander. Sie war ein Naturtalent; der Schwimmtrainer zeigte sich begeistert, vor allem von ihrem Tempo im Brustschwimmen. Er förderte Heikes Begabung, so gut er konnte.

Im Frühjahr 1973 stand Heikes erster großer Schwimmwettkampf an. Jeden Tag radelte sie direkt nach der Schule zum Schwimmbad, um zu trainieren. Und ihre Mühe wurde belohnt: Sie errang den ersten Platz im Brustschwimmen und war stolz und glücklich.

Am nächsten Tag bekam sie fürchterliche Ohrenschmerzen. Der Arzt diagnostizierte eine fortgeschrittene Mittelohrentzündung. Von Schmerzen gepeinigt und vom Fieber geschüttelt musste Heike tagelang das Bett hüten.

Auch als sie sich erholt hatte und endlich wieder zur Schule gehen durfte, musste sie dem Schwimmen noch für mehrere Wochen fernbleiben. Das Chlorwasser sei Gift für ihre Ohren, sagte der Arzt. Wie glücklich war sie dann beim ersten Training! Im glasklaren kühlen Wasser zu schwimmen und zu tauchen sowie das Zusammensein mit den anderen Kindern hatten ihr schrecklich gefehlt.

Doch im Juni meldeten sich die Beschwerden zurück. Diesmal wurde die Mittelohrentzündung früher erkannt, da Heike die Anzeichen zu deuten wusste und sofort mit ihrer Mutter den Arzt aufsuchte. Dennoch bekam sie Ohrentropfen und Tabletten verschrieben und musste dem Schwimmtraining wieder fernbleiben.

Den Sommer über blieb sie gesund. Selbst nach einigen Freibadbesuchen meldete sich kein erneuter Schmerz. Doch im Herbst bekam Heike die nächste Mittelohrentzündung. Sie wusste sich vor Pein kaum zu lassen. Das vom Arzt verschriebene Penicillin wirkte nur langsam. Außerdem litt ihr Gehör. Der Arzt riet Heikes Eltern eindringlich, sie aus dem Schwimmverein herauszunehmen.

»Bei der nächsten Entzündung wird es zu bleibenden Schäden kommen«, warnte er und legte die Stirn in besorgte Falten. »Deine Ohren sind deine Schwachstelle, kleine Dame. Strapaziere sie nicht zu sehr. Ein Leben lang auf ein Hörgerät angewiesen zu sein ist kein Spaß.« Prüfend sah er Heike an und registrierte das Glitzern in ihren Augenwinkeln. »Kein Grund zu weinen«, sagte er weich. »Du wirst eine andere Sportart finden, die besser zu dir passt. Eine im Trockenen.« Er lächelte aufmunternd und tätschelte ihr Knie.

Heike schwieg betroffen. Nie mehr sollte sie zum Schwimmtraining gehen? Nie mehr mit den Freundinnen im kleinen Becken toben, sich gegenseitig ins Wasser werfen und zwischen den Beinen durchtauchen, um einen Ring emporzuholen, der am Grund wartete? Nie mehr »Schweinchen in der Mitte« mit dem Wasserball spielen? Nie mehr pfeilschnell durch das große Becken pflügen, den Chlorgeruch in der Nase, die durch das Wasser gedämpften lachenden und kreischenden Stimmen der anderen im Ohr? Nie mehr den Triumph verspüren, wenn sie völlig außer Atem als Erste am Ende der letzten Bahn ankam? Die Vorstellung war zu entsetzlich, um zu Ende gedacht zu werden.

Heike war untröstlich. Warum gerade sie? Was hatte sie getan, um dermaßen gestraft zu werden? Denn sie empfand den Ausschluss aus der Schwimmgruppe als harte Strafe. Sie wurde von ihren Freundinnen und von dem Element getrennt, das sie so sehr lieben gelernt hatte. Fast jede Nacht träumte sie davon, schwerelos durchs Wasser zu gleiten oder mit einem Salto vom Einmeterbrett zu springen und ins kühle Nass einzutauchen. Den magischen Moment, in dem man mit dem Kopf die glitzernde Oberfläche durchstieß, Geräusche und Stimmen sich mit dem Rauschen und Glucksen des Wassers mischten und die Welt sich in verschwommene Blautöne aufzulösen schien, erlebte sie wieder und wieder. Wenn sie dann wach wurde, hallte dieses Glücksgefühl noch nach und wandelte sich mit der Erkenntnis, dass sie wieder einmal nur geträumt hatte, in Trauer.

Der Verlust machte sie sprachlos. Wie sollte sie irgendjemandem erklären, was in ihr vorging? Bei den Mädchen ihrer Klasse der Realschule, auf die sie inzwischen ging, durfte sie kaum auf Verständnis hoffen. Die hatten Heike sogar darum beneidet, dass sie nun nicht mehr am Schulschwimmen teilnehmen musste.

»Mensch, das ist super! Ich wäre echt gern an deiner Stelle«, hatte Claudia ausgerufen, die ihr blondes langes Haar in weichen Locken um das Gesicht herum trug. »Kein lästiges An- und Ausziehen in der Sammelumkleide mehr! Nie mehr musst du auf den blöden Spindschlüssel aufpassen, keine Klamotten, die dir nach dem Unterricht am Leib kleben, weil die Haut noch feucht ist! Und dann dieser schreckliche Föhn an der Wand, der immer besetzt ist, wenn du dir gerade die Haare trocknen willst. Oder du hast keinen Groschen dabei, um das Ding anzuschalten, und musst dir erst einen borgen«, zählte sie auf. »Sei doch froh, Heike.«

»Genau, du darfst in der Pausenhalle bleiben und tun, was du willst! Du musst nicht mit uns durch Regen und Kälte zum Schwimmbad hin- und zurücklaufen«, pflichtete ihr Marion aufseufzend bei, ein puppenhaftes Mädchen, das in seiner Freizeit Ballettunterricht nahm.

Was konnte Heike diesen Argumenten entgegensetzen? Ihre Liebe für das Element Wasser? Die Mädchen würden sie für verrückt erklären. Nur ihre besten Freundinnen Sabine und Uschi, die auch im Schwimmverein waren, zeigten sich einigermaßen verständnisvoll und bedauerten Heikes Austritt. Heike spürte aber, dass sie gleichzeitig heimlich ein wenig erleichtert waren, auf diesem Weg ihre härteste Konkurrentin losgeworden zu sein. Ihre Enttäuschung wurde noch größer.

Sie distanzierte sich von den beiden, wurde nachdenklich und in sich gekehrt, was eigentlich überhaupt nicht zu dem quirligen, kontaktfreudigen Mädchen passte. Nach der Schule lief Heike sofort zu ihrem Rad, ohne wie früher mit den Mitschülerinnen zu quatschen und herumzualbern, und fuhr nach Hause. Dort half sie ihrer Mutter bei der Hausarbeit oder kümmerte sich um Hermine.

Aber dann geschah etwas, das sie den Verlust des Schwimmtrainings mit einem Schlag vergessen ließ.

Heike verliebte sich zum ersten Mal. Die Schuld daran trug das Fernsehen, denn Heikes Schwarm war kein realer Junge, sondern Pierre Brice in seiner Rolle als Winnetou.

Was für ein toller Mann! Heike verpasste keinen der fünf Spielfilme rund um Karl Mays tapferen Apachenhäuptling Winnetou und seinen Freund Old Shatterhand. Sie fieberte mit ihrem Helden mit, bewunderte seine Tapferkeit, Loyalität und sein Ehrgefühl. Außerdem sah Winnetou einfach nur klasse aus! Er vereinte Männlichkeit und Jungenhaftigkeit in sich und wirkte dabei unendlich edel. Das Leid und die Ungerechtigkeit, die ihm und seinem Indianervolk widerfuhren, berührten Heike zutiefst. Obwohl die Lage oftmals aussichtslos erschien, gab Winnetou niemals auf. Er kämpfte für sein Volk und Land, jedoch immer fair und menschlich. Heike war hin und weg.

Johanna konnte über die Schwärmerei ihrer kleinen Schwester nur lachen. Doch auch sie mochte die aufwendig gestalteten Spielfilme, in denen die Trennung von Gut und Böse bestechend einfach erschien. Also kuschelten sich die beiden Mädchen abends gemeinsam aufs Sofa, und wenn ihre Eltern Zeit und Muße hatten, saßen auch sie dabei, um »Der Schatz im Silbersee« oder »Winnetou und das Halbblut Apanatschi« anzuschauen. Dass sich die Drehorte der Filme allesamt nicht im »Wilden Westen«, sondern in den unberührten Landschaften Jugoslawiens befanden, störte nur ihre Mutter.

»Ich glaube, die Prärie sieht in Wirklichkeit völlig anders aus«, merkte sie bei einem Glas Wein an. Oder: »Dieser Landstrich dort hat noch nie zuvor eine Rothaut gesehen. So ein Blödsinn!« Sie schimpfte leise vor sich hin und unterstrich ihren Protest durch energische Handgriffe, mit denen sie ein Frotteehandtuch nach dem anderen zu exakten Quadraten faltete. Trotzdem konnte auch sie sich der Spannung der Handlung nicht entziehen.

Heikes Interesse ging weit darüber hinaus. Jede Woche kaufte sie sich am Kiosk die »Bravo«, nur um ihren Winnetou als Starschnitt in Originalgröße zusammenzusetzen und mit Tesafilm an die Wand ihres Kinderzimmers zu kleben.

Abends im Bett träumte sie davon, gemeinsam mit ihrem Helden im wogenden Präriegras über die weite Steppe zu reiten. Die Sonne schien hell und warm, der Wind wehte ihr das feine Haar aus dem Gesicht, während das Pferd unter ihr schnaubte. Sie spürte das Spiel seiner Muskeln und die Wärme des Rückens durch den Indianersattel hindurch bis in die Lenden. Der Apachenhäuptling und sie galoppierten nebeneinander her und warfen sich ab und an verliebte Blicke zu.

Im folgenden Frühjahr fand Heike schließlich auch einen Ersatz für das schmerzlich vermisste Schwimmen. Zusammen mit ihrer Schulkameradin Beate fuhr sie zum ersten Mal zu einem Reitstall in Büttgen. Dort durften die Mädchen die Pferde striegeln. Heike war begeistert. Pferde waren einfach wunderbar! Ihre Tagträume, in denen sie mit ihrem Freund Winnetou über die Prärie galoppiert war, wurden lebendig.

Beate und sie pflegten die Pferde bald regelmäßig und verdienten sich auf diese Weise einige Reitstunden. Endlich hatte Heike etwas gefunden, das ihrer Tierliebe und ihrem Drang, Sport zu treiben, entgegenkam! Sie blühte auf und fand im Reitstall bald neue, gleichgesinnte Freundinnen.

Ihre Mutter beäugte Heikes Pferdebegeisterung mit Argwohn.

»Dein neues Hobby wird über kurz oder lang sehr kostspielig werden«, sagte sie an einem Samstagnachmittag zu Heike, als Papa gerade auf dem Hof das Licht an ihrem Fahrrad reparierte, während sie es an Sattel und Lenker festhielt. »Ich glaube nicht, dass wir uns das auf Dauer leisten können.«

»Doch, können wir«, widersprach Papa und zog ein Schräubchen fest. »Ich habe es noch nicht gesagt, Christa, aber unser Büro hat den Auftrag der Caritas bekommen. Wir dürfen das

Behindertenwohnhaus nach meinen Entwürfen bauen. Und wenn wir unsere Arbeit gut machen, winken Folgeaufträge. So, fertig, mein Fräulein. Du kannst zum Stall radeln.«

Also wurde Heike Mitglied im Reitverein. Sie bekam sogar ein eigenes Pflegepferd, einen in die Jahre gekommenen braunen Wallach namens Rufus, den sie heiß und innig liebte.

Mit ihren inzwischen vierzehn Jahren war Heike ein etwas kräftiger, recht weitentwickelter Teenager mit weiblichen Rundungen geworden. Sie hatte hübsche weiche Gesichtszüge und ein einnehmendes Lächeln. Ihr Haar trug sie lang, doch war es meist zu einem Zopf zusammengebunden, damit es beim Reiten oder Radfahren nicht störte.

Heike hatte viele Freundinnen und Freunde im Reitstall. Die Clique traf sich nach den Reitstunden, den Ausritten oder Turnieren in einem Gemeinschaftsraum auf dem Gelände oder bei gutem Wetter auf der dazugehörigen überdachten Terrasse. Dort alberten die Jugendlichen herum, tranken Limo oder Cola, knabberten Chips und genossen einfach ihr Beisammensein. Aus dem verschrammten Transistorradio, das in der Ecke auf einer ausrangierten Kommode aus den Fünfzigern stand, erklangen die aktuellen Hits von 1977: Songs von Abba, Boney M., Smokie oder Donna Summer. In der Ecke stand ein wackeliger Fußballkicker, an dem sich vor allem die wenigen Jungs des Vereins heiße Gefechte lieferten.

Die Mädchen hatten es sich inzwischen angewöhnt, nach dem Reiten in den spartanisch eingerichteten Sanitäranlagen Katzenwäsche zu betreiben und sich umzuziehen. Sie schlüpften aus den verschwitzten Reitklamotten, wuschen sich unter den Achseln, zogen aus ihren Sporttaschen verspielte Baumwollblusen, knallenge Jeans mit Schlag oder spitzenverzierte, indische Hängekleider und kleideten sich so in Windeseile nach der neuesten Mode ein. Manch eine hatte sogar Schmuck mitgebracht, der beim Reiten nur hinderlich gewesen wäre, und legte sich nun dünne Arm- und Halsketten mit Sternchen- oder Herzchenmotiven um. Als alle schließlich kichernd und schwatzend die Toilettenräume verließen, schwebte noch lange eine Wolke des blumigen Deos aus der Spraydose, das sie in Massen versprüht hatten, über den Toiletten, Waschbecken und Spiegeln.

Die Jungs machten lange nicht so viel Aufhebens um ihr Äußeres; sie behielten ihre T-Shirts, Reithosen und Stiefel einfach an. Nur die Reithelme und Gerten hängten sie ordentlich zu denen der Mädchen an die Garderobenleiste im Flur.

Heike liebte diese Treffen. Auch heute waren wieder alle beisammen. Mit den Beinen baumelnd saß sie zwischen den Jungen auf einem der ausrangierten Tische, die an der Wand standen, hielt eine Cola-Flasche in der Hand, knibbelte am Etikett und quatschte und scherzte. Der Dunst des männlichen Schweißes um sie herum gewann schnell die Oberhand über ihren frischen Deoduft, was ihr jedoch überhaupt nichts ausmachte. Auch Pferde schwitzten. Sie mochte diesen Geruch. Lachend lehnte sie sich an Svens Schulter zur Linken und flachste zur Rechten mit Jürgen. Wie schon in der Grundschule hatten auch die Jungen im Reitstall von Anfang an eher den Kumpeltyp in ihr gesehen, was ihr den unbefangenen Umgang mit ihnen erleichterte. Dass sich dieser Umstand zurzeit allmählich änderte, bekam Heike gar nicht mit. Doch so mancher der Fünfzehn- oder Sechzehnjährigen vertiefte sich immer öfter in ihren Ausschnitt, hauptsächlich dann, wenn sie gerade nicht hinsah.

Aber auch in Heikes Wahrnehmung hatte sich etwas verändert. Es ließ sie in manchen Momenten plötzlich verlegen und befangen werden, Gefühle, die ihr bislang völlig fremd waren, so dass sie sich mitten im Satz verhaspelte oder gar verstummte und in der Bewegung erstarrte. Dann ließ sie mal etwas fallen oder wurde puterrot im Gesicht und am Hals, was einfach schrecklich aussehen musste. Auch heute geschah es wieder, an jenem Mittwochnachmittag Mitte Juni, eine Woche nach ihrem vierzehnten Geburtstag.

Ihr Herz pochte bis zum Hals, ihre Wangen begannen zu glühen, und ihr blieb fast die Luft weg. Und das nur, weil Bernd den Raum betreten hatte!

Bernd Mertens war achtzehn Jahre alt und arbeitete neben der Schule als Reitlehrer. Er hatte dunkles, glattes Haar, das ihm bis zu den Schultern reichte und das Heike entfernt an das von Winnetou erinnerte. Er war groß, langbeinig und breitschultrig und sah einfach unverschämt gut aus. Natürlich himmelten alle Mädchen im Reitstall ihn an. Bernd war der Hauptgrund, warum sie sich nach den Reitstunden wuschen und umzogen.

Heike hatte es besonders schwer erwischt. Zum ersten Mal in ihrem Leben war sie in einen realen Menschen verliebt, und das direkt bis über beide Ohren! Sie fand Bernd einfach toll mit seinem schelmischen Grinsen und den leuchtend blauen Augen. Gleichzeitig machte sie sich bewusst, dass sie überhaupt keine Chance bei ihm hatte. Er war natürlich viel zu alt für sie, und er konnte die hübschesten Mädchen haben; er würde nicht mit ihr, einer pummeligen Vierzehnjährigen, vorliebnehmen.

Dieser Gedanke erleichterte sie ein wenig, denn so brauchte sie keine konkreten Überlegungen darüber anzustellen, was wäre, wenn er sich tatsächlich für sie interessieren würde. Wie stellte man es bloß an, einen Jungen zärtlich zu umarmen, ihn zu küssen oder zu streicheln? Allein der Gedanke daran ließ ihr Herz rasen und versetzte sie in Panik. Wie gut, dass es nie so weit kommen würde … zumindest nicht mit Bernd. Dachte sie.

Zu ihrem Geburtstag in der Woche zuvor, den sie natürlich

im Gemeinschaftsraum des Reitstalls gefeiert hatte, war auch Bernd erschienen. Heike hatte gerade begonnen, den Marmorkuchen, den Mama ihr gebacken hatte, aufzuschneiden, als er zur Tür hereinkam, seinen Reithelm abnahm und sich mit der geschmeidigen Bewegung durchs Haar fuhr, die so typisch für ihn war. Heike sah es nur aus den Augenwinkeln und schnitt sich prompt mit dem großen scharfen Brotmesser in den linken Zeigefinger.

»Au!«, rief sie überrascht aus und lutschte an dem blutenden Finger. Schmerzen verspürte sie keine, dank des Adrenalins, das ihr wegen Bernd durch die Adern schoss.

Beate, die dabeistand, riss jedoch erschrocken die Augen auf.

»Halt, da muss ein Pflaster drauf! Wenn das überhaupt reicht. Mensch, Heike … nicht daran saugen. Wir müssen die Wunde desinfizieren!«

Heike hörte gar nicht hin. Erst als ihr schwindelig und schwarz vor Augen wurde, begriff sie, dass dieser Zustand weniger mit Bernds Erscheinen zu tun hatte, sondern vielmehr dem klaffenden Schnitt geschuldet war, der ihren Zeigefinger beinahe zweiteilte. Sie sank auf einen Stuhl, den ihr eines der Mädchen hingeschoben hatte. Umringt von ihren Freundinnen und Freunden hielt sie völlig erstarrt den verletzten Finger in die Höhe, von dem das Blut nun auf den Fliesenboden tropfte.

Tatsächlich reagierte Bernd schneller und effizienter als alle anderen. Geistesgegenwärtig lief er hinter den Tresen am Ende des Raums und kam mit einer Erste-Hilfe-Box zurück. Als Reitlehrer war er geschult darin, kleine Wunden zu versorgen. Als er sich über Heike beugte, deren Gesichtsfarbe automatisch von einem kränklichen Grau zu Signalrot wechselte, seufzten die Mädchen, die um sie herumstanden, kollektiv und sehnsuchtsvoll auf. Nur Beate hielt Heikes heile Hand und konzentrierte sich ausschließlich auf die Freundin.

»Oh, das sieht übel aus«, murmelte Bernd. »Ich lege einen Druckverband an, und dann fahre ich dich zum Arzt, ja? Ich glaube, dieser Schnitt muss genäht werden.«

Und so kam Heike an ihrem Geburtstag unvermittelt in den Genuss, eine Spritztour mit Bernd in seinem verrosteten Fiat 500 zu machen. Leider tat ihr Finger inzwischen so weh, dass sie sich kaum daran erfreuen konnte.

Der Unfallchirurg im Neusser Johanna-Etienne-Krankenhaus gab ihr ein Betäubungsmittel und nähte die Wunde mit drei Stichen, während Bernd im Flur vor dem Behandlungsraum wartete. Heike war von jeher ein tapferes Mädchen gewesen. Gleichmütig ließ sie die Prozedur über sich ergehen und träumte vor sich hin. Eigentlich schade, dass Bernd nicht auf die Idee gekommen war, ihr in diesem Moment die Hand zu halten, so wie es Beate vorhin getan hatte. Aber immerhin hatte er ihre Wunde verbunden und war mit ihr hergefahren.

Und er hatte sich im Wagen mit ihr unterhalten, so als interessierte er sich für sie, und nicht so, als wollte er sie bloß von ihrem Schmerz ablenken. Welche Hobbys sie außer Reiten habe, hatte er gefragt, und welchen Beruf sie später ergreifen wolle. Als sie antwortete, dass sie eigentlich liebend gern schwimme, es aber wegen ihrer empfindlichen Ohren nur selten tue, und dass sie später auf jeden Fall mit Menschen arbeiten wolle, erzählte er ihr, dass es von jeher sein Wunsch gewesen sei, Arzt zu werden, aber dass der NC fürs Medizinstudium zu hoch sei. Nun strebte er eine Ausbildung zum Krankenpfleger an. Heike rätselte lange darüber nach, was ein NC sein könnte, bis Johanna es ihr einige Tage später erklärte.

»Sein Notenschnitt ist wahrscheinlich niedriger als der Pegelstand des Rheins nach einer monatelangen Trockenperiode«, spottete sie in ihrer arroganten Art und fügte hinzu: »Ich muss mir mit meinen Noten zum Glück keine Gedanken um irgendeinen Numerus clausus machen«, was erklärte, warum Heike die Abkürzung NC bislang noch nie gehört hatte.

Heike fand es toll, dass Bernd offensichtlich wie sie selbst jemand war, der sich gern für andere einsetzte. Krankenpfleger, das war doch ein ehrenhafter, selbstloser Beruf. Sie betete Bernd daraufhin noch mehr an.

Auf der Rückfahrt zum Reitstall zeigte er sich deutlich einsilbiger. Nach einem Blick auf seine Armbanduhr sagte er nur: »Mann, ist das schon spät, hab doch gleich noch Einzelunterricht mit der dicken Steffi.«

Er legte eine Dire-Straits-Kassette ein, drehte die Lautstärke bis zum Anschlag hoch und beschleunigte das Tempo des kleinen klapprigen Autos, das nun nicht mehr gleichmäßig zu schnurren, sondern zu ächzen und zu stöhnen schien. Heike wurde ordentlich durchgeruckelt, und in den Kurven klammerte sie sich am Türgriff fest, schaffte es aber dennoch zwischendurch, verstohlen Bernds Profil mit der geraden langen Nase und dem schmalen Mund zu betrachten. Über seiner Oberlippe spross dunkler Flaum, ebenso am Kinn. Er ist schon ein richtiger Mann, dachte sie verzückt. Und er sieht echt aus wie Winnetou.

Zurück an der Reithalle half er ihr aus dem Wagen, da sie sich mit der bandagierten linken Hand nirgendwo festhalten konnte. Dabei streifte sein Arm wie zufällig ihre Brust. Sein Blick blieb in ihrem Ausschnitt hängen, und er schnalzte anerkennend mit der Zunge, was Heike vollends verwirrte.

Leider konnte Bernd wegen seiner Reitstunde mit besagter Steffi nicht mit in den Gemeinschaftsraum zurückkehren. Aber immerhin begleitete er sie bis zur Tür, umarmte sie lange, hauchte ihr ein Küsschen ins Haar, wünschte ihr viel Spaß beim Feiern und stiefelte mit großen federnden Schritten, ein Liedchen pfeifend, Richtung Reithalle davon.

Heike starrte ihm verdattert hinterher. Die Wärme seines Körpers bildete einen kribbelnden Abdruck an den Stellen, an denen er sie berührt hatte. Es erinnerte sie an das Gefühl, wenn man lange auf einem warmen Nachtstromheizkörper gesessen hatte und dann aufstand. Benommen drückte sie die Türklinke zum Gemeinschaftsraum herunter.

Was sie drinnen sah, trieb ihr die Tränen in die Augen: Alle ihre Reitfreundinnen und -freunde hatten auf ihre Rückkehr gewartet. Keiner war gegangen, obwohl sie mindestens eineinhalb Stunden fort gewesen war. Außerdem hatten sie die alten Holztische in der Mitte des Raumes zu einem großen Rechteck zusammengestellt und an jeden Platz Gläser und Teller gestellt, auf denen gefaltete bunte Papierservietten lagen. Luftschlangen und Ballons in allen Farben bildeten den Tischschmuck in der Mitte.

»Und? Musste die Wunde genäht werden?«

»Wie viele Stiche?«

»Tut es noch weh?«

»Zeig mal!«

Alle bedrängten sie gleichzeitig. Teilnahmsvoll und neugierig umringten sie Heike, die lächelte, nickte oder den Kopf schüttelte, den verbundenen Finger hochhielt und jede Frage geduldig beantwortete.

»Hauptsache, es geht dir wieder gut«, seufzte Beate erleichtert. »Wer will so was schon an seinem eigenen Geburtstag? Ich habe übrigens deinen Kuchen zu Ende aufgeschnitten. Ich dachte mir, du machst das besser nicht mehr.«

»Da hast du wohl recht. Danke!« Heike sah sich gerührt in der Runde um. »Euch allen!«

Bevor sich verlegenes Schweigen ausbreiten konnte, tönte Nicole, eine zierliche kleine Blondine, der jede Reithose zu weit war, lachend: »Und jetzt erzähl endlich! Wir sind alle gespannt wie die Flitzebögen. Wie war's mit sexy Bernd? Ich würd mir auch glatt den halben Finger absäbeln, wenn ich zur Belohnung mit ihm im Auto fahren dürfte.« Die Mädchen kicherten, die Jungen verdrehten bloß die Augen.

»Ach, er ist echt nett.« Heike zuckte mit den Achseln und hielt sich bedeckt; noch immer spürte sie Bernds Körper an ihrem, seine großen Hände auf ihrem Rücken und seine warmen Lippen über ihrem Ohr. »Total hilfsbereit und lieb.« Sie wurde rot und räusperte sich verlegen. »Und jetzt lasst uns endlich Kuchen essen, ja?«

Auch heute noch, eine Woche nach dem Vorfall, konnte Heike an nichts anderes denken als an Bernd. Sogar in ihre Träume verfolgte er sie.

Als er nun den Gemeinschaftsraum betrat, begann ihr Herz, wild zu pochen, und ihre Handflächen wurden feucht. Sven und Jürgen rechts und links von ihr verblassten zu Schattengestalten, ihre Stimmen vernahm sie nur noch gedämpft. Und dann kam er auch noch direkt auf sie zu.

»Na du, ich hab gehört, dass die Fäden schon gezogen wurden und du wieder reiten darfst.« Mit gewinnendem Lächeln blieb er vor ihr stehen, alle anderen Anwesenden ignorierend.

Ihr blieb die Luft weg. Sie konnte nur bestätigend nicken, denn ihre Kehle war wie zugeschnürt. Plötzlich kam ihr das Licht der Neondeckenleuchte, das genau auf Bernd fiel, gleißend hell vor. Seine Silhouette war wie von gestochen scharfen Linien umrandet, was all die anderen Menschen im Raum erst mit dem Hintergrund verschmelzen und dann ganz verschwinden ließ, bis nur noch sie beide existierten.

»Ja, stimmt«, krächzte sie.

»Klasse! Du scheinst gutes Heilfleisch zu haben.« Er sah ihr tief in die Augen, bevor sein Blick ihren linken Arm bis zu ihrer Hand hinunterwanderte. Heike bekam eine Gänsehaut.

»Zeig doch mal«, bat er. Gehorsam hielt sie ihm den Finger

hin, wobei sie nicht verhindern konnte, dass ihre ganze Hand zitterte. Bernd ergriff sie vorsichtig.

»Nur noch ein kleines Pflaster drauf«, staunte er. »Wow, du hast echt verdammtes Glück gehabt. Aber jetzt mal was anderes …« Er hielt immer noch ihre Hand, so vorsichtig, als wäre sie eine zarte Blüte. Heike brach der Schweiß aus allen Poren. »Ich habe mit Werner gesprochen.« Werner Dirkes war der Besitzer des Reitstalls. »Die Geschichte mit deinem Finger war ja quasi ein Betriebsunfall … Werner tut es echt leid, dass dadurch dein Geburtstag versaut wurde.« Heike blickte Bernd nur mit großen Augen an; sie konnte sich nicht zusammenreimen, wohin das Gespräch führen würde. Inzwischen war sie völlig verunsichert. »Nun ja, Werner meint, du hättest eine Entschädigung verdient. Hättest du Lust auf einen langen Ausritt am Wochenende? Du auf Rufus und ich auf Herkules? Anschließend lädt der Reitstall dich auf ein Eis ein.«

Die Mädchen, die sich in Hörweite aufhielten, schnappten nach Luft, während die Jungen so taten, als hätten sie nichts mitgekriegt. Heike schluckte.

»Na klar habe ich …«, stotterte sie, wurde aber von Bernd unterbrochen.

»Dafür muss ich deinen Rufus aber erst mal begutachten. Ich kenne ihn nicht gut genug, um zu beurteilen, ob er fit für eine mehrstündige Tour ist. Ich dachte, wir gehen eben mal zu den Boxen und schauen ihn uns gemeinsam an, was meinst du? Sicherlich kannst du mir auch einiges über seinen Charakter sagen. Zum Beispiel, ob er scheut, wenn er Hunden begegnet oder Motorrädern, die vorbeifahren.«

Freudige Erregung breitete sich in Heike aus. Ein langer Ausritt mit Bernd ganz allein, das war einfach toll!

»Rufus ist die Ruhe selbst«, beeilte sie sich zu erwidern. »Ganz unkompliziert.«

»Na komm, wir gehen zu ihm.« Jetzt wurde Bernd auf einmal ungeduldig.

»Okay, ich ...«

Bernd ließ sie los und wandte sich zum Gehen.

Eilig sprang Heike vom Tisch.

»Bis später, Jungs«, sagte sie noch zu Jürgen und Sven. Und Beate, die sich gerade an der Theke eine Limo öffnete, rief sie zu: »Bin gleich wieder da!«

Mit hochrotem Kopf folgte sie Bernd nach draußen, wo sie sofort von frühsommerlicher, warmer Abendluft umfangen wurden, die nach Blumen und Heu duftete. Der klare blaue Himmel verfärbte sich langsam rosig. Vereinzelte violette Wölkchen schwebten über dem schnurgeraden Horizont. In diesem Moment breitete sich ein Glücksgefühl in Heike aus, wie sie es noch nie zuvor empfunden hatte. Selig betrachtete sie Bernds hochgewachsene Gestalt, sein dunkles langes Haar und die breiten Schultern, während er vor ihr her zum Stall ging. Ihr Herz quoll über vor Liebe.

3

Freitagmorgen

Ich erwachte lange vor dem Morgengrauen, weil ich fror. Das dicke Federbett, unter dem ich geschlafen hatte, war zur Hälfte zu Boden gerutscht. Ich schaute nach links und stellte fest, dass Heike im anderen Bett fest schlief. Sie atmete tief und gleichmäßig.

Leise schlüpfte ich in die flauschigen Pantoffeln, die neben meinem Bett auf dem Dielenboden warteten. Schade, dass ich nicht in meinem früheren Zimmer schlafen konnte, dachte ich wehmütig. Nach meinem Auszug war es zu einem Nähzimmer für Mama geworden. Und bevor ich es bekam, war es Hermines Reich gewesen.

Ich tappte im Dunkeln zu meiner Reisetasche, raffte ein paar Kleidungsstücke zusammen und ging ins Bad, um mich anzuziehen. Wie immer, wenn ich zu Besuch kam, wunderte es mich, dass mein Vater, der preisgekrönte Architekt, dieses Haus nicht längst gründlich modernisiert hatte. Wahrscheinlich, dachte ich jetzt, hing er einfach an dem Gemäuer, weil es sein Elternhaus war. Es erinnerte ihn an seine Kindheit und Jugend. Es waren sentimentale Gründe, warum er nur widerstrebend und vereinzelt Umbauten zugelassen hatte.

Meine Mutter hatte hart dafür kämpfen müssen, dass das Bad Mitte der achtziger Jahre immerhin eine neue Toilette, eine neue Wanne und einen neuen Fliesenboden bekommen hatte.

Heute wirkte das beigebraune Interieur mit den graugesprenkelten matten Wandkacheln aus den fünfziger Jahren hoffnungslos altmodisch.

Die Küche war dank Mamas Beharrlichkeit in den Neunzigern ebenfalls saniert worden und entsprach mit ihren hellen Kunststofffronten und der gesprenkelten Arbeitsplatte annähernd den heutigen Standards, während alle Teppichböden im Haus meiner Meinung nach dringend hätten ausgewechselt werden müssen.

Ich schmunzelte, als ich über die abgenutzten Eichenstufen der Treppe ins Erdgeschoss lief. Die uralten cremeweiß und dunkelrot gemusterten Tonfliesen, die ich nun betrat und mit denen der Eingangsbereich vermutlich beim Neubau des Gebäudes Ende des 19. Jahrhunderts ausgelegt worden war, entsprachen witzigerweise noch am ehesten meinem Geschmack. Ihr nostalgischer Charme beschwor eine Zeit herauf, in der man die Räume mit bleckenden Petroleumlampen erhellt und mit Kohle beheizt hatte. Es hatte weder Strom noch Telefon im Haus gegeben, und die Toilette war ein Holzhäuschen im Hof gewesen.

Mir schauderte, als ich mir vorstellte, bei der winterlichen Kälte und Dunkelheit, die gerade herrschte, das warme Haus verlassen zu müssen, um in einem eisigen stinkenden Bretterverschlag meine Notdurft zu verrichten.

Ich war dann doch froh, im zweiten Jahrzehnt des 21. Jahrhunderts mit all seinen Annehmlichkeiten zu leben. Gähnend drückte ich auf den Lichtschalter und schlurfte in die Küche. Ich setzte Kaffee auf und begann, den Tisch zu decken.

»Du bist ja schon putzmunter!« Meine Mutter stand in der Tür. »Papa kommt auch gleich.«

Sie machte sich daran, ihr selbstgebackenes Roggenbrot aufzuschneiden, das für mich immer so wunderbar nach Heimat schmeckte. Ich erinnerte mich daran, dass ich als Jugendliche eine Phase durchlebte, in der mir alles, was meine Mutter selbst gemacht hatte, verhasst war. Ich fand es peinlich, einen von ihr genähten Rock anzuziehen, und spießig und »viel zu gesund«, ihr Brot zu essen. Stattdessen verschlang ich zum Frühstück haufenweise Toastbrot mit Nutella und kaufte meine Klamotten in Billigläden.

Heute konnte ich über mein damaliges pubertäres Gebaren nur innerlich den Kopf schütteln. Das Roggenbrot schmeckte herrlich, und die Jeans, die ich trug, hatte eine meiner Freundinnen selbst entworfen. Sie hatte es sich mit ihrem kleinen Label auf die Fahne geschrieben, alle Kollektionen unter fairen Arbeitsbedingungen fertigen zu lassen.

Wie üblich mussten meine Eltern, Heike und ich am Frühstückstisch lange auf Johanna warten, die wie immer, wenn sie zu Besuch war, ihr altes Jugendzimmer im Keller bezogen hatte. Von jeher kam sie morgens schwer in die Gänge. Ich kannte keinen größeren Morgenmuffel als sie!

Nach der ersten Tasse Kaffee schien sie endlich auch geistig wach zu sein und berichtete uns, dass ihr zweiter Sohn Christopher – er war ein paar Jahre jünger als ich – seit gestern seinen Master in Chemie in der Tasche hatte.

»Ich hatte die Nachricht auf dem Handy, als ich ins Bett ging«, sagte sie und nahm sich eine Scheibe Brot. »Frank und ich sind heilfroh! Es hat lange genug gedauert, bis Christopher die Kurve gekriegt hat.«

Ich konnte mich über sie nur wundern. Meines Wissens war mein Neffe Christopher ein strebsamer junger Mann, der einzig und allein den Fehler begangen hatte, zwei Semester Jura zu studieren, bevor er erkannte, dass sein Herz für chemische Formeln und Versuche schlug und nicht für Paragraphen, die das Metier seiner Eltern waren.

Ich ließ den Blick aus dem Fenster schweifen. Ein grauer

Himmel nahm der Sonne alle Kraft und drückte aufs Gemüt, aber immerhin regnete es nicht. Ein Tag, den man am besten auf der Couch verbringen sollte, dachte ich gerade, als unsere Mutter mit Tatendrang in der Stimme vorschlug:

»Na, wie wär's? Wer von euch dreien fährt mit mir einkaufen? Ich brauche die Zutaten für den Apfelkuchen, den ich morgen backen will, und will ein bisschen Blumenschmuck für Sonntag holen.«

Erwartungsvoll sah sie in die Runde, und ich versuchte prompt, mich unsichtbar zu machen. Ich hatte keine Lust, mit dem Auto durch die Gegend zu gurken. Ich wollte telefonieren, und zwar in Ruhe.

Johanna schenkte sich Kaffee nach.

»Papa möchte gerne einige Versicherungsunterlagen mit mir durchgehen, zu denen er Rat braucht«, meinte sie schulterzuckend, »aber später gerne.«

Mama schaute mich auffordernd an, doch bevor ich etwas antworten konnte, rettete mich Heike.

»Ich fahre gerne mit dir«, sagte sie. »Britta muss sich bestimmt noch ein bisschen ausruhen. Jetlag und so. Sie ist doch erst vorgestern aus der Karibik zurückgekehrt.«

»Ja, ich bin wirklich noch ziemlich erschöpft«, bekräftigte ich erleichtert. Dankbar nickte ich Heike zu, die meinen Blick mit einem verständnisvollen Lächeln erwiderte.

Eine halbe Stunde später war Heikes VW Golf vom Hof gerauscht, und Johanna hatte sich mit Papa in sein Arbeitszimmer zurückgezogen.

Ich zog Schuhe und eine dicke Jacke an und ging mit meinem Smartphone in der Hand in den Garten. Die Luft war kalt und schwer, und noch dazu begann es zu nieseln; lange würde ich es draußen nicht aushalten. Ich schlenderte quer über den Rasen bis zum Schienenstrang.

Als Kind hatte der Bahndamm eine große Faszination auf mich ausgeübt. Natürlich war es streng verboten gewesen, über den daran angrenzenden Lattenzaun zu steigen, aber ich hatte es dennoch ein paarmal gewagt. Mit wild pochendem Herzen stellte ich mich mit einem Fuß auf eine der Holzbohlen, die quer auf dem Gleisbett verlegt waren, mit dem anderen auf die Schiene und wartete darauf, dass es darunter sacht zu surren begann und ich am Horizont die Scheinwerfer einer Lok auftauchen sah. Ich war mir unglaublich wagemutig vorgekommen, daraufhin noch ein paar Sekunden auszuharren, bevor ich zurück in den sicheren Garten kletterte. Meist donnerte der Zug erst eine halbe Minute später vorbei.

Wenn meine Eltern wüssten, dachte ich jetzt, und eine Welle der Nostalgie erfasste mich, bevor ich mich darauf besann, weshalb ich überhaupt hierhergekommen war.

»Hallo, Schatz«, erklang Marcels fröhliche Stimme aus dem Handy. »Nach so kurzer Zeit wirst du also schon von Sehnsucht nach deinem geliebten Gatten übermannt?«

»Bilde dir bloß nichts ein!« Ich musste lachen. »Ganz so schlimm ist es nicht!«

»Dann willst du also irgendwas«, schloss er messerscharf. Ich stellte ihn mir vor, wie er in seinem Fotoatelier am Kamerastativ stand, die Scheinwerfer hinter sich, das graumelierte Haar zerzaust, der einstige Dreitagebart inzwischen zwei Tage überfällig. Zärtlichkeit stieg in mir auf.

»Hast du gerade einen Kunden?«, wollte ich wissen. »Störe ich?«

»Du störst nie.« Das meinte er völlig ernst, wie ich wusste. »Meine nächste Kundin kommt aber in einer Viertelstunde, also schieß los!«

»Okay … Du … du hast mir doch Hermines Tagebuch mitgegeben«, stotterte ich, »für Papa am Sonntag …«

»Ja, es wurde Zeit, finde ich.« Er schwieg kurz, dann stieß er aus: »Ich hab's! Du bist neugierig bis zum Platzen und willst es selbst lesen!« Er lachte leise.

»Ja … Das würde ich wirklich gerne«, gab ich kleinlaut zu. »Gestern haben Johanna und Heike schon wieder so viel über Hermine geredet, dass ich mir vorkam wie das fünfte Rad am Wagen. Ich würde einfach gerne auch wissen, was für ein Mensch Hermine war. Glaubst du, das wäre in Ordnung?«

»Wenn du unbedingt willst, lies es! Aber es ist an manchen Stellen echt schwere Kost. Nur wer Hermine wirklich gekannt hat, kann das wahrscheinlich verstehen. Für andere kommt manches bestimmt ziemlich abgedreht rüber.«

Für andere! Nur wer Hermine wirklich gekannt hat! Immer die gleiche Leier! Ich begann, mich zu ärgern.

»Sie war meine Schwester!«, versetzte ich beleidigt.

»Schon gut, schon gut. Ist nur eine Empfehlung. Meinetwegen lies es und gib es danach deinem Vater.« Er atmete hörbar ein und aus. »Wenn ich es mir recht überlege, ist es vielleicht sogar eine gute Idee. Wir werden sehen. So, mein Liebling, ich muss hier weitermachen. Habt noch eine schöne Zeit, und grüß bitte alle von mir.«

Die nächste Stunde verbrachte ich, nach Marcels Einverständnis nun mit einem reinen Gewissen, bäuchlings lesend auf dem Bett in meinem Zimmer.

17. Juni 1977

Ich habe Heike geholfen. Es ging ihr nicht gut. Mit einem Mal wusste ich, warum. Der böse Mann war schuld. Ich musste an die Schlange denken. Warum bloß passiert so was? Es ist gemein und hässlich.

Ich runzelte die Stirn. Nach diesen drei kurzen und verwirrenden Sätzen hatte Hermine offenbar eine ganze Passage mit Tintenkiller gelöscht. Weißgelbe Flecken verunzierten das Papier. Die nächste Seite des Tagebuchs war herausgerissen. Hoffentlich ging das nicht so weiter, dann würde es mühsam werden, die Einträge zu lesen. Hatte Marcel doch recht damit gehabt, dass das Tagebuch nichts für mich war? Ich blätterte um und atmete auf. Die folgenden Texte waren unversehrt und sowohl flüssig als auch in sich logisch formuliert.

8. August 1977
Ich war mit Heike im Südpark schwimmen. Sie hat sich Stöpsel in die Ohren gestopft und mir gezeigt, wie toll sie tauchen kann. Mir machte das Schwimmen keinen Spaß. Ich werde nie wieder schwimmen gehen, aber ich habe mich nicht getraut, das Heike zu sagen. Es hätte sie traurig gemacht. Sie wollte mir mit dem Ausflug doch eine Freude machen.
Sie hat keine Ahnung, wie furchtbar es für mich war. Kaum war ich im Becken, wusste ich nicht mehr, wo mein Körper aufhört und wo das Wasser anfängt. Ich hatte das Gefühl, mich aufzulösen … selber zu Wasser zu werden. Vielleicht hätte ich Ohrstöpsel wie Heike benutzen sollen, dann wären zumindest die Geräusche unter Wasser nicht durch mich durchgedrungen.
Es war ganz schlimm.

20. September 1977
Ich bin anders, anders als alle, die ich kenne. Ich sehe und höre Dinge, die keiner sonst wahrnimmt. Nicht darüber reden zu können ist schwer. Aber ich will nicht mehr allein sein. Das Schuljahr hat gerade erst angefangen, und ich habe mir vorgenommen, alles besser zu machen und meine Klassenkameraden nicht mehr zu erschrecken.

Es tat mir weh zu lesen, dass Hermine schon als Kind mit ersten Krankheitsanzeichen hatte kämpfen müssen. Ich glaubte zu verstehen, was Johanna damit gemeint hatte, als sie gestern vom »Ruf« Hermines gesprochen hatte. Mit ihren Symptomen hatte sie ihre Mitschüler sicher befremdet und wurde daraufhin zur Außenseiterin. Ihr Leidensdruck musste immens hoch gewesen sein, und es hatte damals niemanden gegeben, der sie in ihrer Not wirklich ernst genommen hatte. Das war schlimm, und es ließ noch Schlimmeres ahnen.

Die nächsten Auszüge, die ich las, bezogen sich auf die politische Situation im Oktober 1977 und auf die Entführung der Landshut in Mogadischu. Hermine rekapitulierte ausführlich, wie das Einsatzkommando über neunzig Passagiere aus dem Flugzeug rettete und Baader, Ensslin und Raspe sich anschließend in ihren Zellen in der JVA Stuttgart Stammheim umbrachten. Auch über die Ermordung von Hanns Martin Schleyer schrieb sie.

Seine Leiche haben sie in den Kofferraum eines Autos gestopft. Bah, wie gemein.
Es ist wie ein grausames Spiel. Wer ist der Stärkere, die RAF oder die Regierung? Mir tun Schleyers Familie und die Familien der anderen Opfer leid.

Ich war erstaunt, dass ein neunjähriges Mädchen sich schon so intensiv mit diesem Thema beschäftigt hatte. Die Terrorgefahr in Deutschland musste damals allgegenwärtig und sehr bedrohlich gewesen sein. Plötzlich war ich froh, wesentlich später erst das Licht der Welt erblickt zu haben. Sonst bedauerte ich meist, nicht gemeinsam mit meinen älteren Schwestern groß geworden zu sein.

Dann machte ich mir bewusst, dass wir alle zurzeit wieder

unter Terrorismus litten, auch wenn der im Unterschied zur RAF islamistisch geprägt war und international Schrecken verbreitete. Ich dachte an Lkws, die unschuldige Menschen auf Weihnachtsmärkten oder belebten Straßen niedermähten, und Tote in Zeitungsredaktionen oder bei Großveranstaltungen. Die Medien waren voll davon, und die heutigen Kinder kamen ebenso wenig wie meine älteren Schwestern damals umhin, sich mit diesen Horrorszenarien auseinanderzusetzen.

Johanna kann die Terroristen verstehen und auch, dass sie in den Untergrund gegangen sind. Sie sagt, wir brauchen eine neue Gesellschaft, nicht den braunen Dreck, der noch das Sagen hat.
Ich weiß nicht, was sie damit meint. Vielleicht bin ich zu klein, um zu wissen, wie es anders sein könnte. Johanna ist klug, aber ich glaube, sie weiß manchmal selbst nicht genau, wovon sie redet.
Die Welt ändert sich nur langsam, mit den neuen Kindern, die geboren und groß werden, immer nur ein kleines Stück. Und dann kriegen die Kinder. Und wieder ändert sich ein bisschen was. Mit Gewalt geht es nicht schneller, sondern nur durcheinander. Und Menschen müssen sterben.

Wieder hielt ich inne. *Die Welt ändert sich nur langsam.* Wie klug Hermine gewesen war! Und wie recht sie hatte. Prozesse gewaltsam zu beschleunigen konnte schnell zur nächsten Katastrophe führen. Aber war es im Umkehrschluss richtig, nichts zu tun und alles seinen Gang gehen zu lassen? Daran glaubte ich genauso wenig wie Johanna damals. Ich war allerdings noch nie die Geduldigste gewesen. Ich überflog ein paar Seiten, in denen Hermine von der Schule erzählte oder sich groß und breit über die Fernsehserie »Unsere kleine Farm«

ausließ, die sie »doof« fand, und stockte erst bei einem Eintrag vom Mai 1978.

Ich sehe ständig diese Landschaft vor mir, aber ich war noch nie dort. Da bin ich mir sicher. Weite Hügel sehe ich, Weizenfelder bis zum Horizont, ein Wäldchen, und dann immer diesen Bauernhof.
Er kommt mir altmodisch vor, denn der Innenhof zwischen Scheune und Stallungen ist nicht gepflastert, sondern mit plattgetrampeltem Lehm bedeckt. An der Wand des Fachwerkhauses wächst Spalierobst. Im Hintergrund kann ich Apfel- und Pflaumenbäume erkennen. Es gibt auch noch ein kleineres Haus auf dem Gelände, das irgendeine Bedeutung für mich hat. Aber welche? Alles wirkt heimelig, wie unser Haus an den Schienen.
Wenn ich die Landschaft und die Gebäude sehe und den weiten blauen Himmel darüber, überkommt mich jedes Mal Sehnsucht, ganz schlimme Sehnsucht. Ich wünschte dann, ich könnte dort sein. Wo auch immer es ist.

Zum zweiten Mal schon erwähnte Hermine diesen Bauernhof, den sie vor ihrem inneren Auge sah. Diesmal beschrieb sie ihn allerdings wesentlich plastischer. Weiter vorn im Tagebuch hatte sie ja ihre Enttäuschung darüber geäußert, wie lapidar Heikes Reaktion auf ihre Schilderung der Vision gewesen war. Deren Bemerkung, dass es sich lediglich um einen Traum gehandelt haben müsse, hatte Hermine wohl deutlich gezeigt, dass Heike mit derlei Dingen nichts anfangen konnte. Sie war einfach zu bodenständig dafür. Dass Hermine es danach offenbar aufgegeben hatte, mit ihr darüber zu sprechen, konnte ich gut verstehen.

Andererseits schienen Hermine und Heike sich recht nahe

gewesen zu sein, im Unterschied zu Johanna, deren Verhältnis zu ihrer damals jüngsten Schwester nie das Beste gewesen war. Warum eigentlich nicht? Beide waren sie Freidenkerinnen und politisch orientiert. Seltsam.

Meine Gedanken glitten zu Heike zurück, und ich erinnerte mich, dass Hermine im Juni 1977 geschrieben hatte, ihr bei etwas geholfen zu haben. Ein böser Mann sei schuld gewesen. Was es damit wohl auf sich hatte? Sollte ich Heike darauf ansprechen? Besser nicht, entschied ich. Erst einmal würde ich das Tagebuch zu Ende lesen.

Allerdings fragte ich mich allmählich, ob es wirklich eine gute Idee war, Papa das Buch am Sonntag zu schenken. Ein Geburtstag war zum Feiern da, unbeschwert und fröhlich.

Auf so eindrückliche Weise an die psychisch kranke Tochter erinnert zu werden, die als junge Frau gestorben war, würde meinen Vater vielleicht unendlich deprimieren. Dieser sanfte Mann, dem seine Familie über alles ging, hatte in seinem Leben schon genug verkraften müssen, fand ich. War ein derart aufgezwungenes Déjà-vu nicht zu viel für ihn?

Hans

Johann Theodor Franzen wurde im Januar 1937 weit draußen auf dem Feld in dem alten Bahnwärterhaus an der Eisenbahnlinie zwischen Neuss und Mönchengladbach geboren. Seine Familie versorgte sich selbst mit den wichtigsten Grundnahrungsmitteln, was sich als besonders vorteilhaft erwies, als 1939 Lebensmittelbezugsscheine an die Bevölkerung vergeben und Einkäufe auf die Art stark rationiert wurden. Die Franzens mussten jedenfalls nicht hungern.

Während Hans' Vater zur Arbeit ging und sich abends um den eigenen kleinen Kartoffelacker kümmerte, bestellte Hans' Mutter den Gemüsegarten sowie die Streuobstwiese und kochte für die Familie. Das Werk ihres Fleißes zeigte sich im Gewölbekeller. Hunderte Weckgläser mit eingemachten Bohnen, Gurken, Stachelbeeren, Kirschen, Birnen, Pflaumen und Apfelmus lagerten dort. Außerdem molk sie die Ziege und fütterte die Hühner, die in einem abgezäunten Areal neben dem gepflasterten Hof und dem Ziegenstall untergebracht waren.

Das Einsammeln der Eier dagegen war Hans' Aufgabe. Jeden Morgen in der Früh weckte der Hahnenschrei den kleinen Jungen und sagte ihm, dass es Zeit zum Aufstehen und für die Pflicht sei. An einem frühen Septembermorgen 1939 waren es jedoch Mutters Rufe, die den Zweieinhalbjährigen aus dem Schlaf hochfahren ließen.

Hans wusste, dass sein Vater um die Stunde schon lange arbeitete. Seit dem Morgengrauen schritt Theo Franzen die Gleise ab, um ihren Zustand zu kontrollieren. Außerdem wurde er vertretungsweise als Schrankenwärter an einem der fünf Bahnübergänge bei Büttgen eingesetzt und hatte dort die Schranke zu drehen.

Hans' Vater war im Ersten Weltkrieg am rechten Bein verwundet worden, so dass er es nachzog und nicht mehr so vital und belastbar wie früher war. Man hatte ihn ehrenvoll und mit einer Tapferkeitsmedaille aus dem Wehrdienst entlassen.

Die Aachen-Düsseldorfer Eisenbahngesellschaft, bei der er vor dem Krieg als Vorarbeiter im Gleisbau beschäftigt gewesen war, wusste nicht so recht, was sie mit dem Kriegshelden, dem man nicht kündigen konnte, anfangen sollte und richtete eigens eine Stelle für ihn ein. Wohnen durfte er mit seiner Frau in dem leerstehenden Bahnwärterhäuschen auf dem Feld, dessen Bahnübergang schon lange stillgelegt war, weil sich der Betrieb einer Schranke an der Stelle nicht mehr lohnte.

Vater war also aus dem Haus, und Hans sprang sofort aus dem Bettchen, um ins Schlafzimmer seiner Eltern hinüberzulaufen. Seine Mutter krümmte sich vor Schmerzen, was sie jedoch nicht davon abhielt, ihn in gewohnter Manier anzublaffen und herumzukommandieren.

»Endlich! Wurde ja auch Zeit! Hol mir Handtücher«, presste sie hervor. »Mach schnell! Die alten, vorn aus dem Wäscheschrank.«

Hans tat wie ihm geheißen, raffte ein Bündel zusammen und brachte es seiner Mutter. Die saß mit ihrem dicken Bauch und aufgelöstem Haar nun auf der Kante des Ehebettes, hatte ihr Leinennachthemd bis zur Hüfte hochgeschoben und atmete keuchend.

Hans sah voller Entsetzen, dass ihre Unterhose und das

Laken darunter klitschnass waren. Hatte sie etwa ins Bett gemacht? Mit ihm schimpfte sie immer fürchterlich und schlug ihn auf den Po, wenn ihm das passierte. Seine Augen wurden groß und rund.

»Steh nicht da wie ein Tölpel«, herrschte Else ihn an. »Lauf zu Liese Dahmen. Sie muss helfen! Das Kind kommt. Sag ihr das! Das Kind kommt!«

Die Bäuerin vom Nachbarhof leistete bei den werdenden Müttern der Umgebung Geburtshilfe, seit der jüdische Arzt seine Praxis hatte schließen müssen und unbekannt verzogen war.

Und so kam es, dass der kleine Hans an diesem Spätsommermorgen nur mit seinem gehäkelten Unterhöschen bekleidet über den Feldweg zum Dahmenhof rannte, um die Liese zu holen. Er hatte fürchterliche Angst und fühlte sich mutterseelenallein, aber er schaffte den Fußmarsch und erreichte das Grundstück der Dahmens zwanzig Minuten später.

Stammelnd gab er weiter, was seine Mutter ihm aufgetragen, er jedoch überhaupt nicht begriffen hatte: »Kind kommt!«

Lieses Mann Josef zögerte nicht lange, spannte seinen Kaltblüter vor den Karren und kutschierte mit seiner Frau und dem halbnackten, barfüßigen Kleinkind, das sie in eine Decke gewickelt hatten, zum Haus der Franzens.

Sobald Klaus Dahmen im Hof die Zügel angezogen hatte und das Klappern der Hufe verstummte, hörte Hans lautes Babygeschrei.

Der Bauer fluchte unflätig vor sich hin, sprang vom Karren, lief sofort zur Wasserpumpe, die an der Hauswand angebracht war, und füllte einen Eimer mit frischem Wasser, während seine Frau bereits im Haus verschwand. Hans hörte sie die Treppe hinaufpoltern.

Er verstand nicht, was los war. Niemand beachtete ihn, niemand kümmerte sich um ihn, und Vater war ja auch nicht da. Das Weinen des fremden Babys verunsicherte ihn. Das Kind kommt, hatte seine Mutter gesagt, aber woher denn bloß? Er konnte es sich nicht erklären, sondern spürte nur eine tiefe Verlorenheit in sich und das Gefühl, für alle Erwachsenen auf einen Schlag unsichtbar geworden zu sein.

Schließlich fand er eine Lösung, der Einsamkeit zu entfliehen. Er ging zu dem kleinen Törchen im Zaun, stellte sich auf die Zehenspitzen, schob den Riegel zurück und betrat den Unterstand der Ziege Bruni, die mit unter den Bauch gezogenen Beinen dalag. Ganz nahe kuschelte er sich an sie, legte die Ärmchen um ihren Hals, fühlte, wie sich ihre Brust hob und senkte und ihre Körperwärme auf ihn überging. Bald schlummerte er ein.

Theo Franzen war den ganzen Vormittag von einer Vorahnung erfüllt gewesen. Elses Niederkunft stand unmittelbar bevor, nicht dass die Wehen einsetzten, während er bei der Arbeit war! Also kehrte er gegen elf Uhr für einen Kontrollbesuch nach Hause zurück und fand seine Frau mit dem Kind im Arm im Bett vor. Sie schien wohlauf, ebenso der Säugling. Theo setzte sich auf die Bettkante und streichelte den flaumigen Kopf seines Zweitgeborenen.

»Wir nennen ihn Wolfgang, ja?«, schlug Else lächelnd vor, eine für sie seltene Gefühlsregung.

Automatisch lächelte Theo zurück; er wusste, wie viel Else ihr Lieblingsbruder Wolfgang bedeutet hatte, der schon früh gestorben war. Dann runzelte er die Stirn.

»Wo ist denn unser Hänschen?«, wollte er wissen.

Else zuckte gleichmütig mit den Schultern.

»Na, nicht weit jedenfalls. Vielleicht sammelt er endlich draußen die Eier ein.«

»Seit wann hast du ihn nicht mehr gesehen?«

»Na, seit er die Liese geholt hat.« Else drehte sich mit dem Kind im Arm auf die Seite.

»Er hat was?«, fragte Theo erschrocken. Der Weg zum Dahmenhof war viel zu weit für ein Kleinkind. Hans musste völlig erschöpft sein. Eilig lief Theo die steile Treppe herunter, den Namen seines erstgeborenen Sohnes rufend.

Er suchte das Haus und die Nebengebäude ab, bis er den Kleinen schließlich im Ziegenstall fand. Erleichtert schloss er den schlaftrunkenen Jungen in die Arme. Seine Fußsohlen waren übersät mit Schwielen und Schnitten. In seinem hellen Haar hing Heu.

»Neues Kind bei Mutter, warum?«, murmelte er.

Theo erklärte es ihm in einfachen Worten, während er zart das kleine Gesicht streichelte.

Wenige Tage später begann der Zweite Weltkrieg, indem die deutsche Wehrmacht ohne vorherige Ankündigung Polen überfiel. Im Mai 1940 besetzte Deutschland Holland, Belgien und Frankreich. Kurz darauf reagierte die englische Luftwaffe mit Angriffen auf Deutschland.

Hans und sein kleiner Bruder Wolfgang wuchsen damit auf, dass Krieg herrschte. Bomben fielen auch auf Neuss und die Umgebung. Ein Ziel war die Flakabwehrstellung im Vorster Wald, ein anderes die Bahnstrecke, die am Haus der Franzens vorbeiführte und für Truppentransporte von West nach Ost genutzt wurde. Die Genauigkeit der Bombenabwürfe war zu Beginn des Krieges noch gering, da die Piloten wenig geübt und die Navigationssysteme der Flugzeuge schlecht waren. Viele Bomben verfehlten daher ihr Ziel und landeten im Feld.

Dennoch berichtete Theo Franzen seiner Familie immer wieder von Häusern der Umgebung, die getroffen worden waren: in Büttgen, in den Buscherhöfen, Vorst und Holzbüttgen.

Hans und Wolfgang fanden sich damit ab, dass hin und wieder die Sirenen heulten und sich die Familie dann im Keller zu versammeln hatte. Für sie war es ebenso selbstverständlich, dass die NS-Propaganda des Deutschlandsenders aus dem Volksempfänger in der Küche donnerte, während ihre Mutter Gemüse schnitt, Brot buk oder Kartoffeln kochte.

Es war Alltag für sie, dass junge Männer von den Nachbarhöfen verschwanden, weil sie eingezogen wurden, um in der Wehrmacht zu dienen. In Büttgen gehörten Soldaten in Uniform bald zum alltäglichen Anblick; ein bayerisches Bataillon war zur Verteidigung der Westfront dort stationiert worden.

Hans' Vater bekam in der Kriegszeit plötzlich viel zu tun. Ihm wurde die Aufgabe übertragen, eine Rotte der Aachen-Düsseldorfer Eisenbahngesellschaft zu leiten, die die Schäden, die alliierte Jagdbomber an der Bahnlinie angerichtet hatten, umgehend zu beseitigen hatte. Nach der Devise »Räder müssen rollen für den Sieg« hatte der uneingeschränkte Schienentransport von Kriegsmaterial oberste Priorität für die Reichsbahn. Am Güterschuppen des Büttger Bahnhofs lagerte man dafür große Mengen an Ersatzschienen, die mit einem Reparaturzug bis zur jeweiligen Streckenbeschädigung herangefahren wurden, um dort von den Rottenarbeitern abgeladen und passgenau eingesetzt zu werden.

Seit Ende 1939 waren in der Gegend viele zumeist polnische Zwangsarbeiter einquartiert worden, die auf den Bauernhöfen lebten und aushalfen, auf denen Arbeitskräfte fehlten. Es war ihnen streng verboten, sich von ihren Aufenthaltsorten zu entfernen oder Kontakt mit der Bevölkerung aufzunehmen, ebenso der Besuch von Schwimmbädern, Kinos oder anderen öffentlichen Einrichtungen. Sie hatten Aufnäher auf ihrer Kleidung zu tragen, die sie als Fremdarbeiter kennzeichneten.

Hans kannte einige der ausgemergelten, bärtigen Männer vom Sehen. Sie waren ihm unheimlich, aber sie taten ihm auch leid, da sie zutiefst unglücklich wirkten. Etliche von ihnen waren auf einem der Höfe untergebracht, an dem sein Schulweg vorbeiführte. Wehmütige Lieder in einer fremden Sprache wehten zu Hans herüber, während er mit dem Ranzen auf dem Rücken über den schlammigen Weg an dem Grundstück vorbeiging.

Er besuchte die Volksschule auf der Gladbacher Straße in Büttgen. Das Backsteingebäude war trotz eines neuen Anbaus jetzt schon zu klein für die Menge an Kindern, die hier die Schulbank drückten, aber Hans ging dennoch gern zur Schule. Besonders Rechnen, Zeichnen und Heimatkunde hatten es ihm angetan. Körperliche Ertüchtigung wie Turnen oder Leichtathletik lagen ihm weniger, denn er war nicht besonders sportlich. Es bereitete ihm Sorge, dass gerade auf solche Leistungen großen Wert gelegt wurde. Wer später einmal das Gymnasium besuchen wollte, musste vor allem athletisch, beweglich und stark sein.

Einen Teil des Deutschunterrichts nahm die Rassenkunde ein. Jeden Morgen zu Beginn der Unterrichtsstunde schritt Fräulein Weiers an die Tafel, schrieb mit Kreide eine 6 an und fragte: »Was ist das?« Die Kinder hatten im Chor mit »Das ist eine Judennase« zu antworten.

Als Hans zu Hause beim Abendbrot davon erzählte, wurde sein Vater wütend. Mit schnellen Strichen malte er mit dem Messer eine 1 in das Schmalz auf seinem Brot, um von Hans zu hören, was das denn sei.

Der zuckte hilflos mit den Achseln.

»Weiß nicht«, antwortete er kleinlaut.

»Eine Nazinase«, sagte Vater abfällig, bevor seine Frau ihm empört ins Wort fallen konnte, »genauso lang wie dumm. Hänschen«, erklärte er dann etwas ruhiger, »die Wahrheit und Propaganda sind zwei verschiedene Dinge. Traue nur dem, was du wirklich kennst.« Er atmete tief durch, um im nächsten Moment das erste und einzige Mal etwas von seinen Erlebnissen während des Ersten Weltkriegs preiszugeben. »An meiner Seite haben damals viele Männer gekämpft, gute wie schlechte. Ob einer Jude war oder nicht, hat nichts über seine Tapferkeit, seine Ehrlichkeit oder seinen Charakter ausgesagt. Gar nichts, verstehst du? Und die Nasen der Juden sind nicht krummer als unsere – und selbst wenn, wäre das völlig egal. Lass dir kein X für ein U vormachen.«

In dem Moment wurde Hans klar, dass sein Vater vom Nationalsozialismus nichts hielt, und in einem zweiten Schritt, dass er das seinen Schulkameraden besser verschweigen sollte. Er hatte bereits mitbekommen, dass die Kinder von Regierungskritikern von den Klassenkameraden geschnitten wurden. Und wer nicht zu hundert Prozent hinter der Partei stand, lebte gefährlich, das wussten auch die Kinder schon. Also verhielt Hans sich unauffällig und angepasst.

Aber der Keim des Zweifels, den sein Vater in ihm gepflanzt hatte, ging auf. Er merkte, dass ihm die judenfeindlichen Äußerungen der Lehrerin und der Klassenkameraden, obwohl keiner von ihnen nur einen einzigen Juden kannte, zunehmend zuwider wurden. Auch die Inhalte der Schülerzeitschrift »Hilf mit« befremdeten ihn mehr und mehr. Jede Erzählung darin endete mit einem judenfeindlichen Appell, und die Juden wurden stets als Weltfeinde und Verbrecher bezeichnet. Immer wenn Hans so etwas las, hatte er die kritische Stimme seines Vaters im Ohr, die ihn mahnte, genau hinzuschauen, was Wahrheit und was nur Propaganda war.

Dennoch liebte Hans die Schule weiterhin. Von Grund auf lernbegierig, saugte er alles Wissen auf wie ein Schwamm. Und es begeisterte ihn, wenn neue Apparate wie ein Epidiaskop oder gar ein Filmprojektor im Unterricht eingesetzt wurden.

Außerdem war er froh, mit dem täglichen Schulbesuch den Fängen seiner strengen Mutter zu entkommen. Lieber büffelte er im Klassenzimmer, als zu Hause gescheucht zu werden.

Mutter konnte es überhaupt nicht leiden, wenn jemand in ihrer Nähe untätig herumsaß oder auch nur den Anschein erweckte, die Hände in den Schoß zu legen. Schulaufgaben waren ihrer Meinung nach bloß eine faule Ausrede, sich vor der Arbeit in Haus und Hof zu drücken. Sie selber hatte nur wenige Jahre eine Schule besucht und konnte mehr schlecht als recht lesen. Bildung fand sie unnötig; sie erschien ihr wie ein überflüssiger Luxus, der dazu angetan war, die wirklich wichtigen Dinge im Leben wie Ordnung und Sauberkeit zu vernachlässigen.

Demzufolge verzog sich Hans nach der Schule am liebsten mit seinen Büchern in den Schuppen neben dem Ziegenstall, um zu lesen und seine Aufgaben zu machen. Seine Mutter sollte nicht merken, dass er schon zu Hause war. Leider verpetzte Wolfgang ihn jedoch immer, sobald er davon Wind bekam, denn der Jüngere fand es höchst ungerecht, ganz allein Kartoffeln und Möhren auszumachen, Erbsen oder Bohnen zu pulen, den Hof zu fegen oder Wasser zu pumpen und die schweren Eimer ins Haus zu tragen, während sein Bruder sich drückte.

Gegen Ende des Krieges wurden auch im Haus an den Schienen des Öfteren für mehrere Tage sogenannte Bombengeschädigte aus den umliegenden Städten und Gemeinden einquartiert. Hans' Mutter brachte die verstörten Leute jedes Mal im gemeinsamen Schlafzimmer der Jungen unter, die dann unten in der Stube zu nächtigen hatten. Sie fügte sich zähneknirschend den Behörden, da sie es als ihre deutsche Pflicht ansah, ihren Landsleuten in der ärgsten Not beizustehen. Trotzdem empfand sie diese Menschen, die alles verloren hatten, als Eindringlinge und war froh, wenn sie sie schnell wieder loswurde.

Inzwischen untersagten ihre Eltern Hans und Wolfgang wegen der Bombengefahr an manchen Tagen, den weiten und gefährlichen Fußweg über die Felder bis in die Ortsmitte zur Schule zu gehen. Einige Teile von Holzbüttgen, Vorst und Kaarst waren bereits von Granat- oder Splitterbomben verwüstet worden. In Büttgen hielten sich die Schäden zwar bislang vergleichsweise gering, doch wer wusste schon, ob es nicht bald wieder ihr Dorf treffen würde?

Hans und Wolfgang lebten mit den Schrecken des Krieges, der wirtschaftlichen Not und der Doppelmoral des nationalsozialistischen Regimes. Sie atmeten das Gift ihrer Zeit und akzeptierten Not und Gewalt – kannten sie doch nichts anderes.

Die Kommentare ihres Vaters zur Situation im Land wurden jedoch immer direkter und schärfer.

»Wir werden auch diesen Krieg verlieren«, prophezeite er düster, als die Familie nach der Sperrstunde mal wieder hinter verdunkelten Fenstern bei einem kargen Abendbrot, bestehend aus hauchdünnen Graubrotscheiben mit Ziegenkäse und wässrigem ungesüßten Tee beisammensaß. »Und die Soldaten, die nicht verreckt sind und zurückkommen, werden keine Helden sein. Für niemanden. Nicht, dass es etwas an dem ändern würde, was sie gesehen und durchlitten haben, aber das, wofür sie kämpfen, sind hohle Phrasen und menschenverachtende Ideale. Sie sterben für schändliche Dinge. Keiner wird es ihnen danken.«

»Red nicht so einen Blödsinn«, hielt Hans' Mutter dagegen und gab nebenbei Wolfgang einen heftigen Klaps gegen den Hinterkopf, weil der mal wieder nicht gerade gesessen hatte. »Der Führer weiß, was er tut. Er und die Wehrmacht werden das deutsche Volk zum Sieg führen. Bald wird alles wieder wie vor dem Krieg sein, nur besser.«

Sie gab sich linientreu, dabei ging inzwischen sogar sie mit dem Reichskanzler und dem Nationalsozialismus nicht mehr immer konform. Dass der Religionsunterricht aus der Schule und die Kreuze aus den Klassenzimmern verbannt worden waren, man vier Glocken aus dem Turm der Aldegundiskirche abmontiert hatte und die Sonntagsmesse ausfiel, ärgerte sie als gläubige Katholikin zutiefst. Sie begriff nicht, wie die Regierung den christlichen Glauben ablehnen konnte, wo dieser ihrer festen Meinung nach doch der Grundstein allen Lebens war. Paradoxerweise hielt sie dennoch stur an ihrem Vertrauen zu Adolf Hitler fest.

»Mutter, wann darf ich endlich zur Hitlerjugend?«, quengelte Wolfgang nun.

»Zum Jungvolk, meinst du? Mit zehn Jahren. Wie alle Jungs.« Mutter streifte ihn mit anerkennendem Blick, um sich sofort wieder ihrem Mann zuzuwenden. »Theo, es ziemt sich nicht, wie despektierlich du über den Führer sprichst. Das ist Defätismus und verboten. Lass dir bloß nicht einfallen, vor den Leuten …«

»Die Leute können mir den Buckel runterrutschen! Aber keine Angst, ich halte meinen Mund da draußen.« Vater nahm noch einen Schluck Tee. »Lass dir aber gesagt sein, dass es hier am Niederrhein sowieso nicht mehr lange gutgehen wird. Die Front rückt näher, die Zerstörungen durch die Bomber werden schlimmer. Das weißt du genau! Und schau dir die Veteranen an, die seit einiger Zeit zurückkehren. Halbe Kinder noch, mit amputierten Armen und Beinen und leerem Blick, manche geistig verblödet … Erst vor fünfundzwanzig Jahren hatten wir das zuletzt, nur ist es jetzt noch furchtbarer.« Er hielt inne und schaute aus dem Fenster in die Abenddämmerung hinaus. »Kinder, hört nicht auf eure Mutter. Vertraut niemals auf die Heilsversprechen eines Krieges. Krieg bringt Zerstörung und Tod, sonst nichts.« Er schob seinen leeren Teller von sich und stand so heftig auf, dass die Beine seines Stuhles über den Fußboden kratzten. »Ich gehe Holz hacken«, erklärte er und verließ die Küche.

Seit Beginn des Jahres 1945 konnte die Büttger Bevölkerung kaum noch ihre Häuser verlassen; die deutsche Westfront war bedroht wie nie. Jagdbomber und Tiefflieger der Alliierten griffen fast täglich an. Straßenbahn- und Zugverbindungen waren ausgefallen. Als die Wehrmacht beschloss, Neuss zum linksrheinischen Brückenkopf auszubauen, forderte man alle Männer und Frauen, die dazu tauglich erschienen, auf, mit Spaten, Spitzhacke und Schaufel einen Panzergraben im Neusser Westen auszuheben. Auch Hans' Mutter wurde zur Schanzenarbeit abkommandiert. Ihr Groll war groß, sah sie sich doch gezwungen, ihre Haushaltspflichten zu vernachlässigen. Grimmig teilte sie ihren Söhnen zusätzliche Arbeiten zu, die sie zu Hause zu verrichten hatten. Verschwitzt, müde und mit Schwielen an den Händen kehrte sie abends zurück, um sich sofort darüber aufzuregen, was in ihrer Abwesenheit versäumt oder falsch gemacht worden war.

»Wer hat diese Laken gefaltet?«, schimpfte sie beispielsweise und kippte den Wäschekorb auf dem Küchentisch aus. »Wir sind doch nicht bei Hempels unterm Sofa. Hans, Wolfgang: Das macht ihr noch mal, und zwar richtig!«

Als die Wehrmacht ihre Pläne nach mehreren Wochen aufgab und die Soldaten sich in Richtung Osten zurückzogen, war Hans' Mutter einerseits erleichtert, andererseits äußerst besorgt. Bedeutete das, dass sich die Wehrmacht geschlagen gab? Würde Deutschland den Krieg etwa wirklich verlieren? Daran mochte sie allen Anzeichen zum Trotz immer noch nicht glauben. Vater hingegen bezweifelte es nicht.

»Bald ist es vorbei, du wirst schon sehen«, sagte er müde und rieb sein versehrtes, schmerzendes Bein.

Anfang März 1945 marschierten die Amerikaner in Kaarst ein. Eine nicht enden wollende Schlange an Panzern und Infanteriewagen rollte mit lautem Getöse über die Straßen und sogar mitten durch die Gärten, als Hans gerade mit seinem Vater im Dorf war, um Nägel und Schrauben für die dringend nötige Reparatur eines Fensterladens zu kaufen. Die beiden wichen in die Toreinfahrt eines Hauses zurück. Theo Franzen mahnte seinen Sohn, sich still zu verhalten.

»Es ist vorbei«, sagte er, während Staub und Dreck von den riesigen Panzerketten aufgewirbelt wurden, und es klang erleichtert.

Die letzten Wochen und Monate waren für alle äußerst belastend gewesen. Das durchdringende Heulen der Sirenen, das fast ununterbrochene Ausharren in den Bunkern und Kellern und der Fall der Bomben hatten die Nerven der Menschen bis zum Zerreißen angespannt. Und mit jeder Faser war zu spüren gewesen, dass das Ende bevorstand.

»Lass uns schnell nach Hause laufen«, drängte Hans' Vater. »In Zeiten wie diesen bin ich froh, draußen auf dem Feld zu wohnen!«

Tage später berichteten die Leute aus dem Dorf, dass die amerikanischen Truppen etliche Häuser hatten evakuieren lassen, um kurzfristig darin unterzukommen. Die dort wohnenden Familien waren zu den Nachbarn geflüchtet. Sie mussten hinnehmen, dass Türen und Einrichtung zum Teil schwer beschädigt wurden. Auch die Schule wurde besetzt. Bis August fiel der Unterricht aus.

Jeder, der in der Wehrmacht gedient hatte oder Parteiangehöriger war, wurde gefangengenommen und abtransportiert. Die Zwangsarbeiter aus der Gegend wiederum sammelten sich auf dem Kirchplatz in Büttgen und kamen in der Aldegundiskirche unter, von wo aus die Amerikaner sie fortbrachten. Sie hatten ihre Freiheit wieder. Das Gotteshaus blieb leer und verwüstet zurück.

Alle Einwohner über zwölf Jahren mussten sich nun unter Abgabe von Fingerabdrücken registrieren lassen; strenge Ausgehzeiten reglementierten das Leben der Bevölkerung. Zudem fiel für vier Wochen die Wasser- und die Stromversorgung aus. Mühsam schleppten die Menschen das Wasser in Eimern, welches sie den wenigen Wasserpumpen entnahmen, in ihre Häuser.

Im Mai war der Krieg endgültig vorbei. Deutschland hatte kapituliert.

Hans war gerade acht Jahre alt, als die Welt, die er bisher gekannt hatte, auf dem Kopf zu stehen schien. Die Höfe in der Umgebung lagen brach da, denn die Zwangsarbeiter, die die Landarbeit gemacht hatten, waren fort. Unzählige Männer waren gefallen, viele vermisst; die Kriegsverletzten waren nicht in der Lage, richtig anzupacken. Es blieb den Frauen, den Alten und den Kindern nichts anderes übrig, als die Ärmel hochzukrempeln, die Trümmer wegzuräumen und selber ihr Land zu bestellen. Von einer heldenhaften Siegermacht und Herrenrasse war das deutsche Volk scheinbar über Nacht zu einer Ansammlung aus Verlierern und üblen Verbrechern geworden. Millionen Juden seien von den Deutschen auf brutalste Art vernichtet worden, hieß es. Man hatte sich dafür zu schämen, ein Deutscher zu sein. Hans verstand nicht alles, begriff aber aufgrund von Bemerkungen seines Vaters, dass das deutsche Volk tatsächlich selber schuld an seinem Verderben war.

»Ihr alle seid einem menschenverachtenden Großkotz auf den Leim gegangen«, warf er seiner Frau vor, »einem größenwahnsinnigen Verrückten!«

»Na, du hast ja auch nichts dagegen unternommen«, war das Einzige, das Mutter dazu sagte. Mehr fiel ihr nicht ein. Zu tief saß ihre Enttäuschung über den Führer. Dieser Feigling hatte sich das Leben genommen, anstatt seinem Volk in der Not beizustehen.

Nach dem Kriegsende überschwemmten die Flüchtlinge aus dem Osten das Land. Fast zwölf Millionen Menschen aus den von den Alliierten eroberten Gebieten wie Pommern, Schlesien, Ostpreußen, Ostbrandenburg oder dem Sudetenland wurden vertrieben und brauchten eine neue Heimat. Manche hatten einiges an Hab und Gut zusammenraffen und auf Handkarren, Kutschen oder mit Traktoren mitnehmen können. Die Allermeisten besaßen jedoch nichts mehr außer der Kleidung, die sie trugen, und ein paar Bündeln, die sie schleppten.

Die Flüchtlinge brachten Armut, Elend und grausamste seelische Verwundungen mit. Viele Familien waren nicht mehr vollständig, weil Angehörige während der Flucht von fremden Soldaten ermordet oder vor Hunger gestorben waren. Oder sie wurden im Chaos der Flucht auseinandergerissen und fanden einander nicht wieder. Das Schicksal der heimatlos Gewordenen offenbarte den Menschen am Niederrhein eine weitere schreckliche Fratze des soeben unrühmlich beendeten Krieges.

Nachdem die Vertriebenen zunächst meist in Lagern untergebracht worden waren, wurden sie bald auf die Wohnstätten der ansässigen Bevölkerung aufgeteilt. Man hatte zusammenzurücken und Solidarität zu zeigen. Das fiel den meisten Menschen auch am Niederrhein schwer. Sie empfanden es eher als Zumutung. Für Mitleid war kein Platz. Zu viel Grauen hatten sie selbst erlebt, standen vor den Trümmern der eigenen Existenz und litten Hunger und Not, denn die Infrastruktur im Land war völlig zusammengebrochen.

Den Bauern in der Umgebung und auch den Besitzern von Firmen und Betrieben allerdings kam die Zuteilung von Flüchtlingen gerade recht. Mit ihnen konnten sie nun die Lücke schließen, die die befreiten Zwangsarbeiter hinterlassen hatten. Die Vertriebenen waren billige, willige Arbeiter.

Im Juli 1946 kehrten die ersten deutschen Soldaten aus der sowjetischen Kriegsgefangenschaft in die Heimat zurück. Abgemagert waren sie, ihre Augen stumpf.

Ihre Familien, die jahrelang bang auf sie gewartet und gehofft hatten, spürten schnell, dass ihre Gatten, Väter und Söhne nicht mehr dieselben waren wie jene, die damals losgezogen waren, um dem deutschen Volk Sieg und Heil zu bringen.

Tausende Männer waren indes weiterhin vermisst, ihre Angehörigen von verzweifelter Hoffnung beseelt; kaum einer mochte sich eingestehen, dass sie wahrscheinlich gefallen oder in Kriegsgefangenschaft verstorben waren. Auch ein Bruder von Hans' Mutter galt als vermisst, ein weiterer war seinen Verletzungen im Lazarett erlegen. Zwei Cousins seines Vaters waren bei Stalingrad gefallen, einige Verwandte aus Düsseldorf ausgebombt.

»Wir haben genug gebüßt für den Fehler, einem Hitler zu vertrauen«, zürnte Hans' Mutter, als sie eines Tages im Oktober 1946 die Anordnung erhielten, eine schlesische Familie bei sich im Haus einzuquartieren. »Und Platz haben wir auch keinen!«

Sie schäumte vor Wut, denn sie hatte keine Lust, das Wenige, das sie noch besaßen, mit verlotterten Fremden teilen zu müssen. Grimmig räumte sie im Erdgeschoss ein Zimmer leer, das bislang als Rumpelkammer genutzt worden war. Es handelte sich um einen kleinen dunklen Raum mit winzigem Fenster, dessen Wand direkt an den Schienenstrang grenzte. Der Kohleofen in der Ecke war schon ewig nicht mehr angefeuert worden. Else verteilte stockfleckige Matratzen auf dem Boden. Drei Menschen sollten zusätzlich und dauerhaft bei ihnen einziehen, in diesem kleinen Haus. Das durfte einfach nicht wahr sein!

Als Vater abends mit dem Rad nach Hause kam und die lieblos hingeworfenen Lager sah, verschwand er wortlos im Schuppen. Bald wurde er fündig, und Wolfgang und Hans mussten ihm helfen, alte Bettgestelle ins Haus zu tragen und in der Kammer aufzubauen.

»Reibt sie noch mit Öl ein, damit sie ein wenig glänzen«, sagte er schließlich erschöpft. Sein versehrtes Bein machte ihm in letzter Zeit schwer zu schaffen; es schmerzte bei jeder Bewegung. Als Mutter den Kopf zur Tür hereinstreckte, blickte er sie müde an und mahnte: »Diese Leute sind unsere Gäste. Behandele sie auch so. Sicherlich haben sie Schreckliches hinter sich.«

Hans mit seinen neun und Wolfgang mit seinen sieben Jahren waren gespannt wie die Flitzebögen, wer ihnen zugewiesen worden war. Das Leben auf dem Feld, weitab vom Dorf, war für die Kinder schon immer eintönig und einsam gewesen.

Wolfgang, der geselligere der Brüder, machte sich manchmal auf den Weg zum Driescherfeld zwischen Büttgen und Vorst, wo er andere Jungen traf. Dort spielten sie mit Murmeln »Vränkele« oder Fußball mit einer mit Lumpen gefüllten Schweineblase. Hans blieb hingegen am liebsten zu Hause und las.

»Hoffentlich ist ein Junge dabei, mit dem wir spielen können«, sagte Wolfgang jetzt inbrünstig zu seinem Bruder, während beide auf dem Holzzaun neben der Zufahrt zum Haus saßen, die Füße in den klobigen Schuhen mit der unteren Querstrebe verhakt.

»Ja, hoffentlich«, bekräftigte Hans, ergänzte dann jedoch düster: »Obwohl: Mutter wird ihm keine Freizeit lassen. Er hat zu arbeiten und nicht zu faulenzen. Du kennst sie doch.«

»Stimmt!« Wolfgang seufzte. Dann sprang er plötzlich auf und schaute den Feldweg entlang bis zum Horizont. »Schau mal, ich glaube, da kommen sie! Ja, es sind drei Leute, und ein

Kind ist auch dabei!« Aufgeregt hüpfte er in die Höhe. »Aber, Moment mal.« Er kniff die Augen zusammen. »Das da ist, glaube ich, ein Mädchen. Ja, ganz sicher ist es ein Mädchen. Ich sehe die Zöpfe.« Enttäuscht ließ er den Kopf hängen. »Mensch, Hans, wir haben auch ein Pech!« Grummelnd zog er von dannen.

Hans blieb auf dem Zaun sitzen. Mädchen hin oder her, er war neugierig, was für Leute ab sofort in ihrem Haus wohnen würden.

Anna Ulitz, ihre achtjährige Tochter Christa und ihr Schwiegervater Arnold hatten einen langen Leidensweg hinter sich, als sie das kleine Haus erreichten.

Annas Mann Otto war auf der Flucht umgekommen. Ihr Schwiegervater, schon lange Witwer und weit über siebzig, verkraftete die Vertreibung aus der Heimat seelisch nicht und hatte kaum noch lichte Momente. Er war Anna ein Klotz am Bein und dennoch zusammen mit ihrer kleinen Tochter das letzte Stückchen Familie, das sie noch besaß. Alle drei hofften, hier bei Büttgen endlich von den Strapazen der Flucht ausruhen zu können und ein neues Zuhause zu finden.

Annas Mann hatte als Verwalter auf einem stattlichen niederschlesischen Bauernhof gearbeitet, wo die Familie ein gutes Leben geführt hatte. In der Weite der hügeligen Landschaft in der Nähe von Glogau war der Krieg lange Zeit kaum spürbar gewesen. Umso größer waren die Schrecken, als sich die Familie aus Angst vor der Roten Armee in einem schier endlosen Treck auf den weiten Weg Richtung Westen machte.

Hans und Wolfgang waren verblüfft, dass die fremde Familie fragende Gesichter aufsetzte, wenn sie etwas sagten.

Zu Hause und in der Nachbarschaft sprach man Büttger Platt; die Jungen hatten sich bislang keine Gedanken darüber gemacht, dass irgendwer dies nicht verstehen könnte. In der

Schule wurde ihnen zwar Hochdeutsch beigebracht, aber da die ungewohnten Laute nur holprig über ihre Zungen kamen, bemühten sie sich außerhalb des Unterrichts nicht weiter darum. Und jetzt das! Niemals hätten sie im Umgang mit einer deutschen Familie mit einer Sprachbarriere gerechnet – genauso wenig ihre Mutter, die sich beharrlich weigerte, den Dialekt der Schlesier zu verstehen, geschweige denn sich Mühe zu geben, selber verständlich und langsam zu sprechen.

Wolfgang interessierte sich bald kaum noch für die Flüchtlinge im Haus. Zu tief saß seine Enttäuschung, dass die Zuteilung ihm keinen Spielkameraden, sondern bloß ein stoffeliges, verstocktes Mädchen mit braunen Zöpfen beschert hatte. Ihn zog es nach getaner Pflicht zu den Kameraden nach Driesch. Es freute ihn, dass seine Aufgaben zu Hause zusammengestrichen worden waren, damit Anna, Christa und Arnold Ulitz genügend Möglichkeiten fanden, sich nach Meinung seiner Mutter sinnvoll zu betätigen und zu ihrem Lebensunterhalt beizutragen. Else hatte Anna die gesamte Wäsche übertragen, während Arnold und Christa sich um den vergrößerten Gemüsegarten, die Hühner und inzwischen zwei Ziegen kümmern sollten.

Hans mochte Christa. Sie war still und bedächtig in ihrem Wesen, ganz anders als die lärmenden wilden Gören, die er aus der Schule kannte. Ihre besondere Art zog ihn magisch an. Dass sie ihn nicht oder nur wenig verstand, fuchste ihn sehr. Ehrgeizig übte er sich im Hochdeutschen und merkte bald, dass es ihm Spaß machte. Deutsch war die Sprache der Dichter und Denker, hatte der neue Lehrer Möller seinen Schülern beigebracht. Sie war etwas, auf das man auch jetzt noch, nach dem schändlich verlorenen Krieg und all den entsetzlichen Gräueltaten, getrost stolz sein durfte.

Wenn die drei Kinder zusammen den weiten Weg zur Schule nach Büttgen gingen, lief Wolfgang meist vorweg, begierig darauf, sich noch vor dem Läuten der Schulglocke mit den Freunden auf dem Schulhof zu treffen.

Christa und Hans blieben hinter ihm zurück, die Tornister auf ihren Rücken wippten bei jedem Schritt auf und ab, und Hans versuchte, sich dem schlesischen Mädchen auf behutsame Weise anzunähern. Er hatte das Gefühl, dass Christa sehr schüchtern war, deshalb suchte er unverfängliche Themen, um sie aus der Reserve zu locken.

An einem dunklen, kalten und windigen Novembermorgen kam zum ersten Mal auf der Höhe des Bildstocks vor Büttgen ein längeres Gespräch zwischen ihnen in Gang.

»Schau, die Kerze brennt, obwohl es so stürmt«, sagte Hans.

»Ja, aber warum hat sie jemand dort angezündet?« Die zarte Stimme des Mädchens drang leise durch den böigen Wind zu ihm herüber. »Hier ist doch kein Grab, oder?«

Hans sah sie verdutzt an. Nein, natürlich war ein Marienbildchen kein Grab. In dem türgroßen Gebilde aus bemoosten Steinblöcken mit Giebeldach hatte man ein kleines Gemälde der Mutter Gottes mit dem Jesuskind im Arm eingelassen. Davor brannte ein Windlicht. Im Sommer pflückten die Leute kleine Sträuße aus Feldblumen und stellten sie in Vasen auf das Sims vor dem Bild.

»Nein, es ist ein … heiliger Ort«, versuchte er hilflos zu erklären, »wie eine Kapelle im Freien.«

»Ach, ein *katholischer* Brauch!«, unterbrach ihn Christa in abfälligem Tonfall. »Mutti sagt, hier am Niederrhein sind viele Menschen abergläubisch. Sie meint auch, dass das dumm sei. Heiligenverehrung ist was für Blödoks, sagt sie …« Das Mädchen klappte den Mund zu. Offenbar war ihm gerade aufgegangen, dass es Hans möglicherweise beleidigt hatte.

Der reagierte jedoch nicht wütend, sondern noch verwirrter. »Bist du etwa keine Christin?«, wollte er wissen.

Christa schaute ihn erst stirnrunzelnd an, dann brach sie plötzlich in lautes Gelächter aus. Hans verstand nun gar nichts mehr, aber das ungewohnte Lachen des Mädchens wirkte ansteckend. Er grinste verschämt.

»Ich heiße doch Christa!«, prustete sie. »Da soll ich keine Christin sein? Nein, du Dämlak, ich bin *evangelisch.*« Sie betonte das Wort wie etwas überaus Geheimnisvolles, Kostbares. »Wir glauben auch an Gott, Jesus und den heiligen Geist, aber bei uns gibt es keinen Papst, keine Heiligen und keine Namenstage.«

»Ach, dann kriegt ihr außer zu Weihnachten gar keine Geschenke?« Fast tat Hans das Mädchen schon wieder leid. Schließlich wurde man am Namenstag mit Aufmerksamkeiten und Präsenten bedacht, und es gab leckeren Kuchen.

Wieder lachte Christa hell auf.

»Wozu gibt's denn Geburtstage?«, fragte sie, nachdem sie sich wieder einigermaßen beruhigt hatte.

»Ja, wozu?« Hans schüttelte nur noch den Kopf.

Er ahnte, dass die Welt weit größer, vielschichtiger und geheimnisvoller sein musste, als er es sich je hatte vorstellen können. Mit Christa war etwas Unbekanntes in sein Leben getreten, etwas, das ihn neugierig auf mehr machte.

In den nächsten Wochen und Monaten freundeten sich die beiden Kinder enger an, was von ihren Müttern argwöhnisch beäugt wurde. Aber da Hans weiterhin in der Schule sowie zu Hause emsig und fleißig war und auch Christa ihre Pflichten klaglos erledigte, konnten sie ihnen nichts vorwerfen und ließen sie gewähren.

Inzwischen war tiefster Winter, das Weihnachtsfest und Silvester lagen hinter ihnen, und das Jahr 1947 war angebrochen. Noch hatten die Kinder Schulferien und tollten am liebsten im frisch gefallenen Schnee herum.

Auch Hans und Christa hatten einen Schlitten genommen und zogen einander gegenseitig über den vereisten Feldweg. Der Himmel lag bleiern über den verschneiten Feldern, die Luft war schneidend kalt. Einzelne Schneeflocken rieselten. Die Kinder hatten sich Strickmützen über die Ohren und Fäustlinge über die Hände gezogen; ihre Gesichter waren gerötet von der Eiseskälte. Krähen krächzten am Feldrand und flatterten auf, sobald man sich ihnen näherte.

»Ich möchte wirklich gern wissen, wo Hermann ist«, sagte Christa verträumt, während sie sich von Hans ziehen ließ.

Der schnaufte vor Anstrengung, aber auch vor Überdruss. Er mochte den Namen Hermann nicht mehr hören. Allein der Klang des Wortes machte ihn aggressiv. Dass es Eifersucht war, die sich in ihm regte, hätte er nicht zu betiteln vermocht. Es verunsicherte ihn, etwas zu empfinden, das er nicht einzuordnen wusste.

Hermann Weyrich war der Sohn des reichen Bauern, für den Christas Vater gearbeitet hatte, und ihr liebster Spielkamerad in der schlesischen Heimat gewesen. Die Familie war zeitgleich mit den Ulitzens aus Schönefeld geflohen, doch während der Flucht hatten sie einander aus den Augen verloren.

»Vielleicht wohnen sie ja ganz in der Nähe, und ich weiß es nur nicht.« Zum zigsten Mal breitete Christa diese Theorie vor ihm aus. »Stell dir mal vor, die Weyrichs sind in Neuss oder Kaarst untergekommen, ohne dass wir eine Ahnung davon haben.«

»Vielleicht aber sind sie auch ganz weit weg, zum Beispiel oben im Norden oder in der Ostzone«, antwortete Hans. Dann fiel ihm etwas anderes ein, etwas, das Christa hoffentlich endlich dazu bringen würde, den ominösen Jungen und seine Familie zu vergessen. »Oder er ist tot. Erschossen von den Russen oder ausgeraubt und dann ermordet. Viele Vertriebene sind doch auf der Flucht gestorben.«

Voller Genugtuung stapfte er weiter durch Schnee und Eis, den Schlitten an der Kordel grob hinter sich herziehend. Von hinten kam keine Reaktion.

Erst als Hans ein leises Schluchzen hörte, begriff er, dass Christa weinte. Entsetzt blieb er stehen, der Schlitten krachte ihm in die Hacken, und beinahe wäre er gestürzt. Den Schmerz ignorierend, drehte er sich zu seiner Freundin herum, deren Gesicht tränenüberströmt war.

»Mein Vati wurde von Soldaten der Roten Armee erschossen«, schluchzte sie. »Wir konnten ihn noch nicht mal begraben, und zu Mutti waren sie ganz gemein. Sie haben sich an ihr *vergangen*. Ich habe sie schreien hören und konnte nichts tun. Fast wäre auch sie gestorben. Bitte, lass uns beten, dass Hermann und Inge nichts passiert ist, und ihren Eltern auch nicht! Das könnte ich nicht ertragen!«

Sie weinte bitterlich, und das schlechte Gewissen schnürte Hans die Kehle zu. Wie hatte er dermaßen gemein zu seiner Freundin sein können, die solch scheußliche Dinge hatte ertragen müssen! Und natürlich wünschte er niemandem den Tod, nicht mal dem vermaledeiten Hermann.

Christa zog sich die Fäustlinge von den Fingern, faltete die Hände und rutschte ein wenig nach hinten, damit auch Hans auf dem Schlitten Platz fand. Sie wartete, bis er vor ihr saß und die Handflächen in katholischer Manier aneinandergelegt hatte.

»Lieber Gott im Himmel«, begann sie feierlich und zog dann geräuschvoll die Nase hoch. »Bitte schütze die Familie Weyrich und ganz besonders Hermann. Mach, dass wir bald ein Lebenszeichen von ihnen erhalten …«

Doch Anna und Christa hörten auch weiterhin nichts von der schlesischen Familie. Stattdessen fanden sie eines Morgens im März 1947 Arnold leblos in seinem Bett vor; die Totenstarre hatte bereits eingesetzt. Sein Gesichtsausdruck war friedlich.

Nach der Beerdigung zog Anna sich immer mehr in sich selbst zurück. Sie wurde so wunderlich, dass sie Hans' Mutter bald keine Hilfe mehr im Haushalt war.

Oft saß sie reglos mit einer halbgeschrubbten Möhre oder Kartoffel in der Hand da und starrte ins Nichts. Wenn man sie ansprach, reagierte sie nicht. Auch um Christa kümmerte sie sich nicht mehr so, wie sie es früher getan hatte. Anstatt ihr morgens das Haar zu bürsten und zu zwei strengen Zöpfen zu flechten, blieb sie im Bett liegen und überließ Christa sich selbst. Erst nach mehrfacher Ermahnung durch Hans' Mutter stand Anna auf und kleidete sich mit zähen, müden Bewegungen an. Das war kein Zustand, befand Else.

»Wir müssen etwas unternehmen«, sagte sie eines Sonntags beim Familienfrühstück zu ihrem Mann. Wieder einmal war Anna im Bett liegen geblieben und hatte sich nicht dazu bewegen lassen aufzustehen. »So geht es nicht weiter mit dieser faulen Person!«

Hans' Vater runzelte die Stirn, warf seiner Frau einen mahnenden Blick zu und deutete dann mit den Augen auf Christa, die inzwischen jedes Wort Büttger Platt verstand. »Anna ist krank, das weißt du«, wandte er ruhig ein. »Lass sie.«

»Was soll das für eine Krankheit sein? Die Fauleritis vielleicht oder die Schlendriangrippe?« Mutter bekam zornige Flecken auf den Wangen. »Wir können es uns nicht leisten, solche Nichtsnutze durchzufüttern, wo wir kaum selbst genug zum Leben haben!«

Wolfgang begann zu kichern, Hans presste wütend die Lippen zusammen und blickte besorgt zu Christa hinüber, die nun kreideweiß im Gesicht war.

Vater räusperte sich.

»Lass es gut sein, Else. Die Anna ist schwermütig. Sie hat zu viel durchmachen müssen. Wir haben schon oft darüber gesprochen.«

»Na gut. Wenn sie krank ist, dann bring sie zum Arzt«, forderte Mutter stur. »Leih dir das Automobil vom Jupp und fahr mit ihr irgendwohin, wo sie behandelt wird. Am besten zum Alex.«

Das Alexianer-Krankenhaus war eine große psychiatrische Einrichtung im Herzen von Neuss.

»Nein! Bringt Mutti nicht weg von hier!«, schrie Christa auf. »Es geht ihr bestimmt bald wieder gut!«

Doch Annas Gesundheitszustand besserte sich nicht. Theo beugte sich schließlich dem Drängen seiner Frau und brachte sie an einem sonnigen Maitag in Jupp Dahmens Lieferwagen in die Psychiatrie. Schnell war klar, dass sie auf unbestimmte Zeit dortbleiben musste.

Dies war ein Einschnitt, der wenige Tage später auch Christas Zeit im Haus an den Schienen beendete. Hans' Mutter fuhr mit dem Kind an der einen, mit einem kleinen abgeschabten Köfferchen in der anderen Hand per Zug nach Neuss und gab sie persönlich an der Pforte eines katholischen, von Nonnen geführten Kinderheimes ab.

Der Abschied von Christa zerriss Hans fast das Herz. Mit Tränen in den Augen hatte er sie unbeholfen auf dem Hof des Bahnwärterhäuschens umarmt, während sie stocksteif dagestanden und die Prozedur blass und verschlossen über sich ergehen gelassen hatte. Verzweifelt versprach er, ihr zu schreiben und sie zu besuchen.

»Und in den Ferien übernachtest du bei uns, ja?«, bot er ihr noch an, obwohl ihm der abweisende Blick seiner Mutter, die nun zum Aufbruch drängte, etwas gänzlich anderes sagte.

Hans schrieb Christa viele Briefe, doch erhielt nie eine Antwort von ihr, was ihn zutiefst traurig machte. Irgendwann gab er auf, ihr zu schreiben, da sie offenbar nichts mehr mit ihm zu tun haben wollte.

Um sie endgültig aus seinem Gedächtnis zu streichen, konzentrierte er sich noch intensiver auf die Schule. Die Lehrpläne waren nach der Beendigung der Ära des Nationalsozialismus umgeschrieben worden. Was Hans nun zu lernen hatte, entsprach mehr seinem offenen Geist. Seine Zeugnisse wurden mit der Zeit so gut, dass er auf das Quirinus-Gymnasium nach Neuss wechselte.

Wolfgang hingegen würde nach dem Volksschulabschluss eine Lehre machen. Er war der handwerklich Begabtere der beiden Brüder und wollte gerne Dachdecker werden.

Als Hans in den fünfziger Jahren in Düsseldorf Architektur zu studieren begann, war Wolfgang bereits Geselle. Später, als Meister, gründete er einen eigenen Dachdeckerbetrieb in Krefeld und heiratete bald. Hans musste sich währenddessen sein Studium und seine winzige Studentenbude in Flingern mit Gelegenheitsarbeiten finanzieren. Im Februar 1958 bestand er seine Führerscheinprüfung und fand eine Stelle als Taxifahrer bei einem Neusser Taxiunternehmen. Jeden Nachmittag fuhr er mit der Straßenbahn von Düsseldorf nach Neuss, um dort in einen schwarzen 190er Mercedes Benz umzusteigen.

Vorwiegend abends und nachts zu arbeiten gefiel ihm. Während der Fahrten hatte er Zeit, seinen Gedanken und Träumen nachzuhängen. Die Gefahr, im Wagen überfallen zu werden, wie es zu jener Zeit etlichen Taxifahrern erging, verdrängte er aus seinem Kopf. Lieber beschäftigte er sich mit Phantasien, die vor allem um Marie kreisten, die er in einem Düsseldorfer Café kennengelernt hatte. Er mochte ihr fröhliches Lachen und ihre schlanken Beine, die sie in knielangen Petticoaträcken zur Schau trug. Leider hatte sie seine Annäherungsversuche bislang kokett, aber konsequent abgewiesen. Er wurde das Gefühl nicht los, dass sie mit ihm spielte, doch das befeuerte sein Interesse an ihr nur noch mehr.

An einem lauen Samstagabend im Mai fuhr er zum Taxistand in der Neusser Innenstadt. Durch das halbheruntergekurbelte Fenster drangen Vogelgezwitscher und Stimmengewirr.

Aus einer Gruppe von jungen Leuten auf dem Bürgersteig löste sich eine junge Frau in einem schmal geschnittenen taubenblauen Rock mit passendem figurbetonten Jäckchen und spitzen Schuhen mit Pfennigabsätzen. Ihr brünettes, in Wellen gelegtes Haar trug sie kinnlang. Sie sah sehr schick aus. Als sie sich zu ihm herunterbeugte, sah er den rosafarbenen Glanz auf ihren Lippen.

»Sind Sie frei? Ich müsste nach Zons.«

Der Klang ihrer Stimme löste bei Hans eine Gänsehaut am ganzen Körper aus, seine Kopfhaut begann zu kribbeln.

»Ja, natürlich«, hörte er sich sagen.

Er sprang aus dem Auto und öffnete ihr die Tür zum Rücksitz. Während der Fahrt warf er immer wieder einen Blick in den Rückspiegel, um sie zu betrachten. War das wirklich möglich? Doch warum erkannte sie ihn nicht?

Nachdem sie die Stadt verlassen hatten und auf der Bundesstraße in Richtung Dormagen fuhren, traute er sich endlich, sie anzusprechen.

»Sagen Sie mal, kennen wir uns nicht?« Im selben Moment, in dem er die Frage aussprach, war es ihm auch schon unendlich peinlich. Die junge Frau musste denken, dass er ihr Avancen machte.

Ihre Reaktion – ein Zusammenpressen ihrer Lippen – bestätigte ihn in seiner Annahme. Dann aber öffnete sie erstaunt den Mund und machte große Augen.

»Hans, bist du es?«, fragte sie.

Er konnte nur noch nicken; seine Hände umklammerten das

Lenkrad mit ungewohnter Heftigkeit. Es stimmte. Es war tatsächlich Christa.

»Das gibt's doch gar nicht!« Sie beugte sich nach vorn, der Duft ihres zarten Parfüms stieg ihm in die Nase. »Hans! Endlich sehe ich dich wieder!«

Er glaubte, Tränen in ihren Augenwinkeln glitzern zu sehen, konnte ihre Reaktion aber nicht ganz einordnen. Schließlich hatte sie den Kontakt zu ihm abgebrochen, wieso freute sie sich dann so?

»Hast du Zeit für einen Kaffee?«, fragte sie.

Er schluckte.

»Ich bin doch bei der Arbeit«, antwortete er hilflos.

»Natürlich. Nun, dann …«

Er sah die Enttäuschung in ihrem Gesicht und war nun völlig durcheinander.

»Aber morgen hätte ich Zeit«, beeilte er sich zu sagen. »Am Sonntag muss ich nicht fahren.«

»Oh, das wäre fein!« Christa lehnte sich auf dem Rücksitz zurück. »Wie wäre es im Café Heinemann so gegen vier? Wir können über die alten Zeiten plaudern und wie es geschehen konnte, dass wir uns aus den Augen verloren haben.«

Er setzte sie vor einem schmalen Fachwerkhaus mitten in Zons ab.

»Ich wohne zurzeit noch zur Untermiete«, erklärte Christa ihm, als sie ausgestiegen war und neben dem Mercedes stand. »Als Mutti letztes Jahr gestorben ist, konnte ich mir unsere Wohnung nicht mehr leisten. Aber jetzt verdiene ich ganz gut als Schneiderin und würde gern wieder nach Neuss ziehen.« Sie drehte sich einmal um sich selbst. »Schau, dieses Kostüm hier habe ich selbst genäht.« Dann warf sie einen Blick auf ihre zarte Armbanduhr. »Oh, es ist schon spät! Morgen Nachmittag um vier? Ich komme mit dem Bus.«

Sie eilte davon, und er betrachtete verdattert ihren schmalen Rücken. Wie fesch sie war, dachte er noch, bevor er den Wagen wendete. Die hübsche Marie hatte er mit einem Schlag vergessen.

Hans war nervös wie noch nie, als er am Sonntag um Punkt vier Uhr bei strahlendem Sonnenschein das Café Heinemann betrat.

Er suchte den belebten Raum ab, doch seine Augen mussten sich nach der Helligkeit draußen erst an das gedämpfte Licht der Wandlampen gewöhnen, und er konnte Christa an keinem der nierenförmigen Tischchen ausmachen. Hatte sie ihn etwa versetzt?

In dem Moment hörte er ihr Lachen hinter sich und wurde sofort an die Szene vor dem Marienbildchen aus ihrer beider Kindheit erinnert.

»Hier bin ich doch, du Dämlak«, sagte sie und hakte sich bei ihm unter. »Schau mal, dort am Schaufenster ist noch ein Plätzchen frei.«

Sie bestellten jeder ein Kännchen Kaffee und ein Stück Bienenstich. Verstohlen musterte Hans die junge Frau, die nur noch entfernt der kleinen Christa seiner Kindheit ähnelte.

Und das hatte nicht nur damit zu tun, dass sie erwachsen geworden war. Es waren ihr Stolz und ihre selbstbewusste Art, die Hans fesselten. Von der Armseligkeit, welche damals untrennbar zu ihrem Wesen und zu dem aller Flüchtlinge gehört hatte, war nichts mehr zu spüren. Sie kam ihm wie der sprichwörtliche Phoenix aus der Asche vor.

Wie gestern hatte sich Christa auch heute äußerst adrett und modisch gekleidet. Das blassgelbe, an den Hüften ausgestellte Kleid, das sie trug, betonte ihren Busen und die schmale Taille. Sie war dezent an Augen und Lippen geschminkt, ihr Pagenschnitt, der wieder perfekt frisiert war, umschmeichelte ihr Gesicht.

»Jetzt erzähl doch mal«, forderte sie ihn munter auf. »Wie ist es dir ergangen seit damals? Wie kommt es, dass du Taxifahrer geworden bist? Du warst doch so gut in der Schule; ich sah dich immer als Akademiker, als einen Professor oder Doktor oder so was.« Mit einer zierlichen Bewegung führte sie die Kuchengabel zum Mund. »Mmm, ist das lecker.«

»Nun, ganz so falsch lagst du nicht.« Er lächelte schüchtern. »Ich studiere Architektur in Düsseldorf. Mit dem Taxifahren finanziere ich nur mein Studium.«

»Aha! Und Wolfgang?«

»Ist Dachdecker geworden.«

»Ja, das passt.« Christa nickte. »Er war schon als Kind der Bodenständigere von euch beiden. Und deine Eltern?« Ihre Augen wurden schmal. »Wohnen sie immer noch in dem Haus an den Schienen?«

»Ja.« Hans räusperte sich und nahm einen Schluck Kaffee. »Sie sind wohlauf. Und es gibt inzwischen sogar eine Wasserleitung und ein anständiges Bad. Plumpsklo adé.«

Christas Gesichtsausdruck wurde plötzlich ernst. Sie ging auf seinen scherzhaften Ton nicht ein.

»Deine Mutter war ein richtiger Drachen«, sagte sie bitter. »Als sie mich am Kinderheim abgegeben hat, hat sie mir verboten, dir je zu schreiben. ›Das Kapitel Ulitz in unserer Familie ist hiermit beendet‹, hat sie gesagt und dabei meine Hand fast zerquetscht.« Sie ahmte die Stimme von Hans' Mutter und ihren rheinischen Einschlag täuschend echt nach. »Ich habe mich natürlich nicht daran gehalten und dir trotzdem Briefe geschickt. Wie enttäuscht war ich, dass du nie geantwortet hast!« Ihr Blick verdunkelte sich. »Aber ich versteh das schon. Wir waren Kinder, und die Welt damals änderte sich rasend schnell. Aus den Augen, aus dem Sinn. Ich bin dir nicht mehr böse deswegen.«

»Moment mal, das stimmt nicht!« Hans war schockiert. Das Blut stieg ihm in den Kopf; sein Herz pumpte wie wild. »Ich habe dir geschrieben, oft sogar. Du bist es doch, die nicht geantwortet hat. Du hast unsere Freundschaft mit Füßen getreten, nicht ich.«

Er lehnte sich zurück und atmete tief durch. Es war nicht seine Art, plötzlich einen Streit vom Zaun zu brechen, schon gar nicht mit seiner liebsten Freundin aus der Kindheit, die er nach so vielen Jahren endlich wiedergefunden hatte.

Christa schüttelte heftig den Kopf.

»Ich habe keinen einzigen Brief von dir erhalten, und ich musste über ein Jahr lang in dem schrecklichen Heim voller katholischer Nonnen ausharren, bis Mutti gesund wurde und ich bei ihr in der neuen Wohnung leben durfte.«

Schweigend sahen sie einander an.

»Kann es sein …«, begann Christa dann zögerlich, und Hans sagte zeitgleich: »Mutter hat immer gesagt, dass sie meine Briefe dem Postboten mitgibt, wenn ich in der Schule bin.«

»Na, das hat sie dann offensichtlich nicht getan! Ich sag ja, deine Mutter ist ein Drachen!«, stieß Christa aus. »Aber dass sie so weit gehen würde, hätte ich nicht gedacht. Was hatte sie nur gegen Mutti, Großvater und mich?«

Hans sah Tränen in ihren Augen glitzern. Er legte seine große Hand auf ihre kleine und überlegte einen Augenblick.

»Alles, was ihr fremd ist, lehnt sie ab«, formulierte er schließlich bedachtsam. »Nach dem Krieg hätte sie die Zeit am liebsten zurückgedreht. Sie verstand nicht, warum sich alles ändern muss, auch in den Jahren, nachdem ihr fort wart. Die neuen Häuser, die überall wie Pilze aus dem Boden schossen, die evangelischen Christen aus den Vertriebenengebieten, die plötzlich ihre eigenen Gottesdienste feiern wollten und ihre Pfarrer mitbrachten, Musik aus Amerika, der Wind einer neuen Zeit. All das passte ihr nicht. Ihr wart das lebende Beispiel dafür, dass sich Deutschland grundlegend verändert hatte. Das wollte sie ausblenden. Es war sicher nicht persönlich gemeint«, schloss er hilflos. Erst jetzt merkte er, dass er noch immer Christas Hand hielt und sie seinen Griff erwiderte.

»Lass es gut sein«, sagte sie mit belegter Stimme. »Komm, wir zahlen und gehen ein wenig spazieren, ja? Es ist so ein herrlicher Tag draußen.«

Hans und Christa trafen sich bald regelmäßig. Sooft es ihrer beider Arbeits- und seine Vorlesungszeiten zuließen, verabredeten sie sich miteinander.

Bei einem Spaziergang am Rheinufer erfuhr er, dass es sich bei der jungen Frau, in deren Haus in Zons Christa vorübergehend untergekommen war, um Inge Weyrich aus Schönefeld in Schlesien handelte.

»Ist das nicht vollkommen verrückt, Hans? Letzten Sommer stand Inge plötzlich in der Eisdiele in Neuss vor mir! Wie lange hatte ich mich danach gesehnt, die Weyrichs wiederzusehen, und all die Jahre habe ich mich immer wieder gefragt, wie es ihnen wohl während und nach der Flucht ergangen ist. Und auf einmal ist Inge hier – in Neuss! Ich kann es eigentlich bis heute kaum fassen«, erzählte Christa aufgeregt. »Der Rest der Weyrichs lebt in Recklinghausen; dorthin hat es die Familie nach dem Krieg verschlagen. Allen geht es gut, auch Hermann. Der hat wohl einen Fahrradladen und ist verlobt. Die Braut hat er schon länger.« Kurz verdüsterte sich ihr Gesicht, dann machte sie eine wegwerfende Handbewegung. Hans verspürte einen Stich der altbekannten Eifersucht, aber Christa redete schon weiter. »Ist ja auch egal! Jedenfalls ist Inge jetzt mit einem Polizisten verheiratet, und sie erwarten im Herbst ihr erstes Kind. Ich kann leider nicht mehr bei ihnen wohnen bleiben, sie benötigen mein Zimmer für das Baby.«

»Und Hermann?«, fragte Hans bang. »Hast du ihn schon getroffen?«

»Nein«, erklärte Christa leichthin; es klang in Hans' Ohren allerdings nicht sehr überzeugend. »Ich glaube kaum, dass er sich dafür interessiert, wie es mir geht. Inge sagt, er konzentriert sich voll und ganz auf sein Geschäft und die Zukunft mit seiner Margot.« Sie schluckte. »Und Recklinghausen ist ja auch nicht nebenan. Nur Inge hat es an den Niederrhein verschlagen, der Liebe wegen. Es war blanker Zufall, dass wir uns begegnet sind. So wie mit uns beiden ...« Sie lächelte, nahm seine Hand und zog ihn mit sich. »Schau mal, da unten am Damm die Schafe ... So viele. Und es sind auch Lämmer dabei!«

Im Mai 1959 nahm Hans Christa das erste Mal mit zu seinen Eltern nach Hause. Als sie durch das Tor das Grundstück betraten, hielt er ihre Hand.

»Es ist schöner als früher«, sagte Christa beim Anblick des Hauses und des Gartens leise. »Alles wirkt wie frisch gewaschen.«

»Das machen sicher die lackierten Fensterrahmen.« Hans zog sie aufgeregt mit sich. Er hatte seinen Eltern nur erzählt, dass er das Mädchen, das er heiraten wollte, mitbringen würde, aber nicht, um wen es sich dabei handelte.

Jetzt gerade wusste er gar nicht mehr, warum er sich dermaßen geheimnisvoll gegeben hatte. Aus Feigheit vielleicht, oder etwa weil er seiner Mutter eins hatte auswischen wollen? Jedenfalls schlug sein Herz bis zum Hals, und seine Achseln wurden feucht. Das hatte er nun von der Geheimniskrämerei.

Christa blieb stehen und sperrte sich gegen sein Drängen.

»Nein, auch der Garten ist anders«, beharrte sie. »Wo sind die Ziegen, wo der Hühnerstall?«

»Die Haltung der Tiere lohnte sich nicht mehr.« Hans versuchte, sich in sie hineinzuversetzen und alles aus ihrer Sicht zu betrachten.

Statt dass der Blick am Stall und am Hühnergehege mit seinem kahlgefressenen Boden hängenblieb, so wie es früher gewesen war, glitt er nun ungehindert über die weitläufige, frisch gemähte Rasenfläche bis hin zu den gestutzten Obstbäumen, Sträuchern und bunten Blumenrabatten am Ende des Grundstücks. Der verbliebene Gemüsegarten hinten neben dem Gleisbett, den seine Eltern noch bestellten, war von hier aus nicht einzusehen, weil er von der ausladenden Rotbuche, der Kastanie und drei Tannen verdeckt wurde. In Hans' Kindheit war das Areal mit den Kartoffel- und Möhrenbeeten, den Bohnenstangen und den Salatköpfen ungleich größer gewesen. Man hatte mit den Erträgen immerhin zwei Familien sättigen müssen.

»Eier kriegen meine Eltern vom Dahmenhof, und einmal die Woche kommt der Tente Hennes mit seinem Goliath-Dreirad-Transporter vorbei und verkauft Milch. Meine Mutter hält jedes Mal ein Schwätzchen mit ihm und lässt sich die Neuigkeiten aus dem Dorf berichten. Vaters Rente reicht für die beiden dicke aus; du weißt ja, dass sie am liebsten hier im Haus und im Garten herumfuhrwerken und gar nicht das Bedürfnis haben, zu reisen oder sonstige große Sprünge zu machen.«

»Damals hat deine Mutter Großvater, Mutti und mich dazu gebracht herumzufuhrwerken.« Christa klang bitter. »Keine ruhige Minute hat sie uns gegönnt. Ich weiß gar nicht, was ich hier soll. Hans, ich glaube, es war keine gute Idee, mich herzubringen.«

»Natürlich war es das.« Hans' Griff wurde fester. »Wir lieben uns und wollen unser Leben miteinander verbringen. Das müssen meine Eltern wissen. Vater wird sich freuen, da bin ich mir sicher. Und Mutter? Nun ja, sie wird sich auch damit anfreunden. Sie ist doch kein Unmensch.«

»Na, wie man's nimmt.« Christa verzog missmutig ihren hübschen Mund. »Wir werden ja sehen.«

Hans' Eltern erkannten in der modisch gekleideten und perfekt frisierten eleganten jungen Frau, die aus allen Poren den quirligen Geist der neuen Zeit verströmte, das stille schlesische Mädchen mit den braunen Zöpfen überhaupt nicht wieder.

Hans stellte sie zwar mit: »Das ist meine Christa« vor, aber selbst in dem Moment fiel bei keinem von beiden der Groschen. Das war deutlich an ihren höflich neutralen Gesichtern abzulesen.

Schließlich sah er sich genötigt, sie aufzuklären, denn er spürte, wie sehr es Christa verunsicherte, dass seine Eltern sie offenbar für eine Fremde hielten.

»Ja, wisst ihr denn nicht mehr, wer das ist?«

Seine Mutter kniff die Augen zusammen. Sie musterte die junge Frau von oben bis unten.

»Die kleine Ulitz!«, stieß sie mit einem Mal ungläubig hervor.

Über Theo Franzens Gesicht ging ein Lächeln.

»Christa!«, sagte er warm und hielt ihr gleich noch einmal die Hand hin. »Das freut uns aber sehr, nicht wahr, Else?«

Die nickte überrumpelt.

»Sicher.« Sie presste die Lippen aufeinander und verschwand in der Küche. Kurz darauf kam sie mit der Kaffeekanne zurück. »Lasst uns im Esszimmer Platz nehmen und Kaffee trinken. Ich habe zur Feier des Tages eine Rhabarbertorte gebacken. Rhabarber aus dem Garten!«

Der Kuchen, serviert mit Sahne, schmeckte herrlich frisch. Hans' Vater betrieb Konversation, so munter, dass es Hans verblüffte. Er kannte seinen Vater als eher ruhigen, bedächtigen Mann, der nur aus sich herauskam, wenn ihn etwas mächtig umtrieb. Heute sprudelte er geradezu über vor lauter Fragen. Wo die beiden sich wiedergetroffen hätten, womit Christa ihren Lebensunterhalt verdiente, wo sie wohnte, wie es ihr in den Nachkriegsjahren ergangen sei. Christa gab brav Auskunft, und im Laufe des Gespräches wurde sie zunehmend gelöster.

Hans' Mutter dagegen beschränkte sich aufs Kuchenauflegen und Kaffeenachschenken und gab sich ungewohnt einsilbig.

Die Rollen seiner Eltern schienen vertauscht zu sein. Hans war nicht böse darum, es machte die Situation weit entspannter, als er sie sich vorgestellt hatte.

Doch gerade als er aufatmen wollte, platzte seine Mutter plötzlich heraus: »Dann ist es dir ja herrlich ergangen hier bei uns am Niederrhein.«

Christa runzelte die Stirn. Automatisch griff Hans schützend nach ihrer Hand.

»Was meinen Sie damit?«, wollte sie misstrauisch wissen.

»Na dafür, dass ihr Flüchtlinge völlig mittellos wart, als ihr herkamt. Eingefallen wie die Heuschrecken seid ihr in unsere schöne Gegend …«

»Frau!« Theo Franzens tiefe Stimme unterbrach sie schneidend. »Hör auf!«

»Aber es ist doch wahr. Nichts mehr hatten wir für uns!«

Hans' Vater schüttelte den Kopf.

»Wir alle haben den Krieg verloren. Wir alle haben unser Land wieder aufgebaut. Und die Vertriebenen mussten die größten Opfer bringen.«

»Opfer!« Else warf das Wort hin und schob ihren Teller von sich. »Wie die Maden im Speck …«

»Jetzt reicht es, Mutter.« Hans hatte genug. »Lass die alten Geschichten ruhen, bitte …«

»Nein!« Das kam von Christa, deren Gesicht sich vor Zorn gerötet hatte. »Es ist nur recht, dass die Wahrheit auf den Tisch kommt, bevor Hans und ich heiraten …« Sie holte tief Luft und funkelte Hans' Mutter wütend an. »Ich habe dieses Haus gehasst, wissen Sie das eigentlich? Mein Opa ist hier gestorben, meine Mutter vor Kummer verrückt geworden. Wie Dienstboten haben Sie uns behandelt. Das war schlimm, vor allem für Mutti. Es hat Sie überhaupt nicht interessiert, was wir zurücklassen mussten und welche Schrecken wir auf der Flucht durchlebt haben. Sie waren kalt und grausam. Ich habe Sie nie leiden können!«

Sie atmete tief durch und fuhr mit gerötetem Gesicht etwas ruhiger fort: »Wissen Sie, als ich vorhin mit Hans das Grundstück betrat, habe ich zum ersten Mal wirklich begriffen, wie schön es hier ist. Eine grüne Insel, ein kleines Paradies. Sie wollten dieses Idyll mit niemandem teilen, stimmt's? Wollten es allein für sich und Ihre Familie behalten. Für mich war es damals die Hölle. Ich war froh, als ich weg war! Jedes Kinderheim war besser als die frostige Atmosphäre hier. Nur Hans habe ich vermisst, ganz fürchterlich. Und dass …«, sie warf ihrem Verlobten einen unsicheren Seitenblick zu, »… dass Sie die Briefe unterschlagen haben, die wir uns gegenseitig schrieben, ist wirklich der Gipfel der Grausamkeit gewesen.«

»Wie bitte? Else, stimmt das?« Hans' Vater musterte seine Frau ungläubig.

»Es war nur zum Besten für unseren Sohn!«, verteidigte sie sich. Auch ihre Wangen hatten zu glühen begonnen. »Hans war schon immer zartbesaitet. Es war besser für ihn, einen schnellen Schlussstrich unter die Angelegenheit zu ziehen. Und nun will er diese Protestantin auch noch heiraten. Eine Ungläubige!«

Daher weht also der Wind, dachte Hans. Immer war seine Mutter stolz darauf gewesen, eine fromme Katholikin zu sein. Eine andere Konfession existierte für sie nicht.

»Ich kann ja auch gehen!« Christa schob ihren Stuhl zurück und stand auf. Sie zitterte vor Erregung.

»Nein!«, rief Hans' Vater. »Das kommt nicht in Frage, mein

Kind! Else, ich war lange geduldig, aber nun muss Schluss sein.« Er wandte sich an das junge Paar. »Bitte entschuldigt. Meinen Segen habt ihr. Ich bin froh, Hans, dass du eine so nette und passende Frau gefunden hast. Schon als Kinder wart ihr euch sehr nahe. Ich kann mich noch gut daran erinnern.« Er lächelte. »Kommt, ihr zwei, lasst uns eine Runde durch den Garten drehen.« Schwerfällig erhob er sich und ging zur Tür. Hans sah mit Sorge, dass sein Hinken wieder schlimmer geworden war. »Bitte, Kinder …«

Er führte sie über das duftende Gras zum Obst- und Gemüsegarten. Die Sonne schien hell von einem strahlend blauen Himmel auf die in exakten Reihen gesetzten Kräuter- und Salatpflanzen, deren Grün frisch leuchtete. Dahinter gedieh Rhabarber, gesäumt von üppigen Johannisbeersträuchern. Kein Fitzelchen Unkraut wuchs hier. Die Beete waren makellos sauber.

»Schaut, das ist alles Elses Werk.« Hans' Vater blieb schnaufend stehen. »Sie braucht diese Ordnung und die Fülle.« Er schaute Christa um Verständnis heischend an. »Jeder hat sein Päckchen zu tragen, wisst ihr? Auch meine Frau. Ich möchte ihr unmögliches Benehmen nicht herunterspielen oder entschuldigen, aber erklären. Damit ihr versteht.« Sein Blick wanderte zum Zaun, hinter dem der Schienenstrang lag. »Else hatte elf Geschwister, drei sind schon als Kinder gestorben. Die Familie war bettelarm und lebte in einer winzigen Kate in Glehn. Der Vater war ein Säufer und Schläger, die Mutter …« Er atmete tief durch. »Sie war eine arme Seele, die ihm nichts recht machen konnte. Die Familie hungerte, die Kinder hatten weder etwas Anständiges anzuziehen noch Schulsachen oder Spielzeug. Von den Klassenkameraden wurden sie ausgelacht. Nur Else hatte den eisernen Willen, aus dem Elend rauszukommen. Und ihr starker Glaube an Gott hat ihr dabei geholfen. Sie betete tagtäglich dafür, ein besseres Leben führen zu dürfen. Ihre Gebete wurden letztendlich erhört. Als ich sie kennenlernte, kellnerte sie in Büttgen in der Gaststätte Josten. Sie lief den Weg von Glehn nach Büttgen und zurück immer zu Fuß, auch nachts, nach ihrer Schicht. Ich habe nie wieder eine so furchtlose, energische Person kennengelernt. Aber …«, sein Blick blieb an Christas klaren blauen Augen hängen, »… alles, was nach Armut riecht, ist schier unerträglich für sie. Sie braucht die Sicherheit, versorgt zu sein. Damals, nach dem Krieg, lebte sie in größter Angst, dass uns alles, was wir aufgebaut hatten, plötzlich genommen werden könnte.«

»Von den Flüchtlingen.« Christa nickte langsam. »Ja, ich verstehe.« Dann verschloss sich ihr Gesicht wieder. »Trotzdem möchte ich jetzt gehen. Hans?« Sie sah ihn flehend an. »Bitte, Liebling.«

Der Besuch bei seinen Eltern und dessen unschöner Verlauf beschäftigten Hans noch lange. In der Folgezeit bemühte er sich besonders um Christa. Bei jeder Gelegenheit brachte er ihr Blumen mit und sagte ihr, wie sehr er sie liebte.

»Meine Mutter wird sich damit abfinden müssen, dass wir zusammengehören«, sagte er, »und letztendlich wird sie sich mit dem Gedanken anfreunden. Lassen wir ihr einfach ein wenig Zeit. Wir haben es ja nicht eilig mit der Hochzeit, oder?«

Christa pflichtete ihm bei, dass sie nichts überstürzen sollten, aber aus anderen Gründen. Sie war froh, Hans' Eltern nicht so schnell wiederzusehen, und genoss den räumlichen Abstand.

Ein Jahr nach ihrem Besuch bei seinen Eltern lagen Hans und Christa zusammen in den zerwühlten Laken seines Bettes, während ein bewölkter Frühlingstag sich seinen Weg durch die kleinen Dachfenster der Einzimmerwohnung bahnte. Zärtlich betrachtete Hans seine schlafende Verlobte. Wie prall ihre

Brüste aussahen, wie groß und braun die Brustwarzen geworden waren! Er ließ den Blick über sie hinweggleiten, und ihm fiel ein feiner dunkelpigmentierter Strich auf, der sich von ihrem Bauchnabel bis zur Schambehaarung zog. War der immer schon da gewesen?

Ihm fiel ein, welch gesunden Appetit Christa in letzter Zeit an den Tag gelegt hatte, trotz ihrer in letzter Zeit häufiger auftretenden Müdigkeit. Erschrocken fuhr er auf. Konnte das wahr sein? War Christa etwa schwanger?

Sanft weckte er sie und erzählte ihr von seinem Verdacht. Christa wurde kalkweiß.

»Meinst du wirklich?«, fragte sie mit der Naivität eines Kindes. Dann wurde sie nachdenklich. »Ja, es könnte passen.« Sie setzte sich auf und wickelte die Decke fest um ihre Brüste. »Mir ist morgens manchmal übel. Ich dachte schon, ich wäre krank. Um Himmels willen, Hänschen! Ich glaube, es stimmt wirklich. Was machen wir nun bloß?«

»Na, heiraten natürlich!« Hans lachte glücklich auf. »Das wollten wir doch sowieso. Und wir suchen uns eine Wohnung, am besten in Neuss, wo du dich auskennst. Mein Schatz, ich liebe dich so sehr!« Er nahm ihr zartes Gesicht in beide Hände und küsste sie lange auf den Mund. »Ein Kind«, murmelte er dann begeistert. »Wir bekommen ein Kind!«

Hans' Vater ließ es sich nicht nehmen, die Hochzeit auszurichten. Und er verbot seiner Frau den Mund. Das erzählte er auch seinem Sohn, der zunächst alles andere als begeistert davon war, nach der Trauung in seinem Elternhaus zu feiern: »Deine Mutter wird sich anständig benehmen, Junge, glaub mir.«

Vater zu sein war für Hans das größte Glück. Die Liebe zu seiner kleinen Tochter füllte ihn aus wie nichts zuvor. Fassungslos stand er vor diesem an Intensität nicht zu überbietenden

Gefühl und begriff, dass alles andere im Vergleich dazu nichtig war.

Selbst die Liebe zu seiner Frau verblasste angesichts der Verbindung zwischen Vater und Tochter. Es war ein Wunder, dieses kleine zerbrechliche Wesen, für das er fortan vollkommene Verantwortung trug. Johanna war perfekt, befand Hans voller Vaterstolz. Ein schöneres und lieberes Baby konnte es nicht geben.

Mit wachsendem Befremden nahm er wahr, dass Christa anders empfand – weniger als er offenbar. Sollte eine Mutter nicht vor Liebe zu ihrem Kind geradezu überquellen?

Stattdessen wirkte Christa nach Johannas Geburt übellauniger und reservierter als zuvor. Natürlich erfüllte sie gewissenhaft ihre mütterlichen Pflichten, was die Pflege von Johanna betraf, aber zärtliche Fürsorge ließ sie vermissen. Nach wenigen Tagen stillte sie das Kind ab und gab ihm das Fläschchen. Außerdem atmete sie stets erleichtert auf, sobald Johanna in ihrem Körbchen eingeschlafen war. Dabei war die Kleine kein anstrengendes Baby. Im Gegenteil, sie beäugte zurückhaltend und still die fremde Welt, in die man sie hineingeboren hatte. Hans war entzückt über ihren wachen Blick. Ihm schien es, als wäre ein uralter intelligenter Geist angestrengt dabei, Gewalt über einen neuen Körper und neue Sinne zu gewinnen. Er begriff, dass in diesem Kind bereits seit der Geburt alles wohnte, was es für das Leben brauchte. Dieses galt es, mit Macht zu beschützen, zur Not auch vor der eigenen Mutter.

Bedachtsam versuchte er auszugleichen, was Christa an Herzenswärme vermissen ließ. Er nahm sich viel Zeit für seine Tochter und vernachlässigte darüber sein Studium. Als Alleinverdiener hatte er seine Schichten als Taxifahrer aufstocken müssen, damit die kleine Familie über die Runden kam; das nahm ihm wiederum Zeit für Johanna. Wenn es irgendwie ging, fuhr er nur nachts.

Mit Christa darüber zu reden, worin ihre distanzierte Haltung für das Baby begründet war, traute Hans sich nicht. Von Beginn an war sie die Dominante in ihrer Beziehung gewesen, die, die die Zügel in der Hand hielt und die Richtung angab. Doch er beobachtete sie genau und versuchte auf diese Weise, die Ursache ihrer mangelnden Mütterlichkeit zu erkennen.

Eines Nachmittags bekam er mit, wie sie Johanna auf der Kommode mit der selbstgenähten Auflage wickelte und dabei leise sprach. Erst glaubte er, sie rede mit der Kleinen, bis er begriff, dass sie Selbstgespräche führte.

»Immer wieder dasselbe … Kochen, füttern, wickeln, anziehen, ausziehen, waschen, bügeln«, vernahm er vom Flur aus, während Christa mit routinierten Griffen Johannas Po anhob und eine zum Dreieck gefaltete Stoffwindel darunterschob. »Wie eine Maschine! Eine Muttermaschine. Kochen, füttern, wickeln, anziehen, ausziehen, waschen, bügeln. Und wo bin ich? Wie bei den alten Franzens … Pflichten, Pflichten, Pflichten, keine Freude. Und jetzt bin ich selbst eine Franzen. Kochen, füttern, wickeln, anziehen, ausziehen, waschen, bügeln …« Energisch faltete und knotete sie den weichen Stoff, zog das Unterhöschen der Kleinen hoch und das Hemdchen herunter. Dann streifte sie den gehäkelten Strampelanzug über die kräftigen Babybeine.

Verwirrt ging Hans ins Wohnzimmer und setzte sich auf das zierliche Sofa, das Christa vor kurzem eigens neu bezogen hatte. Gedankenverloren strich seine Hand über das weiche blassgrüne Polster.

Wenige Minuten später kam auch Christa.

»Johanna schläft«, sagte sie. »Tief und fest.« Sie setzte sich zu ihm und lehnte ihren Kopf zart an seine Schulter.

»Sag mal«, begann er zögernd, »fehlt dir eigentlich deine Arbeit als Schneiderin?«

»Ja, natürlich!« Sie richtete sich auf und saß plötzlich kerzengerade neben ihm. »Andererseits …« Stirnrunzelnd sah sie ihn an. »Als Mutter hat man eben Pflichten.«

Hans nickte und schluckte. Nur Pflichten, keine Freude, dachte er.

Er verstand sie nicht, denn was konnte es Schöneres geben, als bei seinem Kind zu sein und es zu umsorgen? Wie gern hätte er selbst mehr Zeit dafür! Dennoch wollte er ihr helfen. Er wünschte sich, dass sie glücklich war; und wenn das Muttersein allein nicht reichte, musste eben noch etwas anderes her.

»Johanna ist so ein zufriedenes Kind«, sagte er. »Sie würde dich sicher nicht stören, wenn du einige Näharbeiten annehmen würdest. Würde dir das gefallen?«

Christa strahlte übers ganze Gesicht. Wie lange hatte er diesen Anblick entbehren müssen! Sein Herz weitete sich vor Liebe.

»Und wie!«, lachte sie und klatschte in die Hände. »Ach Hänschen, das ist wirklich eine gute Idee!«

Bald hatte sich Christa einen kleinen Kundenstamm aufgebaut. Die meisten waren junge Mütter, die selber nicht nähen konnten oder keine Nähmaschine besaßen und deren Familienbudget selten für neue Kleider reichte. Christa flickte zerrissene Kinderhosen, setzte Reißverschlüsse ein und änderte Röcke, Blusen, Hemden und Anzüge um.

Einige der Frauen, die sie auf diese Weise kennenlernte, wurden ihre Freundinnen. Gemeinsam schoben sie ihre Kinderwagen durch die Neusser Grünanlagen und schwatzten und lachten. Hans war froh, seine Christa wieder gelöster zu sehen.

Zwei Jahre später kündigte sich schließlich ein weiteres Baby an. Christa war nicht gerade erfreut über die erneute Schwangerschaft, aber ihre wiedergewonnene Ausgeglichenheit ließ sie die Sache entspannter angehen.

Und es geschah ein kleines Wunder. Mit Heikes Geburt im Sommer 1963 kam das Glück ins Leben der kleinen Familie.

Christa liebte ihre Zweitgeborene innig – vom ersten Tag an. Sie war voller Hingabe, so, wie Hans es bei Johanna vermisst hatte. Er begriff den Wandel nicht, nahm ihn jedoch als glückliche Fügung an und unterließ es zu hinterfragen, was ihn bewirkt haben mochte.

Sein Herz war sowieso groß, neben Johanna errang Heike sofort einen festen Platz darin. Seine beiden Mädchen! Er platzte fast vor Stolz.

Auch Johanna begrüßte die kleine Schwester freudig und ohne Eifersucht. Über Nacht war sie vom Kleinkind zur »Großen« geworden. Das gefiel ihr. Rührend kümmerte sie sich um das Baby, reichte Christa das Fläschchen oder frische Windeln oder schaukelte die Wiege, bis Heike eingeschlafen war.

Heike machte es jedem leicht, sie zu vergöttern – fröhlich, sonnig und rund, wie sie war. Ein Vorzeigebaby! Auch die Nachbarn und Christas Kundinnen waren begeistert.

Wenn Hans in seinem späteren Leben darüber nachdachte, wurde ihm bewusst, dass die ersten Wochen und Monate nach Heikes Geburt die glücklichsten seines Lebens gewesen waren. Eine wunderbare Frau und zwei niedliche Mädchen gehörten untrennbar zu ihm. Alles fügte sich perfekt zusammen.

Wenn er religiös gewesen wäre, hätte er Gott inständig für das Glück, das ihm beschert worden war, gedankt. Aber ihm war bereits in seiner Kindheit der Glaube an einen Gott, ob an einen strafenden und gerechten oder einen freundlichen und gnädigen, verlorengegangen. Wenn Gott allmächtig war, warum rüttelte er die Welt ständig durcheinander? Was heute als gut und richtig galt, war morgen bereits falsch und verboten. Und warum ließ er es zu, dass Menschen sich über andere erhoben? Von Gräueltaten und Katastrophen ganz zu schweigen.

Hans würde nie blinden Auges dem folgen, was andere ihm suggerierten, seien es Religion, Politik oder gesellschaftliche Normen. Ehre, Stolz und Treue, wie waren diese Werte in der Nazizeit hochgehalten worden! *Die Treue ist das Mark der Ehre!* Welch fatale Verquickung, denn bedeutete es nicht im Umkehrschluss, dass, wer nicht bedingungslose Loyalität mit den Werten des Regimes zeigte oder diese gar kritisch hinterfragte, keinerlei Ehre im Leib trug? Und wer wollte schon ehrlos sein? Wer wollte sich mit Verbrechern auf eine Stufe stellen?

Als der Krieg endete, hatten Hans wunderbarerweise noch zwei Jahre gefehlt, um in die Hitlerjugend aufgenommen zu werden. Er war immer noch dankbar für die Gnade, dadurch der massenhaften Gehirnwäsche dieser Institution entgangen zu sein. Er fragte sich manchmal, ob er andernfalls derselbe Mensch geworden wäre. Die Gesinnung eines Kindes ließ sich mühelos beeinflussen. Er erinnerte sich noch gut an die grenzenlose Begeisterung, mit der die Schüler und Schülerinnen der oberen Klassen seiner Schule, die Mitglieder in der Hitlerjugend oder im Bund deutscher Mädel gewesen waren, davon erzählt hatten. Das Zusammengehörigkeitsgefühl, das man während der Gruppenstunden und Ferienlager erlebte, die Abenteuer in Verbindung mit der Überzeugung, ganz besonders wertvoll zu sein, waren von verführerischer Überzeugungskraft für Kinder und Jugendliche auf der Suche nach Orientierung und Identität gewesen. Wer hätte dem widerstehen können?

Etliche Jungen der HJ waren gegen Ende des Krieges noch in die Wehrmacht eingezogen worden, zu einer Zeit, als sich der Endsieg längst als fixe Idee Hitlers herauskristallisiert hatte und die Kapitulation kurz bevorstand. Zahllose von ihnen waren gefallen. Hatten sie gegen Ende erkannt, welchem schrecklichen Irrtum sie aufgesessen waren? Dass sie einer menschenverachtenden Ideologie gefolgt waren, um wie Lämmer zur Schlachtbank geführt zu werden?

Auch wenn Hans an seine Mutter, ihren naiven christlichen Glauben und an die Bigotterie dachte, mit der sie ihr Leben führte, war ihm das Abschreckung vor Religiosität.

Die Welt kam sehr gut ohne den Glauben an Gott oder Götzen wie Adolf Hitler aus. Was zählte, waren der Mensch und seine Bedürfnisse nach einem guten Leben im Einklang mit anderen.

Warum sich Hans für den Studiengang Architektur entschieden hatte, war ihm lange nicht wirklich bewusst gewesen. Mit traumwandlerischer Sicherheit hatte er sich nach dem Abitur für das Fach eingeschrieben, in dem vagen Wissen über sich selbst, dass er Mathematik und kreatives Gestalten gleichermaßen liebte.

In dem Augenblick, als Hans eine eigene kleine Familie mit zwei Mädchen hatte, lichtete sich plötzlich der Schleier, und er erkannte, was Architektur für ihn bedeutete: Räume zu schaffen, in denen Menschen sich wohl und geborgen fühlten. Sie sollten aufblühen, und das nicht nur draußen in der Natur, sondern auch im Schutz von Gebäuden, denn ohne umbauten Raum war der Mensch wehrlos.

Es erschien Hans beinahe wie ein Zeichen, dass Christas Passion es war, Kleider zu schneidern, die den Menschen ebenfalls wärmten und schützten.

Dennoch konnte er sich dem Studium nicht mit der Intensität widmen, die es verdient gehabt hätte. Das Geld der kleinen Familie war knapp; die Schichten als Taxifahrer laugten ihn aus, zum Lernen hatte er oft weder Zeit noch Energie. Und nach der Arbeit tauchte er allzu gern ins Familienleben ein. Die Kleinen wuchsen rasend schnell heran. Er wollte nichts auf ihrem Weg ins Leben verpassen.

An einem frühen Nachmittag im September 1965 kam Hans erschöpft von der Universität nach Hause und fand die Wohnung leer vor. Er vermutete, dass Christa wie so oft mit den Mädchen auf den Spielplatz um die Ecke gegangen war, wo sie regelmäßig andere Mütter traf. Er verließ die Wohnung wieder, spürte, wie die Müdigkeit von ihm abfiel, und lief, mehrere Stufen auf einmal nehmend, durch das Treppenhaus ins Freie.

Als er sich dem kleinen Spielplatz mit Rutsche, Schaukel, Reckstangen und Sandkasten näherte, erkannte er unter den Kinderstimmen auch Heikes helles Lachen. Sein Herz ging auf; eilig betrat er das von Sträuchern umsäumte Gelände.

Sein Blick fiel auf die Parkbank, die in der Nähe der Spielgeräte aufgestellt worden war. Und richtig: Dort saß seine Christa. Er erwartete sie in Begleitung ihrer Freundinnen, doch neben ihr saß nur ein einziger Mann, schlank und dunkelhaarig. Die beiden schienen sehr vertraut miteinander zu sein, denn sie unterhielten sich angeregt und mit leuchtenden Augen. Hans fühlte Unbehagen in sich aufsteigen. Wer war der Fremde?

In dem Augenblick kam etwas Kleines, Rundliches aus dem Sandkasten auf ihn zugeschossen und umklammerte seine Beine.

»Papa!«, rief Heike begeistert und schaute dann zur Rutsche hoch, auf der ganz oben ihre Schwester saß. »Guck mal, Jo, Papa ist da!«

Auch Christa hatte die Rufe ihrer Jüngsten gehört und schaute herüber. Sie strich ihren Faltenrock glatt und kam zu ihm, ihre Augen strahlten.

»Hänschen!«, sagte sie. »Stell dir vor, wer gerade vorbeispaziert kam!« Sie deutete auf den Mann, der sich nun ebenfalls erhoben hatte und zu ihnen trat. »Darf ich dir vorstellen? Hermann Weyrich, mein Freund aus Kindertagen, Inges Bruder. Wir haben uns seit der Flucht aus der Heimat nicht mehr gesehen!«

Der Fremde streckte ihm die Hand entgegen, und Hans ergriff sie automatisch. Hermann Weyrich hatte einen schlaffen Händedruck, dennoch spürte Hans etwas Machtvolles darin. Er sah in die Augen des Mannes, den er von Kindheit an als seinen Konkurrenten empfunden hatte, und meinte, Skepsis oder sogar Ablehnung in ihnen auszumachen. Der auf düstere Art gutaussehende Mann verströmte die Melancholie und Sensibilität eines Künstlers, gepaart mit einer Reserviertheit, die nur ihm, Hans, galt.

»Als Kinder dachten wir, dass wir einmal heiraten würden«, sagte der Schlesier schmunzelnd und mit einem Seitenblick zu Christa. »Nun, da sind Sie mir wohl zuvorgekommen.«

Christa hatte den Anstand, sich dicht neben Hans zu stellen, seine Hand zu nehmen und leichthin zu antworten: »Ja, das ist er.«

In dem Moment kam auch Johanna angerannt. Sie kuschelte sich an ihn und beäugte den Fremden misstrauisch. Als Hans über die Köpfe seiner Mädchen strich, die ihn nun beide zärtlich umarmten, verschloss sich Hermann Weyrichs Gesicht.

»Wie schön«, sagte er mit seiner sanften Stimme, die in Hans' Ohren jedoch einen falschen Unterton hatte. »Wie schön zu sehen, dass du dein Glück gefunden hast, Christl.«

Hans wusste nicht, was ihn am meisten verletzte: dass seine Frau und Herrmann Weyrich bei ihrem Treffen offenbar ihre gemeinsame Heimat Schlesien heraufbeschworen hatten und ihn damit außen vor ließen, oder die selbstverständliche Zärtlichkeit, mit der der Dunkelhaarige einen eigenen Kosenamen für Christa verwendete. Für ihn war sie seine »Christl« aus der Heimat.

Mit einem Mal wurde ihm bewusst, dass sich »Heirat« und »Heimat« nur in einem einzigen Buchstaben unterschieden. Hans' Eifersucht war grenzenlos, ebenso seine Hilflosigkeit. Trotzdem machte er gute Miene zum bösen Spiel und ließ sich sein Unbehagen nicht anmerken. Höflich betrieb er Konversation und versuchte, die Feindseligkeit, die Hermann Weyrich verströmte, zu ignorieren.

Zu Hause sprudelte Christa über vor Fröhlichkeit. So kannte Hans sie gar nicht. Während sie das Abendbrot zubereitete, gab sie sogar kleine Anekdoten aus ihrer Kindheit preis, was völlig untypisch für sie war, da sie ansonsten mit ihren Erinnerungen geizte, als wären sie ein streng zu hütender Schatz. Sie erzählte, wie Hermann und sie zwischen den Strohballen Verstecken gespielt hatten, wie der Fremdarbeiter Jean ihnen französische Melodien auf der Mundharmonika vorgespielt und wie Hermanns Mutter ihnen die leckersten Zwetschgenpfannkuchen zubereitet hatte.

Johanna und Heike hörten gebannt zu. Wie in einem Bilderbuch vom Leben auf dem Lande blätterten sich Christas Erinnerungen farbenprächtig und geradezu märchenhaft vor ihnen auf.

Hans' Eifersucht schwoll an wie ein Ballon kurz vor dem Platzen.

»Und der Krieg? Das Naziregime? Die Judenverfolgungen?«, fragte er scharf mitten in eine Zwischenbemerkung von Johanna hinein. »Habt ihr davon gar nichts mitbekommen in eurem kleinen Paradies?«

Christa hielt mitten in der Bewegung des Brotschneidens inne. Das Messer blieb im Laib stecken. Es sah aus, als hätte sie versucht, das frische, duftige Graubrot zu erstechen. Sie schenkte ihrem Mann einen harten Blick. Der Zauber der Situation war verflogen.

»Erst, als wir fliehen mussten«, sagte sie in plötzlich emotionslosem Tonfall. »In dem Moment brachen alle Grausamkeiten des Krieges über uns herein: Gewalt, Niedertracht, Hass, Verlust. Ja, du hast recht, es war wie die Vertreibung aus einem Paradies.« Sie nickte nachdenklich, um dann mit Wehmut in der Stimme festzustellen: »Ich war nie mehr so glücklich wie in Schönefeld, und ich werde es nie wieder sein.« Erst jetzt schien sie zu merken, wie sehr ihre Worte Hans verletzten, und fügte abschwächend hinzu: »Aber das Leben geht weiter. Wir müssen nach vorne blicken. Das gelingt mir weit besser als Hermann.«

Hans beschloss, das Thema Hermann Weyrich nicht mehr anzusprechen. Christa hatte ihm erzählt, dass er etliche Fahrräder an einen Neusser Händler geliefert hatte und daher für einige Tage zu Besuch bei seiner Schwester Inge und ihrer Familie gewesen war. Es sei reiner Zufall gewesen, dass er ihr über den Weg gelaufen sei. Hans wusste nicht, ob er das glauben sollte, zwang sich aber schließlich selbst dazu, an der Version festzuhalten, um Christas Begegnung mit dem Jugendfreund so wenig Bedeutung wie möglich beizumessen.

»Geheiratet hat sie am Ende mich, nicht ihn«, betete er sich vor und verdrängte den Mann, so gut es ging, aus seinem Gedächtnis.

Stattdessen konzentrierte er sich mit wachsendem Eifer auf sein Studium. Es wurde Zeit, dass er damit fertig wurde und beruflich Fuß fasste.

An einem trüben Maimorgen 1966 bereitete sich Hans auf eine seiner Abschlussprüfungen vor, während Christa an neuen Kleidchen für die Mädchen nähte. Als es an der Tür klingelte, hörte es nur Hans, denn das Rattern der Nähmaschine machte seine Frau taub für jedes andere Geräusch. Genervt ob der Störung ging er zur Wohnungstür.

Zwei junge Polizisten standen davor und drehten verlegen

ihre Dienstmützen in den Händen. Der Ältere von ihnen, allerhöchstens fünfundzwanzig, ergriff das Wort.

»Herr Johann Franzen?«, vergewisserte er sich. Und als Hans nickte, fuhr er zögernd fort: »Wir müssen Ihnen leider eine traurige Mitteilung machen.«

Hans starrte ihn erschrocken an. War den Mädchen etwas Schlimmes zugestoßen? Sie spielten schon geraume Zeit im Hinterhof des Hauses, und Johanna kletterte allzu gern am Mauervorsprung hinauf, um sich rücklings an die Teppichstange zu hängen. Gewiss, sie war geschickt, aber die Stange war ziemlich hoch zwischen den Wänden der Toreinfahrt angebracht.

»Es geht um Ihre Eltern«, ergänzte der Polizist. Hans' erste Reaktion war Erleichterung. Johanna und Heike ging es gut. Ihnen war nichts geschehen. Bevor sich eine neue schreckliche Ahnung in ihm einnisten konnte, bog Christa um die Ecke des Flurs; in der Hand hielt sie ein Stück geblümten Stoff, aus dem feine Fäden heraushingen.

»Hänschen, was ist denn …?«, begann sie, registrierte seinen schockierten Gesichtsausdruck, musterte verwirrt die beiden Staatsdiener und bat sie höflich herein. Bald standen alle mitten im Wohnzimmer herum, und der jüngere der Polizisten forderte Hans und Christa auf, sich zu setzen. Vertauschte Rollen.

Gehorsam und verdattert sanken sie auf ihr kleines grünes Sofa. Der ältere Polizist schilderte, dass am Vorabend bei Hans' Eltern eingebrochen worden sei und dass sein Vater die Einbrecher im Wohnzimmer wohl auf frischer Tat ertappt habe. In einem Handgemenge sei er gestürzt und habe sich das Genick gebrochen. Daraufhin hätten die Täter die Flucht ergriffen.

»Ihre Mutter, die sich bislang im ersten Stock des Hauses aufgehalten hatte, fand Ihren Vater bewusstlos vor und lief über die Felder, um Hilfe zu holen. Auf der Landstraße wurde sie von einem Lastwagen erfasst und starb in den Armen des Fahrers noch an der Unfallstelle.«

Hans saß sprachlos und wie gelähmt da. Nur Christa fragte nach und bemühte sich darum, Details der unfassbaren Tragödie zu erfahren.

»Und es ist sicher, dass mein Schwiegervater von den Einbrechern nicht etwa erschlagen wurde?«, wollte sie wissen. »Musste er leiden?«

Der jüngere Beamte schüttelte den Kopf.

»Herr Franzen ist zweifelsohne gefallen. Es kann natürlich sein, dass er gestoßen wurde, aber das wissen wir zu diesem Zeitpunkt noch nicht. Fest steht, dass er mit dem Hinterkopf auf der Kante des Couchtisches aufschlug. Unserer Information nach starb er rasch.«

»Und meine Schwiegermutter?« Christa knetete tröstend die linke Hand von Hans, der alles wie durch einen Nebel wahrnahm.

»Bevor sie starb, konnte sie noch vage Angaben über das Geschehen im Haus machen, die dazu führten, dass man ihren Mann fand. Leider hat sie die Einbrecher nicht selbst gesehen, nur zwei verschiedene Stimmen ausmachen können. Als sie ins Wohnzimmer kam, waren die Männer bereits geflüchtet.« Der Beamte schaute noch einmal in seine Notizen und räusperte sich unbehaglich. »Durch den Aufprall mit dem Lkw müssen vor allem die inneren Organe von Frau Franzen beschädigt worden sein. Sie wurde nicht etwa von dem Fahrzeug überrollt. Man sieht äußerlich kaum etwas.«

Christa nickte langsam.

Hans versuchte, sich zu sammeln.

»Ich möchte zu ihnen«, sagte er leise. »Geht das?«

Die Polizeibeamten wechselten einen Blick, dann nickten sie unisono.

»Natürlich«, sagte der Ältere. »Es wäre auch zur Bestätigung ihrer Identität hilfreich.«

Gegen Mittag kam Hans aus der Leichenhalle und von dem anschließenden Gespräch bei der Kriminalpolizei zurück.

Christa empfing ihn angespannt.

»Was soll ich den Kindern sagen?«, flüsterte sie ihm zur Begrüßung an der Wohnungstür zu. »Und wo warst du so lange?«

Die beiden setzten sich in die Stube, während die Mädchen im Kinderzimmer Mittagsschlaf hielten.

»Es war schlimm«, erzählte Hans. Er fühlte sich immer noch zitterig. Den Anblick seiner toten Eltern würde er wohl ein Leben lang nicht mehr vergessen. »Mutter wirkte so ... angestrengt. Sie hat nicht gehen wollen, bis zuletzt nicht. Laut Aussage der Polizisten muss sie sich bemüht haben, dem Lkw-Fahrer genau zu erklären, was mit Vater passiert war und wo man ihn finden würde. Ich konnte ihr ansehen, dass sie noch nicht fertig war mit dem Leben, weißt du?« Ihm traten Tränen in die Augen, und er kippte ein Glas mit selbstgemachtem Kirschaufgesetzten herunter, das Christa ihm in Ermangelung eines stärkeren alkoholischen Getränkes kredenzt hatte. Sofort schenkte sie ihm nach, um dann vorsichtig an ihrem eigenen Gläschen zu nippen. »Das war furchtbar. Es muss schrecklich für sie gewesen sein, meinen Vater im Haus zurückzulassen. Die beiden waren eine Einheit, der eine ohne den anderen gar nicht denkbar.«

»Und dein Vater? Wie sah er aus?« Christa legte eine Hand auf Hans' Knie; die Verbindung tat ihm gut.

Er rief sich das wächserne Gesicht seines Vaters in Erinnerung. Trotz der Wunde am Hinterkopf und der Blutspur, die an seinem Ohr vorbei über den Hals gelaufen war, war ihm sein Vater friedlicher vorgekommen als seine Mutter, und das sagte er nun auch zu Christa. Wie im Leben, so im Tod, dachte er bei sich.

In den nächsten Wochen fahndete die Polizei fieberhaft nach den Einbrechern, die Theo Franzens Tod und mittelbar auch den seiner Frau verschuldet hatten. Dass Else Franzen die beiden Männer nicht gesehen und ihre Stimmen offenbar nicht hatte zuordnen können, erschwerte die Ermittlungen. Man hatte keinerlei Ansatzpunkte. Fest stand nur, dass es sich um zwei männliche Täter handelte.

Für Hans war es gar nicht so wichtig, dass die Verbrecher gefasst wurden. Es würde seine Eltern nicht zurückbringen. Sein Bruder Wolfgang und dessen Frau Clara waren anderer Ansicht.

»Ich werde erst wieder ruhig schlafen, wenn man die Mörder dingfest gemacht hat«, erklärte Clara, eine resolute unerschrockene Person, der Hans kein Wort glaubte.

Wolfgang pflichtete ihr bei und nickte grimmig.

»Und das wird man, Clara, glaub mir. Ich vertraue auf unsere Polizei. Und dann kriegen sie lebenslänglich. Solche Mörder verdienen nichts anderes.«

Wolfgang irrte sich, sein Wunsch nach Gerechtigkeit wurde nicht erfüllt. Die Ermittlungsarbeiten verliefen im Sande und wurden schließlich eingestellt.

Bei aller Trauer mussten Hans und Wolfgang nun auch überlegen, was mit ihrem Elternhaus geschehen sollte. Wolfgang war sehr daran gelegen, dass Hans dort einzog. Für ihn selbst kam es nicht in Frage, er besaß bereits ein Eigenheim, auf dessen Grundstück auch seine Firma untergebracht war. Ihr Elternhaus zu verkaufen wäre ihm aber ebenso wenig recht gewesen. Es sollte im Besitz der Familie Franzen bleiben.

Hans fand es ebenfalls sinnvoll, in das Haus zu ziehen, aber Christa sträubte sich seit Wochen.

»Johanna kommt nächstes Jahr in die Schule. Wir sollten so schnell wie möglich umziehen.« Hans' Ton war eindringlich.

»So gewöhnt sie sich an die neue Umgebung, bevor der Ernst des Lebens beginnt. Außerdem gefällt mir die Vorstellung besser, dass unsere Töchter eine kleine Dorfschule besuchen als eine mitten in der Stadt. Der Umgang, den sie haben werden, ist ein ganz anderer, der Schulweg sicherer.«

Christa schnaubte.

»Sicherer, von wegen! Denk doch mal an deine Mutter, die da draußen von einem Lastwagen überfahren wurde.«

Sie wehrte sich mit Händen und Füßen, doch schließlich siegte die Vernunft. In dem alten Bahnwärterhaus hatte die Familie problemlos Platz. Man musste keine teure Miete zahlen, und Wolfgang hatte von sich aus angeboten, auf seinen Erbteil zu verzichten, bis Hans fest im Berufsleben stand und den Betrag in Raten abtragen konnte.

Dass Wolfgang Dachdeckermeister war, machte sich an der Stelle ebenfalls bezahlt.

»Ich decke euch das Dach zum Materialpreis neu ein«, versprach er. »Und bei den anderen Renovierungsarbeiten kann ich auch helfen.«

Christa ergab sich murrend in ihr Schicksal. Fortan in dem Haus leben zu müssen, mit dem sie ungute Erinnerungen verband, würde ihr allerdings nicht leichtfallen.

Hans wusste das, und manchmal fragte er sich, ob er vielleicht gerade deshalb so darauf gedrungen hatte. Es verletzte ihn, dass seine Frau die Zeit, die sie miteinander in dem Häuschen verbracht hatten, heute durchweg als trübe und trostlos beschrieb. Hier waren sie sich zum ersten Mal nahegekommen; sie hatten Freud und Leid geteilt. Er erinnerte sich gern daran, wie sie gemeinsam zur Schule gegangen waren oder im Garten gespielt hatten.

So war es auch Trotz, Christa dazu zu bringen, ihr Familienleben an den Ort ihrer beider Kindheit zu verlagern. Sie würde irgendwann einsehen, wie schön es dort war. In stillen Stunden schämte er sich für seine Regung, dennoch stand sein Entschluss fest.

Die Kinder waren glücklich im neuen Heim, obwohl Heike sich zu Hans' Überraschung anfangs schwerer tat als Johanna. Sie wirkte verunsichert und schüchtern, beides Eigenschaften, die eigentlich nicht zu ihr passten. Doch bald lebte auch sie sich ein. In Haus und Garten gab es viel zu entdecken und unendliche Spielmöglichkeiten.

Dem kühlen und regnerischen Sommer von 1966 zum Trotz genossen es die Mädchen, sich so oft wie möglich draußen aufzuhalten, während Christa staubige, ausgeblichene Gardinen abnahm und wegwarf, neue nähte und Zimmer und Flure gründlich aufräumte. Unermüdlich schleppte sie Kiste um Kiste in den Keller. Anschließend putzte sie gründlich Böden und Fenster, polierte die verbliebenen Möbel und gestaltete die Räume mit wenigen Handgriffen um. Sie schaffte Platz und Struktur, wo vorher ein Sammelsurium aus Stilrichtungen und Nippes vorgeherrscht hatte. Bald wehte ein frischer Wind in dem alten Haus.

Doch Christa schien immer noch nicht zufrieden zu sein. Mal rollte sie einen Läufer auf, um ihn in ein anderes Zimmer zu legen, mal stellte sie Kakteen anstelle der Beistelllampen auf die Fensterbretter im Wohnzimmer und einen Gummibaum in die Ecke.

Hans glaubte zu verstehen, was Christa umtrieb, aber er wollte es genau wissen. Als sie eines Abends draußen in wackeligen Korbstühlen, die Christa im Schuppen gefunden und hell lasiert hatte, auf der Terrasse saßen und ein Glas Weißwein genossen, sprach er sie darauf an.

»Du kommst gar nicht mehr zur Ruhe«, sagte er und schaute in die Dunkelheit hinaus über den üppigen Rasen, auf dem die knorrigen Obstbäume buckeligen Schatten gleich dastanden. Die Wolken hatten sich am Tage ausgeregnet, um in der Dämmerung fortzuziehen, der Himmel war klar. In den Zweigen des alten Apfelbaumes hing ein bleicher runder Mond. Sterne funkelten am Firmament. »Eine fleißige Biene ist nichts gegen dich. Du hast doch schon unglaublich viel ausgemistet und umgeräumt. Was ist los mit dir?«

»Ich vertreibe die alten Geister«, erklärte Christa, nippte an ihrem Wein und blickte in die Flamme des gläsernen Windlichtes auf dem Tisch. Sie sah ihn an. Ihre Augen funkelten im Kerzenlicht wie kleine Sterne. »Und ich habe es fast geschafft.«

»Dann ist es ja gut.« Er ergriff ihre Hand und hielt sie fest. »Danke, dass du dich auf den Umzug eingelassen hast«, sagte er leise. »Es bedeutet mir sehr viel.«

Als Christa zum dritten Mal schwanger wurde, hoffte Hans inständig darauf, dass ein neues Baby sie mit ihrem Leben in seinem Elternhaus versöhnen würde. Doch die Schwangerschaft verlief nicht so reibungslos wie die beiden ersten. Christa war ständig übel, und sie nahm kaum zu. Ihm gegenüber gab sie sich einsilbig und sprach kaum über das Kind, das die Familie vergrößern würde. Das irritierte ihn.

»Freust du dich denn gar nicht auf das Baby?«, fragte Hans sie eines Nachts im November, als sie im Bett lagen und Christa gerade das Licht der Nachttischlampe gelöscht hatte. »Vielleicht bekommen wir ja diesmal einen kleinen Jungen. Das wäre doch was, oder?«

»Natürlich freue ich mich.« Christas Tonfall war scharf; ihr Körper in seinen Armen wurde steif. »Wie kommst du darauf, dass es anders sein könnte?«

»Schon gut«, murmelte er beschwichtigend und kuschelte sich an sie. »Vielleicht habe ich auch nur vergessen, wie es bei Johanna und Heike war.«

Als Hans das Neugeborene im Büttger Krankenhaus schließlich das erste Mal in den Armen hielt, spürte er sofort, dass seine dritte Tochter ein besonderes Kind war. Nicht nur, dass sie ihm winzig klein und leicht wie eine Feder erschien – ihr durchscheinend weißes Gesicht, ihr schwarzes dichtes Haar und ihr vager Blick aus verschleierten Augen ließen ihn ahnen, dass sie anders als seine ersten Kinder war, irgendwie vergeistigter und weniger von dieser Welt.

Es versetzte ihm einen empfindlichen Stich, als Christa ihn im Krankenhaus mit der Namensgebung der Kleinen vor vollendete Tatsachen stellte. Hermine – ausgerechnet nach dem verhassten Konkurrenten aus Schlesien benannte sie sie. Warum tat seine Frau ihm das an? Wollte sie ihn absichtlich verletzen oder lediglich ihrem Gefährten aus Kindertagen Respekt zollen, um die Erinnerung an ihn hochzuhalten?

Trotzdem liebte Hans Hermine vom ersten Augenblick an. Er konnte gar nicht anders. Das winzige Elfenkind mit den dünnen Fingerchen, die seinen Daumen fest umklammerten, hatte etwas anrührend Zartes und Geheimnisvolles an sich. Hermine erschien ihm wie ein kleines Wunder, dem ein besonderer Zauber innewohnte. Der Beschützerinstinkt, der sich in ihm regte, war ungleich stärker, als er bei Johanna oder Heike gewesen war.

»Nie soll dir etwas Böses widerfahren«, versprach er der Neugeborenen flüsternd und strich ihr mit der freien Hand über den dunklen Haarschopf.

Als Hermine acht Monate alt war und zu krabbeln begann, keimte ein bedrückender Verdacht in Hans auf. Er konnte sich des Gefühls nicht erwehren, die Kleine könne möglicherweise nicht von ihm sein. Die geschmeidige Art, wie sie sich mit den Armen aufstützte und die Knie nachzog, hatte so gar nichts tollpatschig Babyhaftes an sich, und ihr Aussehen erinnerte ihn an jemanden. Nachdenklich beobachtete er den konzentrierten Gesichtsausdruck, mit dem sie sich dem Sessel näherte, auf dem er saß, und plötzlich hatte er wieder vor Augen, wie Hermann Weyrich damals auf dem Spielplatz zu ihm getreten war. Blödsinn, schalt er sich sofort. Nur weil sie nach ihm benannt ist, assoziierst du eine Ähnlichkeit mit dem verhassten Nebenbuhler. Daraus spricht bloß deine verdammte Eifersucht auf den Kerl.

Christa hatte ihm nie einen Grund gegeben, ihr zu misstrauen. Seiner Erfahrung nach war sie zwar ein verschlossener Mensch, aber grundehrlich. Einen solchen Verrat traute er ihr einfach nicht zu.

Trotzdem mehrten sich im Laufe der nächsten Jahre die Anzeichen. Hans hatte Hermann zwar nur einmal und nur für wenige Minuten gesehen, doch Hermines Ähnlichkeit mit ihm wurde immer offenkundiger. Wie sie sprach, wie sich dieser dunkle Schleier über ihr Gesicht legte und es von einer Minute zur anderen eine düstere, melancholische Miene annahm, all das erinnerte Hans an den Schlesier.

Er studierte Hermines Verhalten und ihr Äußeres genau, und als er schließlich zu der Erkenntnis kam, dass er aller Wahrscheinlichkeit nach mit seinem Verdacht richtig lag, verzweifelte er fast daran.

Aber Hermine kann nichts dafür, was Christa getan hat, betete er sich vor. Sie war unschuldig und hatte genau wie die beiden anderen Mädchen das Recht auf einen Vater, der sie bedingungslos liebte und verstand. Und er liebte Hermine aus tiefstem Herzen.

Beim Thema verstehen jedoch hakte es. Dieses Kind blieb ihm – im Unterschied zu Johanna und Heike – immer seltsam fremd. Wenn er Hermine ansah, mit ihr sprach oder spielte, fehlte die natürliche Verbundenheit. Er erkannte sich in dieser

Tochter nicht wieder. Und weil er inzwischen davon überzeugt war, sie sei nicht von seinem Blut, vertiefte sich das Gefühl.

Angestrengt versuchte er, die fehlende Nähe mit besonderer Fürsorglichkeit auszugleichen, und scheiterte dabei oft an Hermines Abwehr. Spürte sie, dass er weniger väterliche Gefühle für sie hegte als für Johanna und Heike? Litt sie darunter und stieß ihn darum von sich? Er wusste es nicht. Die zarte, widerborstige Hermine wurde zur größten Prüfung seines Lebens.

Hermine war die erste seiner Töchter, die einen Kindergarten besuchte, und zwar einen evangelischen.

Nach der Geburt von Johanna hatte Christa durchgesetzt, sie evangelisch taufen zu lassen. Diese Entscheidung galt auch für die nachfolgenden Kinder, ohne dass Hans etwas dagegen gehabt hatte.

Anfang 1961 war es für Christa ein Triumph gewesen, ihre Schwiegermutter mit dem Eintritt ihrer Erstgeborenen in die junge evangelische Kirchengemeinde vor den Kopf zu stoßen. Wie erwartet hatte Else Franzen sich fürchterlich darüber aufgeregt und fast einen Nervenzusammenbruch erlitten. Ihre Enkelkinder sollten zu Heiden heranwachsen? Ein Skandal! Und was war ihr Sohn doch für ein Waschlappen, dass er sich widerstandslos dem Willen seiner Frau unterordnete!

Dabei hatte Hans die Entscheidung aus freien Stücken mitgetragen. Er selbst glaubte nicht mehr an einen Gott, wie hätte er seinen Kindern von ihm erzählen können? Nur Christa, die sich überzeugt zum christlichen Glauben bekannte, war dazu in der Lage.

Er vertrat die Ansicht, dass es für Kinder durchaus hilfreich war, im Glauben an eine gute Macht heranzuwachsen, Nächstenliebe zu erlernen und zu praktizieren, auf die Schwachen Rücksicht zu nehmen und nicht nur um sich selbst zu kreisen.

Auch wenn er selbst die Geschichten der Bibel nicht für bare Münze nahm, waren sie seiner Meinung nach doch dazu geeignet, das kindliche Gemüt zum fürsorglichen Miteinander anzuregen. Er erinnerte sich gut daran, wie seine Mutter ihm von Jesus erzählt hatte, der sich der Ausgestoßenen und Kranken der Gesellschaft angenommen hatte und dem es gleich gewesen war, ob er das im Alltag oder am heiligen Sabbat tat. Und er entsann sich der Gleichnisse vom barmherzigen Samariter oder vom verlorenen Sohn, die seine Vorstellungen von Gut und Böse, Liebe und Verzeihen maßgeblich geprägt hatten. Den moralischen Zeigefinger und die kritiklose Frömmelei seiner Mutter hatte er beim Zuhören gepflegt ignoriert.

Nur was ihn berührte, hatte er sich aus den Geschichten herausgepickt, und er glaubte, dass dies auch seiner jüngsten, seltsamen Tochter gelingen würde. Außerdem hielt er die evangelische Kirche für liberaler und weniger verknöchert als die katholische.

Seine Mutter war nun schon sechs Jahre tot. Was hätte sie wohl dazu gesagt, dass es in Büttgen seit kurzem einen evangelischen Kindergarten gab, in den jetzt auch noch ihre jüngste Enkeltochter aufgenommen wurde? Sie würde sich vermutlich im Grabe herumdrehen.

Eines regnerischen Tages Anfang September 1972 holte ausnahmsweise Hans die kleine Hermine vom Kindergarten ab.

Den Vormittag hatte er in seinem Architekturbüro in der Neusser Innenstadt verbracht, das er vor zwei Jahren mit zwei ehemaligen Kommilitonen gegründet hatte. »Köhler, Dick & Franzen« waren inzwischen gut im Geschäft; sie konnten sich vor Aufträgen kaum retten. Hans freute sich darauf, seine Jüngste heute mit dem weinroten Opel Diplomat mit Dreigang-getriebe, den er inzwischen sein Eigen nannte, heimzufahren, bevor er am Nachmittag auf eine Baustelle musste.

Hans betrat den Eingangsbereich des Kindergartens und schaute sich im Gewusel der wartenden und spielenden Kinder und der Mütter, die ihren Kleinen in Jacke und Schuhe halfen, nach seiner Tochter um. In dem Moment kam eine drahtig wirkende junge Frau mit blondem Kurzhaarschnitt, engen Schlaghosen und einer bunten, körperbetonten Bluse aus einem der Gruppenräume; mit eiserner Hand hielt sie Hermine fest, welche eine düstere Miene aufgesetzt hatte. Die dunklen Zöpfe des Mädchens hatten sich gelockert, so dass einige Strähnen zottelig heraushingen.

Hans ging auf die beiden zu. Hermine erblickte ihn, sagte etwas zu der Kindergärtnerin und versuchte vergeblich, sich ihrem Griff zu entziehen.

»Du bleibst schön hier, kleines Fräulein.« Die junge Frau wandte sich mit geröteten Wangen an ihn. »Sie sind also Hermines Vater?«

»Ja, Johann Franzen mein Name, und wer sind Sie?« Hans passte das rigide Verhalten der Erzieherin nicht, denn Hermine hatte inzwischen weinerlich den Mund verzogen; ihre Hand schien ihr weh zu tun.

»Karin Hillesheim, ich bin die Kindergärtnerin ihrer Tochter.« Sie beugte sich zu Hermine herunter. »Wenn du mir versprichst, hier bei uns zu bleiben, lasse ich dich jetzt los. Ich möchte, dass du mitbekommst, was ich deinem Vater zu sagen habe.«

Hermine kniff zornig die Augen zusammen, nickte aber widerstrebend.

»Gut!« Frau Hillesheim atmete erleichtert aus und gab Hermines Hand frei. Die Kleine blieb tatsächlich stehen und schaute stumm zu den Erwachsenen hoch.

»Herr Franzen, hätten Sie einen Augenblick Zeit? Mit Ihrer Frau habe ich ja schon etliche Male gesprochen, aber es hat offensichtlich nicht gefruchtet. Hermine macht den anderen Kindern weiterhin Angst. Inzwischen will kaum noch jemand mit ihr spielen. Ich mache mir wirklich Sorgen …«

Hans verstand die Welt nicht mehr. Christa hatte noch nie etwas darüber verlauten lassen, dass ihre Jüngste im Kindergarten wie auch immer geartete Schwierigkeiten machte. Er musterte die nun völlig unschuldig dreinschauende Hermine und räusperte sich.

»Frau Hillesheim …«, begann er, »ich weiß wirklich nicht …«

»Bitte lassen Sie uns dieses Gespräch im Besprechungsraum fortführen, ja? Die anderen Mütter schauen schon neugierig zu uns herüber.«

Energisch dirigierte sie Vater und Kind durch einen Flur in einen quadratischen Raum, in dem außer zwei niedrigen halbrunden Tischen, die man zu einem Kreis zusammengeschoben hatte, sechs verschrammten Kinderholzstühlen und einem Bücherregal mit Fachliteratur nichts stand.

Hans' Blick fiel auf den anthrazit gesprenkelten Linoleumboden und glitt dann die beige gestrichenen Wände entlang. Seine Phantasie erzeugte sofort Bilder im Kopf, wie man den Raum seiner Funktion gemäß ansprechender hätte konzipieren können. Hier trafen Menschen aufeinander, junge und alte. Und immer ging es inhaltlich um die Zukunft der Kinder. Fröhliche helle Farben wären angebracht gewesen und ein weit größerer Lichteinfall, als durch das schmale Fenster möglich war. Und diese abgehängte Decke! Sie verstärkte die gedrückte Atmosphäre …

»Bitte setzen Sie sich doch«, durchschnitt Karin Hillesheims Stimme seine Überlegungen. »Hermine, du auch.«

Hans plumpste gehorsam neben seiner Tochter auf einen der winzigen Stühle, die Erzieherin glitt geschmeidig auf einen Sitz ihnen gegenüber.

»So geht es jedenfalls nicht weiter«, hub sie mit strengem Seitenblick auf Hermine an. »Manche Eltern berichten schon von Albträumen ihrer Kleinen.«

»Ich verstehe nicht …« Hans war verwirrt. Was um Himmels willen stellte seine Jüngste an und warum hatte Christa ihm nie etwas davon erzählt?

»Was ich über Sabines Mama gesagt habe, hat aber gestimmt, und das über Michi auch«, beharrte Hermine trotzig.

Frau Hillesheim verdrehte die Augen.

»Sehen Sie? Ihre Tochter ist weiterhin völlig uneinsichtig!«

»Aber was *hat* sie denn gesagt?« Hans konnte sich nicht vorstellen, welche schlimmen Dinge eine Vierjährige von sich zu geben vermochte, dass sogar andere Eltern schockiert reagierten.

»Sabines Mama ist wirklich gestorben, weil sie krank war! Ich hab nicht gelogen! Ich wusste, dass sie krank war … Einfach so!« Hermine verschränkte entrüstet die Arme vor der Brust und kniff die Lippen zusammen. »Und auch, dass Michi vom Klettergerüst fallen würde und sich den Arm bricht. Er wollte nur nicht auf mich hören!«

Karin Hillesheim seufzte tief auf und suchte Blickkontakt mit Hans.

»Sehen Sie?«

Hans schüttelte nur verwirrt den Kopf.

»Nein, das müssen Sie mir schon näher erläutern.«

Hermine setzte schon zu einer Erklärung an, aber Frau Hillesheim unterbrach sie.

»Hermine hat wochenlang behauptet, dass Sabines Mutter an einer schlimmen Krankheit sterben würde. Sie hat die Kinder und vor allem Sabine damit sehr verängstigt. Und dann ist die arme Frau wirklich verstorben. Sabines Vater hat mir schließlich erzählt, dass sie ein schwaches Herz und keine große

Lebenserwartung hatte. Ihr Tod kam nicht unerwartet. Die kleine Tochter wusste jedoch nichts, sie sollte unbesorgt heranwachsen.«

»Ich konnte spüren, wie krank sie war!«, behauptete Hermine nun stur.

Frau Hillesheim kniff die Lippen zusammen und schüttelte missbilligend den Kopf.

»Sie war blass und geschwächt. Das hast du vielleicht gesehen, mehr aber auch nicht!«

Hans schaute von ihr zu Hermine und wieder zurück, um dann nachzuhaken: »Und was ist das für eine Geschichte mit diesem Michi?«

»Michael ist ein wilder, ungebärdiger Junge, der sich ständig Kratzer und Beulen zuzieht. Hermine hat ihn zusätzlich aufgescheucht, indem sie ihm dauernd prophezeit hat, dass er vom Klettergerüst fallen und einen Gipsarm bekommen wird. Sie habe das *gesehen*!«

»Stimmt ja auch!« Hermine schob wütend die Unterlippe vor. »Immer sagen Sie mir, was ich denken und sagen soll und was nicht. Genau wie mit dem Kakaomann. Das ist gemein!«

»Hör mir bloß damit auf.« Die Kindergärtnerin hob warnend ihren Zeigefinger. »Der arme Manfred ist zwar etwas zurückgeblieben, aber er liefert uns nur Milch und Kakao, mehr nicht!« Sie seufzte und wandte sich Hans zu. »Der Milchlieferant hat schlimme Akne, riecht nicht immer gut und verhält sich etwas einfältig, ansonsten ist er völlig harmlos. Wir sind dankbar, dass er uns jeden Morgen pünktlich die bestellten Milch- und Kakaoflaschen für die Kinder bringt«, beeilte sie sich zu erklären. »Aber wir waren ja bei Michael. Der Kleine war schließlich so durcheinander, dass er wirklich schwer gestürzt ist. Dabei hat er sich das Handgelenk gebrochen. Hermine ist in gewissem Sinne dafür mitverantwortlich, finde ich.«

»Nun ja, für mich hört sich das eher an, als hätten Ihre Kolleginnen und Sie Ihre Aufsichtspflicht verletzt«, widersprach Hans, der sich zu ärgern begann. »Dafür können Sie doch nicht einer Vierjährigen die Schuld geben!«

»Das tue ich ja auch gar nicht. Aber Hermine muss klar sein, was sie mit ihren verstörenden Bemerkungen anrichtet.« Frau Hillesheim sah jetzt ziemlich empört aus. »Außerdem hatte hinsichtlich der Aufsicht alles seine Richtigkeit, aber man kann seine Augen schließlich nicht überall haben.«

»Ich wollte Michi nur warnen«, stieß Hermine weinerlich aus, »aber er wollte mir nicht glauben!«

»Du sollst diese Warnungen lassen!« Die Erzieherin sah das kleine Mädchen streng an. »Die Kinder ängstigen sich davor, genauso wie vor deinen unbegründeten Wutausbrüchen. Stellen Sie sich vor! Letztens hat sie das Bild von einem Bauernhof gemalt. Die kleine Vera fand es sehr schön und machte den Vorschlag, Hermine könne noch ein paar Tiere, Schweine oder Kühe, hinzufügen, da ist Hermine völlig aus der Haut gefahren. ›Diese Tiere sind nicht in meinem Kopf‹, hat sie geschrien, ›die gehören da nicht hin!‹ Dann hat sie das Bild zerrissen und ist auf den Fetzen herumgetrampelt. Vera war furchtbar erschrocken, ich konnte sie kaum beruhigen. Herr Franzen«, eindringlich redete Frau Hillesheim nun auf ihn ein, und ihm schwirrte schon der Kopf wegen der Flut an Informationen, »bei Ihrer Frau bin ich auf taube Ohren gestoßen … Bitte nehmen wenigstens Sie mich ernst. Ihre Tochter prophezeit den anderen Kindern verrückte Dinge. Und ja, bisher sind zwei eingetreten, auch wenn das sicher Zufälle waren. Außerdem ist sie völlig unberechenbar. Ich weiß nicht, was Hermine umtreibt, was sie spürt oder nicht. Und ehrlich gesagt: Ich will es auch gar nicht wissen!« Karin Hillesheim machte eine wirkungsvolle Pause, während der sie ihn unverwandt ansah. »Ich weiß nur, dass sie sich selbst damit schadet, die Kinder zu beunruhigen. Das muss aufhören.«

Hans nickte langsam.

»Da haben Sie sicher recht«, pflichtete er ihr leise bei.

»Na gut, dann sag ich eben nichts mehr!« Hermine war plötzlich aufgesprungen. »Aber ich hab nicht gelogen! Ich hab immer die Wahrheit gesagt!« Sie lief zur Tür, griff hoch zur Klinke, drückte sie herunter und rannte aus dem Zimmer.

Hans fand sie im Flur an der Garderobe. Sie hatte sich hinter den dort hängenden Regenjacken versteckt. Wütend funkelte sie ihn aus verweinten Augen an. Der Eingangsbereich des Kindergartens hatte sich inzwischen geleert; die meisten Kinder waren abgeholt worden. Nur die Hortkinder spielten in einer Ecke, wo ein Schaukelpferd und eine Kiste mit Bauklötzen standen.

»Komm, Minchen«, sagte er behutsam. »Wir fahren nach Hause. Ich bin extra mit dem Auto gekommen, um dich abzuholen. Ist das nicht toll?« Hermine liebte es eigentlich, in dem schnittigen Opel mitzufahren.

»Frau Hillesheim ist böse! Und du auch!« Hermine drückte sich an die Wand. Sie umklammerte ihre Kindergartentasche aus rotem Kunstleder und machte keine Anstalten mitzugehen. »Und die anderen Kinder sind dumm! Warum sehen sie nicht, was los ist, so wie ich?« Hilflos sah sie zu ihm auf.

Er ging in die Knie und hockte sich vor sie.

»Es ist nicht immer gut, anderen zu sagen, was man für die Wahrheit hält«, formulierte er vorsichtig. »Oft müssen sie es selbst herausfinden, um es annehmen zu können.« So wie ich mit dir, dachte er bei sich. Ich habe selbst feststellen müssen, dass du das Kind eines anderen bist, um zu lernen, damit umzugehen.

Und konnte es einen aussagekräftigeren Beweis als diesen hier geben, dass Hermine offenbar über besonders sensible

Antennen verfügte, die normalen Menschen nicht zugänglich waren? Christa hatte ihm in ihrer Kindheit mit einem stolzen Unterton in der Stimme erzählt, dass dieser Hermann Weyrich auch so ein vergeistigter Junge gewesen war. Das »zweite Gesicht« habe er gehabt, wie seine Großmutter. Diese Gabe liege in der Familie. Hans hatte damals nur die Augen verdreht, und der unbekannte schlesische Junge war ihm noch unsympathischer geworden. Was für ein Angeber, hatte er gedacht.

Hans ahnte, warum seine Frau ihm nichts von den Beschwerden im Kindergarten erzählt hatte. Das schreckliche Gefühl, verraten worden zu sein, schwoll in ihm an, bis seine Eingeweide schmerzten. Bislang hatte er sich immer noch vorgemacht, Christa wisse selbst nicht genau, ob er oder der Schlesier Hermines Erzeuger war, doch nun vermutete er, dass sie ihm die Wahrheit all die Jahre bewusst vorenthalten hatte.

»Ich hab ja schon gesagt, dass ich nichts mehr sage! Nie mehr!«, stieß Hermine jetzt aus. »Aber du glaubst mir, Papa, ja? Mama sagt immer bloß, ich rede Quatsch!« Ihre Augen füllten sich erneut mit Tränen.

»Ja, ich glaube dir«, erwiderte er mit erstickter Stimme, denn er spürte Hermines Qual und konnte sie kaum ertragen, »aber lass uns jetzt gehen. Bitte.«

»Danke, Papa!«, rief sie und sprang ihm in die Arme. »Ich hab dich so lieb!« Fast hätte sie ihn umgeworfen, denn er hockte ja noch vor ihr. Er drückte sie an sich und stand dann mit ihr im Arm auf.

»Komm, meine Kleine«, murmelte er in ihr Haar. »Wir fahren Opel Diplomat.«

Er setzte Hermine zu Hause ab und hauchte seiner Frau, die ihm das Tor zur Einfahrt geöffnet hatte, einen flüchtigen Kuss auf die Wange. »Ich muss weiter zur Baustelle«, murmelte er nur und floh schnell wieder in den Wagen.

Nachdem er den Außentermin mit nur halber Konzentration hinter sich gebracht hatte, nistete sich auf der Heimfahrt erneut der Verdacht in ihm ein, dass Christa sich der Folgen ihres Seitensprungs durchaus bewusst war und ihm absichtlich ein Kind untergeschoben hatte. Durch den Nieselregen fuhr er in Richtung Schienen. Zum ersten Mal überlegte er, seine Frau darauf anzusprechen. Aber wie sollte er das um Himmels willen anstellen?

Christa empfing ihn mit blasser Miene.

»Stell dir vor, was heute in München bei den Olympischen Spielen passiert ist«, sprudelte es aus ihr heraus. »Ich habe vor dem Fernseher gesessen und Wäsche gefaltet … Mehrere Sportler der israelischen Mannschaft sind von palästinensischen Terroristen als Geiseln genommen worden, zwei haben sie direkt umgebracht. Sie verlangen die Freilassung von deutschen Terroristen. Wo soll das noch hinführen?«

Hans nahm sie tröstend in die Arme. Christa hatte panische Angst vor dem um sich greifenden Terrorismus und einer möglichen Gefährdung des Friedens im Land.

Dass Deutschland zerschnitten in zwei Staaten war, von denen einer vom anderen abgeschottet wurde, nahm sie dagegen billigend in Kauf. Schlesien war ja sowieso verloren.

»Hauptsache, nie wieder Krieg«, lautete ihre Parole. Dass ein Krieg in Deutschland von innen durch die RAF angezettelt werden könnte, ließ sie zittern. »Diese Verbrecher!«, klagte sie des Öfteren. »Sperrt sie endlich alle weg!«

Mit ihrer ältesten Tochter war sie darum schon in Streit geraten.

»Man sollte lieber erst mal die ganzen alten Nazis wegsperren, die im Staat und in der Justiz noch das Sagen haben«, hatte die nicht einmal zwölfjährige Johanna von oben herab gesagt. »Du machst es dir ganz schön leicht, Mama!«

Hans wusste es besser: Christa fürchtete sich vor einem weiteren Krieg, weil sie die Folgen des letzten immer noch nicht bewältigt hatte. Die Seele seiner Frau war durch ihre Erlebnisse auf der Flucht und die Ächtung danach beschädigt worden. Alles war in Christas Augen besser als Krieg, sogar Verleugnung und Heuchelei.

Nun hielt er sie fest in seinen Armen und streichelte begütigend ihren Rücken.

»Erzähl es mir gleich ganz in Ruhe, ja? Das alles ist weit weg in München. Mach dir keine Sorgen.«

Erst nachts fiel Hans wieder ein, dass er Christa Hermines wegen hatte auf den Zahn fühlen wollen.

Erschöpft waren sie ins Bett gefallen, nachdem sie die Nachrichten vom Ausgang der Geiselnahme bei den Olympischen Sommerspielen bis zum bitteren Ende verfolgt hatten: Bei der Befreiungsaktion durch die Polizei waren alle neun Sportler getötet worden, ebenso ein deutscher Polizist und fünf der acht Geiselnehmer. Der Einsatz war gründlich in die Hose gegangen.

Christa lag verängstigt in Hans' Armen. Die Regierung unter Willy Brandt sei offenbar völlig überfordert mit der Terrorgefahr, hatte sie gesagt. Schützend hielt er sie fest und wärmte ihren Körper mit seinem.

Er machte sich bewusst, wie glücklich er sich schätzen konnte, Frau und Familie zu haben. Nichts war wichtiger als das, und er beschloss, Hermines Herkunft nie mehr in Frage zu stellen, geschweige denn Christa damit zu konfrontieren. Hermine war seine Tochter, so wie Johanna und Heike. Basta.

Er hoffte nur, dass Hermine sich ab sofort wie ein normales Kind benehmen würde. Wenn sie nirgendwo mehr aneckte, würde auch niemand mehr ihr Verhalten kritisieren und damit ungute Gedanken in ihm aufwühlen.

In späteren Jahren dachte Hans manchmal, dass er mit seiner hohen Erwartung einen permanent unterschwelligen Druck auf Hermine ausgeübt hatte. Trug er damit eine Teilschuld am Ausbruch und katastrophalen Verlauf ihrer Krankheit? Viel zu lange hatten Christa und er erfolgreich geleugnet und verdrängt, wie anders ihre dritte Tochter war. Hätte ein offener Umgang geholfen, ihre Erkrankung im Keim zu ersticken?

4

Freitagmittag

Mama hatte ihre berühmte Erbsensuppe gemacht. Es tat gut, sich mit etwas Heißem aufzuwärmen, denn es wurde merklich kälter. Das triste Winterwetter störte mich nicht weiter; durch meine beruflich bedingten Reisen bekam ich mehr als genug Sonnenstunden im Jahr. Meine Haut dankte mir die kleine Pause.

Johanna war aus Berlin um diese Jahreszeit extremere Kälte gewöhnt.

»Ich finde es, ehrlich gesagt, ziemlich mild zurzeit«, sagte sie achselzuckend, als Heike über das Wetter mäkelte, und stippte ihr Brot in die Suppe, die Mama extra für sie ohne Speck oder Würstchen zubereitet hatte. »Trotzdem gebe ich dir recht, dass wir es uns heute Nachmittag drinnen gemütlich machen sollten.«

»Wir könnten uns ja Papas alte Familienalben anschauen«, schlug ich vor und schaute unseren Vater an, »als Onkel Wolfgang und du Kinder wart und Oma und Opa noch lebten.«

»Du weißt, da gibt es nicht viel«, gab unser Vater zu bedenken. »Im Krieg und in der Nachkriegszeit hatten unsere Eltern wenig Sinn dafür, Fotos zu knipsen.«

»Ein paar Bilder hast du aber, das weiß ich. Und auf einem ist im Hintergrund sogar Mama zu sehen, mit langen dunklen Zöpfen.« Heike kicherte. »Als kleine Mädchen haben Johanna und ich uns darüber kaputtgelacht. Mama mit Zöpfen, das fanden wir zu witzig!«

Unsere Mutter verzog das Gesicht, als hätte sie in eine Zitrone gebissen.

»Ich kann von Glück sagen, dass mir die Haare im Flüchtlingslager nicht abgeschnitten wurden! Überall grassierten Kopfläuse, aber ich hatte gottlob keine.«

»O ja, das kenne ich aus der Kita«, seufzte Heike. »Läuse sind einfach ekelhaft. Es juckt einem der Kopf, wenn man nur daran denkt.«

»Seid mir nicht böse.« Unser Vater erhob sich steif und stützte sich dann schwer auf dem Küchentisch ab. Wieder fiel mir auf, wie sehr er in letzter Zeit gealtert war. »Ich mache ein kleines Nickerchen, bis ihr euch einig seid, ob wir nachher alte Bilder anschauen oder vielleicht doch lieber eine Runde Karten spielen wollen. Es ist immer so schade, dass es aus Mamas Kindheit keine Fotos gibt. Das macht die Sache ein wenig einseitig.«

»Stimmt.« Ich nickte. »So, ich räume den Tisch ab und fülle die Spülmaschine, da ich mich heute Morgen schon vor der Arbeit gedrückt habe. Raus aus der Küche mit euch! Mama, du auch«, wies ich schmunzelnd unsere Mutter zurecht, die sich schon ans Abräumen machen wollte. »Du ruhst dich jetzt auch ein wenig aus!«

Es dauerte nicht lange, bis die Küche blitzsauber war. Ich flitzte nach oben. Heike lag auf ihrem Bett und schlief. Leise tappte ich zur Tür hinein, zog Hermines Tagebuch aus meiner Reisetasche, stopfte es mir unter den Pulli und sauste zurück in die Küche. Da Johanna sich in ihr Zimmer im Keller und meine Eltern ins Wohnzimmer zurückgezogen hatten, würde ich hier am ehesten lesen können, ohne dass jemand es mitbekam.

20. Juni 1978

Johanna ist doof! Doof, doof, doof! Sie behandelt mich von oben herab, bildet sich wer weiß was auf ihre Schulnoten ein und hört dauernd laute Musik in ihrem Zimmer im Keller. Ihr Freund ist Tag und Nacht bei ihr. Bäh! Sie knutschen rum und machen noch andere eklige Sachen. Ich habe durchs Schlüsselloch geschaut, aber nicht lange. Mir wurde schlecht, und es war mir peinlich. Ich versuche, nicht mehr dran zu denken. Puh!

Johanna nimmt mir immer noch übel, dass ich mit Mamas Küchenmesser HF in den Stamm des Apfelbaums geritzt habe. Ein paarmal bin ich hochgeklettert, so wie sie früher, aber ich fand es stinklangweilig da oben. Was soll daran so toll sein? Und wenn ich zu lange im Baum hocke, sehe ich wieder diese Landschaft. Die Sehnsuchtslandschaft, von der ich nicht weiß, wie sie in meinen Kopf kommt.

Jedenfalls hasst Johanna mich, warum auch immer. Sie findet sogar die Musik und die Filme doof, die ich toll finde. Ich war letztens mit Tina und Anja in »Saturday Night Fever« mit John Travolta. Ein super Typ ist das. Ich war total hin und weg von dem Film. Wie klasse Travolta aussieht und tanzen kann. Astrein! Seitdem höre ich auf meinem Plattenspieler den Soundtrack rauf und runter. Und Johanna verdreht jedes Mal die Augen, wenn sie an meiner Zimmertür vorbeikommt. Auch Boney M. findet sie scheiße, stattdessen hört sie so verstaubte Sachen wie Janis Joplin, die schon lange tot ist, oder die Doors, von denen der Sänger genauso mausetot ist. Oder Jimi Hendrix. Auch der liegt schon ewig unter der Erde.

Ich verstehe nicht, was man daran finden kann. John Travolta ist viel süßer! Und quicklebendig! Außerdem erinnert er mich an den Mann mit den schwarzen Haaren und traurigen Augen, den ich manchmal vor mir sehe. Irgendwas habe ich mit dem zu tun, aber was, das kann ich nicht sagen.

Dieser Mann, den Hermine zu sehen glaubte, war neu. Welche Verrücktheiten meiner Schwester würden mir in diesem Buch noch begegnen? Wieder machte ich mir bewusst, dass sie gerade mal zehn Jahre alt gewesen war, als sie das hier schrieb, und doch schien ihre Schizophrenie mit Wahnvorstellungen bereits weit vorangeschritten zu sein.

Ich musste an meinen Lieblingsprofessor aus den zwei Semestern Psychologiestudium zurückdenken, die ich vor meiner Ausbildung zur Reiseverkehrskauffrau an der Uni verbracht hatte. Ich hatte geglaubt, Psychologin werden zu wollen, doch mein Interesse an dem Studium erlahmte schnell; ich fand es langweilig und zu theoretisch. Nur Professor Thelen begeisterte mich. Er war lange Jahre Leiter einer psychiatrischen Klinik gewesen, bis er sich entschloss, an der Universität zu lehren, und dozierte über die Ursachen, den Verlauf und die Behandlung von Psychosen. Er konnte einen reichen Erfahrungsschatz vorweisen und beeindruckte mich damals sehr.

Er sprach davon, dass man inzwischen wisse, dass es eine genetische Vulnerabilität für Psychosen gab. Ich ließ mir das Wort auf der Zunge zergehen, weil ich es sexy fand, wie er es mit seiner tiefen Stimme aussprach. Diese Anfälligkeit bedeute jedoch nicht, dass es zwangsläufig zum Ausbruch einer Schizophrenie, bipolaren Störung oder Depression kommen müsse, erklärte er weiter und schob die Brille auf seiner Nase höher. Ich fand ihn wahnsinnig attraktiv mit seinen grauen Schläfen und den klugen blauen Augen und hing auch deshalb an seinen Lippen. Dann benannte er traumatische Erlebnisse und schwierige Ablösungsprozesse in der Jugend als maßgebliche Auslöser für die Manifestation einer Psychose. Heute war ich froh, mir diese Details gemerkt zu haben.

Ich wandte mich wieder dem Tagebuch zu. Der nächste Eintrag, den ich las, war mit violetter Tinte geschrieben und aus dem Jahr 1982. Hermine hatte fast vier Jahre lang nichts mehr in ihr Tagebuch geschrieben! Ihre Schrift hatte sich stark verändert. Aus den kindlichen, runden und manchmal unsicheren Bögen war ein wildes Gekritzel geworden. Die Buchstaben schienen allesamt nach rechts oben zu fliehen, viele Worte endeten in ungeduldigen Strichen oder Wellen, so als hätte Hermine sich nicht die Zeit nehmen können, sie auszuschreiben. Ihre Schrift zu entziffern war mühsam.

Mein Blick auf die leise tickende Wanduhr sagte mir, dass gerade mal eine Viertelstunde vergangen war. Im Haus herrschte nach wie vor Ruhe. Mit ein wenig Glück verblieb mir noch eine Stunde zum Lesen.

Ich beschloss, mir einen Tee zu machen, und wärmte mir die Hände an dem Henkelbecher. Die Pfefferminze belebte mich; nach einigen vorsichtigen Schlucken vertiefte ich mich wieder in das Tagebuch.

19. Februar 1982
In meinem Kopf herrscht manchmal ein Durcheinander wie bei einem Zauberwürfel, den ich nicht lösen kann. Ein Chaos aus bunten Feldern! Und egal wie sehr ich mich bemühe, ich kriege keine Ordnung hinein. Wie gern wäre ich wie Johanna, klug, organisiert und so … sortiert. Der Zauberwürfel in ihrem Kopf ist längst säuberlich in sechs gleichfarbige Seiten aufgeteilt. Und selbst wenn er es nicht wäre, sie könnte ihn in Sekundenschnelle ordnen. Und schon hätte sie Klarheit! Warum bin ich nicht so? Stattdessen bin ich mir selbst ausgeliefert. Es kommt einfach über mich. Ich spüre was, ich höre Stimmen, ich sehe Menschen, die für andere nicht da sind. Ich kann das nicht steuern, und es macht mich wahnsinnig!
Ich hüte mich, das irgendwem mitzuteilen. Wie wunderbar wäre es, endlich jemanden zu treffen, der so ist wie ich und es

mir erklären könnte! Aber den gibt es wohl nicht. Ich bin allein.
Aber was grüble ich? Ich muss doch Hausaufgaben machen! Eigentlich … Was ödet mich die Schule an, und meine Klassenkameradinnen nerven einfach nur! Alles eingebildete Tussis! Mit keiner von denen kann ich was anfangen, auch nicht mehr mit Caro. Sie hat Susi und Danni gesteckt, dass ich mit mir selbst reden würde.
Die blöde Kuh hat überhaupt keine Ahnung. Ich führe nie Selbstgespräche, aber das habe ich natürlich nicht richtiggestellt, darf ich ja nicht, sonst halten mich alle für noch beknackter. Hausaufgaben also … Nee, habe ich überhaupt keinen Bock drauf! Lieber schreibe ich hier rein.
In Geschichte haben wir heute nichts aufgekriegt. Schade, die Hausaufgabe hätte ich glatt gerne gemacht, denn die Doppelstunde war echt superinteressant. Wir haben den Ausbruch des Zweiten Weltkriegs unter Adolf Hitler durchgenommen, wie die Wehrmacht in Polen einfiel, aber auch, wie die Juden verfolgt wurden und so.
Die Brinkmann hechelt das Thema leider in einem Affenzahn durch. Sie hat den Krieg als Kind selbst noch erlebt. Vielleicht ist es ihr peinlich, dass alle damals Nazis waren. Womöglich fand sie »den Führer« ja selber toll. Etliche meiner Mitschülerinnen haben natürlich sofort abgeschaltet, die finden Geschichte langweilig. Aber ich war ganz Ohr, weil mich alles total gefesselt hat.
Unglaublich, wie die Juden zum Feindbild und in Deutschland fast komplett ausgerottet wurden. Viele von ihnen waren wohlhabend. Wer Geld hat, braucht für Neider nicht zu sorgen. Und Gier ist eine starke Kraft! Wie perfide die Nazis Anti-Juden-Propaganda betrieben haben, um sich später an den Kunstschätzen der Deportierten zu bereichern!

Aber nicht nur die Juden sind in den Konzentrationslagern gelandet und vergast worden, sondern auch Diebe, Zigeuner, Homosexuelle, Behinderte und psychisch Kranke. Jeder, der unbequem und lästig war. Wenn Menschenverachtung zum Programm wird, dann braucht sie ständig neues Futter. So ist das wohl. Und die Schwächsten und die Freaks werden zuerst verfüttert.
Ob man mich damals auch deportiert hätte? Garantiert! Mir wird übel, wenn ich darüber nachdenke.
Wie haben wohl Mama und Papa die Zeit erlebt? Sie erzählen eigentlich nie davon.
Ich weiß, dass Mama schreckliche Angst vor einem Dritten Weltkrieg oder einer anderen Katastrophe hat, die sie aus ihrem Heim vertreiben könnte. Manchmal, wenn sie Nachrichten schaut, wird sie nervös und zappelig, vor allem, wenn es um das Wettrüsten zwischen Ost und West oder die RAF geht. Dann macht sie sich lieber in der Küche zu schaffen. Mit ihrem Töpfe- oder Geschirrgeklapper will sie dann den Nachrichtensprecher übertönen.
Und Papa meint immer nur, dass der Krieg eine harte Zeit war. Und in der Nachkriegszeit habe schrecklicher Hunger geherrscht. Seine Augen werden ganz starr, wenn er betont, dass den Deutschen so etwas wie Hitler und die NSDAP nie wieder passieren dürfe. Wenn er sagt, dass er hofft, »die Deutschen« hätten daraus gelernt, dann klingt es so, als sei er selber gar keiner.
Kaum vorzustellen, dass die Menschen hier nach dem Krieg gehungert haben sollen. Wie fühlt sich das an? Wenn dir der Magen knurrt und du nicht mal schnell ein Mars oder ein Raider verdrücken kannst, und schon geht's dir wieder gut?
Zu der Clique am Kaufhof, mit der ich in letzter Zeit rumhänge, gehört auch Zara. Sie isst extra nichts und liebt das

Hungergefühl. Dann fühlt sie sich frei und leicht wie eine Feder, sagt sie. Und sie glaubt immer noch, dass sie zu fett sei. Dabei sieht sie mit ihren hohlen Augen und eingefallenen Wangen aus wie ein Biafrakind. Ihre Rippen kann man durchs T-Shirt sehen, als wäre sie ein Skelett.

Aber sie hat sich das Hungern immerhin selbst ausgesucht. Sie könnte essen, wenn sie wollte. Ab und zu tut sie das auch. Dann stopft sie sich mit allem voll, was der Kühlschrank hergibt. Und da ist viel drin. Ihre Eltern sind stinkreich und lieben leckeres Essen. Anschließend steckt Zara sich den Finger in den Hals und kotzt das gute Zeug wieder aus, damit es nicht ansetzt. Echt krank!

Und in der Dritten Welt hungern Millionen Menschen so wie damals die Leute nach dem Krieg. Die mussten auf den Äckern Kartoffeln stoppeln gehen, und oft konnten sie nachts vor Hunger kaum schlafen. Sie hätten sich bestimmt wie verrückt über einen vollen Kühlschrank gefreut, obwohl die gar nicht wussten, was ein Kühlschrank überhaupt ist. Gab's nämlich früher nicht.

Ich fühle mich echt wohl bei den Punks am Kaufhof. Sie sind Freaks wie ich. »No future« lautet unser Motto. Irgendwann kracht es garantiert zwischen den Großmächten in West und Ost, es gibt einen Dritten Weltkrieg, und alles ist aus. Falls wir die Umwelt bis dahin nicht sowieso schon zerstört haben. Saurer Regen, verseuchte Lebensmittel, Atomkraft … Die Menschheit löscht sich selbst aus.

Zurzeit finden viele Friedensdemos statt. Auch für den Umweltschutz, gegen Atomkraftwerke und schnelle Brüter gehen die Leute auf die Straße. Ich finde das gut, aber ob es was nützt?

Die Menschen während des Zweiten Weltkriegs und in der Nachkriegszeit hatten andere Probleme. Es ging ums pure

Überleben und darum, wie man mit der kollektiven Schuld umgehen sollte.
Mit Ratte und Tom habe ich nach der Schule darüber gequatscht, und wie es kommt, dass es heute wieder 'ne Menge Nazis gibt, Skinheads und Neonazis, die sogar den Holocaust leugnen! Tom und Ratte kapieren auch nicht, wie man so verblendet sein kann. Ratte z.B., der ist auf Stoff und lebt auf der Straße, aber er hat seine Prinzipien. »Alle Nazis kriegen 'ne Klatsche von mir! Das ist Abschaum«, sagt er. Er war wegen seiner Drogensucht schon im Knast. Ich mag ihn. Er hat traurige Augen.
Tom wohnt mit Miri in einer winzigen Kellerwohnung von einem Hochhaus. Die beiden haben so was Melancholisches an sich, und das ist es, was mich anzieht. Ich finde es ehrlicher, als immer gute Miene zum bösen Spiel zu machen.
Den Mädchen in meiner Klasse nehme ich ihr albernes Gekicher und ihre verkrampfte gute Laune jedenfalls nicht ab. Tief in ihrem Inneren sind sie einsam und unsicher, das spüre ich.
Vielleicht ist die triste Grundstimmung, die hinter allem lauert, immer noch auf die Nazizeit zurückzuführen, auf die Verbrechen gegen die Menschlichkeit, die wir begangen haben oder geschehen ließen und die sich nach lächerlichen siebenunddreißig Jahren seit Kriegsende nicht vergessen lassen. Die Schuld ist noch da. Sie nervt zwar, verschwindet aber deshalb nicht. Gras wächst auch nicht schneller, wenn man dran zieht.
Gerade höre ich eine Platte von den Sexpistols. »No future« singt Sid Vicious, der sich vor drei Jahren mit einer Überdosis umgebracht hat. No future – ob das die Menschen am Ende des Zweiten Weltkriegs auch geglaubt haben, als Deutschland kapitulieren musste? Die Städte waren zerbombt, viele Soldaten gefallen, die Juden verjagt, deportiert und ermordet. Chaos pur!

Wie seltsam muss es für Mama sein, dass ihre Heimat heute nicht mehr zu Deutschland gehört, man dort polnisch spricht und alle Deutschen fort sind. Ob sie sich manchmal fragt, wer in ihrem Haus lebt oder ob es überhaupt noch steht? Ich werde sie damit nicht löchern.
Mama ist ein zutiefst trauriger Mensch. Sie hat ihren Kummer in sich verschlossen wie in einer Walnussschale, aber ich kann ihn fühlen wie meinen eigenen.
Leider mache auch ich ihr Sorgen. Sie hätte mich gern taff und selbständig wie Johanna oder sozial und warmherzig wie Heike, Hauptsache normal. Nichts davon bin ich, egal wie sehr ich mich anstrenge.
Warum bin ich so anders als der Rest? Wenn Mama und Papa wüssten, dass ich manchmal die Schule schwänze oder dass ich schon gekifft habe und Schnaps trinke!
Das Kiffen ist mir gar nicht bekommen. Ich dachte, jetzt löse ich mich komplett auf. Ich hockte auf Toms und Miris dreckigem Sofa mit den Katzenhaaren drauf und den Brandlöchern drin und dachte doch tatsächlich, ich werde ein Teil dieses ekligen Sofas! Meine Beine und mein Rücken verschmolzen mit dem braunen Stoff zu einer stinkenden Masse. Es war schrecklich! Nein, das brauche ich nicht mehr. Ich muss eh schon aufpassen, dass ich mich nicht verliere.
Alkohol schottet mich von der anderen Welt ab; das ist geil. Ich höre im Suff weder Stimmen, noch sehe ich Leute, die für andere unsichtbar sind. Aber deshalb kann ich mich doch nicht jeden Tag besaufen!
Ach, Papa, wenn du wüsstest, wie ich mich manchmal fühle! So verloren, so klein. Ich habe auch schon darüber nachgedacht, mich umzubringen und meiner Familie einen Abschiedsbrief zu hinterlassen. Aber was schreibe ich rein? Ich könnte ihnen ja doch nichts erklären. Außerdem lebe ich eigentlich ganz gerne.

Ich nahm noch einen Schluck Tee und erschauderte – er war inzwischen eiskalt geworden.

Hermines Jugend schien eine einzige Achterbahnfahrt gewesen zu sein, mal war sie zerfressen von Selbstzweifeln, dann wieder von Hoffnung beseelt. Etliches war natürlich typisch für eine Pubertierende, die weder Fisch noch Fleisch ist. Viele ihrer Stimmungsschwankungen konnte ich gut nachvollziehen; ich erinnerte mich, ähnlich extrem empfunden zu haben. Aber anders als Hermine hatte ich als Teenager meine Familie niemals in Frage gestellt. Meine Eltern und erwachsenen Schwestern waren wie ein Sicherheitsnetz für mich gewesen, manchmal lästig, aber immer ein verlässlicher Schutz. Und ich war fest davon ausgegangen, dass sie mich akzeptierten, wie ich war. Vielleicht lag es daran, dass meine Schwestern sämtliche Grabenkämpfe lange vor mir ausgefochten hatten. Der Zusammenhalt der Familie war erprobt, nicht zuletzt leider aufgrund Hermines viel zu frühen Todes.

Unwillkürlich musste ich über die Folgen meines Status als Nesthäkchen schmunzeln. Ich war ein verwöhntes, eingebildetes Ding gewesen. Gleichzeitig tat mir Hermine in ihrer Not unendlich leid. Gespannt schlug ich die nächste Seite auf.

6. Juli 1982

Ich fliege von der Schule. Die Lehrer finden wohl, dass ich nicht auf ihr elitäres Mädchengymnasium passe! Erst haben sie mich wegen der vielen Fehlzeiten und der Sechs in Religion nicht versetzt, und dann das! Mama und Papa kamen ganz blass von dem Gespräch mit der Direktorin zurück. Die blöde Kuh! Ich hasse sie sowieso, und auf die Schule pfeife ich. Seit vorgestern schon, als ich ein Gespräch mit der Schmitz hatte. Ich sei überengagiert und steigere mich auf ungesunde Weise in Dinge hinein. Pah!

Die Lehrer sollen sich doch freuen, wenn Schülerinnen echtes Interesse für den Schulstoff zeigen und eigenständig denken. Die Schmitz hat mir in Religion nur eine Sechs gegeben, weil sie die Wahrheit nicht vertragen kann! Marias Jungfrauengeburt zum Beispiel, selten so einen Schwachsinn gehört. Kommt in der Natur einfach nicht vor! Oder die Sache mit Jesu Auferstehung. Als ich die in meinem Referat mit dem hinduistischen Glauben an die Wiedergeburt verglichen und beides als abwegig bezeichnet habe, ist die Schmitz total ausgeflippt. Auf der Auferstehung begründe sich die Kirche, hat sie gebrüllt. »Was du da von dir gibst, ist Blasphemie!«

Ich musste lachen, und etliche meiner Klassenkameradinnen konnten sich ein Kichern auch nicht verkneifen.

»Und was Sie von sich geben, ist gequirlte Scheiße«, habe ich erwidert. »Wer tot ist, ist tot und kehrt nicht in einem irdischen Körper wieder.«

In dem Moment rief Caro dazwischen, dass ich ihr doch vor kurzem gestanden hätte, mit Toten sprechen zu können. Das stimmt, aber sie hatte versprochen, es nicht weiterzusagen! Ich hab mich ihr anvertraut, weil ich gehofft habe, dass sie mir helfen könnte zu verstehen, was ich höre und sehe. Wie ätzend von ihr, mich in der Klasse vor allen bloßzustellen!

Mir schossen vor Wut die Tränen in die Augen. Ich wollte es ihr heimzahlen und behauptete, dass mir ihre Schwester Natalie erschienen sei, die als kleines Mädchen an Leukämie verstorben ist.

Caro wurde ganz bleich im Gesicht, und ich freute mich diebisch.

»Aber natürlich ist sie deshalb nicht wieder lebendig«, setzte ich nach. »Von ihrem Körper dürften ja inzwischen nur noch Knochen und Haare übrig sein!« Ich fand es genial, mir die Begegnung mit Natalies Geist auszudenken.

Eigentlich bin ich mir ja selbst gar nicht sicher, woher die Stimmen und auch die Gestalten, die ich ab und an sehe, kommen. Ich kann mir die ungeheuer reale Präsenz, die ich spüre, nicht richtig erklären. Aber ob es wirklich Geister sind? Keine Ahnung!

Als ich all die erschreckten Gesichter um mich herum sah, beschloss ich, meine Geschichte auf die Spitze zu treiben. »Überall hier sind die Seelen der Verstorbenen«, rief ich und spürte plötzlich die Macht, die ich über die anderen Mädchen hatte. »Nicht nur Jesus! Aber auferstanden ist noch keiner!«

Dann nannte ich die Auferstehung Christi eine Verarschung der Kirche, woraufhin die Schmitz mich aus der Klasse warf. Während sie mich brutal am Arm packte und aus dem Klassenzimmer schob, faselte sie was davon, dass die Bibel die Leitlinie der Schule sei und dass mein Verhalten ein Nachspiel haben würde.

Bevor die Tür zuschlug, konnte ich noch das hämische Grinsen in den Gesichtern meiner Mitschülerinnen sehen, doch das war mir scheißegal.

Hermines lebendige Beschreibung der Szene im Klassenzimmer brachte mich zum Grinsen. Meine Schwester schien eine imposante Persönlichkeit gewesen zu sein, die sich einiges getraut hatte. In den heiligen Hallen einer erzkatholischen Schule Jesu Wiederauferstehung als reine Erfindung abzutun war nicht nur mutig, sondern geradezu tollkühn. Andererseits war mir klar, dass sie sich mit ihrer provokanten Art bloß selbst ins Aus schoss. Hatte sie das nicht erkennen können oder ihr Scheitern bewusst in Kauf genommen? Und wie sie bei ihren Klassenkameradinnen angeeckt war! Diese Caro schien ihr keine gute Freundin gewesen zu sein. Ich hatte in ihrem Alter problemlos Freundinnen gefunden, die mich mochten und gern mit mir zusammen waren. Aber im Gegensatz zu Hermine litt ich auch nie unter verstörenden Halluzinationen. Wenn ich meinen Freundinnen etwas anvertraute, war es um Streitigkeiten mit meinen Eltern, schlechte Noten in meinem Hassfach Physik oder um Liebeskummer gegangen, ganz typische Dinge eben, die meine Freundinnen ebenso beschäftigten wie mich.

Hermine war den Mädchen ihrer Klasse anscheinend schon aufgrund ihrer Besessenheit, mit der sie sich auf manche Themen stürzte, unheimlich gewesen. Und sie machte es mit ihren hanebüchenen Geistergeschichten nur noch schlimmer. Ich seufzte und wünschte mir, sie hätte sich ein wenig zusammenreißen können, denn ich glaubte nicht daran, dass Hermines Punkerfreunde am Kaufhof ihr eine bessere Gesellschaft waren als ein naiver Haufen pubertierender Geschlechtsgenossinnen.

Erst draußen auf dem Weg zu meinen Freunden am Kaufhof fiel mir auf, dass meine Jacke noch oben im Klassenzimmer über meinem Stuhl hing. Ratte war da und hockte mit einer Bierflasche in der Hand auf der Lehne unserer Bank. Neben ihm saß ein blondes Mädchen, das ich noch nie gesehen hatte. Sie war zierlich und wirkte sehr zerbrechlich in den engen Jeans, der Lederjacke und den Doc Martens. Sie war super hübsch.

Ratte stellte sie mir als Amber vor, aber sie verbesserte ihn sofort. Sie meinte, ihre Alten hätten einen Amitick und sie deshalb Amber genannt, aber sie fände Ambrosia schöner und viel passender. Ambrosia, die Speise der Götter. So soll ich sie nennen.

Ich finde, dass Amber eigentlich gut zu ihr passt, denn ihre Augen sind hellbraun gesprenkelt wie Bernsteine. Allerdings roch sie eigenartig, irgendwie orientalisch.

Bald waren wir jedenfalls mitten im Gespräch. Ratte hatte jeder von uns von seinem geschnorrten Geld eine Flasche Bier geholt, und ich war angenehm beduselt, aber irgendwann wurde mir kalt. Ambrosia merkte das und gab mir einen Pulli aus ihrem Rucksack. Das fand ich total lieb von ihr.
Sie hatte viel zu erzählen. Sie ist sechzehn und von zu Hause abgehauen, weil ihr Stiefvater sie missbraucht hat. Sie ist klug und taff, aber auch ziemlich abgedreht. Ich mag sie richtig gern.

Plötzlich ging die Küchentür auf, und meine Mutter stand im Rahmen.

»Oh, du bist hier, Brittakind, ich wollte uns schnell einen Kaffee kochen«, sagte sie und machte sich hinter meinem Rücken an der Arbeitsplatte zu schaffen. Ich hörte Wasser rauschen und Geschirr klappern.

Schnell schlug ich das Tagebuch zu und schob es unter die Tageszeitung, die neben mir auf der Küchenbank lag.

Mama interessierte sich aber offenbar nicht dafür, was ich las. Sie war selbst nie eine große Leserin gewesen. Fiktion fand sie überflüssig, und Tatsachenberichte scheuchten sie auf. Meine Mutter hatte in ihrer Kindheit und Jugend so viel Unglaubliches und Schreckliches erlebt – zumindest entnahm ich das ihren vagen Andeutungen –, dass sie weitere aufregende Geschichten weder brauchen noch verarbeiten konnte.

Später taten wohl die ständigen Sorgen und die Trauer um Hermine ihr Übriges, um aus ihr eine Frau zu machen, die einfach ausblendete, was ihr zu viel wurde.

Ich, der Nachkömmling, hatte als Jugendliche davon profitiert. Wenn ich mich einigermaßen regelkonform verhielt, ließ sie mich schalten und walten, wie ich wollte. Meine Freundinnen beneideten mich darum. Im Umkehrschluss war mir meine

Mutter allerdings oft unnahbar oder sogar kühl erschienen. Doch irgendwann begriff ich, dass das nichts mit mir oder ihrer Liebe zu mir, sondern nur mit ihr selbst zu tun hatte.

Christa

Wenn die Sonne hoch am Himmel stand, die Vögel zwitscherten und die reifen Weizenähren im lauen Sommerwind wisperten, dann konnte Christa sich überhaupt nicht vorstellen, dass in Deutschland Krieg war. In sanften, wogenden Hügeln breiteten sich die Kornfelder bis zum Horizont aus. Ein kleines Wäldchen, in dem zwischen Heidekraut ein kleiner Teich versteckt war, lag wie eine Insel mitten in den Ländereien der Weyrichs.

Genau dorthin wies Hermann gerade mit dem Finger.

»Schau«, sagte er. »Siehst du die Ricke und ihr Kitz?«

Christa folgte seinem Blick und staunte.

»Ja«, hauchte sie. »Wie niedlich!«

Die Rehe hoben sich kaum vom bräunlich grünen Hintergrund der Büsche und Bäume ab, und die hellen Flecken im Fell das Kitzes erinnerten an Blätter, die im Sommerlicht flirrten.

Hermann lächelte und nahm sie an die Hand. Er war schon neun, während sie erst fünf Jahre zählte, jetzt im Sommer 1943. Er liebte es, sich um Christa zu kümmern, wenn keine anderen Pflichten auf ihn warteten.

Und in den Sommerferien gab es für ihn davon nicht allzu viele. Manchmal half er seinem Vater beim Mähen mit dem Traktor und der Mähmaschine, aber der war heute nach Lüben gefahren, um einen neuen Pflug abzuholen. Und seine dreijährige Schwester Inge hing sowieso immer am Rockzipfel ihrer

Mutter, sie brauchte ihn nicht. Christas Gesellschaft sei ihm eh lieber, hatte er ihr schon oft gesagt, und jedes Mal quoll ihr Herz über vor Stolz und Liebe.

»Komm, Christl, wir gehen zu den Ferkeln. Die kannst du wenigstens streicheln, das Rehkitz dort verschwindet gleich wieder mit seiner Mutter im Busch. Wildtiere haben Angst vor uns Menschen, und das ist auch gut so. Wir sind ihre größten Feinde.«

Feinde … Christa kannte das Wort gut. Es war oft vom »Feind« die Rede. Das waren die Russen, die Polen, Franzosen, Engländer und Amerikaner. Die Nationalitäten sagten Christa nichts, aber sie stellte sich den »Feind« immer vor wie den bösen Wolf aus »Rotkäppchen«, mit glitzernden Augen, scharfen Zähnen und einem heimtückischen Grinsen.

Ein anderer »Feind« war das Judenpack. Ihr Vater redete viel davon. Das Judenpack habe ihnen diese Misere eingebrockt, polterte er, und Christa wusste gar nicht, was er damit meinte. Aber Feind war Feind, also kriegten auch die Juden in Christas Phantasie ein böses langes Maul und blutgierige Augen.

Christas ganzes Denken und ihre Vorstellungskraft wurden von den Märchen beeinflusst, die ihre Mutter ihr vorlas, wenn sie abends im Bett lag und ihr kleiner Bruder Karl, der fast noch ein Baby war, schon schlief.

Das Märchen von Hänsel und Gretel jagte ihr einen Schauer nach dem anderen über den Rücken, denn die böse Hexe, die Kinder mit leckeren Lebkuchen anlockte, um sie zu mästen und zu verspeisen, erschien auch ihr als eine große Gefahr. Christa liebte Süßigkeiten über alles; die Hexe hätte leichtes Spiel mit ihr. Obwohl die Geschichte sie ängstigte, bat sie Mutti immer wieder darum, sie ihr vorzulesen. Längst kannte sie den Text auswendig.

Auch den »Froschkönig« liebte sie. Sie verstand allzu gut, dass die Prinzessin den Frosch lieber an die Wand warf, anstatt ihn zu küssen. Und es zahlte sich ja sogar aus, wie man wusste.

Er verwandelte sich in einen Prinzen. Christa hatte mit Hermann schon einige Frösche im Teich gefangen. Ihre Haut war glatt und kühl, schnell ließ sie sie wieder frei. Es ekelte sie vor der Berührung.

Das kleine Wäldchen mit dem verwunschenen Weiher darin war der Ort ihrer Phantasien. Zwischen dicken Heidekrautteppichen wuchsen unter hohem Mischgehölz rote Fliegenpilze und Walderdbeeren. Hierher verpflanzte Christa ihre Märchengestalten, ob Rumpelstilzchen, Schneewittchen und die sieben Zwerge oder Dornröschen. In den dunklen Schatten der Bäume und Büsche hinter dem sandigen Ufer versteckten sie sich alle: Prinzessinnen, Könige, Tiere, Fabelwesen und, so vermutete sie jedenfalls, wahrscheinlich auch die ominösen Feinde, die ihren Vater so erzürnten. Nur in Begleitung von Hermann wagte sich Christa zum Wäldchen. An seiner Hand fühlte sie sich sicher und geborgen.

Und nun führte er sie zu der Sau mit ihren Ferkeln, die erst ein paar Wochen alt waren. Mit blitzschnellem Griff schnappte er sich eines der quiekenden Kleinen aus dem Stroh und hielt es ihr hin. Verzückt streichelte sie die weiche rosafarbene Haut. Das Ferkel vergaß bald seine Angst und beschnüffelte sie neugierig. Sein feuchter Rüssel fuhr an ihrem nackten Arm entlang.

Christa lachte.

»Das kitzelt!«, rief sie aus.

Hermann lachte mit ihr. Dann setzte er das Ferkel wieder ab; schnell rannte es zurück zu seinen Geschwistern.

»Komm, wir pflücken ein paar Johannisbeeren«, schlug er vor. »Die schwarzen sind dick und süß.«

Sie liefen in den Obstgarten hinter dem Haupthaus des Hofes, wo hinter Birnen- und Pflaumenbäumen Johannis- und Stachelbeerbüsche lockten. Sie hockten sich hin und griffen nach den reifen Dolden. Eine Weile aßen sie schweigend. In

Christas Mundwinkeln sammelte sich der süßsäuerliche Saft. Sie leckte ihn mit der Zunge fort.

»Vater sagt, es könnte sein, dass wir den Krieg verlieren.« Hermann ließ seinen Blick hin zu den Rosenranken an der Rückseite des Hauses wandern. »Ich kann mir das gar nicht vorstellen.«

Christa konnte das erst recht nicht. Sie war viel zu klein, um zu begreifen, was der Unterschied zwischen Krieg und Frieden war. Ihre gesamte Welt bestand aus dem Hof, dem Verwalterhaus, dem kleinen Wäldchen und den Menschen, die sie kannte: ihre eigene Familie, die Weyrichs, die Mägde und Landarbeiter. In dieser Welt war alles in Ordnung.

Einmal, das war letztes Jahr im Frühling gewesen, hatte sie einen Spaziergang mit Mama und Karl in seinem Kinderwagen gemacht. An der Straße Richtung Glogau mussten sie warten, bis ein Trupp der Wehrmacht vorbeigezogen war. Christa winkte den Soldaten in ihren schmucken Uniformen und den Stahlhelmen zu. Viele der jungen Männer grüßten lächelnd zurück. Für Christa war es ein friedlicher Anblick, eine Parade netter Menschen, die sich um ihre Sicherheit kümmerten.

»Vater sagt, die Niederlage bei Stalingrad war die Wende zum Schlechten.« Hermann steckte sich mehrere Johannisbeeren auf einmal in den Mund. »Und dass die Russen sich nun an uns rächen wollen.«

»Die Russen? Du meinst Jurij und Fedor? Und wofür sollen die sich rächen?«

Hermann prustete los.

»Nein, die doch nicht, du dummes Ding. Die arbeiten doch für Vater und kriegen genug zu essen dafür.« Dann zog er die Augenbrauen zusammen. »Aber wer weiß? Sie sind nicht freiwillig hier, die Zwangsarbeiter. Und Fedor hat sogar Frau und Kinder in Russland.«

»Warum hat er sie dann nicht mitgebracht?« Christa begriff nicht, wie man einfach seine Familie im Stich lassen konnte. Eltern und Kinder gehörten doch zusammen.

»Na, weil Fedor als Kriegsgefangener hierhergeschafft wurde. Er hat für den Feind an der Front gekämpft und wurde von der Wehrmacht geschnappt, genau wie Jurij. Auch Jean, der Franzose, ist so zu uns gekommen.«

Langsam wurde Hermann ungeduldig, das merkte Christa genau, aber sie wusste nicht warum.

»Dann sind sie alle unsere Feinde?« Sie war fassungslos. Keiner von den gebräunten, schlanken Männern sah dem bösen Wolf auch nur im Entferntesten ähnlich. »Aber der Jurij ist doch immer ganz lieb zu mir. Er hat mir sogar mal aus einem Stock ein Püppchen geschnitzt. Und Jean pfeift mir manchmal ein Liedchen aus seiner Heimat vor.«

Hermann seufzte.

»Das verstehst du nicht. Bist wohl noch zu klein.« Er stand auf und klopfte sich die Erde von der kurzen Hose. »Ich geh zu Mutter. Es gibt gleich Mittagessen.«

Auch Christa ging nach Hause. Dabei machte sie einen großen Bogen um Astor, den Hofhund, der an einem Pflock neben dem Haupthaus angekettet war. Mit Schaudern erinnerte sie sich daran, wie er ihr einmal in den Arm gebissen hatte, weil sie ein Huhn, das aus dem Hühnerstall ausgebüxt war, vor ihm retten wollte. Die Narben an der Innenseite ihres Unterarms waren heute noch zu sehen.

Sie überquerte den Hof aus festgetrampelter, staubiger Erde und lief zum Verwalterhaus, das sich schräg hinter den Stallungen befand. Mutti kochte bestimmt gerade. Vielleicht durfte sie helfen. Doch seltsamerweise war die Küche leer. Kein Topf stand auf dem Herd. Weder Gemüse noch Kartoffeln lagen bereit.

»Mutti?«, rief Christa nach oben. »Mutti, wo bist du?«

Ein grauer Schopf erschien in der Tür zur guten Stube.

»Sie ist mit Karl beim Arzt«, sagte ihr Großvater Arnold und strich sich mit der Hand, die groß wie eine Bratpfanne war, über seinen Bart. »Der Alfons hat sie gefahren.«

Christa runzelte die Stirn. Warum brachte der Knecht der Weyrichs Mutti und Karl zum Arzt ins Nachbardorf? Heute Morgen war Karl doch noch ganz gesund gewesen.

»Dein kleiner Bruder hat hohes Fieber. Sie sind schon seit Stunden fort.«

»Und Vati?«

»Auf dem Feld, die Landarbeiter beaufsichtigen. So, mein Kind, und du setzt dich jetzt mal zu mir und sagst mir, warum du roten Saft am Kinn hast.« Er schmunzelte. »Habt ihr mal wieder Beeren genascht, Hermann und du?«

Abends waren Mutti und Karl zurück. Dem Kleinen ging es schon etwas besser, doch Mutti war immer noch sehr besorgt um ihn. Christa lag schon lange im Bett, als sie ihre Eltern unten in der Stube streiten hörte.

»Du hast mal wieder übertrieben«, schimpfte Vati. »Karl ist stark, ein tapferer, deutscher Junge. Aber du verzärtelst ihn wie ein Mädchen und machst eine Memme aus ihm.«

»Karl ist empfindsam«, hielt ihre Mutter dagegen. »Jede kleine Erkältung wirft ihn um.«

»Das nächste Mal, wenn er fiebert, machst du ihm Wadenwickel, anstatt einen der Knechte zu beanspruchen. Wir haben viel Arbeit auf den Feldern. Die Ernte muss eingeholt werden. Wir brauchen jeden Mann!«

»Aber Otto, es war ein Notfall und …«

»Halt den Mund, Anna. Du bist Karls Mutter, du wirst wohl selbst für ihn sorgen können. Und jetzt geh und lass mich allein!«

Christas kleiner Bruder Karl starb im Oktober 1944 an seiner dritten Lungenentzündung. Eines Mittags lag er tot in seinem Gitterbettchen.

Christa war vor kurzem eingeschult worden und noch ganz verstört von der unberechenbaren Strenge des alten Studienrates Tillner, den man wegen des Lehrermangels aus der Pensionierung zurückgeholt hatte. Sein liebstes Lehrutensil war der Rohrstock, mit dem er den Kindern auf die Finger oder – wenn sie in seinen Augen besonders aufsässig gewesen waren – sogar auf den Po schlug. Selbst vor den bravsten Schülern machte sein Zorn nicht Halt. Es schien, als würde er sie alle aus tiefstem Herz hassen – genau wie die Juden, die für ihn das Böse schlechthin verkörperten. Nur die Juden waren seiner Meinung nach schuld daran, dass die Alliierten deutsche Städte bombardierten. Nur das Judenpack würde es zu verantworten haben, falls Deutschland den Krieg verlöre.

Christa konnte Studienrat Tillners Hasstiraden nicht folgen und lebte in ständiger Angst vor seinen Schlägen.

Karls Tod realisierte sie zunächst gar nicht. Sie war inzwischen so sehr an die ständigen Erkrankungen ihres kleinen Bruders gewöhnt, dass sie Muttis Weinen und Klagen an jenem trüben Tag im Oktober überhaupt nicht ernst nahm.

Erst bei der Beerdigung, als man den winzigen Sarg in das rechteckige Loch im Boden hinunterließ und anschließend Erde darauf schaufelte, ahnte sie, dass Karl nicht mehr wiederkommen würde. Er würde es nicht schaffen, sich zu befreien, erkannte sie. Er musste wohl wirklich tot sein, was auch immer das bedeutete.

Nach der Bestattung flüchtete sie sich zu Hermann, der sie an die Hand nahm und mit ihr zum Wäldchen ging. Lange hockten beide am Weiher und schauten in das trübe Wasser, in dem sich ihre Gesichter undeutlich widerspiegelten.

»Du hast ja noch mich«, sagte Hermann und strich ihr über den Rücken. »Ich bin auch wie ein Bruder für dich, oder?«

»Nein«, widersprach sie. »Du bist mehr als ein Bruder. Du bist mein bester Freund.«

Spätestens Anfang 1945 schwante den Schlesiern, dass die Wehrmacht die Ostfront nicht würde halten können und dass das Deutsche Reich dann den Krieg verlöre. Große Teile Ostpreußens waren von den Alliierten besetzt, die immer weiter vorrückten. Die Angst vor der Rache der Roten Armee war groß.

In letzter Zeit hatte sich einiges in der Gegend verändert. Etliche Familien waren bereits fortgezogen, und die Schule blieb geschlossen. Christa und Hermann hatten viel mehr Zeit füreinander als sonst. Sie spielten oft miteinander oder unterhielten sich auch nur. Christas inzwischen fast elfjähriger Freund war sehr beunruhigt über die Situation im Land.

»Stell dir vor, was mir der alte Brückner erzählt hat, du weißt doch, dieser Kriegsveteran, der drüben bei den Grögers zur Miete wohnt.« Hermann schaute Christa zweifelnd an, so, als überlegte er, ob er ihr überhaupt weitersagen durfte, was er erfahren hatte.

»Du meinst den mit dem Holzbein?« Christa rückte ganz nahe an Hermann heran, um sich an ihm zu wärmen.

Die beiden saßen auf dicken Strohballen in einer Ecke der Scheune. Eisiger Wind pfiff draußen um die Mauern.

Der Januar 1945 war extrem kalt. Schnee und Eis hatten das Land fest im Griff. Christa fand es trotzdem wunderschön. Die tiefverschneite Landschaft wirkte unwirklich und märchenhaft.

»Ja, genau.« Hermann nickte und schaute ins Halbdunkel des Gebäudes, wo sich Strohballen hoch auftürmten. »Der hat doch bei der SS gedient und war beim Russlandfeldzug dabei, bevor eine Granate ihm das Bein zerfetzt hat. Ganz stolz hat er mir beschrieben, wie seine Division ganze Dörfer in der Ukraine dem Erdboden gleichgemacht hat. Wie sie Frauen und Kinder in Scheunen wie diese hier getrieben und diese dann versperrt und angezündet haben. Alle, die drin waren, sind bei lebendigem Leib verbrannt. Oder wie sie die männlichen Dorfbewohner erschossen oder aufgeknüpft haben. Wenn die Soldaten der Roten Armee das mit uns genauso machen, dann Gnade uns Gott.« Hermann schüttelte sich vor Grauen. »Vater meint, deshalb gehen wir bald von hier fort. Wir packen das Nötigste und fliehen, bevor uns die Russen einholen. Nach dem Krieg kommen wir zurück.«

Christa schüttelte hilflos den Kopf.

»Ihr wollt weg aus Schönefeld? Aber hier ist doch euer Zuhause ... euer Land. Alles. Das geht doch nicht!« Sie beschrieb mit ihren Armen einen weiten Bogen. Als sie Hermanns ernstes Gesicht sah, bekam sie es mit der Angst zu tun. Ihre Fingerspitzen begannen zu kribbeln, und ihr Magen ballte sich zu einem schmerzenden Klumpen zusammen. Er durfte sie nicht verlassen, das ging einfach nicht. Entsetzt schaute sie ihn an.

»Doch, es muss sein.« Hermann wirkte bestimmt und auf einmal sehr erwachsen. »Vater findet, es ist zu gefährlich in Schlesien. Und das finde ich auch, Christl. Er sagt außerdem, dass dein Vater auf Teufel komm raus hierbleiben will. Der ist ein sturer Dämlak, meint er. Der will nicht gehen. Das wird ihn und seine Lieben noch den Kopf kosten. – Vielleicht kannst du ja mal mit ihm reden. Oder du bittest deine Mutter darum.«

Christa runzelte zweifelnd die Stirn. Ihrer Einschätzung nach war es unmöglich, ihren Vater zu etwas zu bringen, das er nicht wollte. Und Mutti war garantiert nicht die richtige Person, um ihm die Leviten zu lesen. Aber dann fiel ihr doch jemand ein, der es schaffen könnte, Vati vom Weggehen zu überzeugen.

»Na gut, ich spreche mit Großvater«, versprach sie.

An einem eiskalten Februarmorgen beobachtete Christa durch das Küchenfenster Hermann, seinen Vater und den Knecht Alfons dabei, wie sie sich bei den Ställen neben der jungen Eiche abmühten, mit Spitzhacken und Spaten ein Loch in den gefrorenen Boden zu schlagen.

Stundenlang rackerten sie sich ab. Gerne wäre sie hingelaufen und hätte gefragt, warum sie das taten, aber sie durfte nicht aus dem Haus. Vati hatte sie mit Stubenarrest bestraft, und das nur, weil sie es sich nicht hatte verkneifen können, ihrer Mutter zu erzählen, was Hermann mit seinem »zweiten Gesicht« gesehen hatte. Als wenn sie es selbst glauben würde!

Manchmal ärgerte sie sich schrecklich über ihren Freund. Einfach zu behaupten, ihrem toten Brüderchen begegnet zu sein! So einen Unsinn konnte sie doch nicht für sich behalten.

Also hatte sie Mutti davon erzählt. Die war in Tränen ausgebrochen und nicht mehr ansprechbar gewesen. Das wiederum hatte ihr Vater mitbekommen, Mutti ins Bett gepackt und Christa zu Stubenarrest verdonnert. Aber was konnte denn sie für Hermanns angebliches »zweites Gesicht«, mit dem er ihr in den letzten Wochen vermehrt auf die Nerven ging?

Immer noch wütend, freute sie sich nun diebisch darüber, wie Hermann sich mit der Spitzhacke quälte. Morgen würde er Schwielen an den Händen haben. Als sie beobachtete, wie Hermanns Mutter und die kleine Inge gemeinsam einen schweren Koffer zu dem Loch schleppten, wurde sie jedoch nachdenklich.

Was um Himmels willen ging dort vor sich? Der blöde Hermann! Hätte er ihr bloß nicht von seiner seltsamen Begegnung mit Karl erzählt! Es grauste sie immer noch. Erschreckend bildlich hatte er ihr geschildert, wie der zweijährige Karl über den Hof auf ihn zugelaufen sei und »Geh, geh!« gerufen habe. Mit seinen runden blauen Kulleraugen habe er Hermann eindringlich angestarrt und mit den Händen gewedelt, als wolle er Federvieh verscheuchen.

Christa stiegen die Tränen in die Augen. Auf diese Weise war Karl tatsächlich manchmal über den Hof getapst. Er hatte Angst vor den Hühnern gehabt. Christa schluckte und versuchte, die Traurigkeit aus ihrem Herzen zu vertreiben. Es war schon schlimm genug, wie Mutti nach Karls Tod gelitten und dass sie nach der Beerdigung nie mehr über ihn gesprochen und sogar alle seine Fotos aus der guten Stube verbannt hatte. Aus Rücksicht auf ihre Mutter war Christa der Name ihres kleinen Bruders nie wieder über die Lippen gekommen. Bis heute Morgen, als ihr Freund ihr seine haarsträubende Geschichte erzählt hatte.

»Karl wollte, dass wir alle fortgehen aus Schönefeld. Warum wäre er mir sonst erschienen und hätte dauernd ›Geh, geh‹ gesagt?«, fragte Hermann die schockierte Christa.

»Das hast du dir doch nur ausgedacht!«, wehrte sie ab. »Es gibt keine Geister. Außerdem: Warum solltest ausgerechnet du ihm begegnen? Warum nicht Mutti, Vati oder ich?«

Hermann zuckte mit den Schultern.

»Weil euch die Gabe fehlt«, antwortete er schlicht. »Bei uns Weyrichs kommt sie immer wieder vor. Zuletzt bei meiner Großmutter, sagt Vater.«

»Ach, du nimmst dich viel zu wichtig! So ein Blödsinn. Ich glaube dir nicht!«

Damit war sie in ihren Knopfstiefelchen davonmarschiert und schnurstracks zu Mutti gerannt.

Na, und das hatte sie jetzt davon. Wütend drückte sie sich die Nase an der kalten Fensterscheibe platt, auf deren Außenseite sich silbrige Eisblumen gebildet hatten. Durch ihren Atem beschlug das Glas. Nur undeutlich konnte sie erkennen, wie Hermann ins Haus ging und mit einem weiteren wuchtigen Koffer zurückkam.

Beim Abendbrot verkündete ihr Vater der Familie, dass auch sie die Heimat verlassen würden, und zwar schon am nächsten Morgen.

»Wir nehmen den Leiterwagen und die Stute Emma. Der Weyrich hat es erlaubt. Anna, du packst gleich das Nötigste: Kleidung, Decken, Essen, Pferdefutter. Unsere Wertsachen nehmen wir einfach mit. Darum kümmere ich mich. Wir verbuddeln weder Silber noch Uhren oder Einmachgläser im Garten. Das ist mir zu albern.«

Damit hatte sich für Christa das Rätsel um die vergrabenen Koffer gelöst. Aber diese Neuigkeit interessierte sie inzwischen nicht mehr. Sie war entsetzt. Sie würden tatsächlich Schönefeld verlassen. Von zu Hause fortgehen. Vati hatte vor, die Familie nach Dresden zu bringen, wo sie bei seiner Cousine unterkommen würden.

Voller Angst fragte Christa: »Vati, wann kommen wir denn zurück?«

»In ein paar Wochen, schätze ich.« Er klang selbstsicher. »Wenn alles vorbei ist. Und dann machen wir hier weiter wie zuvor.«

Christa nickte langsam. Damit konnte sie leben.

»Gehen wir zusammen mit den Weyrichs?«, fragte ihre Mutter.

»Ja, wir brechen gleichzeitig auf. Morgen früh um sieben. Ich denke aber, dass sie schneller sein werden. Sie nehmen den Traktor als Zugmaschine.«

Als am nächsten Morgen der Weyrichhof langsam am Horizont verschwand, stieg in Christa die Ahnung hoch, dass sie ihn nicht wiedersehen würde. Sie schluckte ihre Angst hinunter, schaute nach vorn und heftete ihre Augen an die Zugmaschine vor ihnen. Im Hänger saßen Frau Weyrich, Inge und Hermann. Den Traktor fuhr sein Vater. Sie betete, dass ihr eigenes Gespann mit ihnen mithalten könnte. Es wäre zu schrecklich, Hermann zu verlieren.

Inzwischen hatten sich die beiden Familien in einen endlosen Treck, bestehend aus den verschiedensten Fahrzeugen, eingereiht. Manche Leute zogen lediglich schwerbeladene Handkarren hinter sich her, andere fuhren im Automobil. Doch das waren die wenigsten.

Christa fror entsetzlich. Es herrschten minus fünfzehn Grad. Obwohl Mutti sie in mehrere Decken eingewickelt hatte, waren ihre Lippen blau und ihre Hände und Füße nahezu gefühllos geworden. Neben ihr hockte ihr Großvater, dessen Augen allen Glanz verloren hatten.

»Ein Exodus«, murmelte er vor sich hin. »Jeze haben wir nüscht mehr.«

Sie kamen nur langsam voran. Nach zwei Tagen brach eine Achse des Leiterwagens, als sie durch eine mit zerwühltem Schnee gefüllte Senke fuhren. An Weiterfahrt war nicht zu denken. Sie mussten absteigen und den Wagen mit Emmas Hilfe von der Straße ziehen, damit die nachfolgenden Gespanne durchkamen.

Der Traktor der Weyrichs war schnell aus Christas Blick verschwunden. Es beunruhigte sie sehr. Hermann in ihrer Nähe zu wissen war tröstlich gewesen. Würden sie wieder zu den Weyrichs aufschließen können? Sie hoffte es inständig. Ihr Vater machte sich zu Fuß zu einem Gehöft auf, das einsam zwischen den weißen Hügeln lag. Er kam erst Stunden später mit ein paar Brettern, einem Stück Seil und Nägeln zurück. Notdürftig reparierte er die Achse, während er unaufhörlich vor sich hin fluchte. Erst am Abend ging es weiter, wesentlich langsamer als zuvor.

Irgendwann dämmerte Christa, dass sie Hermann und seine Familie nicht wiedertreffen würden. Der Traktor der Weyrichs war längst über alle Berge und ihr Freund weit fort. Ihr Herz tat weh, und sie weinte eine Weile still vor sich hin, bis ihr Opa einen Arm um sie schlang.

»Ist ja gut, Kindchen«, sagte er und drückte sie an sich. »Dein Vater bringt uns in Sicherheit.«

Später erinnerte sich Christa an eine schier endlose Abfolge leerstehender Häuser und verlassener Dörfer, an weinende Menschen am Straßenrand, weil auch ihr Karren kaputt oder ein Reifen ihres Automobils platt war.

Sie übernachteten in fremden, teilweise bereits geplünderten Häusern, manchmal in leeren Schulen. Bald hatten sie nichts mehr zu essen, und Kälte und Hunger nahmen ihre Körper und Seelen in Beschlag.

Dann kam der Tag, als sie von der Roten Armee eingeholt wurden. Sie machten gerade gleichzeitig mit anderen Familien und ihren Vehikeln Rast auf einem verlassenen Gehöft. Christas Vater und andere Männer versuchten, die Eisschicht in einem Brunnen einzuschlagen. Sie mussten dringend ihre Wasservorräte auffüllen, und Schnee zu schmelzen war mühsam und langwierig. Es schneite heftig. Christa, ihre Mutter und Großvater hatten sich unter das Dach der baufälligen Scheune zurückgezogen, um nicht völlig durchnässt zu werden. Im dichten Schneetreiben registrierte Christa die mit vielen Soldaten besetzten Panzer erst, als sie bereits auf den Hof rollten. Sie hörte Entsetzensschreie von allen Seiten; dann hallten Schüsse. Sie sah mehrere Menschen umkippen. Christas Vater rannte zu Pferd und Wagen. Zwei Soldaten in khakifarbenen Uniformen, schwarzen Stiefeln und Mützen mit Ohrenklappen setzten ihm nach. Christa dachte noch, dass die Rote Armee ja gar nicht rot war. Vor ihrem inneren Auge hatte sie sich die russischen Soldaten immer von Kopf bis Fuß knallrot angezogen vorgestellt. Sie konnte den Gedanken kaum zu Ende bringen, denn jetzt waren die Männer bei ihrem Vater angelangt und herrschten ihn in einer fremden, grollend klingenden Sprache an. Einer von ihnen deutete mit seinem Gewehr auf die alte Emma, die ängstlich wieherte.

»Nein!«, schrie Vater und klammerte sich an den Zügeln der Stute fest. Ein Schuss hallte. Christa sah ihren großen starken Vater zu Boden sinken. Noch im Fallen hielt er die Lederriemen fest.

Die Soldaten lachten. Christa sah, wie einer von ihnen ein Messer zückte, die Zügel durchschnitt und Vater mit einem Tritt in den Bauch vollends in den Schnee beförderte, der sich rot zu färben begann. Vati lag da wie ein Bündel Kleider und regte sich nicht mehr. Die Russen führten Pferd und Wagen zu den Panzern, die in der Mitte des Hofes standen. Erst jetzt nahm Christa wahr, welch ein Tumult um sie herum herrschte. Frauen kreischten, Männer brüllen, Hunde bellten, und sie hörte immer wieder Schüsse.

»Wir müssen weg!«, flüsterte ihre Mutter ihr jetzt mit Panik in der Stimme zu und ergriff ihre Hand. »Sie haben uns noch nicht entdeckt. Arnold, komm!«

»Und Vati?«

»Wir können ihm nicht mehr helfen. Komm jetzt!« Sie führte Christa und den Großvater in den hinteren Teil der Scheune, der ein großes Loch aufwies.

Durch den tiefen Schnee und den immer dichteren Schneefall flüchteten sie weiter und weiter, bis sie in einem Dorf ankamen und einfach nicht mehr konnten.

Mit etlichen anderen Vertriebenen kamen sie in der alten Feuerwache unter. Mutter war wie versteinert. Wenn Christa nach ihrem Vater fragte, schüttelte sie nur den Kopf und bedeutete ihr mit knappen Gesten zu schweigen.

Sie hörten von anderen Flüchtlingen, dass Dresden in einer

endlosen Folge von Bombenangriffen und im anschließenden Feuersturm fast völlig zerstört worden war.

Christas Mutter reagierte entsetzt.

»Was sollen wir nur tun?«, fragte sie ihren Schwiegervater, der resigniert mit den Achseln zuckte.

Am nächsten Morgen fielen auch in ihrer Notunterkunft russische Soldaten ein. Christa und ihr Großvater wurden von zwei Männern festgehalten, während mehrere Uniformierte ihre Mutter, die sich verzweifelt wehrte, in eine dunkle Ecke schleiften. Christa hörte, wie die Männer keuchten und lachten und wie Mutti schrie und schrie, bis sie abrupt verstummte. Christa war starr vor Angst. Nach einer halben Ewigkeit tauchte Mutti aus dem Dunkel der Halle wieder auf, humpelnd und bleich, mit blutigen Lippen und zerrissenem Kleid. Christa war heilfroh, dass sie nicht tot wie Vati war und hätte sich am liebsten in ihre Arme geworfen, aber sie spürte auch, dass sie Mutti jetzt in Ruhe lassen musste. Stattdessen wog Großvater sie auf seinem Schoß. Muttis Schmerzens- und Entsetzensschreie hallten noch in ihrem Kopf wider, als alle Soldaten längst weitergezogen waren.

Später liefen Mutti, Großvater und sie weiter, immer weiter, vorbei an schwelenden Ruinen und polnischen Bürgern, die sie bespuckten und als Nazis beschimpften.

Bald versank für Christa alles, was sie durchlebte, in einem weißlichen gnädigen Nebel. Was zählte, war, Muttis oder Großvaters Hand festzuhalten und ab und an etwas zu essen zu bekommen.

Im März gelangten sie schließlich in die Gegend nordwestlich von Dresden. Auch dort waren Menschen unterwegs. Sie hatten in der Bombennacht ihre Häuser verloren und wollten nur noch fort. Christas Mutter wusste nicht mehr weiter.

»Wer weiß, ob Ottos Cousine überhaupt noch lebt«, überlegte sie laut. »Und wie um alles in der Welt sollen wir sie finden? Otto hat mir ihre Adresse nicht gesagt, und nun ist auch noch alles zerstört. Nein, wir ziehen weiter. Ich will nicht in diese zerbombte Stadt.«

Der Zufall führte sie am Häuschen eines barmherzigen Ehepaars vorbei. Frau Binder, die alte Frau, die hier mit ihrem Mann, einem Kriegsveteranen lebte, entdeckte die kleine Familie, als sie gerade vorbeizog. Das schon von weitem sichtbare Elend der drei rührte sie. Sie stellte ihnen ihren Keller zur Verfügung.

Es sollte eine Verschnaufpause von Monaten werden.

»Wo wollt ihr denn eigentlich hin?«, fragte die gutmütige, freundliche Frau Christas Mutter an einem sonnigen Tag Ende April. Beide Frauen hängten auf der Wiese Wäsche auf die Leine. Christa half ihnen, indem sie die nassen Hemden, Hosen, Röcke und Strümpfe glattzog.

»Ich weiß nicht.« Mutti zuckte teilnahmslos mit den Achseln. »Hauptsache fort. Weit fort.«

»Na, jetzt bleibt ihr noch ein Weilchen bei uns«, bestimmte Frau Binder resolut, die sich offenbar Gedanken über Muttis seelische Gesundheit machte. Christa erkannte es an ihrem besorgten Gesichtsausdruck und dem Seitenblick, den sie ihr selbst zuwarf.

Am 30. April 1945 stand die Rote Armee im Stadtzentrum von Berlin, in der Nähe des Führerbunkers, und Hitler beging Selbstmord. Am 8. Mai kapitulierte die deutsche Wehrmacht. Der Krieg war vorbei.

Herr Binder hatte es im Rundfunk gehört. Mit Tränen in den Augen humpelte er mit seinem Holzbein in den Garten, um die Neuigkeit seiner Frau und der schlesischen Familie zu verkünden.

»Das war es also mit dem Tausendjährigen Reich«, sagte er bitter. »Deutschland, wie wir es kennen, gibt es nicht mehr.«

Christas Mutter wollte weiter in den Westen. Zu groß war

ihre Angst vor der Rache der Russen in der Ostzone des Reichs. Frau Binder war der Familie auch in dieser Hinsicht behilflich.

»Meine Schwester und ihr Mann wohnen am Niederrhein«, sagte sie und schrieb ihnen die Adresse auf. »In einem kleinen Ort bei Neuss. Büttgen heißt er. Ich werde ihnen schreiben, dass ihr kommt, und sie bitten, dass sie euch bei sich aufnehmen, bis ihr etwas Eigenes habt«, versprach sie.

Die Flucht von Sachsen in den Westen gestaltete sich noch chaotischer als der erste Abschnitt, denn nun waren Millionen weitere Vertriebene unterwegs, auf der Suche nach einem neuen Zuhause. Die Züge waren überfüllt, so dass die Leute sogar auf den Trittbrettern mitfuhren und das Geschubse und Gedränge in der Menschenmenge auf den Bahnhöfen stets die Gefahr barg, einander zu verlieren.

In diesen Tagen war die Hand ihrer Mutter Christas Anker. Manchmal stellte sie sich vor, ihre beiden Hände wären miteinander verwachsen. Doch leider waren sie das nicht, und Christa musste alle Kraft aufbringen, sich an Mutti festzuhalten.

Christas Großvater war ihnen keine Hilfe. Er wirkte zunehmend desorientiert, machte aber immerhin brav, was Mutti anordnete.

Eines Abends schlugen sie sich bis zur britischen Besatzungszone durch und wurden von zwei Soldaten aufgegriffen, die in Englisch auf sie einsprachen.

Christas Mutter wich furchtsam vor den bis an die Zähne bewaffneten, breitschultrigen Männern zurück. Seit dem, was ihr von den Soldaten der Roten Armee angetan worden war, hatte sie Angst vor allen Menschen in Uniform. Außerdem verstand sie kein Wort von dem, was die beiden sagten. Mit zitternden Händen streifte sie erst ihren Verlobungs-, dann den Ehering von den Fingern.

»Bitte«, flehte sie und hielt den Männern den Schmuck hin.

»Nehmen Sie die hier und lassen uns durch. Aber bitte tun Sie uns nichts. Wir wollen an den Niederrhein …«

»Was ist denn, Mutti?«, fragte Christa bang. Auf sie wirkten die Männer nicht besonders bedrohlich, nur die Furcht ihrer Mutter versetzte sie in Panik.

»Nichts, Kind. Sei still. Bete dafür, dass sie uns nichts antun.« Tränen liefen Mutti über das Gesicht. Sie schlotterte am ganzen Körper.

Der ältere der Männer sah sie ernst an, dann strich er Christa über die Haare. Er schüttelte langsam den Kopf, lächelte freundlich und machte eine abwehrende Handbewegung in Richtung der dargebotenen Ringe. Anschließend wies er hinter sich.

»Friedland«, sagte er deutlich. »You go to Friedland.«

Kurze Zeit später erreichten die drei müde und abgekämpft das neuerrichtete Grenzdurchgangslager Friedland.

Sie wurden registriert, entlaust und desinfiziert, eine Prozedur, die Christa als beschämend und entwürdigend empfand. Dennoch behielt sie Friedland auch in guter Erinnerung. Hier schöpften die Ulitzens wieder ein Fünkchen Hoffnung, es gab etwas zu essen, und man kümmerte sich um sie. Mit dem begehrten Registrierschein würden sie außerdem offiziell ein Quartier bekommen.

Dass Deutschland den Krieg verloren hatte, bedeutete auch, dass nun alle Deutschen zusammenzurücken hatten. Nicht nur die Flüchtlinge mussten dafür zahlen. Der Verlust ihrer Heimat ging alle an. Das war ein beruhigendes Gefühl.

Nach zwei Tagen wurde ihnen im Umland von Göttingen die Hälfte einer Dreizimmerwohnung im dritten Stock eines Mehrfamilienhauses mit Toilette auf dem Flur zugewiesen. Sie teilten sich die Wohnung mit einer fünfköpfigen Familie aus Pommern.

Mutti und Großvater halfen bei der Feldarbeit auf einem der Höfe der Umgebung, während Christa in der neuen Bleibe aufräumte und putzte. Sie freundete sich mit Marlies, der nur zwei Jahre älteren Tochter der neuen Nachbarn, an. Sie spielten im Hinterhof miteinander und träumten sich gemeinsam in die Heimat zurück. Christa wäre gern noch länger dort geblieben, aber im Sommer 1946 hatte ihre Mutter keine Ruhe mehr.

»Wir gehen an den Niederrhein«, bestimmte sie. »Zu Helene Binders Schwester. Schließlich hat sie ihr in einem Brief angekündigt, dass wir kommen. Daran halten wir uns.«

Im September kamen sie mit dem Zug in Büttgen an. Sie fragten sich zu der Adresse durch, die Frau Binder ihnen aufgeschrieben hatte – nur um feststellen zu müssen, dass dort inzwischen andere Leute wohnten. Was aus Helene Binders Schwester und ihrem Mann geworden war, konnte ihnen die Frau, die ihnen geöffnet hatte, nicht sagen.

Christas Mutter starrte verzweifelt auf den von ihr sorgsam gehüteten Zettel mit der Adresse und dann wieder in das teigige, abweisende Gesicht der Frau.

»Macht euch weg hier, Flüchtlingspack«, sagte die jetzt, spuckte aus und schlug ihnen die Haustür vor der Nase zu.

Christa konnte die Abneigung der Einheimischen gegenüber den Vertriebenen nicht begreifen. Immerhin hatten die noch ihr Zuhause, ein Dach über dem Kopf, ihre Familien und ihre wohlbekannte Umgebung, und sie waren Deutsche wie sie. Was konnten die Vertriebenen dafür, dass sie ihre Heimat verloren hatten? Warum waren die Menschen ihnen feindlich gesonnen? Warum behandelten sie sie dermaßen von oben herab?

Christa wurde immer verschlossener und betrachtete jeden Fremden mit tiefem Argwohn.

Dass ihnen von der zuständigen Behörde ein Platz im Haus an den Schienen zugewiesen worden war, empfanden die Ulitzens beim Näherkommen zunächst als großes Glück. Von weitem wirkte das Grundstück wie ein heiles Überbleibsel in einer sich auflösenden Welt.

Christa taten die Füße weh, sie fühlte sich schmuddelig in den schmutzigen Kleidern, und die Arme wurden ihr lang wegen der schweren Bündel, die sie schleppte. Beim Anblick des Hauses dachte sie unwillkürlich an gemütliche Holzstühle in einer warmen Küche, an geschmierte Schnitten und ein Glas Milch.

Doch als ihnen bei der Begrüßung die geballte Ablehnung der Hausherrin entgegenschlug, wurde Christa ganz mulmig zumute. Alle Hoffnung zerstob, die tröstlichen Bilder in ihrem Kopf lösten sich auf. Die Feindseligkeit der strengen Frau war eisig und unumstößlich. Wie konnten ihre Kinder anders sein?

Hans war anders. Trotz aller Skepsis begriff Christa das schnell. Er war zugänglich und freundlich; fast verachtete sie ihn ein bisschen dafür. Als er jedoch nicht davon abließ, um ihre Zuneigung zu buhlen, erkannte sie, dass auch Beharrlichkeit ein Grundzug seines Wesens war. Das vermittelte ihr eine Sicherheit, die ihr nach all den Erlebnissen der letzten Monate guttat.

Ihre Mutter aber wurde schwächer und schwächer seit der herben Enttäuschung, Helenes Schwester in Büttgen nicht angetroffen zu haben. Sie hatte geglaubt, auf eine zweite Frau Binder bauen zu können, die ihr mit Hilfsbereitschaft und Wärme beiseitestand. Nun war sie mit ihrem Latein am Ende, tat gehorsam, was die herrische Else Franzen von ihr verlangte, und verwandelte sich vor Christas Augen in ein Häufchen Elend.

Ihr Großvater machte einen zunehmend verwirrten Eindruck. Er wähnte sich wieder in Schönefeld und faselte wirres Zeug. Auf ihn war kein Verlass mehr. Aus dem warmherzigen Mann von früher war binnen kurzer Zeit ein seniler Tattergreis geworden.

Christa fühlte sich so allein wie noch nie in ihrem Leben. Die

Monate der Flucht waren damit angefüllt gewesen, sich zu bewegen, voranzukommen und sich zu versorgen – ein mühsames Dasein, aber eins voller Hoffnung auf bessere Zeiten. Christa war es manchmal sogar abenteuerlich vorgekommen. Nie wusste man, was morgen geschah. Dauernd traf man auf neue Menschen an neuen Orten.

Nun waren sie endlich an ihrem Ziel angekommen, und die Enttäuschung war groß. Nichts würde besser werden, das war Christa sofort klar, als sie Else Franzen kennengelernt hatte. Die Zukunft sah grau und trostlos aus. Oft träumte sie sich zurück nach Schönefeld, zurück an Hermanns warme Hand.

Sie waren Vertriebene und damit nichts wert. Es war bitter, das zu erkennen, aber es wäre noch schlimmer gewesen, es zu leugnen.

Die Kinder in der Schule lachten über Christas schlesischen Dialekt und taten so, als würden sie sie nicht verstehen. Dabei hatte sie ebenso Schwierigkeiten, im seltsamen Singsang des Büttger Platt einzelne verständliche Worte auszumachen.

Nur Hans gab sich Mühe, deutlich mit ihr zu sprechen. Überhaupt war er sehr freundlich und ähnelte darin seinem Vater Theo Franzen. Sein Bruder Wolfgang hingegen kam ganz auf die Mutter. Er besuchte mit Christa eine Klasse in der Dorfschule. Sein Verhalten ihr gegenüber schwankte zwischen Ignoranz und Ablehnung.

Christa fand ihn einfach nur dumm und ließ ihn schnell links liegen. Hans und sie dagegen näherten sich an. Mit ihm konnte man wenigstens spielen und sogar streiten.

Christa trug seit der Flucht eine höllische Wut mit sich herum, eine Wut, die ein Ventil brauchte. Hans' Naturell eignete sich dafür ideal. Nie war er nachtragend, sondern nach jedem Disput erneut um Harmonie bemüht. Manchmal ging ihr das aber auch gehörig auf die Nerven.

Er war so furchtbar lieb. Das machte sie rasend. Schnell begriff sie, dass sie nur den Namen Hermann zu nennen brauchte, um ihn für länger als nur für ein paar Minuten auf Abstand zu halten. Irgendwann tat es ihr dann leid, ihm weh getan zu haben, und sie bemühte sich wieder um ihn.

So war es zwischen ihnen.

Der Winter 1947 war bitterkalt. Überall im Land war die Kohle knapp, und die Öfen der Franzens wurden in der Not mit Holzresten und Reisig befeuert, das die Kinder auf dem Grundstück zu sammeln hatten. Sogar ein alter Geräteschuppen hatte dran glauben müssen und war von Theo Franzen mit der Axt mühsam zerkleinert worden.

An einem Februarabend waren Christa und Hans in den Ziegenstall gegangen, um sich – in alte Armeedecken gewickelt – an den Ziegen zu wärmen und ungestört miteinander zu reden. Else Franzen hatte es nicht gern, wenn sich die beiden Kinder zu oft miteinander abgaben, und versorgte sie dann sofort mit unliebsamen Aufgaben, die sie voneinander trennten. Hier hatten sie ihre Ruhe.

Christa kuschelte sich gerade an Brunis warmes Fell, während Hans, seine Decke fest um sich geschlungen, auf der Kante des Futtertroges hockte. Christas Atem bildete kleine weiße Wölkchen in der kalten Luft, dennoch fühlte sie sich wohlig und geborgen.

»Wie kam es eigentlich, dass dein Vater erschossen wurde?«, hatte Hans sie soeben vorsichtig gefragt.

»Die Russen haben das gemacht, weil Vati sich gegen sie gewehrt hat«, erwiderte Christa tonlos. Vor ihrem inneren Auge erlebte sie wieder, wie ihr Vater, der ihr immer stark wie ein Baumstamm erschienen war, auf einmal umfiel, als sei er mit Theo Franzens Axt gefällt worden. »Mutti, Großvater und ich haben zugesehen. Vati wollte ihnen unser Pferd und den

Karren nicht geben, auf dem all unsere Habseligkeiten verstaut waren.«

Habseligkeiten, ein seltsames Wort, ging Christa mit einem Mal auf. Als wenn Dinge selig machen könnten. Längst hatte sie begriffen, dass das Quatsch war. Essen war wichtig, ja, und warme Kleidung, aber alles andere? Christa sah wieder das Blut vor sich, das den Schnee rotgefärbt hatte, als ihr Vater am Boden lag und sich nicht mehr rührte.

»Das tut mir leid«, sagte Hans jetzt und streichelte Christa hilflos über die Schulter. Sie aber drückte sich noch fester an Bruni, die unbeirrt Heu kaute. »Vermisst du ihn sehr?«

»Vati?« Christa überlegte kurz, dann schüttelte sie heftig den Kopf. Bruni sah verdutzt auf. »Nein«, brach es aus ihr heraus, »ich hasse ihn! Nur weil er so gemein war, musste Karlchen sterben. Und nur, weil ihm unsere Sachen … unsere Habseligkeiten … wichtiger waren als wir, ist er jetzt auch tot.«

Behutsam fragte Hans nach, wer denn Karlchen gewesen sei, also erzählte sie es ihm.

»Er war noch so klein«, schluchzte sie. »Immer war er krank, und Vati war es gleich. Er meinte, Karl stelle sich an. Ein deutscher Junge ist stark und gesund und so. Mutti durfte nicht mehr mit ihm zum Arzt gehen. Jemanden, der so gemein ist, kann ich gar nicht vermissen!« Ihr Hass und ihr Trotz siegten über die Trauer.

Denn natürlich hatte Christa ihren strengen, unnahbaren Vater geliebt. Natürlich vermisste sie ihn. Mit ihren fast neun Jahren war sie nur zu jung, um zu begreifen, dass beides gleichzeitig möglich war: jemanden zu lieben und ihn zu hassen.

Hans schien ihr Dilemma instinktiv zu begreifen.

»Armes Karlchen«, sagte er leise. »Aber dein Vater ist ja nun bei ihm. Ein starker deutscher Mann. Der kann auf ihn aufpassen.«

Verblüfft schaute sie zu ihm auf. So hatte sie die Angelegenheit noch gar nicht betrachtet. Es war ein tröstlicher Gedanke. Ihr Respekt vor Hans wuchs.

Einige Wochen später starb auch Christas Großvater. Mit offenen Augen und friedlichem Gesicht, das wie aus durchscheinendem Wachs geformt schien, lag er morgens kalt in seinem Bett.

Christa begriff zunächst gar nicht, was los war, denn ihre Mutter reagierte kühl und beherrscht darauf, dass er sich nicht mehr bewegte. Mit geübten Handgriffen machte sie Christas und ihr Bett, warf ab und an einen Blick auf ihren Schwiegervater und sprach kein Wort.

Erst als sie sich beide angekleidet hatten, wandte sie sich an Christa.

»Wir müssen deinen Großvater beerdigen«, sagte sie. »Geh bitte und sag den Franzens, dass er verstorben ist.«

In den Wochen nach Großvaters Tod hatte Christa erneut das Gefühl, ganz allein auf der Welt zu sein.

Ihre Mutter war zwar körperlich anwesend, aber sie hätte sich auch gleich mit ins Grab auf dem Büttger Friedhof legen können, so starr und kalt kam sie Christa vor. Meist reagierte sie gar nicht, wenn man sie ansprach, und ihre Bewegungen wirkten mechanisch und eckig. Schließlich stand sie morgens überhaupt nicht mehr auf. Christa zog sich allein an, ging zum Frühstück und machte sich gemeinsam mit Hans auf den Schulweg.

»Was ist denn mit deiner Mutter los?«, fragte Hans einmal. »Ich sehe sie kaum noch.«

Es war ein sonniger Morgen Anfang Mai 1947; der Himmel strahlte blau, die Grasbüschel an den Rändern des Feldwegs waren von sattem Grün. Ein Bussard kreiste über einem Kartoffelacker. Endlich war es warm geworden. »Ich weiß nicht.«

Christa schaute auf ihre Schuhspitzen, die mit Staub bedeckt waren, so dass sie wie graue Kappen aussahen. Es hatte schon ein paar Tage nicht mehr geregnet. »Ich glaube, sie ist auch gestorben.«

Hans blieb wie vom Donner gerührt stehen. Christa lief noch ein paar Schritte weiter, bevor sie zum Halten kam.

»Nein, Christa. Das darfst du nicht denken. Ich glaube eher, dass sie krank ist. Aber wer krank ist, der kann auch gesund werden.«

Christa sah ihn mit runden Augen an.

»Meinst du wirklich?« Ein kleines Fünkchen Hoffnung begann, sich in ihr zu regen.

Mutti kam ins Krankenhaus. »In die Klapsmühle«, hatte Else Franzen gesagt und ganz gehässig dreingeschaut. Schnell wurde Christa deutlich gemacht, dass auch sie nun im Haus an den Schienen überflüssig war. Hans' Mutter fuhr mit ihr im Zug nach Neuss und gab sie an der Tür eines Kinderheimes ab.

Es war ein katholisches, von Nonnen geleitetes Haus, und Christa hatte sich den starren und ihr unsinnig vorkommenden katholischen Riten und Gebräuchen unterzuordnen. Vor jeder Mahlzeit mussten die Mädchen mit zusammengelegten Händen beten und anschließend das Kreuz schlagen. Einmal in der Woche kam ein verknöcherter Priester, um ihnen die Beichte abzunehmen.

Christa fühlte sich, als hätte sie gänzlich alles verloren, was sie ausmachte: ihre Heimat, ihre Eltern, ihre ganze Identität. In dem kalten Schlafsaal mit fünfzehn anderen verwaisten Mädchen kam sie sich unbedeutend vor. Sie war eine von vielen – ungeliebt und lediglich verwahrt.

Sie klammerte sich daran, dass es ja noch Hans gab, der zu ihr hielt, und schrieb ihm einen Brief nach dem anderen. Als er nicht antwortete, verschloss sie die Enttäuschung tief in sich, um nicht völlig den Halt zu verlieren. So oft es ging, besuchte sie ihre Mutter in der »Klapsmühle«.

All die Medikamente und die Elektroschocks schienen tatsächlich langsam zu wirken. Nach einigen Monaten kam ihre Mutter ihr ein wenig lebendiger und zugänglicher vor. Manchmal lächelte sie sogar, wenn Christa zur Tür hereinkam.

Es war 1948, als Mutti Edith Piaf für sich entdeckte. Einer der Pfleger hatte ihr einen Plattenspieler organisiert, und sie hörte »La vie en rose« rauf und runter. Die melancholische Stimme der winzigen Französin rührte auch Christa an und weckte Energien in ihr, von denen sie gar nicht gewusst hatte, dass sie in ihr schlummerten. Außerdem durfte ihre Mutter nun in der Näherei der Anstalt arbeiten. Sie hatte schon immer für ihr Leben gern geschneidert, nun besserte sie Bettlaken und Nachthemden aus. Sie legte wieder mehr Wert auf ihr Äußeres, kämmte und frisierte sorgsam ihr Haar und nähte sich aus alter Fallschirmseide eine Bluse.

Im Sommer, als die amerikanischen Rosinenbomber eine Luftbrücke ins abgeschottete Berlin bildeten, wurde Christas Mutter aus der Klinik entlassen, bekam Arbeit in einer Sauerkrautfabrik und zog in die Dachwohnung eines sanierungsbedürftigen Neusser Stadthauses. Und Christa durfte das Heim verlassen und bei ihr wohnen.

Sie atmete auf. Das Leben war wieder normaler geworden. Sie besuchte eine Neusser Volksschule und fand schnell neue Freundinnen. Annette, Doris und Gisela waren Vertriebene wie sie. Überhaupt stellte Christa fest, dass es in Neuss viele Familien gab, die zum Kriegsende aus der Heimat hatten flüchten müssen.

Diese Menschen prägten das Stadtbild und veränderten Stück für Stück die Gesellschaft. Dazu kam, dass sich eine neue, frische Stimmung im Land ausbreitete. Wiederaufbau nannte man das und bald sogar Wirtschaftswunder.

Christa blieb jedoch misstrauisch. Der Krieg und seine Folgen schienen ihr dermaßen heimtückisch über das Land hereingebrochen zu sein, dass es ihrer Meinung nach jeden Moment wieder losgehen konnte. Vielleicht zurzeit nicht in Deutschland, aber irgendwo anders auf der Welt, so dass Gewalt und Brutalität jederzeit zu ihnen herüberschwappen konnten.

In den frühen fünfziger Jahren distanzierte sich Christa von ihrer Mutter, die unter starken Stimmungsschwankungen litt und in ihren Hochphasen reihenweise fremde Männer mit nach Hause brachte. Die kleine Dachgeschosswohnung hatte dünne Wände, und Christa hörte jeden Laut, wenn Mutti sich im Schlafzimmer vergnügte. Sie lernte, dass Sex etwas war, das man ignorierte, wenn man etwas davon mitbekam. Sie lenkte sich ab, so gut es ging, und konzentrierte sich auf andere Dinge.

In stillen Minuten dachte sie darüber nach, ob Muttis Verhalten im Zusammenhang damit stand, dass sie während der Flucht in einem nun polnischen Dorf von mehreren Soldaten vergewaltigt worden war. »Sie haben sich an mir vergangen«, hatte sie damals knapp gesagt und sich notdürftig mit ihren zerrissenen Kleidern bedeckt.

Christa hatte mit ihren noch nicht mal sieben Jahren natürlich nicht verstanden, was geschehen war. Heute, im Alter von fünfzehn, wusste sie es.

Ihre Mutter hatte unvorstellbar Grässliches erlebt. Sie war gedemütigt und missbraucht worden; brutal und rücksichtslos hatte man ihre Grenzen eingerissen, und sie hatte es offenbar nie geschafft, diese wieder aufzubauen. Nur so ließ sich ihr ungeniertes, distanzloses Verhalten der Männerwelt gegenüber erklären.

Christa konnte es nicht ändern. Sie verschloss ihre Ohren und Augen, sobald ihre Mutter in diesen manischen Phasen einen Mann nach dem anderen mit in die Wohnung schleppte, literweise billigen Wein trank und sich gehen ließ.

Übermannten sie hingegen wieder ihre unausweichlichen Depressionen, wurde sie von der getriebenen Liebhaberin zur schweigsamen Eremitin, die es nicht einmal schaffte, sich morgens anzuziehen und zur Arbeit zu gehen. Christa sorgte dann dafür, dass sie ihre stimmungsaufhellenden Lithiumpräparate nahm, um ins Leben zurückfinden zu können.

Nach der Schule machte Christa eine Schneiderlehre und bestand die Abschlussprüfungen mit Bravour. Mit inzwischen neunzehn Jahren begeisterte sie sich für Mode. Sich frisch und weiblich zu kleiden und großstädtisch zu wirken war ihr immens wichtig.

An einem heißen Augusttag 1957 erblickte sie in der Warteschlange einer Eisdiele eine elegante, zarte junge Frau, die mit ihrem Pagenkopf wie eine Französin aussah.

Christa betrachtete das hübsche Mädchen eine Weile versonnen, bevor sie begriff, warum sie sich wie magisch von ihm angezogen fühlte.

Kein Zweifel: Vor ihr stand Inge Weyrich! Die Züge der Weyrichs hatten sich für immer in Christas Erinnerung gebrannt, und Inge hatte ihrem großen Bruder schon immer sehr ähnlich gesehen.

Christa konnte ihr Glück kaum fassen. Sie tippte der jungen Frau auf die Schulter und sprach sie an.

»Entschuldigung, aber … Inge, bist du es?« Christas Stimme vibrierte vor Aufregung.

Inges dunkle Augen weiteten sich voller Erstaunen, als sie ihren Namen hörte.

»Ja, bin ich. Und wer … sind Sie?« Ihr Blick tastete Christa von oben bis unten ab, dann fragte sie unsicher: »Christa? Christa aus Schönefeld?«

Die nickte mit einem Kloß im Hals. Sie fielen einander in die Arme und mochten sich gar nicht mehr loslassen. Die Leute in der Warteschlange begannen schon zu murren.

Christa und Inge kauften sich jeweils ein Eishörnchen mit einer Kugel Vanilleeis, setzten sich damit auf ein Mäuerchen, und dann sprudelte alles aus ihnen heraus. Sie wussten kaum, wo sie anfangen und aufhören sollten, einander gegenseitig zu berichten, wie ihr Leben seit der Flucht verlaufen war. Was für ein unglaublicher Zufall, dass sie sich ausgerechnet hier über den Weg liefen! Fast hätte Christa vergessen, ihr Eis zu essen. Eine Spur aus Vanillecreme rann bereits an ihrer Hand hinunter. Schnell schleckte sie das süße, klebrige Zeug fort. Sie erfuhr, dass Inge mit ihren gerade mal knapp achtzehn Jahren bereits verlobt war und mit der Erlaubnis ihrer Eltern bald heiraten würde.

»Dann heiße ich Große«, erzählte sie begeistert. »Volker ist Polizist und vor kurzem nach Neuss versetzt worden. Während er bei der Arbeit ist, wollte ich die Stadt erkunden. Stell dir vor, wir haben bereits eine Wohnung gefunden, in Zons bei Dormagen. Nach der Hochzeit ziehe ich auch ein. Noch wohne ich ja bei meinen Eltern in Recklinghausen.«

»Und Hermann? Wie geht es ihm, was macht er jetzt?« Christa platzte fast vor Neugier und Nervosität.

»Och, der!« Inge verdrehte die Augen. »Ist ein echter Langweiler geworden. Bastelt ständig an alten Fahrrädern herum und hat jetzt sogar einen ollen Lagerraum angemietet. Ganz stolz ist er auf sein Geschäft, wie er es nennt. Dabei hat er eine Lehre als Bürokaufmann gemacht und hätte eine Stelle bei einer Versicherung haben und gutes Geld verdienen können. Ich verstehe gar nicht, was das mit den Drahteseln soll. Mit dem ist nichts los, glaub mir.«

Christa runzelte die Stirn. Das nüchterne Bild, das Inge von ihrem Bruder malte, entsprach überhaupt nicht ihrer romantischen Verklärung, in die sie Hermann über die Jahre gehüllt hatte.

»Und seine Verlobte müsstest du mal sehen …« Inge machte eine dramatische Pause. Ihr Gesichtsausdruck zeigte deutlich, dass sie von der Freundin ihres Bruders nicht viel hielt. »Die ist genauso langweilig wie er und hässlich wie die Nacht. Ein richtiges hässliches Entlein!«

»Aus dem auch mal ein schöner Schwan werden könnte …«, rutschte es Christa heraus. »Wie lange sind sie denn schon ein Paar?«

»Ach, ewig!« Inge schüttelte missbilligend den Kopf. »Mutter fragt sich schon lange, wann die beiden endlich heiraten … Aber sie bekommen selbst das nicht hin. Verlobt sind sie seit Jahren.«

Christa brauchte einen Moment, um die Neuigkeit zu verdauen. Ihr wunderbarer Hermann, den sie seit ihrer Kindheit vermisste, hatte eine Braut? Und das schon ewig? Er hatte Christa sicher längst vergessen. Aus den Augen, aus dem Sinn, dachte sie und versuchte mühsam, mit der Enttäuschung fertigzuwerden. Sie beschloss, es ihm gleichzutun und keinen Gedanken mehr an ihn zu verschwenden.

»So!« Inge war aufgestanden. »Ich muss leider los. Ich gehe zur Wache und hole dort Volker ab. Danach wollen wir noch in die Wohnung, die Räume ausmessen. Weißt du was? Ich gebe dir unsere Adresse in Zons.« Sie entnahm ihrer Handtasche Zettel und Bleistift und notierte Straße und Hausnummer. Mit einem Lächeln streckte sie Christa das Blatt hin, die es automatisch nahm. »Ab November, nach der Hochzeit, sind wir dort zu finden. Ich würde mich sehr freuen, wenn du uns mal besuchen kämst.« Strahlend drückte sie Christa noch einmal an sich, drehte sich auf dem Absatz um und segelte davon.

Christa sah ihr nach, bis sie in der Menge der Passanten verschwunden war, und fühlte leisen Neid in sich aufkeimen.

Inge Weyrich hatte ihr Glück offenbar gefunden, während sie das Gefühl hatte, dass sie in all den Jahren nur einen Schicksalsschlag nach dem nächsten hatte verkraften müssen.

Doch es sollte noch schlimmer kommen. Sechs Wochen nach Christas Treffen mit Inge starb ihre Mutter. Es war ein anstrengender Tag in der Schneiderei gewesen, und Christa taten von der Arbeit an der Nähmaschine die Finger weh, als sie nach Hause kam. Jetzt wollte sie nur noch eins: sich in einen Sessel kuscheln, ein Glas Wein trinken und Radio hören. Daraus wurde nichts.

Mutti lag mit dem Gesicht nach unten auf dem Läufer im Wohnzimmer. Dass sie tot war, spürte Christa schon beim Eintreten. Die Aura des Todes hatte sich bereits im Raum ausgebreitet. Christa schnappte nach Luft, bevor sie sich neben ihre Mutter kniete, ihr das Haar aus dem Gesicht strich und in die gebrochenen, matten Augen blickte.

Von der Wohnung einer Nachbarin aus rief sie im Lukas-Krankenhaus an, sie selbst besaßen kein Telefon. Stotternd schilderte sie, wie sie ihre Mutter vorgefunden hatte.

Ein Arzt stellte fest, dass Anna Ulitz an Herzversagen und ohne Fremdverschulden gestorben war.

»Auch einen Suizid kann ich ausschließen«, erklärte er Christa, die blass und starr dasaß.

»Es ging ihr recht gut in letzter Zeit«, bestätigte sie mit belegter Stimme. »Heute Morgen ist sie wie immer zur Arbeit gegangen und wirkte ganz aufgeräumt.«

Christa verschwieg die psychische Erkrankung ihrer Mutter, die den Arzt sicher auf eine falsche Fährte gebracht hätte. Ihr Zustand war in den letzten Monaten dank eines neuen Medikaments weitgehend stabil geblieben.

Christa war überzeugt davon, dass ihre Mutter eines natürlichen Todes gestorben war.

Nach der Beerdigung waren Christas Ersparnisse und das Erbe ihrer Mutter aufgebraucht. Sie hatte keine Vorstellung davon gehabt, wie teuer Sarg, Blumenschmuck, die Leistungen des Beerdigungsunternehmens und eine Grabstelle auf dem Neusser Friedhof waren. Lange würde sie sich die Wohnung auf der Kapitelstraße nicht mehr leisten können. Neben ihrer Trauer litt sie nun auch unter furchtbaren Existenzängsten.

Ins Blaue hinein schrieb sie Inge kurz vor Weihnachten einen Brief. Sie konnte nicht verhindern, dass ihre Kümmernisse in das Schreiben miteinflossen.

Inge reagierte sofort.

»Zieh so lange zu uns, bis du eine günstige Wohnung gefunden hast! Wir haben Platz im Obergeschoss«, schrieb sie. »Volker ist einverstanden. Wir Schlesier müssen zusammenhalten, habe ich ihm gesagt. Also komm!«

Und dann traf sie eines Tages Hans wieder. Es war ein Wunder, das zur rechten Zeit geschah. Mit ihm war das Leben auf einen Schlag leicht und unbeschwert. Und er war eine gute Partie, wie Inge immer wieder betonte.

»Als Architekt wird er einmal in Geld schwimmen«, orakelte sie, als die beiden einen Einkaufsbummel in Neuss machten. Inge, die hochschwanger war und ein von Christa genähtes rosa Hängerchen trug, brauchte Babykleidung.

»Ja, und ich liebe ihn, glaube ich«, ergänzte Christa, während sie mit den Fingerspitzen über ein herrlich figurbetontes, raffiniertes Seidenkleid strich, das an einem Ständer hing, aber leider viel zu teuer für ihren Geldbeutel war.

Inge zog die Augenbrauen hoch.

»Na, überschwänglich klingt das nicht gerade.«

»Ach.« Christa schaute nachdenklich in die Luft. »Ist eben

nicht meine Art. Was zählt, ist Vernunft. Und nach Muttis Tod sehe ich vieles anders. Hans ist verlässlich und treu. Und ich bin seine Traumfrau. Was will man mehr?«

Inge musterte sie nachdenklich, sagte aber nichts mehr.

Christa war wie selbstverständlich davon ausgegangen, dass ihre Lebensplanung mit Hans wie bei Inge und Volker in der korrekten Reihenfolge ablaufen würde, sie also erst heiraten würden, um dann einen Hausstand zu gründen und sich gemütlich einzurichten. Aber jetzt erwartete sie ein Kind, dabei war Nachwuchs doch erst viel später vorgesehen.

Von einem der schicken neuen Fernsehgeräte hatte sie geträumt, die sich viele Leute neuerdings anschafften. Filme, Nachrichten, Sport, Reklame … All das konnte man sich heutzutage in bewegten Bildern, Stimmen und Klängen ins Haus holen, anstatt dafür ins Kino gehen zu müssen. Christa hatte sich selbst in naher Zukunft als eine dieser modernen Hausfrauen gesehen, wie sie auf Plakaten an den Litfaßsäulen oder von der Leinwand herunter mit einem strahlenden Lächeln für Waschmittel und Shampoo warben und vor einem Toaster, einer Waschmaschine oder einem Fernsehgerät posierten.

Und jetzt das! Das Kind warf ihre gesamten Pläne durcheinander.

In aller Eile bestellte Hans das Aufgebot ein, denn unverheiratet ein Kind zu bekommen wäre natürlich eine furchtbare Schande.

Die Hochzeit fand Ende April 1960 statt und entsprach überhaupt nicht dem, wie sich Christa den schönsten Tag ihres Lebens vorgestellt hatte. Man merkte der Feier an, dass sie überstürzt auf die Beine gestellt worden war.

Insgesamt war Christas Meinung nach an dieser Hochzeit nichts, wie es sein sollte, angefangen vom regnerischen Wetter bis hin zu ihrem schlichten, knapp übers Knie reichenden

Brautkleid, das sie nach dem Schnittmuster aus einer Modezeitschrift selbst geschneidert hatte. Leider saß es am Morgen der Trauung nicht mehr richtig, sondern spannte unangenehm am Busen. Die Schwangerschaft veränderte Christas Körper rasanter, als sie es für möglich gehalten hätte.

»Hänschen, schau mal!«, klagte sie, vor dem Wandspiegel stehend, mit Tränen in den Augen. »Mein Dekolleté sieht unmöglich aus! Die Brust quillt fast heraus. So kann ich doch nicht in die Kirche gehen.«

Hans umarmte sie von hinten.

»Mir gefällt, was ich sehe«, schmunzelte er.

»Ach du, du hast ja überhaupt keine Ahnung!« Unwillig machte sie sich von ihm los. »Das Kleid hat leider nicht mehr genug Nahtzugabe, und zum Ändern ist sowieso keine Zeit mehr. Ich werde eine Strickjacke darüber tragen müssen. Aber ich sehe schon vor mir, wie mich deine Mutter abfällig von oben bis unten mustert. Ich weiß gar nicht, wie ich den Tag überstehen soll! Dass wir überhaupt im Haus deiner Eltern feiern müssen!«

»Vater war es sehr wichtig, wie du weißt. Außerdem ist es eine Erleichterung für uns, dass er alle Kosten übernimmt«, erinnerte Hans sie.

»Dafür müssen die Gäste schauen, wie sie nach der Trauung dorthin kommen – zu Fuß oder mit dem Rad. Kaum einer von ihnen hat ein Auto. Ich finde das eine Zumutung!« Christa schlüpfte in die Schuhe mit den Pfennigabsätzen und griff nach dem kleinen Brautstrauß aus Röschen und Schleierkraut.

»Na, wir haben immerhin eine Fahrgelegenheit!« Hans schien fest entschlossen, sich die gute Laune nicht verderben zu lassen. Derlei Diskussionen hatten sie in den letzten Wochen einige Male miteinander geführt.

»Pff! Nachdem ich mich auf die Rückbank gequetscht habe, wird mein Kleid völlig zerknautscht sein«, jammerte Christa beim Gedanken an den VW Käfer, mit dem ein Kommilitone von Hans sie fahren würde.

»Aber schick ist der Wagen trotzdem, das musst du zugeben.« Hans lächelte sie aufmunternd an. »Und das Wichtigste an diesem Tag ist doch, dass wir heiraten werden. Wir beide, in zwei Stunden sind wir Mann und Frau, ein Leben lang!« Er nahm ihre Hand und sah ihr tief in die Augen. »Ich liebe dich, Christa, und bald werden wir ein Kind haben.«

Christa rang sich ebenfalls ein Lächeln ab. Hans hatte ja recht. Was sie eigentlich traurig machte, hatte sowieso nichts mit dem schlecht sitzenden Brautkleid oder dem Aufeinandertreffen mit Else Franzen zu tun. Es war der bitteren Tatsache geschuldet, dass keine ihrer Familienangehörigen mehr lebten, die mit ihr den angeblich schönsten Tag ihres Lebens feiern konnten. Sie atmete tief durch. Hans war da, betete sie sich vor. Nur das zählte.

Dennoch fühlte Christa sich bei der Feier im Haus ihrer Schwiegereltern in Gesellschaft der Gäste, die fast alle Verwandte oder Freunde ihres frischgebackenen Ehemanns waren, äußerst unwohl. Und Hans war nach der Trauung so aufgedreht, dass er das Bier literweise in sich hineinschüttete. Er, sein Bruder Wolfgang und dessen Frau Clara waren schnell sehr betrunken. Christa war froh, als der Tag endlich vorbei war und sie im Zimmerchen unter der Dachschräge neben dem schnarchenden Hans einschlafen konnte.

Genauso katastrophal wie die Hochzeit verlief Christas Meinung nach Johannas Geburt. Christa lag zehn Stunden in den Wehen und litt Höllenqualen, bevor sie ihre braunhaarige, mürrisch dreinblickende Tochter endlich in den Armen halten durfte.

Die Kleine war Hans' Mutter wie aus dem Gesicht geschnitten, was Christa zutiefst schockierte. Sie konnte ihre Schwiegermutter auf den Tod nicht leiden; daran hatten auch die letzten Monate nach der Hochzeit nichts geändert. In ihren Augen war Else Franzen herrisch, überheblich und dumm.

Dass das Baby frappante Ähnlichkeit mit ihr aufwies, empfand Christa als Strafe, und es erschwerte ihr die Liebe zu ihrer Erstgeborenen. Auch sonst machte Johanna es ihr nicht leicht, sie ins Herz zu schließen. Ihr mürrischer Gesichtsausdruck blieb. Aus dem grimmigen Baby wurde ein verschlossenes, abweisendes Kleinkind, das sich am liebsten mit sich selbst beschäftigte. Johanna strahlte eine Selbständigkeit und Unabhängigkeit aus, die Christa ausschloss und sie damit ihrer Mutterrolle beraubte.

Christa begriff nicht, dass das Verhalten ihrer Tochter eine unbewusste Reaktion auf ihre eigene kühle Art war. Johanna zog sich mehr und mehr in sich selbst und eine Phantasiewelt zurück. Mit Heikes Geburt wurde alles anders. Die Kleine war anschmiegsam und unkompliziert. Und sie sah ein bisschen aus wie Karlchen! Das alles machte es Christa leicht, Heike ins Herz zu schließen, und auch Johanna wurde wieder etwas zugänglicher.

Christa lebte nicht gern in dem Haus an den Schienen, in das sie nach dem plötzlichen Tod von Hans' Eltern im Sommer 1966 zogen. Selbst wenn sie es geschafft hatte, den Muff aus alten Tagen, der sie an die schreckliche Nachkriegszeit und vor allem an ihre garstige Schwiegermutter erinnerte, zu verbannen, fühlte es sich falsch an, wieder hier zu wohnen. Es kam ihr wie ein Gefängnis vor, denn Büttgen war weit, und sie besaß kein Fahrzeug, um fortzukommen.

Allerdings gefiel es ihr, wie ihre beiden Töchter auflebten und vor allem den weitläufigen Garten für sich entdeckten. Ganz warm wurde ihr ums Herz, wenn Heike und Johanna selbstvergessen auf der Wiese herumtollten.

Und als Hans ihr nach einer seiner Taxischichten im Kofferraum ein gebrauchtes Damenfahrrad mitbrachte, freute Christa sich riesig. Nie hatte sie sich beklagt, doch feinfühlig, wie er war, hatte er auch so verstanden, was ihr fehlte.

Endlich war sie mobil! Selig unternahm sie Einkaufstouren mit Heike im Kindersitz und Johanna auf dem Gepäckträger. Mit dem Rad über die Felder zu strampeln gab ihr ein Stück Freiheit zurück, das sie mit dem Umzug von Neuss hierher aufs Land verloren hatte.

An jenem schicksalshaften Tag im Juni 1967 war das Fahrrad für Christa allerdings nicht mehr als ein Transportmittel, um möglichst schnell zur Apotheke nach Büttgen zu gelangen. Johanna und Heike litten unter den Folgen ihrer Windpockenerkrankung, und damit sie sich die Bläschen nicht aufkratzten und womöglich Narben davontrugen, musste eine lindernde Salbe her.

Während die Mädchen schliefen, flog Christa auf ihrem Rad nur so dahin, es war ein schöner, warmer Frühsommertag. Doch nachdem sie an der Kreuzung zum Ortseingang den Bordstein hinuntergefahren war, verlor ihr Hinterreifen auf einmal Luft. In Höhe des Friedhofs und des Feuerwehrhauses war er schließlich komplett platt; sie konnte das Rad nur noch schieben.

Verschwitzt erreichte Christa die Apotheke im Ortskern. Sie kaufte Salbe und Puder und machte sich unverzüglich wieder auf den Rückweg. Es war mühsam, das Fahrrad zu Fuß mit sich zu führen. Ein paarmal stieß sie sich das Schienbein an den Pedalen.

Ihre Laune war auf dem Tiefpunkt, als plötzlich ein kleiner Lieferwagen mit Ladefläche neben ihr hielt. Stirnrunzelnd beschleunigte sie ihren Schritt; mit fremden Handwerkern zu reden, die ihr womöglich aus dem Wagen heraus schöne Augen machen wollten, kam nicht in Frage.

»Christl?«

Bei der Nennung ihres Kosenamens aus Kindertagen blieb sie wie vom Schlag getroffen stehen. Ihre Handflächen, die den Fahrradlenker umklammerten, begannen zu schwitzen. Endlich wagte sie einen Seitenblick, und ihr Herz setzte aus.

»Hermann?«

Außer einer zufälligen Begegnung auf einem Neusser Spielplatz – die Kinder waren noch klein gewesen, und schnell war Hans hinzugekommen und hatte den leisen Anflug von Intimität zwischen ihnen zerstört – hatte Christa Hermann nie mehr wiedergesehen und auch nicht sehen wollen. Was brachte es, eine Vergangenheit heraufzubeschwören, die ihrem jetzigen Leben im Weg stand? Dennoch weitete sich jetzt ihr Herz vor Sehnsucht, und der Widerhall seiner Stimme ließ ihren Körper vibrieren.

»Was machst du denn hier?«, stieß sie schroffer als beabsichtigt hervor. Sogar ihre Stimme hatte sie nicht mehr im Griff.

»Dich offensichtlich aus der Not retten.« Er lächelte. Einfach umwerfend sah er aus mit seinen blitzenden Augen und den dunklen Locken. »Der Fachmann sieht sofort, wenn ein Fahrrad einen Plattfuß hat.«

Christa musste unwillkürlich grinsen.

»Keine große Kunst, nicht wahr? Oder glaubst du, ich schiebe es zum Spaß?« Sie blickte ihm ins Gesicht und dann direkt wieder beiseite, so sehr verunsicherte es sie, wie ihr Herz in der Brust klopfte. »Und was willst du jetzt tun? Es flugs hier auf der Straße reparieren?«, fragte sie scherzhaft und beschrieb mit dem rechten Arm einen Halbkreis, der Bürgersteig, Ampelanlage, Asphalt und den Sommerhimmel umfasste.

»Nun ja, erst würde ich es auf meine Ladefläche packen und dich damit nach Hause fahren. Den Reifen flicken könnte ich ja dort.«

Und schon fuhr er vor ihr die Bürgersteigkante hinauf und versperrte ihr den Weg. Leichtfüßig sprang er aus dem Wagen und nahm ihr das Fahrrad ab.

»Und? Magst du einsteigen?«, fragte er einen Moment später. Galant hielt er ihr die Tür auf. »Du musst mir nur sagen, wie ich fahren muss.« Er hatte mehrere Fahrräder an das Kinderheim in Büttgen ausgeliefert, daher kurvte er hier herum. »Zu einem Sonderpreis, versteht sich«, erklärte er. »Ich unterstütze gern die, die es nötig haben.«

Christa betrachtete seine schmalen sehnigen Hände, die das Lenkrad hielten. Schon hatten sie den Ort hinter sich gelassen, und Hermann bog auf ihr Geheiß links ab. Warme Luft wirbelte durch die geöffneten Fenster ins Innere der Fahrerkabine und spielte mit ihrem Haar, das sich aus dem strengen Zopf zu befreien suchte.

»Mein Geschäft läuft gut, musst du wissen. Ich konnte letztes Jahr sogar noch ein paar Lagerräume dazumieten.« Er konzentrierte sich wieder aufs Fahren und schwieg eine Weile. Als er erneut das Wort ergriff, klang seine Stimme belegt. »Viel lieber hätte ich meinen Fahrradladen in Glogau«, sagte er leise, »und mein Lager in der Scheune des Weyrichhofes. Weißt du, Landwirt zu werden und Vaters Hof zu übernehmen, dieser Traum ist ausgeträumt. Aber die Heimat …«, er schluckte und warf ihr einen wehmütigen Blick zu, »… die ist immer noch in meinem Herzen. Es fühlt sich falsch an, in Recklinghausen zu leben. Was würde ich dafür geben, mit dem Rad über die weiten Hügel bei Schönefeld zu radeln. Reifer Weizen wiegt sich im Wind bis zum Horizont. Rechts und links der Straße wachsen Klatschmohn und Kornblumen … Dann komme ich nach Hause, und alles ist in Ordnung. Vater und Mutter sind da, und auch du, Christl …« Er klappte den Mund zu. Dann seufzte er auf. »Ich habe als Kind nicht gewusst, wie sentimental ich bin.«

»Du musst hier rechts auf den Feldweg abbiegen«, sagte Christa leise. Die Traurigkeit, die Hermann verströmte, und das Heimweh, das er heraufbeschwor, übertrugen sich auch auf sie.

Vertriebene sind wir, dachte sie. Immer noch, und wahrscheinlich für immer. Gleichzeitig erfüllte es sie mit einem großen Glück, dass sie in Hermanns Träumen offenbar weiterhin einen Platz hatte, obwohl er doch mit einer anderen zusammen war. Dann dachte sie an Johanna und Heike, die in ihren Betten schliefen und von den Windpocken geplagt wurden, und bekam ein schlechtes Gewissen. Sie erzählte Hermann von der Erkrankung der beiden und warum sie ins Dorf gefahren war.

»Es muss schön sein, Kinder zu haben«, erwiderte er. »Margot und ich sind noch nicht so weit. Sie ist eine feine Frau, glaub mir. Bodenständig und immer um mein Wohl bemüht. Aber sie begreift nicht, was mir fehlt … Dass ich … entwurzelt bin. Es macht sie ungeduldig, wenn ich damit anfange. Sie versteht auch die Sehnsucht meiner Eltern nicht. Ich bin oft bei ihnen. Dann sprechen wir über Schönefeld und die alten Zeiten. Und Margot kann nicht mitreden. Tja, sie will es wohl auch gar nicht. Unsere Erinnerungen langweilen sie, das merke ich ihr an.« Er räusperte sich. »Sie passt zwar zu dem Hermann, der im Hier und Heute lebt und in Recklinghausen Fahrräder verkauft, aber nicht zu dem Landwirtssohn Hermann Weyrich aus Schlesien, der die Heimat verlassen musste.«

»Man muss nach vorne blicken«, antwortete Christa automatisch. Dieser Satz war seit der Flucht zu ihrem Leitspruch geworden, und auch an Tagen, an denen sie daran zweifelte, betete sie ihn sich vor. Es half gegen die Melancholie.

»Da hast du sicher recht, aber das fällt mir oft schwer.«

Beinahe wären sie an der Abbiegung, die zum Haus führte, vorbeigefahren, so sehr hatte Christa sich von Hermanns Worten ablenken lassen.

»Halt«, rief sie, »hier müssen wir lang. Gleich sind wir da. Dann siehst du das Haus, in dem Mutti, Großvater und ich nach dem Krieg untergebracht wurden. Damals hätte ich nie gedacht, dass ich einmal hierher zurückkehre … mit zwei Töchtern und dem Mann, den ich hier als Kind kennengelernt habe.«

Vor ihnen tauchte das üppig grüne Grundstück mit seinen hohen Bäumen und dichten Sträuchern auf, in dem sich das Haus mit dem schwarzen Ziegeldach duckte wie ein Kaninchen im hohen Gras. Von rechts kommend ratterte ein Güterzug hinter dem Garten vorbei. Das Geräusch hallte weit übers Land.

Hermann hielt an, und Christa sprang aus dem Wagen, um das Holztor zu öffnen. Wie oft hatte sie darauf mit Hans gehockt … damals, als sie Kinder gewesen und die Kriegsjahre noch nicht lange vorbei waren. Plötzlich kam es ihr wie Verrat vor, Hermann hierherzubringen. Er transportiert doch nur mein kaputtes Rad, redete sie sich selbst ein.

»Danke, dass du mich und den Drahtesel heimgefahren hast«, sagte sie, als Hermann auf den Hof gerollt und aus der Fahrerkabine gesprungen war. »Ich hätte nicht gewusst, wie ich so schnell mit dem Platten nach Hause gekommen wäre.«

»Ja, gut, dass ich gerade vorbeigefahren bin. Schicksal, würde ich sagen.«

»O ja, das war es.« Christa verspürte ein mulmiges Gefühl in der Magengegend. Was um Himmels willen tat sie hier?

»Es ist schön, dass wir uns wiedersehen.« Hermann streichelte mit Blicken ihr Gesicht. »Seit wir uns damals in Neuss begegnet sind, muss ich pausenlos an dich denken.«

»Aber das ist doch schon Jahre her. Die Mädchen waren noch so klein.«

Christa wandte sich der Ladefläche des kleinen Lieferwagens

zu und betrachtete ihr darauf liegendes Fahrrad. Eigentlich bräuchten sie es jetzt nur herunterzuheben und sich ganz gesittet voneinander zu verabschieden. Den Schlauch könnte auch Hans im Handumdrehen reparieren. Doch keiner von ihnen bemühte sich darum. Stattdessen lehnten sie sich nebeneinander an das warme Blech des Fahrzeugs.

»Weißt du noch, wie wir als Kinder zusammen die Hühner gefüttert haben?«, fragte Hermann.

»Natürlich.« Christa nickte. »Oder wie wir Fangen auf dem Hof gespielt haben. Oder wie du mich gerettet hast, als mich dieser Köter angefallen hat, und du mir später zum Trost die schönsten Birnen gepflückt hast.«

»Es kommt mir vor, als wäre es gestern gewesen. Die alte Heimat werden wir nie wiedersehen, was?« Hermann sah so traurig aus. Wie gern würde sie ihn trösten.

»Es nützt nichts, dem nachzuweinen«, sagte sie, dabei tat ihr selbst das Herz vor Sehnsucht weh. »Schlesien ist verloren. Außerdem ist dort bestimmt schon nichts mehr so, wie es war. Die Polen lassen alles verkommen, sagt man. Aber auch das sollte uns nicht mehr kümmern, Hermann.«

»Das sagst du so leicht.« Er drehte sich zu ihr herum. Und während sie weiterredeten, wünschte sie sich nur noch, in seinen Armen zu liegen.

»Du bist was ganz Besonderes. Vergiss das nicht …«, sagte sie schließlich.

»Ja, bin ich das?«

Und plötzlich war er bei ihr. Sie sog seine Wärme und seinen Geruch in sich auf, der ihr bekannt und gleichzeitig fremd vorkam. Seine Männlichkeit irritierte und verstörte sie, dennoch fühlte sie sich so wohl wie schon ewig nicht mehr, und sie erkannte mit einem Schlag, was ihr all die Jahre gefehlt hatte.

Sie liebten sich direkt auf der Wiese. Christa schaltete ihren Kopf aus und war nur noch Fühlen und Begehren.

Als es vorbei war und sie wieder zu sich kam, hatte sie zunächst noch nicht einmal den Anflug eines schlechten Gewissens. Hermann und sie waren von jeher miteinander verbunden gewesen. Keiner von ihnen konnte etwas dafür, dass der Krieg sie auseinandergerissen hatte. Er streichelte ihr Haar und zupfte ein Blatt heraus, das sich darin verfangen hatte.

»Deine Töchter …«, murmelte er. »Du musst nach ihnen gucken.«

Christa nickte und löste sich widerstrebend aus seinen Armen. Dann schob sie mit zähen Bewegungen ihre Kleidung zurecht. Die Realität erreichte ihr Bewusstsein, und plötzlich schlug ihr das Herz bis zum Hals. Was hatte sie getan? War sie von Sinnen gewesen? Sie hatte Hans und die Mädchen verraten!

»Ja, das muss ich. Und du musst gehen. Bitte hilf mir noch mit dem Rad, ja?«

»Natürlich.« Er schlüpfte in Hose und Schuhe, strich sich das zerzauste Haar aus der Stirn und wankte auf unsicheren Beinen zum Lieferwagen.

Ihre Verabschiedung war knapp. Sie wussten beide nicht, wie sie mit der Situation umgehen sollten.

Christa schaute ihm nach, bis der Wagen in der Staubwolke, die hinter ihm her wirbelte, verschwand. Dann schloss sie kurz die Augen, rieb mit der Hand über ihren Mund, wie um seine Küsse wegzuwischen, und ging ins Haus.

Die Mädchen brauchten sie. Wenn sie aufwachten, würde sie zur Stelle sein und Salbe auf die juckenden Pöckchen auf ihren unschuldigen Kinderkörpern auftragen.

Schon zu Beginn ihrer dritten Schwangerschaft wusste Christa, dass sie dieses Mal Hermanns Kind unter dem Herzen trug. Erst versetzte sie der Gedanke in Unruhe, dann machte er sie zutiefst glücklich, doch schlussendlich versank sie in Schuld- und Reuegefühlen.

Aber Hans hat ja keine Ahnung, dass er nicht der Vater ist, tröstete sie sich. Niemand wusste darum. Und Hermann würde sie einfach nie wiedersehen. Sie konnte sich die Realität zurechtbiegen, so dass sie in ihrer aller Leben passte. Doch würde das ihren Verrat nicht umso monströser machen?

Wie auch bei den anderen Schwangerschaften kümmerte sich Hans rührend um Christa. Oft kam er mit einem Strauß Blumen nach Hause oder brachte Teilchen vom Bäcker mit. Zu Hause ließ er sie nicht mal einen Wäschekorb tragen. Manchmal trieb seine Fürsorge ihr Tränen der Rührung in die Augen, und ihr Herz weitete sich vor Liebe und schlechtem Gewissen. An anderen Tagen machte sein rücksichtsvolles Gebaren sie ungeduldig. Sie war doch nicht krank! Und wenn er wüsste …

In den folgenden Monaten verlor sie immer mehr den Zugang zu Johanna. Von jeher war ihr das ernste, in sich ruhende Kind mit dem fragenden Blick, der sich geradewegs in ihr Gehirn zu bohren schien, fremd gewesen. Nun schaute Johanna sie manchmal dermaßen prüfend an, dass Christa sich unruhig wand und sich ertappt fühlte. Ertappt? Wobei?

Wie gut tat ihr dagegen Heikes fröhliches Wesen. Ihre Zweitgeborene war ein wahrer Sonnenschein, warmherzig, niedlich und liebevoll. Heike mit ihren runden Pausbacken erinnerte Christa immer noch ab und zu an Karlchen, obwohl sich der Eindruck mit den Jahren langsam verlor. Mit Heike konnte sie knuddeln und unbeschwert lachen. Und Heike freute sich unbändig auf das neue Familienmitglied.

»Dann bin ich nicht mehr die Kleine«, sagte sie strahlend und kuschelte sich an Christa. »Und ich kriege jemanden, mit dem ich spielen kann. Johanna hat ja jetzt ihren Peter.«

Peter. Der Junge war Christa schon lange ein Dorn im Auge.

Es befremdete sie, wie nahe er und Johanna sich standen, wobei das Gefälle zwischen ihnen dermaßen offenkundig war. Was fand ihre vor Intelligenz sprühende Tochter an diesem verstockten Tölpel, dessen schulische Leistungen weit hinter ihren zurückblieben?

Christa war überaus stolz auf Johannas helles Köpfchen, das sie von Hans geerbt haben musste. Es missfiel ihr, dass die Talente ihrer Tochter wegen eines dahergelaufenen Bengels aus dem Dorf brachlagen.

Der kleine Peter tat Christa zwar ehrlich leid, denn sie wusste, dass er es zu Hause nicht leicht hatte, aber er passte einfach nicht zu Johanna. Nun, bald würde er mit seinesgleichen verkehren, auf einer Förderschule, wo er hingehörte. Und Johanna würde ihn mit der Zeit vergessen und sich Kindern zuwenden, die ihrem Wesen mehr entsprachen.

Als Hermine geboren wurde, waren Christas Sorgen um Johanna mit einem Mal vergessen.

Das Neugeborene war seinem Vater wie aus dem Gesicht geschnitten. Es erschien ihr wie ein Wunder! War es ein Geschenk Gottes? Auf immer hatte sie nun etwas, das sie an Hermann erinnerte und sie mit ihm verband. Zu Beginn der Schwangerschaft hatte sie sich fest vorgenommen, ihn nie wiederzusehen. Und nun brauchte sie das auch gar nicht mehr. Ein Teil von ihm würde stets bei ihr sein.

Dass Christa ihre dritte Tochter Hermine nannte, war keine wirklich bewusste Entscheidung, sondern erschien ihr im Überschwang der Gefühle nach den Strapazen der Geburt als eine logische Schlussfolgerung aus dem Aussehen der Kleinen.

Erst als sie den Namen im Krankenhaus vor Hans, Johanna und Heike laut aussprach, wurde ihr klar, dass die Wahl ein Affront gegen ihren Mann sein musste. Seine Reaktion fiel dementsprechend aus. Er wirkte irritiert, erhob aber keinen Einspruch.

In diesen Tagen nistete sich die Angst in Christa ein, Hans könnte durchblickt haben, dass sie ihm ein Kind untergeschoben hatte. Seine Fürsorge ihr gegenüber und die Zärtlichkeit, mit der er Hermine begegnete, zeigten ihr jedoch bald, dass sie sich umsonst gesorgt hatte. Hans entwickelte für die Kleine dieselbe grenzenlose Liebe wie für Johanna und Heike. Christa war beruhigt und verdrängte ihre Schuldgefühle.

Es wäre auch ein Ding der Unmöglichkeit gewesen, Hermine nicht ins Herz zu schließen, klein, zart und zerbrechlich wie sie war, fand Christa. Sie war entzückt, wenn der Rosenknospenmund des Babys aufging, sobald sie ihm das Fläschchen geben wollte, oder wie die winzigen Fäustchen sich im Schlaf öffneten und schlossen. Hermine war ein äußerst hübsches Kind mit milchig weißer Haut und dichten dunklen Haaren. Wenn Hermines Augen sie unverwandt anstarrten, glaubte sie, in die von Hermann zu schauen. Die Kleine war wie ein Spiegel, durch den Christa in eine Traumwelt zu blicken vermochte, in der Hermann und sie in Schönefeld lebten, als Ehepaar und glückliche Eltern, in einer Welt, in der es den Krieg und die Vertreibung nie gegeben hatte.

Es war verrückt, so zu denken, das wusste Christa natürlich, und sie gestattete es sich nur selten, aber wenn sie es tat, wurde sie von einem tiefen Glücksgefühl beseelt.

Hermine war anders als andere Kinder. Nicht nur anders als Johanna und Heike, nein, anders als alle Kinder, die Christa kannte. Bereits als Vierjährige führte sie Selbstgespräche und schaute träumerisch ins Nichts, als sähe sie dort etwas, das für Normalsterbliche unsichtbar war.

Christa vermutete schnell, dass ihre jüngste Tochter das »zweite Gesicht« der Weyrichs geerbt hatte. Panisch versuchte sie, Hermines Andersartigkeit vor dem Rest der Familie zu verbergen. Sie beschwor die Kleine, anderen ihre Eingebungen zu verschweigen, aber natürlich war das für ein Kind, das sich und seine Umwelt nicht wie ein Erwachsener reflektieren konnte, fast unmöglich.

»Die anderen werden dich nicht mehr leiden können, wenn du ihnen diese Dinge sagst«, drang sie in Hermine, als sie sie eines Tages aus dem Kindergarten abgeholt und sich der Vater eines kleinen Mädchens bei ihr beschwert hatte, dass Hermine seiner Tochter Angst gemacht habe.

Hermine blieb trotzig mitten auf dem Bürgersteig stehen.

»Aber ich sag nur die Wahrheit«, beharrte sie. »Ich weiß, dass die Mama von Sabine bald sterben wird.«

Christa seufzte, gleichzeitig lief ihr ein Schauer über den Rücken.

»Du denkst nur, dass du es weißt«, korrigierte sie ihre Tochter und zog sie ungeduldig an der Hand hinter sich her, um einen sicheren Abstand zwischen ihnen und dem fremden Vater zu gewinnen. »Du machst der kleinen Sabine Angst, weißt du? Und selbst wenn ihre Mama sterben sollte … Niemand kann es verhindern, oder? Warum sollte das Mädchen es früher als nötig wissen? Warum sollte es jetzt schon traurig sein?«

Hermine runzelte nachdenklich die Stirn.

»Stimmt«, sagte sie. »Aber geschehen wird es trotzdem.«

Vier Wochen später starb Sabines Mutter an den Folgen einer langen Krankheit. Hermines Vorahnung war richtig gewesen.

Christa war schockiert, als sie davon erfuhr. Und wieder sah sie sich darin bestätigt, dass Hermine Hermanns Gabe geerbt hatte. Auch äußerlich wurde sie ihm immer ähnlicher. All das bereitete Christa Sorgen. Würde sie ihr Geheimnis bewahren können?

5

Freitagnachmittag

Obwohl es gerade mal halb vier war, hatte ich den Eindruck, dass jenseits des Wohnzimmerfensters alles im Dunkeln lag. Der Tag kam so trüb daher, wie ein Tag im Januar nur sein konnte. Zum Kaffee tischte unsere Mutter Weihnachtsplätzchen auf. In den Dosen befanden sich immer noch welche, die von den Festtagen übrig geblieben waren. Ich bevorzugte die Zimtsterne, die ich mir gezielt vom Keramikteller fischte. Sie schmeckten einfach köstlich!

Papa machte einen nachdenklichen Eindruck. Vorhin hatte ich ihn im Arbeitszimmer telefonieren hören, und seitdem war er in dieser Stimmung. Als er seine Tasse ausgetrunken hatte, ging er zum Bücherregal, das das Wohn- vom Esszimmer abgrenzte.

Mit einem dicken dunkelbraunen Fotoalbum in den Händen kam er zurück.

»Ihr wolltet doch Fotos ansehen, oder?«, fragte er schmunzelnd.

Er setzte sich wieder und öffnete das Album. Die Pergamentseiten, die die Bilder vor dem Zusammenkleben schützen sollten, knisterten.

Bald waren wir in die uralten Schwarzweißaufnahmen vertieft.

»Die habe ich alle oben auf dem Dachboden gefunden, als ich

dort ausgemistet habe«, erklärte Mama. »Es muss in den Achtzigern gewesen sein. Das hier ist euer Opa Theo in jungen Jahren.« Sie deutete auf ein grobkörniges Foto. Ich glaube, zu dem Zeitpunkt kannte er noch nicht mal eure Großmutter.«

»Dein Vater sieht aus wie du«, sagte ich erstaunt zu Papa. »Er hat dieselbe Haltung und einen ähnlich freundlichen Gesichtsausdruck.«

»Was du alles in die alten Bilder hineindichtest.« Mama schüttelte lächelnd den Kopf. »Aber in einem hast du recht: Theo und dein Vater waren aus demselben Holz geschnitzt. Feine Männer mit Charakter!«

»Danke, danke.« Unser Vater grinste verlegen.

»Leider musste er viel zu früh sterben.« Johanna runzelte die Stirn. »Und Heike und ich wussten ewig lange nicht, was passiert war. Nur Hermine, die …«

»Wir wollten euch nicht verängstigen. Ihr wart noch so klein«, unterbrach unsere Mutter sie. »Wir dachten damals, dass wir vor euch besser kein Aufhebens darum machen sollten. Else und Theo kamen immerhin gewaltsam ums Leben, Theo sogar hier im Haus.«

Ich hatte das Gefühl, ihr beistehen zu müssen, denn mir gefiel Johannas vorwurfsvoller Blick nicht. Sie konnte manchmal einfach rücksichtslos sein. Außerdem kannten wir doch alle die Geschichte. Warum unnötig darauf herumreiten?

»Ich hätte es an eurer Stelle genauso gemacht!«, sagte ich mit fester Stimme.

»Ich auch.« Das kam von Heike. »Spätestens seit ich selber Mutter bin, ist mir das klar.«

Alle schauten Johanna an. »Na gut, vielleicht habt ihr recht, aber damals fand ich es echt daneben.«

Unser Vater räusperte sich.

»Das alles ist lange her, aber der plötzliche Tod meiner Eltern hat mir natürlich sehr zu schaffen gemacht. Ich habe nicht gern darüber geredet, und Christa auch nicht. Mir war es danach viel wichtiger, das Haus, an dem Vater so hing, in Ehren zu halten. Wir haben es wieder mit Leben gefüllt, und das war gut so.«

»Stimmt.« Heike strich sachte über seinen Arm. »Das habt ihr.«

»Wer ist das denn dort auf dem Foto?« Ich zeigte auf ein x-beliebiges Bild, um die gedrückte Stimmung zu durchbrechen.

»Keine Ahnung!« Papa zuckte mit den Achseln. »Ein Freund meines Vaters vielleicht, noch vor dem Ersten Weltkrieg.« Er blätterte die steife Seite um.

»Seht mal, das sind meine Großeltern väterlicherseits. Das Bild muss in einem Fotoatelier aufgenommen worden sein, so ernst und gestellt, wie sie dasitzen.«

Wir beugten uns über das Album und vertieften uns in die Vergangenheit. Wie lange das alles her war und wie sehr sich die Welt seitdem verändert hatte!

Gegen Abend gingen Heike und Mama in der Küche die Liste der Dinge durch, die am nächsten Tag noch für die Geburtstagsfeier zu erledigen waren. Papa schaute Fernsehen, und Johanna saß auf dem Sofa und arbeitete am Laptop.

In einem unbeobachteten Moment schlich ich mich mit dem Tagebuch hoch ins Zimmer. Ein paar Seiten würde ich bis zum Abendbrot sicher noch schaffen.

25. August 1982

Ambrosia. Wenn ich an sie zurückdenke, bin ich traurig und zornig. Ich kann auch erst jetzt über sie schreiben. Vor ein paar Wochen hätte es mich zu sehr aufgeregt.

Seit meinem Rausschmiss aus dem Religionsunterricht bis zu den Sommerferien bin ich nur noch sporadisch zur Schule gegangen. Ich habe mir selber Entschuldigungen geschrieben

und Mamas Unterschrift gefälscht. Aber ich bin jeden Morgen pünktlich aufgestanden und mit dem Zug nach Neuss gefahren, damit Mama und Papa nicht merken, dass ich blaumache. Am Kaufhof oder im Stadtpark habe ich mich dann mit Ambrosia getroffen. Wir haben stundenlang gequatscht und Schnaps getrunken.
Ambrosia stammt eigentlich aus einer reichen Familie in Meerbusch. Als Einzelkind wurde sie nach Strich und Faden verwöhnt. Trotzdem war bei ihr zu Hause nicht alles eitel Sonnenschein. Der Vater, ein Immobilienmakler, ging pausenlos fremd, die Mutter fing an zu saufen. Nach einem Riesenstreit trennte Ambrosias Vater sich von ihr, überließ ihr das Haus und zog in ein Loft in der Innenstadt. Ambrosia blieb bei ihrer Mutter. Ihren Papa sah sie kaum noch.
Und dann kam es für sie knüppeldick. Die Mutter verschliss zig Typen nacheinander, vor allem, nachdem auch noch ihr Vater, Ambrosias Opa, gestorben war, soff sich halbtot und schluckte haufenweise Pillen. Schließlich lernte sie Dieter kennen. Dieser Mann blieb und nistete sich im Haus von Ambrosia und ihrer Mutter ein. Zweimal hat er sich nachts in ihr Bett geschlichen und sie vergewaltigt, hat Ambrosia mir erzählt. Dann hat sie den Tresor ausgeräumt und ist weg von zu Hause.
Das ist jetzt ein halbes Jahr her. Sie hat ihr Äußeres komplett verändert, um von den Bullen nicht erkannt zu werden. Falls ihre Mutter sie überhaupt suchen sollte. Auf der Straße braucht man schwarze Klamotten und Doc Martens.
Als sie mir das alles erzählte, lächelte sie so traurig, dass mein Herz sich vor Mitleid zusammenzog.
Warum konnte ich nicht sehen, wie berechnend und falsch sie war? Dass sie mir hauptsächlich Lügen aufgetischt hatte?
Stattdessen fühlte ich mich geschmeichelt, als sie sich mir öff-

nete und mir ihr Vertrauen schenkte. Im Gegenzug fing ich an, ihr mein Innerstes zu zeigen. Das war ein riesiger Fehler!
Ambrosia ist ziemlich esoterisch angehaucht. Das hat sie von ihrer schrägen Mutter übernommen. Sie glaubt wirklich daran, dass ein Unglück geschieht, wenn ihr eine schwarze Katze begegnet, die von links nach rechts die Straße überquert. Sie liebt es, in einer Kirche Kerzen für Verstorbene anzuzünden, nachts über den Friedhof zu streifen oder Tarotkarten für ihre Freunde oder sich allein zu legen. Und sie war unglaublich heiß darauf, bei einer Geisterbeschwörung mitzumachen. Immer wieder nervte sie mich mit dem Thema.
Irgendwann platzte mir die Hutschnur. Ich sagte ihr, wie absurd ich es fand, dass die Seelen von vor Jahrhunderten verstorbenen Menschen auf der Erde herumgeistern sollten, nur um darauf zu warten, umgestürzte Weingläser, in die zuvor hineingehaucht worden war, hin- und herzuschieben. Man stelle sich eine solche Überbevölkerung mal vor!
Sie schaute mich nur völlig verdattert an.
Ich nahm einen großen Schluck Apfelkorn und erzählte ihr, dass mir als Kind des Öfteren meine verstorbenen Großeltern erschienen sind. Aber dass sie nicht auftauchten, weil ich sie rief, sondern nur, wenn sie es wollten. So was lässt sich nicht steuern, schon gar nicht mit einem Weinglas voller Mundgeruch, erklärte ich.
Ambrosia musste loslachen und dachte echt, ich mache Witze.
»Ich sage die Wahrheit«, antwortete ich gekränkt. Ich lüge nie … na ja … fast nie. Ich erzählte Ambrosia also von meinen Vorahnungen und den Stimmen. Dass manchmal plötzlich jemand da ist, etwas nebulöser als ein realer Mensch, und mich vollquatscht. Ich versuchte, ihr klarzumachen, wie scheiße das ist, weil man manches gar nicht wissen will, und dass andere mich für verrückt halten, wenn ich zu offen zu ihnen bin.

Ambrosia sah mich forschend an, so als ob sie überprüfen würde, ob ich mir nicht doch etwas ausdachte. Dann kniff sie die Augen zusammen, um kurz darauf fassungslos den Kopf zu schütteln. Und dann rief sie tatsächlich: »Ich glaub's nicht! Ein Medium!«

Ich weiß noch, dass sich eine unendliche Erleichterung in mir ausbreitete, obwohl es mir peinlich war, dass sie mich ein Medium nannte. Aber sie glaubte mir! Endlich glaubte mir jemand! Ich schilderte ihr, dass ich nicht gern schwimmen gehe, weil ich dann das Gefühl habe, dass das Wasser durch meinen Körper fließt.

»Ich scheine durchlässiger als normale Menschen zu sein«, versuchte ich, ihr zu erklären, aber das interessierte sie nicht weiter. Stattdessen klatschte sie begeistert in die Hände und freute sich darüber, dass ich mit Geistern sprechen konnte. Sie fragte mich sogar, ob gerade einer da sei!

Mann, was war ich genervt! Warum bloß hatte ich mich dazu hinreißen lassen, ihr von meiner bescheuerten Gabe – oder wie auch immer man es nennen soll – zu erzählen? Aber dann zeigte sie sich wieder total verständnisvoll und sagte, sie glaube mir, wie belastend das alles für mich sei. Schon war ich besänftigt. Wie ein Engel kam sie mir auf einmal vor mit ihren unschuldigen Augen und dem freundlichen Lächeln.

Sie nahm mir die Flasche ab, trank und hörte gebannt zu, wie ich von meiner verstorbenen Oma erzählte, die mich nicht leiden konnte, und von Opa, der immer lieb zu mir war.

Der Alkohol hatte mich sentimental gemacht. Unter Tränen gestand ich ihr, dass ich die Begegnungen mit meinen Großeltern als Kind für völlig normal hielt, bevor Johanna und Heike dahinterkamen und es einen Riesenkrach gab.

Und dann nahm Ambrosia mich einfach in den Arm. Zunächst war es mir unangenehm – zu viel Körperkontakt! –,

aber nach einer Weile begann ich, ihre Nähe und Wärme zu genießen. Sie tröstete mich und nannte meine Gabe eine Bürde. Wie gut das tat!
Ich erzählte ihr dann auch alles andere: wie Mama mir verboten hatte, im Kindergarten über meine Vorahnungen zu sprechen, wenn ich das Gefühl hatte, dass jemand in Gefahr war. Wie auch Papa in dieselbe Kerbe gehauen hatte. Ich würde die Kinder in meiner Gruppe ängstigen und vergraulen, wenn ich sie warnte, meinten beide.
»Und ich wollte doch so gern Freunde haben! Also schwieg ich«, sagte ich zu Ambrosia. »Und trotzdem war ich allein.«
Das altbekannte Gefühl von Einsamkeit stieg in mir hoch und schmerzte in meiner Brust.
»Ich möchte gern deine Freundin sein«, sagte sie schlicht, und ein kleiner Keim Glück regte sich in mir.
Mit Ambrosia hatte ich die erste und einzige Freundin meines Lebens. Ich bin mir ganz sicher, dass keine nach ihr kommen wird. Ich bin halt ein Freak; das muss ich akzeptieren.

Ich schaute vom Tagebuch auf und musste kurz durchatmen.

Hermine hatte ihrer neuen Freundin erzählt, dass ihr als Kind unsere toten Großeltern erschienen seien. Mein Gott, das wurde ja immer krasser! Davon hatte ich bis eben nichts gewusst. Wie plastisch sie die Erscheinungen schilderte, so, als wären sie keine Hirngespinste, sondern tatsächlich als Gespenster in unserem Elternhaus herumgespukt. Ich schluckte, und mir wurde ein wenig unheimlich zumute. Genau wie ich hatte auch Hermine Papas Eltern zu Lebzeiten nicht kennengelernt. Sie waren längst tot gewesen, als sie auf die Welt kam. Hermine musste wirklich eine blühende Phantasie gepaart mit einer anfälligen Psyche gehabt haben. Auch Hermines sogenannte Vorahnungen verwirrten mich. Sie war wirklich überzeugt davon gewesen zu spüren, wenn anderen etwas zustoßen würde. O Mann!

Kopfschüttelnd vertiefte ich mich wieder in das Tagebuch.

Ich traf mich dann fast jeden Tag mit Ambrosia. Sie hatte bei einem arbeitslosen Typen ein Zimmer zur Untermiete bekommen. Für fünfzig Mark im Monat konnte sie in dem winzigen Raum, in dem nur eine Matratze auf dem Boden lag und ein altes Transistorradio mit Kassettenfach in der Ecke stand, übernachten. Bei Regen gingen wir dort auch tagsüber hin. Wir hockten auf der Matratze, hörten die Sexpistols oder Fehlfarben und redeten. Immer wieder kam Ambrosia auf meine Gabe zu sprechen. Sie erkundigte sich dauernd, wann ich das letzte Mal einen Geist gesehen hätte. Irgendwann nervte mich Ambrosias Nachbohren dermaßen, dass ich mich nach dem Grund für ihr Interesse erkundigte. Zu meinem Schrecken brach sie in Tränen aus.

»Weil ich meinen Opa gern noch einmal sehen möchte«, gab sie schluchzend zu. »Er fehlt mir schrecklich!«

Ich war baff. Bislang hatte sie ihren Großvater nur mal am Rande erwähnt. Er ist im Frühjahr an einem Lungentumor gestorben, aber das schien sie nicht sonderlich zu berühren. Ich hatte insgesamt den Eindruck gewonnen, dass Ambrosia ihre Erinnerungen an zu Hause abgestreift hatte wie eine Schlange ihre zu eng gewordene Haut. Über ihre Familie sprach sie, wenn überhaupt, dann in verächtlichem Tonfall. Und nun stellte sich heraus, dass sie ihren toten Opa vermisste!

Ihre Trauer tat mir in der Seele weh, und ich wusste nicht, wie ich darauf reagieren sollte.

Das ist oft mein Problem. Ich spüre die Emotionen von jemandem, und anstatt wie selbstverständlich darauf einzugehen und Mitgefühl zu zeigen, erscheint mir meine eigene Gefühlswelt wie in einem Glaskasten eingesperrt. Ich kann sie nicht erreichen, fühle mich hilflos und zeige völlig unangebrachte Reaktionen. Ich lache, wenn ich ein betrübtes Gesicht ziehen müsste, oder wirke gleichgültig, obwohl mich etwas stark beschäftigt. Also erklärte ich ihr, dass ich die Geister leider nicht absichtlich heraufbeschwören kann, auch wenn ich gern ihren Opa herbemühen würde. Plötzlich kam ich mir wie eine Hochstaplerin vor. Ich war mir ja nicht mal sicher, ob die Geister meiner Großeltern nicht einfach ein Auswuchs meiner kindlichen Phantasie gewesen waren. Ich bin durchlässig, ja. Ich habe Vorahnungen und manchmal Stimmen und Bilder im Kopf. Aber bin ich wirklich ein Medium? Es schmeichelte mir, dass Ambrosia das dachte, aber ich kann mir das kaum vorstellen. Sie hörte auf zu weinen und fragte, ob ich so was schon mal versucht hätte. Als ich nein sagte, meinte sie, dass sich ja vielleicht ein wenig nachhelfen ließe.

Bewusstseinserweiternde Drogen, LSD und so.

Ich merkte, dass sie sich zu dem Thema bereits etliche Gedanken gemacht hatte, und verspürte einen unangenehmen Druck in der Magengegend.

Dann schlug sie mir vor, dass wir ja mal zusammen was ausprobieren könnten. Sie würde die ganze Zeit bei mir bleiben und schauen, was passiert.

Mir sträubten sich die Nackenhaare. Ich erinnerte mich an mein Erlebnis beim Kiffen und wandte ein, dass ich nicht mal Marihuana vertragen würde.

Sofort beeilte sie sich, mir zu erklären, dass das etwas völlig anderes sei, und kam mit den Medizinmännern der Indianer oder Urmenschen daher, die früher mit Hilfe von bewusstseinserweiternden Substanzen ihre Sicht geweitet hätten. Ich mit meiner Gabe sei geradezu prädestiniert für diese Methode. Und sie ging noch weiter! Wie toll es wäre, wenn ich zielgerich-

tet in die Zukunft schauen könne, um Ereignisse vorherzusehen, anderen Menschen zu helfen und den Lauf der Dinge zu verändern.

Natürlich blieb ich skeptisch, aber es schmeichelte mir doch, dass sie mir solche Fähigkeiten zutraute. Gleichzeitig hatte ich das Gefühl, ihren Enthusiasmus etwas dämpfen zu müssen. Manchmal sehe ich schließlich monatelang nichts Besonderes, und nicht immer bewahrheiten sich meine Vorahnungen.

Aber sie blieb hartnäckig. Ich könne gar nicht wissen, ob es nicht klappe, aus meiner Gabe ein Instrument zu machen. Bislang sei ich immer nur damit beschäftigt gewesen, sie vor anderen zu verstecken.

Ich weiß nicht, wieso, aber langsam fing ich an, mich für ihre Idee zu erwärmen. Ich wusste, dass Tom getrocknete Psilozybinpilze zu Hause hatte. Er hatte sie im Park von Schloss Dyck gepflückt. Ich dachte, dass die Pilze vielleicht nicht so gefährlich wie LSD wären.

Ambrosia war begeistert und schlug vor, das »Experiment«, wie sie es nannte, am Wochenende in ihrem Zimmer durchzuführen. Ich sollte meinen Eltern sagen, dass ich bei Caro übernachtete.

Inzwischen empfand ich einen fast körperlichen Widerwillen weiterzulesen. Was Hermine über diese Ambrosia erzählte, wühlte mich auf. Es war klar, dass sie Hermine sehr weh getan hatte. Ich hasste die falsche Schlange mit Inbrunst. Und dass sie sie dazu überredet hatte, halluzinogene Drogen zu nehmen, war unverantwortlich! Sie musste gewusst haben, wie gefährlich das war. Und für eine labile Psyche wie Hermines konnte es katastrophale Folgen haben! Warum nur hatte meine Schwester sich derart von Ambrosia blenden und verführen lassen?

Aus Einsamkeit natürlich, beantwortete ich mir meine Frage sofort selbst. Hermine war einfach dankbar gewesen, endlich eine Freundin gefunden zu haben. Die Einsamkeit zog sich wie ein roter Faden durch ihr Leben.

Ich seufzte und schaute wieder auf die Zeilen vor mir. Es half nichts, ich musste einfach wissen, wie es weiterging!

Zwei Tage später schilderte ich Ambrosia meinen Sehnsuchtsort, der zu der Zeit wieder häufig vor meinem inneren Auge auftauchte. Fasziniert lauschte sie, während ich ihr den Hof, das kleine Haus und die hügelige Landschaft beschrieb und ihr sagte, dass ich sicher sei, noch nie dort gewesen zu sein.

Ambrosia überlegte und fragte mich dann, wie real mir die Szene vorkomme. Das war ein guter Ansatz, und mir fiel wieder auf, dass der Bauernhof total unmodern wirkt. Es sind keine Landmaschinen zu sehen, an einer Seite befindet sich ein Brunnen, der offenbar noch benutzt wird, denn ein Eimer, in dem Wasser schimmert, steht auf der Brüstung. Und auch die Gardinen hinter den Fenstern wirken altmodisch. Ich erzählte Ambrosia, dass in meiner letzten Vision erstmalig ein Mensch über den Hof lief. Es war ein blondes Kleinkind, das seine Arme nach mir ausstreckte. Sein Anblick hat mich traurig gemacht. Ambrosia legte den Kopf schief und sah in die Flamme der Kerze, die vor uns auf dem Boden stand. Dann meinte sie: »Vielleicht ist es ein Abbild aus einer anderen Zeit. Konntest du mit dem Kind kommunizieren?«

Ich beeilte mich, ihr zu versichern, dass das Kind kein Geist gewesen sei, sondern Teil der Szenerie. Mir lief ein Schauer über den Rücken. Vielleicht sehe ich ja wirklich etwas, das lange vergangen ist? Mir kommen Hof und Haus vor wie ein uraltes Foto, nur dass sich die Blätter der Spalierobstbäume im Wind bewegen und ich manchmal das leise Gackern von Hühnern

höre. Aber warum? Und wieso überfällt mich beim Anblick des Ganzen immer diese furchtbare Sehnsucht?
Ich sagte Ambrosia, dass ich mir sehnlichst wünsche, dort sein zu können, und ganz traurig bin, weil es unmöglich ist.
Sie sah mich bloß fragend an, aber ich konnte es ihr nicht besser erklären. Für mich ist nur völlig glasklar, dass ich nie an diesen Ort zurückkehren werde. Und das sagte ich ihr auch, aber nun kapierte sie gar nichts mehr – genau wie ich. Wieso sprach ich von zurückkehren, wenn ich noch nie dort war?

27. August 1982
So viel wie vorgestern habe ich noch nie in dieses Buch geschrieben. Das liegt wohl daran, dass Ambrosia mich total durcheinandergebracht hat. Jetzt kommt alles wieder hoch, und ich kriege es hin, die Geschichte Revue passieren zu lassen, als zöge sie noch einmal an mir vorbei. Das erleichtert es mir, die Sache mit Ambrosia zu ertragen.
Aber erst mal zu was anderem:
Johanna hat eine Postkarte aus Italien geschickt. Sie hat geheiratet! Wer hätte das gedacht? Aber als ich ihre Karte in der Hand hielt, wusste ich wie aus dem Nichts heraus, dass das mit ihr und ihrem Steffen nicht gutgehen wird. Ohne darüber nachzudenken, habe ich es laut ausgesprochen. Mama und Papa haben mir natürlich nicht geglaubt, obwohl sie es vielleicht gern getan hätten.
Sie waren nämlich echt schockiert, dass Johanna einen für uns alle komplett Fremden geheiratet hat. Vor allem Mama habe ich angemerkt, dass sie die Sache am liebsten vergessen würde und ganz schön sauer auf Johanna war.
Ich kann nicht erklären, woher ich die Sicherheit nehme, dass ihre Ehe nicht lange halten wird, aber ich weiß es einfach. Vielleicht wird es sich aufklären, wenn ich Steffen kennenlerne.

Wie ich Johanna beneide! Einfach mit dem Abi in der Tasche nach Hamburg abzudampfen und dann dort auch noch der großen Liebe zu begegnen! Egal wie es ausgeht, Johanna macht ihr Ding. Ich bewundere ihre Stärke.
Ich will auch möglichst schnell ausziehen, sobald ich volljährig bin! Aber jetzt steht erst mal der Schulwechsel an. Bock aufs Gymnasium in Mönchengladbach habe ich keinen. Aber ohne Abschluss kein Beruf oder Studium. Also werde ich mich in Zukunft zusammenreißen müssen.
Zurück zu Ambrosia: Sie kaufte tatsächlich von Tom ein Tütchen mit getrockneten Psillos und lud mich für Freitagabend zu sich nach Hause ein.
Von ihren polnischen Nachbarn, die Ambrosia keinen Gefallen abschlagen konnten, hatte sie eine Bettdecke für mich organisiert.
Sie strahlte mich an, und es wunderte mich nicht, dass die Leute nebenan einen Narren an ihr gefressen hatten. Ambrosia sah süß und unschuldig aus und strahlte gleichzeitig eine Hilfsbedürftigkeit aus, die jeden zum Dahinschmelzen brachte. Auch ich war ihr inzwischen restlos verfallen, obwohl mich manchmal das Gefühl beschlich, dass sie vor allem eine hervorragende Schauspielerin sein könnte. Tja.
Sogar Chips und Nüsse hatte sie besorgt und eine Flasche Wodka. Grinsend erzählte sie mir, den Schnaps heimlich eingesteckt zu haben, als der Nachbar die Bettdecke aus dem Gästezimmer holte. Ich war ein wenig befremdet. Man beklaut doch nicht Leute, die einem Gutes tun!
Bald saßen wir bei Kerzenschein in Ambrosias Zimmer, zwischen uns die Knabbereien und die Tüte mit den getrockneten Psillos.
Ambrosia fackelte nicht lange. Mit spitzen Fingern fischte sie einen der zarten Pilze aus dem Beutel, legte den Kopf zurück,

öffnete den Mund und ließ ihn hineinfallen. Sie kaute, verzog angewidert das Gesicht, kaute noch einmal und schluckte. Dann griff sie eilig nach der Wodkaflasche, nahm einen tiefen Zug und schob mir das Tütchen hin.

Der Pilz schmeckte echt furchtbar: bitter und modrig. Wir aßen beide noch drei davon und warteten ab.

Die Wirkung ließ nicht lange auf sich warten. Der Raum schien sich zu verzerren, die Zimmerdecken bogen sich halbkreisförmig. Ich versuchte, mich auf Ambrosia zu konzentrieren. Ihre Lippen wirkten mit einem Mal übergroß und samtig. Sie leuchteten in Erdbeerrot. Wie gern hätte ich diese wunderschönen weichen Lippen geküsst! Der Gedanke beschämte mich; ich kicherte.

»Und, ist er da?« Ambrosias Frage kam verzögert bei mir an, denn erst mal verfolgte ich fasziniert ihre Mundbewegungen. Dann schaute ich in ihre Augen und hatte das Gefühl, dass auch sie immer größer wurden. Wie riesige flüssige Karamellkugeln sahen sie aus. Ich verlor mich in ihnen.

»Hermine!« Ambrosia erschien mir viel klarer als ich zu sein. »Was siehst du?«

»Dich!«, stieß ich atemlos aus. »Du bist sooo schön!«

Sie machte eine wegwerfende Handbewegung. Wahrscheinlich hatte sie das schon unzählige Male gehört. Es war klar, dass die Geister sie viel mehr interessierten, aber bisher war keiner da, auch ihr Opa natürlich nicht. Ich sah, dass Ambrosia ungeduldig wurde. Sie hatte zweifellos zu viele Erzählungen über Geisterbeschwörungen gehört und machte sich eine völlig falsche Vorstellung davon. Auf Kommando ist mir noch nie ein Geist erschienen, und ich glaubte auch jetzt nicht daran, dass das passieren würde, Pilze hin oder her. Um sie zu besänftigen, ließ ich meinen Blick suchend durch das Zimmer schweifen. Ich fühlte mich bestätigt, denn niemand erschien. Doch plötz-

lich bekam ich eine Gänsehaut am ganzen Körper. Ich spürte etwas im Raum, das gerade noch nicht da gewesen war. Ambrosia riss die Augen auf, als sie sah, wie ich mich versteifte. »Siehst du jemanden? Ist es mein Opa?«, fragte sie eilig. Sie brachte mich völlig aus dem Konzept.

»Schsch!« Mir wurde warm, ich hörte Hühner gackern.

Die Pilze bewirkten, dass ich keinen festen Gedanken fassen konnte. Wieder hörte ich Hühnergackern.

»Ruf meinen Opa«, verlangte Ambrosia im Befehlston.

Ich wurde wütend auf sie. Worauf hatte ich mich eingelassen, nur um ihr einen Gefallen zu tun? Ich wollte das alles nicht! Mit einem Mal wurde mir sehr heiß. Ich glühte so sehr, dass ich glaubte, bei lebendigem Leib zu verbrennen. Es war ein schreckliches Gefühl. Ich atmete flach und versuchte, mich auf die Realität zu besinnen.

In dem Moment kam ein kleiner Junge mit tapsigen Schritten auf mich zugelaufen. Automatisch öffnete ich die Arme, um ihn zu umfangen. Er war das Kleinkind aus meinem Sehnsuchtsort. »Karlchen«, sagte ich. Auf einmal wusste ich seinen Namen. »Wie schön, dass du da bist.« Aber schon war er durch mich hindurchgestolpert. Ich schaute hinter mich, doch er war fort. Der Verlust schmerzte so sehr, dass mir das Herz fast aus der Brust sprang.

»Ja, du hast ihn!«, stieß Ambrosia begeistert aus. »Karl, so hieß mein Opa! Frag ihn, wie es ihm geht!«

Der kleine Knirps war sicherlich nicht ihr Großvater gewesen. Ich ärgerte mich kolossal über Ambrosia. Es war ihr scheißegal, in welche Situation sie mich gebracht hatte! Schmerz und Traurigkeit überfluteten mich, aber sie interessierte sich nur für ihre Angelegenheiten. In einem Anflug völliger Klarheit erkannte ich, dass sie nicht lockerlassen würde, bis ich ihr ihren Großvater präsentiert hatte.

»Ja, er ist hier«, log ich deshalb zögernd. Ich wusste mir nicht anders zu helfen und phantasierte weiter drauflos: dass es dem Opa gutgehe, er aber wenig Zeit habe und Ambrosia ausrichten ließe, dass er sie liebe und so weiter und so fort. Ich dachte, es täte Ambrosia gut, tröstliche Worte zu hören, aber sie unterbrach mich ungeduldig und quatschte irgendwas von einem Koffer voller Schwarzgeld und fragte, wo er ihn versteckt habe. Sie habe ihn im Haus nicht finden können. Dabei leuchteten ihre Karamellaugen gierig.
Ich kapierte gar nichts mehr, aber tat ihr den Gefallen. Ich kam mir ziemlich albern dabei vor, in den leeren Raum zu sprechen. Gleichzeitig verwirrte mich Ambrosias Wunsch. Dennoch legte ich den Kopf auf die Seite und tat so, als ob ich eine Antwort hören würde.
Plötzlich wurde mir schwindelig. Eine diffuse Angst kroch in mir hoch, und ich spürte, wie sich nach der Hitze von eben meine Haut vom Knochen ablöste. Es war ekelhaft. Ich glaubte auseinanderzufallen. Fassungslos schaute ich auf meine Arme, die immer dünner und dünner wurden. Hautfetzen rieselten herab. Unwillkürlich stöhnte ich auf, während Ambrosia mich nun am Handgelenk packte und dabei bis zum Knochen durchdrang.
»Wo hat er die Kohle hingetan?«, fragte sie immer wieder.
Mir wurde schwarz vor Augen. Mit einem Mal sprachen Stimmen in meinem Inneren auf mich ein, erst wenige, weibliche und männliche, dann immer mehr. Ich konnte nicht verstehen, was sie sagten, sie wurden zu einem einzigen Gemurmel, das anschwoll und sich bis zu einem Kreischen steigerte. Schließlich schrie ich auf und presste die Hände auf die Ohren. Aber der Lärm verging nicht, bis ich plötzlich nur noch ein irre lautes Fiepen hörte. Dann war ich weg.
Ich wurde wach, weil mich jemand an den Schultern rüttelte.

»Was hat er dir verraten?«, rief Ambrosia und schüttelte mich weiter. Ihr Gesicht war zu einer Fratze verzerrt.
Ich hatte höllische Kopfschmerzen, und die Knochen taten mir weh. Als ich stöhnte, merkte sie offenbar, dass ich wieder bei mir war, und ließ von mir ab. Ihre Miene glättete sich; sie sah so unschuldig aus wie früher. Sie habe sich solche Sorgen um mich gemacht, als ich nicht wach wurde, flötete sie.
Ächzend setzte ich mich auf. Ich hatte auf dem nackten Boden gelegen. Das grelle Licht der Glühbirne, die von der Decke hing, stach mir in die Augen.
Ambrosia ging in die Küche, um mir ein Glas Wasser zu holen. Während sie sich dort zu schaffen machte, versuchte ich zu rekapitulieren, was geschehen war. Ich erinnerte mich an das Kleinkind, von dem ich nun wusste, dass es Karlchen hieß, und Tränen schossen mir in die Augen. Der Junge wühlte etwas in meinem tiefsten Inneren auf. Ich drängte den Gedanken an ihn beiseite. Stattdessen grübelte ich über Ambrosias merkwürdiges Verhalten nach. Nicht romantische Gefühle und Trauer waren der Grund, warum sie mit ihrem verstorbenen Großvater Kontakt aufnehmen wollte, sondern schlicht und einfach Geldgier. Ich hatte einen galligen Geschmack im Mund und wusste, dass er nicht allein von den Pilzen kam.
Ich fühlte mich ausgenutzt. Wegen eines Koffers voller Scheine hatte sie riskiert, dass ich mich auf meinem Trip verlor, obwohl ich ihr erzählt hatte, wie verunsichert ich oft bin! Sogar als sie merkte, dass es mir übel ging, war ihr allein das Geld wichtig gewesen.
Nachdem Ambrosia mit dem Wasserglas zurückgekommen war und ich es in einem Zug ausgetrunken hatte, löcherte sie mich weiter. Das war mir echt zu blöd, außerdem fand ich es merkwürdig, wie fit sie war. Ich fragte, ob sie denn überhaupt keinen Rausch gehabt habe.

»Nö, ich hab aber auch nur einen winzigen Pilz gegessen. Die anderen hab ich wieder ausgespuckt. Schau mal, ich musste doch klar bleiben, um dir im Zweifelsfall helfen zu können. Und das hab ich, oder? Außerdem hättest du es sonst nicht getan.«

Was für eine blöde Kuh! Rücksichtslos hatte sie mir etwas vorgemacht! Wie oft sie mich wohl sonst noch angelogen hatte?

Es schien ihr egal zu sein, was ich von ihr dachte, und sie zuckte mit den Achseln. Dann begannen ihre Augen auf einmal zu funkeln.

»Und jetzt sag schon: Wo hat Opa das Geld versteckt?«, fragte sie wieder.

Meine Enttäuschung war so groß, dass mir fast die Luft wegblieb. Aber sie schaute mich weiter erwartungsvoll an. Also beschloss ich, zu lügen wie sie, und tat so, als hätte ihr Großvater mir gesteckt, dass der Koffer in der hinteren Ecke des Gartens verbuddelt sei.

Sie war total aus dem Häuschen, klatschte in die Hände und freute sich über das viele Geld, das sie bald haben würde. Ich glaube, es waren 300 000 DM, die Ambrosias Opa wohl aus irgendwelchen krummen Geschäften abgezweigt hatte. Sie versprach mir noch, mir davon auch ein paar hübsche Sachen zu kaufen. Inzwischen war mir schlecht geworden. Beinahe hätte ich deshalb verpasst, was sie noch von sich gab: wie froh sie sei, dass ihre Mutter das Geld nun nicht kriegen würde, und was für eine tolle Idee es gewesen war, ihr die Vergewaltigung durch ihren Stiefvater vorzugaukeln. »Geschieht ihr recht, wenn sie einsam und allein in der Gosse landet, die blöde Fotze«, frohlockte sie.

In dem Moment begriff ich, was für ein schlechter Mensch Ambrosia war. Aber warum zeigte sie mir plötzlich ihr wahres

Gesicht? Ob vielleicht doch der eine kleine Pilz daran schuld war, in Verbindung mit dem Wodka, den sie getrunken hatte? Nein, kapierte ich auf einmal: Die Ursache für Ambrosias überschäumende Fröhlichkeit war die Aussicht auf den Geldsegen. Nur darum hatte sie ihre engelhafte Maske fallen lassen.

Ich weiß nicht, wie ich es geschafft habe, bei ihr zu übernachten, ohne mir etwas anmerken zu lassen. Sie plapperte unaufhörlich davon, wie sie den Koffer bergen und ihrer Mutter ein Schnippchen schlagen würde. Irgendwann hörte ich nicht mehr hin. Sie hatte Räucherstäbchen angezündet, und ihr schwerer, süßer Duft vernebelte meine Sinne, bis ich schließlich einschlief.

In der Früh war ich hellwach. Lange betrachtete ich Ambrosias schlafendes Gesicht. Sie sah aus, als könnte sie kein Wässerchen trüben. Ich habe leise meine Klamotten zusammengesucht, bin in die Küche getappt und habe auf einen Zettel geschrieben:

»Ich wollte es dir gestern Nacht nicht sagen, aber dein Opa bestand darauf, dass du deiner Mutter gestehen musst, dass du sie wegen der Vergewaltigung belogen hast. Danach sollt ihr den Koffer gemeinsam ausgraben. Tust du beides nicht, bringt das Geld dir Krankheit und Tod.«

Dann legte ich den Zettel vorsichtig neben Ambrosia, lief zum Bahnhof, wo ich über eine Stunde auf die Bahn warten musste, und fuhr nach Hause.

Ein paar Tage später habe ich Ratte und Tom am Kaufhof getroffen. Sie erzählten, dass Ambrosia fort sei, weil sie einen Schatz heben wolle. Ratte meinte, jetzt sei sie wohl völlig übergeschnappt.

Ich klärte die beiden über meinen Trip auf, ließ aber weg, dass ich die Begegnung mit Ambrosias Großvater nur erfunden

hatte. Am Schluss sagte ich: »Es ging ihr bloß um die Kohle. Ich war ihr scheißegal.«
Ratte sah mich nur verständnislos an und zuckte mit den Schultern.
»Man nimmt halt, was man kriegen kann«, lautete seine Antwort. »Jeder ist sich selbst der Nächste.«
Ich bin nie wieder bei den Punks am Kaufhof gewesen.

Benommen klappte ich das Tagebuch zu und steckte es wieder in meine Reisetasche. Fürs Erste hatte ich genug gelesen. Ich war froh, dass Hermine das Kapitel Ambrosia hinter sich gelassen hatte, aber ihre zunehmenden Wahnvorstellungen beunruhigten mich sehr.

Ich ging ins Bad, um mir die Hände zu waschen. Eine Stimme unterbrach meine Gedankengänge.

»Ach, hier bist du.« Heike stand in der Tür. »Wir wollen zu Abend essen. Kommst du runter?«

»Klar, sofort.« Ich trocknete mir die Hände ab. Dann fasste ich mir ein Herz. »Sag mal, ich habe eben über Hermine nachgedacht, über ihre psychische Labilität und so. Du weißt, Psychosen haben mich schon immer interessiert …«

»Ja, deshalb wolltest du ursprünglich Psychologin werden.« Heike sah mich fragend an.

»Genau.« Ich nickte. »Hast du zu irgendeinem Zeitpunkt gemerkt, dass Hermine plötzlich vermehrt unter Wahnvorstellungen litt?«

Heikes gutmütiges Gesicht nahm einen betrübten Ausdruck an. »Sie war schon immer feinsinniger als Johanna und ich. Ich nahm das irgendwann als gegeben hin. Manchmal war es echt unheimlich, wie sensibel sie Schwingungen auffangen konnte. Einmal hat sie mir damit sogar sehr geholfen. Aber als sie ernsthaft krank wurde, lebte ich schon mit Beate in der WG, und natürlich mache ich mir selbst oft Vorwürfe, nicht zur Stelle gewesen zu sein …«

»Ich wollte dir keine Vorhaltungen machen«, unterbrach ich sie eilig und bekam ein ganz schlechtes Gewissen. »Wirklich nicht! Ich war nur neugierig. Egal, die anderen warten unten. Bist du auch so hungrig wie ich? Mamas Plätzchen haben nicht gerade lange vorgehalten.«

Heike

Als Heike an jenem Abend vom Reitstall nach Hause kam, hatte sie das Pech, dass Johanna äußerst schlechtgelaunt war. Was auch immer passiert sein mochte, es fuchste sie so sehr, dass sie beim Abendessen, das wie immer aus Butterbroten und Milch bestand, kaum ein Wort sagte, ihre Schwestern und Mama mit Nichtachtung strafte, frühzeitig vom Tisch aufstand und sich in ihr Zimmer im Keller verdrückte. Dass Heike vollkommen still war und noch nicht mal ein Lächeln über die Lippen brachte, bemerkte sie gar nicht. Auch Mama kriegte nichts mit. Sie schien mit den Gedanken ganz woanders zu sein.

Heike wusste nicht, ob sie darüber froh oder traurig sein sollte. Sie hatte sowieso keine Ahnung, wie sie das in Worte fassen konnte, was ihr vorhin passiert war.

Nur die neunjährige Hermine schien etwas zu spüren. Heike bemerkte, wie ihr besorgter Blick auf ihr ruhte. Als die beiden gemeinsam den Tisch abräumten, hielt Heike den Kopf gesenkt, um die Jüngere nicht anschauen zu müssen. Anschließend ging sie wortlos hoch in ihr Zimmer und warf sich bäuchlings aufs Bett. Ohne etwas dagegen tun zu können, fing sie zu weinen an. Es war ein krampfhaftes Schluchzen ohne Erlösung. Sie merkte, wie ihre Schultern zuckten.

»Heike?« Das war Hermines Stimme.

»Was ist? Lass mich!« Ein kleines Mädchen würde ihr nicht

helfen können, schon gar nicht Hermine, deren Phantasie manchmal so ausuferte, dass Heike davon nichts mehr wissen wollte. Es beunruhigte sie zu sehr. Bei dem kleinsten Hinweis darauf, was gerade in ihr vorging, würde ihre Schwester sich womöglich wieder in spinnerte Ideen hineinsteigern.

Als Heike nichts mehr vernahm, glaubte sie schon, dass Hermine gegangen sei. Da hörte sie wieder ihr dünnes Stimmchen.

»Irgendwas ist doch. Du bist traurig, oder?«

Heike konnte nicht antworten, aber Hermines vorsichtige Frage öffnete all ihre Schleusen. Plötzlich strömten die Tränen wie Flüsse, und ihr Herz schmerzte. In dem Moment stieg ihre kleine Schwester zu ihr aufs Bett und kuschelte sich an sie.

»Alles wird gut«, murmelte sie tröstend, so wie die Mädchen es von Mama kannten, wenn sie sich weh getan hatten.

Heike schüttelte den Kopf und schniefte. Ihr Kopfkissen war nass von den Tränen. Es fühlte sich eklig an.

»Bestimmt nicht«, flüsterte sie.

»Was ist denn passiert?«, fragte Hermine behutsam und streichelte Heikes Rücken. »War was im Reitstall?«

Heike hatte keine Worte für das, was sie empfand. Und was ihr widerfahren war, war kein Thema für eine Neunjährige. Dass es außerdem kein Thema für eine Vierzehnjährige war, die Pferde liebte und für die Liebe, Vertrauen und Geborgenheit bislang eins gewesen waren, stellte den eigentlichen Grund für ihre Sprachlosigkeit dar. Heike fühlte sich leer, schmutzig und verraten.

Und sie schämte sich für die naive Vorfreude, die sie empfunden hatte, als sie Bernd zum Stall gefolgt war, um ihm ihren Rufus zu zeigen. Der Wallach schaute über das Geländer seiner Box und schnaubte freundlich, als er sie kommen sah. Begeistert erzählte sie Bernd von Rufus' Eigenarten und liebkoste dabei seinen Hals und die samtweichen Nüstern.

Bernd hörte zunächst nur zu. Sie befanden sich ganz allein in dem betonierten Gang, an den sich die mit Stroh ausgelegten Boxen reihten. Aus fast jeder lugte ein Pferdekopf heraus. Stuten, Hengste und Wallache blickten mit ihren sanften braunen Augen zu ihnen herüber. Vertraute und heimelige Geräusche wie leises Schnauben, Kauen oder das Scharren eines Hufes im Stroh vermittelten Heike jene Geborgenheit, die sie immer im Stall empfand und sie so glücklich machte.

»Weißt du eigentlich, wie sexy ich dich finde?«, fragte Bernd unvermittelt. »Du machst mich total verrückt.« Er schob sich näher an sie heran, hob einen Finger, stupste damit ihre Nase an und ließ ihn über ihr Kinn und den Hals nach unten wandern. Spielerisch steckte er ihn in die Mulde zwischen ihren Brüsten. Heike zuckte zusammen. »Die zwei hier machen mich ganz verrückt. Ich kann gar nicht glauben, dass du noch so jung bist.« Er tippte ihr zuerst auf die Stelle, wo sich unter Bluse und BH die linke Brustwarze befand, dann nahm er sich die rechte vor.

Ein Schauer durchfuhr Heike; sie bekam eine Gänsehaut am ganzen Körper. Bernds Berührungen waren ihr unangenehm, sie hatten nichts Zärtliches, sondern waren herausfordernd und dreist. Instinktiv wich sie zurück. Gleichzeitig schämte sie sich für ihre Reaktion. Immerhin war Bernd ein erwachsener Mann, und sie wollte nicht, dass er glaubte, es mit einem kleinen Mädchen zu tun zu haben. Außerdem war Bernd doch nett. Er hatte sie ins Krankenhaus gefahren, er wollte mit ihr ausreiten und Eis essen gehen. Alle Mädchen vergötterten ihn. Und das Wichtigste: Er liebte Pferde. Er war wunderbar.

Also lächelte sie verlegen, lehnte sich aber sicherheitshalber mit Bauch und Brust an die Boxentür und kraulte Rufus zwischen den Augen.

»Na mein Lieber, würde es dir gefallen, einmal so richtig lange auszureiten?«, fragte sie das Pferd leise. »Bestimmt, oder?« Sie traute sich nicht mehr, Bernd anzuschauen.

»Na, *mir* würde es vor allem gefallen«, sagte der anzüglich. »So richtig lange auszureiten.«

Und mit einem Mal war er hinter ihr und presste sich an sie. Mit beiden Händen umfasste er ihre Handgelenke, rieb seinen Unterleib an ihrem Po. Sie spürte seinen Atem an ihrem Hals und wie es in seiner Hose hart wurde.

»Nicht …«, brachte sie noch heraus, als er ihr leicht in den Hals biss und daran knabberte. Sie fühlte sich wie in einem Schraubstock, war unfähig, sich zu befreien.

»Nicht was?« Bernd lachte. »Nicht aufhören? Oh, ganz sicher nicht!« Jetzt griff er nach ihren Schultern, zog sie zu sich heran und knetete dann mit jeder Hand eine ihrer Brüste. »Das ist geil«, keuchte er.

Inzwischen war sie wie versteinert und klammerte sich an den Gitterstäben der Box fest. Dabei sah sie Rufus starr in die unschuldigen Augen. Währenddessen glitt seine Hand nach unten in ihre Reithose, in den Slip und zwischen ihre Beine.

»Mmm …«, murmelte er. »Was haben wir denn da?«

»Bitte nicht!«

Als sein Finger sich in ihr Inneres bohrte, tat das höllisch weh und fühlte sich kalt und scheußlich an. Heike erwachte aus ihrer Starre, stieß sich mit beiden Händen vom Gitter ab, griff nach Bernds Arm und versuchte, seine Hand aus ihrer Hose zu ziehen.

»Hey, was bist du denn so widerborstig? Komm schon, du willst es doch auch!« Seine Finger krallten sich an ihrer Schambehaarung fest. Es schmerzte furchtbar.

Dann ließ er plötzlich los und schleuderte sie zu sich herum. Ihr Rücken knallte gegen die Boxentür. Rufus wich wiehernd zurück. Bernd schob mit einer Hand ihre Bluse hoch, um unter ihren BH zu greifen, mit der anderen machte er sich wieder in ihrer Hose zu schaffen. Sie versuchte, ihn von sich zu stoßen, war aber machtlos gegen sein Körpergewicht und seine Kraft. Hilflos schluchzte sie auf, während sein Finger wieder in sie hineinfuhr.

Auf einmal ließ er von ihr ab und stieß sie von sich.

»Frigides Stück!« Er taxierte sie mit kalten Augen. »Zwei Möpse wie ein Pornostar und dann 'ne Trockenpflaume zwischen den Beinen!« Verächtlich spuckte er auf den Boden, stopfte sein Hemd in die Hose und wandte sich zum Gehen. »Den Ausritt kannste auch vergessen. Nicht mit dem elenden Klepper da!« Er deutete mit dem Kinn auf Rufus und ging ein paar Schritte den Gang entlang, um sich dann noch einmal zu ihr umzudrehen. »Und komm bloß nicht auf die Idee, mich bei Werner zu verpetzen, dass ich hier ein bisschen mit dir rumgemacht habe! Dann sag ich, dass du dich mir an den Hals geworfen hast und ich dich abwehren musste. Du bist nicht die Erste. Die Mädels hier sind alle heiß auf mich.« Dann grinste er breit. »Mein Alter und der Werner sind übrigens *so*«, sagte er, hielt eine Hand hoch und legte Zeige- und Mittelfinger übereinander. »Anschwärzen bringt eh nichts.«

Als Heike am Abend auf ihrem Bett lag, stöhnte sie auf. Eigentlich begriff sie immer noch nicht richtig, was geschehen war und womit sie Bernds Verachtung verdient hatte. Sein gieriges Betatschen hatte nichts mit dem gemein gehabt, wie sie sich die körperliche Annäherung zwischen Mann und Frau vorgestellt hatte. Da war keine Spur von Zärtlichkeit gewesen. Aber möglicherweise hatte ja auch sie sich falsch verhalten. *Frigide* hatte er sie genannt und *Trockenpflaume.* Vielleicht stimmte etwas nicht mit ihr. Ekel hatte sie bei seinen Berührungen empfunden, nicht Vorfreude auf … was auch immer.

War es falsch gewesen, dass sie ihn zurückgestoßen hatte? Hatte sie sich lächerlich gemacht mit ihrer instinktiven Abwehr? Sie war völlig durcheinander.

Hermine schien zu verstehen, dass Heike nicht reden konnte. Sie strich der Älteren einfach weiter sanft über den Rücken.

Plötzlich brach sie ihr Schweigen.

»Du hast alles richtig gemacht«, sagte sie mit fester Stimme. »Alles. Böser Mann.« Dann ging sie aus dem Zimmer.

Heike grübelte lange darüber nach, woher Hermine diese Eingebung gehabt haben mochte, ohne dass sie irgendetwas über Bernd gesagt hatte. Konnte sie etwa Gedanken lesen? Ihre kleine Schwester wurde ihr immer rätselhafter. Dennoch half ihr, was Hermine gesagt hatte, und vor allem, wie. Völlig überzeugt war sie von ihrer Aussage gewesen. Absolut zweifelsfrei. *Du hast alles richtig gemacht.*

Heike betete sich diesen Satz vor, wieder und wieder. *Du hast alles richtig gemacht.* Sie mochte nicht so weit gehen, auch den zweiten Teil von Hermines Aussage anzunehmen und Bernd als *bösen Mann* zu bezeichnen, denn es war ihr fremd, Menschen in Gut und Böse zu unterteilen, aber die zunehmende Sicherheit, nichts falsch gemacht zu haben, ließen Schamgefühle und Selbstzweifel schwinden. Außerdem machte es sie wütend, wie Bernd ihr Pferd verunglimpft hatte. Den lieben und treuen Rufus als elenden Klepper zu bezeichnen war so gemein! Das hatte er nicht verdient! Der Arme brauchte sie mehr denn je.

Allein aus diesem Grund brachte sie es über sich, weiterhin pflichtbewusst nach der Schule zum Reitstall zu radeln. Den Gemeinschaftsraum mied sie und versuchte auch, ihren Reitfreunden, so gut es ging, aus dem Weg zu gehen. Neugierige Fragen waren das Letzte, was sie jetzt gebrauchen konnte. Nur Beate, ihrer guten Freundin und Klassenkameradin, musste sie irgendwann wohl oder übel Rede und Antwort stehen, vor allem, um ihr zu erklären, warum sie am Mittwoch nicht mehr zu den anderen zurückgekehrt war, sondern sich ohne Verabschiedung direkt aufs Fahrrad geschwungen hatte. Aber es war gar nicht so leicht, den richtigen Zeitpunkt zu finden und vor allem, sich selbst darüber klarzuwerden, wie viel des schrecklichen und peinlichen Erlebnisses sie der Freundin anvertrauen sollte.

Beate kam einige Tage später schließlich von selbst auf den Vorfall zu sprechen, als sie beide nach der Schule an den Fahrradständern ihre Räder aufschlossen.

»Du bist so komisch, seit Bernd sich Rufus angeschaut hat«, begann sie. »Hatte er irgendwelche Bedenken wegen seines Alters?«

Eine willkommene Steilvorlage und die Erklärung für ihre Flucht! Heike atmete durch.

»O ja«, entrüstete sie sich laut. »Er hat Rufus als *elenden Klepper* bezeichnet, der der Belastung nicht gewachsen sei! Ich war so sauer, dass ich sofort nach Hause gedüst bin.«

»Der spinnt ja wohl!« Beate war entsetzt. »Rufus ist top in Form. Was für ein fieser Typ dieser Bernd ist! Ich wette, der hatte bloß keine Lust auf den Ausritt! Du findest ihn ja wohl hoffentlich nicht so toll wie die anderen Mädels alle, oder?«

»Nee, er ist ganz schön arrogant«, beeilte sich Heike klarzustellen, »und bildet sich unheimlich was auf sein Aussehen ein. So was mag ich nicht. Und der Ausritt kann mir sowieso gestohlen bleiben.«

»Recht hast du. Außerdem brauchst du so einen Kerl doch gar nicht. Was will der dir denn noch groß beibringen?«

Heike schaffte es nur noch, kläglich zu nicken. Aber insgeheim und mit mulmigem Gefühl dachte sie, dass Bernd ihr wohl eine ganze Menge hätte beibringen können … Wenn auch nicht im Umgang mit Pferden.

Als erwachsene Frau fragte Heike sich manchmal, ob Bernds sexueller Übergriff sie traumatisiert hatte. In einer Fortbildung für Erzieher über Missbrauch hatte sie gelernt, dass die Psychologen etwas als Trauma bezeichneten, das sich wie ein Brandzeichen in die Seele brannte und sie auf immer prägte.

Heike fand jedoch, dass der Begriff inzwischen inflationär benutzt wurde, da er keine Abstufungen zu erlauben schien. War ihr Erlebnis mit Bernd so schlimm gewesen, dass es sie traumatisiert hatte? Wer konnte das schon wissen?

Nach dem Vorfall im Reitstall entwickelte Heike zumindest weder sichtbare psychosomatische Störungen noch Blockaden. Allerdings wurde sie bedachtsamer und skeptischer in der Beurteilung von Menschen; sie verliebte sich erst etliche Jahre später wieder und glaubte, dass allein ihre weiblichen Rundungen sie zur Frau machten, nicht ihr Inneres.

Als Jugendliche dachte sie außerdem, dass Sex etwas höchst Kompliziertes und eher Technisches sein musste, das nichts mit Romantik oder gar Liebe gemein hatte und daher wenig erstrebenswert war. Sie hatte als junge Erwachsene – im Unterschied zu gleichaltrigen Freundinnen – nichts dagegen, noch Jungfrau zu sein.

Heike redete mit niemandem über *die Sache* im Reitstall, wie sie sie für sich benannte. Wäre Johanna an jenem Abend empfänglich für die Gefühlslage ihrer Schwester gewesen, hätte Heike sich ihr vielleicht anvertraut. Möglicherweise wäre sie dann zu einer anderen Interpretation des Erlebnisses gekommen als zu der, mit der sie fortan durchs Leben ging, vielleicht aber auch nicht.

Mit ihrer Mutter hätte Heike niemals gesprochen. Diese hatte etwas an sich, das es verbot, Themen, die auch nur im weitesten Sinne mit Sexualität zu tun hatten, zu verbalisieren. Sie verschloss die Augen davor wie manche Leute, die eine schreckliche Szene in einem Horrorfilm kommen sehen.

So blieb Heike nur Hermines Aussage als Stütze im Umgang mit *der Sache* und mit Bernd. Sie ignorierte ihn ab sofort völlig, ja, entfernte ihn schlicht aus ihrem Kopf und Herz.

Die Mädchen aus Heikes Clique im Reitstall merkten schnell,

dass Heike dem attraktiven Reitlehrer fortan aus dem Weg ging und sogar wegschaute, sobald er in ihr Blickfeld geriet. Aber da Beate ihnen bereits voller Entrüstung erzählt hatte, wie »gemein« und »unfair« er den treuen Rufus beschimpft und aus welch fadenscheinigen Gründen er den versprochenen Ausritt abgesagt hatte, unterließen sie es, Heike mit Fragen zu löchern. Mehr noch, wortlos solidarisierten sie sich mit ihr und schnitten Bernd ebenso wie sie. Wer ein Pferd beleidigte, war es nicht wert, bewundert oder gar angeschmachtet zu werden, fanden sie. Nach und nach mutierte Bernd vom Mädchenschwarm zur persona non grata, und Heike war dankbar für die Unterstützung ihrer Freundinnen. Im Herbst darauf kündigte Bernd seinen Job als Reitlehrer.

Nach ihrem Realschulabschluss begann Heike eine Ausbildung zur Kindergärtnerin. Sie hatte keine Zeit mehr, am Nachmittag zum Reitstall zu gehen und war froh, als ein jüngeres Mädchen Rufus als Pflegepferd übernahm. Sie wusste ihn in guten Händen und widmete sich ganz ihrer beruflichen Zukunft.

Im Juni 1981 wurde sie volljährig. Sie liebte es, mit den Freundinnen aus ihrer Erzieherschule abends in der Neusser Innenstadt einen Kakao trinken zu gehen und am Wochenende in der Düsseldorfer Altstadt Cocktails zu schlürfen.

Die Mädchen interessierten sich keinen Deut für Politik. Dass in den USA ein ehemaliger Schauspieler und Westernheld Präsident geworden war oder dass im Fernsehen laufend über Großdemonstrationen gegen die Kernenergie berichtet wurde, war ihnen piepegal.

Heike war sich sicher, dass Johanna, die inzwischen in Hamburg studierte, garantiert längst einen dieser »Atomkraft – Nein danke«-Sticker an ihr Hemd geheftet hatte und bei den Demos mitmarschierte. Für sie selbst war das nichts. Nicht, dass das politische Geschehen sie nicht interessiert hätte, aber ihr erschien die Welt einfach so freudlos und kompliziert, dass sie sich lieber auf die positiven Dinge konzentrierte.

Sie und ihre Freundinnen begeisterten sich für Lady Diana Spencers glamouröse Hochzeit mit Prinz Charles, dem Thronfolger des englischen Königshauses, und für die jeden Dienstagabend ausgestrahlte amerikanische Serie »Dallas«. Das Schicksal der schwerreichen Ölmilliardäre, allen voran der intrigante J. R. Ewing, fanden sie wesentlich interessanter und erbaulicher als den angeblichen Vormarsch der bislang unbekannten Immunschwächeerkrankung Aids oder Nachrichten über das Waldsterben oder den Kalten Krieg.

Manchmal litt Heike noch darunter, dass Johanna ausgezogen war, dennoch tat es ihr gut, in ihrer Leichtigkeit und ihrem Optimismus nicht mehr von der ernsten und kritischen Schwester gebremst zu werden.

Johanna hätte sich garantiert der Umweltbewegung angeschlossen und zu Hause ständig mit warnenden Tipps genervt, dass man zugunsten von Ökoprodukten auf scharfe Chemiehaushaltsreiniger verzichten solle, um das Grundwasser nicht zu vergiften.

Hermine war in der Hinsicht einfacher. Gemeinsam fieberten die Schwestern dem Sendebeginn von »Dallas« entgegen, kuschelten sich auf der Couch vor dem Fernseher aneinander und futterten Unmengen von Choco Crossies. Hermine drehte Heike Lockenwickler ins Haar und verpasste ihr eine Dauerwelle, mit der sie wie eine blondierte Diana Ross aussah. Die Pracht hielt nur wenige Tage; die Dauerwelle machte ihrem Namen keine Ehre.

So gemütlich es sich die Schwestern auch miteinander zu Hause eingerichtet hatten, so fragil war dennoch ihre Beziehung. Sie waren von Grund auf unterschiedlich, und Heike hatte es nie verwunden, dass Hermine von Dingen phantasiert hatte, die nicht von dieser Welt waren. Von Geistern und nahendem Unheil hatte sie gesprochen oder von Eingebungen, wie damals, als sie ihr diesen Bauernhof beschrieben oder später Bernd als *bösen Mann* bezeichnet hatte. Mit derlei konnte Heike einfach nichts anfangen. Es bildete einen tiefen Graben zwischen den Schwestern, auch wenn sie nie darüber sprachen.

Außerdem veränderte sich Hermine rasant. Während sie heftig zu pubertieren begann, die Gesellschaft kritisch hinterfragte und sich an allem rieb, was ihr spießig und langweilig vorkam, genoss Heike harmlose Freiheiten wie Diskobesuche und Kinogänge.

Im Oktober 1981 hatte sie ihren Führerschein in der Tasche. Von ihrem Konfirmationsgeld, das auf einem Sparbuch geschlummert hatte, kaufte sie sich eine klapprige knallrote Ente, mit der sie und ihre Freundinnen die Diskotheken in Neuss und Mönchengladbach ansteuerten oder Spritztouren nach Holland zum Einkaufen unternahmen.

Dann rief eines Tages überraschend Heikes alte Freundin Beate an, die inzwischen bei einer Neusser Sparkassenfiliale eine Lehre zur Bankkaufrau machte. Beate und Heike hatten nur noch sporadisch Kontakt, mochten sich aber nach wie vor sehr gern. Wenn sie miteinander telefonierten, fanden sie mühelos zu der alten Vertrautheit zurück, die sie als Teenager aufgebaut hatten.

»Sag mal«, platzte Beate in ihrer direkten Art heraus. »Hast du nicht Lust, mit mir eine WG zu gründen? Ich kann eine kleine Wohnung auf der Neusser Furth mieten, die echt ideal dafür wäre. Beide Zimmer sind etwa gleich geschnitten, und es gibt eine große Küche, die man super als Gemeinschaftsbereich nutzen könnte. Der Mietpreis ist auch ein Klacks … Na, wie wär's?«

Heikes erster Impuls war, sofort abzulehnen. Mit dem blauen

Tastentelefon in der Hand, dem Nachfolgemodell des grünen mit der Wählscheibe, dessen fünf Meter langes Kabel sich auf dem Fliesenboden im Flur ringelte, stieg sie die Treppe hoch und setzte sich auf die höchstmögliche Stufe, bis die Schnur ganz gespannt war. Hier war sie ungestört. Mama fuhrwerkte in der Küche herum, Papa saß im Wohnzimmer vor dem Fernseher, und Hermine hörte lautstark Musik in ihrem Zimmer – irgendeine unbekannte deutsche Band mit groben Texten.

»Das kann ich nicht machen«, sagte sie nun. »Meine Eltern haben sich immer noch nicht von dem Schock erholt, dass Johanna einfach ohne Vorwarnung nach Hamburg gezogen ist. Dann hätten sie einen Grund, sich auch noch um mich zu sorgen. Und Hermine wäre auch traurig, wenn ich ausziehen würde.«

»Aber du wärst doch nicht völlig aus der Welt wie deine große Schwester«, hielt Beate dagegen. »Neuss ist nur einen Katzensprung entfernt. Und mit deiner Ente bist du blitzschnell zu Hause, sooft du willst.«

»Und die Miete?« Heike war skeptisch. »Kann ich mir die überhaupt leisten? Die paar Babysitterjobs, die ich habe, bringen gerade so viel, dass ich den Sprit für die Ente bezahlen kann.«

»Die suchen eine Honorarkraft im Jugendzentrum auf der Furth«, konterte Beate prompt, »für die Arbeit mit Kindern aus dem Brennpunkt. Im Fenster der Apotheke neben der Bank klebt ein Aushang. Ruf doch mal da an. Sie nehmen auch Studenten, warum dann nicht dich? Du bist doch fast fertig mit der Erzieherausbildung. Außerdem werden deine Eltern dir doch wohl dein Kindergeld auszahlen, oder?«

Heike seufzte. Wie gern würde sie sich eine eigene kleine Wohnung einrichten! Und mit Beate wäre das Zusammenleben bestimmt ganz unkompliziert. Aber sie wollte ihren Eltern und

Hermine keinen Kummer machen. Sie war nicht wie Johanna, die rücksichtslos ihren eigenen Weg ging und der die Familie egal war.

»Ich weiß nicht«, zögerte sie. »Aber gut, ich rufe mal in diesem Jugendzentrum an, und dann schauen wir weiter, ja? Und danke, dass du an mich gedacht hast.«

»Ich stell es mir halt echt gemütlich mit uns beiden vor.« Beate lachte. »Du bist meine beste Freundin. Mit wem sollte ich sonst in eine WG ziehen? Und du weißt ja, ich wäre echt froh, wenn ich endlich von meinen Alten wegkommen würde. Die streiten nur noch; mich bemerken sie gar nicht mehr.« Beate war ein Einzelkind; die Ehe ihrer Eltern war schon immer schwierig gewesen. »Aber ganz allein wohnen, darauf habe ich auch keine Lust. Und die Wohnung ist so schön. Altbau, hohe Decken, ein Balkon zum Innenhof raus, der von der Küche abgeht, und und und. Einfach klasse.«

»Ist ja schon gut!« Heike lachte. »Ich frag wegen des Jobs nach. Ich fänd es ja auch toll.«

Heike bekam die Stelle als Honorarkraft. Ihre offene freundliche Art hatte die beiden Sozialpädagogen, die die Einrichtung leiteten, beim Vorstellungsgespräch sofort für sie eingenommen. Die Arbeitszeiten lagen im Abendbereich, so dass sie sich nicht mit denen im Kindergarten und in der Berufsschule überschnitten.

Eines Dienstagabends, »Dallas« war gerade vorbei, und die ganze Familie saß noch vor dem Fernseher, fasste Heike sich ein Herz und erzählte von ihren Plänen.

»Es ist gar nicht weit von hier«, schloss sie. »Anfang Dezember könnten wir einziehen. Ich käme auch bestimmt zwei- bis dreimal die Woche nach Hause. Aber ohne euer Einverständnis tue ich es natürlich nicht.«

Ihre Mutter stand ohne ein Wort auf und räumte Saft- und

Weingläser vom Couchtisch. Auf dem Weg in die Küche sagte sie nur: »Mach, was du willst.«

Hermine starrte ihre ältere Schwester wütend an.

»Die ganze Zeit merke ich, dass was nicht in Ordnung ist. Und heute erst rückst du damit raus! Für dich steht doch längst fest, dass du 'nen Abgang machst.« Sie federte vom Sofa hoch, ihre zarte schmale Gestalt mit dem weißen Gesicht angespannt von den Zehenspitzen bis zur Kopfhaut. Das pechschwarze lange Haar wehte wie eine Gewitterwolke hinter ihr her, als sie aus dem Zimmer stürmte. »Meinetwegen kannst du heute Abend noch ausziehen!«, schrie sie und knallte die Tür hinter sich zu.

Heike blieb wie vom Donner gerührt zurück. Ihr Vater saß noch in seinem Lieblingssessel und blickte sie ernst und aufmerksam an.

»Meinen Segen hast du«, sagte er leise. »Ich bin auch früh von zu Hause ausgezogen. Und ich kann dich verstehen. Du bist groß, du bist selbständig, du liebst das Stadtleben und die Zerstreuung. Es gehört zum Erwachsenwerden, sein eigenes Leben zu führen. Ich spreche noch mal mit Mama. Sie ist traurig, weißt du? Es ist ihr schon schwergefallen, Johanna ziehen zu lassen.«

»Wenn sie es nicht will, gehe ich nicht«, sagte Heike bedrückt. »Ich bleibe so lange hier, wie sie und Hermine mich brauchen.«

Ihr Vater lächelte.

»Das ist Blödsinn, und du weißt das. So eine Gelegenheit kommt vielleicht kein zweites Mal. Und weißt du was? Ich werde dich finanziell unterstützen.« Er lächelte verschmitzt. »Das tue ich bei Johanna übrigens auch. Aber …« Er legte einen Zeigefinger an die Lippen. »Psst. Kein Wort zu Mama oder Hermine.«

Heike sah ihren Vater mit runden großen Augen an. Solche Heimlichkeiten hatte sie ihm gar nicht zugetraut.

»Danke, das wäre ja total lieb von dir. Aber … warum ist Hermine so sauer auf mich?«

Papa biss sich auf die Lippen. Sein Blick irrte von den dunklen Scheiben des Wohnzimmerfensters Richtung Flur und wieder zurück zu ihr. Er wartete, bis der D-Zug, der gerade lautstark nahte, vorbeigesaust war, und sagte dann: »Weil sie weiß, dass sie anders ist und du ihr Anker bist.«

»Anders? Wieso?« Heike runzelte die Stirn. Etwas im Tonfall ihres Vaters irritierte sie.

»Ach, sie … … Sie glaubt, sie gehört nicht richtig zu uns. Aber du warst ihr immer nahe.«

»Ach so! Aber trotzdem kapiere ich es nicht. Sie ist doch das Nesthäkchen. Mama passt ständig auf, dass sie nicht zu kurz kommt. Sie war von jeher extrem besorgt um Hermine. Wahrscheinlich, weil sie die Zerbrechlichste von uns ist.«

»Ich kann dir nicht näher erklären, warum Hermine so fühlt.« Hans trommelte mit den Fingern auf der hölzernen Armlehne des Sessels herum. »Außerdem ist sie in der Pubertät und deshalb zurzeit noch empfindlicher. Nimm dir das nicht zu sehr zu Herzen. Sie wird sich wieder beruhigen. Lade sie doch öfter zu dir in deine Wohnung ein. Zeig ihr, dass du weiter für sie da bist.«

»Ich soll also wirklich gehen?« Heikes Gesicht verzog sich zweifelnd. Mamas und Hermines Zurückweisungen taten ihr in der Seele weh. Ihr Magen hatte sich zu einem schmerzenden Klumpen zusammengeballt.

»Ja.« Papa nickte. »Und denk mal: Dann kannst du dir endlich eine Katze zulegen, wie du es dir schon immer gewünscht hast. Wäre das nicht wunderbar?« Er beugte sich vor und strich zart über ihre Hand, die zur Faust verkrampft dalag. »Du bist flügge geworden, mein Kind«, sagte er. »Man muss die Vögel ziehen lassen, damit sie zurückkehren können.«

6

Freitagabend

Nach dem Abendessen saßen wir alle noch eine Weile beisammen, doch uns Schwestern fiel auf, wie erschöpft unsere Eltern aussahen. Vor allem Mama gähnte in einem fort. Als Johanna auf die Terrasse hinaustrat, um eine Zigarette zu rauchen, gingen Heike und ich mit.

»Die beiden sind es einfach nicht mehr gewöhnt, dauernd Leute um sich herum zu haben«, sagte Heike. »Wir sollten ihnen eine kleine Pause gönnen. Morgen ist noch einiges zu tun, das wird sie ebenfalls Kraft kosten. Und Sonntag kommen zwar nicht allzu viele Gäste, aber für Mama und Papa wird es anstrengend genug werden.«

»Ich habe auch nichts dagegen, gleich zu Bett zu gehen«, bekannte Johanna. »Die Landluft macht mich müde. Na, immerhin regnet es nicht mehr.« Sie schaute in den Himmel, dessen Wolkendecke aufgerissen war. Sogar einige Sterne ließen sich blicken.

»Ach, ich lese dann hier unten noch ein bisschen in meinem Krimi, wenn ihr in den Federn liegt.« Ich schlang die Arme um die Schultern. Mich fröstelte. »Ich glaube, es wird wieder kälter.«

Die Stehlampe mit dem Stoffschirm tauchte die Ecke des Wohnzimmers, in der ich nun mit hochgezogenen Beinen im Sessel meines Vaters saß, in warmes, gelbes Licht. Der Rest des

Raums lag im Dunkeln. Es war sehr still im Haus, nachdem sich alle in ihre Betten verzogen hatten.

Unwillkürlich musste ich daran denken, wie ich genau hier auf diesem Sessel als Fünfzehnjährige mit meinem ersten Freund – Philipp hieß er – gesessen und geknutscht hatte. Ein verregneter Frühsommerabend war es gewesen; Philipp hatte mich nach einem Kinobesuch auf seiner Vespa nach Hause gebracht. Meine Eltern waren ausgegangen, im Haus hatte Stille geherrscht – so wie jetzt. Wir waren ins Wohnzimmer gegangen; eigentlich hatte ich dort nur das Rollo herunterlassen wollen, aber mit einem Mal hatte Philipp mich von hinten umfasst, mir einen Knutscher in den Nacken gedrückt und mich dann zu sich herumgedreht. Uns küssend und streichelnd waren wir auf diesen Sessel gesunken, obwohl die Couch wesentlich bequemer gewesen wäre. Während Philipp mein T-Shirt hochschob und mit seiner Zunge in meinen Mund eindrang, fühlte ich plötzlich, wie sich der Zauber, den ich bis dato für ihn empfunden hatte, in Nichts auflöste. Halbherzig erwiderte ich seine Zärtlichkeiten, aber seine Küsse waren mir zu stürmisch und zu nass, seine Hände eine Spur zu gierig. Ich öffnete die Augen und sah plötzlich aus den Augenwinkeln durch das bodentiefe Fenster etwas über die Terrasse huschen. Automatisch schob ich den verdutzten Philipp von mir.

»Ein Igel!«, rief ich aus und lief zur Terrassentür. Das kleine Tier guckte mich erschrocken aus dunklen Knopfäuglein an, um sich dann sofort zu einer schweratmenden Stachelkugel zusammenzurollen. »Wie süß«, sagte ich lächelnd.

»Ja, klar.« Philipp war enttäuscht und griff nach seinem Helm.

Ich sah ihn stirnrunzelnd an und begriff, dass ich dem kleinen Igel weit mehr Zärtlichkeit entgegenbrachte als meinem eigenen Freund. Ich konnte gut verstehen, dass Philipp gekränkt reagierte. Dennoch war ich froh, als er fort war.

Sobald das Rücklicht seines Rollers von der Dunkelheit verschluckt worden war, lief ich zurück ins Wohnzimmer und schaute wieder durch die Scheibe. Der Igel war nicht mehr zu sehen. Mit leisem Bedauern ging ich ins Bett. Er war so niedlich gewesen. Seine Unschuld hatte mich angerührt. Ich dachte an Philipp und fühlte nur Widerwillen und ein wenig Ekel. Am nächsten Tag machte ich Schluss mit ihm.

Hermines Tagebuch lag ungeöffnet auf meinen Knien. Vielleicht wäre es besser, mir das noch unvollständige, aber positive Bild meiner verstorbenen Schwester zu bewahren und das Tagebuch nicht mehr weiterzulesen. Was ich bislang über Hermine erfahren hatte, war schlimm genug, aber ich wusste, es würde noch schlimmer kommen. Wieder dachte ich an den Igel, der mir sein Stachelkleid präsentiert hatte, um sein Inneres zu schützen. Hermine hatte ihr Tagebuch nicht für mich geschrieben. Indem ich es las, durchbrach ich einmal mehr ihren Schutzraum.

Aber ich war einfach zu neugierig. Marcel hatte das Tagebuch auch bis zum Ende gelesen, und Papa würde ebenso erfahren, was darin stand, redete ich mir ein. Auf mich kam es nun wirklich nicht an, oder? Außerdem hatte Hermine mich kaum kennenlernen können. Vielleicht fände sie es ja sogar schön, wenn wir uns auf diese Weise näherkamen …

Ich seufzte und schlug das Buch auf.

29. August 1982

Heute ist der letzte Ferientag, und ich muss schauen, dass ich ein normales Leben auf die Reihe kriege.

Auch wenn Ambrosia für mich gestorben ist – es tut mir trotzdem weh, dass ich jetzt gar keine Freundin mehr habe. Seit meinem Pilztrip scheine ich noch durchlässiger geworden zu sein. Ich höre Stimmen, die ich nicht einordnen kann, und

manchmal sehe ich den kleinen Jungen, Karlchen, den ich so lieb habe, dass mir das Herz weh tut.
Auch andere, eher schemenhafte Gestalten suchen mich auf. Ich kenne sie nicht, aber sie machen mir Angst. Meist verflüchtigen sie sich schnell wie der Rauch einer Kerze, die man ausgepustet hat, aber ich fürchte mich davor, dass sie wiederkommen.

16. SEPTEMBER 1982
Die neue Schule in Mönchengladbach ödet mich an. Die Jungs und Mädchen meiner Klasse sind kindisch und langweilig. Ich will nichts mit ihnen zu tun haben. Wichtig ist nur, dass ich mein Abitur kriege, um studieren zu können.

5. OKTOBER 1982
Der Herbst ist da. Ich gehe oft in den Garten, stehe unter der Kastanie und schaue hoch in ihre bunte Baumkrone. Zu beobachten, wie die ersten gelben Blätter vom Wind davongetragen werden, ist, wie jemandem beim Sterben zuzuschauen. Immer mehr Laub wird fortgeweht; bald wird der Baum ein Skelett sein und sich dem Winter hingeben.
Manchmal stehe ich auch hinten im Garten dicht bei den Gleisen und warte auf den nächsten Zug. Die D-Züge rasen schnell vorbei, aber die Güterzüge sind ewig lang und machen einen Höllenlärm. Bis ihr braunes Band in der Ferne verschwunden ist, braucht es mehrere Minuten.
Die Schienen … Mir kommt es so vor, als verlaufe unser aller Leben auf Schienen, nach einem geheimen Fahrplan, für den die Weichen schon vor unserer Geburt gestellt werden. Mama würde ihn den göttlichen Plan nennen. Ich sage Schicksal dazu. Ab und zu gibt es Verzögerungen, weil eine Bahn Verspätung hat, aber im Grunde klappt die Fahrt reibungslos. Der Zug

selber weiß leider nicht, wo es hingeht und wann die Endstation erreicht ist, und darum kenne auch ich meinen Weg nicht. Doch ich ahne, dass die Fahrt nicht lange dauern wird. Das macht mir keine Angst, aber traurig bin ich schon.

Ich kämpfte mit den Tränen. Hermines Todesahnungen machten mir zu schaffen. Sie hatte gespürt, dass sie nicht alt werden würde. Daran war nichts Krankes, fand ich. Es zeugte von einer besonderen Empfindsamkeit sich selbst gegenüber, denn schließlich hatte sie recht behalten.

Plötzlich wünschte ich mir, über ähnlich feine Antennen zu verfügen. Wie gern hätte ich ein Gefühl dafür, ob meine Ehe mit Marcel für immer halten würde. Wie gern sähe ich voraus, dass wir doch einmal ein Kind miteinander bekommen würden, aber das konnte ich mir wohl abschminken.

Immerhin war ich selbst schuld an meiner Misere. Schon von Jugend an – jedenfalls nach der Episode mit Philipp – hatte ich ein Faible für ältere Männer gehabt. Meine beste Freundin Verena war überzeugt, dass ich unter einem Vaterkomplex litt.

»Nur weil dein Alter nicht gerade der Jüngste war, als du zur Welt gekommen bist, musst du doch nicht auf Opis stehen«, hatte sie mir bei einem unserer Mädelsabende an den Kopf geworfen. Zu der Zeit war ich gerade ein paar Monate mit Marcel zusammen, der gute zwanzig Jahre älter war als ich.

Ich hielt sofort dagegen, dass ich Marcel unter anderem liebte, weil er mir von Grund auf vertraut war. Immerhin kannte ich ihn seit meiner Kindheit. Er war immer da, wie ein Teil meiner Familie. Ich sagte ihr, wie wunderbar ich es fand, mit jemandem zusammen zu sein, den man fast besser kennt als sich selbst.

Verena wollte das so nicht stehenlassen und behauptete, dass ich auch mit einem Jüngeren irgendwann diese Vertrautheit erreichen würde. Augenzwinkernd nannte sie mich einen kleinen

Feigling, der sich bloß etwas vormachte. Ich musste selber grinsen, denn ganz unrecht hatte sie wahrscheinlich nicht damit.

Dann bereitete sie uns einen zweiten Caipirinha zu, und wir fläzten uns auf ihre pinkfarbene Ledercouch und sahen uns unsere Lieblingsserie an. Mir fiel es allerdings schwer, mich darauf zu konzentrieren, denn ich musste ständig über Verenas Worte nachgrübeln.

Und auch jetzt fragte ich mich wieder, ob ich das Wagnis, jemand Fremden und Jüngeren kennenzulernen, nicht doch hätte eingehen sollen. Ich liebte Marcel bedingungslos, aber ich wünschte mir Kinder, er jedoch in seinem Alter nicht mehr. Hätte ich eine Intuition wie Hermine, wüsste ich sicher, was die Zukunft für uns bereithielt. Andererseits würde ich dann vielleicht so traurig werden wie sie, wenn ich erkennen müsste, dass sich mein Herzenswunsch nie erfüllen würde.

Ich hatte ein gutes Leben, betete ich mir vor. Mein Beruf erfüllte mich, meine Ehe war glücklich. Finanziell ging es uns sehr gut. Wir hatten einen großen Freundeskreis und zwei Katzen, die wir heiß und innig liebten. Und dennoch … Ich hätte gern Kinder gehabt. Nein, falsch. Ich war immer wie selbstverständlich davon ausgegangen, einmal welche zu bekommen, so wie Johanna und Heike. Diese Zukunftsperspektive hatte ich nie in Frage gestellt. Als kleines Mädchen hatte ich davon geträumt, meine Tochter Hermine zu nennen, in Gedenken an die Schwester, die gestorben war, bevor ich sie richtig kennengelernt hatte. Dazu würde es wohl nicht mehr kommen, dachte ich mit leisem Bedauern.

Hermine hatte geahnt, dass sie nicht alt werden würde. Das hatte sie melancholisch werden und vor der Zeit reifen lassen. Vielleicht war es doch besser, nicht zu wissen, wo die Reise hinging und wann sie endete.

Ich merkte, dass mir Hermine auf einmal sehr nahe war. Ihre Tagebucheinträge ließen sie für mich lebendiger werden als jede Erinnerung, die meine Eltern und Schwestern mit mir geteilt hatten. Und ich begann, sie in mein Herz zu schließen. Nur wenn sie von den Visionen und Stimmen erzählte, die sie heimsuchten, konnte ich ihr nicht folgen. In den Textstellen offenbarte sich ihre verrückte, psychotische Seite.

Mein Psychologieprofessor dagegen hätte seine wahre Freude daran gehabt.

»Halluzinationen wie aus dem Lehrbuch über Schizophrenie«, würde er dazu mit seiner männlichen Stimme, die ich einmal so sexy gefunden hatte, sagen. Und ich musste ihm beipflichten.

Inzwischen war ich sehr müde geworden. Zeit, ins Bett zu gehen, sagte ich mir, klappte das Tagebuch zu, löschte das Licht im Wohnzimmer und stieg die Treppe hinauf. Oben im kleinen Flur hörte ich durch die geschlossene Schlafzimmertür, wie Papa schnarchte. Ich musste grinsen. Schon als ich noch ein Kind gewesen war, hatte er Mama mit seinem Schnarchen genervt.

»Papa ist ein Wolf«, hatte ich ihr einmal zugeraunt, als er tiefschlafend auf der Couch gelegen und solche grollenden und knurrenden Laute wie jetzt ausgestoßen hatte.

»Dieser Wolf versteckt sich jede Nacht in meinem Bett und raubt mir den Schlaf«, erwiderte sie augenzwinkernd. »Aber wenn ich nachschaue, ist es doch bloß dein Vater, der schnarcht wie ein Weltmeister. Da hilft nur Watte in den Ohren!«

Ich tappte, immer noch lächelnd, ins Bad. Papa, ein Wolf! Dieser Vergleich passte wirklich überhaupt nicht zu meinem friedlichen und freundlichen Vater, der keiner Fliege etwas zuleide tun konnte. Was Kinder sich so ausdachten!

Hans

Anfang Januar 1982 begriff Hans zum ersten Mal, wie einsam es nach Heikes Auszug im Hause Franzen geworden war.

Weihnachten und Silvester hatten ihnen Johannas und Heikes Besuch beschert. Die Feste waren in gewohnter Betriebsamkeit und mit den üblichen Zankereien zwischen den Geschwistern und mit Christa verlaufen. Dennoch hatte es ihm gutgetan, mit Johanna über das Leben zu philosophieren und sich von Heikes positiver Art beflügeln zu lassen. Jetzt waren sie fort.

Und indem Christa nun gründlich das Haus reinigte, Adventskranz, Weihnachtsschmuck, Baum und Kerzen verschwinden ließ und die Bettwäsche wusch, putzte sie gleichsam die Präsenz der beiden, die bislang noch in den Räumen gehangen hatte, fort.

Die plötzliche Stille ließ Hans' Ohren rauschen. Während er draußen im winterlich öden Garten die letzten Reste der Knaller und Raketen aufsammelte, die Hermine überraschenderweise aus der Stadt mitgebracht und in der Neujahrsnacht abgefeuert hatte, wurde ihm bewusst, wie sehr ihm seine beiden ältesten Töchter schon jetzt fehlten.

Im Umkehrschluss war er geradezu froh darüber, dass Hermine meist außer Haus war. Gegen Ende der Weihnachtsferien fuhr sie fast täglich mit dem Zug nach Neuss, um sich in der Innenstadt mit Schulkameradinnen zu treffen.

Seit vier Jahren besuchte Hermine ein katholisches Mädchengymnasium in Neuss. Das hohe Niveau der Schule wurde ihrer Intelligenz am ehesten gerecht, hatte damals das einhellige Urteil ihrer Grundschullehrer gelautet. Und obwohl Hermine evangelisch war und demnach die Grundvoraussetzung für den Besuch der erzkonservativen Eliteschule verfehlte, hatte man sie aufgrund ihres Abschlusszeugnisses mit Kusshand aufgenommen.

Leider gab es in der Schule jedoch immer wieder Ärger. Hermine eckte an und verhielt sich seltsam.

Vor den Weihnachtsferien war sogar ein Elternbrief ins Haus geschneit, aus dem unmissverständlich hervorging, dass Hermine die Schule verlassen müsse, »sollte es ihr weiterhin nicht gelingen, sich anzupassen«.

Hermine war zu einer schwierigen Jugendlichen herangewachsen. Ständig suchte sie Streit mit ihren Eltern, hörte in ihrem Zimmer dröhnend laute Punkmusik und färbte sich blaue Strähnen in ihr dunkles langes Hexenhaar.

»No future«, lautete Hermines neueste Parole, die sie mit schwarzem Edding von außen an ihre Zimmertür gekritzelt hatte.

Dass sie in der Schule auffiel, überraschte Hans nicht, dass es so schlimm stand, schon. Es machte ihn ratlos.

Neuerdings hatte Hans den Verdacht, dass sie Alkohol trank. Jedes Mal, wenn sie nach Hause kam und den Flur betrat, kaute sie Kaugummi, und doch konnte eine feine Nase den Hauch einer Schnapsfahne hinter dem Pfefferminzgeruch erschnuppern.

Mit Christa hatte er noch nicht über seinen Verdacht gesprochen, und er scheute weiterhin davor zurück. Immer, wenn es um Hermine ging, schlug seine Frau sich auf die Seite des Mädchens, beschönigte und entschuldigte jedes Fehlverhalten.

Hans wusste, dass ihr schlechtes Gewissen ein Grund dafür war.

Seit einem Jahr besaß Christa eine Änderungsschneiderei im Ortskern von Büttgen. Das kleine Geschäft forderte seinen Tribut an Aufmerksamkeit, Zeit und Energie. Christa lebte für den Laden. Sie liebte es, für ihre Kunden Hosen, Röcke, Jacken, Anzüge und Schützenuniformen umzuändern oder aus einem alten Brautkleid eine Abendrobe zu schneidern.

Außerdem gefielen ihr der Kundenkontakt und der Austausch mit den benachbarten Ladenbesitzern. In den Pausen trank sie Kaffee mit Monika, der Eigentümerin des Blumenladens zur Linken oder mit Rosi, der Optikerin zur Rechten.

Seit sie »Christas Nähstübchen« betrieb, war sie ausgeglichener und fröhlicher als je zuvor. Hans gönnte seiner Frau den Erfolg und das Glück von ganzem Herzen.

Und er war überzeugt davon, dass Christa sich in der Pflicht fühlen würde, ihre selbständige Tätigkeit zu reduzieren, sobald sie vor sich zugeben müsste, dass Hermine ihr entglitten war. Das aber würde womöglich das Ende ihres Nähstübchens bedeuten. Halbherzig ließ sich so ein Geschäft nicht führen.

Also traute Hans sich nicht, sie wachzurütteln und ihr Hermines tiefgreifende Veränderung vor Augen zu führen. Er freute sich viel zu sehr darüber, dass seine früher oft reizbare und mürrische Frau so aufgeblüht war.

Opfere ich Hermine etwa für meine eheliche Harmonie?, fragte er sich nun selbstkritisch.

Er klaubte den Stiel einer Silvesterrakete aus dem Hibiskus und einen Böller aus der Heckenrose, stopfte beides in den Plastiksack und warf ihn in die Mülltonne auf dem Hof. Dann ging er zurück ins Haus.

Die Änderungsschneiderei machte bis Ende der Woche Betriebsferien, also war auch Christa zu Hause. Sie wartete drinnen mit dem Kaffee auf ihn.

»Hänschen, können wir reden?«, fragte sie, sobald sie am Tisch saßen.

»Natürlich, Liebes.« Er griff zum Teller mit den Weihnachtsplätzchen und nahm sich ein Stück Spritzgebäck. Seiner Meinung nach waren die einfachsten Dinge die besten. Er brauchte keine raffinierten Pralinen oder mit Schokolade oder Zitronenguss überzogenen Kekse.

»Hermine ist schon wieder in die Stadt gefahren.« Christa schaute ihn um Rat suchend an. »Und sie trägt diese klobigen Armeeschuhe und die zerlöcherte Jeansjacke. Glaubst du wirklich, dass sie sich so ausstaffiert mit Mädchen aus ihrer Klasse trifft?«

Hans seufzte.

»Eigentlich nicht, aber das ist das, was sie behauptet.«

»Hänschen, ich mache mir Sorgen.«

Endlich, dachte er, und er legte seine Hand auf ihre.

»Ich mir auch.«

»Wenn sie sich so kleidet, ist es kein Wunder, dass sich die Schulleitung beschwert. Warum merkt sie nicht, wie unbeliebt sie sich macht … sicherlich auch bei den Freundinnen. Die müssen doch denken, dass sie arm wie eine Kirchenmaus ist mit den zerlumpten Klamotten.« Christa entzog ihm die Hand, um sie um ihre Kaffeetasse zu schließen.

Hans atmete tief durch. Christa klammerte sich an Äußerlichkeiten. Sie hatte immer noch nicht begriffen, wie ihre jüngste Tochter tickte.

»Das ist ihr sicherlich völlig egal. Nein, mehr noch: Sie will damit doch provozieren«, sagte er schließlich.

»Aber warum?«

Hans hätte ihr am liebsten beigebracht, dass das eigentlich

offensichtlich war und dass Hermine nur äußerlich zeigte, wie es in ihrem Inneren aussah, aber er fürchtete sich weiterhin davor, die Familienidylle durcheinanderzurütteln.

Daher antwortete er nur vage: »Das gehört eben dazu, wenn man Punk mag.«

»Punk! Was für ein neumodischer Kram soll das sein? Doch sicher keine Moderichtung!« Christa schüttelte heftig den Kopf.

»Punk ist die Musik, die Hermine dauernd hört. Sie stammt aus England.«

»Diesen Lärm sollen die versnobten, disziplinierten Briten erfunden haben? Denen hätte ich mehr Niveau zugetraut.« Christa schnaubte verächtlich und biss in ein Plätzchen. Sie kaute und schluckte, bevor sie fortfuhr: »Wie dem auch sei, seit Heike aus dem Haus ist, hat sich unsere Jüngste zum Nachteil verändert. Ich habe dir doch gesagt, dass es falsch war, Heike ziehen zu lassen. Hermine fehlt ein junger Mensch, der ihr hilft, auf dem Teppich zu bleiben. Ich habe offensichtlich gar keinen Draht mehr zu ihr. Und du auch nicht.«

Hans musterte seine Frau nachdenklich, und mit einem Mal begriff er, wie sehr er sie unterschätzt hatte. Christa wusste genau, was mit Hermine los war, hatte es aber, ihrer verschlossenen Art entsprechend, nie preisgegeben.

»Ja, Hermine ist psychisch instabil«, antwortete er vorsichtig. Ein schneller Seitenblick Christas bestätigte ihm, dass seine Frau genau das gemeint hatte.

Sie lehnte sich im Stuhl zurück, seufzte und sagte: »War sie das nicht schon immer? Bereits im Kindergarten hat sie die Kinder mit ihrer unberechenbaren Art verunsichert. Diese Geschichten, die sie ihnen aufgetischt hat: zum Haareraufen! In letzter Zeit habe ich sie wieder mit sich selbst sprechen hören, in ihrem Zimmer und im Flur oben oder im Bad, wenn sie glaubt, dass niemand in der Nähe ist. Ich bin wirklich froh, tagsüber aus dem Haus zu sein und ihr verrücktes Verhalten nicht immer mitzukriegen. Ist das nicht schrecklich, Hänschen? Ich gehe unserer jüngsten Tochter aus dem Weg, weil sie mir unheimlich ist. Ich schäme mich so!«

Dass Hermine zunehmend Selbstgespräche führte, hatte Hans noch nicht mitbekommen. Er schluckte. Stand es sogar noch schlimmer um sie, als er vermutet hatte? Diesmal griff Christa nach seiner Hand und hielt sie krampfhaft fest.

»Sie ist in der Pubertät«, wagte er einen Beschwichtigungsversuch, während er mit dem Daumen über Christas Handrücken strich. »In dieser Phase werden alle Jugendlichen schwierig. Das geht vorbei …« Er glaubte selbst nicht, was er sagte.

Christa schüttelte heftig den Kopf.

»Hänschen, die Selbstgespräche führt sie doch schon von Kindheit an! Erst dachte ich, sie wäre wie Johanna mit ihrer blühenden Phantasie, aber bei Hermine ist es anders. Sie ist fest davon überzeugt, Menschen zu sehen und zu hören, die verstorben sind. Deinen Vater zum Beispiel! Als Fünfjährige hat sie mir erzählt, dass er mit ihr spielt und ihr Lieder vorsingt! Damals habe ich sehr mit ihr geschimpft und ihr streng verboten, auch nur ein Wort von dem Unsinn ihren Schwestern oder dir gegenüber verlauten zu lassen. ›Papa trauert um seine Eltern‹, habe ich gesagt. ›Sie sind tot, und nichts bringt sie wieder. Damit treibt man kein Schindluder.‹ Also hat sie schließlich aufgehört mit dem Blödsinn. Aber in letzter Zeit geht es wieder los. Hans, was sollen wir nur tun?«

Er schwieg schockiert. Dass Hermine glaubte, seinen toten Vater gesehen zu haben, war neu für ihn. Er konnte sich nur an ihre angeblichen Vorhersagen während ihrer Kindergartenzeit erinnern.

Christas Leidensdruck musste riesengroß sein, dass sie plötzlich so offen mit ihm sprach. Aber worin bestand eigentlich Hermines Problem? Dass sie tatsächlich mit Geistern kommunizierte, daran glaubte er nicht. So etwas war Aberglauben und daher seiner Meinung nach Humbug. Die Welt war allein auf den Prinzipien der Naturwissenschaft aufgebaut. Aber konnte es sein, dass Hermines Sinne tatsächlich auf besondere Weise geschärft waren, so dass sie Stimmungen auffing, die andere nicht wahrnahmen, oder war sie wirklich psychisch krank? Oder handelte es sich bei beiden Aspekten um die Kehrseiten derselben Medaille?

Er atmete tief durch. Letztendlich konnte ihnen das egal sein, entschied er. Wichtig war nur, dass Hermine ein zufriedenes Leben führte und zu einer Erwachsenen heranreifte, die irgendwann stark und selbstbewusst in die Welt hinausging, so wie Johanna und Heike es getan hatten. Aber war das ihrer Jüngsten überhaupt gegeben?

Er rief sich den melancholischen Gesichtsausdruck von Hermann Weyrich bei der Begegnung auf dem Neusser Spielplatz, als Johanna und Heike noch klein gewesen waren, in Erinnerung. Der Mann hatte den Verlust der alten Heimat offenbar nie verwunden. Traurigkeit und Unglück waren ihm aus allen Poren gekrochen. Hatte Hermine auch das von ihm geerbt?

»Hans, ich rede mit dir!«, drang Christas Stimme angstvoll zu ihm durch, und er riss sich zusammen.

»Hm, ja, was können wir tun?« Er schluckte und schaute aus dem Fenster hin zur Bahnlinie. »Wir können nur die Weichen stellen. Fahren muss sie schon selbst«, sagte er. »Und wir sollten ihren Fahrplan kennen.«

»Hänschen!« Christa musste lachen. »Sprich nicht in Metaphern. Das machst du immer, wenn du nicht weiterweißt!«

Er zog die Schultern hoch.

»Ich habe eben kein Rezept zur Hand«, bekannte er. »Wie

auch? Ich bin ja kein Arzt … Schon gut, Liebling, Schluss mit den Metaphern. Ich glaube tatsächlich, dass wir offen mit Hermine reden sollten. Es bringt nichts, ihre Verrücktheiten zu verleugnen oder die Augen davor zu verschließen. Sie muss das Gefühl haben, so, wie sie ist, von uns akzeptiert zu werden.« Zunehmend selbstsicherer fuhr er fort: »Klar ist auch, dass sie sich in Neuss garantiert nicht mit Schulkameradinnen trifft. Lass uns herausfinden, wer ihre Freunde sind … durch freundliches Interesse und ohne Kritik. Und dann ihre Musik. Ich werde sie heute Abend fragen, was sie daran so toll findet.« Er räusperte sich. »Und Liebling, du hast recht, dass unserer Kleinen Heike fehlt. Ihre Bodenständigkeit hat immer wohltuend auf sie abgefärbt. Lass sie uns mit ins Boot holen. Du weißt, wie wichtig ihr die Familie ist.«

Hans und Christa bemühten sich in der folgenden Zeit sehr um Hermine, ebenso Heike, aber es schien zu spät zu sein. Ihre zaghaften Versuche, ihre »Selbstgespräche« zum Thema zu machen, prallten an Hermine ab. Sie war nicht bereit, darüber zu reden.

Mehr denn je lebte sie in ihrer eigenen Welt. Sprach man sie an, bekam man entweder keine Antwort oder wurde angekeift. Anschließend stürmte sie in ihr Zimmer, knallte die Tür zu und drehte die Stereoanlage ohrenbetäubend laut auf.

Mit dem Zeugnis vom Sommer 1982 wurde Hermine nicht versetzt. Die Schulleiterin lud Christa und Hans zu einer Besprechung in ihr Büro ein. Die dürre Direktorin, deren graues Kostüm teuer wirkte, aber viel zu weit um ihren mageren Körper herumschlackerte, nahm hinter ihrem großen Schreibtisch aus Mahagoni Platz. Christa und Hans bot sie zwei unbequem aussehende Metallstühle mit Kunststoffsitzfläche an.

»Wir legen Ihnen nahe, Ihre Tochter von der Schule zu nehmen«, eröffnete sie unverblümt das Gespräch. Dabei verzog sie keine Miene und drehte einen Füllfederhalter in den Händen. Dann lehnte sie sich in ihrem Bürosessel zurück und betrachtete das Ehepaar vor sich aus kühlen grauen Augen, die exakt die Farbe ihrer Kleidung widerspiegelten.

Hans rückte auf seinem Stuhl, auf dem er sich klein und wie ein Bittsteller fühlte, nach vorn, um die Distanz zu der abweisenden Frau ein wenig zu verringern.

»Und warum? Ist es an Ihrer Schule nicht möglich, eine Klasse zu wiederholen?«

Die ohnehin dünnen Lippen der Schulleiterin wurden noch eine Spur schmaler.

»Theoretisch schon«, sagte sie, »aber hier geht es weniger um die Leistungen Ihrer Tochter als vielmehr um ihr Verhalten … wenn sie denn mal so gnädig ist, das Schulgebäude überhaupt zu betreten.« Sie räusperte sich. »Hermine verstößt mit ihrem unangebrachten Äußeren gegen die Etikette der Schule, dem Lehrpersonal gegenüber benimmt sie sich dreist und unangemessen. Der armen Frau Bernard hat sie beispielsweise den baldigen Tod prophezeit; sie behauptet, Schülerinnen zu sehen, die Suizid begangen haben, und allerlei anderen Unfug. Außerdem treibt sie Lehrerinnen wie Schülerinnen mit ihren Stimmungsschwankungen in den Wahnsinn. Mal ist sie sanft wie ein Lamm, mal flucht sie wie ein Kesselflicker. Wenn sie dann im Unterricht von einem Thema gefesselt ist, widmet sie sich ihm mit einer Vehemenz, die einer Manie gleichkommt. Das ist zweifellos nicht normal!« Die Direktorin seufzte vernehmlich und straffte die Schultern. Sie saß nun kerzengerade wie ein Stock da. »Nein, sehr verehrter Herr Franzen, hier reicht ihr Renommee als erfolgreicher und preisgekrönter Architekt nicht aus, um mich umzustimmen … und ebenso wenig Hermines zweifellos überragende Intelligenz.« Sie atmete tief durch und hub dann noch einmal an: »Ich biete Ihnen in aller Verbundenheit an, dass Sie Ihre Tochter eigenhändig von der Schule nehmen, bevor ich sie mittels einer Lehrerkonferenz rauswerfe. Damit komme ich Ihnen schon sehr entgegen.«

Hans fiel nichts dazu ein. Christa war glutrot im Gesicht geworden, aber auch sie blieb stumm.

Beide erhoben sich wortlos. Bevor sie aus dem Zimmer gingen, riet die Direktorin ihnen noch, sich psychiatrische Hilfe zu holen.

»Ich denke, Hermine ist schwer gestört«, sagte sie. »So etwas passt einfach nicht an unsere Schule.«

Hermine schien es egal zu sein, von der Schule zu fliegen.

»Sind eh alles Tussis da, verlogen und heuchlerisch«, erklärte sie schulterzuckend.

Auf Christas Drängen, einen Psychiater aufzusuchen, reagierte sie erst mit Gelächter, dann mit einem ihrer typischen Wutanfälle.

»Ihr stempelt mich nicht zur Verrückten ab!«, brüllte sie, schwang sich aufs Rad und fuhr Richtung Büttger Bahnhof davon. Bis spät in die Nacht blieb sie fort. Als sie nach Hause kam, roch ihr Atem penetrant nach Schnaps und Rauch.

Gegen Ende der Sommerferien entspannte sich die Stimmung bei den Franzens erstaunlicherweise ein wenig. Hermine wirkte gelassener und blieb meist zu Hause. Ihre Neusser Freunde schienen sie plötzlich nicht mehr zu interessieren.

»Die kriegen einfach nix auf die Reihe. Sind stehengeblieben«, warf sie ihrem Vater eines Abends hin, als er sie danach fragte.

Auch ihr Kleidungsstil wurde gemäßigter, obwohl sie weiterhin schwarze Sachen präferierte. Die Musik, die fortan aus ihrem Zimmer drang, hörte sich nun weniger aggressiv, dafür psychedelischer an.

Als im August eine Postkarte von Johanna aus Italien ins

Haus schneite, auf der zu lesen war, dass sie geheiratet hatte, lachte Hermine auf und behauptete, dass die Ehe nicht lange halten würde.

»Das gibt ein Unglück«, behauptete sie. »Wartet nur ab.«

Hans und Christa wechselten vielsagende Blicke, sagten aber nichts.

Mit Beginn des neuen Schuljahrs besuchte Hermine ein städtisches Gymnasium in Mönchengladbach und wiederholte dort die neunte Klasse. Sie fuhr pflichtschuldigst jeden Tag mit der Bahn zur Schule und wohnte dem Unterricht bei, obwohl der Stoff sie unterforderte und langweilte. Sie mied den Kontakt mit den Mitschülern und blieb für sich, was sie jedoch nicht zu stören schien. Im Gegenteil, Hans hatte den Eindruck, dass sie ihre Einsamkeit selbst und bewusst wählte.

Hans und Christa begannen aufzuatmen, denn Hermine verhielt sich wesentlich angepasster und ruhiger, als sie es in den letzten Jahren erlebt hatten. Anscheinend hatte sie wieder zu sich selbst gefunden.

Zum Weihnachtsfest im folgenden Winter brachte Johanna ihren Mann mit.

Hans war schockiert, als er Steffen zum ersten Mal sah. Diese käsige Blässe, die vom Nikotin gelbverfärbten Finger, die ungepflegte Kleidung, die schlabberig an ihm herunterhing, weil er viel zu dünn für seine Größe war.

Man sah dem jungen Mann seinen ungesunden Lebenswandel schon von weitem an. Und wie Johanna ihn anhimmelte! Hans kannte seine kritische, selbstbewusste Älteste gar nicht wieder. Christa fand Steffen ebenfalls unmöglich.

»Er wirkt wie betäubt«, klagte sie am Tag vor Heiligabend gegenüber ihrem Mann. »Wahrscheinlich nimmt er Drogen! Und wenn er etwas sagt, ist sein Mundgeruch kaum auszuhalten! Himmel, was hat Johanna sich nur dabei gedacht?«

Auch Hans wunderte sich über den Geschmack seiner Tochter. Ihn störten vor allem Steffens großmäuliges Wesen und das ständige Grinsen. Seit wann stand Johanna auf solche Aufschneider?

Er beobachtete die beiden unauffällig und kam schließlich zu dem Schluss, dass Johanna Steffen gegenüber eine Art Mutterrolle übernommen hatte. Ständig trug sie ihm seine Zigaretten oder seine Jacke hinterher oder kümmerte sich darum, dass er bei Tisch genug aß. Es befremdete ihn zutiefst, diese Art kannte er gar nicht von Johanna.

Hermine und Heike verstanden sich seltsamerweise ausnehmend gut mit Johannas Ehemann. Merkten sie nicht, was der für ein Luftikus war?

Hans war richtiggehend erleichtert, als Steffen und Johanna an Neujahr wieder abreisten, nachdem in der Silvesternacht ein heftiger Streit zwischen den beiden und ihm und Christa ausgebrochen war. Das Paar tagtäglich miteinander zu erleben und dabei das offensichtliche Gefälle zwischen ihnen vor Augen geführt zu bekommen schmerzte ihn zu sehr. Hoffentlich wachte Johanna bald auf und verstand, welchen Fehlgriff sie mit diesem Mann gemacht hatte!

Nachdem das Jahr 1983 so schon mit Streit und Unfrieden angefangen hatte, nahm es bald darauf einen katastrophalen Verlauf.

Im Februar begann Hermine wieder damit, sich seltsam aufzuführen. Christa erzählte Hans, dass sie sie mit sich selbst reden hörte, sobald sie glaubte, dass es niemand mitbekam. Nachts tigerte sie unruhig durch ihr Zimmer und kam nicht zur Ruhe, um morgens nach dem Klingeln des Weckers einfach im Bett liegen zu bleiben und sich die Decke über den Kopf zu ziehen. Egal, wie sehr Christa schimpfte: Hermine reagierte nicht. Christa sagte, sie fühle sich an die Depression ihrer Mutter erinnert, damals nach dem Tod ihres Großvaters. Dennoch verhielt Hermine sich oftmals gänzlich anders.

Wenn Hans abends mit ihr reden wollte, verzog sie das Gesicht zu Grimassen und rollte mit den Augen. Bei jeder Berührung zuckte sie zusammen und kratzte sich anschließend die Stellen mit den Fingernägeln wund. Einmal ertappte auch er sie dabei, wie sie im Flur vor ihrem Zimmer mit sich selbst sprach. Allerdings klang es wie ein Dialog, von dem er nur Hermines Part hörte. Als er sie fragte, was los sei, zog sie die Augenbrauen hoch und sagte mit völlig klarer und nüchterner Stimme: »Ich habe Wichtiges zu besprechen, bitte störe mich nicht.«

An einem nassen Frühlingsabend steuerte Hans seinen Mercedes müde und abgeschlagen in die Einfahrt. Er hatte eine lange, anstrengende Besprechung mit einem schwierigen Kunden hinter sich und wollte bloß noch eines: zu Hause die Füße hochlegen.

Plötzlich sah er durch die Regenschlieren Hermines schmale Gestalt oben auf dem Dach hocken. Ihm stockte der Atem. Seine Tochter trug nur Unterhose und BH und umklammerte mit ihren dünnen Armen ihre Knie. Es sah aus, als würde sie im nächsten Moment hinunterfallen. Auf sein Rufen reagierte sie nicht, sondern wiegte sich wie in Trance vor und zurück.

Er rannte ins Haus, schrie nach Christa, die nichtsahnend vor dem Fernseher saß, und beide stürmten hoch in Hermines Zimmer. Das Dachfenster stand sperrangelweit auf, Regen pladderte herein.

»Hermine, komm wieder rein, du wirst sonst fallen«, flehte Christa verzweifelt. »Bitte, mein Kind!«

Hermine schien sie gar nicht zu hören. Auch Hans' Bitten und Betteln nutzte nichts.

Bebend vor Sorge kletterte Hans schließlich hinaus über die rutschigen Dachziegeln hoch zu Hermine. Sie wehrte sich nicht, als er ihren Arm packte und sie vorsichtig zu sich heranzog. Christa half von drinnen, ihre Tochter wieder ins Zimmer zu bugsieren. Ihr Körper war völlig unterkühlt, die Lippen schimmerten blau.

Nachdem Christa und er sie abgetrocknet und ihr in einen Jogginganzug geholfen hatten, fuhren sie mit ihr zum psychiatrischen Krankenhaus nach Neuss.

Im Auto begann Hermine unvermittelt zu sprechen. Die Stimmen hätten ihr befohlen, aufs Dach zu klettern. Sie wisse nun nicht, ob die Stimmen sie wegen ihres Ungehorsams bestrafen würden oder ob es ihnen recht gewesen sei, dass sie wieder hineingeklettert war. Sie redete ohne Punkt und Komma und wirkte völlig entrückt.

Über Nacht wurde sie in der geschlossenen Station mit Medikamenten ruhiggestellt. Sie schlief bald ein, und eine Psychiaterin bat Hans und Christa, sich erst am nächsten Morgen wieder zu melden.

»Ihre Tochter ist bei uns gut aufgehoben«, beruhigte sie sie. »Und Sie können im Moment nichts für sie tun. Bitte rufen Sie morgen um neun Uhr an. Wir schauen dann, wie es weitergeht.«

Nach mehreren Tagen und diversen Untersuchungen stand fest: Hermine litt unter Schizophrenie.

Frau Dr. Helling, die nette Psychiaterin, die die Einweisung ihrer Tochter veranlasst hatte, versuchte, Hans und Christa die Krankheit zu erklären.

Aus dem Fenster des Sprechzimmers, in dem sie auf abgeschabten Holzstühlen um einen niedrigen Couchtisch herum saßen, schaute man in den Garten des Krankenhauses. Nach den Regenfällen der letzten Tage hatten sich die meisten Wolken verzogen, Sonnenstrahlen fielen gleißend auf die Rabatten, in denen Narzissen, Tulpen und Traubenhyazinthen bunt aufleuchteten. Zwischen ihnen präsentierte ein junger Kirschbaum mit seiner üppigen rosa Blütenpracht eine Fröhlichkeit, die Hans in der Seele weh tat.

Er zwang sich, sich auf das Geschehen diesseits des Fensters zu konzentrieren. Überdruss darüber, wie oft er im Laufe der Jahre schon in ebenso phantasielos gestalteten Räumen gesessen hatte, um dort von einem Fremden etwas über Hermines Wesen erfahren zu müssen, bemächtigte sich seiner. Wenn diese Menschen im Umgang mit den ihnen Anvertrauten genauso kühl waren, wie sie ihre Umgebung ausstatteten, dann stand es schlecht um die Zukunft seiner Tochter, schloss er bitter.

»Sie müssen es sich so vorstellen«, begann Frau Dr. Helling und strich sich einige Strähnen ihres blonden Haars hinters Ohr, »als gäbe es keine klare Trennlinie zwischen dem Denken und Fühlen ihrer Tochter und ihrer Umwelt.« Sie fixierte erst Christa, dann ihn mit ihren klugen braunen Augen und atmete hörbar ein und aus. »Die Schizophrenie ist eine Psychose, also eine extrem tiefsitzende Störung, die im Grunde nicht therapiert werden kann, meist genetisch bedingt …«

Christa gab einen leisen Klagelaut von sich, während sie ein von Tränen durchnässtes Papiertaschentuch zwischen den Händen knüllte.

»Aber …«, die Ärztin machte eine kurze Pause, um mit selbstsicherer Stimme fortzufahren, »Psychopharmaka können Ihrer Tochter helfen, ein möglichst normales Leben zu führen. Diese Medikamente hemmen die Halluzinationen, unter denen sie leidet. Sie bauen quasi eine Wand zwischen ihrem Inneren und der Außenwelt auf, so dass sie dann eher so empfindet wie wir ›normalen‹ Menschen. Wenn Hermine die Medikamente regelmäßig einnimmt, wird es ihr bald bessergehen. Zusätzlich benötigt sie professionelle Betreuung und die Anregung aller Sinne durch verschiedene Therapieformen. Ist sie stabil, kann sie entlassen werden. Der Schutz einer Einrichtung gereicht ihr allerdings auch dann zum Vorteil. Gottlob ist Neuss in diesem Sinne gut aufgestellt. Es gibt einige Institutionen …«

»Heißt das, sie wird nie wieder gesund?« Christas Stimme klang erschreckend dünn. Automatisch ergriff Hans ihre Hand.

»War sie das denn je?«, fragte die Ärztin mit sanfter Stimme. »Sie selbst haben doch berichtet, dass Hermine sich schon früh auffällig verhalten hat.«

Schizophrenie … Das schreckliche Wort spukte Hans unentwegt im Kopf herum. Einerseits war er erleichtert – endlich hatten sie eine Diagnose und konnten Hermines Verhalten in den Bereich von Krankheit und Störung einordnen. Andererseits tat ihm Hermine unendlich leid. Die Psychose würde immer ein Teil von ihr sein.

Er war heilfroh, sie in der Obhut von Ärzten und anderen Fachkräften zu wissen. So würde zwar leider nicht alles gut, aber wenigstens eingedämmt werden.

Etwa zur gleichen Zeit, als Hans und Christa erfuhren, dass ihre jüngste Tochter an Schizophrenie litt, erreichte sie die Nachricht, dass Johannas Mann an Bauchspeicheldrüsenkrebs gestorben war.

Hans fuhr mit Christa und Heike nach Hamburg, um der Beerdigung beizuwohnen und Johanna zu trösten.

Während der Hinfahrt ertappte er sich bei dem furchtbaren Gedanken, dass sich nun wenigstens ein Problem von selbst gelöst hatte. Der großmäulige Schaumschläger war tot und konnte Johanna keinen Schaden mehr zufügen.

Am Grab hielt er seine weinende Älteste in den Armen und fragte sich, ob sie spürte, wie erleichtert er war. Wäre sie wie Hermine, wüsste sie es, dachte er. Sofort korrigierte er sich, denn unter dem Einfluss der Unmengen an Psychopharmaka, unter dem sie zurzeit stand, schienen Hermines sensible Antennen vollkommen gekappt zu sein. Als er sich am Krankenbett von ihr verabschiedet hatte, war sie ihm wie eine leere Hülle vorgekommen.

Ihn schauderte, und schnell rief er sich zur Ordnung. Hier auf dem zugigen Friedhof mit dem vom Regen aufgeweichten Boden ging es um Johanna, nicht um seine Jüngste. Er schaute verstört in die fassungslosen Gesichter der jungen Menschen um ihn herum, Studienfreunde von Steffen, wie er vermutete, und hatte den modrigen Geruch des Todes in der Nase.

Plötzlich schämte Hans sich zutiefst. Es war eine Tragödie, wenn ein Mensch in der Blüte seiner Jugend starb. Er hatte den Mann seiner Tochter zwar nicht ausstehen können, dennoch tat es ihm auf einmal um dessen ungelebtes Leben leid. Sein Schicksal erinnerte ihn an das der unzähligen jungen Männer im Zweiten Weltkrieg, fast noch Kinder, die ebenfalls lange vor ihrer Zeit hatten sterben müssen, weil sie zu Kanonenfutter geworden waren.

Steffen hatte zwar Raubbau an seinem Körper betrieben, davon war Hans immer noch überzeugt, aber eine tückische Krankheit hatte ihn dahingerafft, nicht irgendwelche Drogen. Dafür konnte er nichts. Das war schrecklich ungerecht.

Mit einem Mal flossen ihm Tränen über die Wangen. Er wusste gar nicht genau, was er beweinte: die vertanen Chancen des verstorbenen jungen Mannes, die der Kindersoldaten, das Leid Johannas oder etwa Hermines Schicksal.

Nun war also auch seine jüngste Tochter aus dem Haus – viel früher, als Hans es je für möglich gehalten hätte. Nach einem zweimonatigen Aufenthalt im Krankenhaus wurde Hermine in einem Heim für jugendliche psychisch Kranke aufgenommen. Nur jedes zweite Wochenende kam sie nach Hause und wirkte dann wie ein Schatten ihrer selbst.

Noch nie hatte sie sich so brav, unauffällig und still wie jetzt verhalten. Hans erkannte seine Tochter nicht wieder. Es zerriss ihm fast das Herz, dennoch war zu spüren, dass sie mehr Ruhe ausstrahlte als je zuvor. Das beschwichtigte ihn ein wenig, und irgendwann gewöhnten sich alle an diesen Zustand.

Als Hermine 1986 volljährig wurde, zog sie in eine betreute Wohngemeinschaft in Neuss um. Sie hatte immer noch keinen Schulabschluss, aber dafür jede Menge Therapieerfahrung. Mit der Einnahme der Medikamente hatten sich ihre Auffassungsgabe und Konzentrationsfähigkeit rapide verschlechtert. Sie arbeitete in den Gemeinnützigen Werkstätten im Bereich Textil und wirkte einigermaßen zufrieden, soweit Hans das beurteilen konnte. Ganz sicher war er sich dessen aber nie.

Nun, da alle Kinder aus dem Haus waren und Hans sich nicht mehr ständig um Hermine sorgen musste, verlief sein Leben in deutlich ruhigeren Bahnen. Die Arbeit im Architekturbüro erfüllte ihn, und Christa war mit ihrem Nähstübchen glücklich. Dennoch war längst nicht alles in Ordnung zwischen ihnen. Sie hatten sich allmählich voneinander entfremdet, und wenn sie nach ihrem anstrengenden Arbeitsalltag aufeinandertrafen, kam es immer wieder zu Streitigkeiten zwischen ihnen.

Es war ein heißer, gewittriger Juliabend 1987, als es zum großen Knall kam, der alles veränderte.

Christa warf ihm mal wieder vor, dass er eine Affäre habe. Hans wies die Vorwürfe wie immer entschieden zurück und verspürte dabei noch nicht einmal ein schlechtes Gewissen. Schließlich hatte sie ihn zuerst betrogen, sagte er sich.

Einige Monate nach Hermines Einweisung in die Psychiatrie hatte er auf der Kommode im Flur eine Quittung gefunden, die bescheinigte, dass Christa an einem Dienstag an einer Tankstelle in Recklinghausen getankt hatte.

Das war ihm seltsam vorgekommen, denn an jenem Datum hatte sie angeblich den ganzen Tag im Laden gearbeitet. Doch

Christa betrieb ihr Nähstübchen schon seit Jahren nicht mehr allein. Dienstags und donnerstags übernahm eine Angestellte einen Teil der Kundenaufträge. Es war daher ein Leichtes für sie, sich an diesen Wochentagen freizunehmen, etwa um Textilien in den Niederlanden oder in Westfalen zu kaufen.

An besagtem Dienstag war sie jedoch anscheinend stillschweigend nach Recklinghausen gefahren. Was hatte das zu bedeuten? Was tat sie dort? Immerhin wohnte auch Hermann Weyrich in Recklinghausen und betrieb in der Stadt sein Fahrradgeschäft. Hans wurde misstrauisch, vor allem, weil Christa sich in letzter Zeit ihm gegenüber abweisend und einsilbig verhielt. Außerdem hatte er sie mehrmals bei Telefonaten ertappt, die sie sofort abbrach, sobald er den Raum betrat.

Schweren Herzens heuerte Hans einen Privatdetektiv an und erfuhr schließlich, dass er mit seinem Verdacht richtig gelegen hatte. Es tat weh, die Bestätigung auf dem Silbertablett serviert zu bekommen.

Der Privatdetektiv hatte Christa und den Schlesier in einem Café fotografiert. Auf dem Schnappschuss hielten sie Händchen und sahen einander gebannt in die Augen.

»Der Mann heißt Weyrich, Hermann, ist Besitzer einer renommierten Fahrradladenkette und lebt mit Frau und Kind in einem großen Bungalow am Stadtrand von Recklinghausen«, ratterte der Detektiv geschäftsmäßig herunter.

Hans nickte automatisch und starrte das Bild lange wortlos an, bevor er es über den Schreibtisch zu dem Mann zurückschob. Christa ging ihm fremd – mit dem Erzfeind aus Kindertagen. Und das sehr wahrscheinlich schon seit zwanzig Jahren – seit Hermine. Das war hiermit wohl endgültig bewiesen.

Seine Enttäuschung war bodenlos, und er begann, sich von seiner Frau zu distanzieren. So kam es, dass er sich seinerseits auf eine Affäre einließ.

Er verliebte sich in eine neue Praktikantin im Architekturbüro, die schon über dreißig war und bereits eine abgeschlossene Ausbildung zur technischen Zeichnerin vorweisen konnte. An Hannah faszinierten ihn ihre fröhliche Art und positive Grundeinstellung zum Leben. Wie wohltuend anders war sie als Christa! Wenn sie von ihren unzähligen Reisen in exotische Länder erzählte, leuchteten ihre Augen, und sie strahlte eine Sinnlichkeit aus, die Hans magisch anzog.

An jenem schicksalhaften Sommerabend neigte sich die Affäre von Hans und Hannah allerdings längst dem Ende zu. Der Sex ihrer gelegentlichen Treffen war nicht mehr leidenschaftlich wie früher, sondern eher mechanischer Natur. Und Hannah war sowieso auf dem Absprung. Ihr Studium stand kurz vor dem Abschluss; sie hatte sich bei einem renommierten Architektenbüro in Zürich beworben und war angenommen worden. Hans kam gerade von Hannahs Appartement in Neuss zurück, als Christa ihn im Garten mit Vorwürfen empfing.

»Wo kommst du her?«, wollte sie zornig wissen. Sie trug das Haar offen, ihr helles Trägerkleid aus Baumwolle brachte ihre weibliche Figur gut zur Geltung. Es war drückend heiß an diesem Abend, und ihre gebräunte Haut glänzte vom Schweiß. Auch das stand ihr gut und ließ sie jünger aussehen. »Von deiner Geliebten? Von der Arbeit kommst du jetzt jedenfalls bestimmt nicht! Deine Sekretärin sagt, du seist schon seit vier Uhr fort!« Er seufzte und stellte seine Aktentasche auf den Waschbetonplatten ab.

»Und wenn es so wäre?«, fragte er provozierend. »Du weißt selbst, dass du nicht besser bist!«

Sie zuckte zusammen, und eine tiefe Röte überzog ihr Gesicht. Sie sah aus, als hätte er sie geschlagen.

»Was weißt du schon?«, murmelte sie und wollte sich abwenden.

Er hielt sie an der Schulter zurück; sie riss sich los und marschierte weiter über die Wiese zwischen den Obstbäumen hindurch. Inzwischen hatten Wolken die Sonne verdunkelt, Wind kam auf und rüttelte an den Baumkronen.

»Ich weiß, dass du mich mit dem Schlesier betrügst! Wann wirst du endlich die Vergangenheit Vergangenheit sein lassen? Das kotzt mich so an!«, schrie er ihr voller Wut hinterher und folgte ihr.

Gleichzeitig mit einer gewittrigen Bö und einem Donnergrollen packte er sie an den Hüften und drehte sie zu sich herum. Jetzt sah er, dass ihr Tränen über die Wangen liefen. Doch sie wehrte ihn nicht ab. Stattdessen warf sie sich in seine Arme.

Sie liebten sich auf dem Rasen, leidenschaftlich und ungezügelt, während das Gewitter heftiger wurde, Blitz und Donner sich über ihnen entluden und schließlich heilsamer Regen auf sie niederprasselte.

Nackt und völlig durchnässt klaubten sie ihre Kleidung aus dem Gras und liefen ins Haus. Hans rubbelte Christas Haar mit einem Handtuch trocken. Zusammen kuschelten sie sich unter eine Decke auf dem Sofa und zündeten eine Kerze an, während draußen das Unwetter weitertobte.

Erst mitten in der Nacht, als das Gewitter längst fortgezogen war, sie sich ein zweites und ein drittes Mal geliebt hatten und nun erschöpft im Ehebett lagen, fiel Hans ein, dass seine Aktentasche noch im Hof stand. Die Unterlagen darin sind wohl nicht mehr zu retten, ging es ihm gleichmütig durch den Kopf, bevor er einschlief, Christa fest in den Armen haltend.

Bald zeigte sich zu ihrer beider Überraschung, dass ihre leidenschaftliche Nacht nicht folgenlos geblieben war. Noch einmal und im fortgeschrittenen Alter Mutter zu werden kostete Christa fast ihre ganze Kraft. Dennoch brachte sie im Mai 1988 ein gesundes, kräftiges Mädchen zur Welt.

Für Hans bedeuteten Christas Schwangerschaft und die Geburt seiner vierten Tochter vor allem eines: Versöhnung. Die kleine Britta war zu hundert Prozent von ihm, dessen war er sich sicher. Wieder ein Kind im Haus zu haben war einfach wunderbar. Hans freute sich darauf, abends nach der Arbeit heimzukommen.

Und Britta war ein pflegeleichtes Baby. Sie schrie kaum, schlief viel und liebte es, von Mama oder Papa im Kinderwagen durch die Gegend geschoben zu werden.

Christa erholte sich von den Strapazen der Geburt langsamer als bei ihren anderen Töchtern, doch da Britta ihr wenig Arbeit machte und die anderen Kinder nicht mehr bei ihnen lebten, fand sie recht mühelos in den Alltag mit Baby und Haushalt.

Das Nähstübchen hatte sie für den Zeitraum eines Jahres ganz ihrer Angestellten überlassen. Die Franzens waren auf das Geld, das der Laden abwarf, nicht angewiesen; Hans verdiente genug.

So kehrte das Glück ins Haus an den Schienen zurück. Heike kam mehrmals die Woche zu Besuch, um die kleine Britta zu knuddeln und ihre Mutter zu unterstützen. Sie wohnte inzwischen mit ihrem Freund Ralf, einem jungen Arzt, den sie vor zwei Jahren kennengelernt hatte, im Nachbarort Kleinenbroich.

Im Spätsommer kam auch Johanna von Hamburg nach Hause. Sie blieb ganze vier Wochen und brachte ihr eigenes Baby, den kleinen Bastian, mit. Der Junge war etwa gleich alt wie Britta und das Ergebnis einer kurzen Affäre Johannas mit einem aufstrebenden Konzertpianisten.

Johanna war nun also alleinerziehende Mutter. Es schien ihr nichts auszumachen. Sie wirkte völlig im Reinen mit sich und strahlte eine Selbstsicherheit aus, die Hans beinahe unheimlich war. Finanziell ging es ihr mehr als gut. Sie hatte sich eine geräumige Vierzimmerwohnung unweit der Binnenalster gekauft. Nachdem sie ihr Studium in Rekordzeit hinter sich gebracht hatte, arbeitete sie äußerst erfolgreich als Strafverteidigerin.

Nun nahm sie eine Babypause. Außerdem überlegte sie, beruflich umzusatteln und zur Staatsanwaltschaft zu wechseln. Sie hatte es satt, offenkundig Schuldige vor der gerechten Haftstrafe zu bewahren, denn bei ihren Mandanten handelte es sich inzwischen zumeist um zahlungskräftige Größen vom Hamburger Kiez oder reiche Wirtschaftskriminelle. Sie gestattete es sich zwar zwischendurch, den Verlierern der Gesellschaft wie Kleinkriminellen aus schwierigen sozialen Verhältnissen oder Drogensüchtigen zu helfen, aber Anfragen dieser Art wurden seltener, je mehr ihr Ansehen wuchs.

Die letzten Tage im August waren von einer süßen Schwere. Hummeln taumelten träge über der ersterbenden Blütenpracht in den Beeten. Reife Birnen fielen unbemerkt von den Bäumen ins trockene Gras und warteten darauf, aufgesammelt zu werden, bevor sie faul wurden. Im Garten der Franzens konnte man die Hitze gut aushalten, denn Bäume und Büsche boten genug Schatten. Und die D-Züge, die vorbeifuhren, hatten kühle Luft im Gepäck.

Johanna aalte sich gerade auf einer Liege, während Bastian und Britta auf einer Decke im Schutz des Apfelbaums lagen, sich herumrollten und nach Spielzeugen griffen. Heike saß verzückt neben den beiden im Gras, streichelte mal hier ein Bäuchlein oder krabbelte mal da ein nacktes Füßchen.

Der idyllische Anblick wärmte Hans das Herz, als er den Wagen in der Einfahrt abstellte. Das ist Familie, dachte er, während er über den Rasen auf die kleine Gruppe zuschritt. Mehr möchte ich vom Leben nicht.

»Hallo Papa, ich übernachte heute bei euch, Ralf ist sowieso auf einem Ärztekongress«, begrüßte ihn Heike. Ihr Gesichtsausdruck hatte etwas Entrücktes. »Und: Stell dir vor, er hat mich gefragt, ob ich seine Frau werden will. Ist das nicht toll?«

»Glückwunsch!« Hans lächelte. »Wann wird denn geheiratet?«

»Nächstes Jahr im Juni.« Heike strahlte. »Wir brauchen genug Vorlauf, denn es soll ein großes Fest werden!«

»Ja, das dachte ich mir.« Er hockte sich neben die Babydecke und streichelte erst Bastian, dann Britta die pummeligen Wangen. »Sagt mal, wo ist denn Christa?«

»Drinnen. Das Telefon hat geklingelt.« Johanna schaute ihn durch die dunkelbraunen Gläser ihrer Sonnenbrille an. Sie hatte ihr volles, mahagonirot gefärbtes Haar zu einem lockeren Dutt hochgesteckt und trug einen Bikini. Sie sah glücklich und entspannt aus, fand er. Mutter zu sein tat ihr offenbar gut.

»Okay, ich schau mal, wo sie bleibt.« Hans schlenderte zur offen stehenden Terrassentür. Die Holzperlen des Fliegenvorhangs klackerten leise, als er hindurchtrat.

Christa saß mit weißem Gesicht auf der Couch und hielt den Telefonhörer in der Hand. Statt einer Begrüßung sah sie Hans nur mit leerem Blick an.

»Hermine hat versucht, sich das Leben zu nehmen«, flüsterte sie. »Sie ist aus dem Fenster des Wohnheims gesprungen … im dritten Stock! Sie hat sich etliche Knochenbrüche zugezogen, aber Lebensgefahr besteht Gott sei Dank nicht.« Sie richtete sich ein wenig auf; ihr Gesicht drückte nun eiserne Selbstbeherrschung aus. »Lass uns sofort zum Krankenhaus fahren, ja?«

Hans' Glücksgefühl löste sich in blanke Angst auf. War das nun die nächste Stufe von Hermines Krankengeschichte: Selbstmordversuche? Ihn schauderte.

Eilig versorgte er Johanna und Heike mit den nötigsten Informationen und bat sie, sich um die kleine Britta zu kümmern, während sie fort waren. Christa hatte sich – am ganzen Leib zitternd – auf den Beifahrersitz des Wagens gekauert. Sie rang ihre Hände und starrte ins Nichts.

Auf der zehnminütigen Fahrt nach Neuss sprachen beide kein Wort. Hans hatte sein Fenster ein Stück heruntergekurbelt, Sommerdüfte wirbelten mit der warmen Luft ins Wageninnere. Die Welt draußen war voller fröhlicher Farben, aber in Hans' Denken und Fühlen herrschte tiefste Schwärze. Er konnte es einfach nicht fassen. Er war dem Trugschluss erlegen gewesen, Hermines Zustand wäre stabil.

Sie war nicht ansprechbar, sondern schlief tief und fest. Klein, zart und zerbrechlich verschwand sie fast unter dem Kopfverband und den reinweißen Laken. Ihr linker Arm, der über der Decke lag, war bis zur Schulter eingegipst; der behandelnde Arzt hatte Hans und Christa darüber aufgeklärt, dass auch beide Beine und ihr Becken gebrochen waren.

»Wir müssen mindestens noch einmal operieren«, sagte er. »Aber ob sie jemals wieder normal laufen kann, ist ungewiss. Bleiben Sie heute nicht zu lang. Wir haben Ihre Tochter sediert; sie wird bis morgen Mittag durchschlafen. Fahren Sie lieber nach Hause, ruhen sich aus und sammeln Kräfte für morgen.«

»Aber …« Christa stand immer noch unter Schock. »Warum hat sie es getan? Warum bloß?«

Der Arzt sah auf den Boden, schluckte und hob seinen Kopf wieder.

»Das weiß ich nicht. Ich bin kein Psychologe, sondern Chirurg. Aber es ist nicht ungewöhnlich, dass schizophrene Patienten Derartiges tun, vor allem, wenn sie eigenhändig ihre Medikamente absetzen, so wie Ihre Tochter offenbar. Sie muss seit Wochen heimlich nichts mehr eingenommen haben. Das haben die Pflegekräfte ihrer Einrichtung inzwischen festgestellt. Sie fanden die Tabletten in einem Schrank.«

Christa stöhnte auf und fasste sich ans Herz.

»O nein! Mit den Tabletten stand sie ja schon länger auf Kriegsfuß, nicht wahr, Hans? Aber ich dachte nicht, dass sie einfach so … Wieso hat keiner dort was mitgekriegt? Und was …?«

Hans nahm Christa in die Arme.

»Komm, Liebling. Du hast gehört, was der Arzt gesagt hat. Lass uns bitte nach Hause fahren. Morgen ist Hermine wieder bei sich; dann können wir mit ihr reden und wissen vielleicht mehr.«

Er versuchte, sich selbst zu schützen. Ein Schritt nach dem anderen, sagte er sich, lass das Grauen nicht zu nahe an dich heran.

»Nein!«, stieß Christa plötzlich schrill aus. »Ich will nicht nach Hause! Ich bleibe hier!«

Nichts konnte sie vom Gegenteil überzeugen. Stur beharrte sie darauf, im Flur vor Hermines Zimmer bis zum nächsten Morgen auszuharren. Auch das Argument, dass zu Hause ihr Baby auf sie wartete, zog nicht.

»Du kannst Britta doch das Fläschchen geben und sie ins Bett bringen«, schlug sie vor. »Ich lasse unser krankes Kind jedenfalls nicht im Stich!«

Hans begriff, dass sie nicht umzustimmen war, aber in diesem Zustand konnte er sie unmöglich allein über Nacht hierlassen. Also bat er den Arzt, von der Station aus zu Hause anrufen zu dürfen. Zur Not mussten sich eben Johanna und Heike in den nächsten Stunden um Britta kümmern. Heike hatte der Kleinen schon oft das Fläschchen gegeben und sie zu Bett gebracht. Das würde auch heute kein Problem darstellen.

In dem kleinen Schwesternzimmer, in dem der Telefonapparat zwischen weißen Hängeschränken an der Wand befestigt war, hielt sich niemand auf. Erst nach unendlich langem Klingeln ging Heike dran.

Eilig erklärte Hans ihr die Situation und bat sie eindringlich, sich um Britta zu kümmern, doch Heike wollte ihn gar nicht ausreden lassen und faselte stattdessen irgendetwas von Basti und einer Biene. Er verstand überhaupt nicht, worauf sie hinauswollte, während er gleichzeitig mit einem Ohr in Richtung Flur lauschte, wo er Christa schluchzen hörte. Mit dem Telefonhörer in der Hand reckte er den Kopf, um durch die offene Tür des Schwesternzimmers zu seiner weinenden Frau hinüberzuschauen. Es zerriss ihm das Herz, sie so zu erleben, und er wollte so schnell wie möglich wieder zu ihr. Aus Heikes unzusammenhängendem Gestammel wurde er ohnehin nicht schlau, so dass er das Gespräch schnell beendete.

Als Hermine gegen Mittag des nächsten Tages aus der Narkose erwachte, saßen sie lange an ihrem Bett. Christa hielt behutsam die Hand ihrer Tochter, in deren Handrücken der Zugang für den Tropf steckte. Der Beutel hing an einem Gestänge auf Rollen. Hans zweifelte daran, dass sie es in absehbarer Zeit selbst würde schieben können.

»Wie geht es dir?«, fragte er leise.

»Ich weiß nicht.« Hermine verzog ihr blasses Gesicht zu einem mühsamen Lächeln. »Hab ja offenbar eine Bruchlandung hingelegt. Mit dem Fliegen hapert es also noch.«

Er wusste nicht, ob die Antwort ernst gemeint war oder ein Auswuchs obskuren Humors.

»Du wolltest dir nicht das Leben nehmen?«, hakte er verdattert nach.

Hermine krächzte. Er sah sie verwirrt an, bis er begriff, dass sie lachte.

»Nee, ich wollte bloß fliegen …«, erklärte sie lapidar, nachdem sie sich wieder beruhigt hatte. Ihr Blick wanderte von ihrem Vater hin zu ihrer Mutter. »Aber vielleicht ist das ja dasselbe.«

Plötzlich packte ihn eine furchtbare Wut auf seine Tochter. Wie konnte sie dermaßen verantwortungslos mit ihrem Leben umgehen? Kapierte sie nicht, welche Sorgen sie alle sich um sie machten und welches Leid sie über die gesamte Familie brachte?

»Warum hast du deine Medikamente nicht mehr genommen?«, wollte er in schneidendem Tonfall wissen. »Du weißt, dass sie dich schützen.«

Hermines Gesicht verdüsterte sich. Sie schaute aus dem Fenster. »Ich hatte das Dasein in dieser Schneekugel satt. Abgetrennt von der Welt und sogar von deinem eigenen Inneren, und jeder rüttelt an dir, wie er will. Lasst mich jetzt allein. Ihr versteht mich ja doch nicht!«

Betreten und erschöpft fuhren Hans und Christa nach Hause. Dort fanden sie Heike vor, wie sie mit Britta auf dem Arm durch das Wohnzimmer tigerte.

»Wo sind denn Johanna und Basti?«, wollte Christa wissen, während sie das Baby an sich nahm und knuddelte.

»Na, abgereist! Was denkt ihr denn?« Heike bebte vor Empörung und wirkte gleichzeitig völlig übernächtigt.

»Wie?« Hans war auf dem Weg zur Toilette gewesen und stockte jetzt mitten in der Bewegung.

»Na, ich hab dir doch am Telefon gesagt, dass Basti draußen im Garten von einer Biene gestochen wurde und allergisch darauf reagiert hat. Sein ganzer Körper ist angeschwollen, und er bekam Atemnot. Wir mussten den Notarzt rufen. Gottlob konnte der ihm eine Spritze geben, die geholfen hat. Aber Johanna wollte natürlich nicht hierbleiben, nachdem ihr euch ja gar nicht für den Zustand eures Enkels interessiert habt. Heute in aller Herrgottsfrühe hat sie sich ein Taxi gerufen und ist nach Düsseldorf zum Bahnhof gefahren. Ich gehe davon aus, dass sie längst zu Hause ist.«

7

Samstagmorgen

Auch am folgenden Morgen war ich – Jetlag sei Dank – wieder die Erste unten in der Küche.

Kurz darauf kam mein Vater herunter, frisch rasiert und mit Stoffhose und feinkariertem Wollhemd bekleidet. Seine Füße steckten in seinen abgetretenen Lederpantoffeln.

»Guten Morgen, mein Mädchen«, begrüßte er mich liebevoll und setzte sich auf die Eckbank. »Hab ich es oben doch richtig gerochen: frischer Kaffee!«

Ich schenkte ihm einen Becher ein und gab Milch und einen Löffel Zucker dazu, so wie er es mochte.

»Oh, danke. Deine Mutter kommt auch gleich, und Heike ist gerade im Bad.«

»Soll ich Brötchen holen?« Die Frage war eher rhetorisch gemeint, denn ich ging schon in den Flur zur Garderobe, um meine Winterjacke vom Haken zu nehmen.

»Gute Idee.« Papa nickte. »Nimmst du mich mit? Ich würde gerne noch kurz auf den Friedhof gehen, um einen Moment mit Hermine allein zu sein. Ist ja kein großer Umweg.«

»Natürlich.« Ich war überrascht. Mama und er hatten doch schon einen Tag vor unserer Anreise das Grab aufgesucht. Warum war es ihm so wichtig, heute noch einmal hinzugehen? »Ich setze dich am Eingang ab, düse zum Bäcker und hole dich anschließend wieder ab, ja?«

Wir fuhren durch die Felder, über denen Nebelschwaden hingen, in den heranbrechenden Tag. Die Sonne kämpfte am Horizont einen einsamen Kampf mit violetten und grauen Wolkenbänken. Man konnte noch nicht wissen, ob sie gewinnen würde, doch ihr orangefarbenes Licht wurde von Minute zu Minute intensiver. Wenn wir Glück hatten, würde es ein schöner Wintertag werden.

Christkindchen backt Plätzchen, ging es mir durch den Kopf, und ich amüsierte mich über den kindlichen Spruch. Meine Mutter hatte ihn oft aufgesagt, als ich noch klein gewesen war, wenn wir den Sonnenauf- oder -untergang zusammen erlebt hatten. Nun stand Papas achtzigster Geburtstag unmittelbar bevor und Mamas im nächsten Jahr. Und ich ging schon auf die Dreißig zu.

»Ein schöner Morgen«, sagte mein Vater verträumt. »Dieser weite Blick über die flachen Felder! Das ist es, was den Niederrhein ausmacht. Es gibt keinen schöneren Ort zum Leben.«

Ich teilte seine Meinung nicht. Als Zwanzigjährige war ich als Rucksacktouristin mit Zug und Fähre nach Teneriffa gefahren und hatte beim Erkunden der atemberaubend schönen, landschaftlich reichen Insel beschlossen, mein Psychologiestudium an den Nagel zu hängen, um das Reisen zum Beruf zu machen. Seit dem Abschluss einer handfesten Ausbildung zur Reiseverkehrskauffrau begleitete ich Gruppenreisen zu den traumhaftesten Urlaubszielen und fand daher, dass es bestechendere Landschaften als diese hier gab. Morgens zum Beispiel auf den Ozean hinausschauen zu können, das eröffnete eine ganz andere Dimension von Weite.

Mein Vater schien meine Gedanken zu lesen.

»Für dich ist es hier eher langweilig, stimmt's? Es gibt sicherlich großartigere Aussichten als unsere.«

»Stimmt.« Ich überlegte und sagte dann ehrlich: »Aber keine andere gibt mir das Gefühl von Heimat.«

»Das ist es wahrscheinlich, was ich meinte. Für deine Mutter ist der Niederrhein leider nie zur Heimat geworden.« Es klang nicht traurig, sondern eher wie eine nüchterne Feststellung.

Ich suchte nach einer Antwort, während ich vom Feld auf die Umgehungsstraße nach Büttgen abbog.

»Ich verstehe nicht, warum ihr nicht irgendwann mal in einem Urlaub nach Schlesien gefahren seid. Mama hat die Heimat ihrer Kindheit nie wiedergesehen, oder?«

»Sie will nicht.« Papa sah angestrengt nach vorn durch die Windschutzscheibe. »Ich habe oft versucht, sie zu überreden. Ich glaube, sie weiß im Grunde, dass sie das, was sie verloren hat, dort nicht wiederfinden wird.«

Ich fuhr über die grüne Ampel in den Ort hinein. Noch einmal bog ich links ab, dann hielt ich auf dem Parkplatz am Friedhof.

»Danke, Kind.« Mein Vater öffnete die Beifahrertür. »Ich brauche nicht lange. Wenn du vom Bäcker zurückkommst, stehe ich bestimmt schon wieder hier.«

Er beugte sich zu mir herüber und strich mir mit seiner knittrigen, von Aderwülsten durchzogenen und dennoch samtweichen Hand über die Wange. Dann stieg er aus dem Wagen.

Ich wendete, sah noch im Rückspiegel, wie er den Hauptweg zwischen Hecken und nackten Büschen entlangging, und fuhr ins Zentrum des Ortes, in dem ich einen Großteil meiner Kindheit und Jugend verbracht hatte.

Auf dem Rathausplatz war Wochenmarkt. Das geschäftige Treiben riss mich aus meiner melancholischen Stimmung, und ich bummelte über den Platz, der von Gemüse-, Obst-, Metzger-, Käse- und Haushaltswarenständen gesäumt war. Vor allem ältere Frauen, an deren Armen Einkaufskörbe baumelten, und Rentner, manche mit Rollatoren, kauften um diese Uhrzeit ein.

Als ich auf dem Rückweg vom Bäcker wieder beim Friedhofsparkplatz ankam, war Papa doch noch nicht da. Kurzerhand stellte ich den Motor aus und sprang aus dem Wagen. Ich hatte vor Jahren das letzte Mal das Grab meiner Schwester besucht. Jetzt bot sich eine willkommene Gelegenheit.

Inzwischen war es fast ganz hell. Goldenes Morgenlicht fiel auf die Grabsteine, Figuren und Kreuze zwischen den Bepflanzungen. Ich fröstelte, kuschelte mich in die dicke Jacke und beschleunigte meinen Schritt. Noch drei Querwege, dann musste ich mich links halten. Schon von weitem erspähte ich den gebeugten Rücken meines Vaters. Er stand noch immer an Hermines Grab. Als ich mich näherte, hörte ich seine Stimme.

»Ich weiß nicht, was ich tun soll«, sagte er gerade an den Grabstein gerichtet. »Soll ich es ihr erzählen oder nicht? Er war immerhin Christas erste große Liebe. Aber sie weiß doch nicht, dass ich weiß, dass er dein Vater …« Er fuhr herum; offensichtlich hatte er meine Schritte gehört. »Oh, Britta, du bist es. Entschuldige, ich hab wohl die Zeit vergessen. Hast du schon lange gewartet?«

»Nein, nein …« Ich war verstört. Von wem hatte er gerade gesprochen? Mamas große Liebe? Hermines Vater? Das war doch er. Ich verstand nicht, aber vielleicht hatte ich mich verhört. »Ich dachte nur, ich könnte auch Hermines Grab …«, stotterte ich. »Sie besuchen, meine ich …«

»Natürlich.« Papa lächelte. »Schau, diesen Blumenstrauß haben Mama und ich ihr vor ein paar Tagen vorbeigebracht. Ist er nicht schön?« Er deutete auf ein dickes buntes Gebinde, das um die Jahreszeit ein halbes Vermögen gekostet haben musste. Ich stimmte ihm zu. Dann standen wir eine Weile schweigend da.

Ich betrachtete die Ruhestätte meiner Schwester genauer. Ihr Grabstein war ein grob behauener rötlicher Naturstein, auf dem eigenwillig geschwungene metallene Buchstaben und Ziffern angebracht worden waren. »Hermine Franzen, 11.05.1968 – 15.09.1990«, stand dort in ihrer eigenen Handschrift, die mir inzwischen so vertraut war. An diesem Morgen fand ich das plötzlich makaber. Die energiegeladene Lebendigkeit der Schlaufen und Haken passte nicht zu dem, was der Tod meiner Meinung nach war: vernichtete Kraft.

Ich lenkte meinen Blick auf die Pflanzen zwischen Grabstein- und Trittplatten. Lila und weiß leuchteten Heidekrautbüschel über der dunklen Erde. In ihrer Mitte prangte der Treibhausblumenstrauß. Umrahmt war die gesamte rechteckige Fläche mit einer niedrigen immergrünen Hecke.

»Später werden Mama und ich auch hier liegen«, sagte mein Vater nüchtern. »Die Grabstätte reicht für uns drei.«

Ich musste schlucken. Es war etwas völlig anderes, meine vor fast siebenundzwanzig Jahren verstorbene Schwester auf dem Friedhof zu besuchen, als mir vorzustellen, dass in absehbarer Zeit meine eigenen Eltern hier liegen würden. Ich mochte nicht darüber nachdenken.

»Komm, Papa, lass uns nach Hause fahren und frühstücken. Die anderen wundern sich bestimmt schon, wo wir bleiben.«

Beim Frühstück unterhielten wir uns lebhaft – bis auf unseren Morgenmuffel Johanna, die schweigend kaute, literweise Kaffee hinunterschlang und Zeitung las. Wir ließen sie gewähren; alles war besser als eine miesgelaunte älteste Schwester, die man vor ihrer Zeit am Morgen zum Reden nötigte.

Mir fiel auf, wie gut Mama heute aussah. Sie wirkte frisch und ausgeruht; ihre Haut schien sich über Nacht auf wundersame Weise geglättet zu haben, und sie kam mir um Jahre jünger vor.

»Morgen ist dein großer Tag, Hänschen.« Sie lächelte meinen Vater liebevoll an und legte ihre Hand auf seine. Sein Blick glitt zärtlich über ihr Gesicht, bevor er sachte den Kopf schüttelte.

»Ich habe seit vorgestern große Tage«, widersprach er. »Seit unsere drei Mädchen zu Hause sind.«

Ich schaute zu Johanna, deren Kopf sich kurz hob. Ich sah den Zweifel in ihren Augen, aber ihre Mundwinkel hoben sich doch um einen Millimeter. Unser Vater meinte aufrichtig, was er gesagt hatte, und das – so glaubte ich – erkannte sie an. Sie faltete die Zeitung zusammen und legte sie beiseite.

»Stimmt!« Mama schenkte ihm und mir, als ich ihr meine leere Tasse entgegenhielt, Kaffee nach. »Aber morgen ist dennoch ein besonderer Tag. Du darfst dich getrost feiern lassen.«

Papa seufzte.

»Bis dahin ist noch viel Zeit. Wer hat denn Lust, gleich einen Spaziergang über die Felder zu machen?«

Mama und Heike winkten ab.

»Wir müssen den Kuchen backen«, erklärte Heike. »Aber wir beide reichen in der Küche. Zieht ihr ruhig los.« Sie nickte uns zu. »Zu viele Köche verderben den Brei.«

»Muss denn noch etwas für morgen erledigt werden?«, erkundigte sich Johanna.

»Nein, wir haben, glaube ich, an alles gedacht.« Unsere Mutter schüttelte den Kopf. »Und das Essen lassen wir ja sowieso liefern. Der Caterer kommt morgen um zwölf.«

»Gut.« Johanna und ich nickten unisono, und unser Vater schaute uns erwartungsvoll an. »Na dann, dicke Sachen an und nichts wie los, oder?«

Gehorsam schlüpfte ich wieder in meine Winterjacke und festes Schuhwerk. Johanna machte sich noch kurz in der Küche zu schaffen, bevor auch sie in den Flur trat, um sich dick einzumummeln.

Inzwischen war der Himmel eisblau, und die Sonne hatte an Kraft gewonnen. Sie streichelte unsere Gesichter, während wir über den hartgefrorenen Boden stapften. Bald wurde mir warm, und ich genoss die klare kalte Luft, die meine Lunge füllte und mich mit Energie durchdrang. Nach einer Weile fiel mir auf, dass unser Vater unnatürlich still und in sich gekehrt war, seit wir unterwegs waren.

»Was ist denn los, Papa?«, fragte ich ihn. »Irgendetwas beschäftigt dich doch!«

Aber er seufzte nur, schaute uns nacheinander unschlüssig an und ging etwas langsamer. Johanna runzelte die Stirn, hielt ihn am Arm fest und brachte ihn so zum Stehen.

»Papa! Was bedrückt dich? Ist es die Feier morgen? Wird sie dir etwa doch zu viel? Noch können wir alles absagen!«

»Bloß nicht!«, entgegnete er schnell. »Nein, das ist es nicht.« Er räusperte sich und schaute in den Himmel. »Ich habe nur gestern einen traurigen Anruf bekommen, der eigentlich eurer Mutter galt, aber ich will ihr das Fest morgen nicht verderben. Sie freut sich doch so darauf. Andererseits ist die Beerdigung schon am Dienstag …«

»Wer ist denn gestorben?«, wollte Johanna wissen.

»Ach, Hermann Weyrich, der Sandkastenfreund eurer Mutter aus Schlesien. Seine Schwester Inge war es, die angerufen hat.«

Ich erinnerte mich, dass Papa gestern zum Telefonieren im Arbeitszimmer verschwunden und in schweigsamer Stimmung zurückgekehrt war. Ich hatte noch nie von dieser Inge und ihrem Bruder Hermann gehört, aber mir kamen auf einmal Papas seltsame Worte von heute früh an Hermines Grab in den Sinn, wo er von Mamas erster großer Liebe gesprochen hatte und dass er nicht wisse, ob er ihr irgendetwas sagen solle.

»Hermann war wohl zum Schluss im Hospiz«, berichtete er

nun weiter. »Inge hat erzählt, dass er seit dem Tod seiner Frau an Demenz litt. Sie hat sich um ihn gekümmert, sooft sie konnte. Sein Sohn lebt in Australien. Tja, und nun ist Hermann tot. Inge hatte mit eurer Mutter seit Hermines Tod keinen Kontakt mehr, aber sie fand es doch wichtig, sie nun zu informieren. Und sie würde sich freuen, wenn wir zur Beerdigung kommen.« Vater sah Johanna und mich um Verständnis heischend an. »Ich bin froh, dass ich den Anruf entgegengenommen habe, das gibt mir ein wenig Zeit, aber muss ich nicht doch so schnell wie möglich ...« Er verstummte hilflos.

Ich war noch damit beschäftigt, die Situation vom Friedhof Revue passieren zu lassen, und antwortete daher nicht sofort, anders als Johanna.

»Sag es Mama am Montag«, schlug sie prompt vor, pragmatisch wie immer. »Das reicht doch. Dann kann sie morgen unbeschwert mit uns feiern.«

»Meinst du?« Unser Vater schaute kläglich drein. »Wäre es nicht aufrichtiger, schon heute ...?«

»Quatsch!« Johanna wirkte auf einmal richtig sauer. »Montag ist völlig ausreichend. Und überhaupt! Mama hat den Mann doch seit Ewigkeiten nicht gesehen. Er soll nicht der Grund dafür sein, dass an deinem Geburtstag schlechte Stimmung herrscht.«

Ich wunderte mich über ihren scharfen Tonfall, aber Papa nickte nur nachdenklich und biss sich auf die Lippen. Schließlich setzte er sich wieder in Bewegung.

»Gut. Ich sage es ihr am Montag. Dann können wir Inge noch am selben Tag Bescheid geben, ob wir zur Bestattung kommen.«

Ich ging verstört neben den beiden her und versuchte, eins und eins zusammenzuzählen.

Papas Bericht über Mamas verstorbenen Freund aus ihrer alten Heimat schien Johanna richtig in Rage gebracht zu haben, denn als unser Vater ein Stück vorauslief, um eine Schar Krähen zu beobachten, die gerade vom Acker hochstob, zupfte sie mich am Ärmel und raunte mir zu: »Weißt du, Britta, diesen Hermann habe ich als Kind zweimal gesehen. Immer hat er Mama förmlich angeschmachtet! Wie ein Schlagerstar aus den Sechzigern sah der aus mit seinen blauen Augen und den pechschwarzen Schmalzlocken. Widerlich! Ich konnte ihn nicht ausstehen. Und er hatte auch schon genug Schaden angerichtet!« Sie räusperte sich, straffte den Rücken und sprach dann etwas ruhiger weiter. »Wie dem auch sei. Ich finde, er hatte in unserem Leben nichts verloren!«

»Aha«, sagte ich nur. Und dann schoss mir etwas durch den Kopf, das mich nach Luft schnappen ließ.

Hermine hatte in ihrem Tagebuch von einem dunkelhaarigen Mann geschrieben, den sie vor ihrem inneren Auge sah und von dem sie glaubte, dass er für sie bedeutsam sei. Und dann Papas mysteriöse Sätze an Hermines Grab heute Morgen … Konnte das etwa bedeuten, dass …?

Ich war zu verdattert, um irgendetwas zu sagen. Mir schwindelte, ich blickte über die Weite der Felder zum Horizont, dessen unbestechliche Waagerechte mir Orientierung gab, und hinterfragte unwillkürlich, ob ich meine eigene Familie überhaupt kannte oder nicht zeit meines Lebens einem Trugschluss aufgesessen war.

Von jeher war ich davon ausgegangen, dass meine Eltern sich über alles liebten und immer wie Pech und Schwefel zusammengehalten hatten. Trotz ihrer Kabbeleien bildeten sie für mich eine unzertrennliche Einheit.

Manchmal hatte mich ihre enge Verbundenheit sogar ein wenig befremdet, weil sie mir das Gefühl gab, außen vor zu sein und nicht im selben Maße geliebt zu werden, wie sie einander liebten. Ich vermutete, dass Johanna als kleines Mädchen ähnlich empfunden hatte. So erklärte ich mir ihre Empfindlichkeiten in Bezug auf unsere Eltern.

Hatte ich mich so getäuscht – war Mama tatsächlich zu einem Seitensprung fähig gewesen? War das nicht ein Anzeichen dafür, dass zumindest ihre Liebe zu Papa nicht die Intensität haben konnte, die ich immer hineininterpretiert hatte? Wer liebt, der betrügt nicht, lautete mein Mantra. Und was bedeutete das Wort Sandkastenfreund? War vielleicht gar nicht Papa Mamas große Liebe, sondern dieser Hermann Weyrich? Ich runzelte die Stirn. Wie konnte es sein, dass unser Vater diese Tatsache – und, wie es aussah, sogar ein fremdes Kind – akzeptiert hatte? Ich verstand gar nichts mehr.

Vielleicht würde mir das Tagebuch dabei helfen, die Zusammenhänge zu begreifen. Hermine schien ja zumindest etwas geahnt zu haben. Oder sollte ich einmal in Ruhe mit Johanna und Heike sprechen? Aber was wussten sie überhaupt? In jedem Fall brauchte ich Zeit, um die Neuigkeiten zu verdauen. Es brachte nichts, jetzt darüber nachzugrübeln.

Während Johanna und Papa sich längst anderen Themen zugewandt hatten, sich über die morgige Geburtstagsfeier und über Onkel Wolfgangs Gesundheitszustand nach seiner Gallenoperation unterhielten, wanderten meine Gedanken zu Marcel.

Genau wie meine Mutter diesen Hermann Weyrich, kannte auch ich Marcel schon seit meiner Kindheit, denn er war nach Hermines Tod immer in engem Kontakt mit meinen Eltern geblieben. Ineinander verliebt hatten wir uns, als ich als Zwanzigjährige während eines Urlaubs meiner Eltern das Haus hütete. Er war damals knapp über vierzig und bereits Fotograf. Eines Abends schneite er überraschend nach einem Shooting in Mönchengladbach herein, wir tranken ein Glas Wein und – zack – war es nach all den Jahren plötzlich um uns geschehen.

Automatisch griff ich nach dem Handy in meiner Tasche, ließ es dann jedoch, wo es war. Wir beide schickten uns häufig Text- oder Sprachnachrichten und ab und an mal ein Foto. So standen wir auch in Kontakt, wenn uns während meiner Reisen Tausende von Kilometern trennten – oder wie zurzeit nur etwa zwanzig. Wir beide brauchten das Gefühl, lückenlos miteinander verbunden zu sein. In diesem Punkt ähnelte unsere Beziehung der meiner Eltern. Das hatte ich zumindest bis eben angenommen.

Ich war sehr eifersüchtig, was Marcel betraf. Niemals würde ich es ertragen, wenn er mich betrog. Und ich könnte ihm nicht verzeihen. Ich lebte in ständiger Sorge, zu jung und zu unerfahren für ihn zu sein. Ihm machte im Umkehrschluss meine Jugend Angst.

»Was ist, wenn du dich mal in einen Jüngeren, Knackigeren verliebst, in einen Hotelanimateur beispielsweise«, bangte er des Öfteren. »Mit so einem Adonis kann ich doch nicht mehr mithalten.«

Ich lachte dann und zauste sein dünner werdendes Haar. »Ich werde nie jemand anderen als dich lieben«, versicherte ich ihm. »Außerdem weißt du doch: Wir sind füreinander bestimmt.«

»Stimmt«, antwortete er daraufhin lächelnd und wirkte ganz erleichtert.

Heute, an diesem kalten Wintertag im Januar, am Vortag von Papas achtzigstem Geburtstag, machte mich die »Prophezeiung«, wie wir beide sie halbscherzhaft titulierten, auf einmal nachdenklich. Hermine war es gewesen, die uns zusammengebracht hatte, Hermine, die sich nun plötzlich als jemand ganz anderes herausstellte als das, wofür ich sie immer gehalten hatte … meine Schwester.

Das ist sie doch immer noch, korrigierte ich mich, zumindest zur Hälfte. Aber warum bloß hatte meine Mutter Papa so hintergangen? Und wie viel bedeutete ihr dieser Hermann Weyrich noch, der jetzt gestorben war?

Als wir mit geröteten Gesichtern und eiskalten Händen von unserem Spaziergang zurückkamen, empfing uns bereits im Flur der Duft von warmem Apfelkuchen.

Mama und Heike hatten die Küche längst wieder aufgeräumt und saßen bei einer Tasse Kaffee im Esszimmer. Wir gesellten uns zu ihnen. Bald umschlossen meine unterkühlten Finger einen dampfenden Kaffeebecher.

Ich war jedoch immer noch völlig durcheinander und zog mich bald in mein Zimmer zurück, um mich wieder Hermines Tagebuch zu widmen. Ob ich darin weitere Hinweise zu Hermann Weyrich finden würde? Ich hoffte es.

17. DEZEMBER 1982

Es gibt Neuigkeiten. Johanna kommt über Weihnachten zu Besuch und bringt ihren Steffen mit. Ich bin ja sooo gespannt! Auch Heike platzt vor Neugier. Mama und Papa können es bestimmt ebenfalls kaum abwarten, aber sie geben es nicht zu. Ich freue mich sehr, dass alle bald hier sind. Wie lange war die Familie nicht mehr beisammen?!

28. DEZEMBER 1982

Steffen ist in Ordnung. Ich mag ihn, und Heike findet ihn auch nett. Johanna ist sehr verändert; einerseits weicher als früher, andererseits erwachsener. Und sie himmelt Steffen an.
Papa ist entsetzt von ihrer Wahl. Immer wenn er glaubt, dass keiner es mitbekommt, mustert er Steffen von oben bis unten. Optisch ist der auch nun wirklich nicht das, was man sich unter »Schwiegermamas Liebling« vorstellt. Er ist sehr blass, dürr und ein bisschen ungepflegt.

Ich habe das Gefühl, dass er glaubt, Mama und Papa beeindrucken zu müssen. Er prahlt mit seinen Leistungen im Studium, mit seinen gesellschaftskritischen Artikeln, die in Hamburger Zeitungen erschienen sind, und mit seinen Lebenserfahrungen im Allgemeinen. Dabei ist er erst fünfundzwanzig. Klar, dass das bei meinen Eltern nicht ankommt.
Wenn Heike, Johanna und ich mit ihm allein sind, ist er viel natürlicher und lockerer.
Heute Abend sah ich vom Küchenfenster aus, dass er auf der Wiese stand und in den Nachthimmel schaute. Spontan folgte ich ihm nach draußen. Er wies mit der rechten Hand, zwischen deren Fingern die obligatorische Zigarette steckte, nach oben zum Vollmond. Zarte, fedrige Wolken verdeckten die untere Hälfte. Die Obstbäume reckten ihre nackten Arme ins Dunkel der Nacht empor, als wollten sie ihn berühren.
»Schön, oder?«, sagte er, und ich nickte.
Ich war erstaunt, als Steffen sich plötzlich erkundigte, wie es mir ging. Es stellte sich raus, dass er mich im Flur hatte reden hören, obwohl niemand da war.
Mann, war mir das peinlich, aber es sollte noch schlimmer kommen! Steffen sah mich schräg von der Seite an und erzählte mir, er wisse von Johanna, dass ich mir einbilden würde, mit Geistern zu kommunizieren!
Klar hat mich das wütend gemacht. Warum tratscht meine Schwester so was rum?
»Das stimmt nicht. Ich bilde es mir nicht nur ein«, rutschte mir deshalb heraus, worüber ich mich sofort ärgerte. Steffen sollte doch nicht glauben, dass ich verrückt war!
Aber er reagierte völlig anders, als ich erwartet hatte. Er nickte nur nachdenklich, sagte, ich sei wohl ein ganz besonderes Mädchen und dass er sich nicht wundere, dass Johanna eifersüchtig auf mich sei.

Also, das ist ja mal ganz was Neues! Meine superschlaue Schwester soll auf mich eifersüchtig sein? Ich konnte es erst nicht glauben, bis Steffen weiterredete. Er hat selber drei Brüder und findet Konkurrenz untereinander völlig normal. Er sagte, dass jeder mal jeden beneidet, weil jeder eine andere Begabung hat, und bei mir sei es eben der Hang zum Übersinnlichen. Am Schluss meinte er noch, dass es aber wichtig sei, sich bei aller Konkurrenz selber treu zu bleiben.
Ich fand das ziemlich klug. Und weil er so offen mit mir gesprochen hatte, verschwand auch meine Zurückhaltung. Ich fragte ihn, ob seine Brüder genauso dünn wie er seien, und kam mir im selben Moment sehr anmaßend vor. Warum nur konnte ich meinen Mund nicht halten?
Er schlug frierend die Arme um seinen knochigen Körper und schüttelte den Kopf. Dann erklärte er, dass er erst in den letzten Monaten so stark abgenommen habe. Auch seine Zähne machen ihm Probleme. Er hat keinen Appetit mehr und kann kaum noch eine Mahlzeit bei sich behalten. Deshalb graut es ihm schon vor dem Essen an Silvester.
Ich bekam eine Gänsehaut, denn auf einmal wusste ich, was mit ihm los war und warum das mit ihm und Johanna nicht lange andauern würde.
»Du bist krank«, sagte ich, und tiefe Furcht ergriff mich. »Geh zum Arzt, bevor es zu spät ist.«
Natürlich wiegelte er ab und nannte mich im Spaß eine »kleine Hellseherin«, aber ich sah, dass er über meine Worte nachdachte. Er nickte und versprach mir, sich im neuen Jahr untersuchen zu lassen. Dann ergriff er meine Hand. Seine war eiskalt. Ich musste ihm das Versprechen geben, Johanna gegenüber darüber zu schweigen, weil sie sich sonst fürchterliche Sorgen machen würde. Ich versprach es ihm, hatte aber kein gutes Gefühl dabei.

Neujahrsnacht 1983

Das neue Jahr war noch nicht mal eine Stunde alt, als es zum Riesenzoff zwischen meinen Eltern, Steffen und Johanna kam. Ich liege jetzt im Bett, aber an Einschlafen ist nicht zu denken. Die letzten Tage waren für alle hart: Die Familie über längere Zeit auf einem Haufen zu haben ist eben anstrengend. Heike hat es gut! Sie ist zwischendurch mit der Ausrede in ihre WG gefahren, sie müsse sich um ihre Katze kümmern. In Wirklichkeit war sie garantiert froh über ein paar Atempausen von dem Trubel.

Ich habe mich, so oft es ging, in mein Zimmer zurückgezogen. Die Spannung zwischen meinen Eltern und Steffen wuchs immer mehr an, bis ich sie kaum mehr ertragen konnte.

Außerdem halte ich die Gesellschaft von anderen nie lange aus. Dann brauche ich eine Tür zwischen mir und dem Rest der Welt und laute Musik, die durch mich hindurchfließt. Neuerdings habe ich The Cure für mich entdeckt. Ich mag die melancholische Stimmung von New Wave.

Aber gestern Abend konnte ich mich schlecht verkrümeln, weil Silvester war. Zuerst gab es Fleischfondue. Beim Essen beäugte Mama Steffen mit Misstrauen. Sie war immer noch gekränkt, weil er Heiligabend und an den Feiertagen kaum etwas von ihrem leckeren Essen probieren wollte. Jetzt hoffte sie, dass er nun wenigstens richtig zulangen würde.

»Iss, Steffen«, forderte sie ihn mehrmals auf. »Du könntest sowieso ein bisschen mehr auf die Rippen bekommen.«

Steffen lächelte nur und versuchte, mit Redseligkeit von seinem mangelnden Appetit abzulenken.

Erst nahm er sich das Thema »Retortenbaby« vor, das dieses Jahr ständig die Nachrichten beherrscht hat, und betonte, wie gut er es findet, dass bei unfreiwillig kinderlosen Paaren nun eine künstliche Zeugung möglich ist.

Mama kräuselte die Lippen. Ich weiß, dass sie als gläubige Christin absolut dagegen ist, Gott ins Handwerk zu pfuschen, und wartete gespannt ihre Antwort ab.
»Ich halte das für grundverkehrt! Kinder sind ein Gottesgeschenk!«, sagte sie erwartungsgemäß, worauf Steffen die Stirn runzelte und entgegnete, dass sie das doch auch weiterhin blieben. Dann schob er mit seiner Gabel ein Häufchen Salat von der linken auf die rechte Seite seines Tellers.
Mama schüttelte den Kopf und betonte, dass ein Geschenk immer auch eine Überraschung beinhalten müsse. Und bei der künstlichen Befruchtung könne davon wohl nicht die Rede sein.
Papa unterstützte sie, indem er auf die Gefahren des medizinischen Fortschritts hinwies, wenn man versucht, noch mehr in die Natur einzugreifen.
Dann schaltete sich Johanna ein.
»Dennoch werden in Zukunft viele kinderlose Paare froh über die Methode sein, da hat Steffen doch recht. Und einen zweiten Vorteil hat das Ganze auch: Zweifel an einer Vaterschaft sind bei der künstlichen Befruchtung völlig ausgeschlossen.«
Sie schickte einen giftigen Blick in Richtung Mama, der nichts mehr dazu einfiel.
Papa wollte sich jedoch nicht geschlagen geben. Er sagte was von der »Büchse der Pandora«, die wir mit dem ersten deutschen Retortenbaby geöffnet hätten, und dass junge Leute sich nicht anmaßen sollten, über solche Dinge zu urteilen. Er schloss damit, dass er von einem angehenden Juristen wie Steffen mehr erwartet hätte.
Aber bevor der etwas antworten konnte, schoss Johanna schon zurück. »Ein Architekt dürfte sich mit der Materie erst recht nicht auskennen, und eine Schneiderin sowieso nicht.«
Ich musste ein Kichern unterdrücken.

Johanna kann echt cool sein. Ihren Seitenhieb in meine Richtung hatte ich schon fast vergessen.
Heike rettete die Situation mal wieder, indem sie Mamas Salate und selbstgemachten Saucen lobte.
»Danke, mein Kind. Nur einem scheint es mal wieder nicht zu schmecken«, lautete ihre Antwort. Mama hat eben gerne das letzte Wort. Sie und Johanna sind sich oft irre ähnlich!
Auf Mamas Wunsch hatte ich vor ein paar Tagen in der Stadt neben Raketen und Wunderkerzen eine Packung Bleigießen besorgt, obwohl ich darauf überhaupt keinen Bock hatte, denn das Zeug erinnert mich an Ambrosias esoterische Macke.
Dementsprechend mies war ich gelaunt, als wir damit anfingen. Wie erwartet kamen die seltsamsten Figuren zustande. Ich goss ein fast rundes Etwas.
Johanna meinte, es sehe wie ein Gehirn aus, für Heike war es ein Herz und für Mama eine Schneekugel. Na toll!
Papa fand, dass es wie ein Globus aussah, der für Reisen und neue Erfahrungen steht.
Dann kniff Steffen nachdenklich die Augen zusammen und überlegte, ob das Bleigebilde vielleicht den Mond symbolisieren könnte. Er sah auf dem Beipackzettel nach und las vor, dass der Mond angeblich Sehnsucht bedeutet.
Alle schauten mich an. Das war mir unangenehm, und ich zuckte mit den Achseln. Es sollte den anderen zeigen, dass es mir piepegal war, was das runde Ding darstellte.
»Mit so einem Scheiß kann kein Mensch die Zukunft voraussehen!«, befand ich abfällig und stieß Heike mit dem Ellbogen an. Sie sollte weitermachen. Dennoch hatten mich die Interpretationen zu meinem Bleigebilde mehr berührt, als ich zugeben wollte. Manches tat auch weh. Ich glaube zum Beispiel nicht, dass ich jemals in die Welt reisen werde. Steffen hatte

meiner Meinung nach am ehesten ins Schwarze getroffen: Ich bin voller Sehnsucht und weiß nicht, wohin damit.
Johannas Bleifigur ähnelte übrigens einem Baby. Steffen streichelte glücklich ihre Hand.
»Wer weiß?«, sagte er. »Vielleicht werden wir ja irgendwann Eltern. Und ganz bestimmt ohne künstliche Befruchtung.«
Da wusste ich, dass auch er gerne das letzte Wort hat.
Später floss der Wein in Strömen … Natürlich nur bei den Erwachsenen, ich darf mit vierzehn ja noch nicht. Dass ich nicht lache! Wenn die wüssten!
Keine Ahnung, wie es kam, dass Steffen dann plötzlich das Thema Drogen ansprach. Ich glaube, es war, weil ich erzählt hatte, »Wir Kinder vom Bahnhof Zoo« gelesen zu haben und gerne in den Kinofilm gegangen wäre, der aber erst ab sechzehn ist. Er meinte, dass es keine sogenannten Einstiegsdrogen geben würde, und behauptete, wer psychisch labil sei, würde alles ausprobieren, von dem er glaubt, dass es ihm hilft. Starke Persönlichkeiten dagegen würde so schnell nichts umhauen, und alles, was zu gefährlich ist, würden sie ablehnen.
»Und du bist so eine starke Persönlichkeit?«, erkundigte sich Mama irgendwie lauernd. Ich glaube, sie kann Steffen auf den Tod nicht leiden und hält ihn für einen arroganten Schwätzer.
Er zuckte nur mit den Achseln und gab zu, in seiner Jugend mit einigen Substanzen experimentiert zu haben. Inzwischen wisse er, was ihm guttue. Ein Joint würde ihm zum Beispiel gegen Kopfschmerzen helfen.
Johanna versuchte, ihn zum Schweigen zu bringen, denn er war ganz schön betrunken, und Mama und Papa guckten ziemlich empört, doch er redete einfach weiter.
»Ist doch nichts dabei! Schatz, deine Eltern haben Achtundsechzig live erlebt. Die wissen, was ich meine.« Er zwinkerte Mama verschwörerisch zu, die puterrot wurde.

Giftig stellte sie klar, dass sie 1968 schon Mutter von drei Kindern war und zusammen mit Papa jede Menge Verantwortung zu tragen hatte. Natürlich hätten sie nie Drogen konsumiert und auch gar nicht gewusst, wo man so etwas bekommt. Sie wären immer gesetzestreu gewesen, und das sollte man von einem Jurastudenten genauso erwarten.
Steffen prustete los und entgegnete, dass man doch wissen müsse, womit man es zu tun habe.
Papa erinnerte ihn daran, dass ein Teenager mit am Tisch saß. Er war richtig sauer.
»Ich möchte nicht, dass unsere Jüngste deine Prahlereien mitbekommt und auf den nächstbesten Drogendealer reinfällt!«, schimpfte er.
Steffen verdrehte die Augen und sagte, dass ich dafür ja wohl viel zu klug sei, was ich echt cool fand.
Nun war Papa aber richtig in Fahrt gekommen. Er äußerte den Verdacht, dass Steffen auch jetzt unter dem Einfluss von Drogen stand.
»So was hat Johanna nicht verdient!«, ergänzte Mama und setzte dann der Sache die Krone auf, indem sie sagte: »Kind, ich verstehe nicht, was du an diesem Aufschneider findest!«
Jetzt war es raus. Alle am Tisch hielten die Luft an. Nur Heike versuchte natürlich, die Wogen zu glätten, indem sie das Thema wechselte. Es misslang ihr gründlich.
»Lass es gut sein, Schwesterherz. Wir merken, wenn wir irgendwo nicht erwünscht sind«, sagte Johanna und ergriff Steffens Hand. »Komm, Liebling. Wir gehen zu Bett. Und morgen früh reisen wir ab.«
Sie zog ihren verdatterten Mann vom Stuhl hoch und führte ihn hinaus.
Wir alle saßen baff da, nur Mama meinte, als sich die Tür noch

nicht ganz hinter den beiden geschlossen hatte, dass sie Johanna einen besseren Geschmack zugetraut hätte.

2. Januar 1983

Alle sind fort, und ich bin allein mit Mama, Papa und den Geistern. Ich weiß nicht, ob das gut ist. Ich finde es sehr belastend.

18. Februar 1983

Ich hasse es, zur Schule zu gehen. Der Unterricht ist langweilig. Jeden Tag quäle ich mich hin. Manchmal schaffe ich es kaum, mich auf die Hausaufgaben und andere alltägliche Dinge zu konzentrieren, weil dauernd Stimmen in meinem Kopf sind. Am schlimmsten ist es allerdings, wenn Karlchen mir begegnet und mich bekniet, ihn nach Hause auf den Bauernhof zu begleiten. Aber wie? Ich kann bald nicht mehr.

9. März 1983

Heike war da und wollte mit mir ins Kino gehen. Ich habe mich geweigert. Mit all den Stimmen im Kopf und Karlchen, der mich bedrängt, könnte ich mich überhaupt nicht auf den Film konzentrieren.

Ich spüre, dass Heike und Mama und Papa sich Sorgen um mich machen, aber ich kann keinem anvertrauen, was mit mir los ist. Sie würden mich für verrückt erklären.

21. April 1983

Ich kann wieder mal nicht schlafen. Ich habe das Gefühl, seit vielen Tagen ununterbrochen wach zu sein. Ich weiß nicht, wohin mit mir. Außerdem streite ich mich nur noch mit Mama. Sie soll mich einfach in Ruhe lassen! Und sie soll aufhören, mich anzufassen, mir über die Wange zu streicheln, meine Hand zu nehmen oder mich zu umarmen.

Meine Haut kribbelt seit Tagen, als hätten mich Tausende Ameisen gebissen. Und wenn Mama mich anfasst, wird es noch schlimmer. Es fühlt sich wieder so an, als würde sich meine Haut vom Knochen abschälen.
Warum muss sie mich so quälen? Ich hasse sie!
Vielleicht ist Fliegen die Lösung. Ich glaube, das ist bei mir ähnlich wie mit dem Schwimmen: Im Wasser werde ich zu Wasser und in der Luft zu Luft. Mein Körper löst sich doch sowieso auf.
Wenn der Prozess weiter fortgeschritten ist, kann ich mit Karlchen nach Hause fliegen. Die Stimmen sagen das auch.

25. April 1983
Morgen ist es so weit. Das weiß ich. Ich werde leicht wie die Luft sein und fliegen.

3. Mai 1983
Es hat nicht funktioniert. Ich bin im Krankenhaus. Die Ärzte sagen, dass ich schizophren bin. Ich kriege Medikamente und fühle mich schwer und dumpf. Aber die Stimmen sind weg und Karlchen auch. Immerhin.

14. Juni 1983
Warum haben Mama und Papa mir nicht gesagt, dass Steffen tot ist? Er ist an Bauchspeicheldrüsenkrebs gestorben. Ich wusste, dass er sehr krank war, aber dass es so schnell gehen würde, habe ich nicht geahnt. Arme Johanna!
Heike war vorhin zu Besuch da und hat mir alles erzählt. Ich konnte nicht weinen, denn die Psychopharmaka packen mich in Watte, und ich fühle mich ganz dumpf. Traurig bin ich trotzdem. Ich glaube, dass Johanna darüber hinwegkommen wird. Sie ist stark, viel stärker als ich.

Ich finde es gemein, dass alle mir Steffens Tod verschweigen und mich nicht zu seiner Beerdigung mitgenommen haben. Ich mochte ihn. Ich sei zu krank für die weite Fahrt nach Hamburg gewesen, sagt Heike. Man habe mich nicht noch mehr belasten wollen.
In Wirklichkeit wäre ihnen meine Anwesenheit einfach zu peinlich gewesen, denke ich. Die bekloppte Hermine! Mit der kann man sich nicht in der Öffentlichkeit blicken lassen.
Mit der Diagnose bin ich offiziell für irre erklärt worden. Paranoide Schizophrenie ist wohl die schlimmste Art des Verrücktseins. Und man wird sie nie wieder los. Leute, jetzt könnt ihr eure Schublade endgültig zuschieben. Hermine ist schizo, war es schon immer und wird es bis an ihr Lebensende bleiben.

20. Juni 1983

Schizophren zu sein bedeutet, dass ich mir die Geister, das Kribbeln auf meiner Haut, die Bilder und die Stimmen nur eingebildet habe. Wie alle immer gesagt haben.
Was für eine Demütigung! Andererseits … Wer krank ist, kann nichts dafür. Wer krank ist, dem kann geholfen werden. Wenigstens ein bisschen, oder?
Die Medikamente schotten mich von den Geistern ab. Halt, falsch. Sie bewahren mich davor, mir die Geister einzubilden. Es gibt keine Geister.
Meine Therapeutin sagt, es sei ein schmerzlicher Abschied, mir darüber klarzuwerden, dass es nur Halluzinationen waren, die meine Psyche selbst projiziert hat.

2. Juli 1983

Ich werde nicht mehr nach Hause zurückkehren, zumindest für lange Zeit nicht. Meine Therapeutin meint, es tue mir nicht gut, dort zu sein. Meine Wahnvorstellungen seien eng mit dem

Elternhaus und mit Konflikten zwischen meinen Eltern und mir verknüpft. Es sei meiner Stabilisierung zuträglicher, in einer betreuten Einrichtung zu leben und Abstand von zu Hause zu gewinnen.
Außerdem sei es extrem wichtig, die Dosierung meiner Medikamente zu überwachen und gegebenenfalls neu einzustellen. Sie hat noch mehr in ihrem Therapeutenslang gelabert, aber alles konnte ich mir nicht merken. Ich weiß nur, dass die hier sogar eine eigene Schulklasse haben, in die ich gehen werde. Und ich kriege Ergo-, Musik- und Psychotherapie. Und endlich bin ich mit Menschen zusammen, die mir ähnlich sind.
Ich weiß nicht, ob es gut ist, von zu Hause weg zu sein. Ich vermisse Mama und Papa so sehr. Und ich vermisse mein Zimmer. Ich vermisse sogar den Lärm der Züge, die vorbeirattern. Es ist zu still hier.
Aber ich finde es gut, dass Mama und Papa endlich aufatmen können. Die Sorgen, die sie sich all die Jahre um mich gemacht haben, müssen ätzend gewesen sein. Ob sie insgeheim froh sind, mich los zu sein? Ich habe mich schon zigmal für das entschuldigt, was ich ihnen angetan habe, aber sie wollen es nicht hören.
Damit sie sich mir überlegen fühlen können?

Mir schwirrte der Kopf. Geister, Stimmen, Karlchen, Fliegen, aber kein Hermann Weyrich. Dafür endlich die Diagnose Schizophrenie. Viel zu spät war Hermine meiner Meinung nach in die Hände von Fachleuten gekommen, die ihr helfen konnten. Dann dachte ich an Johanna und ihren Steffen. Ich hatte gar nicht gewusst, welche Tragödie meine älteste Schwester schon in jungen Jahren hatte verkraften müssen. Was aus ihrem Leben lag für mich noch im Dunkeln? Dass sie eine Musterschülerin und Überfliegerin gewesen war, davon erzählte man sich in der

Familie zur Genüge. Wie oft hatte mich das genervt! Ich konnte nie mit ihr mithalten; es beschäftigte mich viele Jahre, bis ich irgendwann für mich beschloss, mit dem Konkurrenzdenken Schluss zu machen. Ich war eben Britta, nicht Johanna, und das war auch gut so.

Johanna

Weihnachten war in Johannas Familie immer ein schönes Fest. Allein Christas und Hans' alljährliche Zankereien in der Adventszeit darüber, welches Essen es an Heiligabend geben solle – rheinischen Kartoffelsalat mit Bockwürstchen oder schlesische Weißwürste mit Stampfkartoffeln und Sauerkraut –, schmälerten Johannas, Heikes und Hermines Vorfreude. Christa plädierte natürlich für die schlesische Spezialität, die sie frühzeitig bei einem Düsseldorfer Metzger bestellen wollte. Und schon erhitzten sich die Gemüter ihrer Eltern an dieser Banalität. Johanna, die den Streit mit knapp sechzehn Jahren besonders albern fand, konnte es inzwischen mit Humor nehmen.

»Heute Nachmittag sind Mama und Papa wieder in den Ring gestiegen«, kicherte sie, als die drei Schwestern an einem Freitagabend Anfang Dezember 1976 gemeinsam am Esszimmertisch saßen und »Mau Mau« spielten.

Ihre Eltern waren zu einer Vorstellung im Rheinischen Landestheater in Neuss gegangen. Die beiden Großen sollten auf Hermine aufpassen und sie später ins Bett bringen.

»Mama hat den Muhammad Ali gemimt und punktemäßig gewonnen. Ich glaube, es gibt mal wieder Weißwürstchen!«

Hermine verzog angewidert das Gesicht.

»Bäh, die mag ich gar nicht!«

»Und Papa war Foreman wie im Kampf von vor zwei Jahren?« Heike grinste. 1974 war Ali nach einem fulminanten Comeback noch einmal Weltmeister im Schwergewicht geworden.

»Ja, so ungefähr. Nur dass Mama bloß eine Runde gebraucht hat, um ihn k.o. zu schlagen. Aber die zwei haben sich ganz schön gestritten vorhin in Papas Arbeitszimmer. Papa kam wieder damit um die Ecke, dass inzwischen in unserem Hause mit sämtlichen Weihnachtstraditionen gebrochen wurde, die in der Familie Franzen von jeher üblich gewesen waren. Schließlich würde er uns ja schon damit entgegenkommen, dass wir an Heiligabend zum evangelischen Gottesdienst in der Johanneskirche statt in die katholische Messe gehen. Seine Mutter würde sich im Grabe umdrehen, wenn sie davon wüsste, meinte er.«

»Aber das weiß Oma doch sowieso.« Der Einwand kam von Hermine, die zuvor stumm dagesessen und in ihr Kartenblatt geschaut hatte.

»Wie meinst du das?« Johanna runzelte die Stirn. »Oma und Opa sind doch schon ewig tot.«

»Ja.« Hermines ernstes Gesicht leuchtete weiß unter dem Licht der Hängelampe auf. »Opa ist unglücklich gestürzt, als er zwei Einbrecher im Haus überraschte. Er hat diese Wunde am Hinterkopf.« Sie legte ihre Karten verdeckt ab und zeigte die Stelle an ihrem eigenen Schopf. »Und Omas ganze rechte Seite ist voller Blut. Sie wurde von einem Laster angefahren. Ich mag Oma nicht. Sie nennt mich einen kleinen Bastard, und ich weiß gar nicht, was das ist. Eine Hunderasse vielleicht? Wie der Hund von Columbo? Aber ich weiß, dass sie es nicht nett meint.«

»Was redest du denn da?« Heike guckte erschrocken. »Hast du dir das gerade ausgedacht? Mama und Papa haben doch nie erzählt, wie die beiden gestorben sind.«

Hermines schmale Lippen verzogen sich weinerlich.

»Ich hab doch gesagt, dass ich es von ihnen selbst weiß! Sie reden mit mir, aber immer nur, wenn ich allein bin. Opa ist lieb, der würde gern mit mir die alte Märklin-Eisenbahn wieder aufbauen, die verpackt oben auf dem Dachboden steht.«

Johanna starrte ihre kleine Schwester entgeistert an.

»Und warum tut er es dann nicht?«, fragte sie schließlich bissig. Sie fühlte sich verhöhnt.

»Na, weil er doch tot ist.« Jetzt rollten Hermine die Tränen über die Wangen. »Geister können nichts anfassen. Das weiß doch jeder.«

Heike schüttelte den Kopf.

»Was reimst du dir da nur zusammen, Minchen?«, fragte sie leise. »Es gibt keine Geister.«

»Sie reimt sich zusammen, was sie von Mama und Papa gehört hat, wenn sie sie abends belauscht, stimmt's?« Wütend funkelte Johanna Hermine an. »Ich hab ja schon oft mitgekriegt, wie du dich im Nachthemd die Treppe runterschleichst und neben der Wohnzimmertür hocken bleibst. Du hast dich jedes Mal tierisch erschrocken, wenn ich vorbeikam, um aufs Klo zu gehen. Bestimmt hast du auf die Weise schon einiges erfahren, das nicht für deine Ohren bestimmt war, kleines Fräulein!«

Hermine sah ihr trotzig in die Augen. Ihre Tränen versiegten.

»Das hat damit gar nichts zu tun!«, behauptete sie und suchte Blickkontakt mit Heike. Die hielt letztendlich immer zu ihr, anders als Johanna, und das wusste Hermine genau.

Auch jetzt ging sie dazwischen.

»Ich glaube nicht, dass Papa mit Mama über den Tod seiner Eltern spricht, Johanna.« Heike sah nachdenklich aus. »Es hängen nicht mal Bilder von den beiden im Haus. Ich glaube, Papa tut es einfach zu weh, an sie zu denken.«

»Na bitte!«, triumphierte Hermine. »Oma und Opa kommen als Geister zu mir. Das ist nicht immer schön, aber ich kann es nicht ändern. Oma ist meistens sauer auf mich, und ich weiß nicht warum, aber Opa passt auf mich auf. Letztens wäre ich fast die Kellerstiege hinuntergefallen, aber Opa hat mich gewarnt und mir gesagt, wo ich mich am besten festhalten soll. Manchmal, aber nur ganz selten, sitzt er auch an meinem Bett und singt mir ein Schlaflied vor. ›Guten Abend, gute Nacht, mihit Rosen bedahacht, mihit Näglein behesteckt …‹«, trällerte sie leise.

Johanna wurde es zu viel.

»Hör mit dem Unsinn auf und erzähl uns keine Märchen!« Dann kam ihr plötzlich ein Gedanke. Sie würde die kleine Lügnerin schon noch entlarven. »Die ganze Geschichte ist doch von vorne bis hinten erlogen! Ich werde rauskriegen, wie Oma und Opa wirklich gestorben sind; du wirst schon sehen.«

»Mir doch egal!« Hermine zuckte mit den Achseln. »Mach doch!«

»Ha!« Johanna funkelte Hermine wütend an. »Mit so einem Lügenmaul sitze ich nicht weiter am Tisch und spiele Karten.«

»Ich lüge nicht!« Hermine fing erneut an zu weinen.

»Also, ich glaube dir deine Story jedenfalls nicht! Und du auch nicht, Heike, oder?«

Johanna schaute Heike auffordernd an, aber der hatte es offenbar die Sprache verschlagen. Sie konnte nur schwach nicken.

»Pass auf, ich werde rausfinden, was wirklich passiert ist. Dann reden wir weiter! Und jetzt mach, dass du ins Bett kommst, Hermine. Es ist schon spät.« Johanna raffte die Spielkarten vom Tisch zusammen und stopfte sie zurück in die Schachtel.

Heike saß reglos da. Schließlich seufzte sie und sagte: »Johanna hat schon recht, kleine Maus. Ich bring dich ins Bett und erzähle dir noch eine Gute-Nacht-Geschichte.«

Hand in Hand mit der schniefenden Hermine verließ sie das

Wohnzimmer, schaute sich aber im Türrahmen noch einmal um und bedachte ihre ältere Schwester mit einem strafenden Blick.

Irgendwann erzählte Johanna ihrem Freund Jörg von Hermines verstörenden Offenbarungen. Der schüttelte nur skeptisch den Kopf.

»Die Kleine hat ja eine blühende Phantasie«, urteilte er nüchtern. »Aber du scheinst dir unsicher zu sein, ob sie nicht doch die Wahrheit sagt!«

»Eigentlich will ich nur die Bestätigung haben, dass alles hanebüchener Unsinn ist«, widersprach Johanna halbherzig, »aber ich will meine Eltern nicht damit behelligen.«

»Das ist es auch. Du brauchst es nicht zu überprüfen.« Jörg wurde ungeduldig. »Aber damit du die Geschichte schneller aus dem Kopf kriegst, könnte ich dir ja helfen. Unsere Nachbarn waren, glaube ich, mit deinen Großeltern befreundet. Vielleicht wissen die mehr. Ich könnte sie fragen.«

»Das würdest du für mich tun?« Johanna war erfreut. Jörgs Initiative imponierte ihr.

»Klaro! Morgen wissen wir mehr.«

Am nächsten Abend kam Jörg mit Neuigkeiten zurück. Obwohl es draußen nasskalt war und er bei der Fahrt mit dem Rad über die Felder gefroren haben musste, glühten seine Wangen. Kaum hatte er sich aus der Jacke geschält und sich auf Johannas Bett gesetzt, fragte er: »Wo ist denn Heike? Sie soll mitbekommen, was ich zu berichten habe.«

»Im Reitstall.« Vor einiger Zeit hatte Heike das Reiten für sich entdeckt und kümmerte sich um ein Pflegepferd. »Sie kommt frühestens in zwei Stunden zurück. Komm schon, Jörg. Ich erzähle ihr, was los ist. Spuck's aus!«

»Okay, aber vorher brauche ich einen heißen Tee. Meine Finger sind eiskalt.«

Johanna verdrehte die Augen und ging zur Tür.

»Musst du es so spannend machen?«, grummelte sie noch, bevor sie die Treppe zum Erdgeschoss hinaufstieg.

Als er seinen Tee mit Kirscharoma schlürfte, wurde Jörg endlich gesprächig.

»Es stimmt, was deine kleine Schwester erzählt hat. Die Nachbarin hat mir in aller Ausführlichkeit beschrieben, wie deine Großeltern gestorben sind.«

»Na, und wie?« Johannas Herz schlug bis zum Hals.

Jörg atmete tief durch und strich sich das Haar aus dem Gesicht.

»Die beiden lagen schon im Bett, als sie von unten Geräusche hörten. Dein Opa ging nachschauen und fand im Wohnzimmer zwei maskierte Einbrecher vor, die die Terrassentür aufgehebelt hatten. Er war ein tapferer Mann, sagt meine Nachbarin, also ging er auf die beiden los. Dabei stürzte er unglücklich mit dem Kopf auf den Couchtisch. Er verlor das Bewusstsein.

Deine Oma kriegte von oben alles mit, auch den Wortwechsel und so, traute sich aber erst runter, als es im Wohnzimmer still wurde. Dein Opa blutete am Hinterkopf und war nicht wachzukriegen, woraufhin deine Oma über die Felder zur Straße lief. Sie hatten ja noch kein Telefon, und Autofahren konnte sie auch nicht. An der Straße wurde sie von einem Lkw erwischt. Der Fahrer war sofort bei ihr. Sie ist in seinen Armen gestorben, konnte aber vorher noch erklären, was passiert war. Als Polizei und Rettungssanitäter hier zum Haus kamen, war dein Großvater auch tot. That's it!« Jörg hob die Hände in einer dramatischen Geste und schaute Johanna vielsagend an.

Die schwieg zunächst schockiert.

»Kein Wunder, dass Mama und Papa uns davon nichts erzählt haben, als wir noch klein waren«, murmelte sie dann. »Es hätte uns in Angst und Schrecken versetzt, hier zu wohnen. O

Mann, dass Opa oben im Wohnzimmer gestorben ist! Wie gruselig, vor allem für Papa. Aber wir sind doch längst keine Babys mehr! Sie hätten uns irgendwann die Wahrheit sagen müssen.«

»Vielleicht haben sie den Zeitpunkt verpasst«, mutmaßte Jörg. »Oder es fällt ihnen selbst schwer, über das schreckliche Ereignis zu sprechen.«

»Und woher weiß Hermine dann davon?« Johanna fixierte Jörg stirnrunzelnd. »Sie kann Mama und Papa nur belauscht haben. Du glaubst doch jetzt nicht wirklich, dass meine Großeltern ihr als Geister erscheinen!«

»Nein, natürlich nicht«, beeilte sich Jörg zu antworten und nahm ihre Hand. Johanna zog sie sofort zurück. Zärtlichkeiten konnte sie gerade gar nicht ertragen. »Aber es ist schon seltsam, wie viele Details Hermine beschrieben hat: die Wunde deines Großvaters am Hinterkopf zum Beispiel. Warum sollten sich deine Eltern darüber unterhalten?«

»Papperlapapp!« Johannas Hand zitterte, als sie Jörg und sich noch Tee aus der bauchigen Kanne nachgoss und diese dann zurück aufs Stövchen stellte. »Irgendwer hat davon erzählt, und sie hat es mitgekriegt, vielleicht beim Einkaufen im Dorfladen. Wenn deine Nachbarn die Geschichte in allen Einzelheiten kennen, dann wissen auch andere Büttger davon. Ich stell mir das so vor: Zwei Hausfrauen tratschen an der Wursttheke, und Hermine steht in der Schlange und kriegt alles mit.«

Jörg zog die Augenbrauen hoch.

»Aber darüber reden die Leute doch nach so vielen Jahren nicht mehr. Nein, Johanna. Das ist keine gute Erklärung!«

»Aber dass Hermine eine Art Medium ist, schon?« Johanna lachte auf. »So ein Schwachsinn! Sie hat Heike und mir auch verklickert, Oma würde sie als Bastard bezeichnen. Das Wort kann sie doch nur irgendwo aufgeschnappt haben und präsentiert es uns, um sich wichtigzumachen.«

Jörg sah sie ratlos an.

»Ich kapiere es ja auch nicht«, räumte er ein. »Fakt ist nur, dass Hermines Beschreibungen zutreffen. Und jetzt lass uns von was anderem reden und es uns gemütlich machen. An Geister glaube ich genauso wenig wie du, das weißt du.«

»Nein!« Johanna stand auf. »Mir ist nicht nach Kuscheln zumute. Ich brauch jetzt meine Ruhe. Später rede ich mit Heike über die Sache. Jörg, sei mir nicht böse, aber bitte fahr jetzt nach Hause. Ich muss nachdenken, und das kann ich am besten allein.«

Johanna lag rücklings auf dem Bett und hörte eine Janis-Joplin-Platte, während sie versuchte, ihre Gedanken zu ordnen. Verfügte Hermine nun über übersinnliche Fähigkeiten oder war sie einfach eine kleine Aufschneiderin? Beide Alternativen waren ihr nicht sympathisch. Fest stand wohl nur, dass ihre kleine Schwester über weit mehr Phantasie verfügte, als sie ihr je zugetraut hätte.

Im Gegensatz zu Heike hatte Johanna Hermine bisher nie für etwas Besonderes gehalten. Wie ein nichtssagendes kleines Ding, das an Heikes und Mamas Rockzipfeln hing, war sie ihr vorgekommen.

Johanna konnte mit Hermine nicht viel anfangen, und daran würde sich auch nichts ändern. Und dennoch: In ihr regte sich plötzlich so etwas wie Respekt vor dem Mädchen. Wie selbstbewusst die Kleine ihr entgegengetreten und bei ihren Behauptungen geblieben war! Wie anschaulich sie von Opa und Oma Franzen erzählt hatte, und dann der Ausdruck »Bastard«! Woher hatte sie den bloß?

Johanna setzte sich auf und starrte auf das Che-Guevara-Plakat an der Wand gegenüber. Hermine, ein Bastard? Sie musste das Wort von irgendjemandem aufgeschnappt haben. Von jemandem, der Zweifel daran hatte, dass Hermine das Kind von Papa war?

Das Herz klopfte ihr bis zum Hals. Schlagartig erinnerte sie sich daran, wie sie mit Windpocken übersät oben im Apfelbaum gehockt und Mama mit diesem Lieferwagenfahrer beobachtet hatte, der ihr Fahrrad transportierte. Zwischen den beiden hatte eine ganz eigenartige, vertraute Stimmung geherrscht, genau wie bei ihrer Begegnung auf dem Spielplatz in der Nähe ihrer alten Neusser Wohnung Jahre zuvor. Mama kannte den Mann aus ihrer Kindheit in Polen, hatte sie ihnen damals erzählt. Und an noch etwas anderes entsann sich Johanna plötzlich. Oben in der Astgabel hatte sie zwar irgendwann fest die Augen verschlossen, aber die Geräusche, die Mama und der Fremde von sich gegeben hatten, waren nicht zu überhören gewesen: dieses Seufzen und Stöhnen, von dem sie heute genau wusste, was es bedeutete. Und kein Jahr später war Hermine geboren worden – mit rabenschwarzem Haar, genau wie der Mann.

Konnte es sein, dass Hermine das Kind von diesem Fremden war und nicht von Papa? Johanna verzog das Gesicht, als hätte sie in eine Zitrone gebissen. Das wurde ja immer schöner mit Hermine. War sie etwa ein Kuckuckskind?

Johanna hatte einen galligen Geschmack im Mund. Kurz war sie versucht, auch darüber nachher mit Heike zu sprechen. Doch sie rief sich zur Vernunft. Heike liebte Hermine. Johanna würde sie mit ihren Überlegungen nur durcheinanderbringen. Und wer weiß? Womöglich würde Heike ihr überhaupt keinen Glauben schenken. Sie hatte ihr nie von ihrer Beobachtung an jenem weit zurückliegenden Frühlingstag, die sie selber bis gerade eben völlig vergessen hatte, erzählt. Sie beschloss, dass sich daran auch in Zukunft nichts ändern würde.

Am nächsten Tag spielte Jörg auf dem Schulhof den Beleidigten.

»Erst besorge ich dir die Informationen, an die du selbst nicht herangekommen wärst, und dann schmeißt du mich raus«, schmollte er, »und das nur wegen eines kleinen Mädchens?«

»Du hast ja recht«, gab Johanna zu und ergriff seine Hand. »Sei nicht mehr sauer, ja? Die Geschichte hat mich einfach durcheinandergebracht. Was wäre denn, wenn Hermine wirklich Geister sehen könnte?«

Jörg verdrehte die Augen.

»Wenn du das wirklich glaubst, rede noch mal mit ihr und fühl ihr auf den Zahn!«, schlug er genervt vor.

»Auf keinen Fall! Heike meint auch, wir sollten die Sache auf sich beruhen lassen und nicht weiter Detektiv spielen.«

Jetzt grinste Jörg plötzlich.

»Wie die Fünf Freunde oder Die drei Fragezeichen? Stimmt, das wäre wirklich lächerlich.« Er drückte ihr einen Kuss auf die Wange. »Dann lass uns die Story einfach vergessen!«

»Wenn das mal so leicht wäre!« Aber plötzlich musste Johanna auch schmunzeln. »Wie wär's, wenn wir wenigstens Hanni und Nanni wären? Dafür müsstest du dir allerdings die Haare wachsen lassen.« Sie küsste ihn sanft auf den Mund. Aber auch, als er sie fest an sich zog und ihr über den Rücken streichelte, ließen sich ihre Gedanken an Hermine nicht vertreiben. Was war sie nur für ein seltsames kleines Ding!

In den ersten Tagen nach dem denkwürdigen »Mau-Mau«-Spiel der Schwestern ertappte Johanna sich dabei, wie sie mit den Augen die dunklen Ecken in den Zimmern absuchte, vor allem, wenn sie alleine war. Gab es vielleicht doch Gespenster, und Oma und Opa geisterten im Haus herum? Dann wieder beobachtete sie Hermine, um herauszufinden, ob die kleine Schwester tatsächlich mit den Verstorbenen kommunizierte. Sie konnte jedoch nichts Auffälliges an ihrem Verhalten feststellen.

Jörgs Informationen hatten sie verunsichert. Sie war kein

Mensch, der an Zufälle glaubte, sondern an Kausalzusammenhänge.

Auch Heike gebärdete sich ängstlich und schreckhaft im Haus, sobald es draußen dunkel wurde. Als sie einmal heftig zusammenzuckte, weil die Badezimmertür durch einen Windstoß ins Schloss gefallen war, versuchte Johanna, sie zu beruhigen – und sich selbst auch.

»Mach dich nicht verrückt. Wir haben hier vorher auch unbeschwert gelebt. Was hindert uns daran, es weiterhin zu tun?«

»Aber der Gedanke, dass die Geister von Oma und Opa noch hier sein könnten, um mit Hermine Kontakt aufzunehmen, macht mich ganz verrückt. Es ist so gruselig, und ich mache mir Sorgen um die Kleine.«

»Wir sind uns doch einig, dass Hermine sich die Einzelheiten zusammengereimt hat«, gab Johanna mit fester Stimme zurück. »Irgendwen hat sie belauscht! Außerdem: Falls Hermine doch … äh … besondere Fähigkeiten haben sollte, was ich genau wie du nicht glaube, dann ist das ihr Ding. Es hat ihr offenbar noch nie Angst gemacht. Und wir sind eh davon verschont geblieben. Wir sind ganz normal, nicht verquer wie sie. Am besten, du versuchst, alles zu vergessen. Überleg mal, wenn du in die Sterne schaust, grübelst du doch auch nicht ständig über fremde Galaxien, die Milchstraße oder Sonnen, die längst verglüht sind, nach. Du siehst die Lichter am Himmel und freust dich über eine Sternschnuppe, weil ihr Anblick romantisch ist und du dir etwas wünschen darfst. Heike, alles ist eine Sache der Perspektive und der Interpretation. Und darauf hast du Einfluss.«

Heike nickte halbherzig, und Johanna seufzte.

»Es fällt mir selber schwer, nicht mehr dran zu denken, aber irgendwann wächst Gras über die Sache. Du wirst sehen.«

Danach redeten die Schwestern nie mehr über Hermines

angebliche übersinnliche Gabe, und Johanna verdrängte ihre Zweifel. Nur die Geschichte mit dem »Bastard« ließ sie nicht los. Es würde einiges erklären, wenn die kleine Aufschneiderin tatsächlich diesen unsympathischen Lieferwagenfahrer als Vater hätte!

Kurz vor Weihnachten war Johannas sechzehnter Geburtstag.

Nachdem ihre Mutter am Nachmittag den mit Kerzen gespickten Marmorkuchen ins Wohnzimmer getragen und zusammen mit Heike, Hermine und Jörg ein Geburtstagslied gesungen hatte, sagte sie zu ihrer Ältesten: »Ich kann es gar nicht glauben, dass du erst sechzehn bist, meine Große.« Sie drückte ihr ein Küsschen auf die Stirn und strich ihr über den Rücken.

Johanna lächelte verhalten und gleichzeitig gerührt. Mama bedachte sie selten mit Zärtlichkeiten. Es fühlte sich ungewohnt, aber nicht unangenehm an. Heute kam es ihr geradezu grotesk vor, ihre brave Mutter zu verdächtigen, einen Seitensprung begangen zu haben. Möglicherweise hatte ihr ihre Phantasie sogar einen Streich gespielt, als sie an die Beobachtung im Apfelbaum zurückdachte. In diesem Baum hatte Johanna sich als Kind immerhin Etliches ausgedacht und zusammengesponnen. Wie toll sie sich vorgekommen war, superintelligent und allmächtig! Vieles war ihr heute mit sechzehn Jahren echt peinlich.

Sie räusperte sich.

»Morgen werde ich Mitglied bei Amnesty International«, sagte sie, wie um zu beweisen, wie reif sie für ihr Alter war. »Und ich will Jura studieren, sobald ich mein Abi in der Tasche habe.«

Christa nickte zustimmend.

»Eine gute Idee, es passt zu dir. Aber nun lass uns Kaffee

trinken und den Kuchen anschneiden. Außerdem musst du noch dein Geschenk auspacken. Papa und ich haben lange überlegt, was wir dir zu diesem besonderen Geburtstag schenken sollen. Ich bin gespannt, was du sagst.«

Johanna zog den schweren Karton, der in buntes Geschenkpapier gewickelt auf dem Boden stand, zu sich herüber und machte sich daran, ihn zu öffnen.

»Och, das sind ja nur olle Bücher«, kommentierte Hermine enttäuscht, als sie den Inhalt sah, »und alle sehen gleich aus.«

»Es ist das ›Historische Wörterbuch der Philosophie‹ in dreizehn Bänden«, korrigierte Johanna sie. »Und es ist gar nicht oll, sondern das schönste Geschenk, das ich seit langem bekommen habe!« Sie strahlte übers ganze Gesicht und nahm mal diesen, mal jenen Band zur Hand. »Philosophie ist die Wissenschaft vor allen Wissenschaften«, sagte sie ehrfurchtsvoll. »Danke, Mama!« Mit Tränen in den Augen schloss sie ihre Mutter in die Arme.

»Nun ja, mit diesen Schinken wirst du Müßiggang bis zur Vollendung betreiben können«, sagte Christa schmunzelnd.

»Ja, nur nicht mehr im Apfelbaum.« Johanna lächelte verlegen. »Die Zeiten sind endgültig vorbei.« Sie holte tief Luft und blies die Kerzen auf dem Kuchen aus.

Dann setzten sich alle an die Kaffeetafel.

Als im März 1977 Generalbundesanwalt Siegfried Buback von Terroristen der RAF ermordet und dann der deutsche Arbeitgeberpräsident Hanns Martin Schleyer von einem RAF-Kommando entführt und Wochen später umgebracht wurde, reagierte Johanna auf ihre ganz eigene Weise auf die Stimmung im Land. Sie engagierte sich nicht mehr nur bei Amnesty International, sondern auch im Kinderheim in Büttgen. Montag- und Mittwochnachmittag ging sie hin, um den Kindern bei den Hausaufgaben zu helfen.

»Jeder von uns trägt Verantwortung für die Zukunft unserer Gesellschaft«, versuchte sie Jörg darzulegen, der sich wieder einmal zurückgesetzt fühlte. »Bildung ist wichtig, gerade für solche Kinder! Sie sollen sich nicht ausgegrenzt fühlen, sondern angenommen. Unzufriedenheit und Kriminalität entstehen, wenn jeder nur an sich denkt«, dozierte sie weiter.

»Und wer denkt an mich? Du jedenfalls nicht mehr«, nörgelte Jörg, und Johanna verdrehte die Augen.

»Du kannst ja mitkommen und mir mit den Kindern helfen, denn das ist manchmal ganz schön anstrengend«, schlug sie vor. »Dann sind wir zusammen und tun etwas Sinnvolles.«

»Darum geht es mir nicht«, entgegnete er leise. Die beiden saßen nebeneinander im Geschichtskurs. Die Lehrerin war mit einem Mitschüler hinausgegangen, um aus dem Kartenraum eine Weltkarte aus der Zeit der Französischen Revolution zu holen. »Ich möchte mit dir zusammen sein und die Zeit genießen.«

»Ach, und das kannst du nur, wenn wir zwei allein sind?« Johanna runzelte die Stirn. »Hör mal, die Welt besteht nicht allein aus uns beiden und auch nicht nur aus Friede, Freude, Eierkuchen. Ich dachte, das wäre dir klar. Früher hast du mich zu jeder Friedensdemo geschleppt, die irgendwie erreichbar war.«

»Ja, und trotzdem hatten wir mehr Zeit für uns. Das ist anders geworden. Jetzt stehen diese fremden Kinder an erster Stelle und deine Freunde bei Amnesty.«

»Du verstehst mich nicht, oder?« Johanna sah Jörg resigniert an und seufzte. »Unsere Welt geht vor die Hunde, dank der Ungerechtigkeit und Ignoranz der Herrschenden. Die RAF versucht, auf grausame Art, dagegenzusteuern, was einfach schrecklich ist. Ich möchte nicht, dass Menschen sinnlos sterben. Deshalb muss man im Kleinen anfangen, etwas für die

Schwachen und die Gesellschaft zu tun. Denk an Peter.« In dem Moment kehrten Frau Bauer und der Junge, der die schwere zusammengerollte Landkarte trug, zurück ins Klassenzimmer. Zeitgleich mit dem Klickgeräusch der sich schließenden Tür sagte Johanna ernst: »Da du das offensichtlich nicht akzeptieren kannst, sollten wir uns besser trennen. Hier und jetzt.«

Das Stimmengewirr im Raum ebbte ab und erstarb ganz, als Frau Bauer das Wort ergriff, um dem Kurs anhand der Karte zu erläutern, wie groß Frankreich 1789 gewesen und von welchen Orten die Revolution ausgegangen war.

Jörg schwieg perplex. Hatte Johanna etwa gerade Schluss mit ihm gemacht?

Genauso war es. Und obwohl es ihr selber fast das Herz zerriss, blieb sie bei ihrer Entscheidung. Jörg war ihr zum Hemmschuh geworden. Sie konnte niemanden an ihrer Seite gebrauchen, der sie bremste und exklusiv für sich beanspruchte.

Sich für Benachteiligte zu engagieren war für Johanna inzwischen wichtiger als alles andere geworden, da sie sich immer noch für Peters Tod mitverantwortlich fühlte.

1979 machte Johanna als Jahrgangsbeste ihr Abitur. Ihre Eltern waren sehr stolz auf sie, befürchteten aber gleichzeitig, dass sie ihnen nun vollends entgleiten würde. Und ihre Ahnung sollte sich bestätigen.

»Ich gehe nach Hamburg und studiere dort Jura«, eröffnete Johanna ihnen am Abend der Abiturfeier. »Habe mir schon bei einer Zeitung einen Nebenjob besorgt. Die mögen meine gesellschaftskritischen Texte aus der Schülerzeitung. Wegen einer Wohnung habe ich auch rumtelefoniert. Morgen bekomme ich die Nachricht, ob ich das Appartement kriege. Ich glaube aber schon«, fügte sie selbstbewusst hinzu. »Die Vermieterin klang sehr nett am Telefon.«

»Du erwartest hoffentlich nicht, dass wir dir das alles bezahlen«, warf ihre Mutter ein, die gekränkt über Johannas heimliche und eilige Bemühungen war, dem Elternhaus den Rücken zu kehren.

»Na, das Kindergeld kriegst du natürlich«, warf Hans ein, bei dem der Stolz auf seine selbständige Älteste überwog. »Und einen kleinen Zuschuss obendrauf!«

»Danke, Papa.« Johanna war gerührt. »Aber das ist echt nicht nötig. Auf das Kindergeld kann ich zwar nicht verzichten, aber ansonsten stemme ich das schon allein. Ich bin schließlich erwachsen.«

»Na, volljährig, aber erwachsen wohl kaum«, grummelte Mama und wollte dann wissen, warum es denn unbedingt Hamburg sein müsse. »Hätte Düsseldorf nicht auch genügt? Du hättest hier wohnen bleiben können ...«

Johanna verdrehte die Augen.

»Nein, ich wollte unbedingt nach Hamburg, denn dort ist das Jurastudium besser als hier in NRW. Und die ZVS hat mir den Platz gegeben – den werde ich sicher nicht eintauschen.«

»Davon hast du uns ja gar nichts erzählt!« Ihre Eltern wechselten irritierte Blicke.

»Na und? Ihr habt euch in den letzten Monaten doch sowieso nicht darum geschert, was ich mache. Auch Heike ist euch ganz egal. Bei euch zählt doch nur noch Hermine!«

»Das ist doch gar nicht wahr.« Papas Stimme klang ärgerlich. »Wir sorgen uns um Hermine, weil es ihr schwerfällt, Freunde zu finden und sie daher oft allein ist, aber natürlich haben wir euch drei alle gleich lieb. Du bist es doch, die sich zurückgezogen hat.«

»Wie dem auch sei!« Johanna hatte keine Lust, jetzt Familienprobleme zu diskutieren, schnellte von der Couch hoch und ordnete mit den Fingern ihr langes Haar. »Sorry, muss mich für die Party fertig machen.«

Sie lief in den Flur und eilte die steile Holztreppe nach oben. Auf der Hälfte begegnete sie Hermine.

»Ich habe gehört, was du gesagt hast«, sagte sie leise. Ihre übergroßen Augen in dem weißen spitzen Gesicht schienen sich an denen ihrer großen Schwester festzusaugen. »Meinst du etwa, mir macht es Spaß, anders zu sein?« Ihre Stimme zitterte.

»Ja, das tut es«, gab Johanna bissig zurück und drängelte sich an der Jüngeren vorbei.

»Du bist doch nur sauer, weil ich meine Initialen in den Stamm vom Apfelbaum geritzt habe!«

Johanna hielt drei Stufen über Hermine inne. Wütend starrte sie auf sie hinab.

»Das ist auch ein Grund«, gab sie zu. »Denn dazu hattest du verdammt nochmal kein Recht!«

»Weil es *dein* Baum ist?« Hermine lachte verächtlich. »Der Baum steht in *unserem* Garten. Er gehört mir genauso wie dir.«

»O nein!« Zorn drohte, Johanna fortzureißen. »Schon immer habe nur ich oben in der Astgabel gesessen! Nicht Heike, nicht du! Außerdem gehörst du nicht richtig zur Familie. Weißt du noch, was dir Omas angeblicher Geist gesagt hat, oder besser, was du irgendwo aufgeschnappt hast? Dass du ein Bas...« Erschrocken hielt sie inne. Sie war zu weit gegangen, und das tat ihr sofort furchtbar leid. »Ach, vergiss es. Ich muss mich umziehen. Wegen dir komme ich womöglich noch zu spät zu meiner eigenen Abiparty!«

Mit wild pochendem Herzen rannte sie ins Bad und schloss hinter sich ab. Hermines Klopfen und Rufen ignorierend, schlüpfte sie aus ihren Klamotten und sprang unter die Dusche. Beinahe hätte sie sich dazu hinreißen lassen, der kleinen Schwester zu sagen, dass sie vielleicht einen anderen Vater hatte als Heike und sie. Das hätte sie sich bei allem Zorn nie verziehen. Außerdem war es nur ein Verdacht, durch nichts zu beweisen.

Im Herbst verließ Johanna das Haus an den Schienen. Sie stürzte sich voller Engagement in ihr Studium und lebte sich nach einer Eingewöhnungsphase gut in Hamburg ein. Für sie war es eine Erleichterung, den Problemen mit Hermine und ihren Eltern sowie den Erinnerungen an Peter entfliehen zu können. Zu Hause meldete sie sich immer seltener.

8

Samstagmittag

Als ich gegen Mittag Geschirrgeklapper hörte, ging ich hinunter und sah, dass Johanna im Esszimmer den Tisch deckte. Ich half kurzerhand mit, Teller, Gläser, Dessertschälchen und Besteck zu platzieren.

»Wo ist denn Papa?«, fragte ich meine älteste Schwester.

»Er hat sich ins Arbeitszimmer zurückgezogen.« Johanna lächelte. »Ich glaube, er braucht zwischendurch einfach mal seine Ruhe von uns allen.«

Ich nickte, dann fiel mir etwas ein.

»Und du hast mir Donnerstagabend in der Sauna auch gesteckt, dass dir unsere ›heile Familie‹ manchmal zu viel wird.«

»Das ist was anderes.« Johanna lachte bitter auf. »Weil sie eben so heil gar nicht ist!«

»Was meinst du damit? Ich dachte eigentlich immer, dass alles gut zwischen uns ist. Gibt es irgendwas, wovon ich nichts weiß?«

Mit klopfendem Herzen sah ich Johanna an. Würde sie jetzt mit der Wahrheit über Hermann Weyrich herausrücken?

Sie zuckte nur mit den Achseln und rückte die Gläser, die ich gerade hingestellt hatte, gerade.

»Na ja, wir haben uns eben früh voneinander entfremdet. Mit meinem Umzug nach Hamburg ging es los. Ich versuchte, allein zurechtzukommen, obwohl ich mich schwer damit tat, unter den Kommilitonen Freunde zu finden. Ich war immer etwas menschenscheu, weißt du? Heimweh hatte ich aber keins; nur Heike, die vermisste ich, auch wenn ich das ihr gegenüber nie zugegeben hätte. Es gefiel ihr nicht, dass ich ausgezogen war. Ich wollte ihr keinen Grund zum Triumphieren geben. Ich war eigenbrötlerisch und stur zugleich«, gab sie grinsend zu. Dann wurde sie plötzlich ernst. »Andere hatten es nicht leicht mit mir. Aber ich schrieb ja für diese Zeitschrift und ging auch in Hamburg zu Treffen von Amnesty International. So lernte ich neue Leute kennen. Bald waren wir eine kleine Clique, die sich jeden Mittwoch in einer Studentenkneipe traf. Irgendwann stießen auch Leute aus meinem Semester dazu. Ich zog schließlich aus meiner kleinen, zugigen Wohnung ins Studentenwohnheim um. Und dort begegnete ich Steffen. Er kam ursprünglich aus Bremen.« Sie ging zum Sofa und ließ sich darauf fallen.

Ich folgte ihr, wählte aber Papas Ohrensessel.

»Und es kam, wie es kommen musste«, erzählte Johanna weiter. »Mama und Papa lehnten Steffen vom ersten Tag an ab, und irgendwann eskalierte die Situation. Mama warf mir vor, einen Riesenfehler gemacht zu haben und mein Leben fortzuwerfen. Dabei studierte ich fleißig. Ich war eine der Besten meines Jahrgangs und Jura schon damals ein anspruchsvolles Studium. Ich fand es einfach unfair und fühlte mich missverstanden. Außerdem hatte ich das Gefühl, dass Mama mir mein Glück neidete. Nur Heike und sogar Hermine hielten zu mir. Sie mochten Steffen. Aber Mama gab keine Ruhe und zeigte ihm deutlich, dass sie ihn nicht leiden konnte. Papa tutete ins gleiche Horn. Es gab einen schrecklichen Streit. Und dann starb Steffen plötzlich. Bauchspeicheldrüsenkrebs. Von der Diagnose bis zu seinem Tod dauerte es nur wenige Wochen. Es war der Horror! Ich dachte, mir wird der Boden unter den Füßen fortgezogen. Ich telefonierte mit Mama und hörte sofort raus, dass sie im Grunde heilfroh über Steffens Tod war. Seitdem denke ich manchmal, dass sie ein kaltes Herz hat. Und Papa steht immer hinter ihr. So einfach ist das.« Johanna hielt nachdenklich inne, bevor sie fortfuhr: »Erst zu Steffens Beerdigung ein paar Monate nach unserem Streit habe ich sie wiedergesehen. Sie waren lieb, und auch Mama wollte mich trösten, aber für mich war es zu spät. Und dann gab es noch eine Sache … Viel später. Basti und du, ihr wart schon auf der Welt. Die hat mich darin bestärkt, dass es besser ist, nicht zu oft und zu lange zu Hause zu sein.« Sie lächelte traurig. »So, kleine Schwester! Jetzt reicht es aber fürs Erste mit den alten Geschichten. Mama und Heike waren schon fleißig in der Küche. Wir können bestimmt gleich essen.«

Mich beschlich langsam das Gefühl, dass dieses Haus zu klein für uns fünf war, denn als alle nach dem leckeren Essen für eine Mittagspause auseinandergingen, war sofort jeder Raum besetzt. Meine Mutter schlief auf dem Sofa, mein Vater hatte sich ins Arbeitszimmer zurückgezogen, Johanna war in ihrem Zimmer im Keller, Heike in unserem. Wie hatten meine drei Schwestern als Kinder und Jugendliche diese Enge aushalten können, und wie meine Eltern?

Nach einem Blick aus dem Fenster in den strahlend blauen Himmel beschloss ich, mit Hermines Tagebuch in den Garten zu gehen. Ich mummelte mich warm ein und stapfte über die Wiese. Bei jedem Schritt knisterte es, denn das Gras war immer noch gefroren. Ich umrundete das Blockhaus mit der Sauna und den Schwimmteich, passierte die Kastanie und setzte mich auf den dicken Baumstumpf einer Tanne, die vor ein paar Jahren einem Sturm nicht standgehalten hatte und gefällt werden musste. Es war sehr friedlich hier. Der Garten meiner Eltern war wirklich eine grüne Oase inmitten winterlich kahler Felder.

Zufrieden atmete ich durch und öffnete dann das Tagebuch. Mit Herzklopfen machte ich mir bewusst, dass nicht mehr allzu viele Seiten übrig waren. Es war frustrierend, eine Geschichte zu lesen, von der man wusste, dass sie traurig enden würde.

Ich seufzte und dachte an Marcel. Wann würde er endlich in Hermines Einträgen auftauchen? Er war immerhin ihr bester Freund gewesen. Nach ihrem Tod hatten meine Eltern ihr Zimmer in der betreuten Wohngemeinschaft ausgeräumt und dabei einen Karton gefunden, auf den Hermine mit dickem Filzstift »Für Marcel« geschrieben hatte. Als er ihn später auspackte, entdeckte er das Tagebuch zwischen gemeinsamen Erinnerungsstücken wie Kuscheltieren, Überraschungseifiguren, alten Kinokarten, Postkarten und Fotos. Mit einem Mal begriff ich, welche Bürde dieses Tagebuch all die Jahre für ihn gewesen sein musste.

8. Oktober 1987

Wie lange habe ich nicht mehr in mein Tagebuch geschrieben?! Es ist Jahre her, Jahre, die wie im Nebel verschwunden sind. Endlich fühle ich mich wieder lebendig. Ich sammle die Tabletten, die ich nicht mehr schlucke, in einer leeren Dose Fisherman's Friend. Es sind inzwischen etliche. Keiner weiß es, auch Marcel nicht. Er ist hier im Wohnheim Zivi und inzwischen mein bester Freund. Bald ist er fertig und will dann eine Ausbildung zum Fotografen machen. Ich kann mit ihm über alles reden, aber bestimmt nicht darüber, dass ich die Pillen abgesetzt habe. Er würde schimpfen.

Und meine Mitbewohnerin Denise ist mit sich selbst und ihren Stimmungsschwankungen beschäftigt, die sich bei ihr ständig abwechseln, so dass sie nichts mitkriegt.

O Mann, geht die mir manchmal auf die Nerven, vor allem, wenn sie manisch ist. Dann hält sie sich für die Klügste, Schönste und Erfolgreichste. Gestern nervte sie mich damit, eine eigene Silberschmiedewerkstatt eröffnen zu wollen, nur

weil sie in der Kunsttherapie ein Paar Ohrringe gefertigt hat. Die hat doch 'nen Schuss!
Mir geht es so gut wie seit langem nicht mehr. Die Farben des Herbstlaubs an den Bäumen draußen leuchten kräftiger als je zuvor. Der Himmel strahlt in einem unglaublich klaren Blau. Auch meine anderen Sinne sind geschärft. Ich höre, wie die Mäuse zwei Stockwerke unter mir durch die Beete huschen, wie Blätter zu Boden segeln und Spinnen ihre Netze bauen. Ich rieche die Hagebutten an den Büschen und die Kastanien, die in ihren stacheligen Schalen heranreifen.
Gestern waren ein paar von uns mit unserer Sozialpädagogin im Kino. Wir haben uns »Dirty Dancing« angeschaut. Ich kapiere nicht, warum um den Film so ein Wirbel veranstaltet wird! Okay, Patrick Swayze ist echt süß, aber Baby fand ich einfach unerträglich. Das naive reiche Ding, das den Tanzlehrer aus einfachen Verhältnissen anhimmelt und sich dann zu seiner Retterin aufschwingt. Zum Kotzen!
Die anderen Mädchen, die mit im Kino waren, fanden den Film allerdings toll. So romantisch, haben sie geschwärmt und verzückt mit den Augen gerollt.
Ich war die Einzige, die anderer Meinung war, aber ich bin ja auch »beziehungsgestört«, wie meine Therapeutin mir ständig durch die Blume zu verstehen gibt. Bin ich das? Nur weil Marcel und ich einfach gute Freunde sind und nicht »mehr« voneinander wollen? Das wird ja wohl erlaubt sein! Außerdem bin ich krank. Ich will keinen Freund! Diese Krankheit kann man keinem Partner zumuten!
Meiner Meinung nach hätten Johnny und Baby im wahren Leben null Chance. Von Baby wurde erwartet, dass sie nach ihrem Sommerflirt weiter zur Schule geht, später studiert und sich jemanden »Vernünftiges« zum Heiraten sucht. Ich musste wieder an Johanna denken und wie geschockt Mama und Papa

von ihrem Steffen waren. Der entsprach ja auch überhaupt nicht ihren Vorstellungen, dabei studierte er immerhin Jura.
Mit ihrem neuesten Lover ist das etwas völlig anderes. Den finden meine Eltern toll, weil er ein erfolgreicher Pianist ist. Er sei bestimmt mehr auf Augenhöhe mit Johanna.
Ich frage mich, ob es tatsächlich irgendeinen Menschen auf der Welt gibt, der auf Augenhöhe mit meiner superschlauen Schwester ist.

5. Januar 1988
Ich habe wieder von dem dunkelhaarigen Mann geträumt, der mir schon als Kind im Traum begegnet ist. Ich schaute in einen Spiegel, aber nicht mein Ebenbild blickte mir entgegen, sondern dieser Mann. Seine Augen sind so blau wie meine und seine Stirn genauso hoch. Unverwandt sah er mich an, geradezu in meine Seele hinein. Das war kaum auszuhalten, also wich ich seinem Blick aus und guckte an seinen Schultern vorbei. Jetzt erkannte ich, wo er sich befand: auf dem Bauernhof aus meiner Vision. Ich bin schweißgebadet aufgewacht.
Natürlich weiß ich, was der Traum mir sagen soll, auch wenn es furchtbar schmerzt: Der Mann ist mein richtiger, mein leiblicher Vater. Irgendwie habe ich das schon immer gewusst, aber nicht wahrhaben wollen. Oma hat es mir ja auch immer wieder vorgehalten. Ein Bastard sei ich. Ich bin anders als meine Schwestern, weil ein Teil von ihm in mir ist. Ich bin ihm ähnlich, sehe aus wie er, und er bleibt mir doch fremd. Ich weiß nicht, was Mama sich dabei gedacht hat, und wer er ist. Ich weiß nur eins: Ich will kein Bastard sein, und Papa soll mein Vater bleiben! Ich will keinen anderen!

Schockiert las ich den letzten Eintrag noch einmal. Hermine hatte also gewusst oder zumindest gespürt, dass Hermann

Weyrich ihr Vater war, und das, ohne ihm je begegnet zu sein oder seinen Namen zu kennen. Wahnsinn!

Was für eine Farce! Meine arme Schwester. Wie musste sie gelitten haben! All dieses Schweigen in unserer Familie! Wie schrecklich das war und wie unnötig! Aufgewühlt las ich weiter.

14. FEBRUAR 1988
Marcel ist sauer auf mich. Er hat das mit den Tabletten spitzgekriegt. Ich habe versucht, ihn davon zu überzeugen, dass es mir gutgeht und dass ich endlich wieder ich bin. Wir haben gestritten. Er sagt, ich sei wirr im Kopf und rede dummes Zeug und dass er meine Eltern anrufen würde. Ich konnte ihn überreden, den Mund zu halten. Er tut es nur deshalb, weil ich ihm gesteckt habe, wovon ich überzeugt bin: dass er in Zukunft noch enger mit meiner Familie verbunden sein wird.
»Verscherze es dir nicht mit ihnen und beunruhige sie nicht, dann wirst du einmal einen festen Platz in unserer Familie haben«, habe ich ganz gewichtig gesagt.
Marcel hat keine schöne Kindheit gehabt. Er liebt den Zusammenhalt unter uns, und er vergöttert meine Eltern.
Er wollte wissen, woher ich das weiß. Aber er kennt ja meine Eingebungen. Bisher hat sich fast jede bewahrheitet. Das hat ihn ruhiggestellt.
»Wichtig ist, dass du den Kontakt mit meiner Familie hältst und Geduld hast«, betonte ich noch einmal.
Ich habe ihm natürlich verschwiegen, dass ich von meinem Erzeuger geträumt habe und auch, dass Opa mich besucht hat. Erst war ich verwirrt, als er auftauchte. Ich hatte gedacht, er sei für immer fort. Dann habe ich begriffen. Opa konnte wegen der Medikamente nicht zu mir durchdringen, und da er mir eine dringende Botschaft übermitteln musste, hat er viele Jahre gewartet.

Opa wird mich mitnehmen. Es dauert noch, hat er mich beruhigt. Hab keine Angst. Alles wird gut. Aber natürlich finde ich das überhaupt nicht toll! Ich will leben.

Am liebsten hätte ich das Tagebuch zugeschlagen und nicht mehr geöffnet. Ich war so wütend auf Marcel! Dieser feige Hund! Anstatt den Ärzten oder Betreuern zu melden, dass Hermine ihre Medikamente nicht mehr nahm, hatte er sich von ihr breitschlagen lassen und war zu ihrem Komplizen geworden! Und nur, weil sie ihm mit ihrer »Prophezeiung« gekommen war! Die Aussicht auf eine Familie hatte ihn offensichtlich verstummen lassen, so dass Hermine zielsicher auf eine Katastrophe zugesteuert war. Es hatte in Marcels Macht gelegen, ihren Verrücktheiten ein Ende zu bereiten! Tränen der Enttäuschung traten mir in die Augen.

Auf einmal aber schöpfte ich aus dem, was ich gerade gelesen hatte, Hoffnung für mein eigenes Leben. Es war, als würde mir Hermine den Impuls dafür geben.

Eine Familie wolltest du, ja?, fragte ich in Gedanken meinen Mann. Dann gründe doch einfach eine!

Ein wilder Triumph machte sich in mir breit. Genauso würde ich in Zukunft Marcel gegenüber argumentieren! Ich verengte kämpferisch die Augen und schob mein Kinn vor. Dann war ich bereit weiterzulesen.

26. April 1988

Karlchen ist mir wieder erschienen, keine Ahnung warum. Er breitete seine Ärmchen aus und schaute mich flehentlich an. »Nach Hause«, sagte er immer wieder.

Ich sagte ihm, dass ich wegen ihm beinahe vom Dach gefallen wäre und hätte sterben können. Karlchen fing zu weinen an. Es tat mir unendlich leid.

»Es funktioniert nicht«, sagte ich. »Du musst den Weg allein finden.«

18. Mai 1988

Ich habe eine kleine Schwester bekommen! Britta heißt sie. Ich bin so glücklich. Papa hat mich abgeholt, und zusammen sind wir ins Krankenhaus zu Mama und dem Baby gefahren. Die Kleine ist unbeschreiblich süß! Ich durfte sie im Arm halten. Ihre winzige Hand hat sich um meinen Finger geschlossen und wollte mich gar nicht mehr loslassen. Ihre blauen Augen haben mich unverwandt angestarrt, als wollte sie sich mein Aussehen genau einprägen. Sie ist einfach wunderbar!
Ich gönne dieses Kind Mama und Papa von ganzem Herzen. Es wird sie glücklich machen.

6. August 1988

Eine Zeitlang habe ich brav meine Medikamente genommen. Ich brauchte Normalität, aber die Nebenwirkungen sind einfach zu stark. Ich war nicht mehr ich selbst. Also, weg mit den Pillen!
Armes Karlchen! Er ist so wahnsinnig traurig und verzweifelt. Wie kann ich ihm bloß helfen? Ich glaube, ich muss noch einmal versuchen, zu Luft zu werden.

10. September 1988

Ich weiß nicht, ob es diesmal geklappt hat. Immerhin ist Karlchen fort, und ich lecke meine Wunden. Ich habe Glück gehabt, sagen die Ärzte, aber mein Becken wird nie mehr so sein wie vorher. Die anderen Knochenbrüche werden heilen.
Mir tut immer noch alles weh. Aber am schlimmsten ist, dass Mama und Papa sich solche Sorgen um mich machen. Ich habe ihnen einen Heidenschreck eingejagt, weil sie dachten, dass ich

mich umbringen wollte. Ich weiß nicht, ob sie mir glauben, dass das nun wirklich nicht meine Absicht war. Es tut mir so leid.
Nun kriege ich wieder meine Medikamente. Die Welt ist dumpf und farblos, aber es ist wohl besser so. Manchmal bin ich traurig, weil ich Karlchen und Opa nicht mehr sehen kann. Opa war so lieb. Ob es stimmt, dass er mich bald mitnehmen will?
Was ist real, was Einbildung? Keine Ahnung. Scheiß Schizophrenie! Warum bin ich damit geschlagen? Es ist einfach gemein.
Wenn ich traurig bin, rufe ich mir in Erinnerung, was ich gesehen habe, bevor ich auf dem Boden aufschlug: meinen Sehnsuchtsort, schöner als je zuvor. Ich habe die reifen Johannisbeeren am Strauch riechen können und die süßen Birnen am Baum. Ich hörte einen Hahn krähen. Karlchen war auch da. Er hat sich gefreut, mich zu sehen. Er tapste auf mich zu, und seine kleinen Lederschühchen wirbelten vom Lehmboden Staub auf, der in der Sommersonne glitzerte.
Aus der Vision von früher war etwas ganz Reales geworden. Ich bin wirklich da gewesen! Werde ich dort hingehen, wenn ich sterbe? Ich hoffe es; es ist der allerschönste Ort auf der ganzen Welt.

7. Juni 1989

Es macht keinen Spaß zu schreiben, wenn man sich fühlt wie im Inneren einer Schneekugel: unerreichbar, und alle Farben wirken blass und die Geräusche gedämpft. Aber heute raffe ich mich auf, denn ich möchte von etwas Schönem erzählen.
Heike hat ihren Ralf geheiratet. Es war eine tolle Hochzeit, vor allem die Feier nach der kirchlichen Trauung. Die ganze Familie war beisammen; auch Johanna mit dem kleinen Basti und ihrem neuen festen Freund Frank.

Heike war selig vor Glück; ihre Freude strahlte auf uns alle ab. Ihr erhitztes Gesicht mit den roten Wangen und den blitzenden Augen werde ich nie vergessen. Das Glück machte sie schön, und ihr Brautkleid, das Mama genäht hat, stand ihr einfach super.
Ich war froh, Marcel an meiner Seite zu wissen. Er hat mich gestützt, wenn ich unsicher auf den Beinen war. Ich hinke immer noch, und die Ärzte sagen, dass das nie wieder weggehen wird. Marcel hat die Höhepunkte der Hochzeit geknipst. Er macht ja jetzt seine Ausbildung zum Fotografen und wird bestimmt ein ganz Großer auf seinem Gebiet werden. Als er mich nachts zurück ins Wohnheim brachte, hat er mir gesagt, dass er sich sehr wohl auf der Feier und im Kreise meiner Familie gefühlt habe. Er liebt sie alle.
Mir hat das Zusammensein mit ihnen auch gutgetan. Johanna und ich verstehen uns besser als früher. Vielleicht tut uns die Distanz einfach gut. Bei Heike fühle ich mich ohne Worte geborgen, während Johanna und ich uns in unseren Auffassungen ähneln. Ich mag ihren kritischen Blick auf die Welt. Es macht Spaß, mit ihr über Politik und Religion zu diskutieren.
Am späten Abend, als Mama sich etwas zu trinken holen wollte, hat sie mir Britta auf den Schoß gesetzt. Die Kleine ist in meinem Arm eingeschlafen, und ich habe lange ihr makelloses rundes Gesicht betrachtet.
Meine kleine Schwester! Was für ein Mensch ist sie? Stark wie Johanna, weich wie Heike oder seltsam wie ich? Ich wünsche ihr, dass sie von uns dreien jeweils das Beste abbekommen hat.

Inzwischen liefen mir die Tränen über mein nun ganz und gar nicht mehr makelloses Gesicht. Die Liebe zu meiner toten Schwester übermannte mich, und ich weinte darum, dass sie nie mehr erfahren würde, was für ein Mensch ich geworden war.

Dann dachte ich daran, dass unsere Mutter als Christin fest an ein Leben nach dem Tod glaubte und auch Hermine davon überzeugt gewesen war, dass die Toten nicht gänzlich ausgelöscht waren. Plötzlich empfand ich diese Vorstellung als tröstlich und nicht mehr als einfältig wie sonst. Seit langem bezeichnete ich mich selbst als Atheistin und brauchte weder Gott noch Aberglauben, um das Leben zu meistern. Aber heute Mittag im verwunschen anmutenden Garten meiner Eltern mit der uralten Kastanie vor mir, die Hermine so geliebt hatte, ertappte ich mich dabei, wie ich ihr sagte, heilfroh darüber zu sein, dass Johanna, Heike und sie meine Schwestern waren.

Ich bin stark, störrisch, harmoniebedürftig und voller Sehnsucht, formulierte ich in Gedanken. Ich weiß nicht, ob ich jeweils das Beste von euch abbekommen habe, aber es fühlt sich richtig an.

Ich brauchte eine Weile, um mich erneut dem Tagebuch zu widmen. Die Einträge näherten sich Hermines Todestag. Das machte mich zunehmend nervöser.

10. November 1989

Gestern Abend haben sie die Berliner Grenzübergänge geöffnet und Tausende Menschen in den Westen gelassen.

Irre! Für mich gab es immer nur die BRD, in der meine Familie und ich leben, und unerreichbar weit weg einen Staat namens DDR, der seine Bürger gefangenhält und ständig bespitzelt.

Nun ist verrückterweise von Wiedervereinigung die Rede und von einem geeinten Deutschland.

Sind das da drüben Deutsche wie wir? Oder sind sie – geformt vom Sozialismus und Eingesperrtsein – völlig anders? Passen unsere Mentalitäten überhaupt zusammen? Und was ist mit deren Lebensstandard? Der soll viel rückständiger als unserer

sein. Man muss sich nur mal die winzigen Plastikautos anschauen, in denen sie drüben rumsausen. Und selbst die können sich nur die wenigsten leisten, wenn sie zig Jahre darauf gespart und geduldig gewartet haben.
Ich bezweifle, dass man zwei Völker, die vor 44 Jahren auseinandergedriftet sind, so mir nichts, dir nichts wieder miteinander verschmelzen kann. Ich glaube nicht, dass das reibungslos klappt.
Wie groß müssen wir denken? Was ist wichtiger? Die Familie oder Gerechtigkeit und Freiheit im Land? Ich kann es nicht sagen; ich bin in eine Gesellschaft hineingeboren worden, die einigermaßen frei ist. Ich weiß nicht, ob ich mich darauf freuen soll, dass Deutschland wahrscheinlich wiedervereint wird, obwohl es natürlich richtig ist, dass es geschieht. Das steht außer Frage.
Aber es wird Folgen haben, die wir noch gar nicht absehen können. Als die Alliierten Nazi-Deutschland zerschlagen haben, war das eine Strafe für Rassismus, Fremdenhass, Gewalt und Überheblichkeit. Recht so!
Was wird passieren, wenn uns diese Schuld nun quasi vergeben wird? Wenn die Grenze fällt und wir wieder eins und groß sind?
Ich muss an Mama denken, deren Heimat wohl nie mehr zu Deutschland gehören wird. Die Oder-Neiße-Grenze ist in Stein gemeißelt. Werden die Vertriebenen der Ostgebiete die einzig Bestraften bleiben? Braucht Deutschland ihr Opfer, um nicht zu übermütig zu werden?

9. Januar 1990
Ich fühle mich einsam und leer. Am liebsten würde ich die Tabletten absetzen, um wieder ich selbst zu sein. Aber das kann ich Mama und Papa und meinen Schwestern nicht noch mal

antun. Und auch Marcel nicht. Obwohl der die echte Hermine am meisten vermisst. Manchmal schaut er mich merkwürdig an, so, als wäre ich ihm fremd. Und das bin ich ja auch. Ich bin mir selbst fremd!

19. FEBRUAR 1990
Fast jede Nacht träume ich von dem Bauernhof. Immer ist dort Sommer, immer summen die Bienen, und der Himmel flirrt in weichem Blau. Ich wünsche mir so sehr, dort zu sein. Ich habe das Gefühl, nur an diesem Ort meinen Frieden finden zu können.

4. MÄRZ 1990
Ich habe mich entschieden. Für mich ist die Familie wichtiger als das große Ganze.
Letztendlich führt das eine sowieso zum anderen. Nur wenn alle Menschen mit ihren Familien in Harmonie leben und anderen das genauso zugestehen, kann es – frei nach Kant, den Johanna so verehrt – Frieden und Freiheit in der Welt geben.
Wer es schafft, im Einklang mit der Familie zu bleiben, kriegt den Weltfrieden locker hin, denn jedes Familienmitglied hat andere Empfindlichkeiten, denen man mit Fingerspitzengefühl begegnen sollte. Tja, in der Hinsicht habe ich wohl auf ganzer Linie versagt!
Zu Johanna war ich gemein, weil mir ihr altkluges Getue auf den Senkel ging, und mit Heike habe ich mich nur so gut verstanden, weil die immer ihre eigenen Bedürfnisse zurückstellt, um andere zu umsorgen.
Habe ich es Papa je gedankt, dass er sich immer solche Mühe mit mir gegeben hat, obwohl ich ihm logischerweise fremder als seine leiblichen Töchter bin? Ich weiß nicht, was er weiß, und ob er weiß, dass ich weiß und was ich weiß … Vielleicht

wäre es besser, die Wahrheit endlich auszusprechen, aber das ist wiederum Mamas Part. Papa und ich haben mit ihrer Entscheidung zu leben. Das macht es schwierig zwischen uns.
Und was ist mit Mama und mir? Mama, mein Schutz, meine Mauer. Weiß sie eigentlich, wer ich bin? Keine Ahnung. Weiß ich, wer sie ist, hinter ihrer Mauer? Nie hat sie mir von ihrer Kindheit erzählt, weder vom Krieg noch von der Flucht. Heike hat mal was angedeutet. Also gehe ich davon aus, dass sie sich ihr und Johanna mehr geöffnet hat als mir. Das tut weh. Ich glaube, ich bin Mamas schwerste Bürde, schwerer als die Vertreibung, der frühe Tod ihres Vaters oder der ihrer Mutter. Ich wünsche mir so sehr, dass es ihr gutgeht und sie sich keine Sorgen mehr um mich zu machen braucht.
Hoffentlich kann Britta Mama glücklich machen. Wenn es eine von uns Töchtern hinkriegt, dann sie in ihrer kindlichen Unschuld. Britta ist die Zukunft, ich bin die Vergangenheit.

Ich war nicht mehr in der Lage weiterzulesen. Bestimmt hatte ich schon ganz verquollene Augen vom Weinen. Ungeduldig wischte ich mir mit einem Zipfel meines Schals die Tränen von den Wangen.

Nachdem ich das Tagebuch zugeschlagen hatte, dachte ich über Hermines Wunsch nach, dass ich unsere Mutter glücklich machen sollte. Was für eine Aufgabe! Ich glaubte nicht, dass es mir gelungen war. Unsere Mutter war von Natur aus kein glücklicher Mensch.

Mit einem Mal merkte ich, dass mich die Winterkälte völlig durchdrungen hatte. Ich steckte mir fröstelnd das Tagebuch unter die Jacke und ging gedankenverloren zum Haus zurück.

Christa

Manchmal hatte Christa das Gefühl, dass sich in ihrem Leben alles nur um Hermine drehte.

Sie wünschte sich so sehr, dass ihre Tochter glücklich sei, und litt darunter, dass sie keine Freunde fand. In der Grundschule bewegte Hermine sich überwiegend allein und knüpfte nur lose Kontakte. Über ihre Hellsichtigkeit hatte sie jetzt schon lange nicht mehr mit ihr geredet, und Christa war davon überzeugt, dass kein anderer aus der Familie etwas davon ahnte.

Dennoch verhielt Hermine sich auch später oft eigenartig. Sie begegnete anderen entweder mit kratzbürstiger Schroffheit oder mit übertriebener Intimität. Es schien, als falle es ihr schwer, die goldene Mitte im Umgang mit Menschen zu finden. Christa beunruhigte das, weil Gleichaltrige sich aufgrund Hermines Unberechenbarkeit schnell von ihr abwandten. Hermine war ein einsames Mädchen; es tat Christa in der Seele weh.

Daher war sie heilfroh, dass ihre Jüngste und Heike sich ausnehmend gut verstanden. Die Liebe zwischen ihnen war genauso greifbar wie Johannas frostige Ablehnung.

Dafür war Hans Hermine ein wunderbarer Vater! Er hörte geduldig zu, wenn sie von ihren Erlebnissen in der Schule erzählte, und gab ihr behutsam Ratschläge. Er schien genau zu wissen, was er ihr sagen durfte und was nicht, um ihren Trotz und ihre Wut im Zaum zu halten. Denn Hermine konnte schlecht mit Kritik umgehen. Schon von klein auf hatte sie einem Pulverfass geglichen, das jederzeit explodieren konnte.

Einige Male während Hermines Kindheit war Christa ihrem Vorsatz zum Trotz versucht, Kontakt mit Hermann aufzunehmen und ihm zu erzählen, dass sie seine Tochter war. Sie unterließ es, um ihr zerbrechliches Familiengebäude zu schützen.

Denn was wäre die Konsequenz, wenn Hermann die Wahrheit erfuhr? Würde er sich zu seiner Tochter, die ihm so ähnlich war, bekennen wollen?

Und was geschähe dann mit Hans? Christa wusste, der Verrat würde ihm das Herz brechen. Außerdem hatte sie höllische Angst, ihn zu verlieren. Die Wahrheit konnte wie eine Bombe sein, die alles zerstörte, was ihr lieb und teuer war.

Von Inge hörte Christa in großen Abständen, wie es Hermann erging. Er und seine Margot waren bislang kinderlos geblieben. Sein Fahrradgeschäft florierte. Es schien ihm gutzugehen.

Nachdem Hermine im April 1983 in völliger Umnachtung aufs Dach geklettert und bei ihr eine Schizophrenie diagnostiziert worden war, hielt Christa die Sorgen um ihr Kind einfach nicht mehr aus und nahm gegen ihren festen Vorsatz Kontakt mit Hermann auf. Vielleicht konnte er, der Hermine so ähnlich war und dennoch fest mit beiden Beinen im Leben stand, Christa dabei helfen, ihre Tochter zu verstehen.

Es war leicht, über die Auskunft seine Telefonnummern herauszufinden, sowohl die seines Geschäfts als auch die private. Lange überlegte Christa, wie sie es anstellen sollte, möglichst direkt mit ihm verbunden zu werden. Jeder Kontakt mit Dritten barg ein unkalkulierbares Risiko. Und sie hatte nicht vor, seine Frau aufzuschrecken und Unruhe in seine Ehe zu bringen.

Eines Nachmittags, als sie gerade von ihrem Nähstübchen nach Hause kam, gestand sie sich ein, dass ein gewisses Risiko unumgänglich war. Spontan entschied sie sich, ihn im Geschäft anzurufen. Hans hatte einen längeren Termin. Sie erwartete ihn erst am Abend.

Eine junge männliche Stimme meldete sich mit »Rad & Speiche Weyrich«.

»Guten Tag.« Christa räusperte sich und schaute sich mit glühenden Wangen im Flur um, obwohl sie doch wusste, dass niemand außer ihr im Haus war. »Ist Herr Weyrich zu sprechen?«

»Im Prinzip ja, aber momentan befindet er sich in einem Kundengespräch. Wie ist denn Ihr Name?« Es klang geschäftsmäßig. »Und worum geht es? Vielleicht kann auch ich Ihnen weiterhelfen.«

»Nein, also … Ich müsste wirklich selbst mit ihm …« Christa verließ der Mut, und sie wollte schon auflegen, als der junge Mann sagte: »Moment, da kommt er gerade. Ich reiche den Hörer weiter …«

»Weyrich. Was kann ich für Sie tun?« Obwohl Hermann ganz sachlich sprach, richteten sich die Härchen an Christas Unterarmen auf, und ihre Kehle schnürte sich zu.

»Ich bin es, Christl«, presste sie hervor.

Schweigen am anderen Ende der Leitung. Nervös drehte sie das schwarze spiralförmige Kunststoffkabel des Telefons um ihren Finger.

»Christl!« Hermanns Stimme klang irritiert. »Was …?«

»Ich … Weißt du noch, im Frühjahr 1967, als du mich und mein Fahrrad heimgefahren hast?« Christas Herz klopfte jetzt bis zum Hals. Sie holte tief Luft und platzte heraus: »Unser … Treffen blieb nicht ohne Folgen. Du hast eine Tochter, Hermann. Sie heißt Hermine.«

Endlich war es gesagt, endlich. Christa hatte das Gefühl, von einer tonnenschweren Last befreit zu sein, gleichzeitig ergriff eine bodenlose Furcht von ihr Besitz. Was mochte sie damit lostreten? Würde die Wahrheit nun einem Erdrutsch gleich alles zerstören, was ihr lieb und teuer war? Ihre Ehe? Ihre Familie?

»Christl!« Hermanns entsetzter Tonfall riss sie in die Realität zurück. »Moment mal, ich lasse das Gespräch in mein Büro umstellen.« Sie hörte ein Piepen, dann schien die Leitung tot zu sein. Hatte er sie einfach abgewimmelt? In dem Moment drang seine Stimme wieder durch den Hörer. »So, nun ist die Tür zu. Christl!« Er hüstelte. »Margot und ich erwarten in zwei Monaten ein Baby. Endlich! Nach mehreren Fehlgeburten hatten wir schon die Hoffnung aufgegeben. Erst die moderne Medizin hat es möglich gemacht, dass nun alles gut läuft. Und ausgerechnet jetzt kommst du damit heraus …? Nach all den Jahren? Was … was erwartest du von mir?«

Christa erstarrte. Von Margots Schwangerschaft hatte sie nichts gewusst. Auch Inge, mit der sie nach wie vor in losem Kontakt stand, hatte ihr die Neuigkeit noch nicht übermittelt. Diese Entwicklung veränderte die Situation völlig.

Wie konnte sie Hermann um Rat und Unterstützung bitten, wo er doch gerade dabei war, eine eigene Familie zu gründen? Verzweifelt versuchte sie, sich in einem Wust aus Emotionen zurechtzufinden. Hans' liebes Gesicht erschien vor ihrem inneren Auge und wie er sich rührend um Hermine als kleines Mädchen gekümmert hatte. Und auch heute noch tat er alles, damit es ihr gutging. Ein treusorgender Vater war er. Ihr kamen die Tränen.

Sie umklammerte den Hörer, bis sich ihre Hand völlig verkrampfte, und stammelte schließlich: »Nicht viel, Hermann, nicht viel. Nur deinen Rat und vielleicht deine Hilfe.«

»Margot darf niemals erfahren, dass ich schon eine Tochter habe.« Er hielt inne und stieß dann hervor: »Wenn sie überhaupt von mir ist. Woher soll ich wissen, dass …?«

»Hermann!« Plötzlich wurde sie wütend. »Inge hat Fotos von meinen Töchtern, Hans und mir. Bestimmt zeigt sie dir bei nächster Gelegenheit mal welche. Schau dir die Jüngste an. Sie ist dir wie aus dem Gesicht geschnitten. Was meinst du, wie ich auf den Namen Hermine kam …?«

»Ich hatte mich damals schon gewundert, als Inge mir davon erzählt hat«, gestand er leise. »Und ich habe mir meine Gedanken gemacht. Natürlich. Aber da du dich nie bei mir gemeldet hast, dachte ich, du hättest sie vielleicht einfach aus Sentimentalität nach mir benannt.«

»Ha!« Christa begann, mit dem Telefonapparat durch den Flur zu tigern. Durch die Glasornamente in der Haustür drang helles Licht und warf bunte Schatten auf den Boden. »Sentimentalität! Kannst du dir eigentlich vorstellen, welche Ängste ich ausgestanden habe, als ich feststellen musste, dass *deine Tochter* …«, sie gab ihrer Stimme eine ätzende Betonung, »… nicht nur dein Aussehen, sondern auch dein sogenanntes zweites Gesicht geerbt hat? Weißt du eigentlich, wie schwer es war, das all die Jahre vor dem Rest der Familie zu vertuschen? Hermine immer wieder einzutrichtern, dass sie damit nicht hausieren geht?«

»Christl! Was willst du von mir?«, unterbrach Hermann sie nervös. »Ich bin bei der Arbeit. Jeden Moment kann einer der Mitarbeiter hereinspaziert kommen!«

»Ich habe Angst«, gestand sie schlicht. »Hermine ist sehr krank. Schizophrenie, sagen die Ärzte. Ich brauche Antworten von dir. Kam so eine extreme Form des … zweiten Gesichts schon mal in deiner Familie vor?«

Hermann schwieg. Dann sagte er mit belegter Stimme: »Früher nannte man das wohl nicht Schizophrenie, aber meine Großmutter hat Stimmen gehört … Ich selber hatte bloß als kleiner Junge ab und zu Visionen … Ganz flüchtig, mehr nicht.

Aber können wir uns bitte ein andermal darüber unterhalten? Ich will dir ja helfen. Doch keinesfalls – keinesfalls, hörst du? – darf Margot etwas erfahren. Das würde sie nicht verkraften, schon gar nicht in ihrem Zustand. Christl, wir freuen uns so sehr auf das Kind!«

Sie hörte aus seinem Flehen die Liebe zu seiner Frau heraus. Es verletzte sie zutiefst. Nach kurzem Durchatmen besann sie sich.

»Dann sind wir uns ja einig. Auch Hans darf nicht wissen, dass er ein Kuckuckskind großgezogen hat. Er liebt Hermine, genauso wie unsere beiden Großen.«

»Gut, dann … Christl, wann und wo können wir uns treffen? Ich weiß zwar nicht, ob ich dir irgendwie helfen kann, doch das zweite Gesicht soll es bei meinen Ahnen mehrmals und ganz verschieden ausgeprägt gegeben haben. Ich interpretiere es heute eher als eine besondere Sensibilität gegenüber Stimmungen und Situationen …«

»Ich bin dankbar für jede Information.« Christa sagte es, so nüchtern sie konnte, denn die Ängste um Hermine drohten, sie zu überschwemmen und mit sich fortzureißen. »Ich könnte nach Recklinghausen kommen, oder wir treffen uns auf neutralem Boden. Nur sollte es bald sein.«

Und damit begann der zweite Verrat an Hans.

Bei ihrer ersten Begegnung in einem Café am Recklinghäuser Stadtrand brachte Christa Hermines Fotoalbum mit. Hermann blätterte es schweigend durch. Ab und an nippte er an seinem inzwischen kalt gewordenen Kaffee.

»Es gibt wohl keinen Zweifel«, sagte er schließlich leise. »Sie sieht tatsächlich aus wie ich. Und ein wenig wie Inge, nur ist ihr Gesicht länglicher, so wie deins.« Er klappte das Album zu und reichte es ihr zurück. In seinen Augen standen Tränen. »Es tut mir leid, dass ich nicht an deiner Seite war.«

»Du konntest es nicht wissen.« Christa schaute nach draußen. Es war ein trüber, dunstiger Tag im Mai, es regnete Bindfäden.

»Also, meine Großmutter hat auch Stimmen gehört, die ihr sagten, was sie tun solle. Ihr würden unsere Vorfahren begegnen, erzählte sie mir einmal. Als kleiner Junge hatte ich keinen Zweifel daran, dass sie die Wahrheit sprach, denn ihre Prophezeiungen traten dann und wann ein. Sie hat meinem Vater sogar vorhergesagt, dass wir irgendwann den Hof aufgeben müssen. Das hat er mir auf der Flucht erzählt. Schicksal sei es, aber darum nicht weniger tragisch.«

Hermann seufzte und lehnte sich auf dem schmalen Bistrostuhl aus Korbgeflecht zurück. Mit der für ihn typischen Geste strich er sich das lockige Haar aus der Stirn. Erstaunt bemerkte Christa die silbernen Fäden darin.

»Und ich hatte als Kind ein paarmal Erscheinungen, oder wie auch immer man es nennen möchte.« Hermann blickte durch die Fensterscheibe in den Regen hinaus. »Deinen kleinen Bruder Karl habe ich gesehen …«

»Ja, ich weiß noch.« Christa wurde unbehaglich zumute. Das Andenken an Karl hatte sie tief in ihrem Herzen vergraben. Sie wollte nicht über ihn sprechen.

»Und später, da lebten wir schon hier in der Stadt, erschien mir einmal der Alfons, unser Knecht damals. Erinnerst du dich an ihn? Ich wusste überhaupt nicht, dass er tot war. Wir hatten ihn schon zu Beginn der Flucht aus den Augen verloren. Die Polen hätten ihn aufgeknüpft, hat er mir gesagt … und dass ich Schönefeld nie wiedersehen werde.« Seine Stimme klang belegt; er rutschte unruhig auf dem Stuhl hin und her. »Gut siehst du aus, Christl«, sagte er dann plötzlich wie aus heiterem Himmel, »aber blass bist du.«

»Kein Wunder, meine Tochter ist in der Psychiatrie«, antwortete sie bitter und schloss ihn mit ihrer Wortwahl absichtlich aus. »Wegen eurer verdammten Familiengabe!«

Die Heftigkeit ihres Ausrufs erschreckte ihn. Er zuckte zusammen.

»Das tut mir sehr leid, aber schizophren bin ich ja nun nicht. Entschuldige, dass ich das sage, aber von Inge weiß ich, dass deine Mutter damals nach dem Krieg in einer Nervenheilanstalt war. Vielleicht ist es ja auch ihr Erbe, das bei Hermine durchkommt …«

»Was für ein Blödsinn!«, fuhr Christa auf. »Mutter hat die Kriegserlebnisse und die Flucht nicht verkraftet! Ihr Mann wurde vor ihren Augen ermordet, sie selber geschändet. Wir waren wurzellos und wurden als Flüchtlinge geächtet. Kein Wunder, dass sie Depressionen bekam!« Sie redete sich in Rage, um ein ungutes Gefühl zu unterdrücken. Ihre Mutter hatte in späteren Jahren auch manische Phasen gehabt, erinnerte sie sich. Die Ärzte hatten das als psychotisch bezeichnet.

»Ist ja schon gut, Christl«, versuchte Hermann, sie zu beschwichtigen. »Ich wusste nicht, dass es sich um Depressionen handelte. Woran Hermine leidet, ist tatsächlich etwas völlig anderes.« Er überlegte kurz und formulierte dann zögernd: »Vielleicht war es auch falsch von dir, sie in ihrem Wesen zu unterdrücken. Sie kann doch nichts dafür, diese … Vorahnungen zu haben. Es muss ihr vorgekommen sein, als würdest du sie einer Lüge bezichtigen.«

»Ja, eine Mutter ist immer schuld!« Christa rührte aufgebracht in ihrem Kaffee. Hermann wollte ihr ein schlechtes Gewissen einreden. Ausgerechnet Hermann! »Ich habe es doch nur gut gemeint. Sie wurde zur Außenseiterin durch ihre Vorhersagen und Wutausbrüche. Das wollte ich natürlich nicht.«

»Aber genutzt hat es nichts, oder?« Es war eine traurige Feststellung, keine Frage. Hermann faltete seine Serviette zu immer kleineren Quadraten. »Hermine ist dennoch allein.«

»Ja.« Christa nickte widerstrebend. Plötzlich fühlte sie eine ungeheure Nähe zu Hermann. Gerade eben hatte er wie ein Vater gesprochen. »So ist es.« Sie nestelte in ihrer Handtasche herum und fischte schließlich einen Briefumschlag heraus, den sie Hermann über den Tisch zuschob. »Schau mal, hier ist ein aktuelles Foto von ihr. Ich möchte es dir gern schenken.«

Er holte die Porträtaufnahme heraus und betrachtete sie lange.

»Ich sehe, wie krank sie ist«, erklärte er schließlich, »und wie empfindsam. Diese blasse Haut, die riesigen Augen … Mein Gott, ich würde sie gern kennenlernen!«

»Das ist unmöglich!« Am liebsten hätte Christa ihm das Foto wieder entrissen. »Sie darf nie erfahren … und auch Hans nicht.«

»Wenn sie die Gabe hat, weiß sie es wahrscheinlich sowieso schon. Hast du dir darüber noch keine Gedanken gemacht?«

Christa schüttelte vehement den Kopf.

»Sie hat keine Ahnung!«, behauptete sie stur.

»Wie du meinst.« Hermann musterte sie prüfend. »Ich glaube, ich kann dir nicht helfen. Ich denke nur, ein wenig Aufrichtigkeit würde Hermine guttun. Sie ist schon verwirrt genug.«

»Hans ist ein wunderbarer Vater! Einen anderen braucht sie nicht.« Christa presste die Lippen zusammen und wich seinem Blick aus. Sie wusste nicht, wie es weitergehen sollte. Hermann durfte auf keinen Fall mit Hermine Kontakt aufnehmen. Alles würde herauskommen. Hans würde sie verlassen. Ihre Familie würde zerbrechen.

Hermann atmete tief durch.

»Dann lass uns wenigstens ab und an treffen, damit du mir erzählen kannst, wie es ihr geht«, bat er. »Das ist doch keine große

Sache. Ich möchte ja auch nicht, dass Margot etwas erfährt. Wir werden diskret sein, ja?«

Er legte seine warme große Hand auf ihre, und plötzlich fühlte sie sich ein wenig erleichtert. Hermann würde für sie da sein. Endlich.

In den nächsten Jahren verabredete sie sich regelmäßig mit Hermann. Sie nutzte die Wochentage aus, an denen eine Zweitkraft in ihrem Nähstübchen arbeitete. Christa behauptete dann, Stoffe kaufen oder Fachmessen besuchen zu wollen, und fuhr stattdessen nach Recklinghausen. So gelangen ihr jährlich mehrere heimliche Treffen. Hatte sie anfangs deshalb das schlechte Gewissen geplagt, gewöhnte sie sich doch rasch an die Regelung. Außer flüchtigen Berührungen erlaubten sie sich keine größere Nähe als die, intensiv über ihre gemeinsame Tochter zu sprechen.

Bald gehörte es zu ihrem Alltag, in Abwesenheit von Hans mit Hermann zu telefonieren oder sich mit ihm im Café zu treffen. Wie leicht gewöhnte man sich an etwas, das eigentlich abseits jeder Norm war!

Nach einigen Gesprächen mit Hermann wurde Christa klar, dass sie ihn verloren hatte. Zwar schweißte ihre gemeinsame Tochter sie auf absurde Weise zusammen, dennoch waren die Grenzen zwischen ihnen unverrückbar abgesteckt. Und auch wenn sie manches Mal glaubte, Leidenschaft und Zärtlichkeit in Hermanns dunklen Augen aufglimmen zu sehen, standen seine sachliche Art, mit ihr zu sprechen, und seine beherrschte Gestik dem konträr entgegen. Also hielt auch sie sich zurück, wie es sich für eine verheiratete Frau gehörte.

Hermann war inzwischen Vater eines Sohnes. Der kleine Oliver, Margot und sein Geschäft bedeuteten ihm alles. Und ihr, Christa, war bewusst, dass sie zu Hans und ihrer Familie gehörte. Sie lebte im Hier und Jetzt und nicht in der Vergangenheit ihrer Kindheit, als Hermann und sie durch ihr gemeinsames Zuhause auf dem Weyrichhof miteinander verbunden gewesen waren.

Doch die Begegnungen mit Hermann waren Christa unendlich wertvoll; sie versöhnten sie mit Hermines Krankheit. Er hatte auf diese Tochter, die ihm noch nie zu Gesicht gekommen war, einen besonderen, einfühlsamen Blick. Mit ihm konnte sie über Hermines Probleme viel unbefangener reden als mit Hans, der wie sie vor Sorge manchmal fast umkam und sich oftmals gegen offensichtliche, unbequeme Wahrheiten sperrte.

Als sie Hermann eines Tages am Telefon im Hinterzimmer des Nähstübchens aufgeregt berichtete, dass Hermine die Ärzte überreden wollte, ihre Psychopharmaka abzusetzen, überraschte seine Reaktion sie einmal mehr.

»Vielleicht braucht sie das Gefühl, wenigstens ab und zu sie selbst sein zu dürfen«, überlegte er. »Es muss furchtbar sein, einen Teil seiner Wahrnehmungen abzublocken, nur weil andere sie für abnormal halten.«

»Aber sie würde sich dadurch selbst gefährden! Ich weiß noch wie heute, wie wir sie damals im strömenden Regen vom Dach klauben mussten. Sie hätte abstürzen und dabei sterben können! Wer weiß, was sie jetzt wieder anstellen würde, ohne den Schutz der Medikamente.«

Hermann schwieg eine ganze Weile.

»Ich verstehe deine Ängste«, formulierte er dann behutsam. »Aber Hermine hat ein Recht auf eigene Entscheidungen, und sie ist vermutlich diejenige Person, die sich am besten mit ihrer Gefühlswelt auskennt. Sie weiß bestimmt auch, dass ihr die Pillen in vielerlei Hinsicht helfen; sie wird sie nicht einfach absetzen, sondern auf den Rat der Ärzte vertrauen.«

»Meinst du?« Christa strich gedankenverloren über die glatte Holzplatte, auf der ihre uralte Nähmaschine verschraubt war.

Sie besaß sie seit 1956, und sie leistete ihr immer noch gute Dienste. »Und was, wenn die Ärzte ihr Okay dazu geben und es darauf ankommen lassen? Wenn sie sich dann von den Stimmen manipulieren lässt und die ihr einreden, dass sie sich etwas antun soll?« Sie hörte selbst, dass sich Panik in ihre Stimme geschlichen hatte.

»Christl«, mahnte Hermann weich. »Dann wirst du es letztendlich auch nicht verhindern können. Oder willst du ihr die Tabletten eigenhändig in den Mund stopfen? Das Einzige, das du und dein Mann tun könnt, ist, für sie da zu sein, wenn sie euch braucht. Schau mal: Es ist garantiert schrecklich für unsere Tochter, dass andere ständig über sie bestimmen wollen. Dabei ist sie doch ein sehr intelligentes Mädchen. Bitte, versuche ein wenig gelassener zu werden. Und außerdem gibt es doch diesen Marcel, oder? Der scheint trotz seiner Jugend ein sehr vernünftiger Junge zu sein, der einen guten Einfluss auf sie hat.«

Das stimmte. Es beruhigte sie sofort, wenn sie sich Marcel vor Augen führte, den schlaksigen, langhaarigen jungen Mann mit den schmalen Händen und den warmen Augen. Hermine und er hatten sich in dem Wohnheim für psychisch Kranke, in dem sie seit einiger Zeit lebte, kennengelernt, während er dort seinen Zivildienst absolvierte. Die beiden waren zwar kein Paar, wie Christa zunächst gehofft hatte, aber immerhin gute Freunde geworden. Christa wusste, dass sie ausgedehnte Spaziergänge am Ufer der Erft unternahmen, gemeinsam ins Kino gingen oder Museen in Neuss oder Düsseldorf besuchten, was Christa sehr für ihre Tochter freute.

»Du hast ja recht.« Sie atmete tief ein und aus. »Es ist gut, dass Marcel für Hermine da ist.«

Nach dem Gespräch, es war Ende April 1986, reparierte sie noch den Saum einer Bluse, setzte einen neuen Reißverschluss in eine Jeanshose ein und schaltete anschließend die Nähmaschine aus. Es war Zeit, nach Hause zu fahren.

Sie löschte das Licht im Hinterzimmer, verschloss die Tür, stieg in den roten Golf, den sie seit ein paar Monaten ihr Eigen nannte, und fuhr über die Felder nach Hause.

Dort kochte sie sich einen Kaffee, um sich mit einer dampfenden Tasse vor den Fernseher zu setzen. Sie musste sich von ihren Sorgen um Hermine ablenken.

Die Meldungen in den Nachrichten waren jedoch nicht zum Entspannen angetan. Sie wurden nur von einem Thema beherrscht: einer Reaktorkatastrophe im russischen Tschernobyl.

Mit offenem Mund saß Christa da und versuchte, eine Hiobsbotschaft nach der anderen zu verdauen. Radioaktives Material war aus dem brennenden Kraftwerk ausgetreten und wurde in einer giftigen Wolke nach Europa getragen. Die Werte, die in der Luft Schwedens gemessen worden waren, erschienen besorgniserregend hoch. Christa versuchte zum zweiten Mal an diesem Tag, ein Panikgefühl zu unterdrücken. Was hatte es für Auswirkungen, wenn die Wolke auch über Deutschland zog? Würden alle Menschen krank werden und irgendwann an Krebs sterben? Würden Babys missgestaltet zur Welt kommen?

Gleichzeitig kamen ihr Hermines Worte von vor ein paar Tagen in den Sinn. Sie, Hans und Hermine hatten im Gemeinschaftsraum ihres Wohnheimes an einem Tisch gesessen.

»Es wird etwas passieren«, hatte ihre Tochter prophezeit und mit leeren Augen neben den Druck eines Gemäldes von Paul Klee, das schief an der Wand hing, auf die beigegestrichene Raufasertapete gestarrt. »Weit weg, und doch wird es zu einem Problem für uns alle werden.« Als Christa sie daraufhin erschreckt angesehen und Hans Christas Hand genommen hatte, beeilte sie sich klarzustellen: »Nein, kein Krieg. Etwas anderes Bedrohliches …« Dann schüttelte Hermine plötzlich so heftig den Kopf, dass ihre schwarzen Haare flogen. »Aus!«, sagte sie laut und deutlich im Kommandoton. »Ich will nicht mehr! Lasst mich in Ruhe!«

Christa konnte den Blick nicht von Hermine abwenden, so dass sie mitbekam, wie sich ihr eben noch vor Aufregung fleckiges Gesicht plötzlich glättete und einen friedlichen, fast gelassenen Ausdruck annahm.

»Entschuldigt bitte.« Hermine lächelte. »Lasst uns von etwas anderem reden, ja? Es ist schön, dass ihr gekommen seid. Ich könnte euch ein Glas Limo oder Sprudel anbieten.«

Und jetzt vor dem Fernseher erfuhr Christa, dass es einen beängstigenden Unfall in einem russischen Kernkraftwerk gegeben hatte. Sie fragte sich, ob es das war, was Hermine vorausgesehen hatte. Am liebsten wollte sie Hermann noch einmal anrufen und um Rat fragen, aber Hans musste in den nächsten Minuten heimkommen, und außerdem war Hermann bestimmt längst auf dem Nachhauseweg zu seiner kleinen Familie.

Das Geräusch eines sich im Schloss drehenden Schlüssels schreckte sie aus ihren Grübeleien auf.

»Hast du es schon gehört?« Hans platzte ins Haus, warf den Schlüsselbund auf das Telefonbänkchen im Flur, eilte zu Christa herüber und küsste sie auf den Mund. »Es hat einen atomaren Unfall gegeben, zwar weit weg in der UdSSR, aber …«

»… die Wolke ist auf dem Weg zu uns«, nahm Christa ihm die Worte aus dem Mund. »In Tschernobyl ist es passiert. Ich habe keine Ahnung, wo das überhaupt liegt.«

Ein paar Wochen später kannte ganz Europa die geographische Lage Tschernobyls. Die deutsche Regierung gab ebenso hilflose wie unsinnige Empfehlungen heraus, wie etwa kleine Kinder nicht im Sand von Spielplätzen spielen zu lassen und den Besuch von Freibädern und Badeseen zu meiden.

Sollen etwa Generationen von Kindern den Sandkästen fernbleiben und in Zukunft niemand mehr draußen schwimmen gehen?, fragte Christa sich. Die Halbwertzeit von radioaktivem Material betrug laut Äußerungen von Wissenschaftlern teilweise Jahrhunderte. Die Ärzteschaft schätzte, dass aufgrund der radioaktiven Belastung die Anzahl von Schilddrüsenerkrankungen in Europa in den nächsten Jahren und Jahrzehnten rapide ansteigen würde.

Im Laufe des Jahres wurde Christa bewusst, dass ihre kleine Welt von unendlich vielem bedroht war: von Radioaktivität, dem Kalten Krieg, von Terroranschlägen, Flugzeugabstürzen und Eisenbahnunglücken.

Als Forscher im September vor der Küste Neufundlands das Wrack der Titanic fanden und das Fernsehen darüber berichtete, katapultierte diese Meldung Christa in ihre schlesische Kindheit zurück.

Sie erinnerte sich daran, wie ihr Großvater ihr vom Untergang des Luxusschiffes erzählt hatte, während sie im Garten auf seinen Knien gesessen und in die hoch und stolz stehenden blauen Lupinen im Blumenbeet geschaut hatte.

»Sie war das größte Schiff der Welt, und dennoch ist sie mit Mann und Maus untergegangen«, sagte er. »Nur ein Bruchteil der Passagiere und der Mannschaft konnte in Rettungsbooten in Sicherheit gebracht werden.«

»Und warum sind die Leute nicht an Land geschwommen?«, hatte sie damals naiv wissen wollen.

»Weil das Wasser eiskalt war.« Großvater Arnold strich ihr über das Haar. »Es schwammen Eisberge darin. Diese Temperaturen hält kein Mensch mehr als ein paar Minuten aus. Aber das ist schon viele Jahre her, es war 1912. Da war ich ein junger Bursche und noch nicht mal mit deiner Großmutter verheiratet.« Er setzte sich etwas gerader hin und hielt Christa dabei mit seinen großen, kräftigen Händen fest. »Irgendwo auf dem Grunde des weiten Ozeans liegt das Wrack der Titanic. Fische schwimmen hindurch und betrachten die alten Kronleuchter und die Schätze, die die reichen Leute damals mit sich führten: Gold, teure Uhren, Schmuck und und und.«

Er gab seiner Stimme einen geheimnisvollen Klang, und Christa hörte gebannt zu. Sie stellte sich vor, wie Meeresbewohner jeder Größe, Farbe und Form durch die überfluteten Räume glitten und die Reste von dem begutachteten, was die Passagiere, der Kapitän und seine Mannschaft mit sich geführt hatten.

Und nun, vierundsiebzig Jahre nach ihrem Untergang, hatte man das Wrack der Titanic gefunden. Es war, als hätte man mit einem Schlag Großvaters Geschichte den Zauber genommen. Die Fische würden wohl nun das Weite suchen, wenn ganze Heerscharen von Tauchern mit Kameras und schwerem Gerät in das Wrack hineintauchten. Mit dem Frieden am Meeresboden war es ab sofort vorbei.

Christa seufzte. Was vergangen war, war vergangen und nicht wiederzuholen, betete sie sich vor.

In der UdSSR war nun Michail Gorbatschow an der Macht, auf den alle große Stücke hielten. Hans äußerte die Hoffnung, dass auch der Kalte Krieg vielleicht bald der Vergangenheit angehören könne.

Christa mochte das nicht glauben. Sie war kein politischer Mensch und betrachtete das Weltgeschehen als etwas, das einfach passierte und nicht durch das zu beeinflussen war, was sie als Einzelne dachte und tat.

Dabei war sie fest davon überzeugt, dass sich die Welt stetig zum Schlechten und niemals zum Besseren wenden würde. Ihrer Meinung nach tat man gut daran, sich möglichst wenig damit zu beschäftigen und sich auf das zu konzentrieren, was nahe lag: das eigene Haus, der Garten, die Arbeit und zuallererst die Familie.

Es war ein Schock, als Hans Christa an jenem schwülen Sommerabend im Juli 1987 mit seinem Wissen konfrontierte, dass sie sich mit Hermann traf. Wann hatte er das herausgefunden? Und was wusste er noch? Etwa, dass Hermann Hermines leiblicher Vater war?

Endlich verstand sie, warum er sich so von ihr entfernt und aller Wahrscheinlichkeit nach eine Affäre hatte. Ihre Angst, ihn zu verlieren, wurde übermächtig. Zum ersten Mal wurde sie sich ihres Verrats in vollem Ausmaß bewusst.

Sie schwor sich, den Kontakt zu Hermann endgültig abzubrechen, sollte es ihr gelingen, ihre Ehe zu retten. Bitte, lieber Gott, flehte sie stumm, mach, dass Hans bei mir bleibt. Ich verspreche dir auch, Hermann nie wiederzusehen.

Das kindlich formulierte Gebet schien zu helfen. Hans blieb bei ihr, ja, mehr noch: Sie liebten sich auf der Wiese mitten in Blitz, Donner und Regen so leidenschaftlich wie noch nie zuvor.

Sie konnte ihr Glück kaum fassen. Ihre Hände mochten ihn nicht loslassen. Sie tastete ihn am ganzen Körper ab, ihre Haut knisterte elektrisiert, als hätte sie ein Blitz getroffen.

»Mein Hänschen«, flüsterte sie immer wieder, »mein Hänschen!«

Dass aus diesen entrückten Stunden ein Kind hervorging, bewies Christa, dass Gott es gut mit ihrer Ehe meinte. Sie war glückselig, auch wenn die Schwangerschaft aufgrund ihres Alters beschwerlicher verlief als die ersten drei. Sie litt unter Wasser in den Beinen, Erschöpfungszuständen und Übelkeit. Doch sie ertrug alles tapfer; sie wusste ja, wofür es lohnte. Heimlich wünschte sie sich noch eine Tochter und keinen Sohn, um wiedergutzumachen, dass sie Hans bereits ein Mädchen untergeschoben hatte, welches ebenfalls im Garten gezeugt worden war. Und auch dieser Wunsch wurde ihr erfüllt.

Im Mai 1988 kam die kleine Britta gesund und rosig zur Welt. Ihre überwältigende Unschuld färbte auf das ganze Haus ab, das Christa mit einem Mal wie gereinigt und unberührt vorkam. Sie atmete auf und fühlte einen Frieden in sich wie schon lange nicht mehr.

Und dann stürzte sich ein paar Monate später Hermine aus dem Fenster. Christas schillernde Seifenblase einer heilen Familie zerplatzte.

Es war ein grausames Erwachen. Sie wusste nun, dass sie sich nie wieder in Sicherheit wiegen durfte. Der Unfall hatte nicht nur schwere Auswirkungen auf Hermines Gesundheit und Christas Seelenfrieden, sondern auch auf das gesamte Familiengefüge.

Johanna entfernte sich von ihren Eltern, so weit es ging. Sie verzieh ihnen nicht, dass ihnen Bastians allergischer Schock aufgrund des Bienenstichs anscheinend gleichgültig gewesen war.

Es habe sie nicht gekümmert, dass er in Lebensgefahr schwebte, meinte sie. Sie schloss daraus, dass ihnen allein Hermines Wohl am Herzen lag. Und Hermine hatte ihrer Ansicht nach nur mal wieder alle Aufmerksamkeit auf sich lenken wollen. Für Johanna war sie die Hauptschuldige an dem Debakel. Sie grollte Hermine und empfand kein Mitleid mit ihr.

Als sie gegen Ende des Jahres nach Berlin umzog, erfuhren Christa und Hans nur durch Heike davon, ihnen selber hatte sie nichts erzählt. Christa war ratlos, wie sie mit der Abweisung ihrer ältesten Tochter umgehen sollte, und todtraurig über die Entwicklung.

Und sogar die friedliche Heike zürnte nach Hermines Fenstersturz ihren Eltern einige Wochen lang. Allerdings übertrug sie ihren Ärger nicht auf die kranke Schwester, sondern war wie immer um Fairness bemüht, besuchte sie regelmäßig im Krankenhaus und später in der Reha-Einrichtung im Sauerland.

Als Christa im darauffolgenden März das Hochzeitskleid für Heike nähte, die im Sommer heiraten würde, kamen Mutter und Tochter einander über diese Arbeit wieder näher. Es war ihnen schon immer leichter gefallen, sich über das gemeinsame Tun miteinander zu verständigen als über Worte.

Heike hielt die weißen, langen Stoffbahnen fest, während Christa konzentriert an der Nähmaschine saß und nähte, was das Zeug hielt. Beide staunten, wie vorteilhaft Heikes Taille und ihr Busen in dem reinweißen Kleid aus Organza und Spitze zur Geltung kamen. Manchmal kicherten sie bei der Arbeit wie Teenager, dann schimpften sie wieder unflätig vor sich hin, weil eine nicht gelungene Naht mühsam wieder aufgetrennt werden musste.

Christa war dankbar, Heike um sich zu haben, während sie darum trauerte, dass Johanna sich von Hans und ihr distanziert hatte. Sämtliche Neuigkeiten aus dem Leben ihrer Ältesten erfuhr sie nur über Heike: dass ihre neue Wohnung in Berlin traumhaft sein musste, dass sie wunderbar mit den Kolleginnen und Kollegen in der Staatsanwaltschaft zurechtkam, dass Basti sich gut entwickelte. Christa wagte es nicht, mit Johanna Kontakt aufzunehmen. Sie hatte keine Ahnung, wie sie ihrer oft so gnadenlosen Tochter entgegentreten sollte. Die Angst, erneut zurückgewiesen zu werden, war zu groß.

Wenn sie an den Tag von Hermines Sturz zurückdachte, erinnerte sie sich vor allem an das Chaos, das in ihrem Inneren gewütet hatte. Ihre schlimmsten Befürchtungen schienen wahr geworden zu sein. Hermines Krankheit zollte ihren Tribut und verlangte nun sogar offenbar ihr Leben.

Als klar wurde, dass Hermine sich gar nicht hatte umbringen wollen, war Christa zunächst einfach nur erleichtert gewesen.

Dann begann sie, die Kopflosigkeit, die ihr Handeln für viele Stunden gesteuert hatte, zu bereuen. Nicht einen einzigen Moment während des nächtlichen Wartens im Flur des Krankenhauses waren ihr Johanna, Heike, Britta und Basti in den Sinn gekommen. Sie hatte deren Existenz einfach vergessen und so ihre Mutterpflichten sträflich vernachlässigt. Nicht nur Johanna war zu Recht böse auf sie, sondern auch Heike, der sie die alleinige Verantwortung für die kleine Britta aufgebürdet hatte.

Sie haderte mit sich selbst und fragte sich, ob sie an ihrer Mutterrolle genauso scheiterte, wie sie es bei ihrer eigenen Mutter erlebt hatte. Die hatte sich nicht gegen ihren Mann durchsetzen können, als Karlchen immer kränker wurde, so dass er schließlich starb; und später, nach Großvaters Tod, war sie für Christa zum Totalausfall geworden. Sie hatte sich in ihre Depressionen geflüchtet und ihre Tochter einem ungewissen Schicksal überlassen.

Aber vielleicht ging Christa mit ihrer Mutter ja auch zu hart ins Gericht. Die Anforderungen, die Flucht und Nachkriegszeit an sie gestellt hatten, waren vielleicht einfach zu hoch für eine junge Witwe gewesen.

Mühsam versuchte Christa, wieder alle Fäden ihrer Familie in die Hand zu bekommen. Und sie wurde belohnt: Heike war glücklich, weil ihr Brautkleid so schön geworden war, Britta entwickelte sich wunderbar, und auch Hermine war auf dem Weg der Besserung und darum bemüht, ihren Eltern keine Sorgen mehr zu bereiten. Und ihre Ehe? Die war vielleicht nie so harmonisch und ausgeglichen wie derzeit gewesen.

Christa war froh, den Kontakt zu Hermann endgültig abgebrochen zu haben. Selbst nach Hermines schrecklichem Unfall hatte sie erfolgreich dem Drang widerstanden, ihn anzurufen. Es tat ihr gut, sich ganz auf Hans zu konzentrieren. Seine fürsorgliche und besonnene Art wirkte sich wohltuend auf ihren Gemütszustand aus.

Nur die auf Eis gelegte Beziehung zu ihrer Erstgeborenen musste noch ins Reine gebracht werden. Sie hoffte, dafür baldmöglichst eine Chance zu bekommen.

Zu Heikes Hochzeit im Juni 1989 reiste auch Johanna mit Basti und ihrem neuen Lebensgefährten Frank an. Er war Jurist wie sie und arbeitete ebenfalls für die Westberliner Staatsanwaltschaft. Die drei wirkten wie eine perfekte kleine Familie, und Johanna strahlte eine Zufriedenheit aus, die sie sanfter gegenüber ihren Eltern zu stimmen schien.

Christa atmete auf und freute sich auf die Hochzeitszeremonie in der evangelischen Kirche in Kleinenbroich. Die schlichte Trauung und die glückseligen Gesichter von Heike und Ralf rührten sie sehr; Hans und sie verdrückten einige Tränen.

Christa war ungemein froh darüber, dass Hermine in Begleitung von Marcel gekommen war und still und unauffällig neben ihm auf ihrem Stuhl saß. Seine Normalität schien auf sie abzufärben.

Etliche Male schaute Christa zu ihrer Schwägerin Clara, die die kleine Britta auf dem Schoß hielt. Sie hatte erboten, sich während des Gottesdienstes um das Mädchen zu kümmern, damit Christa und Hans sich ganz auf die Zeremonie konzentrieren konnten. Britta verhielt sich brav. Sie schien es zu genießen, bei ihrer Tante, ihrem Onkel und ihren beiden Cousins zu sitzen, die etwa in Johannas Alter waren.

Im Saal des Landgasthofs, in dem die Hochzeitsfeier stattfand, ging es dann quirlig zu. Es war ein ungewöhnlich heißer Frühsommertag, der Raum nicht allzu groß und das Gedränge riesig.

Heikes beste Freundin Beate, die Trauzeugin bei der standesamtlichen Hochzeit am Tag zuvor gewesen war, hatte einige Spiele organisiert, die noch mehr Trubel in die Feier brachten. Ralfs ehemalige Kommilitonen aus dem Medizinstudium und Heikes Arbeitskolleginnen im Kindergarten spielten begeistert mit und belebten mit ihrer Fröhlichkeit das Fest. Heikes strahlendes, gerötetes Gesicht und Ralfs unübersehbarer Stolz auf seine hübsche Braut ließen Christas Herz anschwellen.

Sie fühlte sich rundum wohl, war aber auch froh, als sie nach einem langen Tag voller emotionaler Höhenflüge gegen Mitternacht mit Hans und der tiefschlafenden Britta im Arm im Taxi nach Hause fuhr.

Nachdem sie Britta in ihr Bettchen verfrachtet und sich selbst gewaschen und entkleidet hatten, um schließlich völlig ermattet ins Bett zu fallen, sagte Hans in die Dunkelheit des Schlafzimmers hinein: »Wie schön, eine Familie zu haben, nicht wahr?« Er nahm sie fest in die Arme und drückte ihr einen Kuss auf die Stirn. »Und das ist vor allem dein Verdienst. Du bist die beste Mutter für unsere Kinder, die ich mir je hätte erträumen können.«

Christa lag da und ließ seine Worte, deren Überschwang sicherlich auch dem Alkohol geschuldet war, auf sich wirken. Ein tiefes Gefühl der Dankbarkeit breitete sich in ihr aus.

»Gott meint es gut mit uns«, flüsterte sie. »Und du bist der beste Vater und Ehemann, den es gibt.«

Am späten Abend des 9. November 1989 saßen Christa und Hans mit vor Staunen offenen Mündern vor dem Fernseher. Was in Berlin los war, konnten sie kaum fassen. Ein Grenzübergang nach dem anderen zwischen West- und Ostberlin war geöffnet worden. Ungehemmt strömten Menschentrauben in die BRD.

Die letzten Monate waren bereits von den sich abzeichnenden tiefen Veränderungen in der DDR geprägt worden, seit die

Massenflucht von Bürgern aus ihrem Land über Ostblockstaaten wie Ungarn oder der Tschechoslowakei ein immer größeres Ausmaß angenommen hatte. Anschließend kam es zu friedlichen Protesten in der DDR. Man hatte das Gefühl, dass das ganze Volk dort auf die Straße ging und Freiheit und Frieden forderte. Es tat sich etwas in ihrem geteilten Land.

Dennoch hätte Christa nie geglaubt, dass sie das, was sie gerade sah, jemals erleben würde.

»Das ist das Ende der DDR«, orakelte Hans, als wäre er Hermine, bevor er bedächtig einen tiefen Schluck von seinem Bier nahm. »Gorbatschow sei Dank.«

Christa bekam eine Gänsehaut. Vielleicht würde es bald tatsächlich ein vereintes Deutschland geben. Und was war dann mit Schlesien, Ostpreußen und den anderen Gebieten, die seit Kriegsende nicht mehr zu Deutschland gehörten? Sie besann sich und kämpfte alle unvernünftigen Hoffnungen nieder. Nein, Schönefeld blieb verloren. Für alle Zeit. Man musste realistisch bleiben.

An einem lauen Septemberabend 1990 erreichte Hans und Christa völlig überraschend die schlimmste aller Nachrichten und riss sie brutal aus ihrer gemütlichen Versunkenheit auf der Terrasse. Sie hatten, jeder ein Glas kühlen Weißwein in der Hand haltend, stolz auf ihr neues Saunablockhaus, die frisch gemähten Rasenflächen, auf denen die Kaninchen spielten, und den vor kurzem angelegten Teich geschaut. Britta schlief tief und fest in ihrem Bettchen im Kinderzimmer.

Es klingelte schrill im Inneren des Hauses, und Hans erhob sich stirnrunzelnd.

»Wer ruft denn jetzt noch an? Nicht, dass unsere Kleine wach wird.«

Mit kalkweißem Gesicht und zitternden Händen kehrte er wenige Minuten später zurück.

»Christa«, sagte er, leicht schwankend in der Terrassentür stehend. »Hermine ist ... tot.«

Wie in Zeitlupe stand Christa auf und ging über die Waschbetonplatten auf ihn zu.

»Was sagst du da?« Ihre Stimme kippte. Und dann sprach sie diesen unsinnigen Satz aus, der sich aus den Tiefen ihres Innern den Weg über ihre Lippen bahnte und den sie im Nachhinein schwer bereute, weil er mit der Realität gar nichts gemein hatte: »Wollte das dumme Ding etwa wieder fliegen?«

Hans schüttelte den Kopf, und auf einmal fiel ihr auf, wie alt er aussah mit seinem dünner werdenden, grauen Haar und der leicht gebeugten Haltung.

»Nein ... Sie lag einfach leblos in ihrem Zimmer in der WG. Marcel kam zu Besuch und hat sie gefunden. Da war sie wohl schon seit Stunden tot. Selbstmord scheint ausgeschlossen. Der Arzt, der den Tod festgestellt hat, tippt auf einen Herzinfarkt oder ein geplatztes Aneurysma im Kopf.«

»Das kann nicht sein.«

Christa schüttelte stumm den Kopf und tappte ein paar Schritte über die Wiese. Hier war Hermine gezeugt worden. Hier hatte sie begonnen, in ihr zu wachsen. Christa hielt sich am Stamm des alten Apfelbaums fest und strich mit einem Finger über die Initialen HF, die Hermine einmal voller Zorn auf Johanna in die Rinde geritzt hatte. Es konnte einfach nicht sein, dass sie nun nicht mehr da sein sollte!

»Das stimmt doch nicht, Hänschen, oder?« Sie drehte sich um und sah ihn flehend an. »Sag mir, dass es nicht stimmt.«

Er schüttelte nur hilflos den Kopf und ging zu ihr. Behutsam nahm er sie in die Arme.

»Es ist leider wahr«, flüsterte er. »Wie sollen wir damit nur leben?«

Am nächsten Tag kam die ganze Familie nach Hause. Sogar

Johanna reiste mit dem Flugzeug an, ganz allein, ohne Basti und Frank. Heike und Ralf kümmerten sich liebevoll um Christa, die nach dem Besuch beim Bestatter in Büttgen, wo man Hermines Leiche inzwischen aufgebahrt hatte, mit den Nerven völlig am Ende war. Auch Marcel war gekommen. Er hatte ein vom vielen Weinen verquollenes Gesicht.

»Ich konnte ihr nicht mehr helfen«, sagte er leise zu Hans, der ihn tröstend umarmte.

Für Christa verliefen die darauffolgenden Tage wie im Nebel. Nichts kam ihr mehr real vor, die Welt schien sich aufzulösen. Ihr Rettungsanker war der Rest ihrer Familie: die kleine Britta, Hans, Heike und sogar Johanna. Jeder von ihnen brauchte sie auf seine Weise, und das war gut so. Es verlieh ihr Bodenhaftung. Andernfalls wäre sie wohl vor Schmerz und Trauer verrückt geworden.

Hans und sie beschlossen, Hermines Körper nicht zur Obduktion freizugeben.

»Ich will nicht, dass sie aufgeschnitten wird«, hatte Christa vehement gefordert. »Ich brauche nicht zu wissen, ob ein schwaches Herz oder ein Blutgerinnsel im Kopf die Todesursache war. Hauptsache, sie hat sich nicht selbst etwas angetan!«

Hans pflichtete ihr bei.

»Es ist anscheinend nicht ausgeschlossen, dass die Psychopharmaka ihren Körper über die Jahre geschwächt haben«, sagte er leise, »aber das wird bei einer Untersuchung sowieso nicht herauskommen. Ich bin deiner Meinung. Wir sollten unser schönes Kind unversehrt lassen.« Er hatte Tränen in den Augen und knetete Christas Hand so heftig, dass es schmerzte.

Sie wusste, was ihn umtrieb. Auch sie hatte schon darüber nachgedacht. Würde Hermine vielleicht noch leben, wenn die Schizophrenie nicht mit solch starken Medikamenten behandelt worden wäre? Aber welche Alternative hätte es gegeben?

»Ja, sie soll in Frieden und in Würde gehen dürfen«, sagte sie mit belegter Stimme. »Gott hat sie zu sich genommen. Das müssen wir akzeptieren.«

Auf Hans' Vorschlag hin hatte Christa nach Hermines Tod Hermann angerufen und ihn zur Beerdigung eingeladen.

»Er war einmal dein engster Freund. Damals in Schlesien. Es wird dir guttun, wenn er dabei ist«, meinte er, vermied es aber, sie anzusehen. »Und Inge und Volker kommen ja auch.«

Christa wunderte sich über Hans' selbstlosen Großmut. Ihr wurde mulmig zumute. Hans glaubte doch, sie und Hermann hätten vor ein paar Jahren eine Affäre miteinander gehabt. Passte das zusammen?

Die Bestattung war eine schreckliche Hürde, die es unter Aufbietung aller Kräfte zu nehmen galt, der Abschluss einer tagelangen hektischen, von Schock und Entsetzen bestimmten Betriebsamkeit.

Christa fürchtete sich sehr vor dem Tag, vor der Beisetzung und vor dem unumgänglichen Leichenschmaus im Anschluss, der in einer Büttger Gaststätte stattfinden sollte.

Vom Friedhof bis dorthin waren es nur wenige Schritte. Die Dorfkneipe lag in unmittelbarer Nähe des ehemaligen Haushaltsgeschäfts der Müllers, in dem sich seit kurzem eine Versicherung befand. Christa musste an das Ehepaar Müller denken. Wie gefühlskalt hatte sie sich damals über Peters Tod gezeigt und den Vater als emotionslos, die trauernde Mutter als verrückt abgetan!

Heute wusste sie, dass der Tod des eigenen Kindes einen durchaus verrückt machen konnte. Es fühlte sich grundverkehrt an, dass sie selbst mit ihren zweiundfünfzig Jahren gesund und munter war, die zweiundzwanzigjährige Hermine dafür tot und kalt in ihrem Sarg lag. In all ihrer Trauer wurde Christa manchmal auch von Zorn übermannt. Warum mutete Gott ihr das zu?

Alles hatte sie getan, um ihr Kind zu schützen. Es war ein gutes Gefühl gewesen, sie in der betreuten Wohngemeinschaft sicher untergebracht zu wissen. Aber der Herr hatte ihr ein Schnippchen geschlagen. Heimtückisch hatte er ihr das Liebste auf der Welt auf eine Weise genommen, gegen die sie absolut machtlos gewesen war. Nichts ist sicher im Leben, schien er ihr sagen zu wollen.

Ihr Liebstes … Christa begriff, dass Hermine wirklich ihr Liebstes gewesen war, das Kind, das ihr am meisten am Herzen lag; die Liebe zu ihr rangierte weit über der zu ihren anderen Töchtern und zu Hans.

Christa musste sich eingestehen, dass Johanna von jeher ein treffsicheres Gespür dafür gehabt hatte, wo die Prioritäten ihrer Mutter in der Familie lagen. Hermine war Christa tatsächlich über alles gegangen. Und jetzt war sie tot. Christa kam zu dem Schluss, dass Gott sie für diese Bevorzugung strafte.

Sie fühlte sich dem groben Herrn Müller und seiner seltsamen geschiedenen Frau auf einmal ganz nahe. Hatten auch sie geglaubt, Gott strafe sie mit dem Tod ihres Sohnes? Peter war sogar noch jünger gewesen als Hermine, als er starb. Es musste schrecklich sein, mit dieser Schuld zu leben. Das erfuhr sie nun am eigenen Leib.

Am Morgen der Beerdigung schien die Sonne warm ins Schlafzimmer. Christa öffnete das Fenster weit. Am Tag zuvor noch hatte es geregnet, und in der erdigen, warmen Luft roch man den nahenden Herbst. Heute spannte sich der Himmel in einem leuchtenden Azurblau über die abgeernteten Felder. Es würde ein traumhafter Altweibersommertag werden. Es war kaum zu ertragen.

Mit müden Bewegungen zog sie sich an. Ihr schwarzes Kleid kniff unter den Achselhöhlen. Sie hatte nicht die Energie gehabt, es abzuändern. In der Küche begrüßte Johanna sie, die seit ihrer Ankunft vor ein paar Tagen ihr altes Kinderzimmer im Keller bewohnte und, völlig untypisch für sie als erklärtem Morgenmuffel, nicht nur vor ihrer Mutter unten, sondern sogar schon komplett angezogen, frisiert und geschminkt war.

Ihr runder Bauch zeichnete sich deutlich unter dem dunklen Rock ab und erinnerte Christa daran, dass sie in ein paar Monaten ihr zweites Enkelkind bekommen würde. Das Leben ging weiter. Sie musste schlucken, denn sie war noch lange nicht bereit, dieser Tatsache ins Auge zu blicken.

Es klingelte. Sie eilte zur Tür. Draußen standen Heike und Ralf, neben ihnen ein verstört dreinschauender Marcel, dahinter ihr Schwager Wolfgang mit Clara und den Söhnen.

Sie geleitete alle ins Wohnzimmer, wo Hans mit der kleinen Britta im Arm herumstand. Die Kleine schien sich darüber zu wundern, warum all diese ernsten Menschen im Haus waren. Christa suchte Blickkontakt mit ihrem Mann. Er war ihre Stütze am heutigen Tag, neben einem Haufen an Beruhigungsmitteln, die ihr der Arzt verschrieben hatte.

In einem Autokonvoi fuhren sie zum Friedhof. Als Christa neben Hans und mit Britta auf dem Arm die Kapelle betrat, sah sie, dass alle hinteren Reihen bereits belegt waren. Nur vorne, wo für die Familie reserviert worden war, gab es noch Platz.

Christa musste die Tränen unterdrücken. So viele Menschen waren zu Hermines Beerdigung gekommen! Damit hätte sie niemals gerechnet. Hermine war kaum in der Lage gewesen, Freundschaften zu knüpfen oder zu pflegen. Zudem hatte sie schon seit Jahren nicht mehr in Büttgen gewohnt.

Doch im Vorbeigehen erspähte Christa die Gesichter alter Schulkameradinnen und sogar das von Hermines Klassenlehrerin aus der Grundschule und ihres Musikschullehrers. Dazwischen machte sie weitere Bekannte aus, Kundinnen von Christas Nähstübchen, die Apothekerin, den Bäcker mit seiner Frau, und und und. Weiter vorne saßen Hermines Betreuer sowie mehrere Mitbewohner. Es war eine Gruppe von mindestens einem Dutzend Menschen. Marcel setzte sich zu ihnen.

Es muss Hermines Jugend sein, die die Menschen zu der Bestattung treibt, überlegte Christa. Wenn ein junger Mensch starb, war das etwas Abnormales, etwas, das beunruhigte und in besonderem Maße betroffen machte. Sie war gerührt über den Andrang, aber er überforderte sie auch. Würden all diese Leute ihr später ihr Beileid ausdrücken? Wie sollte sie diese Flut bewältigen?

Christa setzte sich in die erste Bank neben Hans, der Britta auf dem Schoß hielt, auf der anderen Seite nahm Heike mit Ralf Platz, und daran schloss sich Johanna an.

Ich bin von meiner Familie umgeben, dachte sie voller Dankbarkeit. Sie alle teilen mein Leid.

Sie drehte das Liedblatt in den Händen und warf immer wieder einen Blick zwischen den Reihen hindurch zur Tür. Noch mehr Menschen strömten herein. Plötzlich stockte ihr der Atem.

Hermann war da. Mit Staunen registrierte sie, dass die Schläfen seines dichten Haares bereits komplett ergraut waren und ihn die gebeugte Haltung wie einen alternden Mann erscheinen ließ. Nun, das war er mit Mitte fünfzig auch, ging ihr auf. Neben ihm ging eine blonde, kräftige Frau mit verschlossenen Gesichtszügen. Margot! Er hatte seine Frau mitgebracht.

Christas Herz begann, wild zu schlagen. Niemals hätte sie geglaubt, dass er zusammen mit *ihr* herkommen würde. Dann richtete sie ihr Augenmerk auf die kleine Frau hinter dem Paar und auf ihre männliche Begleitung: Inge und ihr Mann Volker. Sie atmete langsam aus.

Vielleicht war es sogar gut, dass Hermann nicht allein gekommen war. So hatte es den Anschein, dass hier einfach Christas schlesische Kindheitsfreunde beieinandersaßen. Kein Mensch käme auf die Idee, dass Hermanns und Hermines Verhältnis zueinander ein besonderes gewesen sein könnte. Sie versuchte, sich zu entspannen, soweit es ihr in dieser Situation überhaupt möglich war.

Zu ihrer Linken – vielleicht drei Meter entfernt – stand Hermines Sarg. Er verschwand fast vollständig unter Wolken von Nelken, Lilien und Margeriten. Darin lag ihr totes Kind.

Nie mehr würde sie Hermine im Arm halten, ihr noch nicht einmal in die klugen Augen blicken können. Zwei Tränen lösten sich aus Christas Augenwinkeln und liefen ihr übers Gesicht. Fahrig wischte sie sie mit dem Handrücken weg, doch sofort kamen neue nach. Ihr Herz schmerzte so sehr, dass es kaum auszuhalten war. Ihre Hand suchte nach der von Hans. Er ergriff sie und hielt sie fest. Plötzlich beugte sich Britta von Hans' Schoß aus zu ihr herüber und berührte mit ihren kleinen Patschefingern ihr Gesicht.

»Nicht weinen, Mama«, sagte sie, »alles wird wieder gut.«

Christa sah ihrer Jüngsten in die Kulleraugen. Wie oft hatte sie selbst Britta mit diesen Worten getröstet. Alles wird wieder gut. Würde es das? Aber wie und wann? Sie streichelte die weichen Wangen des Mädchens. Wieder einmal war sie unendlich dankbar für dieses Nesthäkchen, das sie, Christa, fest im Leben hielt. Die Kleine brauchte sie. Dank Britta wurde vielleicht wirklich irgendwann einmal alles gut.

Abends im Bett in Hans' Armen, als alles vorüber war und ihre Töchter abgereist waren, ließ sie den Tag noch einmal Revue passieren. Die Worte des Pfarrers waren persönlich und durchaus tröstend gewesen. Er hatte ein Bild von Hermine gezeichnet, das ihr tatsächlich entsprach und ihrer komplizierten Persönlichkeit gerecht wurde. Nun, immerhin war sie keine Unbekannte für ihn gewesen. Erst hatte er sie getauft, und später war sie in seinen Konfirmandenunterricht gegangen, auch wenn sie damals schon sehr mit der Kirche und dem Glauben gehadert hatte. Doch dann war ihre Krankheit ausgebrochen und sie in das Neusser Heim umgezogen. Unnahbar, sensibel und durchscheinend hatte der Pfarrer sie genannt. Durchscheinend, ja, das traf es, fand Christa.

Später an der Grabstätte, als sie all den Bekannten und Fremden die Hand schüttelte, als die Massen an dunkel gekleideten, ernst blickenden, verlegenen Kondolierenden vorbeizogen, war sie so erschöpft, dass sie sich am liebsten auf eine der Friedhofsbänke gesetzt und die Augen geschlossen hätte.

Die Konfrontation mit Hermann und Margot kostete sie besonders viel Kraft. Erst hatte er ihr die Hand gegeben, um sich dann zu ihr herunterzubeugen und ihr einen Kuss auf die Wange zu hauchen. Ihr ganzer Körper hatte innerlich vibriert, und sie konnte die Verbindung zwischen ihnen spüren. Danach war Margot zu ihr getreten und hatte ihr höflich und distanziert ihr Beileid ausgesprochen.

Christa begriff, dass Hermanns Frau wirklich nichts von ihrer Verbindung mit ihm ahnte. Sie spürte jedoch, wie Hans an ihrer Seite sich versteifte, und war froh, als die beiden und dann auch noch Inge und ihr Mann weitergegangen waren. In dem Moment hatte sie plötzlich das Gefühl, mit der schlesischen Vergangenheit abgeschlossen zu haben. So etwas wie Erleichterung machte sich in ihr breit und lockerte die verkrampften Gliedmaßen.

Beim Kaffee hatte sie weder Hermann und Margot noch Inge und Volker wiedergesehen. Sie waren wohl schon nach Hause gefahren. Christa war einerseits froh darüber, andererseits regte sich in ihr ein Funken Enttäuschung über Hermann, der sich der Situation so schnell entzogen hatte. Hermine war seine Tochter gewesen. Er hätte dazugehört.

Jetzt kuschelte Christa sich an Hans und versuchte, zur Ruhe zu kommen.

»Meinst du, sie ist wirklich ganz fort?«, fragte Hans leise. Seine Stimme klang belegt und zögernd. »Oder geistert sie hier im Haus herum, so wie sie es damals von meinen Eltern behauptet hat? Ich würde sie so gern noch einmal sehen, unser armes Kind. Sie fehlt mir furchtbar.«

Christa hatte einen Kloß im Hals und brachte keinen Ton heraus. Sie war überhaupt noch nicht auf den Gedanken gekommen, dass Hermine als Geist irgendwo auf der Erde verweilen könnte. Hans' Worte beschworen Bilder in ihrem Kopf herauf, die sie nicht sehen wollte.

»Unsere Tochter war besonders feinsinnig und ist deshalb krank geworden. Die Geister sind ihrer Phantasie entsprungen«, flüsterte sie schließlich. »Wir sind viel bodenständiger als Hermine. Wir können sie nur in unserem Herzen tragen.« Sie war überzeugt von dem, was sie gesagt hatte, und dennoch spürte sie auf einmal an ihrer Schulter so etwas wie den Hauch einer Berührung, die ihr wie eine Liebkosung erschien.

»Geh in Frieden, Minchen«, wisperte sie in die Dunkelheit, und ihr Herz zog sich schmerzhaft zusammen.

Im Februar 1991 reiste Christa zusammen mit Britta nach Berlin, um Johanna zu besuchen. Vor sechs Wochen hatte diese ihren zweiten Sohn Christopher geboren. Am Telefon hatte Johanna zum Ausdruck gebracht, wie sehr sie sich über einen Besuch freuen würde.

»In unserem Gästezimmer ist massig Platz für dich, und Britta kann sich mit Basti das Zimmer teilen. Die zwei spielen bestimmt schön miteinander, und wir haben Zeit, uns in Ruhe zu unterhalten und Kaffee zu trinken.«

Johanna war in den letzten Jahren weicher und nachsichtiger

geworden. Dass sie Christa zu sich einlud, lag wohl auch daran, dass sie sich Sorgen um sie machte.

Nach Hermines Beerdigung war Christa in eine Depression verfallen, die sich in Antriebslosigkeit, Desinteresse an ihrer Umwelt und traurigen Verstimmungen zeigte. Ihrem Nähstübchen blieb sie meist fern und überließ die Leitung ihrer Angestellten. Zu Hause saß sie in einem Sessel und starrte die Wand an, bis Lichtpünktchen vor ihren Augen zu flimmern begannen und es in ihren Ohren summte.

Sie konnte sich nicht einmal zur Gartenarbeit aufraffen, die ihr sonst im Herbst immer große Freude gemacht hatte. Nun überließ sie alles Hans, der, ohne zu murren, die Beete vom Unkraut befreite, Büsche zurückschnitt und den Rasen mähte und vertikutierte.

Allein für die kleine Britta riss Christa sich mit fast unmenschlicher Kraft zusammen. Sie erinnerte sich nur zu gut an die teilnahmslose Starre ihrer eigenen Mutter, die sie nach dem plötzlichen Tod ihres Großvaters tief verstört hatte. So alleingelassen sollte sich ihre Jüngste nie fühlen.

Hans schleppte Christa einige Male zum Arzt. Aber da sie eine Psychotherapie mit den Worten ablehnte: »Ich weiß doch, was mir fehlt: Hermine. Kein Psychogewäsch kann sie wieder herbeizaubern«, blieben nur stimmungsaufhellende Medikamente, die wenig Wirkung zeigten.

Und nun also Berlin. Christa und Britta fuhren mit dem Zug. Johanna holte sie am Bahnhof Zoo ab. Seit dem Verlassen des Zuges erlebte Christa eine Art Kulturschock. Die Masse an Menschen, die so ganz anders geartet schienen als die zu Hause, schüchterte sie ein. Ihnen begegneten die unzähligen Gestrandeten Berlins, Junkies, Kleinkriminelle und Obdachlose, die das Elend der Stadt symbolisierten, aber genauso jede Menge schrille, exotische Gestalten, die die Aufbruchsstimmung nach der Wende hervorgebracht hatte: Technofreaks, Visionäre, Menschen mit Lust auf Veränderung, die das auch in ihrem Aussehen durch extravagante Kleidung und ausgefallene Frisuren erkennen ließen. Dazwischen bewegten sich überaus selbstbewusst die eher bürgerlichen, gutsituierten Einwohner der Stadt: Anwälte, Manager und Geschäftsleute.

Christa war überfordert. Eisern umklammerte sie die Hand der nicht ganz dreijährigen Britta und heftete sich an Johannas Fersen, die sie durch die wuselnde Menschenmenge in den Gängen und Hallen des Bahnhofs bis zu ihrem Auto geleitete. Dabei fühlte sie sich auf verstörende Weise an die furchtbaren Monate nach Kriegsende erinnert, als sie sich als kleines Mädchen auf überfüllten Bahnhöfen an der Hand ihrer Mutter festgehalten hatte.

Vom Beifahrersitz aus, durch Karosserie und Glasscheiben von der Welt getrennt, beobachtete Christa das Berliner Treiben aus der Distanz heraus und erlaubte es sich aufzuatmen. Ihr Staunen und Wundern blieben. Alles schien möglich zu sein in Berlin. Nichts war mehr eine feste Größe. Sie hatte das Gefühl, sich in einem brodelnden Kessel voller Zaubertrank zu befinden, dem immer wieder neue, ausgefallene Zutaten zugegeben wurden.

Heimlich warf sie ihrer ältesten Tochter bewundernde Blicke zu. Wie weltgewandt Johanna wirkte! Mit traumwandlerischer Sicherheit bewegte sie ihren Kombi durch das schier endlose Gewirr von Straßen in diesem Moloch, der keinen Anfang und kein Ende zu nehmen schien.

Johannas und Franks Altbauwohnung im Wedding erschien Christa wie eine ruhige und behagliche Zuflucht mitten im Chaos. Die luftigen, lichtdurchfluteten Räume auf hundert Quadratmetern im dritten Stock eines Patrizierhauses luden mit ihren hohen stuckverzierten Decken, blank polierten Dielenböden, geschickt verteilten schnörkellosen Möbeln und üppigen Grünpflanzen zum Verweilen ein.

Basti freute sich unbändig, Britta zu sehen, ergriff ihre Hand und zog sie mit sich ins Kinderzimmer. Frank, barfüßig und unrasiert, aber trotzdem erstaunlicherweise gepflegt und souverän wirkend, hielt den kleinen Christopher im Arm, als er Christa mit warmem Händedruck begrüßte und ihr ein Küsschen auf die Wange hauchte.

Sie streichelte ihrem jüngsten Enkel das flaumig weiche Haar und bat darum, den Kleinen einmal halten zu dürfen. Wie winzig er war, und wie köstlich er roch!

»Du bist ja ein ganz Süßer«, sagte sie zu ihm, worauf Christopher sie mit einem hinreißenden Lächeln bedachte, als hätte er das Kompliment tatsächlich verstanden. Vorsichtig gab sie Frank das Baby zurück und ließ sich dann die Wohnung zeigen. Allein das Gästezimmer war fast so groß wie ihr Wohnzimmer in Büttgen … und ungleich heller. Johanna hatte Christas Bett schon bezogen und legte nun ihren Koffer darauf.

»Komm«, sagte sie lächelnd. »Frank hat Kaffee gekocht. Außerdem gibt es Kuchen. Ihr seid bestimmt hungrig nach der Reise.«

An diesem Abend saßen Christa und Johanna noch lange im offenen Wohn-Essbereich an dem riesigen Tisch aus geölter Eiche und tranken Rotwein. Frank und die Kinder lagen seit Stunden im Bett. Johanna hatte den kleinen Christopher noch einmal gestillt, nun schlummerte er in einer Wiege neben dem französischen Bett in Johannas und Franks Schlafzimmer.

Christa war zwar erschöpft von den Anstrengungen der Bahnfahrt, aber entspannt und gelöst wie seit vielen Monaten nicht mehr. Sie genoss es, hier im Kerzenschein mit ihrer ältesten Tochter zu sitzen und zu plaudern. Johanna erzählte ihr von der neuentstandenen Techno- und Independentszene der Stadt, von den Clubs, die wie Pilze aus dem Boden schossen, genau wie Hunderte Cafés und Bars.

»Berlin atmet einen frischen Zeitgeist«, schwärmte sie. »Die Stadt erfindet sich quasi neu, seitdem die Mauer gefallen ist. Seit der Wende. Jeden Tag wird die Stadt verrückter und bleibt doch liebenswert. Ich könnte mir nicht mehr vorstellen, woanders zu leben.«

»Und du arbeitest tatsächlich schon wieder?«, erkundigte sich Christa. »Wie bekommt ihr denn das mit den Kindern hin?«

»Wir haben eine Tagesmutter engagiert. Wenn Frank und ich bei Gericht sind, kommt sie hierher. Aber natürlich ist es von Vorteil, dass wir auch von zu Hause aus arbeiten können.«

»O ja, euer Arbeitszimmer ist sehr schön! All diese Bücher bis zur Decke, die riesigen Schreibtische, die dennoch winzig in dem Raum wirken, die Fenster im Erker …«

»Es ist wichtig, eine entspannte Atmosphäre zu schaffen, bei all dem Elend und der Schlechtigkeit, womit wir uns tagtäglich beschäftigen müssen.« Nachdenklich drehte Johanna ihr Weinglas am Stiel. Die Flüssigkeit darin bewegte sich träge und leuchtete im Kerzenschein blutrot auf. »Wir sind privilegiert, dessen sind wir uns sehr wohl bewusst. *My home is my castle*, das habe ich zu Hause gelernt«, ergänzte sie schmunzelnd. »Unser Haus an den Schienen erschien mir immer wie eine Insel im wilden Ozean mit all dem Grün drumherum …«

»Und dem Apfelbaum, auf den es sich gut klettern ließ«, ergänzte Christa lächelnd.

»Ja, genau.« Johanna nickte. »Hier in Berlin braucht man eine rettende Insel umso mehr, sonst wird man kirre. Einen Rückzug vor der sich rasend verändernden Welt.«

»Ich habe auf euren Schreibtischen Bildschirme und Tastaturen gesehen«, fiel Christa ein. »Auch Zeichen der neuen Zeit?«

»Ja, genau.« Johanna nickte. »Wir schreiben unsere Texte nur noch am Computer und drucken sie anschließend aus. Es ist wesentlich komfortabler, als eine elektrische Schreibmaschine zu benutzen. Fehler sind … wusch … einfach weg, wenn man will. Als hätte es sie nie gegeben. Das befreit den Geist.«

Christa versuchte nachzuvollziehen, was Johanna gesagt hatte, aber ihre Müdigkeit wurde übermächtig. Sie blinzelte angestrengt.

»Na los, Mama. Ab ins Bett, dir fallen ja schon die Augen zu.« Johanna sah sie zärtlich an. Mit einem Mal kam sich Christa unendlich alt vor. »Morgen ist ein neuer Tag und Sonntag dazu. Wenn wir ausgeschlafen haben, holt Frank Brötchen, und wir frühstücken gemütlich, ja?«

Die nächsten Tage vergingen wie im Flug. Johanna hatte frei und zeigte ihrer Mutter und ihrer jüngsten Schwester das neue vereinte Berlin, dessen Bild sich täglich zu ändern schien: das Brandenburger Tor, das Reichstaggebäude, das – seiner Kuppel beraubt, die Christa noch von Postkartenbildern aus ihrer Kindheit kannte – recht armselig wirkte, die frisch vernarbte kilometerlange Wunde, wo einst die Berliner Mauer und der Todesstreifen die Stadt zerschnitten hatten, graue Häuserzeilen im Ostteil, bunte im Westteil, erste Vermischungen, Baustellen, Baustellen, Baustellen …

Zwischendurch war immer Zeit für einen Kaffee oder Kakao in einem Café oder für Spielplatzbesuche.

Den letzten wundervollen Nachmittag ihres Berlinaufenthalts verbrachten sie mit den Kindern im zoologischen Garten. Sie schoben den kleinen Christopher im Kinderwagen durch das berühmte Elefantentor an der Budapester Straße und an den Tierhäusern, Gehegen, Volieren und Skulpturen vorbei.

Basti und Britta waren begeistert. Sie staunten vor allem über die Größe und Schönheit der Giraffen.

»Will auch eine Raffe haben«, forderte Basti mehrmals vehement, was die Frauen zum Lachen brachte, Britta dagegen zu verärgern schien.

»Das geht nicht«, erklärte sie ihrem gleichaltrigen Neffen in oberlehrerhaftem Ton. »Passt nicht in dein Zimmer. Aber in unseren Garten schon.«

Und wieder prusteten Christa und Johanna los.

»Stell dir vor, was Hans sagen würde, wenn die Giraffe die Blätter seiner geliebten Kastanie abfrisst!«, kicherte Christa.

Es war ein perfekter Tag. Der Februarhimmel zeigte sich in einem seltenen klaren Blau; die Sonne streichelte ihre Gesichter. Christa genoss das Beisammensein mit Johanna, das sich wesentlich harmonischer gestaltete, als sie zu hoffen gewagt hatte.

Am Abend fühlte sie sich so erschöpft wie nie. Mit schweren Beinen saß sie auf der riesigen bordeauxroten Chaiselongue und hielt den schlafenden Christopher im Arm.

Johanna brachte ihr ein Glas Wein und setzte sich zu ihr.

»Schade, dass ihr morgen früh abreist«, sagte sie. »Es ist schön, einmal so viel Zeit füreinander zu haben.«

»Ja, das ist es wirklich.« Christa betrachtete das rosige Gesichtchen ihres Enkels. »Zu Hause hatte ich in den letzten Monaten aber eindeutig zu viel Zeit. Es lähmte mich. Seit Hermine nicht mehr ist, fühle ich mich irgendwie … unerträglich befreit von allem. All die Sorgen, die ich mir um sie gemacht habe, seit sie auf der Welt war, sind verpufft mit der schrecklichen Gewissheit, dass es sie nicht mehr gibt.«

»Ja, Papas und dein Leben kreiste nur um Hermine«, bestätigte Johanna. In ihrer Stimme klang mit einem Mal der bittere Unterton früherer Tage mit. »Und letztendlich hat euer ganzes

Sorgen und Kümmern doch nichts gebracht. Hermine ist den Weg gegangen, den sie wollte. Rücksicht kannte sie nicht.«

Christa hob irritiert den Kopf.

»Ihr Herz hat plötzlich aufgehört zu schlagen«, erwiderte sie scharf. »Ich glaube nicht, dass sie beabsichtigt hat, diesen Weg zu gehen.«

Johanna starrte ihre Mutter an. War das Wut in ihrem Blick?, fragte sich Christa. Johanna nahm ihr das Baby ab, legte es sich an die Schulter und begann, auf dem knarrenden Dielenboden auf und ab zu wandern.

»Früher oder später hätte sie sich umgebracht«, behauptete sie. »Sie war nie von dieser Welt, und das wusste sie selbst genau. Und ihr auch. Mach dir nichts vor. Wer ist eigentlich ihr Vater? Doch nie und nimmer Papa, oder?«

Mit diesen Worten ließ sie die verdatterte Christa sitzen, legte Christopher nebenan ins Bettchen und kehrte mit vor Zorn funkelnden Augen zurück.

»Ist es nicht langsam Zeit für die Wahrheit, Mama?« Sie ging zum Esstisch, schenkte sich Wein nach und platzierte sich dann mit übereinandergeschlagenen Beinen auf der Armlehne des Sofas.

»Was meinst du damit?« Christa war verstört und fühlte sich wie eines Verbrechens bezichtigt. Der Zauber des Tages war schlagartig verflogen. Dunkel regten sich Gewissensbisse in ihr.

»Ich vermute ja, es ist dieser Typ mit den grauen Schläfen, der mit seiner Frau auf der Beerdigung war. Dein Sandkastenfreund aus der alten Heimat, den wir mal auf dem Spielplatz getroffen hatten und der damals dein Fahrrad zu uns nach Hause transportiert hat.«

Christa hielt erschrocken die Luft an.

»Woher weißt du davon?«, stammelte sie.

Johanna zuckte vielsagend mit den Schultern, antwortete aber nicht.

»Hermine war ihm wie aus dem Gesicht geschnitten«, sagte sie schließlich. »Dieser düstere, leicht arrogante Ausdruck … exakt Hermine. Weiß Papa eigentlich davon, oder hat er unwissentlich ein fremdes Kind großgezogen?«

Christa schnellte in die Höhe.

»Johanna, was erlaubst du dir?« Ihre Wangen glühten.

»Ich versuche mir nur zu erklären, woher es kommt, dass du Hermine zeitlebens bevorzugt hast. Heike und ich waren dir doch nie wirklich wichtig. Hermine stand immer an erster Stelle, dabei war sie oft richtig ätzend.«

»Sie war krank! Sie litt unter Schizophrenie! Meinst du, das hat sie sich ausgesucht?«

Johanna nahm einen großen Schluck Wein.

»Das wohl nicht gerade«, gab sie widerstrebend zu, »aber sie hat damit kokettiert. Ihre Erkrankung war ihre Entschuldigung für alles.«

»Fehlt sie dir denn gar nicht?« Christa starrte fassungslos auf ihre Tochter hinunter, wie sie dasaß mit ihrem anmutigen Profil und dem kastanienbraunen, dichten langen Haar und so kalt und völlig unberührt von dem wirkte, was ihre schwerkranke Schwester hatte erleiden müssen.

Johanna blickte nachdenklich in die Schwärze jenseits des Sprossenfensters.

»Doch, natürlich fehlt sie mir, aber wenn ihr eure Liebe etwas gerechter auf eure Töchter aufgeteilt hättet, würde sie mir vermutlich wesentlich mehr fehlen. Für mich war sie oft ein Quälgeist, weißt du? Und wenn ich daran denke, wie du Papa hintergangen hast, der ja nun wirklich der großherzigste, gutmütigste Kerl auf der ganzen Welt ist, dann könnte ich kotzen, ehrlich!«

Sie stand auf, ging zum Fenster und kehrte Christa den Rücken zu.

»Du glaubst wohl, dass du alles weißt, was? Was fällt dir ein, so über mich zu urteilen?«, rief Christa. Ihr kamen vor Empörung die Tränen. »Und wie sprichst du eigentlich mit deiner Mutter? Das höre ich mir jedenfalls nicht länger an. Gute Nacht!«

Entrüstet und bis ins Mark getroffen verließ sie den Raum. Aber plötzlich konnte sie sich nicht mehr zurückhalten und kehrte noch einmal um.

»Ja, ich habe Hermine besonders liebgehabt«, spie sie aus. »Weil sie mich gebraucht hat, viel mehr als du es je getan hast. Und sie war dankbar für meine Liebe und Fürsorge. Anders als du! Von klein auf warst du so unabhängig, wie es ein Kind niemals sein sollte. Völlig anders als Heike, die immer meine Nähe gesucht hat. Ich weiß nicht, was ich bei dir falsch gemacht habe, aber irgendetwas ist von Beginn an gründlich schiefgelaufen. Dich hat es doch nie interessiert, wie es mir erging. So schnell du konntest, bist du flügge geworden und hast deinem Zuhause und deiner Familie den Rücken gekehrt. Du hast ja keine Ahnung, wie es ist, zwangsweise entwurzelt zu werden und alles zu verlieren, was einem lieb und teuer ist.«

Die Tränen liefen ihr inzwischen ungehindert über das Gesicht. Sie wandte sich ab und sah aus den Augenwinkeln, dass Johanna sich zu ihr umgedreht hatte. Bevor Traurigkeit und Schuldgefühle sie völlig übermannen konnten, floh sie ins Gästezimmer und schloss fest die Tür hinter sich.

Sie konnte lange nicht einschlafen. Einerseits wurde sie von der Trauer um Hermine überwältigt, andererseits war ihr schmerzlich bewusst, dass sie eine Grenze überschritten hatte. Johanna hatte ihre Worte vermutlich so ausgelegt, als liebte Christa sie nicht.

Aber das stimmte nicht. Christa liebte Johanna von ganzem Herzen, und sie war sehr stolz auf sie. Johanna war ihr eben nur nie so nahe gewesen wie Heike oder Hermine. Heike besaß jene anschmiegsame Art, die Christas Sperrigkeit mühsam überwand, und Hermine hatte nicht nur all ihre Aufmerksamkeit gebraucht, sondern auch auf besondere Weise ein Stück Heimat für Christa dargestellt, ein bisschen Schlesien, wenn man es so wollte.

Johanna aber war schon als Baby charakterlich autark gewesen. Christa hatte immer das Gefühl gehabt, dass sie ihre Eltern im Grunde nicht brauchte. Und Nähe entstand doch durchs Brauchen und Gebrauchtwerden, oder nicht?

Woher in Gottes Namen wusste Johanna von Hermanns Besuch damals? Hatte sie womöglich noch mehr mitbekommen? Aber die beiden an Windpocken erkrankten Mädchen hatten doch tief und fest geschlafen, als sie nach ihnen gesehen hatte. Eine tiefe Angst ergriff Christa. Johanna wusste von ihrem Seitensprung, und sie ahnte, dass Hermann Hermines Vater war. Um Himmels willen! Was konnte aus diesem Wissen erwachsen? Ihre Familie war ein zerbrechliches Gebilde und Johanna nun wirklich kein bedachtsamer Mensch!

Auf der Zugfahrt nach Hause wurde Christas Angst von Kilometer zu Kilometer, mit dem sie sich von Berlin entfernten, kleiner, bis sie schließlich zur Nichtigkeit verpuffte. Johanna musste schon seit Ewigkeiten vermuten, dass Hermine einen anderen Vater gehabt hatte. Wieso sollte sie Hans jetzt, nach Hermines Tod, damit konfrontieren? Christa kam zu dem Schluss, dass das höchst unwahrscheinlich war, nicht zuletzt deshalb, weil Johanna ihren Vater zärtlich liebte und ihm niemals absichtlich weh tun würde.

Christa quälte etwas ganz anderes. Wie gemein hatte sie sich Johanna gegenüber verhalten! Voll des schlechten Gewissens befürchtete sie, nun nicht nur eine, sondern zwei Töchter unwiederbringlich verloren zu haben.

Johannas verschlossener und zugleich verletzter Gesichtsausdruck bei der Verabschiedung am Morgen ging ihr nicht aus dem Sinn.

»Es tut mir leid wegen gestern«, hatte Christa hilflos gestammelt. »Ich hab dich doch lieb.«

»Schon gut, Mama«, war alles, was Johanna darauf geantwortet hatte, bevor sie sich den beiden Kindern zuwandte. Basti und Britta mochten sich gar nicht trennen.

»Ich will mit Basti spielen«, quengelte Britta. »Bitte, Mama und Jo, wir bleiben noch, ja?«

»Das geht nicht«, erwiderte Johanna mit fester Stimme. »Die Tagesmutter kommt gleich, und Frank und ich müssen arbeiten. Nehmt euch noch einmal in den Arm; das Taxi wartet unten.«

»Ich hab Chrissi gar nicht Tschö gesagt!«, schrie Britta auf einmal auf und quetschte sich an Johanna vorbei zurück in die Wohnung. Basti rannte hinterher.

Johanna verdrehte die Augen und folgte den beiden.

»Er schläft«, rief sie den Kindern gedämpft zu. »Warte, ich öffne die Tür ganz leise.«

Zu spät. Rumms, hatte Britta sie schon aufgerissen, so dass die Klinke an die Wand geknallt war. Eine Sekunde später ertönte Babygeschrei.

»Mensch, Britta!«, hörte Christa Johanna schimpfen. »Jetzt hast du ihn aufgeweckt.«

»Hab ich nicht extra gemacht!« Nun heulte auch Britta.

Was für ein Drama! Christa überlegte schon, ob sie die Kleine holen sollte, als Johanna mit gerötetem Gesicht, Christopher im Arm haltend und an der freien Hand die widerstrebende Britta hinter sich herziehend, im Türrahmen erschien.

Christa ergriff energisch Brittas Hand.

»Hör jetzt auf mit dem Theater«, sagte sie streng. »Wegen dir verpassen wir noch unseren Zug.«

Während der ersten Stunden der Bahnfahrt war Britta beleidigt und sprach kein Wort mit Christa. Auch Essen und Trinken lehnte sie kopfschüttelnd und mit zusammengepressten Lippen ab.

Christa bettete ihren Kopf an das dunkelrote Kunstlederpolster und sah aus dem Fenster. Gebäude, Bäume, Büsche und Hügel flitzten vorbei und vermengten sich zu einer graugrünen Masse. Christas Gesicht spiegelte sich in der Scheibe, und einige Male glaubte sie, Johannas vorwurfsvolle Augen blickten ihr entgegen.

Sie würde ihr von zu Hause aus einen Brief schreiben und sich für ihr Verhalten am letzten Abend entschuldigen, beschloss sie.

Wieder betrachtete sie ihr verschwommenes Spiegelbild im Fensterglas und begriff, wie ähnlich ihre Erstgeborene ihr im Grunde war – und das bei weitem nicht nur äußerlich.

Diese Verschlossenheit, diese ernste Art … In beidem glichen sie sich. Warum erkannte sie das erst jetzt? Wieso hatte sie es nicht schon viel früher sehen können? Weil sie selbst diese Eigenschaften an sich ablehnte? Weil sie lieber zugänglich und offenherzig wie Heike oder sensibel wie Hermine gewesen wäre?

Sie betrachtete ihre jüngste Tochter, die nun nicht mehr ganz so starr und abweisend dasaß, sondern nachdenklich nach draußen schaute. Unwillkürlich musste sie lächeln. Britta war wie eine Mischung aus den anderen dreien, ging ihr auf. Mal war sie anhänglich und einfühlsam, dann wieder explosiv oder stur wie vorhin.

»Möchtest du einen Apfel, Britta?«, fragte sie weich.

»Au ja!« Die Kleine lächelte zaghaft. »Mir tut es hier drin weh«, sagte sie dann und legte die Hand auf eine Stelle zwischen Magen und Herz. »Darf Basti uns bald besuchen?«

Der März war kalt und regnerisch. Christa hatte das Gefühl, dass der Winter einfach nicht enden wollte. Als sich eines Sonntagnachmittags die Sonne doch einmal durch die dichte Wolkendecke kämpfte und verschwenderisches Licht über den Garten goss, betrat sie mit dem Kaffeebecher in der Hand die Terrasse, reckte ihr Gesicht den Strahlen entgegen und atmete tief ein.

Frischer erdiger Geruch strömte durch die Nase in ihre Lungen und in ihren gesamten Körper. Überall sprossen frische Triebe; Schneeglöckchen und Krokusse öffneten ihre weißen und violetten Blütenkelche. Hinter der Rotbuche lugten sogar schon die ersten gelben Narzissen hervor.

Hinter ihr trat auch Hans nach draußen.

»Der Frühling ist da«, sagte er weich. »Endlich!«

»Ich fühle mich plötzlich so lebendig.« Christa lehnte sich an ihn. »Und der Schmerz hat ein wenig nachgelassen.«

Sie dachte an Hermine, aber auch daran, dass Johanna zwar ihren Brief nicht beantwortet, aber bereits mit ihr telefoniert hatte. Mit keinem Wort war sie dabei auf den Streit oder Christas schriftliche Entschuldigung eingegangen. Auch war ihr Tonfall kühl gewesen. Dennoch, sie hatte von sich aus Kontakt mit ihrer Mutter aufgenommen. Christa wertete das als gutes Zeichen; es gab Anlass zur Hoffnung, dass sich ihr Verhältnis zueinander wieder verbessern würde. Sie brauchten beide nur Geduld.

In den nächsten Jahren erforderte Brittas Erziehung Christas ganze Kraft. Sie wuchs zu einem willensstarken Mädchen heran, das sich einerseits wenig sagen lassen wollte und seinen eigenen Kopf hatte, andererseits seine Eltern zärtlich und leidenschaftlich liebte. Das machte es schwer, Britta lange böse zu sein.

An einem kalten Novembertag 1996 kam sie mit Tränen in den Augen aus der Schule nach Hause.

»Ich rede mit Jessica und Nadine kein Wort mehr«, erklärte sie wütend und pflanzte sich an den Küchentisch.

Christa brachte ihr einen Teller Kartoffelsuppe und ein Glas Milch.

»Warum nicht?«, erkundigte sie sich behutsam.

»Sie behaupten, ihr wärt uralt und eher Oma und Opa als Mama und Papa!« Sie griff nach dem Löffel und begann vorsichtig, die heiße Suppe zu schlürfen. »Mmm, lecker!«

»Oh«, machte Christa, setzte sich ihr gegenüber auf einen Stuhl und taxierte ihre Tochter prüfend. »Aber da haben sie doch auch irgendwie recht, oder?«

»Trotzdem! So was sagt man nicht! Und außerdem …« Der Löffel verharrte in der Luft. »Sie haben auch gesagt, dass …« Sie schwieg. Eine steile Falte erschien auf ihrer Stirn.

»Na, was denn?«

»Schon gut.« Britta winkte ab und widmete sich wieder der Suppe.

»Spann mich nicht auf die Folter!«

»Es war gemein, was sie gesagt haben.« Erneut glitzerten Tränen in Brittas Augen.

»Ich kann es vertragen, egal, was es ist.«

Britta seufzte.

»Na gut. Sie meinten, dass ihr bestimmt tot seid, wenn ich erwachsen bin.«

Christa nickte langsam.

»So was hab ich mir schon gedacht. Sag ihnen einfach, dass dein Vater und ich vorhaben, uralt zu werden. Britta, wir werden für dich da sein, so lange wir können. Und deine großen Schwestern sowieso.«

Ihre Jüngste legte eine Hand auf die ihrer Mutter.

»Das weiß ich doch«, erwiderte sie. »Und ich finde euch gar nicht alt, sondern eher … reif. Außerdem ist es toll, zwei ältere Schwestern zu haben, fast wie noch zwei Mütter. Mama, es ist schon gut so, genau wie es ist.« Sie beugte sich wieder über ihren Teller und aß schweigend. Dann richtete sie sich noch einmal auf. »Nur Hermine, die hätte ich gern kennengelernt. Also richtig, meine ich. Nicht nur als Baby.«

Christa freute sich darüber, dass Britta Hermine in ihrer Aufzählung nicht ausgelassen hatte. Es verursachte ihr ein warmes Gefühl im Bauch. Hermine gehörte für alle weiterhin zur Familie.

9

Samstagnachmittag

Gemeinsam räumten wir Wohn- und Esszimmer um. Der Tisch wurde ausgefahren, weiße Tischdecken wurden darübergebreitet und Stühle herangeschleppt. Mama, Heike und ich richteten in der Küche kleine bunte Blumengestecke her, während Papa und Johanna einen Tapeziertisch entlang der Wohnzimmerwand aufbauten, den sie anschließend unter einem Papiertischtuch verbargen. Dort sollte morgen der Platz für das Büfett sein. Später stellten Mama und Heike Getränke im Keller kalt, während ich die Terrasse fegte und Johanna Tellerstapel, Servietten und Besteckkörbchen auf dem Tapeziertisch arrangierte.

Bald sah es im Wohnbereich richtig festlich aus. Johanna zauberte zur Krönung etliche bunte Ballons mit einer aufgedruckten 80 aus ihrem Gepäck hervor, die wir aufpusteten und an einem glitzernden Geschenkband unter die Zimmerdecke hängten.

»Mensch, erinnert mich doch nicht dauernd an mein Alter«, sagte Papa schmunzelnd, der zum Verschnaufen in seinem Fernsehsessel saß. »Ich komme mir ja vor wie ein Greis.«

»Ach Quatsch, Papa.« Heike ging zu ihm, umarmte ihn und drückte ihm einen Schmatzer auf die Stirn. »Ist doch nur eine Zahl! Wichtig ist, wie du dich fühlst.«

»Uralt, nach der ganzen Räumerei«, seufzte unser Vater theatralisch und wischte sich imaginären Schweiß von der Stirn.

»Na, ob du es noch schaffst, heute Nacht um zwölf mit uns auf deinen Geburtstag anzustoßen, wie du es dir vorgenommen hast?«, unkte unsere Mutter.

»Wenn ich jetzt eine kleine Pause machen darf, auf jeden Fall!«

Alle lachten.

»Nachher kann ich euch ein Stück Apfelkuchen kredenzen«, sagte Mama. »Heike und ich haben zwei Bleche gebacken. Ich denke, das reicht dicke.«

Johanna und Heike beschlossen, gemeinsam kurz zum Friedhof zu fahren, um Hermines Grab zu besuchen.

Als meine Schwestern unterwegs waren und meine Eltern es sich vor dem winzigen und uralten Röhrenfernseher in Papas Arbeitszimmer gemütlich gemacht hatten, weil der Flachbildschirm im Wohnzimmer halb vom Tapeziertisch verdeckt wurde, nahm ich die Gelegenheit wahr und streckte mich mit Hermines Tagebuch auf meinem Bett aus.

Bevor ich an der Stelle weiterlas, an der ich heute Vormittag, auf dem Baumstumpf sitzend, aufgehört hatte, kam mir etwas in den Sinn, das mich plötzlich beunruhigte. Ein Gedanke, der eben da gewesen war, ließ sich auf einmal nicht mehr greifen.

Ich überlegte. Hermine hatte an Schizophrenie gelitten, ja. Die Veranlagung für ihre psychische Störung kam sicher von ihrer väterlichen Linie, denn ich ging inzwischen davon aus, dass wirklich dieser Hermann Weyrich, Mamas schlesischer Jugendfreund, ihr Vater gewesen war, und nicht Papa.

Wer aus der Familie wusste noch davon? Mama natürlich sowieso. Papa kannte das Geheimnis seinem Verhalten auf dem Friedhof nach zu schließen auch und Johanna, wenn ich an ihre Bemerkungen auf dem Spaziergang heute Morgen dachte, anscheinend ebenfalls. Und Heike? War ich mal wieder die Einzige, die von nichts eine Ahnung gehabt hatte?

Ich schob diese Gedanken beiseite. Wichtig war, dass Hermine wahrscheinlich eine erbliche Veranlagung zur Schizophrenie gehabt hatte. Und die Drogen, zu deren Konsum die hinterhältige Ambrosia sie überredet hatte, hatten zum akuten Ausbruch der Krankheit in Hermines Jugend geführt.

In dem Moment wusste ich schlagartig wieder, was mich umtrieb: Es war seltsam und absolut untypisch für schizophrene Patienten, bereits als Kinder auffällig zu werden. Ich dachte an Hermines verstörende Erfahrung im Schwimmbad aus dem Sommer 1977. Sie hatte das Gefühl gehabt, vom Wasser durchdrungen zu werden. Es war ihr schwergefallen, sich selbst von ihrer Umgebung abzugrenzen. Als Neunjährige? Sämtliche Alarmglocken schrillten in meinem Kopf. Hatte etwa ein Trauma in ihrer Kindheit die verfrühte Dekompensation bewirkt?

Misstrauisch geworden blätterte ich zurück zu den ersten Seiten des Tagebuchs. Wieder las ich den Text vom Juni 1977:

Ich habe Heike geholfen. Es ging ihr nicht gut. Mit einem Mal wusste ich, warum. Ich musste an die Schlange denken. Warum bloß passiert so was? Es ist gemein und hässlich.

Was sollte der Hinweis auf eine Schlange? Der Begriff tauchte an keiner Stelle erneut auf. Nachdenklich betrachtete ich die Seite, auf der Hermine mit Tintenkiller ganze Textpassagen gelöscht hatte, sowie den schmalen, zerfransten Rand des einen herausgerissenen Blatts. Was hatte Hermine ausgelöscht und entfernt? Ich drehte und wendete das Buch in meinen Händen. Der Kunststoff des Einbands knisterte und klebte an den Fingern. Ich klappte das Buch ganz vorn auf. Von innen löste sich das Plastik des Umschlags von der Pappe.

Und dann sah ich es! Dies war nicht etwa eine Folge des

Alters, wie ich zunächst vermutet hatte, sondern Hermine hatte nachgeholfen, wahrscheinlich mit einem scharfen Messer. Ich befühlte die Kante, ertastete eine unebene Stelle und schluckte. Dort war etwas Flaches hineingesteckt worden. Aufgeregt fummelte ich an dem Rand herum und schob meinen Zeigefinger darunter. Ich fühlte ein zusammengefaltetes Stück Papier und stupste es näher an die Kante. Nun half ich mit der anderen Hand nach. Der Zettel wehrte sich dagegen, herausgezogen zu werden, und er mochte es auch nicht, als ich ihn vorsichtig öffnete, denn er riss sofort an mehreren Stellen ein. Hermines kindliche Schrift bedeckte das Blatt. Ich schnappte nach Luft.

Was Heike traurig gemacht hat, hat mich an den Kakaomann erinnert. Ganz plötzlich ist er mir wieder eingefallen. Ich hatte ihn ganz vergessen.
Im Kindergarten haben viele Kinder Angst vor ihm gehabt, besonders die Mädchen. Lange wusste ich nicht wieso, aber dann stand er im Waschraum plötzlich neben mir. Ich war so stolz, dass ich allein aufs Klo gehen durfte, das hieß nämlich, dass ich schon groß war. Und dann war da dieser Mann, der morgens immer den Kakao bringt. Ich zog mir gerade mein Höschen hoch. Der Kakaomann schaute mich an, so, als würde er durch mich durchsehen. Er hat mir den Weg versperrt. Ich musste zuschauen, wie er eine kleine Schlange aus seiner Hose holte und sie streichelte. Ich weiß aber inzwischen, dass es keine echte Schlange war. Ich hatte schlimme Angst. Der Kakaomann hat mich festgehalten, und die Schlange hat mich angespuckt. Frau Hillesheim hat mir mal wieder nicht geglaubt.

Ich war schockiert und gleichzeitig fügte sich alles zusammen. Hier war die Erklärung für Hermines frühe Dekompensation. Sie war als kleines Kind missbraucht worden, und niemand hatte davon gewusst oder wollte ihr Glauben schenken. Wie furchtbar! Und doch so typisch für die damalige Zeit, dachte ich grimmig. Sexueller Missbrauch war ein Tabuthema gewesen.

Ich fragte mich, was ich um Himmels willen mit dieser neuen Information anfangen sollte. Auch Marcel hatte ja offensichtlich keine Ahnung davon, dass Hermine den Zettel im Umschlag des Buches versteckt hatte – er war vorher noch nicht herausgenommen worden. Würde mein Vater sich nicht unendliche Vorwürfe machen, wenn ich ihm im Namen meines Mannes das Tagebuch zum Geburtstag schenkte und er die herausgerissene Seite las?

Ich überlegte eine ganze Weile. Schließlich faltete ich das brüchige Papier an den ursprünglichen Falzstellen zusammen und schob es zurück an seinen Platz.

»Verzeih mir, Hermine«, formulierte ich in Gedanken. »Unsere Familie ist dafür noch nicht reif – nicht auch noch dafür.«

Danach legte ich das Tagebuch beiseite und machte mich im Bad frisch. Ich hatte nicht mehr viel zu lesen, aber meine Entdeckung hatte mich so aufgewühlt, dass ich etwas Abstand brauchte.

»Wir treffen uns nur zum Essen«, stöhnte Johanna gespielt auf, nachdem sie sich ein Stück Apfelkuchen mit Sahne in den Mund geschoben hatte. Es war gegen siebzehn Uhr, und wir saßen um den Couchtisch herum, um es uns bei Kaffee und Kuchen gutgehen zu lassen. »Ich werde für die Rückfahrt im ICE zwei Plätze nebeneinander buchen müssen.«

»Und ich passe garantiert nicht mehr in mein Outfit, das ich für morgen eingepackt habe«, sagte Heike lachend.

»Ach was!« Mama schüttelte den Kopf. »Landluft macht eben hungrig.« In dem Moment klingelte das Telefon. Sie sprang auf und lief in den Flur. Nach einer Weile kam sie zurück, kalkweiß im Gesicht.

»Warum hast du mir nicht gesagt, dass Hermann gestorben ist?«, fragte sie Papa vorwurfsvoll. Dann sank sie aufs Sofa. »Inge hat gefragt, warum ich nicht zurückgerufen habe. Sie war ganz aufgeregt … und voller Vorwürfe. Hermann hat ihr in seiner Demenzerkrankung … also erst vor ein paar Wochen erzählt, dass Hermi…« Sie unterbrach sich und hub mit belegter Stimme noch einmal neu an: »Also … Jedenfalls hat sie gefragt, ob wir zur Beisetzung am Dienstag kommen.« Sie klappte den Mund zu, ihr Blick irrte hilflos von einem zum anderen. Bei Johanna blieb er hängen.

Die nickte leicht, sagte aber nichts.

Ich begriff schlagartig, was meine Mutter gerade beinahe preisgegeben hätte und doch nicht konnte, weil sie wahrscheinlich nie jemanden aus der Familie ins Vertrauen gezogen hatte. Ihre eigene Verschlossenheit war ihr zum Gefängnis geworden. War Mama sich denn gar nicht im Klaren, dass Papa im Bilde war? Ihrer Verzweiflung nach zu urteilen, nicht.

Arme Mama. Sie wirkte so einsam und verloren, dass ich sie am liebsten in die Arme geschlossen hätte. Es war verrückt – noch gestern hätte ich geschworen, dass es in unserer Familie keine Geheimnisse gab. Ich hatte uns immer für die offensten und ehrlichsten Menschen auf der Welt gehalten. Mein Gott! Wie ahnungslos ich gewesen war!

»Papa!«, rutschte es mir heraus. »Jetzt tu endlich was! Du siehst doch, dass es Mama nicht gutgeht. Sprecht Klartext miteinander!«

Vier bass erstaunte Gesichter wandten sich mir zu. In Heikes Miene war Verwirrung zu lesen, in Johannas so etwas wie Staunen, und meine Eltern schienen in eine Art Schockstarre verfallen zu sein.

»Herrgott! Sie ist fast dreißig Jahre tot! Und ihr habt sie beide geliebt! Ist doch scheißegal, wer ihr Erzeuger war, oder?« Ich merkte, wie ich mich aufregte, und atmete stoßweise aus, um mich zu beruhigen. Niemandem war mit einem unkontrollierten Gefühlsausbruch geholfen.

Meine Mutter stieß einen erstickten Laut aus, während Heike sich an ihrem Kaffee verschluckte.

Papa reagierte sofort.

»Christa, lass uns in den Garten gehen. Ich muss Britta beipflichten. Schluss mit der Geheimniskrämerei!« Er erhob sich steifbeinig und ging zu ihr. Auffordernd hielt er ihr die Hand hin. Mühsam stemmte sie sich hoch und nahm sie.

In dem Augenblick erschien meine Mutter mir zum ersten Mal wie eine alte Frau. Alle Energie und Tatkraft hatten sie verlassen. Unbeholfen wankte sie neben meinem Vater Richtung Terrassentür.

Wir drei Schwestern blieben zurück und blickten ihnen nach, wie sie über den Rasen gingen.

»Du weißt es auch?«, erkundigte sich Johanna. »Woher?«

Heike runzelte die Stirn und kniff die Lippen zusammen.

»Was soll das, Britta? Worum geht es hier überhaupt?«

»Hermine war nicht Papas Tochter«, stieß Johanna aus, »sondern die von Mamas Sandkastenfreund Hermann Weyrich, der jetzt gestorben ist! Allein die Wahl des Vornamens sagt echt schon alles, wie mir gerade auffällt. Selbst 1968 war Hermine ein schrecklich altmodischer Name!« Sie fasste sich an die Stirn.

»Was? Wer? Wie meinst du das?« Heikes Verwirrung wurde immer größer.

»Der Bastard. Erinnerst du dich noch, wie Hermine uns, als wir Teenies waren, erzählt hat, dass Oma ihr begegnet sei und sie als Bastard beschimpft habe?« Johanna federte von der Couch hoch und fixierte Heike ungeduldig.

»Aber … aber … Das waren doch nur Hirngespinste, oder?« Heike schaute hilfesuchend von Johanna zu mir. »Es gibt keine

Geister. Als Jugendliche haben wir uns da reingesteigert, mehr nicht. Hermine war schwerkrank, sie litt unter Halluzinationen. Johanna, was redest du da?«

»Keine Ahnung, aber gestimmt hat es in jedem Fall. Die Sache mit dem Bastard, meine ich. Weißt du noch, damals, als wir Windpocken hatten und Mama mit dem Rad zur Apotheke gefahren ist? Zurück kam sie mit Hermann Weyrich, der sie mit seinem Lieferwagen gebracht hat. An dem Tag ist vermutlich Hermine gezeugt worden.«

»Ach, und woher weißt du das alles?«

Johanna schloss kurz die Augen.

»Ich konnte nicht schlafen und saß oben im Apfelbaum, als sie zurückkamen. Ich habe nicht hingeguckt, aber alles gehört.«

Heike schluckte schwer.

»Warum hast du mir das nie erzählt?« Sie klang verletzt, wie jemand, der sich willentlich von etwas ausgeschlossen fühlt. Ich kannte das gut.

»Ich war zu klein und hatte keine Worte dafür. Außerdem habe ich damals gar nicht begriffen, was vor sich ging.« Johanna wählte ihre Sätze mit Bedacht. Ich bewunderte sie für ihre Diplomatie. »Und als ich es dann irgendwann kapiert habe, erschien es mir unmöglich, dir mein Wissen anzuvertrauen. Ich hatte Angst, damit alles kaputtzumachen.«

Heike nickte zögernd.

»Okay«, sagte sie. »Arme Hermine. Deshalb hast du sie immer von dir gestoßen, obwohl sie dich wie verrückt bewundert hat.«

»Ist doch gar nicht wahr!« Johanna funkelte Heike böse an. »Hat sie nicht! Sie hat immer nur an sich gedacht.«

»Du weißt, dass das nicht stimmt.« Nun stand auch Heike auf und schaute durch das Fenster in den Garten.

Ich tat es ihr nach. Meine Eltern hielten sich fest in den Armen. Der Anblick erleichterte mich. Ich hätte es mir nicht verzeihen können, mit meinen unbedachten Worten womöglich einen Eklat verursacht zu haben.

Nun ja, der fand dafür gerade hier drinnen statt – zwischen meinen Schwestern.

»Sie hat um deine Liebe gebuhlt, aber du hast sie eiskalt abblitzen lassen. Sie hat sogar ihre Initialen in den Apfelbaum geritzt, um dir nahe zu sein.«

»Pfff! Das hat sie gemacht, um mich zu ärgern«, widersprach Johanna grollend. »Es war *mein* Apfelbaum, nicht ihrer!«

»Weshalb sollte das denn deiner sein? Hör dir doch mal selbst zu! Er steht im Garten unserer Eltern. Allerhöchstens ist er Mamas und Papas Eigentum.«

»Jetzt hört auf zu streiten!«, ging ich dazwischen. »Hermine hat sich ihren Vater nicht ausgesucht. Sie konnte nichts dafür, dass sie anders war, und bestimmt hat sie darunter gelitten.«

»Was weißt du denn schon, du hast sie doch gar nicht gekannt«, entgegnete Johanna wütend. »Halt dich da raus!«

»Ich gehöre genauso zur Familie wie du!« Wieder wurde ich wütend, und mir kamen die Tränen. Immer war ich nur die Nachzüglerin, die nicht dieselben Kindheitserinnerungen wie meine Schwestern vorweisen konnte. Ständig hielt man mir vor, Hermine nicht gekannt zu haben! Das war gemein!

Johanna schien sich etwas zu beruhigen.

»Wie hast du es denn überhaupt herausgefunden?«, wollte sie nun wissen.

»Tja, das interessiert dich nun wohl doch!«, versetzte ich, immer noch gekränkt. »Ich denke, ich soll mich raushalten?«

»Schsch …«, machte Heike. »Immer mit der Ruhe! Wir sollten wirklich nicht streiten. Am wichtigsten ist sowieso, dass Mama und Papa sich vertragen, so kurz vor Papas Geburtstag.

Hoffentlich ist er nicht allzu schockiert. Immerhin ist Mama ihm fremdgegangen, auch wenn es ewig her ist. Es muss schrecklich für ihn sein, das ausgerechnet heute zu erfahren.«

»Er weiß es schon lange. Davon bin ich inzwischen überzeugt.« Johanna ließ sich zurück aufs Sofa sinken und entwirrte mit den Fingern ihr langes Haar. »Wahrscheinlich schon seit Hermines Geburt.«

»Was?« Heike riss die Augen auf. Ihre Wangen begannen zu glühen, wie immer, wenn sie sich aufregte.

Johanna zuckte mit den Achseln.

»Mama hat sich ihm nie geöffnet. Was sollte er tun? Also hat er einfach so gehandelt, als hätte sie es.« Sie atmete tief durch. »Unser Vater ist eben weiser als wir alle zusammen.«

Erst zwanzig Minuten später kamen unsere Eltern ins Haus zurück, mit feuchten Schuhen und geröteten Gesichtern. Papa hatte Mama sein Jackett über die Schultern gelegt. Beide wirkten friedlich und wie befreit.

»Mögt ihr einen Sekt mit uns trinken?«, fragte Mama und lächelte schüchtern. »Auf das Ende aller Geheimnisse? Ich erkläre euch dann, wie es kam, dass Hermine einen anderen Vater hat als ihr – denn das stimmt leider. Hans hat mir die Geschichte schon ewig verziehen, obwohl ich es nicht ahnte. Und du, Britta, bist der lebende Beweis dafür. Hans ist der Mann, zu dem ich gehöre, der Mann, der mich immer glücklich gemacht hat.« Liebevoll sah sie zu ihm auf. Er schmunzelte und sah dann beschämt zur Seite. »Wenn ihr möchtet, erzähle ich euch von Schlesien und wie alles anfing. Es geht um Heimat, wisst ihr? Heimat ist so wichtig, neben der Familie das Wichtigste im Leben.«

Wir saßen noch lange zusammen. Das Abendessen ließen wir ausfallen und unterhielten uns bei Käsekräckern, Oliven und Cocktailtomaten, so gespannt waren wir auf die Geschehnisse aus der Vergangenheit. Nach Mama erzählte uns auch Papa seine Lebensgeschichte. Anschließend fragte ich Heike und Johanna nach ihrer Kindheit und Jugend aus. Jede konnte ganz andere Dinge erzählen, passend zu ihrem Charakter und zum Lebenslauf.

Und immer wieder kamen wir auf Hermine zurück. Natürlich bohrte Johanna erneut nach, woher ich wusste, dass sie einen anderen Vater als wir anderen drei gehabt hatte, doch ich sagte nur ausweichend, dass ich Papas Selbstgespräch auf dem Friedhof mitbekommen hatte.

Nachdem wir um Mitternacht auf Papas Geburtstag angestoßen, ihm ein Ständchen gesungen und ihn nacheinander fest gedrückt hatten, fasste ich mir ein Herz, lief ins Obergeschoss und kam mit Hermines Tagebuch zurück.

»Hier, Papa«, sagte ich und legte ihm das Buch in den Schoß. »Das hat Marcel mir gegeben. Eigentlich wollte ich es dir morgen überreichen, aber ich denke, jetzt ist der bessere Zeitpunkt. Und ich finde, Mama, Johanna und Heike sollten es auch lesen, aber das ist meine ganz persönliche Meinung.«

10

Sonntag

Als ich am folgenden Morgen müde ins Bad tappte, erschrak ich über mein Spiegelbild. Wir hatten gestern wohl etwas zu tief ins Sektglas geschaut.

Ich kühlte mein erschöpftes Gesicht mit reichlich kaltem Wasser und sprang unter die Dusche.

Heike war vor mir aufgestanden und hatte sich fertig gemacht, auch meine Eltern vermutete ich längst unten in der Küche. Ob Johanna wach und angezogen war, stand in den Sternen. Dennoch beeilte ich mich. Ich wollte nicht die Letzte sein.

Unten herrschte fröhliches Gewusel. Meine Eltern verströmten ausnehmend gute Laune, während sie gemeinsam den Frühstückstisch deckten und Heike die Kaffeemaschine in Gang brachte.

Kurz nach mir betrat Johanna die Küche. In ihrem mokkafarbenen, enganliegenden Kleid, das knapp über den Knien endete, sah sie elegant und sexy aus. Nur ihr verknautschter Gesichtsausdruck und die Hausschuhe passten nicht zum perfekten Outfit.

Erst jetzt bemerkte ich, dass auch Heike sich schick gemacht hatte. Der schwarze Rock und die silberne Tunika schmeichelten ihrer Figur. Mein Vater trug einen neuen, anthrazitfarbenen Anzug und meine Mutter ein farblich darauf abgestimmtes Kostüm mit roter Bluse.

Ich war zufrieden damit, mich für den schwarzen Jumpsuit

entschieden zu haben, der meine schmale Taille betonte und meine Beine optisch verlängerte. Allerdings drückten die hohen Pumps an den kleinen Zehen, und ich erwog kurz, noch einmal nach oben zu flitzen, es Johanna gleichzutun und in Schlappen zu schlüpfen.

In dem Moment knallte ein Sektkorken. Papa stand mit der geöffneten Flasche in der Hand da.

»Wir fangen damit an, womit wir letzte Nacht aufgehört haben«, verkündete er grinsend. »Aber es bleibt erst mal bei einem Gläschen. Der Tag ist noch lang.«

Lachend stießen wir miteinander an.

»Auf die Familie!«

Ich sah, dass mein Vater ein sechstes Glas ebenfalls mit einem Schluck Sekt gefüllt hatte. Es stand unberührt auf dem Tisch.

»Für Hermine«, erklärte er. »Sie ist heute bei uns, so wie sonst auch.«

Ich musste schlucken, aber ich fand seine Geste schön. Und es stimmte ja auch. Ohne Hermine wären wir nicht die, die wir waren. Sie gehörte untrennbar zu uns.

Beim Frühstück genoss ich den Kaffee in reichlichen Mengen, weil ich hoffte, mit ihm meine Müdigkeit verbannen zu können. Es gelang mir nur ansatzweise.

Gegen elf trafen die ersten Gäste ein. Es waren Papas ehemalige Partner Klaus Dick und Helmut Köhler mit ihren Gattinnen. Die beiden Architekten hatten ein Vogelhäuschen bauen lassen, welches ein exaktes Modell unseres Hauses an den Schienen darstellte.

Papa war gerührt und betrachtete es staunend von allen Seiten.

»Sogar die Bahnschienen sind angedeutet«, rief er begeistert aus.

»Nun ja, ohne die wäre euer Heim nicht das, was es ist!« Helmut musste seine Antwort brüllen, denn just in dem Moment raste die S-Bahn vorbei, und alle lachten.

Eine halbe Stunde später trafen Onkel Wolfgang und Tante Clara mit meinen Cousins Jan und Timo ein. Sie schenkten Papa einen Bildband über den Niederrhein und Musicalkarten für zwei Personen. Ich wunderte mich, denn meine Eltern bevorzugten von jeher klassische Musik und Opern.

Und es verblüffte mich wieder einmal, wie grundverschieden mein Vater und sein Bruder waren. Konnten diese beiden alten Männer, der eine hager und feinsinnig, der andere stämmig und schlicht, wirklich Brüder sein?

Onkel Wolfgang und seine Frau wirkten auf mich wie Relikte einer längst vergangenen Zeit. Bei ihnen gab es nur Schwarz und Weiß, keine Grauabstufungen.

»Allet soll so bliewe, wie et immer woar«, lautete einer der Lieblingssätze meines Onkels, und ich fragte mich mal wieder, was genau er damit meinte. Wo und wann verortete er sein »immer«, und was sollte wie bleiben? Die Welt änderte sich doch dauernd und immer schneller.

Wann hatte etwa der Klimawandel angefangen, sich bemerkbar zu machen? Ich konnte mich nicht erinnern, dass es in meiner Kindheit solch heftige Stürme, Trockenperioden, Erdrutsche oder Überflutungen wie heute gegeben hatte.

Und ab wann übten die Medien solchen Einfluss auf uns Menschen aus? Erst seit es das Internet gab? Oder schon früher, mit der Erfindung des Fernsehens? Oder gar mit der des Radios, des Buchdrucks oder mit den ersten Zeichnungen der Höhlenmenschen?

Und wann war die Weltordnung durcheinandergeraten, vorausgesetzt, dass es je eine gegeben hatte? Mit der Diktatur in Nordkorea, mit Erdoğan als türkischem Präsidenten, Putin als russischem, Trump als amerikanischem, mit »Nine Eleven« oder schon viel früher, im Kalten Krieg zwischen Ost und West? Oder noch eher, mit dem Vietnamkrieg? Mit der Erfindung der Atombombe vielleicht? Hermine würde wahrscheinlich sagen: mit dem Christentum und der angeblichen Auferstehung Jesu. Aber garantiert konnte man locker noch weiter in die Vergangenheit reisen, zurück bis zur Wiege der Menschheit.

Ich merkte, dass ich anfing, ähnlich kritisch zu denken wie Hermine in ihrem Tagebuch, und rief mich zur Ordnung.

Ich brachte meiner Tante ein Glas Sekt und Onkel Wolfgang ein Bier. Meine Cousins entschieden sich wie ich für Kaffee. Ich mochte sie beide, kannte sie aber eigentlich nicht besonders gut.

Es wurde eng im Wohnzimmer, vor allem, als auch noch der katholische Pfarrer zum Gratulieren hereinschneite. Mein Vater war nie konvertiert, obwohl Mama und wir Töchter alle evangelisch waren. Mit höflicher Distanz begrüßte Papa den jungen Geistlichen.

Um halb eins eröffnete meine Mutter das Büfett. Die Gäste packten sich die Teller mit Braten, Kartoffelbeilagen und Salat voll.

Am Nachmittag, nach Kaffee und Kuchen, überreichten meine Schwestern und ich Papa unser gemeinsames Geschenk: einen Gutschein für einen Rundflug über Kaarst, bei dem auch Mama und wir drei dabei sein würden.

»Dann kannst du Büttgen und unser Haus von oben sehen«, sagte Heike.

Papa freute sich sehr.

»Wie schön, dass wir das zusammen erleben«, begeisterte er sich. Wir waren froh, das Richtige ausgesucht zu haben.

Die Stimmung auf dem Fest war heiter und ausgelassen. Die Gäste schienen es in vollen Zügen zu genießen.

Zufrieden beobachtete ich meine Mutter, die mit geröteten

Wangen dasaß und Smalltalk hielt. Selten hatte ich sie so entspannt erlebt. Irgendwann fiel mir auf, dass mein Vater fehlte.

Instinktiv schaute ich aus dem Fenster in den Garten. Und richtig: Er stand auf der Wiese, sein Sektglas in Händen haltend, und schaute auf den Teich.

Ich lief in den Flur, holte seinen Wintermantel und ging zu ihm.

»Es ist zu kalt, Papa«, sagte ich und legte ihm den Mantel über die Schultern. »Was machst du überhaupt hier draußen?«

»Danke, Kind. Ich brauchte nur eine kurze Verschnaufpause. Weißt du, ich habe gerade überlegt, ob Hermann Weyrich erst sterben musste, damit Mama in der Lage ist, mit mir über Hermines Herkunft zu sprechen.« Er legte die Stirn in tiefe Falten und sah traurig aus.

»Nein.« Ich schüttelte den Kopf. »Ich glaube nicht, dass es das ist. Es war einfach an der Zeit. Außerdem brauchte sie einen Anstupser von ihren Töchtern, genau wie du.« Während ich das aussprach, erkannte ich, was Papa eigentlich quälte. Er hielt sich wahrscheinlich all die Jahre für Mamas zweite Wahl. Ich nahm seine Hand. »Sieh doch, wie gelöst und fröhlich Mama seit der Aussprache gestern ist! Sie liebt dich über alles. Den Seitensprung hat sie schon vor vielen Jahrzehnten bereut, glaub mir«, sagte ich mit Nachdruck. »Dieser Hermann spielte schon lange keine Rolle mehr in ihrem Leben. Was Mama immer noch nachgeht, ist, damals im Krieg ihre Heimat verloren zu haben. Aber damit hast du ja nichts zu tun – im Gegenteil, du hast ihr hier ein Zuhause gegeben.«

Ein Blick aus seinen hellen Augen streifte mich, bevor er sich in Richtung Terrasse in Bewegung setzte.

»Wenn du meinst«, murmelte er.

Wieder wurde es spät, bis wir schlafen gehen konnten. Papas Kollegen und ihre Frauen blieben besonders lange. Danach räumten Heike, Johanna und ich noch auf. Unsere Eltern hatten wir rigoros ins Bett geschickt, und selbst unsere pflichtbewusste Mutter hatte sich nicht dagegen gesträubt. Sie musste sehr müde sein.

Als der Tapeziertisch zusammengeklappt war, alle Möbel wieder an ihrem Platz standen und die Spülmaschine lief, sagten wir einander Gute Nacht.

Nachdem ich ins Nachthemd geschlüpft und mir die Zähne geputzt hatte, fiel mir plötzlich etwas ein. Heike war schon im Bett, aber ich huschte noch einmal auf leisen Sohlen die Treppe hinunter. Hermines Tagebuch lag in Papas Arbeitszimmer auf dem Schreibtisch, wie ich wusste. Er hatte noch keine Zeit gehabt, darin zu lesen. Und ich selbst war noch gar nicht bis zum Ende gekommen. Jetzt bot sich die Gelegenheit!

Ich setzte mich auf Papas Bürostuhl und blätterte bis zu der Stelle, an der ich aufgehört hatte. Erstaunt stellte ich fest, dass es nur noch einen Eintrag gab. Die Seiten danach waren leer. Mich überkam eine unendliche Traurigkeit.

13. September 1990

Der Regen klatscht gegen die Fenster, der Himmel hat sich verdunkelt, dabei schien vor zehn Minuten noch die Sonne, in deren gleißendem Licht die ersten gelben Blätter an den Bäumen golden aufleuchteten.

Ich habe gerade beschlossen, dass Marcel das Tagebuch bekommen soll. Er darf entscheiden, ob der Rest der Familie es je zu Gesicht kriegt. Marcel hat das richtige Gespür für so was.

Er wird mir fehlen.

Sie alle werden mir fehlen.

Epilog

Zwei Jahre später

Auf dem Hof stehen Gras und Unkräuter hüfthoch; im Hintergrund ragt das Wohnhaus auf, die Fenster und Türen sind verrammelt, Putz bröckelt von der Fassade. Das Dach wirkt windschief und undicht. Der ehemalige Schweinestall dagegen scheint einigermaßen intakt zu sein, während die Scheune nur noch zwei Wände aufweist. Geröllberge sind mit Gras und Kamille bewachsen. Auch in dem kleinen Verwalterhaus rechterhand wohnt niemand mehr. Alle Fensterläden sind verschlossen, im Vorgarten wuchern Brennnesseln.

Wir schauen uns staunend um, während die Frühlingssonne hinter einer Wolkenbank hervorkriecht und verschwenderisches Licht auf die Szenerie gießt.

Mama ergreift schweigend Papas Hand.

»Dort neben dem Bauernhaus wuchsen im Sommer die Johannisbeeren, die immer so lecker schmeckten. Dick und saftig waren sie und herrlich süß.« Sie deutet mit dem freien Arm vage nach links. »Und da vorne hat mich der Hund der Weyrichs gebissen! Ihr kennt ja die Geschichte.«

Johanna und Heike folgen ihrem Blick. Papa hat nur Augen für sie. Er ist besorgt, das ist nicht zu übersehen.

Ich bekomme eine Gänsehaut am ganzen Körper.

»Hermines Sehnsuchtsort«, rutscht es mir heraus.

Mama nickt langsam.

»Ja, und meiner, seit der Flucht. Danke, Britta, dass du uns ihr Tagebuch zu lesen gegeben hast. Es hat mir die Augen geöffnet.«

»Und mir«, ergänzt Papa.

Ich muss schlucken. Es ist rational nicht zu erklären, dass Hermine ein exaktes Abbild von diesem Bauernhof in ihrem Kopf hatte, ebenso wenig wie sie von Mamas kleinem Bruder Karl oder ihrem eigenen leiblichen Vater gewusst haben konnte. Seltsamerweise scheinen meine Eltern kein Problem mit derlei Unstimmigkeiten zu haben, aber im Unterschied zu mir haben sie Hermine auch gekannt und mit ihren Visionen gelebt. Kann es sein, dass Hermines Empfindsamkeit so ausgeprägt war, dass sie Mamas alte Wunden wie ihre eigenen erlebte? Verfügte unsere Schwester im Grunde genommen doch über eine Art zweites Gesicht? Ich atme tief ein und aus und begreife, dass meine Spekulationen mich nicht weiterbringen, genauso wenig wie Johannas hartnäckiges Leugnen von Hermines sensibler Ader. Ich zwinge mich in die Gegenwart zurück.

»Ich hoffe, es macht dich nicht allzu traurig, hier zu sein, Mama.« Heike berührt Mama am Arm. »Ich meine, alles wirkt so trostlos und verlassen. Vielleicht war es doch keine so gute Idee, dass wir dir diese Reise geschenkt haben.«

»Doch! Es war eine wunderbare Idee, die beste, die ihr je hattet.«

Ich sehe Tränen in ihren Augen glitzern, aber ich bemerke auch einen friedvollen Glanz darin. Erleichtert atme ich auf. Alles wird gutgehen. Abwesend streichle ich über meinen inzwischen ziemlich prallen Babybauch.

Mama schaut sich aufmerksam um.

»Das Gehöft wirkt viel kleiner als früher«, gesteht sie. »Ich hatte es wesentlich imposanter in Erinnerung.«

»Nun ja, das könnte auch am baulichen Zustand liegen.« Das

kommt von Johanna in ihrer typischen trockenen Art. Ich muss aufpassen, dass ich nicht lospruste.

»Nein, das ist es nicht.« Meine Mutter streckt ihren Arm nach Papa aus und zieht ihn hinter sich her. »Kommt, lasst uns wieder gehen. Mir ist nur gerade klargeworden, dass das hier nicht mehr meine Heimat ist. Schon lange nicht mehr. Ich gehöre in unser Haus an den Schienen. Seltsam, dass ich das nicht längst erkannt habe.« Noch einmal nimmt sie den Anblick des Hofes in sich auf, dann wendet sie sich ab. »Wie wäre es, wenn wir gleich noch einen Abstecher nach Bunzlau machen? Dort gibt es doch dieses wunderbare Geschirr mit den blauen Mustern. Und Britta kann sich während der Fahrt ein wenig ausruhen, nicht wahr, Kind?«

Schnell winke ich ab, denn eine Schwangerschaft ist ja keine Krankheit, und ich fühle mich topfit. Ich wende mich Heike und Johanna zu. Wir verständigen uns ohne Worte und nicken unisono.

»Na, dann. Auf geht's.« Johanna schwenkt den Autoschlüssel unseres Mietwagens, aber anstatt sich in Bewegung zu setzen, blickt sie sich noch einmal um. Dann beginnt sie zu meinem Erstaunen, sich langsam und mit ausgebreiteten Armen um sich selbst zu drehen, um nacheinander Haupthaus, Schweinestall, Scheune und Verwalterhaus in den Blick zu nehmen.

Wir anderen starren sie verdattert an. Dieser theatralische Auftritt passt gar nicht zu der sonst so rationalen Johanna. Schließlich bleibt sie stehen, runzelt die Stirn und legt den Kopf in den Nacken.

»Aber wenn ihr mich fragt: Dies hier ist ein Abschieds- und kein Sehnsuchtsort.« Sie kaut kurz auf ihre Unterlippe, bevor sie klar und deutlich in den Himmel spricht: »Mach's gut, Hermine. Wir lieben dich.«

Wind kommt auf und rüttelt an den Zweigen der uralten,

knorrigen Obstbäume im Garten des Haupthauses. Blätter rauschen. Mit viel Phantasie ähnelt es einem Flüstern.

Ich bekomme eine Gänsehaut am ganzen Körper, denn ich vermeine, ein leises »Ich euch auch« zu hören.

Ende

Keiner hat sich selbst gemacht
Entschied nicht wie, entschied nicht wann,
Und steckt doch in sich fest.
Man schaut aus seinem Kopf hinaus,
Wenn man denn schauen kann;
Schaut auf die Welt bei Tag und Nacht
Und geht sogar in sie hinaus,
Wenn ihn der Körper lässt.

Keiner kann ein anderer sein,
So sehr er sich bemüht.
An vielem kann man dennoch reifen
Im Rahmen, der uns vorgegeben,
Wenn man denn lernt und fühlt und sieht.
Doch meistens geht es nicht allein.
Mit uns gottlob noch andere leben,
Die denken, prüfen und begreifen.

Ein jeder formt die Welt ein Stück,
Ein jeder lebt in ihr.
Manchmal mit Leid, mal mit Genuss.
Ein jeder sich mal überschätzt,
Mal siegt die Liebe, mal die Gier.
Ein jeder ist ein Teil vom Glück,
Ein jeder stetig Zeichen setzt,
Womit die Welt dann leben muss.

Keiner hat sich selbst gemacht
Und ist – das ist zu akzeptieren –
Ein Teil von unserer weiten Welt.
Drum tue jeder, was er kann,
Sich und die Welt nicht zu verlieren.
Sie ist großartig ausgedacht
Und sehr fragil, bedenke man.
Ein jeder sie zusammenhält.

Quellenverzeichnis und Dank

Wie lebten die Menschen vor und während des Zweiten Weltkriegs in Kaarst und Büttgen? Wie waren die Lebensbedingungen in der Nachkriegszeit? Da meine beiden Elternteile Zugezogene sind, hatte ich keine Ahnung.

Neben dem Stöbern auf unzähligen Websites haben mir bei meiner Recherche folgende Bücher und Schriftenreihen sehr geholfen:

1. Büttgen – Heimatkundliche Schriftenreihe, Band 6, 11, 12, 16, 26, 30, 34. Hg. v. St.-Sebastianus-Schützenbrüderschaft Büttgen, 1984–2012. Hervorzuheben sind hier die vielen Zeitzeugenberichte.
2. Wilhelm Plog: Heimatgeschichte von Büttgen. Hg. des Faksimiledrucks: Arbeitskreis Heimatkunde der St.-Sebastianus-Schützenbrüderschaft Büttgen, 1958.
3. Helmut Haas, Dr. Hanspeter Krellmann: Eine Gemeinde wandelt sich – Büttgen gestern und heute. Hg. mit Unterstützung des Landes Nordrhein-Westfalen. Julius Wenger Verlag, Büttgen 1973.
4. Kaarst – Geschichte in Bildern, Band 1–3. Hg. v. Stadt Kaarst. ah! Erlebnisverlag Frank Ahlert, Mönchengladbach 2010.

Ich bedanke mich herzlich für die umfangreichen Informationen, die ich diesen Schriften entnehmen konnte. Sie haben mein Bild von meinem Wahlheimatort maßgeblich verändert. Streckenweise konnte ich mich schwer von der Recherchearbeit lösen, so sehr hat mich die Vergangenheit fasziniert.

Ich danke ganz besonders meinem Vater für die vielen Erzählungen und Informationen darüber, wie die Menschen die Kriegszeit in Schlesien und die Vertreibung erlebt haben. Seit meiner Kindheit und verstärkt seit einem Besuch vor ein paar Jahren in Schwiebendorf, dem Heimatort meines Vaters unweit von Bunzlau, trage ich viele Bilder in meinem Kopf herum, die zu einem kleinen Teil und in veränderter Form in meinem Roman sichtbar werden.

Und ich möchte mich bei drei Frauen bedanken, ohne die die Geschichte der Familie Franzen wohl noch in der Schublade schlummern würde, was wirklich schade wäre:

- bei Sabine Langohr von der Literaturagentur Keil & Keil,
- bei Carla Grosch von den S. Fischer Verlagen
- und bei Friederike Achilles.

Danke dafür, dass Ihr an mein Buch geglaubt habt, danke für Eure Impulse und Eure Motivation!

Mein letzter Dank gilt aber Ihnen, liebe Leserin, lieber Leser! Danke, dass die Erlebnisse von Christa, Hans, Johanna, Heike, Britta und Hermine in Ihrer Phantasie lebendig werden durften. Das freut mich sehr! Besuchen Sie gern auch meine Website www.christiane-wuensche.de, um mehr über meine Bücher, mich als Autorin und Lesungen in Ihrer Nähe zu erfahren.

Christiane Wünsche, im Januar 2019